rororo

Charlotte Lyne, geboren 1965 in Berlin und Enkelin eines Schiffsbauers, studierte Germanistik, Latein, Anglistik und Italienische Literatur in Berlin, Neapel und London. Sie lebt mit ihrem Mann und drei Kindern in London. *Das Haus Gottes* ist ihr dritter Roman.

«Der historische Roman in Deutschland ist um eine bemerkenswerte Stimme reicher: poetisch und kraftvoll, wissend und neugierig, ausgefallen und romantisch – einfach nur lesenswert. Ich liebe die Romane von Charlotte Lyne!»
Brigitte Riebe, Bestsellerautorin

Charlotte Lyne

Das Haus Gottes

Historischer Roman

Rowohlt Taschenbuch Verlag

Originalausgabe
Veröffentlicht im Rowohlt Taschenbuch Verlag,
Reinbek bei Hamburg, Mai 2009

Umschlaggestaltung any.way, Barbara Hanke/Cordula Schmidt
(Illustrationsnachweis: Chatown House, Hampshire,
UK/bridgemanart.com; Araldo de Luca/Corbis)
Satz aus der ITC New Baskerville (InDesign)
bei Pinkuin Satz und Datentechnik, Berlin
Druck und Bindung CPI – Clausen & Bosse, Leck
Printed in Germany
ISBN 978 3 499 24918 1

Das Haus Gottes

Für meine Eltern
Für Portsmouth am Solent

Sumer is icumen in,
Lhude sing, cuccu!
Groweth sed and bloweth med
And springth the wde nu,
Sing cuccu!
Awe bleteth after lomb
Lhouth after calue cu.
Bulluc sterteth, bucke uerteth
Murie sing cuccu!
Cuccu, cuccu, well singes thu, cuccu.
Ne swik thu nauer nu,
Sing cuccu nu, sing cuccu.

Der Sommer ist gekommen.
Sing lauthals, Kuckuck!
Samen sprießen, Wiesen blühen,
Und der Wald schlägt aus.
Sing, Kuckuck!
Das Schaf blökt nach dem Lamm,
Und die Kuh muht nach ihrem Kalb.
Es springt der Ochse, es furzt der Bock,
Sing heiter, Kuckuck!
Kuckuck, Kuckuck, so schön singst du, Kuckuck.
Schweig nimmermehr.
Sing, Kuckuck. Sing.

(Englischer Rundgesang des Spätmittelalters)

Prolog

Die Frau in der Salzwiese

PORTSMOUTH, HAMPSHIRE, SEPTEMBER 1322

Ihr Mann nahm die Peitsche. Sie wippte in seiner Hand, die armlange Lederpeitsche, die er benutzte, um sein gelbbraunes Fohlen einzureiten. Mit der freien Hand stieß er die Frau, die keinen Halt fand und stürzte. Schulter und Hüfte prallten hart auf die Dielen. Sie schrie. Seit sie ihrem Mann vermählt worden war, hatte niemand ihr Schmerz zugefügt. Sie erhaschte einen Blick auf sein Gesicht, das sie weiß und gefasst kannte und das jetzt die Fassung verlor und dunkel anlief. *Ich habe dich geschlagen. Schlag du mich, zahl's mir heim, und dann lass all das zwischen uns vergangen sein.*

Als er die Peitsche über den Kopf hob, bedeckte sie das Gesicht mit den Armen und kniff die Augen zu. Doch der Hieb, auf den sie wartete, kam nicht. Nur die Stimme ihres Mannes peitschte auf sie nieder. «Geh», sagte er, ganz kalt, ganz reglos. «Geh zu ihm, er soll dich nehmen. Komm nie wieder in mein Haus.»

Er verstummte, und sie hörte den Regen prasseln, hörte ihren kleinen Jungen oben nach ihr weinen. Ihr Mädchen schlief wohl, ahnte nichts von Gefahr. Mit Mühe rappelte sie sich auf die Knie. Seit Tagen hatte sie den Boden nicht gefegt, und jetzt hing all der Dreck in ihren Röcken. Sie sah auf das Gesicht ihres Mannes: Es war starr, und das Haar hing ihm in die Stirn.

Ich hab dich so lieb, mein Amselhahn. Ich bin das schlechteste Weib in der Stadt, ich sollte mit dem Strohkranz gehen, aber als wir am Was-

ser der Äbtissin lagen, dein Pechkopf in meinem Schoß, hatten wir es nicht schön? Behalt mich doch bei dir. Greif doch dem Rad mit deinen Zauberhänden in die Speichen und dreh es noch einmal zurück.

«Pack dich.» Er trat an ihr vorbei und warf die Tür auf. «Geh.»

Sie stemmte sich hoch. Wind blies Nässe in die Stube. Die Röcke raffend rannte sie aus der Türe in den Regen, die Gasse hinunter, deren Boden durchweicht war. Bei jedem Schritt sanken ihre Füße ein, klebten im Schlamm. Wohin laufe ich denn?, fragte sie sich jäh. Zu ihm, zu meinem hübschen, fetten Schweinchen, die Küste entlang, und wie eine nasse Katze leg ich mich vor seine Tür?

Der Himmel hing tief. Solcher Sturm war ein Vorzeichen allen erdenklichen Übels: Die Ernte mochte leiden, die Steuer steigen, ein Schiff sinken oder die Welt untergehen. Auf der gepflasterten Hauptstraße zauste Wind die Budendächer. Jeden Donnerstag war Wochenmarkt, doch Anger und Gasse waren menschenleer. Die Händler waren vor dem Unwetter unters Dach der Metzgerhalle geflüchtet. Da war niemand, der die Frau erspähen konnte, ohne Gebende, im schlammbespritzten Kleid. Kein fauler Apfel, der ihr auf dem Hintern zerplatzte, kein Hohn, der brannte: «Seht, da rennt sie, die schöne Hochdas-Haupt, gebt ihr was auf den Weg, der Ehebrecherin!» Sie lief schneller, ließ die Marktstraße hinter sich.

Und dann roch sie das Meer. Immer roch man es, sobald man aus dem Gefängnis enger Gassen brach, und hörte seine Stimme, selbst wenn Stürme lärmten wie heute. Noch ein paar verstreute Häuser, ein Gehöft, ein Lager, dann erstreckte sich vor ihr nichts mehr als die Salzwiese und dahinter, vom Guss gepeitscht, das Grau der Meerenge, die den Namen Solent trug. Die Insel, die sonst Wellen von Wolken trennte, schien vom Meer verschluckt.

Wohin sollte sie gehen? Bis in die größere Stadt, wo ihr Geliebter sein Haus hatte, wäre sie bei diesem Wetter die ganze Nacht unterwegs. Auf einmal fühlte sie sich so schwach, dass sie keinen Fuß mehr aus den Fängen der Nässe bekam. Wie eine der Wellen stürzte das, was ihr geschehen war, über ihr zusammen. Sie ließ sich fallen, fing sich auf Händen und Knien im Schlick. Er hatte sich an ihr ergötzt, ihr Buhle, aber würde er sie jetzt noch einlassen, eine Verstoßene, ihr hübsches Hurenhaar wie Werg verfilzt, das teure Kleid in Fetzen? An ihrer Hand sah sie den Hochzeitsring, den roten Jasper, der für Schirm und Schutz stand, dreckverschmiert. Tränen rannen wie Regen. Welchen Mann gelüstete es nach einer Geliebten, die um einen anderen weinte?

Ich muss es versuchen, sagte sie sich. Mir bleibt keine Wahl, in der Nacht kommt die Springflut. Weil ihr Regen und Wind ins Gesicht trieben, drehte sie sich um. Kehrte dem Sturm den Rücken. So sah sie das Nest von Häusern, das steile Dach des Hauptgebäudes, den kurzen Glockenturm und die würfelförmigen Wohnstätten, die sich darum duckten. Die einzigen ganz in Stein errichteten Bauten, die zur Stadt gehörten. Wiewohl sie Gott gehörten, nicht der Stadt. *Domus Dei* hieß das Hospiz, *Haus Gottes,* so hatte ihr Mann es sie gelehrt. Mildtätige Brüder und Schwestern lebten dort und boten denen, die keines hatten, ein Dach. Es stand länger hier als jedes andere Haus.

Eine Regenwehe traf ihren Rücken. Nur ein, zwei Herzschläge noch, um Kräfte zu sammeln, dann stünde sie auf und ginge ihren Weg. Nicht zu dem andern. Zu den barmherzigen Brüdern und Schwestern ginge sie und bäte dort um ein Dach. Der helle Stein der aneinandergeschmiegten Gebäude schimmerte durchs Grau. So klug bist du, mein Amselhahn, und so dumm zugleich, dachte sie. Hast du nicht gewusst, dass ich zu dem andern nie wollte, sondern zu dir, dass ich mir nur nicht helfen, dich nicht zu mir zwingen konnte, mit deinem Kopf in den Sternen, hundert Jahre voraus?

Als sie den Kopf in den Regen hob, um aufzustehen, sah sie den Reiter. Vom *Domus Dei* kam er, auf einem Apfelschimmel, dem Schlamm an die Flanken spritzte. Bald erkannte sie ihn. In der Stadt wurde über jenen Herrn geredet, ein Verwandter des Königs sollte er sein und auf des Königs Gut King's Green leben. Die Frau war sicher, er hatte sie auch gesehen. Rasch senkte sie den Blick ins Erdbraun, das zwischen welkem Strandflieder Blasen warf und Priele bildete. Mit einem Platschen sprang er vom Pferd. Leiseres Platschen begleitete jeden Schritt, mit dem er näher kam. Sie umklammerte ihre Knie und duckte den Kopf ins Nest der Arme.

Mit seinem Stock stach er ihr in den Nacken. «Hoch, hoch das Frätzchen, dass ich's ansehen kann. Mein Herz will ein verlauster Affe sein, wenn das nicht Mühlen-Gregs schöne Tochter ist.»

Ihr Leib begann zu zittern, als gehöre er nicht ihr. Sie zwang sich, den Kopf aus den Armen zu recken, bis sie ein Paar Waden in besudelten Beinlingen sah. «Einlass begehr ich», stieß sie heraus. «Ins Haus Gottes.»

«Aber ja doch.» Der Herr lachte. Kurz streifte ihr Blick sein Gesicht, sein Haar, dessen Farbe auffiel. «Zu den keuschen Schwestern willst du. Aber du warst nicht keusch, habe ich recht, Müllerstochter?»

Sie wollte aufspringen. Sich zur Seite rollen und fliehen, zu den Häusern zurück, an verschlossene Türen hämmern. Aber es war ja zu spät. Er beugte sich über sie. Als sie sich rührte, griff seine Hand in ihr Haar.

In der Woche vor Erntedank rief der Bürgermeister den Mann zu sich. Der Mann ging durch die Stadt zum Gildehaus, wo der Rat tagte, und auf dem Weg schlug ihm das Herz. Er war sicher zu wissen, was ihm der Bürgermeister zu sagen hatte, und zugleich sicher, dass er es nicht hören wollte. Der Bürgermeister, der Walter Deghere hieß, empfing ihn in der Schreibstube. Der Mann nahm seine Kappe ab und hielt sie in der Hand.

«Setz dich», sagte Walter Deghere, dessen Familie seit Jahr und Tag den Ältesten der Gilde und nunmehr auch den Bürgermeister stellte. Er sprach erst weiter, als der Mann seiner Anordnung nachgekommen war. «Du weißt, was ich von dir halte. Wie ich bei deinem Vater um dich gerungen habe, einerlei, was später geschah. Ohne Ende geredet habe ich: Schick deinen Jungen in die Lateinschule, in dem steckt mehr als in uns beiden zusammen. Glaub mir, mich kommt diese Unterredung hart an. Man hat deine Frau gefunden. Auf der Salzwiese, hundert Schritte weit vom *Domus Dei.*»

«Tot?», fragte der Mann, obgleich er daran keinen Zweifel hegte.

«Totgemacht», sagte Deghere. «Um den ranken Hals ihr Gürtelband. Hör mir zu. Jeder in der Stadt weiß, was sie dir angetan hat, jeder wird verstehen, wenn du dich an ihr vergriffen hast. Aber du musst es mir sagen, ehe morgen der Sheriff aus Southampton kommt. Ihr hätte ja harte Strafe gebührt. Wolltest du ihr die selbst erteilen, hast zu derb zugefasst, und auf einmal war sie tot?»

Der Mann sagte nichts. Rührte sich nicht.

Deghere sah ihn lange an, bis ihm die Augen brannten. «Nun gut. Wirst du sie begraben?»

Der Mann saß starr, hielt die Fäuste auf den Schenkeln, schwieg.

«Begrab sie, denk an deine Kinder. Ich lege mein Wort bei Vater Stephen ein, dass die arme Verlorene in geweihter Erde ruhen darf.»

«Wo ist sie jetzt?»

«Im *Domus.* Der Bruder, der sie fand, hat sich erbarmt.»

Der Mann stand auf. «Ich sorge dafür, dass sie begraben wird», versprach er und wandte sich zum Gehen.

Deghere hielt ihn nicht zurück. «Eines Tages», rief er ihm hinterher, «wird das Leben dich lehren, wer deine Freunde sind. Für dich bete ich, dass du dann noch welche hast.»

Anderntags ging der Mann auf den Markt. Lieber hätte er keinem Menschen ins Gesicht gesehen, aber er brauchte Eisenwaren, sonst käme er mit seiner Arbeit nicht voran. Die Arbeit war alles, beschwor er sich. Um der Arbeit willen ging er zwischen den Ständen entlang wie mit der Schandmaske, die Blicke der Vorbeistreifenden scharf wie Trossenhiebe, das Hemd klebrig am Rücken, das Gewisper ein Gellen in den Ohren. Am Karren des Eisenhändlers erstand er Zwecken und Nieten. Dann kehrte er um und ging zurück durch die Gasse, bis ihm der andere den Weg verstellte. Der, den sie geliebt hatte, mit dem sie hatte gehen wollen. Er hatte nichts anderes erwartet.

Der andere war nicht größer als er, aber massiger und breiter. «Du Tier», sagte er. «Du hast sie umgebracht.»

Der Mann wich nicht aus, sah nicht weg, sprach kein Wort.

Der andere zog die Peitsche aus dem Gurt und schlug ihm übers Gesicht. «Mörder.» Dann spuckte er. «Mörder.»

Der Schmerz kam erst jetzt. Seine Wange hinab rannen Blut und Speichel. Er schob den anderen zur Seite. Zum ersten Mal berührte er ihn. Übelkeit stieg ihm in die Kehle, Schwindel füllte ihm den Kopf, und über sein linkes Auge senkte sich ein roter Schleier. *Geh,* befahl er sich. Grub die Zähne in die Lippen. Ging.

Erster Teil

Die Stadt im Meer

Southampton, Hampshire, April 1336

Manche würden heute sterben. Andere würden einen Sohn gebären. Manche lichteten heute Anker, andere legten an, manche wurden krank und andere genasen. Für wieder andere wäre dieser ein Tag unter vielen. Aber für sie, für Dorothy Loyes, würde es der Tag ihrer Hochzeit sein.

Vom Hof drang Geblöke bis in die Kammer unterm Dach. Dorothy stieß den Laden der Fensterluke auf, sodass weißes Aprillicht in den Raum floss, rief einen Namen und winkte. Ihr Bruder, der im morgenkurzen Schatten der Apfelbäume stand und das zappelnde Lamm auf die Bank niederdrückte, ließ das Hackbeil fallen. Mit der freien Hand zog er die Mütze. «Gott zum Gruß, Dottie Nussholzhaar.» Als das Tier, das an allen vieren um sein Leben strampelte, ihn mit einem kleinen Huf am Arm traf, lachte er und verstärkte seinen Griff. Sein Haar war so nussholzbraun wie ihres, und sein Lachen steckte an.

«Gott zum Gruß, Clement. Beeil dich, meine Brautjungfern sind schon auf der Treppe, ich höre Isemays Gekicher.»

«Dann eil dich selbst.» Der Bruder lachte wieder. Bückte sich, ohne den Bauch des Lamms freizugeben, nahm das Beil, schwang es aus und durchtrennte dem Tier mit einem Hieb Kehle und Genick. Der gelockte Kopf fiel zu Boden, noch einmal zuckten die Läufe, um nach dem Tod zu treten wie zuvor nach Clements Arm, doch dann knickten sie wie Hölzchen um und fügten sich.

Flugs ging Clement in die Hocke, griff sich Messer und Schale und öffnete dem Tier mit zwei Schnitten die Brust. Er verstand sich darauf, war schließlich Knochenhauer wie sein Vater vor ihm. In das Blut, das er in der Schale fing, würde die Mutter Milch und Talg, zerhackte Zwiebeln und Hafermehl rühren, bis die Mischung sich zu dem köstlichen schwarzen Pudding verdickte, den Dorothy jeder Honigspeise vorzog.

Ihr Bruder wartete, bis das Tier ausgeblutet war. Dann band er ihm die Hinterläufe auf den Tragbaum und zog es zum Abhängen an der Schuppenwand hoch. Dabei sang er:

Bei Tage dreschen wir die Garben.
Und bei Nacht legen wir die Netze aus.
Wir sind die Männer vom Solent, aus hartem Holz geschnitten,
Und wenn es in den Krieg geht, gegen den Franzosen,
Dann stehen wir an uns'res Königs Seite.

Dorothy liebte seine Stimme, die bebte vor Lebenslust. Aus dem Leib des aufgehängten Lamms fischte Clement blutwarme Kaldaunen. Wenn es fertig ausgenommen war, würde er es seinem Maultier über den Rücken werfen und als Gabe der Brautfamilie nach Portsmouth bringen. Erregung packte sie. Ihr Tag war gekommen, das Warten hatte ein Ende. Über Brücken und Furten ginge ihr Hochzeitszug, denn Portsmouth war anders als andere Städte: nicht ganz Festland, nicht ganz Insel. Die ins Meer gebaute Stadt.

Auf einmal hielt Clement inne, unterbrach sein Lied und sah wortlos zu ihr auf. Dorothy war, als stehe das Bild still und präge sich ihr ein: ihr Bruder bei der Schlachtbank, unter den Apfelbäumen, in deren Geäst sie als Kinder ein Tau geknotet hatten, um daran zu schwingen. ‹In den Himmel, Clement›, hatte sie gerufen, ‹schau, ich schwinge in den Himmel!› Von morgen an würde sie auf einen anderen Hof hinausschauen, aber dieses Bild vom Hof ihres Vaterhauses verschloss sie in der Brust, um es mitzunehmen in ihr neues Leben, das sie mit so viel Spannung erwartete.

Die Tür flog hinter ihr auf. Dorothy wirbelte herum, und die Mädchen stürmten in die Kammer, die sieben Basen und Lettice, die ledige Tochter des Nachbarn, die sie dazugebeten hatte, weil die Zahl Sieben als böses Omen für eine Hochzeit galt. Ebenso verhieß es Übel, sich im Mai zu vermählen. Wer zur Jahreszeit der Lust den Bund schloss, bekam einen lüsternen Wüstling zum Mann. Im April hingegen drohte keine Gefahr. Sie, Dorothy Loyes, war stolz auf ihre Besonnenheit und ließ sich auf Gefahren nicht ein.

Isemay, mit ihren dreizehn Jahren die jüngste der Basen, lief quer durch die Kammer und warf sich ihr in die Arme. «Du gehst wirklich fort, nicht wahr, Dottie? Nichts und niemand hält dich bei uns?»

Die Base war so schmal und leicht, noch wie ein Kind. Dorothy küsste sie auf den von gelbem Geringel bedeckten Kopf. «Nichts, mein Vöglein. Ich bin siebzehn und mannbar, gerade recht. Und heiraten muss jede von uns.»

«Das freilich schon, aber nicht jede von uns zieht fort aus unserer Stadt. O Dottie, warum gehst du nur nach Portsmouth, das ist scheußlich weit weg. So nett, wie du bist, hättest du doch auch bei uns einen guten Mann gefunden.»

«Wer den besten haben kann, lässt alle guten stehen», bemerkte Lettice, ein ungeschlachtes Geschöpf, das die zwanzig überschritten hatte und das die Basen unter sich das *schale Ale* nannten. Sie hatte recht, befand Dorothy. Ihr Bräutigam, an den sie kaum denken konnte, weil ihr sonst das Herz davonjagte, war der Beste von allen – ausgenommen Clement, den sie schließlich nicht heiraten konnte. *Symond Fletcher* hatte sich für sie entschieden. Dabei hatte sie als Tochter einer Witwe nur eine spärliche Mitgift zu bieten; zudem war sie zwar keineswegs hässlich, doch auch keine berückende Schönheit, nach der die Burschen sich die Hälse verdrehten. Dorothy besaß andere Reize: einen hellen Kopf, einen Ruf ohne Makel und rege Hände, die aus weniger mehr machten. Und noch etwas, das sich schwer benennen ließ. *Süße Schärfe,* sagte ihr Bruder. *Etwas zum Würzen, wenn die Tage bitter schmecken.*

Isemay ließ den Kopf gegen Dorothys Brust sinken. «Dein Symond Honiglocke mag der beste Mann vom Solent sein, ich tät ihn trotzdem nicht nehmen, wenn ich den grausigen Schwiegervater dazubekäme.»

«Was ist gegen den alten Francis denn zu sagen?», hielt ihre Schwester Martha dagegen.

«Der ist Symonds Großvater», begehrte Isemay auf. «Ich spreche von dem Teufel Aimery, wenn ich an den freilich nur denke, kraust sich mir das Haar.»

«Dein Haar kraust sich, ob du dummes Zeug schwatzt oder nicht.» Martha zog die Schwester von Dorothy fort. «Hinter dem Gewäsch über Aimery Fletcher steckt nichts als Missgunst. Selbst unser Gildemeister lässt sich ein Schiff von ihm bauen, drüben in Portsmouth, nicht bei uns auf Berkhams Werft. Das schürt böses Blut.»

Das war gut gesagt. Unter den Schiffsbaumeistern fand Symonds Vater die Küste entlang nicht seinesgleichen, und das Gemunkel über faulen Zauber, das man hier und da hörte, entsprang gewiss nur der Bosheit von Neidern. Dennoch erfasste Dorothy ein Schauder. Auf einmal wurde ihr bewusst, dass sie im Hemd dastand und dass das offene Fenster Wind einließ. Sie wandte sich Martha zu. «Wir müssen uns beeilen.»

Gleich war die Missstimmung verflogen. Die Mädchen fassten nach ihr wie nach einem Geschenk, das es zu richten galt, und drängten sie auf die Bettstatt. Splitternackt wurde sie ausgezogen, ihre Haut gesalbt, Hals und Brust mit einer Essenz aus frühen Blüten betupft. Als machten die flinken Hände, die strichen und kneteten, aus dem Leib eines Kindes den Leib einer Frau. Jäh schloss Dorothy die Schenkel, derweil ihr klar wurde: Wenn wir uns das nächste Mal begegnen, teile ich ein Geheimnis, das mich von euch trennt.

Sie legten ihr die Unterkleider an, feines Leinen, kaum erschwinglich, doch für die Hochzeit seiner Schwester hatte Clement sich nicht lumpen lassen. Wenn das Geraschel und Gekicher der Mädchen abebbte, konnte sie ihn vom Hof her noch immer sein Lied singen hören. Die plumpe Lettice war ans Fenster getreten und sah hinunter, wobei ihr gewiss die Sehnsucht aus den Augen quoll. Das schale Ale war beileibe nicht die Einzige, die für Clement schwärmte. Der jedoch träumte vom Kriegsruhm, nicht vom Ehestand. Die, die ihn einmal bekam, würde an ihrem Hochzeitstag so stolz und selig sein wie heute Dorothy.

Übers Untergewand streifte Martha ihr die Kotte, in deren Hüftteil Dorothy Keile eingesetzt hatte, damit der Rock sich bauschte. Bewundernd strich die Base ihr über die Hüfte. «Du verstehst, was den Männern den Mund wässrig macht. Dabei täte bei dir solch ein Kniff nicht einmal not.» Ich weiß, dachte Dorothy. Aber ich nähe lieber dreifach als doppelt, ich will sichergehen.

Und dann halfen ihr die Basen auf die Füße und trugen von der Truhe das Brautkleid herbei. Wolltuch, mit Waid in jenem Blau gefärbt, das für Sittsamkeit stand, doch vorn, wo der Fürspan es verschloss, tief ausgeschnitten und an den Ärmeln gerafft. «Dein Symond hat ja Geschmack», rief Isemay und schlug die Hand vor den Mund. «Nie im Leben habe ich ein so hinreißendes Kleid gesehen.»

«Erzähl uns, Ise, für das Kleid nähmst du glatt den bösen Schwiegervater mit.»

Niemand lachte, alle berochen und befingerten das Kleid. Dorothy, die kaum hatte abwarten können, es zu tragen, fühlte sich jetzt, da es ihr umgeschnürt wurde, seltsam beklommen und steif. Als gehöre das Kleid nicht ihr, als sei die ganze Hochzeit nicht um ihretwillen ausgerichtet. Was für ein Unsinn! Seit August, seit dem Jahrmarkt von Portsmouth, hatte Symond um sie geworben. Er war verrückt nach ihr wie sie nach ihm, und eine andere gab es nicht für ihn.

Spangen schlossen sich, und das Haar, das nur noch einmal vor aller Augen über ihre Schultern fallen durfte, wurde zu schimmernden Wellen gekämmt.

«Zupft es mir vorn kräftig aus, damit meine Stirn nicht so niedrig wirkt», befahl Dorothy. Sie wollte ihm gefallen – die Augen sollten ihm übergehen! Zuletzt wand ihr Martha das Strumpfband. Heute Abend, vor dem Einzug ins Brautgemach, würde jede Jungfer versuchen, es ihr abzureißen, denn wer das Strumpfband einer Braut ergatterte, fand als Nächste einen Bräutigam. Martha war eben fertig, da ließ Gepolter die Dielen beben.

«Sie sind da, die Männer aus Portsmouth sind da!»

Die Männer aus der ins Meer gebauten Stadt. *Von morgen an meine Heimat.* Dem Brauch gemäß musste Symond als Ortsfremder alle ledigen Männer der Nachbarschaft zum Umtrunk laden, weil er ihnen ein heiratsfähiges Mädchen raubte. Einen Herzschlag lang, derweil eine Base ihr Karminpaste auf die Lippen rieb, schloss Dorothy die Augen und hörte dem Lärmen zu wie einem Lied.

Was würde ihr von dem Tag im Gedächtnis bleiben, von dem einen, dessen Königin sie war? Was war das Schönste, der rahmsüße Kern der Pastete? War es nicht der Augenblick, als sie in ihrem herrlichen Kleid auf die Treppe trat und unten in der Stube, in der Horde lärmender Männer, den blonden Schopf ihres Verlobten entdeckte? Symond Fletcher. Er trug einen pflaumenblauen, auf der Brust gepolsterten Surcot, geschmückt mit Tasseln und Schellen, der knapp bis auf die Schenkel fiel. Sie waren gleich alt, er schlank und sie füllig, und ihre Größen passten zueinander. Sie würden sein, was man ein schönes Paar nannte, ein glückliches Paar, das seinem Brautzug voran in ein ordentliches Leben ging. Ihre Mutter hatte ihr stets geraten: ‹Sorge vor, bette dich, wie du liegen magst›, und das hatte Dorothy getan.

Ihr Symond würde ihr alles bieten können. Sicherheit, Wohlstand und ein Ungreifbares darüber hinaus, das sie ersehnte, wiewohl ihr die Worte dafür fehlten: Sie nannte es «etwas mehr». Solange sie denken konnte, hatte sie darauf gewartet, dass sie dieses Etwas zu fassen bekäme. Und jetzt hielt sie es doch in den Händen, oder nicht? Während sie Symond betrachtete, drehte er den Kopf nach ihr, und sie verliebte sich noch einmal in ihn. Er hatte Züge wie einer von Adel, seine Haut war weiß und seine Augen grau. Mit diesen Himmelsaugen sah er sie an, und sie hätte allen Brauch vergessen und sich hinunter, in seine Arme stürzen wollen. Ja, die kurze Zeit auf der Treppe, als alles begann, war der süßeste Teil des Tages. Wie hätte irgendetwas, das danach kam, sich mit diesem Anfang messen können?

Die Männer zogen los, um zu trinken, die Frauen luden die Mitgift auf Karren: eine Kupferpfanne, eine Abtropfpfanne, zwei Truhen voll Leinenzeug, ein schöner, dreibeiniger Zinntopf und eine trächtige Sau. Dazu ihr Rosenkranz aus Tonperlen. Dorothy war kein reiches Mädchen, aber der Bruder gab ihr, was er aufbringen konnte: «Die sollen drüben wissen, Dottie Nussholzhaar stammt aus keinem schlechten Haus.» Zwei lebende Gänse in einem Korb schleppte er noch herbei, die waren als Geschenk für den Priester gedacht.

Als das Mannsvolk aus dem Alehaus zurückkam, fanden die Versammelten sich in der Stube zum Kreis. Erst trat Clement vor, um die Posten der Mitgift aufzuzählen, dann der graubärtige Francis Fletcher, der das vom Bräutigam gestellte Wittum offenlegte. Diese Aufgabe wäre Symonds Vater zugekommen, aber gewiss bedauerte niemand, dass der Sonderling sich nicht blicken ließ. Der Bräutigam gab seiner Braut die Hälfte einer zerbrochenen Silbermünze, und damit wurden Symond Fletcher und Dorothy Loyes zu Mann und Frau.

Warum fühlte es sich noch so unwirklich an? Warum sah Symond ihr nicht in die Augen, sondern trat gleich wieder beiseite und verschwand hinter seinen Kumpanen? Sie wollte sich all dies nicht fragen, es würde sich schon finden, würde so und nicht anders seine Richtigkeit haben. Später am Tage würde ihr Bund vom Priester eingesegnet. Francis Fletcher hatte darauf bestanden, dass das in Portsmouth geschah: «Unsere Stadt mag kleiner sein als Eure, aber sie ist eine Stadt aus eigenem Recht und besitzt ihre eigene Kirche.»

In Wahrheit betrachteten die aus Southampton Portsmouth als Teil ihrer Vorstadt und beharrten auf der Zollhoheit über ihren Hafen. Immer wieder kam es darüber zu Streit, aber Dorothy war das von Herzen gleichgültig. Portsmouth war die ins Meer gebaute Stadt, ein stürmischer Geist herrschte dort, und eines Tages würde die kleine Schwester die behäbige Große überflügeln. Und wer trieb einen solchen Höhenflug voran, wenn nicht die Schiffsbaumeister, die dem König schwimmende Schlachtfelder bauten? Der König gierte nach Krieg, sagte Clement. Er würde Schiffe brauchen, wie die Fletchers sie bauten.

«Lebt wohl, reizende Dottie, Tochter dieser Stadt!» Der Mann in der Haustür zog ehrerbietig die Kappe und entblößte volle, ingwerrote Locken. Gilbert Berkham, Schiffsbaumeister und Handelsherr in einem. Er musste an die vierzig Jahre alt sein, aber so sah er nicht aus. Er nährte sich redlich, sein Gesicht war glatt wie ein frisch gepflückter Apfel. Ein Mann, dem die Frauen zugetan waren und der vielleicht ebendeshalb noch unvermählt war. Es gab Gerüchte, auch er habe sich um Dorothy beworben, aber ob die der Wahrheit entsprachen, behielt Clement für sich.

Ich hätte ohnehin keinen anderen als Symond gewollt, trumpfte Dorothy im Stillen auf. Sie nickte Berkham flüchtig zu und ließ sich von ihrem Bräutigam ins Freie geleiten, in die Aprilsonne, die inzwischen hoch am blassen Himmel stand. Vom Meer herauf wehte ein scharfer Wind. Im Hof stand ein Pferd angepflockt, schon betagt, sodass es seine Reiterin nicht abwerfen würde, aber goldbraun und hochbeinig, ein Ross für eine Braut. Symond hätte sie in den Sattel heben sollen, er trat auf den Steigklotz, aber als er Dorothy vom Boden hob, geriet er ins Schwanken und ließ sie unter Ächzen wieder fallen. Sie hatte kaum begriffen, wie ihr geschah, da war schon ein anderer zur Stelle. Gilbert Berkham fing sie, schob Symond vom Klotz und stemmte dessen Braut auf den Pferderücken. Das Tier setzte sich in Schritt, und Dorothy verspürte noch immer den festen Griff um ihre Leibesmitte.

In langer Reihe – Pferde, Maultiere, Karren – zog die Gesellschaft an den Deichen des Southampton Water entlang, sodann quer über Land, durch den breit gerodeten Weg des Waldgürtels und dann wieder hinaus auf freies, flaches Feld. Man roch das Meer, ehe man es sah, doch irgendwann blitzte es mit der Sonne auf wie in tausend Splitter geteilt. Bei Ebbe zockelten sie durch die Furt vor Sudewede, dass Hufe und Räder das seichte Wasser zum Spritzen brachten. Das Siechenhaus und die schäbigen Hütten im Sumpfland sah Dorothy nicht an. Erst dahinter, im Trockenen, begann die wahre Stadt: Vor den niedrigen Häusern scharten sich Menschen, die warfen Blumen nach dem Brautzug. «Gute Leute, kommt alle», rief Clement von seinem Schecken herunter. «Kommt alle zum Fest.»

Gefeiert wurde auf der Gasse des heiligen Thomas, vor dem Haus, das höher als die übrigen war und das von jetzt an das ihre sein würde. Musikanten spielten mit Citern und Viole auf, ein Jongleur warf Bälle, auf denen Gesichter prangten, und fiel einer zu Boden, so rief er: «Oh, oh, da ist wieder ein Kopf zerplatzt.»

Dorothy sah alledem zu, und es kam ihr vor, als verfliege es, als könne sie nichts davon festhalten, sodass es vorbei wäre, ehe sie sich fragen konnte: Gefällt es mir? Ist es so, wie ich es mir ausgemalt habe, tage- und nächtelang? Ihre Basen ließen indessen keinen Tanz aus, und die Tafel war aufs Üppigste gedeckt. Francis Fletcher, der als Geizhals verschrien war, hatte aufgetischt wie ein Verschwender. Schwein am Spieß gab es, Huhn und Wachtelpastete, Weißfisch in Tunke, dicke Bohnen und Pfeffergurken, Salat aus Schnittlauch, Zwiebeln und Nüssen. Gelbe Butter, in Bier gebackenes Brot, mehlige Äpfel, seit dem Herbst gespart, und all die runden, nach Nelken duftenden Kuchen, die die Gäste mitbrachten und die zu einem Turm gestapelt wurden. Aus Krügen wurde Ale ausgeschenkt, aus Fässern Apfelwein und Roter aus Bayonne, den Dorothy nie zuvor getrunken hatte. Er stieg ihr zu Kopf, ließ all das Bunte, Wirre um sie schwanken. Ein Trupp Gäste, wie ein Hühnerhaufen kreischend, spielte Blindekuh. Burschen warfen Kegel, Verliebte herzten einander, es wurde auf Schultern geklopft und in Hintern gekniffen, und Dorothy, die Braut, stand inmitten der Wogen wie der Anker, an dem sich alles vertäute, auf den aber kein Mensch achtgab.

Ich bin fremd, sprang es sie an. Ihr Bräutigam war ihr nach dem Brauttanz abhandengekommen, und ihren Bruder hatte sie seit der Ankunft nicht gesehen. Jetzt erblickte sie ihn: Er tanzte mit einer Jungfer im moosgrünen Kleid, dass Haar und Röcke flogen. Als die Spielleute die Instrumente absetzten, versuchten ein paar Kumpane, Clement in ihren Kreis zu locken: «He, alter Kampfhahn, lass dir Guy vorstellen, der war beim Halidon Hill gegen Schottland dabei.»

Clement aber, der sonst keinem Kriegsgerede widerstehen konnte, ließ die Gefährten links liegen, führte seine Tänzerin an einen Tisch und zapfte Wein für sie. Jemand pfiff, als die beiden vorübergingen. Die Haarpracht des Mädchens fächerte sich schimmernd in ihrem Rücken auf. Solches Haar hatte Dorothy bisher nur einmal gesehen. Die Blonde musste Symonds Schwester sein, die sie sogar noch in Southampton *die schöne Agnes* nannten.

Neben Dorothy trat eine Frau, die roch, als habe sie soeben Teig zu Brot geknetet. So sah sie auch aus, die Wangen backstubenrot. Sie legte ihr die Hand auf den Arm. «Fühlst du dich einsam? Das gibt sich, Herzlein. Du wirst es gut bei den Fletchers haben, lass dir nicht Bange machen. Ein Segen, dass endlich eine Frau ins Haus kommt, die Ordnung schafft und ein Auge auf die arme Agnes hat.» Über das Brotgesicht kroch ein Schmunzeln. «Matilda heiß ich, bin das Weib des Gildeältesten. Komm Kuchen austeilen, dein Augenschmaus von Bräutigam wartet schon.»

Symond stand vor dem Turm aus Gebäck und hob ein Messer, das sie mit verflochtenen Händen fassen und durch die Kuchen ziehen mussten. Als seine Hand die ihre packte, durchjagte Dorothy, die eben noch gefroren hatte, ein Schwall Wärme. «Süßes für alle!», schrie irgendeiner unter den Gästen. «Anis und Honig stärken Manneskraft und Weibeslust!»

Im nächsten Augenblick bezog der Himmel sich schwarz, wie es am Meer so oft geschah, ein Windstoß riss Tafelleinen in die Höhe, wirbelte Hüte von Köpfen, und gleich darauf fiel Regen. Als hätte Gott einen Vorhang vor ihren Tag gezogen. Die Gäste schnappten sich, was sie tragen konnten, und drängten ins Haus.

Nach der fahlen Sonne war es drinnen düster. Dorothy war nie zuvor in dem Haus gewesen. Es war gut zweimal so groß wie ihr Vaterhaus, der Wohnraum weit und kahl. Matilda half der Magd, tappte behäbig umher und entzündete Wandfackeln, und mit dem Licht schälten sich Konturen aus dem Grau. Auf der Treppe stand ein Mann in dunkler Kleidung, erschrocken wie ein Verbrecher. So laut, wie es auf der Gasse gewesen war, so still war es jetzt. Bis einer rief: «Aimery!»

In langen Schritten floh der Mann durch den Raum und verließ das Haus.

Was tut ein Mädchen, wenn es ins Brautbett geführt wird, was erwartet ihr Bräutigam? Nacht um Nacht hatte Dorothy über der Frage wach gelegen, aber das Bild hatte in ihrem Kopf keine Farbe angenommen. Und als es schließlich kein Bild mehr war, sondern sie leibhaftig, ohne ihr Strumpfband, das Isemay ergattert hatte, auf dem duftend bereiteten Bett saß, sagte sie: «Der Wein hat mir sehr geschmeckt», und glaubte selbst nicht, dass sie solch belanglosen Unsinn redete.

«Den sauf denn nur», antwortete Symond. «Soll ja schwarze Galle vertreiben, die Weiber bei Laune halten und der Vermehrung helfen. Der Großvater hat zwei Schiffsladungen davon gekauft.»

«Für uns zum Trinken?»

«Wo denkst du hin? Freiwillig gibt der ja keinen Tropfen raus, aber Agnes zapft uns unser Teil, wenn er schläft.»

«Warum hat er ihn überhaupt gekauft?»

«Er will ihn zum Jahrmarkt verscherbeln, wenn die Preise steigen. Doch was kümmert das uns?»

Als er zu ihr kam, hatte er seinen schönen Surcot und sein

Hemd zu Boden geworfen. Auf seiner Haut tanzten Lichter von der Kerze, seine Weiße und Weichheit überraschten sie. Auch sein Geruch war anders als erträumt. Saurer, fand Dorothy. «Symond, warum handelt dein Großvater mit Wein? Ihr baut doch Schiffe.»

«Mein Vater baut Schiffe.» Er griff nach ihr. «Und mein Großvater schimpft ihn einen Nichtsnutz. Er sagt, wer zu was kommen will, verlegt sich aufs Handeln. Solange ich denken kann, hab ich ja deren Gezänk im Ohr.» Er schälte ihr das Kleid von den Schultern, sah nicht hin, sondern ließ sich auf sie sacken.

Aber sie war stärker als er. Heftig, ohne innezuhalten oder zu überlegen, schob sie ihn von sich. «Dein Vater mag mich nicht.» Dass Aimery Fletcher der Trauung ferngeblieben war, kam einer Beleidigung gleich, und seine Flucht aus dem Haus schlug dem Fass den Boden aus. Dorothy rückte von Symond ab und setzte sich auf. «Warum hat er der Heirat zugestimmt, wenn ich ihm so zuwider bin?»

Seufzend hob Symond den Kopf. «Das hat ja mein Großvater getan. Um meinem Vater eins auszuwischen, denk ich, weil mein Vater hoffte, ich würde eine mit mehr Geld heimführen.»

«Weshalb?»

«Weil er ja Geld braucht für das, was er treibt. Jetzt gib doch Ruhe. Was gehen denn mich die zwei verbohrten Streithähne an?»

Mich gehen sie an, wollte Dorothy rufen, während ihr Gemahl sie einhändig niederstieß. Ich werde unter einem Dach mit ihnen hausen, mit einem Schwiegervater, der mich hasst, und einem Großvater, der mich zum Zankapfel macht. Sie hatte von diesem Augenblick geträumt, von dem Honighaar, das über sein Gesicht fiel, von Liebesblicken und geflüsterten Worten. Jetzt aber wünschte sie sich, allein zu sein, daheim in Southampton, in ihrer Kammer unterm Dach. Noch lieber wollte sie mit Symond reden, doch der quetschte ihr die Zunge in den Mund, und Dorothy würgte. Gleich darauf ließen seine Hände ihre Schultern los, spreizten ihr die Beine, nestelten, zwängten. Es tat nicht weh. Im Grunde war es kaum der Rede wert, zumal die Arbeit zwischen ihren Beinen ihn vom Küssen abhielt. Vielleicht ist meine Mundhöhle zu klein, dachte sie. Und vielleicht stimmt noch anderes nicht mit mir, weil ich von Wein und Schiffen und Schwiegervätern rede, derweil mein Liebster mich nimmt. Vielleicht kann ich kein Kind empfangen? Im nächsten Atemzug besann sie sich und verwarf solch törichtes Zeug. Es gab einiges, was eine Frau für ihre Fruchtbarkeit tun konnte, und sie hatte nichts davon versäumt. Ihr Mann stieß noch zwei-, dreimal in sie, dann sackte er zusammen. Als er von ihr herunterplumpste, gab es ein furzendes Geräusch.

Ich werde es lernen, suchte sie sich zu beschwichtigen, ehe ihr Tränen kamen. Es gab noch andere Nächte, um ihren Mann zu umarmen, um *etwas mehr* aus dieser Sache zu machen, so wie sie es sich gewünscht hatte. Aber gab es die wirklich? Andere Nächte nach dieser einen, auf die sie all ihr Planen gerichtet hatte? Gurgelndes Schnarchen verriet, dass Symond eingeschlafen war. Dorothy tastete nach ihrem Rosenkranz, blies die Kerze aus und lag im Dunkeln wach. Manche würden morgen sterben und andere würden einen Sohn gebären, manche würden zu Eheweibern und andere zu Witwen. Für sie aber, für Dorothy Fletcher, würde der morgige Tag der erste von vielen sein.

Aimery hatte befürchtet, das Fest könnte tagelang währen. Es hätte ihm nichts ausgemacht, weitere Nächte auf der Werft zu verbringen, lieber trotzte er im offenen Verschlag einem Sturm als einer Horde berauschter Gäste im Haus. Aber aus Angst vor

Wasserschäden bewahrte er Geräte im Schuppen des Anwesens auf, darunter den Wetzstein, den er dringend brauchte. Er hatte ihn in mühevoller Arbeit selbst behauen, um nicht von fahrenden Schleifern abhängig zu sein, die für liederliches Handwerk überhöhte Preise verlangten.

Als er vor Tagesanbruch in die Stadt zurückkehrte, war er froh, das Anwesen in völliger Stille zu finden. Die Stadträte warnten davor, im Dunkeln allein die Straßen zu durchstreifen. Aimery aber schreckte das nächtliche Portsmouth nicht, eine Stadt, die von Menschen erbaut war und dennoch in den finsteren Stunden der Natur gehörte. Dem Meer, dem dünnen Regen, den Ratten. Er schlich sich ins Haus, durchquerte den Wohnraum und die stinkende Küche und trat in den Hof.

Den schweren Wetzstein mit der Drehvorrichtung hatte er auf einem Becken befestigt, das wiederum mit Rädern ausgestattet war, sodass das Gerät sich ins Freie schieben ließ. Er lauschte dem Scharren, dann ging er zum Brunnen, schöpfte einen Eimer voll Wasser und füllte es ins Becken. Das Wasser, das eiskalt aus der Erde kam, würde den Stein während des Schleifens kühlen. Aimery tauchte die Hände hinein, genoss den kurzen Schmerz. Gleich darauf holte er sein Werkzeug aus dem Schuppen: die Schlagaxt, mit der er Planken hackte, das Beil mit der schmalen Schneide, das zum Begradigen der Schott taugte, die Keile und Messer, die wie angewachsen in der Hand lagen. Mit der Rechten führte er das Schleifgut über den Stein, mit der Linken drehte er die Kurbel und brachte das Gerät zum Surren. Am Geräusch und an den Funken, die ins Dämmerlicht stoben, maß er die Geschwindigkeit.

Sich beinahe lautlos zu bewegen, hatte er im Laufe der Jahre geübt. Für Menschen genügte es, nicht aber für die Hühner, die, auf Futter hoffend, aus der Klappe drängten und die Leiter hinunterhüpften. Drei Legehennen, mager und zerrupft, und der verschnittene Hahn. Wo war Hilda, die Magd, die das Vieh verpflegte? Das Gegacker würde das Haus aufwecken. Aimery hatte noch keine Klinge geschliffen, da stand sein Vater in der Tür.

«Etwas Besseres hast du nicht zu tun, nein?»

«Nein», erwiderte Aimery und drehte den Stein, dass er zischte.

«Hör damit auf», schrie sein Vater.

Aimery umklammerte den Griff des Messers. Im Augenwinkel sah er den Vater eine Faust ballen.

«Du Nichtsnutz. Gottesleugner.»

Aimery ließ den Stein ausrollen und zog die Klinge sachte über seine Fingerspitze. Als ein Tropfen Blutes austrat, legte er das Messer beiseite und hob ein anderes auf.

«Ich rede mit dir.»

«Das entginge auch einem Mann ohne Ohren nicht.»

«Was glaubst du, wer du bist? Rennst von der Hochzeit deines Sohnes fort und beschämst die Familie vor der Stadt.»

«Vor deinen Kunden, wolltest du sagen.»

«Und wennschon», brüllte sein Vater. «Von meinen Kunden nährt sich diese ganze missratene Sippe, dein Sohn, der schlaffe Schluck Wasser, deine Tochter, die durch die Gegend hurt, und du, dem nichts einfällt, als gutes Holz für Schiffe zu vergeuden, als könne ein Mann noch wie zu Urzeiten davon leben.»

«Zu Urzeiten war dieses Land eine Insel», sagte Aimery und zog das Messer vom Wetzstein, um es nicht zu verderben. «Ich wüsste nicht, dass sich daran etwas geändert hat oder dass man den Wein, den du verschacherst, neuerdings mit Karren auf Inseln schafft.»

«Ich wollte, ich könnte dich und dein Drecksmaul noch einmal zu Gelump prügeln.»

«Warum tust du es nicht? Dann bist du fertig, und ich habe

meinen Frieden.» Aimery glaubte zu hören, wie der Vater mit den Zähnen knirschte. Sein Nacken schmerzte vor Anspannung, er vermochte kaum den Kopf zu drehen.

«Am Bösen zerbricht der Stock», zischte der andere. «Ich weiß eine Strafe, die dich härter trifft.»

Aimery richtete sich auf.

Sein Vater verzog den Mund. «Bettle ruhig, das verschafft mir Vergnügen. Aber es nützt dir nichts. Von meinem Geld bekommst du für deine Windenknechte keinen Viertelpenny.»

«Es ist mein Geld ebenso wie deines.»

«Meinst du?»

Aimery sah auf die Klinge des Messers, um dessen Griff seine Hand sich krallte. «Ich arbeite dafür wie du. Du zwingst mich doch, um deine Kunden zu schwänzeln, ihnen zu schmeicheln und Zeug aufzuschwatzen, das sie im Leben und im Tod nicht brauchen.»

«Soll ich darüber lachen?» Der Vater zog die Lippen von den Schneidezähnen. «Als ob du dich zwingen ließest, als ob du zu schmeicheln verstündest! Und sag mir, Nichtsnutz, hast du wahrhaftig zum Schwänzeln einen Schwanz?»

Aimery grub die Zähne in die Lippen. Ließ das Messer fallen.

«Sagst du nichts mehr?» Der Vater trat vor und schlug ihm über die Wange.

Aimery rührte sich nicht.

«Dann überlasse ich dich jetzt deinen Pflichten. Du wirst wohl zusehen müssen, wie du deinen Mast alleine auf den Schiffsrumpf hievst. Und als Nächstes erklärst du besser dem Töchterlein, dass es keine Bänder und Schühchen wie für eine Gräfin mehr gibt. Von meinem Geld ernährt sich schließlich jetzt auch noch Symonds bedauernswertes Weib, und so, wie die gebaut ist, hat sie gewiss schon nach der ersten Nacht ein Balg im Wanst.»

Kein Wort, fuhr Aimery sich an. Die Worte aber waren ihm längst entglitten wie sein Stolz. «Warum hast du Symond einer aus Southampton gegeben? Einer ohne Geld?»

Er bekam die Antwort, die er verdiente: «Symond, Freundchen? Du weißt also immerhin, wie das Kuckucksbalg heißt, das wir hätten ersäufen sollen, statt es aufzuziehen. Ja, und warum habe ich wohl den Symond der niedlichen Dottie Loyes gegeben? Weil die so ein saftiges Hinterteil hat und Kinder wie eine Karnickelzippe kriegen wird? Aber nicht doch. Weil sie kein Geld hat, habe ich ihn ihr gegeben! Nichts, was du für dein Hirngespinst verprassen kannst.»

Für mein Hirngespinst, wiederholte Aimery im Stillen. Für das Sehnen, von dem ich nicht lassen kann: den Traum, ein Schiff zu bauen, das uns überlebt.

Wieder entblößte der Vater die Vorderzähne, doch ein Geräusch ließ ihn innehalten. Vorn an der Tür zog jemand die Glockenschnur. «Das ist der Fuller, der Tuchwalker. Geh und verkauf ihm deine Pisse, vielleicht zahlt er so reichlich, dass es für einen Affen auf dem Schleifstein reicht!»

Aber es war nicht der Fuller, der allmorgendlich um den Inhalt der Nachtgeschirre bat, weil menschliche Notdurft Wollstoffe dicht und geschmeidig machte, sondern ein Handelsherr aus London, der Aimery sprechen wollte. Noch in der Tür kam er zur Sache: Er suchte einen Schiffsbaumeister, wünschte eine Kogge in Auftrag zu geben, einen tief im Wasser liegenden Hunderttonner mit zwei Wehrkastellen.

«Von Euch hört man allenthalben. Es heißt, Ihr zaubert Schiffe, von denen ein Heidengott geträumt hätte», erklärte er sich.

«Zahlt Ihr im Voraus?», fragte Aimery.

«Das können wir halten, wie es Euch beliebt.»

Der Vater spuckte neben Aimery auf den Boden und verzog sich – seine Art, einzugestehen, dass er für diesmal verloren hatte. Gewiss wusste er, dass sein Sohn darüber keinerlei Triumph empfand.

Jeden Donnerstag war in Portsmouth Wochenmarkt, und einmal im Jahr, am Ende des Sommers, wurde Jahrmarkt gehalten. König Richard mit dem Löwenherzen hatte einst der ins Meer gebauten Siedlung das Marktrecht verliehen. Manch Händler aus Southampton mied den Markt von Portsmouth, weil er es als Schande ansah, dass solcher Flecken der ehrwürdigen Nachbarin Kunden rauben durfte. Für Gilbert Berkham aber war derlei ohne Belang. Als Gildemitglied war es ihm gestattet, neben seinem Handwerk Handel zu treiben, und er war entschlossen, diese Quelle auszuschöpfen. Zudem feierte an der ganzen Südküste keine Stadt so ausgelassen wie Portsmouth.

Fünfzehn Tage würde der Jahrmarkt währen. Im Morgendämmer sattelte Gilbert seinen Gaul, spannte das Maultier vor den Karren und machte sich mit seinem Lehrling Ronald auf den Weg. «Gottverdammt spät war es gestern», brummte er dem Jungen, der das Maultier führte, zu.

«Gottverdammt sagt man nicht, Meister.»

Gilbert musste lachen, beugte sich vom Pferd und pfefferte dem Burschen eine Maulschelle. «Weißt du, was ich mit dir tue, wenn du mir wie der gottverdammte Priester kommst, he? Ich verschnüre dich und sende dich zu Aimery Fletcher.»

Der Junge blickte auf. «Wenn Ihr das doch nur tätet, Meister», flüsterte er.

Die Antwort, die diese Bemerkung verdiente, verbiss sich Gilbert für diesmal. Der Tag war zu schön, um sich zu ärgern, Gemächlich zogen sie an der Anhöhe vorbei, auf der die Festung von Portchester thronte. Längst war die Sonne aus dem

Wasser getaucht. Gilbert, zu Beginn des Jahrhunderts geboren, hatte Jahre des Hungers erlebt, ersoffene Erträge, leere Schober und ausgemergelte Dirnen. Nach diesem Sommer jedoch, der lichtreich und lang gewesen war, würden die Küstenstädte Grund zum Feiern haben. Er selbst durfte mehr als zufrieden sein, denn seine Geschäfte gingen glänzend. Aber er war nicht zufrieden. Ehe der finstere Gedanke aufkam, wies er mit der Peitsche geradeaus. «Siehst du das, Tölpel? Ist das kein Anblick für gequälte Augen?»

Die Stadt Portsmouth, die sich auf der inselgleichen Landzunge Portsea tollkühn ins Meer reckte, erhob ihre Dächer aus dem Morgenglast. Das Wasser war voll Frieden, schwappte schläfrig vor und zurück. Die Hafenanlagen, eine Zeile aus Brettern errichteter Gebäude, standen so nah an der Küste, dass eine sich bäumende Welle sie hätte küssen können. Aber hier in Portsmouth vertrauten sie auf Gott. Und sie wussten, dass sich die Häfen von Städten wie Southampton, die sich tiefer in Mündungen duckten, zur Sammlung einer Kriegsflotte weniger eigneten.

«Ich war hier einmal glücklich, weißt du das?», entfuhr es Gilbert. «So etwas vergisst kein Menschenherz.»

Gehämmer von Zimmerleuten grüßte die Ankömmlinge. Wo die Hauptstraße begann, wurde eine dreimal mannshohe, hölzerne Hand aufgestellt, die den Besucher willkommen heißen sollte. Selbstredend würden hier wie überall Tuchhändler ihren Wollstoff strecken, dass er im Regen schrumpfte und der Käufer mit entblößtem Arsch dastand. Selbstredend würden auch hier Weiber beim Alebrauen am Malz sparen und Gewürzkrämer Pfeffer mit Sand auffüllen. Aber wer achtgab, kam auf seine Kosten.

Gilbert zügelte sein Pferd und labte sich an der Woge von Düften. Das Gewirr des Menschenlärms war Musik in seinen Ohren, und von dieser erquicklichen Musik würde es reichlich geben, wenn die Geschäfte des Tages getätigt waren. Die Gasse summte vor Schaffenslust. Buden wurden aufgeschlagen, grobe Tische gezimmert und Waren ausgelegt, derweil Kinder und Köter zwischen Beinen wimmelten, um zu stibitzen, was herunterfiel. Der Gehilfe des Barbierchirurgen spannte zwischen Pfosten einen Vorhang, um die zu zwickenden Kranken vor Blicken zu schirmen. Ein Bauchhändler, gehüllt in Fischgeruch, zog einen silbrigen Gründling aus dem Korb und brüllte. «So frisch, dass sie zappeln, meine Herren, wie Franzosenschwänzchen in englischer Brise.» Gelächter belohnte den Witzbold. Heuer zollte die Kundschaft jeder noch so faden Schmähung Frankreichs Beifall. «Es gibt Krieg», hatte es gestern in der Schänke geheißen. «Frankreich wird unser, und der Wein fließt in Strömen, auf dass keiner mehr für ihn zu zahlen braucht.»

Am Stand des Pfeilschnitzers drängten sich Kauflustige, prüften mit flinken Fingern die Ware. Auch Aimery Fletchers Ahnen hatten einst Pfeile gefertigt, das verriet der Name. Warum zum Teufel waren sie nicht dabeigeblieben? Gilbert spuckte auf den Boden. Er kaufte einen Satz Pappelholzpfeile mit geschmiedeten Vierkantspitzen. Als Städter im tauglichen Alter war er zur Übung mit dem Bogen verpflichtet. Offenbar war es dem König ernst mit seinen Plänen: Er hatte jüngst jede andere Leibesertüchtigung verboten und wünschte ein Mannsvolk kampfbereiter Bogenschützen. Nicht zu leugnen war, dass Edward Plantagenet von der Mutter her einen Anspruch auf den französischen Thron besaß, einen stärkeren als Philip von Valois, der gekrönt darauf saß. Ob aber ein Heer sich aufmachen würde, diesen Anspruch durchzusetzen, und vor allem, ob der Wein in Folge billig oder unbezahlbar würde, stand in fernen Sternen. Gilbert jedenfalls gedachte, sich mit dem roten Gascogne-Tropfen einzudecken.

Gebannt sah Ronald nach dem Anger, wo Stadtknechte im

Schatten der Thomaskirche einen Dieb mit dem Ohr an den Pranger nagelten. Je lauter der Frevler zeterte, desto seliger johlte die Menge. «Grausam», murmelte der Junge.

«Und was bitte soll man mit dem Langfinger tun, he? Vor ihm Kratzfüße vollführen?» Gilbert klatschte seinem Lehrling die Gerte aufs Gesäß und sprang vom Pferd. «Heute Abend darf er ja wählen, ob er sich das Ohr losrupft oder sich's abschneiden lässt. Komm weiter, wir haben Geschäfte zu besorgen.»

Auf dem Karren hatte er eine Ladung dichtgewebter Wolle, die galt es zum Bestpreis zu verkaufen. Dabei nutzte er jede Gelegenheit zu einem Gespräch, denn es gab keinen besseren Ort als den Jahrmarkt, um den ersehnten Auftrag einzuheimsen: Hierher kamen Kaufleute wie Adelsherren, die einen Schiffsbaumeister suchten. Das Handwerk der Gegend rühmte sich alter Tradition, die Strände boten Platz für Werften, und was das Herz an Material begehrte, gelangte übers Meer. Allein, als hätte der Teufel seine Hand im Spiel, fand sich kein Auftraggeber. Gilbert gelang es nicht einmal, die gewünschte Menge Wein zu kaufen. Die Lage im Kanal sei heikel, hieß es, die Verschiffung stocke.

In einer Garküche bestellte er Starkbier und Schmorfleisch und fluchte sich seine Enttäuschung aus dem Bauch. «Gibt es in diesem gottverdammten Nest keinen Roten als den von Francis Fletcher? Wie macht so einer überhaupt Geschäfte, wenn er nicht einen Brocken Französisch versteht?»

«Das braucht Francis gar nicht.» Die Wirtin, bei der Gilbert gern einkehrte, weil sie dem Schmortopf kein Katzenfleisch beimischte, schob ihm den dampfenden Napf hin. «Er hat Aimery bei sich, der spricht Französisch und Latein, besser als Vater Stephen.»

Gilbert spuckte in seinen Bierkrug. «Hätte er den nicht bei sich, würde ich ihm seinen Rotwein abkaufen.»

Das Weib verpasste ihm, kaum dass er den Mund schloss, einen schmatzenden Kuss. «Die Fletchers haben dich nicht nötig, Süßmaul.»

«Scher dich zum Henker. Aimery muss einiges nötig haben, wenn er seinem Alten am Stand hilft. Hat der ihm das Geldsäckel zugeschnürt?»

«Aimery baut einem Londoner Händler eine Kogge», beschied sie ihn. «Er ist ein mörderischer Satan, aber auf Schiffe versteht er sich. Sooft du herkommst, schwatzt du von Aimery, weißt du das? Wäre der ein Mädchen, würde ich meinen, du bist liebeskrank.»

Hasskrank bin ich, dachte Gilbert. Aimery, Pfeilmachers Bastard, baute eine Kogge, und er, der Erbe der Berkhams, hatte keinen Flusskahn im Auftragsbuch. Aimery, der schlimmer als ein Dieb war, entkam dem Pranger, und Gilbert, der Beraubte, lechzte ihm vergebens hinterdrein. Beim Verlassen der Garküche sah er ihn. Er kam die Gasse herunter, ausschreitend, als sei der Raum um ihn menschenleer. Gilbert spuckte. Sooft er hier stand, sah er den Kerl auf der Gasse, ob der nun tatsächlich dort ging oder nicht. Meinen Todfeind, dachte er. Aber der Tod, Aimery, ist zu zart für dich.

Eine köstliche Nacht zog herauf. Die Stände wurden unter die Dächer der Buden geschoben, sodass Platz zum Tanz entstand. In der Abendbläue jonglierte ein Mann mit Fackeln, Artisten schlugen Räder um Liebespaare, ein Beutelschneider floh geduckt durch ein Paar Beine, ein Klatschweib mit Schandmaske wurde durch das Treiben gezerrt. Es roch nach Honig, nach Obstwein und nach Rosenessenzen, die Frauen für solche Tage aufsparten. Es war einer der Abende, wie sie ein jeder Sommer nur in winzigen Prisen schenkte.

Gilbert aber sah vor Missmut keinen Stern. «Lass uns ein Bett auftreiben», sagte er zu Ronald. «Ich habe keine Lust, in dem verdammten *Domus Dei* zu schlafen, wo die Pilger sich ihre Flohbisse kratzen.» Er war entschlossen zu gehen. Bis er die Frauen entdeckte. Die eine kannte er. Sie war Dottie Loyes, nunmehr Dottie Fletcher, und wenn ihn nicht alles täuschte, war sie schon geschwängert. Ein kräftiges, sinnliches Mädchen, mit der sich bestimmt stramme Söhne zeugen ließen. Die andere kannte er auch. Oder besser, er erkannte zwei Dinge: wer sie war und dass er sie haben musste. So wie damals, im moorigen Schlick, der Mond über dem *Domus Dei* eine eisig blanke Scheibe. Er glaubte, sein eigenes Gewisper zu hören: ‹Mein schönes Mädchen im Moor. Mein Goldhaar, mein Silberauge.›

Dottie verbarg züchtig das Haar unterm Gebende, der anderen fiel es über den Rücken. Gilbert stöhnte. Rasch langte er in seinen Beutel, fischte eine Handvoll Pennys heraus und gab sie Ronald. «Hier. Bezahl den Unterstand für die Gäule und sag dem Wirt, er soll dir einen Strohsack richten. Ich habe noch etwas zu erledigen.»

«Wie üblich, Meister.»

«Wärst du nicht mein Schwesternsohn», sagte Gilbert, «ich gäb's dir für deine Frechheit mit dem Knüppel.» Er ließ den Jungen stehen und zwängte sich den Frauen hinterdrein. Als er sie eingeholt hatte, vertrat er ihnen den Weg. «Gott zum Gruß, Mistress Dottie. Entsinnt Ihr Euch eines Euch gewogenen Nachbarn aus Southampton?»

Anderntags holte er den Jungen ab, hieß ihn, die spärlichen Einkäufe auf den Karren zu laden, und machte sich mit ihm auf den Heimweg. Er hatte geplant, eine Woche zu bleiben, jetzt aber wollte er fort, um seinen Gedanken nachzuhängen.

«Wisst Ihr was, Meister?»

«Nein, aber du wirst es mir gewiss gleich sagen.»

«Ihr solltet heiraten. Die Mutter findet das auch.»

«Deine Mutter, meine Herzensschwester, hätte dir öfter den

Arsch pfeffern sollen, statt ihre Nase in anderer Leute Belange zu stecken.»

«Aber sie hat recht», beharrte Ronald. «Von den schlechten Frauen holt man sich Krankheiten, und der Herrgott ist auch nicht dafür. Ich soll, sagt die Mutter, darauf dringen, dass Ihr ohne Verzug zur Beichte geht.»

«Was wissen du und der Herrgott denn von schlechten Frauen, he? Ist eine schlecht, weil sie die Wollust im Leib hat, ein Nest für die Liebe, wo bei anderen Weibern ein Spalt wie an der Kirchentüre sitzt?»

Der Junge zerrte das Maultier durch die Furt und blieb stehen. «Wollt Ihr hören, was die Mutter noch sagt? Der Oheim Gilbert hat zwei Seiten, eine helle, den Leuten zugewandte, und eine, die ist düster wie der Meeresgrund, bei der sieht keiner durch.»

Gar nicht dumm, dachte Gilbert. Düster wie der Meeresgrund, wie die Nacht über der Salzwiese, über dem *Domus Dei*, wo die schlafen, die reinen Herzens sind. Und waren wir nicht reinen Herzens, meine Liebste, damals noch und dann nie wieder?

In Gedanken versunken ritt er weiter. Beim Überqueren einer Bodenwelle kam das Wasser in Sicht. Grau wie Eisen, schaumbefleckt. Kaum sah Gilbert aufs Meer, da spürte er den linden Wind, der nun von Tag zu Tag schwellen und schließlich dem Sommer den Garaus machen würde. Am Horizont, die Sicht nach Frankreich verstellend, erhob sich die Insel Wight. Sein Blick aber blieb nicht an deren Landmassen hängen, sondern an den dunklen Formen, die das vertraute Bild störten.

Ronald hielt das Maultier an. «Sind das Handelsschiffe?»

«Schwer zu sagen.» Der verdammte Aimery hätte vermutlich trotz des Abstands erkannt, um was für Schiffe es sich handelte, Takelung, Steuerung, und womöglich sah er ihnen noch ins Innere und erkannte die Krümmung ihrer Spanten. Aber ins Herz einer Frau siehst du nicht, Aimery, höhnte eine Stimme in Gilbert. Die Brust einer Frau ist für dich, was für gesunde Männer ein Schiff ist: ein Ding aus Planken.

«Franzosen?», fragte Ronald.

Die große Galeere, die zwischen den Seglern einherglitt, ließ darauf schließen, denn solche Galeeren heuerten die Franzosen von verbannten genuesischen Edelleuten an. «Und wennschon», warf Gilbert hin. «Denen ist ja der Solent nicht verboten. Außerdem ziehen sie schon wieder ab.»

Gilbert ritt weiter, und der Junge folgte. Als sie die Landspitze vor der heimatlichen Bucht erreichten, drehte er sich im Sattel um und sah, dass die Schiffe die Meerenge verlassen hatten. Gleich darauf schrie Ronald auf. Gilbert schoss herum. Vor ihnen in der Senke lagen die ersten Häuser von Southampton und zur Linken der Strand, wo die Fischer ihre Boote hatten. Das Wasser stand in Flammen. Gelbrote Zungen sprangen auf, als spucke das Meergrau sie in die Höhe, Feuerwände zerstückelten die Sicht. Am Ufer waren Menschen zusammengelaufen, vereinzelt wurden Schreie laut, Geheule, Klagen. Eine Frau warf sich in den Sand, zwei Jungen stürmten ins seichte Wasser, brüllten wie Tiere, kehrten um. An Gilbert vorbei lief Ronald den Hügel hinunter, den brennenden Booten entgegen.

«Ron», rief Gilbert, «verdammt, komm zurück, da unten richtet keiner mehr was aus.» Die französischen Schiffe hatten sich vermutlich tief in die Bucht gewagt und Brandpfeile auf jedes Ziel in Reichweite abgefeuert. Ehe das Warngeläut im Hafen anhob, hatten die schnellen Gefährte das Weite gesucht.

Widerstrebend trottete der Junge die Anhöhe hoch.

«He.» Gilbert tippte ihm mit der Gerte auf die Schulter. «Nimm es dir nicht so zu Herzen. Ein paar Fischerboote sind zu ersetzen. Es hätte schlimmer kommen können.»

«Was hat es zu bedeuten?» Ronald griff dem Maultier ins Kopfzeug, und schleppenden Schrittes setzten sie den Weg fort.

«Was wohl? Dass wir demnächst Krieg mit Frankreich haben. Vermutlich wird der gallische Philip die Gascogne besetzen, und wer noch Wein saufen will, muss vor Francis Fletcher einen Bückling machen.»

In der glastigen Luft tanzten Rußteilchen. «Dann werde ich also bald keine Wolle mehr karden, sondern endlich zu tun bekommen, wozu ich bei Euch in der Lehre bin», bemerkte Ronald.

«Und das wäre?»

«Ein Schiff bauen», erwiderte der Junge. «Ein Schiff für die Schlacht.»

Von dem Franzosenüberfall in Southampton erfuhr Dorothy, als Clement sie besuchte. Er kam des Öfteren, hatte aber nie viel Zeit, mit ihr zu schwatzen, sondern Dinge zu erledigen, die er nicht mit ihr besprach. Bei dem Überfall, so berichtete er, hatte niemand, den sie kannten, Schaden erlitten.

«Für diesmal hat es sich im Sand verlaufen. Nur für diesmal noch.»

«Was soll das heißen? Kommt jetzt der Krieg?»

«Bald, mein Nussholzhaar.» Er küsste ihr den Kopf und sprang auf. «Und nun muss ich gehen, und du sei mir nicht böse.»

Böse war sie ihm nicht. Aber einsam war sie. Daheim, in Southampton hatte sie zur Gesellschaft die Mutter und die Basen gehabt, aber hier richtete kaum ein Mensch das Wort an sie. Es fiel ihr schwer, sich dies einzugestehen, doch in ihrem neuen Leben erschien nichts wie verheißen. In den Tagen nach der Hochzeit, derweil sie begriff, was es bedeutete, mit den drei Männern zu hausen, träumte sie von Flucht. Das Haus war eine Höhle, kahl und selbst im Sommer düster. Sehr groß war es, zwei Stockwerke hoch und auf ein steinernes Fundament gestellt. Es besaß ein geschindeltes Dach und einen Hinterhof mit einer Hütte, in der Hugh, der Knecht, und sein Weib Hilda hausten. Einen Unterstand für Pferde und Verschläge für Geflügel und Mastschweine gab es, doch das Vieh war mager und zerrauft, und im Hof wuchsen nichts als verwahrloste, über die Erde wuchernde Bohnenranken und ein einzelner verwilderter Apfelbaum.

«Die Herren kümmert es nicht», hatte Hilda auf Dorothys Frage mit einem Schulterzucken erklärt. Sie und ihr Mann hatten in der Hütte drei Kinder durchzubringen und Arbeit genug. Warum hätte sie sich um das welkende Gemüse sorgen sollen oder darum, wie das Essen schmeckte, das die Männer in sich hineinschaufelten? Einzig Agnes beklagte sich zuweilen, ließ ihren Löffel fallen und rief: «Sind das Erbsen oder Eicheln? Hilda, Hilda, hast du uns wieder den Fraß für das Schwein vorgesetzt?» Dann ging sie und verköstigte sich in der Garküche. Der alte Francis händigte keinem mehr als das unentbehrliche Geld aus, aber Agnes hatte immer welches.

Nicht das üble Essen und der verkommene Hof waren das Schlimmste, sondern die Stille der Tage. Im Haus nebenan wohnte Gocelin Deghere, der Gildenälteste. Seine Frau Matilda war eine freundliche Seele, aber sie hatte sieben Kinder, trug das achte im Bauch und schwatzte von nichts als Brutpflege. Dorothy war gewohnt, beim Tagwerk Stimmen zu hören, Gelächter, Singen, ein Kommen und Gehen an der Pforte. Im Haus der Fletchers herrschte Schweigen. Und das war umso unerträglicher, als Menschen darin lebten, die miteinander hätten sprechen können.

Da niemand ihr etwas erklärte, musste Dorothy selbst herausfinden, wer überhaupt was tat. Francis, graubärtig und an die siebzig Jahre alt, betrieb seinen Handel im vom Wohnraum abgeteilten Seitenzimmer. Dort klappte er des Morgens mit markerschütterndem Getöse einen Laden herunter, der wie ein Verkaufstresen auf die Gasse ragte. Dahinter kauerte er im Zwielicht und wartete auf Kundschaft. Dorothy hätte lieber auf Salz und Hafer verzichtet, als bei dem Grobian zu kaufen. Francis jedoch blieb nie auf einem Posten sitzen, weil er sich stets aufs Lager schaffte, woran nächstens Mangel herrschen würde. Mit seinen Kunden sprach er nur das Nötigste und ließ nie mit sich feilschen. Setzte er sich hernach zu Tisch, um mit seiner Familie zu essen, so leistete er sich kein Wort, das nicht vor Spott und Bitterkeit triefte.

Zumindest besitzt er eine Stimme, dachte Dorothy. Der andere, ihr Schwiegervater mit dem moorschwarzen Haar, schien nahezu stumm. Zur Arbeit in Haus und Hof leistete er nur einen einzigen Beitrag: Wenn er vor Sonnenaufgang das Haus verließ, nahm er Korn mit, das gemahlen werden musste, und abends brachte er Mehl zurück. Die Tage verbrachte er auf seiner Werft, aber das Korn trug er nach der anderen Stadtseite, zum *Domus Dei,* nicht wie die Nachbarn zum Abteimüller bei den Wasserläufen.

Mitunter verbot ihm der Alte, sich aus dem Haus zu stehlen: «Du bleibst morgen hier, Freundchen. Deinen Kahn kriegt das Pack auch ohne dich kalfatert, und ich habe Spitze aus Venedig bestellt, da darf ich wohl erwarten, dass der Sohn, den ich durchfüttere, für mich übersetzt.» Der Schwarze scherte sich nicht um des Vaters Verbot und ging trotzdem. Daraufhin zitierte Francis ihn anderntags in den Geschäftsraum und zankte ihn aus. Auch Dorothy war von der Mutter ausgezankt worden, wenn ihr Fleiß zu wünschen übrigließ, und sie hatte, solange ihr Vater noch lebte, nicht selten gehört, wie dieser Clement die Leviten las. Nie zuvor aber hatte sie erlebt, dass ein Mensch einen anderen in Grund und Boden schrie, ihn mit Worten zerriss und kein heiles Haar an ihm ließ. «Du elender Nichtsnutz! Aus meinen Schüsseln frisst du, weil du keinen Fuß auf den Boden bekommst, weil alles, was du anfasst, jämmerlich verreckt.»

Dorothy presste sich nebenan in der Küche die Hände auf die Ohren. Hätte sie nicht frohlocken sollen? Der Mann war ein Widerling, er hatte mehr als Schelte verdient. Aber sie frohlockte nicht. Es ist nicht recht, dachte sie. Ein Vater darf seinen Sohn zurechtweisen, doch er darf ihm nicht die Würde rauben. Nie vernahm sie von dem Schwarzen ein Wort der Verteidigung – aber womöglich schluckte die Holzwand die raue, so selten benutzte Stimme.

Einzig Agnes, die Schöne, schwatzte mit dem Schweiger, wie ihr der hübsche Schnabel gewachsen war. Widerstrebend gestand Dorothy sich ein, dass sie Agnes mochte, so verzogen und verlottert sie war. Agnes schwieg nicht. Genau wie Symond gab auch sie auf keine Frage eine klare Antwort, aber sie war ein warmblütiges Geschöpf, das lachte und vor Leben sprühte und himmlisch sang. Und sie sah Symond so ähnlich, sie hätte sein Zwilling sein können. Nur das Muttermal unterschied sie: ein sichelförmiger Flecken an der Schläfe, den Agnes vom Vater ererbt hatte und der bei Symond fehlte.

Die Ähnlichkeit der Geschwister berührte Dorothy. Wenn sie Agnes ansah, war Symond ihr nah – ihr Mann, von dem sie nicht im mindesten wusste, was sich hinter seiner hohen Stirn abspielte. Bis tief in den Morgen lag er im Bett, dann zog er los, kehrte irgendwann wieder heim, soff zum Essen zu viel Wein und Starkbier, brach oft später noch einmal auf oder wohnte saftlos seiner Frau bei. Anfangs hatte sie noch Abend für Abend gehofft, diese Nacht werde die Wende bringen, das Geheimnis, das sie und Symond für alle Zeit verband. Doch mit dem Verstreichen der Tage schmolz ihre Hoffnung. Häufig kam Symond nicht einmal mehr zu ihr ins Bett, und wenn doch, schien er im Kopf weit fort.

Dabei hatte er nicht einmal eine Arbeit, die seine Gedanken derart hätte in Beschlag nehmen können. Warum ging er nicht auf seines Vaters Werft in die Lehre, warum half er nicht Francis? Was tat er überhaupt? Ihren Fragen wich er mit einem unwirschen «Gib doch Ruhe» aus. Sie wollte fliehen, heim in ihr Elternhaus, wo sie willkommen und geborgen wäre. Dann aber sah sie das Gesicht ihres Mannes auf dem Betttuch, das zerzauste Kinderhaar, die rosige Wange, und blieb. Sie würde nicht kampflos die Waffen strecken, nicht sie, nicht Dorothy Loyes, sondern im Hof die Bohnen auf Stangen binden und nach der Ernte daraus Pottage kochen. Ich wollte dich, Symond, beschwor sie ihn in Gedanken, und ich will dich noch. Ihr beide, du und deine Schwester, ihr seid aufgewachsen wie die wilden Schlehen, aber du wirst noch lernen, als Mann dein Leben zu führen und für die deinen einzustehen.

Sprach sie mit Agnes, so hoffte sie, etwas über Symonds Familie zu erfahren, das ihr helfen mochte, ihn zu verstehen. Aber es war immer dasselbe: Agnes umschmeichelte sie, Dorothy fand widerwillig Vergnügen daran und erfuhr kein Wort.

«Wann ist eure Mutter gestorben?»

«Unsere Mutter? Wie soll ich das wissen, ich bin keine, die viel fragt.»

«Weshalb hassen dein Vater und dein Großvater sich so?»

«Was fragst du mich, vermutlich macht es ihnen Spaß.»

«Warum darf ich mit dem Mehl nicht zum Abteimüller gehen wie Matilda und des Bailiffs Weib?»

«Warum, warum, warum. Macht es dich vielleicht hübscher, wenn du alles weißt?» Ein schlüpfriger Fisch war die Schöne und entwand sich mit einem Lachen.

Eines Mittags am Ende des Sommers, als Dorothy von der Arbeit im Hof kam, sprang Agnes herein und fragte, ob die Schwägerin mit ihr baden wolle. «An einem von den Wasserläufen. Ich kenne eine Stelle, da ist's so klar, dass du dir zuschauen und dich freuen kannst, wie hübsch du bist.»

«Eitelkeit ist eine Todsünde, Agnes.»

«Wahrhaftig? Und warum hat uns der Herrgott dann nicht hässlich und flachbrüstig wie des Bailiffs Katha gemacht?»

Dorothy wusste, sie hätte die Ältere schelten müssen, aber sie war erhitzt von der Arbeit, und die Aussicht auf ein Bad war köstlich. Noch köstlicher war die Aussicht, einen hellen Nachmittag lang nicht allein zu sein. Also nahm sie aus der Truhe zwei Leintücher und sagte zu Agnes: «Nun gut, ich komme. Einer muss schließlich ein Auge auf dich haben.»

Einträchtig wie ein Schwesternpaar zogen sie los.

Noch blühten die Strandastern, blaue Sterne, die die Salzwiesen wie einen Himmel übersäten. Wasserläufe, vom Meer gespeist und von schroff fallenden Ufern gesäumt, zerschnitten das verschlickte Land, wanden sich aalgleich und boten zahllose Buchten für Angler. Brackig und fischreich war das Wasser und von einer Schwärze, die eingetauchte Menschenhaut schillern ließ. Wo die Schlickbänke ans Weideland der Gemeinde grenzten, säumten Baumgruppen die Ufer. Dorthin ging Agnes gern zum Baden.

Heute hatte sie ihre Schwägerin Dottie bei sich, die schwanger war. «Wenn du nicht so ein Ausbund des Anstands wärst», sagte Agnes, «dann würde ich glauben, mein Bruder hätte dir das Kind gemacht, bevor der alte Vater Stephen euch den Segen gab. Dein Leib ist runder als der von Matilda, und die soll nach Erntedank schon niederkommen.»

«Rede so nicht mit mir», verwies Dottie sie scharf. «Rede so mit niemandem.»

«Ja, ja, ich weiß.» Agnes tänzelte voraus, den dürr bewachsenen Uferhang hinunter. Wenn sie den Kopf beim Lachen so tief in den Nacken warf, spürte sie ihr Haar auf dem Rücken, und das gefiel ihr ausnehmend gut. Sie konnte es nicht erwarten, aus den kratzenden Kleidern zu steigen.

Unter dem Rutendach einer Weide, vor Blicken leidlich geschützt, zogen sie sich aus. Es würde ja ohnehin keine Blicke geben. Hier draußen wohnte niemand, als einziges Bauwerk zeigte sich in der Ferne, wo der breiteste Wasserlauf mündete, die Mauer der Werft. Und Ende September badete selbst an einem Sonnentag wie heute kein Mensch. Mit dem Einzug des Herbstes schwoll der Gestank in den Häusern, all das Gefurze und Geschwitze hinter verschlossenen Läden, die ungewaschene Kleidung … Doch Agnes störte sich wenig daran. Ihrethalben durfte ein Mensch so sehr nach Mensch riechen wie ein Schwein nach Schwein. Der Rosenduft, in den sie sich hüllte, die Gewürzseife, die der süße Clement ihr geschenkt hatte, all das war Fassade, der Teigmantel einer Pastete. Aber was darunter lauerte, das schiere Fleisch, war Agnes' Leibgericht.

Sie sah der Schwägerin zu, die sich mit Sorgfalt das Hemd auszog. Alles, was diese Dottie tat, war mit Sorgfalt getan. Ihr Gezeter über verfleckte Röcke und verprasstes Geld fiel lästig, aber Agnes mochte sie. Die Haut der Jüngeren war nicht weiß wie ihre eigene, sondern bräunlich wie Bier. Umso erstaunlicher waren die Brüste, die sich eine nach der andern aus dem Leinen schälten, zwei prallreife Wildbirnen, die Haut so schneeig, dass Blut hindurchschimmerte. Agnes war keine, die zauderte, auch keine, die neidete, sondern eine, die zugriff und genoss.

«Bei meiner Seele, mein kleiner Bruder hat sich sein Nachtlager prächtig bestellt.»

Dottie schlug ihr auf die Hand. «Du bist ein verdorbenes Ding.»

Agnes entging allerdings nicht, dass die andere sich ein Lachen verbiss. Was für hübsches Haar sie hatte, das reinste Rosshaar, das da unterm Gebende hervorquoll. Dich hat man zu viele Verbote gelehrt, liebe Ehrpusslerin, dachte sie und unterdrückte ein Glucksen. Dabei bist du eine, die das Zeug zu anderem hat, und das kann ich dich lehren.

Einladend glitzerte die Wasseroberfläche. Mit einem Hüpfer stürzte sich Agnes durchs Schilf und kopfüber hinein. Das Wasser packte eiskalt zu, umschloss ihren Leib, dass ihr der Atem stockte und das Herz aussetzte. Gleich darauf setzte es wieder ein, und dann spürte sie unter ihrer Haut das Blut sprudeln, stark und toll vor Lebenskraft. Die Strömung streichelte sie. Ihre Füße ruderten im Bodenschlamm, bis sie Halt fanden. Agnes richtete sich auf und tauchte mit dem Kopf aus der Flut. «Komm her! Es ist die pure Wonne.»

Die Schwägerin sortierte Agnes' Kleider zu einem ordentlichen Stapel, stand gebeugt, mit der Kehrseite zum Wasser, und trug nichts mehr auf dem Leib. Agnes pfiff durch die Zähne wie ein Mann. Bei Himmel und Hölle, das war kein Arsch, das war ein Schlachtfest. Dottie drehte sich um, und verwundert entdeckte Agnes, wie schön eine schwangere Frau sein konnte, wie ansehnlich der stämmige Leib, der die geblähte Kugel trug. Agnes begehrte Männer, nicht Frauen. Aber sie sah Frauen gern an und stellte sich Blicke von Männern dazu vor. Was sie an Männern am meisten liebte, war ihr Verlangen nach Frauen. Köstlich war es, sich auszumalen, wie ein Mann sich am Weib ihres Bruders ergötzte. Sie begann ein Lied zu pfeifen, ein schneidiges Männerlied.

Die Schwägerin, die ins Schilf gestiegen war, blieb stehen. «Woher kennst du das?»

«Haha!» Agnes reckte das Kinn, legte den Kopf weit zurück und begann zu singen:

«Bei Tage dreschen wir die Garben.
Und bei Nacht legen wir die Netze aus.
Wir sind die Männer vom Solent, aus hartem Holz geschnitten.»

Sie ging in die Knie, sodass sie ihr Haar sah, das gesponnene Gold, das auf dem sich kräuselnden Schwarz der Wasseroberfläche trieb.

«Du singst schön», sagte Dottie.

«Danke, das weiß ich. Komm baden, du bierbraune Maid.»

Die andere stapfte ins Wasser, tauchte aber nicht unter, sondern legte sich der Länge nach auf die glänzende Fläche und bewegte sich, statt zu sinken, auf Agnes zu. Offenbar lief sie nicht. Sie streckte die Arme vor, holte aus, zog sie wieder an den Körper und schoss voran. Agnes rieb sich die Stirn. «Du kannst schwimmen, Dottie? Wer hat es dich gelehrt?» Wie eins von den hölzernen Schiffen, die ihr Vater in der Kinderzeit für sie geschnitzt hatte, glitt die Schwägerin an ihr vorüber.

Im Weitertreiben wandte sie den Kopf. «Mein Bruder. Er und ich gingen immer schwimmen, am Southampton Water, solange ich denken kann.»

Ihr seid so süß, dein Bruder und du, hätte Agnes gern zu ihr gesagt. So hübsch und proper und liebenswert.

«Und jetzt verrate mir, woher du das Lied kennst!» Dottie drehte sich auf den Rücken, strampelte mit den Beinen, dass Wellen platschten, und schwamm von Agnes fort. Der schwangere Leib ragte aus dem Wasser.

Agnes lief hinterdrein, so schnell sie es in Schlamm und Strömung vermochte. «Nicht so weit, komm zurück! Es wird zum Stehen zu tief.»

Die andere lachte. «Ich muss ja nicht stehen, das Wasser trägt mich. Ich komme erst, wenn du's mir verrätst!»

Agnes lauschte dem Wasserplätschern und ihrer beider Lachen, das durch das Rascheln des Spätsommers drang. Sind wir nicht jung, jubelte es in ihr, sind wir nicht unwiderstehlich, ist das Leben nicht schön? Sie konnte der anderen nicht folgen, das Wasser streifte schon ihr Kinn. «Von deinem Bruder hab ich's!», rief sie. «Von Clement!»

Blitzschnell warf sich Dottie herum und schwamm bäuchlings zurück. Ihr Gesicht war gerötet, das braune Haar wogte hinter ihr her. Bei Agnes angekommen, tauchte sie die Arme ein und bespritzte die Schwägerin mit einem Schwall. Sie umarmten sich, tanzten durchs Wasser, Dotties üppiger Körper an Agnes' birkenschlankem.

«Wenn du meinen Clement haben willst, dann musst du kochen lernen. Und ein Hemd rein halten und Wolle für Strümpfe spinnen.»

«Ich kann anderes.»

Von der Strömung gedämpft, klatschte die Hand der Schwägerin Agnes aufs Hinterteil. «Für dein schmutziges Reden sollte dein Vater es dir gehörig hintendrauf geben.»

Agnes entwand sich, genoss die Biegsamkeit ihrer Glieder. «Mein Vater schlägt mich nicht. Eher fiele ihm die Hand ab.»

«Deshalb bist du so verzogen.» Dottie ließ sich wieder tiefer ins Wasser gleiten. «Dein Vater hasst alles, was lebt, aber du bist die Sonne und die Sterne für ihn.»

Agnes, die dabei war, sich das Haar zu entwirren, hielt inne. «Glaubst du das wirklich? Dass er alles hasst, was lebt?»

«Was soll ich denn glauben?» Dotties Augen blitzten. «Ich sehe Leute das Kreuzzeichen schlagen, wenn er vorbeigeht, wie sie es tun, wenn ihnen der Fuchs in den Hühnerstall einfällt. Das sollte mich dauern. Aber dein Vater tut alles, um solchen Ruf zu verdienen.»

Agnes hätte etwas einwenden müssen, aber sie entschied sich zu schweigen. Der Tag war so sonnig, warum ihn mit Düsterem vergällen? Mit einem Satz schoss sie in die Höhe, fiel über die Schwägerin her und drückte ihr den Kopf unter Wasser. Dottie war stärker, befreite sich und nahm Rache, indem sie Agnes untertauchte, bis diese sich wild rudernd und keuchend befreite.

Als sie nach all dem Prusten und Balgen erschöpft ans Ufer wateten, hatte ihnen ein Kleiderdieb ihre Habe entwendet. Nicht einmal die schäbigen Leintücher lagen mehr im Gras.

Dorothy vermochte ihr Pech nicht zu fassen. Die schamlose Agnes hingegen ließ sich mit ihrem schneeweißen Hintern auf den Boden plumpsen und brach in schallendes Gelächter aus.

«Das findest du zum Lachen? Wie sollen wir denn in die Stadt kommen?» Wiewohl sie längst wusste, dass es nichts zu finden gab, lief Dorothy von einer Baumwurzel zur nächsten, drehte jeden Stein.

«Wir winden uns Kränze aus Stroh und spazieren die Marktgasse hoch.» Agnes' Bauchdecke bibberte vor Lachen wie ein kleines Tier. «Die Fletcher-Flittchen, die splitternackte Sünde, sollst sehen, wie die Weiber erbleichen, derweil den Kerlen der Geifer aus den Mäulern trieft.»

Zu allem Übel kam Wind auf. Da Agnes nicht aufhörte, verabreichte Dorothy ihr kurzerhand eine Backpfeife. «Nimmst du jetzt Vernunft an? Wir lassen uns besser etwas einfallen, wenn wir hier nicht über Nacht erfrieren wollen.»

Die andere hielt sich die errötende Wange und kicherte weiter, aber Dorothy achtete nicht länger auf sie, sondern blickte sich um, ob von irgendwoher Hilfe zu erwarten stand. Halb entsetzt, halb erleichtert entdeckte sie einen Mann, der ein gelbes Pferd mit Karren den Wasserlauf entlang auf sie zu führte. «Der Kumpan dort mag uns helfen.»

Agnes stand auf. Augenblicklich verstummte das Gekicher. «Das ist mein Vater.»

«Umso besser. Lauf, erzähl ihm, was geschehen ist. Irgendetwas wird er schon auf seinem Karren haben, das als Ersatz für Kleider taugt.»

Agnes starrte sie an, als habe sie in einer fremden Sprache gesprochen. Ihre Hand glitt von der Wange und legte sich über ihre Brust. «Das kann ich nicht», sagte sie.

«Bist du toll? Vor der ganzen Stadt willst du einherstolzieren, aber schämst dich vor deinem Vater, der dich kennt, wie du aus deiner Mutter Leib gekommen bist?»

Der anderen bebten die Lippen. «Wer glaubt denn sonst noch etwas Gutes von mir?»

Dorothy entschied, dass weiteres Reden vergebens war. Sie hatte keine Wahl, sondern würde sich so nackt, wie sie war, jenem Mann zeigen müssen, ihren Leib, der das Kind trug, und die prallen, schaukelnden Brüste. «Ich gehe selbst», warf sie Agnes hin und machte sich daran, den Hang hinaufzusteigen. Ihre bloßen Sohlen fanden leichter Halt als die beschuhten Füße beim Abstieg. Sie sah zu Boden. Erst als sie den Kamm erreichte, hob sie den Kopf. Zwei Schritte vor ihr stand das Pferd, auf dem sie als Braut geritten war, und daneben der Schwarze, der in der freien Hand die Peitsche hielt. Einen Herzschlag lang glaubte Dorothy, er werde sie schlagen, und nichts anderes hätte sie verdient. Was für Gänse waren sie, sich all die teuren Kleider stehlen zu lassen!

Der Schwarze warf die Peitsche auf den Karren. Er trug kein Wams, nur ein grobgewebtes Hemd. Sooft Dorothy ihn sah, vermochte sie nicht zu fassen, dass er Symonds Vater war. Wie brachte etwas so Dunkles etwas so Lichtes, Liebliches hervor? In seinen Augen brannte die Nacht. Dorothy kribbelte die Haut, der feine Flaum darauf sträubte sich. Da sie nicht wusste, welchen Teil von sich sie bedecken sollte, ließ sie die Arme hängen.

«Es ist nicht mehr Sommer», sagte der Schwarze. «Es wird jetzt rasch kalt.» Er zog sich das Hemd über den Kopf und hielt es ihr hin.

Sie sah auf seine Hand, an der jede Sehne, jede Blutbahn heraustrat. Dann sah sie seine Brust und erschrak. Während eines harten Winters hatte sie am Weg einen Verhungerten gefunden, den man ganz entkleidet hatte. Genauso ausgezehrt sahen Bauch und Brust des Schwarzen aus. Um seinen Hals hing an einem Lederband ein Schlüssel. «Dank Euch.» Hastig streifte sie sich das Hemd über. «Habt Ihr ein Tuch auf dem Wagen, eine Pferdedecke? Eure Tochter wartet am Wasser. Unsere Kleider hat sich ein Dieb geschnappt.»

Er trat vor den Karren, zog eine Plane herunter und hieß Dorothy aufsteigen. Der Karren lag voller Werkzeug, Äxte, Hämmer, ein Hohlmeißel, ein armdickes Seil. Der Schwarze stieg den Hang hinunter, um Agnes zu holen. Dorothy starrte ihm nach und schlug sich die Hand vor den Mund: Sein Rücken sah aus wie mit der Pflugschar zerrissen, in Fetzen gedroschen und achtlos geflickt. Der Anblick tat weh. Unter den Rippen, wo das Kind saß. Sie wollte sich lösen, den Blick zur Seite lenken, aber konnte es nicht.

Hatte Dorothy angenommen, nach dieser Begegnung würde ihr Leben leichter, so hatte sie sich getäuscht. Der Schwiegervater sprach im Herbst zwar mehr als im Sommer, aber nur weil Francis mit ihm über Krieg stritt. Der Alte wetterte gegen den Krieg, der ihm den Handel mit Wein verdarb, der Sohn hielt dagegen: «Diese Stadt ist alles, was sie ist, durch Krieg geworden.» Mit Dorothy sprach er nicht, sondern schlug Haken, um ihr auszuweichen. Er ist feige, bemerkte sie. Seine Abneigung hatte sie befremdet, sie hatte einen Schutzzauber zelebriert, damit sie durch ihn nicht zu Schaden kam. Jetzt aber begann sie, ihn zu verachten.

Der Wasserlauf der Äbtissin war der breiteste der sich durchs Marschland ringelnden Zuströme. Seinen Namen trug er, weil er hinter Sudewede an einem Dammsee eine Mühle antrieb, die zur Abtei von Fontevrault gehörte. Die Mühle war seit Generationen verpachtet, und der Mann, der sie betrieben hatte, war der Abteimüller, einst der Mühlen-Greg. Dessen Vater hatte schon Mühlen-Greg geheißen, und auch sein Sohn wäre zweifellos ein Greg geworden, wäre ihm ein Sohn beschert worden. Er aber hatte nur eine Tochter besessen, und jetzt lebte in der Mühle sein Schwesternsohn, der hieß Mühlen-Hal.

An jenem Wasserlauf, auf einem Stein, saß Aimery, kreuzte die Beine und fertigte eine Angelrute. Zart fuhr er über das Holz, das dünn und biegsam war und dabei voll Kraft und schwerlich zu zerbrechen. Es war ein Zweig vom Schwarzdorn, geschnitten nach Michaelis, nicht früher, weil sonst noch Baumsaft austrat. Blut, das der sommerliche Baum aus seiner Wunde vergoss, derweil der winterliche die Schändung klaglos hinnahm. Der Zweig, der ihm der Länge nach bis zur Leibesmitte reichte, war als Spitze der Angel vorgesehen. Aimery umwickelte die Enden des Holzes mit Draht und sah seinen Händen dabei zu wie zwei Dienern: Wenn sie das Holz verdarben, das er gedämpft, begradigt und getrocknet hatte, bekäme es ihnen schlecht.

Den mittleren Teil der Rute hatte er bereits aus härterem, weniger biegsamem Tannenholz zurechtgeschnitzt. Als er an beiden Teilen nichts mehr auszusetzen fand, nahm er sie auf die Schenkel, schnitt in die Spitzen Schlitze und steckte eins ins andere. Er presste, half mit dem Hammer nach und schliff die überstehenden Kanten rund. Untrennbar mussten die zwei verbunden sein, wie miteinander verwachsen. Das hatte Aimery von der Natur gelernt: Es gab immer nur eine Weise, etwas am besten zu tun. Tausende von Amseln bauten auf die gleiche Art ihr Nest, und genau diese Art galt es zu finden und davon nicht abzuweichen. Was das Anfertigen von Angelruten betraf, konnte er mit sich zufrieden sein.

In diesen Gewässern durfte man Plötze angeln, die als Köder taugten, dazu Weißfisch, Gründling und Äsche, aber mit seiner Angel hätte man auch die verbotenen Hechte fangen können, die dem Master des *Domus Dei* gehörten. Sooft seine Gedanken ans Domus rührten, blickte er hoch, obgleich die Häuser der Stadt ihm die Sicht verstellten. Warum er das tat, fragte er sich schon lange nicht mehr. Es war ein Ritual geworden, Teil von ihm. Danach stand er auf und hob den mannshohen Schaft der Angel auf die Arme: Haselholz, dick wie ein Kinderarm, dabei noch immer geschmeidig, und auch dieses nach Michaelis geschnitten und ohne Hast gedämpft und getrocknet. In tagelanger Arbeit hatte Aimery den Ast mit seinem feinsten Messer ausgehöhlt. Teilte er das Geld, das der Kunde ihm zahlte, durch Stunden, die ihn die Fertigung der Angel kostete, so hätte er beim Dreschen auf der Tenne des Domus oder des nahen Manor mehr verdient, von seines Vaters Handel ganz zu schweigen. Aimery aber verlangte von einer Arbeit, dass sie ihn übte, ihn besser machte, dass sie seinem Ziel dienlich war.

Erst ganz zum Schluss, wenn er die fertigen Teile ineinanderschob, wenn sie auf sanften Druck zusammenglitten oder sich sträubten, zeigte sich, ob er sorgsam gearbeitet hatte. Aimery verzieh sich kein vergeudetes Holz. Wer von der Natur nahm, hatte die Natur zum Maßstab zu dulden. Die Spitze aus Tanne und Schwarzdorn verschwand sirrend im Haselschaft. Einige Male zog Aimery sie heraus und schob sie wieder hinein, dann gönnte er sich einen tiefen Atemzug. Sein Lied war dieses Sirren. Das einzige Lob, das er gelten ließ.

«Glänzend, Aimery. Ein Meisterwerk.»

Aimery fuhr zusammen. Seine Hände umklammerten die Angel.

«Ich wollte dich nicht erschrecken.»

Auf dem Kamm des Uferhangs stand Gocelin. Aimery erkannte einen jeden an der Stimme; er hatte sein Gehör geschärft, weil er am Hinterkopf keine Augen besaß. «Was willst du?»

«Gott zum Gruße pflegt man zu sagen, wenn einen ein Freund mit einem Besuch beehrt. Beim König von England spricht man im Empfangsgemach des Towers vor und bei Aimery Fletcher am Wasser der Äbtissin; wenn nicht auf der Werft, dann hier oben an der Windung.»

«Störe mich einmal auf der Werft, und ich schlage dich zu Gelump.»

«Weißt du, dass du das schon gesagt hast, als wir Knaben waren? Nur hattest du König Johns Werft noch nicht, sondern musstest mit dem Strand vorliebnehmen und mit dem Holz, das du deinem Vater gestohlen hattest. Damals warst du doppelt so alt und viel größer als ich. Heute fallen sechs Jahre Unterschied nicht mehr ins Gewicht. Ich habe den Wanst, der dir fehlt, und in den Armen mehr Schmalz.»

«Was willst du, Gocelin?»

«Dass du für eine kleine Weile darauf verzichtest, den Menschenfeind zu spielen, und dir von mir einen Krug Wein ausgeben lässt. Ich brauche deinen Rat, Aimery. Sooft du mir in der Kindheit auch Prügel angedroht hast, bin ich doch weiter zu dir getrottet.»

Aimery stellte die Rute behutsam in den eisernen Köcher, in dem er das Holz hergetragen hatte, und hüllte sie in Öltuch ein. Sein Werkzeug schlug er in eine Leinenbahn. «Komm her.»

«Hat dich der letzte gute Geist verlassen? Gewöhnlichen Sterblichen sticht vom Hocken im Uferschlamm das Kreuz, und regnen tut es auch.»

«Wenn dir so viel daran liegt, wird dein Kreuz wohl leiden müssen. Ich setze mich in keine Schänke, und das weißt du.»

Widerwillig machte sich Gocelin an den Abstieg, rutschte ein Stück, fing sich am Farn und legte den Rest des Weges in der Hocke zurück.

Aimery stand von dem Stein auf und setzte sich, die Beine kreuzend, auf die feuchte Erde. «Nimm den.» Er klopfte auf den Stein. «Damit dein Hintern nicht nass wird und dich dein Kreuz nicht zwickt.»

Gocelin ließ sich nieder und sah auf den Wasserlauf. «Mein Vater», murmelte er. «Der Arzt sagt, wir sollen den Priester holen, er kommt nicht durch die Nacht.»

Von selbst, wie man es ihm als Knaben eingepeitscht hatte, fuhr Aimerys Hand an die Stirn, um das Zeichen des Kreuzes zu schlagen. Als richte die läppische Geste gegen den Namen des Todes etwas aus. Er ließ die Hand auf den Schenkel fallen. «Es tut mir leid», rang er sich ab.

«Ja», sagte Gocelin, «es sollte dir leidtun. Er lag seit dem Sommer krank und hat oft nach dir gefragt, aber du huschst ja in deinem Haus ein und aus wie eine Ratte, nicht wie ein Mann, der darin wohnt. Hast du bemerkt, dass du seit dem Frühjahr eine Schwiegertochter hast, ein bemerkenswertes Geschöpf, das sich eure ganze Wirtschaft auf die Schultern lädt? Ist dir in den Sinn gekommen, dem Sohn, den du hast aufwachsen lassen wie Unkraut, ins Gewissen zu reden? Und hast du auf den Greis im Nachbarhaus, der dich mehr geschätzt hat als seinen eigenen Erben, auch nur einen deiner teuren Gedanken verschwendet?»

Aimery erhob sich, griff über Gocelin hinweg nach der Angel. «Wenn du gekommen bist, um mir meine Sünden aufzuzählen, dann lass mich dabei meine Arbeit tun.»

Unverhofft erhielt er einen Hieb in den Magen, der ihn zurücktaumeln ließ. «Ich habe dich gewarnt, Aimery.»

Aimery spürte, wie seine Sehnen sich spannten. «Willst du dich schlagen? Das kannst du haben.»

«Setz dich», sagte Gocelin. «Mach es dir dieses eine Mal nicht so leicht. Ich bin nicht hier, um dir vorzuhalten, wie du an deiner Familie versagst, obgleich der Versuchung schwer zu widerstehen ist. Ich brauche deinen Rat. Man wird mich zum Bürgermeister wählen. Du weißt, dass ich kein Mann wie mein Vater bin, sondern ein schwankendes Rohr und zu schwach dafür.»

«Dein Vater war der Ansicht, wer der Gilde vorsteht, mag ebenso gut auch Bürgermeister sein. Eine Bürde hast du ihm schon von den Schultern genommen, warum solltest du die zweite nicht auch schleppen können?»

«Weil die Zeiten andere sind.» Gocelin zupfte sich am Ohr. «Wir bekommen Krieg.»

«Krieg hat dieser Stadt immer wohlgetan. Um eines Krieges willen ist sie gegründet worden, für den Krieg hat man ihr Werft und Hafen errichtet, und wenn es jetzt gegen Frankreich geht, wird Portsmouth der Mittelpunkt von ganz England sein.»

«Aimery, tust du mir eine Liebe und setzt dich wieder hin?»

«Lass mich doch stehen. Untätig zu sitzen macht mich krank.»

Der andere seufzte. «Dieser Krieg wird anders als jeder, den wir uns vorstellen könnten.»

«Ja, das wird er, und das ist recht so, denn wenn das Rad der Zeit stillstünde, wäre es längst vermodert. Mit einer Handvoll Lehnsmänner, die vierzig Tage dienen und dann zurück auf ihre Höfe trotten, lässt sich der kommende Krieg nicht bestreiten. Es müssen Heere ausgehoben werden, Schiffe bemannt, halbe Dörfer übers Meer geschafft.»

«Deshalb komme ich zu dir», sagte Gocelin. «Weil du dich auf Krieg verstehst wie eine Hure auf Liebeslust. Deine ausgehobenen Heere werden ein Vermögen kosten, und die Kosten haben die Städte zu tragen. Portsmouth ist doppelt getroffen, denn Krieg mit Frankreich schädigt unsere Geschäfte.»

«Nicht meines», versetzte Aimery. «Ich wünsche mir Krieg, weil er mein Geschäft zum Blühen bringt.» Er hatte gewusst, was geschehen würde: Auf dem Gesicht des Mannes, der sich als Knabe voll Stolz seinen Freund genannt hatte, malte sich Entsetzen.

«Du willst mich foppen, oder? In der Stadt sagen sie, du bist gottlos wie Meerschaum und leistest dem Kiel eines Schiffes Götzendienst. Ich weiß, dass kein Wort davon wahr ist.»

«Das weißt du nicht.» Aimery senkte den Kopf. «Du glaubst es nur. Und tätest besser daran, das Gegenteil zu glauben.»

«Bleib mir mit deinen Haarspaltereien, deinem ewigen Glauben und Wissen vom Hals.»

«Von mir aus gern. Und was willst du jetzt tun? Mir noch eins in den Bauch verpassen, mich bespucken? Ich bin daran gewöhnt, es macht mir kaum noch etwas aus.»

Gocelin stand auf. «Ich wollte dir nicht wehtun.»

«Ich weiß. Lass es gut sein.» Tu mir weh, dachte er. Aber rühr mich nicht an.

Der andere seufzte. «Ich muss Bürgermeister werden, ich verstehe nichts davon, und ich will, dass du mir hilfst. Dass du errechnest, was es kostet, diese Stadt für den Kriegsfall zu befestigen, und mit mir auf Wege sinnst, dem König dieses Geld zu entlocken. Wir brauchen Mauern, eine Stadtwehr, einen Rundturm im Hafen. Vergib mir, ja? Ich hätte dich nicht schlagen dürfen und dir nicht vorwerfen, du machtest es dir leicht.»

Aimery hätte gern geschwiegen. Es war ihm ein Rätsel, weshalb den Menschen so am Reden lag, weshalb sie den Worten so viel Macht erteilten. «Du bittest den Falschen», sagte er.

«Du weist mich ab?»

«Mir frommt es ja nicht, wenn der König Geld für Befestigungen ausgibt. Ich will, dass er es für Kriegsgerät ausgibt. Für Schiffe, Gocelin. Ich verdiene deine Schläge redlich, ich bin so gottlos, wie die Leute sagen, und ich mache es mir leicht.»

Der andere schluckte, ehe er herausspie: «Du nimmst dich sehr wichtig, weißt du das?»

«Ja», antwortete Aimery, obgleich er das nicht wusste.

Gocelin wandte sich zum Gehen. Er würde am Farnkraut Halt suchen müssen, dabei dem einstigen Freund den Hintern hinstrecken, und das bereitete ihm sichtlich Unbehagen. Aimery drehte sich weg und sah auf das Wasser, in das der Regen Krater tupfte.

«Mein Vater will dich noch einmal sehen», rief Gocelin, begleitet von stapfenden Geräuschen seiner Sohlen. «Wiewohl ich wahrlich nicht weiß, warum.»

«Ich auch nicht», erwiderte Aimery, der das jedoch durchaus wusste.

Das Stapfen brach ab. Gocelin hatte den Kamm erreicht. «Ich habe mich oft gefragt, wie sie dir das antun konnte. Aber heute verstehe ich sie. Was blieb ihr denn anderes übrig, einem atmenden, blutvollen Geschöpf, das gezwungen war, dich zu ertragen?»

Sie. Helewise. Die kein atmendes, blutvolles Geschöpf mehr war. Aimery hob den Kopf, sein Blick flog in Richtung des Domus. In seinen Ohren begann es zu rauschen, sodass er nicht hörte, ob Gocelin sich entfernte. Stattdessen vernahm er den Kuckuck, als sei nicht November, vernahm das sich wiegende Gras und ein Lachen, das er nie vergessen hatte. In seiner Wange zitterte ein Muskel wie unter fingerspitzer Zärtlichkeit. Er grub die Zähne in die Lippen, befahl sich, ruhig zu bleiben, aber verweigerte den Gehorsam, drehte sich um und riss die Angel aus dem Köcher. Seine Hände packten den Mittelteil aus Tannenholz und brachen ihn entzwei. Dann ließ er alles fallen, lud sich sein Werkzeug auf und ging.

Der Schnee in diesem Jahr kam früh. Als die zwölf Hohen Feiertage nahten, konnte Dorothy das Kind kaum noch schleppen. Matilda, die nach sieben Schwangerschaften eine massige Frau war, hatte nicht halb so schwer an der achten getragen. Dorothys Leib schaukelte vor ihr her wie ein vertäutes Schiff. Unter der Last schwollen ihr die Beine, und die Knöchel schmerzten. Konnte ein Mann ein solches Monstrum umarmen? Nahm es wunder, dass der ihre Nacht für Nacht vor ihr floh? Aber sie war die Frau, die sein Kind trug. Ihre Fruchtbarkeit hätte ihm Lust machen sollen, nicht ihn bei abscheulichem Wetter auf die Gasse scheuchen. Der Bürgermeister, Gocelin, dessen Vater nach Michaelis gestorben war, wünschte den nächtlichen Ausgang zu verbieten, weil sich so viel Gelichter durch die Straßen stahl. Symond jedoch wäre auf leisen Sohlen dem Verbot entwischt. Als sei er selbst Gelichter, ein Fuchs, der die Nacht durchjagte und den Tag verschlief. Nach der Dämmerung schnürte er sein Wams um und verschwand. Wenn Dorothy ihn fragte, was ihn umtrieb, zuckte er die hübschen, schlaffen Schultern.

Dorothy war entschlossen, zur Weihnacht den Bann zu brechen. Zu keiner Zeit standen die Zeichen günstiger. Trotz ihrer Bürde tat sie alles, wie sie es sich vorgenommen hatte, braute Ale, buk Pasteten, bereitete Wein von übersüßen Eisäpfeln. Als ihr das Geld ausging, suchte sie den alten Francis im Verkaufsraum auf. So vollgestopft war es hier, dass zwischen Kisten und Fässern nur schmale Gänge blieben, durch die Dorothy ihren Leib nicht quetschen mochte. Francis hätte längst wie ein rechter Kaufmann ein Lager mieten sollen, doch derlei verbot ihm sein Geiz. Sie hörte ihn rumoren und reckte den Kopf hinter einem Stapel hervor.

«Gott zum Gruß, Master Großvater. Ich brauche Geld für die Hohen Feiertage.» Francis gab keine Antwort, sodass Dorothy sich wohl oder übel um den Turm aus Kisten herumzwängen musste. Am Ende des Gangs, im Schein einer einzelnen Kerze, stand der Alte über ein Pult gebeugt, zählte Münzen in einen Beutel und schrieb. Er drehte sich nicht um. Zorn packte sie: «Hört Ihr mich nicht? Ich brauche Geld für die Weihnacht.»

«Für den Kirchenzehnt?» Der Alte sprach, ohne seine Tätigkeit zu unterbrechen. «Den entrichte ich selbst. Lasse ich den Iltis von einem Sohn die Schuld zur Kirche tragen, so bleibt dem Priester nur die Hälfte. Ohnehin fehlt ständig Geld in meinem Säckel. Also geh nicht mich darum an, sondern Aimery, der es stiehlt.»

Dorothy schüttelte sich. Wie konnte ein Sohn seinen Vater bestehlen? Und wie war es möglich, dass sie, ein vorausschauendes Mädchen, in solchen Schmutz geraten war? Stur starrte sie dem Alten auf den Nacken, auf das graue Haar, das strähnig aus der Kappe hing, und schob sich voran. Keine Armlänge hinter ihm blieb sie stehen und öffnete die Hand. «Ich brauche Geld, um ein Mahl zu bereiten, wie es der Geburt des Herrn gebührt. Ich schlachte eins meiner Ferkel, auf dass ich Kaldaunen zum Hack nicht kaufen muss, aber mir fehlen Korinthen, Zimt und Muskat. Das Butterfass ist leer, und Ihr habt allen Hafer verkauft. Woraus soll ich den Weihnachtspudding kochen?»

Der Alte drehte sich um. Er sah grämlich aus, aber nicht wie der Vater des Schwarzen. In seinen Augen brannte nichts, und zerfurcht war sein Gesicht nur vom Alter. «Wer, sagst du, schlachtet das Ferkel?»

«Ich selbst. Ich bin eines Knochenhauers Tochter.»

«Und wie ich sehe, keine, für die dein Vater sich schämen muss.» Er langte in seinen Beutel, klaubte Münzen heraus und zählte ihr fünf davon in die Hand. «In diesem Haus gab's keinen Weihnachtspudding, seit mir der Fluch von Sohn das Weib weggerafft hat. Geh nicht allein zum Markt mit deiner Fracht vorm Bug. Nimm das Hürchen mit.»

«Agnes ist kein Hürchen. Und was sie ist, habt Ihr aus ihr gemacht.» Vor Zorn schwitzte sie in der stickigen Kälte. «Ich brauche noch sechs Pennys für eine Gans. Die Kirche verkauft sie zu so günstigem Preis.»

«Günstiger Preis? Wo der Priester das Federvieh geschenkt kriegt? Weißt du, was ein Handwerker am Tag verdient?»

«Und ob. Fünf Pennys oder ein, zwei weniger.»

«Ah, ich vergaß: Du bist eines Knochenhauers Tochter.»

«Ihr aber seid kein Handwerker mehr, sondern Händler. Und Euer Sohn hat einem aus London eine Kogge gebaut.»

«Eine Kogge, so so.» Er entblößte die kräftigen Stumpen seiner Zähne. «Und wohin fährt sie, die Kogge? Aufs Meer, richtig, und dahin geht auch jeder Farthing, den mein Lump von Sohn in die Finger kriegt.» Er langte noch einmal in den Beutel und zählte sieben Pennys ab. «Zahl dem Gierschlund von Priester einen Penny mehr und lass dir die Gans geröstet geben.»

An ihm vorbei warf Dorothy den siebenten Penny aufs Pult. «Die röste ich selbst.» Damit ging sie.

Das Rösten der Gans, so hoffte Dorothy, war besser als Liebeszauber. Ihr Symond sollte ein Heim haben, wo es zur Weihnacht nach schmelzender Butter roch und Fleischkrusten krachend platzten. Zum Markt nahm sie Agnes mit, sie hatte die Schwägerin gern bei sich. Wiewohl der Markt zu dieser Zeit spärlich besucht war, schien er sich in Agnes' Gegenwart in Festgetümmel zu verwandeln. Bis zum Gewürzhändler trug die Schöne brav den Korb, dann aber gab sie ihn Dorothy und fiel in einen Tanz, dass ihr Rock um sie schwang. Nach jenem verunglückten Bad hatte sie statt Strafe ein neues Kleid bekommen, in einem Grau, das ihre Meeraugen spiegelte. Eine Seejungfer war Agnes, glitzernd wie mit dem Fischschwanz und so seltsam ohne Herz, aber voller Zauber. Die Marktbesucher drängten sich um sie, selbst die Schneeflocken wirbelten im Takt ihrer Schritte. Agnes warf den Kopf mit dem herrlichen Haar in den Nacken und sang:

Wir sind die Männer vom Solent, aus hartem Holz geschnitten,
Und wenn es in den Krieg geht, gegen den Franzosen,
Dann stehen wir an uns'res Königs Seite.

Ein Bursche stieß im Sprung zwei Weiber beiseite und griff nach Agnes' Hüfte. «Holla, Agnes Fletcher! Wenn du ein Mann vom Solent bist, dann geht's in den Krieg heute Nacht, und dein König bin ich!»

Agnes lachte. Mit einem Nasenstüber schickte sie den Kerl seines Weges und umarmte Dorothy. «Oh, Dottie, Dottie, schmeckt das Leben nicht süß, muss man nicht immerfort davon saufen?»

Süß schmecken Agnes' Gesang und ihre Leichtigkeit, dachte Dorothy. Als sei das Dasein ein Spiel. Bis sie zu den Ständen mit den Tuchen kamen, war das Schneetreiben so dicht geworden, dass die Händler ihre Ware rafften und unters Dach der Schrange flüchteten. Nur Gilbert Berkham blieb stehen, sich gelassen eins pfeifend. Wieder legte Agnes den Kopf zurück, sang aber nicht, sondern trällerte aus tiefer Kehle: «Tirilom, tirila.» Sie hob den Arm und ließ, wahrhaftig wie eine Hübschlerin, die Reifen klappern. Dorothy riss ihren Spinnrocken aus dem Gürtel und drosch ihn nach Kräften auf Agnes' Hintern. Aufjaulend vollführte die Schöne einen Satz.

Berkham lachte, klatschte Beifall. «Wacker gepfeffert, werte Dottie. Wenn's eines Helfers bedarf, so findet ihn in mir.»

Dorothy packte Agnes beim Ärmel und zerrte sie in die nächste Seitengasse, wo sie sich außer Atem gegen eine Hauswand stützte.

Agnes presste die Hände auf die Hinterbacken und verzog komisch das Gesicht. «Bist du des Wahnsinns?»

«Du hast das Zehnfache verdient, du loses Ding. Gilbert Berkham ist deines Vaters Rivale und ein Versucher dazu, mit dem treibt man kein Spiel. Am liebsten ließe ich dir, auch wenn du mannbar bist, zum Kindleinstag eine Wucht auf den Hintern zählen.»

Der Tag der Unschuldigen Kindlein war der vierte der Hohen Feiertage und der schwärzeste, unglückseligste dazu. Jedes Kind, selbst das folgsamste, bezog an diesem Tag ein Dutzend Rutenhiebe, auf dass der Schmerz es an die Untat des Herodes gemahnte, an die ermordeten Kindlein Bethlehems. Dorothy war der Tag verhasst. Nicht um der Prügel willen, die der Besserung dienten und von väterlicher Sorge kündeten. Sie hasste ihn, weil es ein Tag böser Omen war, an dem kein Paar sich trauen und kein Stutzer sich ein neues Wams anmessen ließ. Eine Schwangere konnte froh sein, wenn sie wie Dorothy noch ins nächste Jahr zu gehen hatte und nicht an solchem Tag niederkam.

Agnes' Lachen klang zart wie ein Geheimnis. «Und was glaubst du, wer hat sie mir früher verabreicht, die läuternde Wucht zum Kindleinstag? Der Vater klopfte einem Schiff ans Heck, und den Großvater ging's nichts an, denn Blagen den Arsch zu versohlen bringt kein Geld. Merk es dir endlich, mein Tierchen: In unserm Haus rührt keiner eine Hand für einen andern, und wenn du etwas willst, dann nimm es, oder du bekommst es nie.»

Wenn du etwas willst, dann nimm es, oder du bekommst es nie. Diese Worte gingen Dorothy nicht mehr aus dem Kopf. Sie wollte Symonds Liebe, und sie wollte für ihren Sohn einen Vater, der ihn voll Stolz und Strenge erzog. Sie wollte für Agnes sorgen, die Verwilderte auf gerade Pfade lenken, und wiewohl solcher Gedanke Sünde war, sie wollte ein Haus ohne Francis und den Schwarzen. Wer eine Heilige Hostie in den Teig der weihnachtlichen Hackpastete brockte, hatte einen Wunsch frei. Die Hostie hatte Agnes für sie gestohlen. Wie sie an die Sakramentsnische gekommen war, ohne dem Priester in die Hände zu fallen, zog Dorothy vor, nicht zu wissen. Während Dorothy ihr Herdfeuer schürte, sprach sie stumm ein ins Unbestimmte gerichtetes Gebet: Ich wünsche mir, dass mein Symond mich liebt, dass er aufhört, auf Wegen zu wandern, von denen ich nichts ahne, und dass wir ganz Mann und Frau sind, so wie der Vater und die Mutter es waren – und noch mehr, etwas mehr.

Sie kochte Grütze von Hafer, der im Winter teuer war, und gab reichlich von allem, Eigelb, Zimt und getrocknete Früchte, in den Brei. Dann befahl sie jeden, der zum Haushalt gehörte, sogar Francis, zu sich und hieß ihn, den Löffel dreimal im Kreis durch den Kessel zu ziehen. *Pudding zur Weihnacht, lass alle drin rühren, Liebesglück wird's unters Dach dir führen.* Agnes machte sich einen Spaß daraus, Symond musste aus dem Bett geholt werden, und Hugh und Hilda lenkten ihren dreckstarren Kindern die Hände, damit der Löffel nicht in einem aufgesperrten Mund verschwand. Nach dem Schwarzen ließ Dorothy nicht suchen. Das wäre zu viel verlangt, befand sie. Schließlich bitte ich auch nicht den Wind, der ungeladen hereinfegt, dass er mir die Süßspeise quirlt.

Von früh bis spät stand sie in der Küche, die mit allem Erdenklichen ausgestattet war. Kein Gerät fehlte, kein Kräutermörser, keine Apfelpresse, und das meiste schien ungebraucht, wenn auch verstaubt und alt. Am Rosenkranz betete sie sich die Finger wund, und nach der Küchenarbeit lief sie ins Gehölz vor der Stadt, um Immergrün für die Stube zu schneiden. Doch sosehr sie sich mühte, es fruchtete nichts. Symond und Agnes tauchten auf und verschwanden wie Wassergeister, Francis vergrub sich bei seinen Waren, und zwischendurch aßen alle aus Dorothys Töpfen wie Tiere aus Trögen die Fastenspeisen des Advent.

Am Weihnachtsmorgen war Symond aus totengleichem Schlaf

nicht wachzurütteln. Er musste zu Bett gekrochen sein, als Dorothy endlich eingedöst war, aus seinem Mund hing ein Faden Erbrochenes. Sie ließ ihn liegen. Ihr blieb nichts übrig, als auf die Macht des Heiligen Tages zu vertrauen. Sie wartete darauf, dass die Familie dreimal zur Kirche geführt werde wie daheim in Southampton, in die Messe zum Morgengrauen, die Messe zum Tage und die Messe zur Nacht, aber nichts geschah. Symond schlief. Francis, sein Silber zählend, missachtete den Feiertag.

Im Dämmer kam Agnes nach Hause, Rosen auf den Wangen, Schnee im Haar. Kurz darauf fanden sich auch die zwei Männer ein, Symond mit blau verschwollenem Auge. Auf einmal sah Dorothy die Stube ihres Elternhauses vor sich, hörte das Lachen von Mutter und Basen und das Knistern des Weihnachtsfeuers, das ihr Bruder zur taghellen Lohe schürte. Heimweh verstopfte ihr die Gurgel, und sie bekam von all dem liebevoll Bereiteten kaum einen Bissen durch den Hals. Ohne Gebet, in Schweigen ward die Gans verschlungen. Hernach brachen sie zur Vigilmesse auf.

Die Nacht war eisklar, der Schnee lag fesselhoch, und die Sterne funkelten, als sei der Himmel überfroren. Es roch, wie es nur hier roch, nach dem salzigen Atem des Meeres, und von der Marktgasse drang das Lied der Weihnachtssänger, in das Agnes einfiel. Als die Kirchenglocken dazu erklangen, Geläut, das alles Böse verjagte, schöpfte Dorothy Hoffnung. In Wahrheit wollte sie nirgends sein als hier. Übers Jahr trüge sie ihren Buben zur Messe, und Symond ginge zum Mann gereift an ihrer Seite. Sie nahm seinen Arm. Noch einmal erfasste sie der Stolz ihres Hochzeitstages. Vor den Türen warteten Kirchgänger, die würden sie im Licht der Weihnachtslampen kommen sehen: Symond und Dorothy Fletcher, ein schönes Paar, die Gattin schwanger mit dem ersten Sohn.

«Symond», flüsterte sie wie im vergangenen Jahr, als er um sie geworben hatte. «Mein süßes Herz.»

«Gib doch Ruhe», murmelte er. Es klang, als plage ihn sein verschwollenes Auge.

Dorothys Arm löste sich aus seinem. Sie blieb stehen und ließ die Familie ziehen, den krummen Greis und das blonde Geschwisterpaar, trat beiseite und ging den Seitenschenkel der in Kreuzform gebauten Kirche entlang bis zum kleinen Portal. Hier war sie mit Symond getraut worden. Vom Vordach hingen armlange Eiszapfen, die glitzerten in der Schwärze. Dorothy reckte sich auf Zehenspitzen, streckte die Zunge und leckte am Eis. Der Schmerz schlug in ihrem Schädel Funken, aber der Lohn, den er versprach, war alles wert: *Wasser, getrunken vom Kirchendach, ruft loderndes Feuer der Liebe wach.*

Gleich darauf wurden die Flügeltüren aufgeschoben. Der Priester, Vater Stephen, der so alt wie Francis sein mochte, und ein langer Mann in Kutte traten mit knirschenden Schritten in den Schnee. Dorothy sprang zurück. Hatten die beiden gestritten? Der Lange war offensichtlich ein Mönch, ein Diener Christi. Im Licht der Laterne, die er trug, sah sie, dass ihm rotes Haar in Büscheln aus der Nase spross. Womöglich hatten die beiden mitbekommen, wie sie mit gestreckter Zunge dem Aberglauben frönte! «Mein Herz will ein verlauster Affe sein, wenn ich mich nach Eurer Vorschrift richte», rief der fromme Bruder ohne einen Blick auf Dorothy.

Die umfing ihren Leib, eilte fort und stellte sich neben Agnes in die Menschentraube, die vor dem Hauptportal auf Einlass wartete. Anzüglich wandte die Schwägerin den Kopf nach ihr, hob die Brauen, aber sagte nichts. Das Gemurmel der Kirchgänger verstummte.

«Francis Fletcher.» Die Stimme des Priesters zerschlug die Winterstille. «Wo ist dein Sohn Aimery?» Francis antwortete nicht, der Mönch aber knurrte wie ein Tier, ließ den Priester stehen und stapfte ohne ein weiteres Wort in die Nacht davon.

Agnes hieb Dorothy den Ellenbogen in die Rippen. «Heda, Dottie, was ist dir? Das fragt der immer. Wenn er sich mit Master Fitzroger streitet, lässt er seinen Ärger an uns aus, das ist eben so.»

In ihren Rücken wurde Gewisper laut. «Und wen schert es, wo der Weibsmörder ist?»

«So Gott gebe, am Pfahl in Cattecleffe und dann im Schlund der Hölle. Wo ist des Müllers Tochter? Wer hat in fünfzehn Jahren danach gefragt?»

«Lasst den Satan in die Kirche, und das Dach bricht über uns ein.»

Der Priester sperrte die Türen auf. Dorothy fühlte sich geschoben, ihr Körper starr, ihr Herz eine Trommel. «Ist dir nicht wohl, Tierchen?» Agnes' Gesäusel übertönte das Gehörte nicht.

Das also war es, was das Haus vergiftete, was die Bewohner wie unter Wasser umherwandeln ließ, wortlos, blicklos, ohne Berührung. Es war eines Mörders Haus. Die Wut der Frauen entstammte nicht üblicher Gehässigkeit. Sie wünschten dem Schwarzen nicht Schmach und Unbill, sondern den Tod am Pfahl. Über Dorothys Kopf begann von neuem das Geläut der Glocken. Erst als sie sich in Bewegung setzte und mit dem Strom in die Kirche einzog, bemerkte sie, dass ihr Gatte verschwunden war.

Seither hatte sie Symond nicht gesehen, drei Tage lang, in denen es ihr elend erging. Sie konnte kaum essen, ihr Schlaf war zerfetzt von Träumen. Derweil war das Wetter beständig scheußlicher geworden, der Himmel hing schwarzgelb über den Dächern, und mit nur kurzen Unterbrechungen fiel Schnee. Es war der vierte, der finstere unter den Feiertagen. Dorothy kauerte am Fenster, hatte den Laden aufgestoßen und ertrug die Kälte, weil ihr in der Kammer die Luft ausging. Von der Gasse drang

Klatschen und klägliches Gezeter – des Bürgermeisters Kinder, die dem Brauch gemäß die Bitternis der Zuchtrute schmeckten – und sonst kein Menschenlaut. Vor den Häusern warfen die Weihnachtslaternen blasse Lichter ins Trübe.

Dorothy lehnte den Kopf ans Holz des Fensterrahmens. Alles, was sie versucht hatte, jeder hilfreiche Zauber, war vergebens, denn über des Mörders Haus stand der Fluch. Ihre Finger krallten sich durch den Stoff in ihre hartgespannte Bauchdecke. Sie sah hinunter auf Deghere, der seinem Ältesten mit deftigen Hieben die Seele läuterte, und auf Matilda, die mit stolzgeschwellter Brust dabeistand. Die heilsame Rute, bei Dorothys eigenem Knaben wäre sie zu schwach. Am Bösen zerbricht der Stock, hieß es von alters her. Sie schüttelte sich. Gleich darauf schloss sich ein Arm um ihre Schultern und verlieh ihr Halt.

Einen Augenblick lang hoffte sie, es wäre Symond. Dann kitzelte eine Hand ihre Wange, und sie sah in Clements Gesicht.

«Warum sitzt du im Kalten, Dottie Nussholzhaar? Hab ich dich einem Kerl aus reichem Haus gegeben, damit du bei einer Talgfunzel Trübsal blasen musst?» Er küsste ihr die Stirn.

Seine Lippen rochen nach Hackpasteten und ließen sie spüren, wie sehr sie fror. Das Kind regte sich. «Ich fürcht mich, Clement.» Die Worte klirrten, als zerbreche Ton.

Seine Fingerspitze fuhr unter ihrem Auge entlang. «Wer macht dir Bange? Doch nicht dein Mann, oder? Der Teufel Aimery?»

«Ist der der Teufel?»

Der Bruder küsste ihr den Kopf. «Aber nicht doch. Der ist nicht mehr als ein von Grund auf verrotteter Mensch.»

Ehe sie schlucken konnte, schwappte das Entsetzliche heraus: «Der ist ein Mörder, der hat sein Weib totgemacht. In der Stadt wissen's alle.»

Mit beiden Händen strich Clement das Haar, das ihr übers Gesicht hing, wieder unter ihr Gebende.

«Es ist nicht wahr», rief sie. «Sag, dass es boshaftes Gerede ist, dass die Schandmäuler auf den Tauchstuhl gehören.»

«Dottie», sagte er, die Hände auf ihren Wangen. «Es gibt sehr schlechte Weiber, das weißt du. Erinnerst du dich an des Lohgerbers Ellen, die sie mit dem Strohkranz aus der Stadt gepeitscht haben? Und erinnerst du dich auch, wofür?»

«Gehurt hat die», murmelte Dorothy. «Mit einem Buhlen gelegen.»

Clement nickte. «So war es auch bei den Fletchers. Sie haben Aimery nicht bestraft, weil vom Gesetz her kein Mann dulden muss, dass ihm sein Weib solche Schmach zufügt.»

In Dorothys Kopf drängten sich die Bilder: Agnes auf dem Markt, die ihren Hintern im Takt von Gilbert Berkhams Pfiffen wiegte. Agnes im Wasser, sich ergötzend am eigenen Fleisch. Das Mädchen war verworfen, ihre Mutter eine Ehebrecherin. «Clement», rief Dorothy, «warum bist du hier und nicht daheim bei Mutter? Du suchst nicht die Agnes, oder doch?»

Ihr Bruder wandte sich zum Fenster und sah hinaus auf die Gasse, wo Gocelin und Matilda ihre Sprösslinge, die plärrten und sich die Kehrseiten rieben, ins Haus führten. «Ich will Agnes bitten, meine Frau zu werden. Nicht heute. Aber sobald der schwarze Feiertag vorüber ist.»

«Das darfst du nicht. Sie ist die Tochter einer Ehebrecherin.»

Clement drehte sich um. Über seinem Gesicht lag im Schein des Talglichts ein schier verzücktes Strahlen. «Sie ist das süßeste Mädchen von der ganzen Küste.»

«Clement!»

Er packte sie bei den Schultern. «Soll ich wirklich Agnes ankreiden, was ihre Mutter getan hat? Und was hat die denn getan, eine Jungfer, nicht älter als du, in die Ehe mit dem Scheusal Aimery gezwungen? Einem Burschen hat sie schöne Augen gemacht, dafür hätten ihr Prügel gebührt, er aber hat sie des

Nachts in die Salzwiese geschleppt und wie eine Ratte erdrosselt.» Er war so laut geworden, dass Degheres kleines Mädchen, Catin, zu ihnen hochsah. «Verzeih», murmelte er. «Ich hätte dir das nicht sagen dürfen. Aber du sag mir: Was können Agnes und Symond dazu?»

Es war Symonds Name, der Dorothy schweigen ließ. Ehebruch ist Sünde, hatte sie rufen wollen, und sie schlägt bis aufs nächste Glied. Dann aber sah sie das Gesicht ihres Mannes vor sich, die weiße Stirn und die arglosen Augen, und brachte nichts davon heraus. Vor dem Fenster wurde Dämmer zu Dunkel. «Wo ist er, Clement? Immer streicht er draußen herum, seit drei Tagen habe ich ihn nicht gesehen. Ich weiß nichts von ihm.» Dass sein Vater seine Mutter erdrosselt hat, als er ein Kind war, wusste ich nicht, hätte sie beinahe hinzugefügt. Sie stemmte sich auf die Füße. «Ich gehe ihn suchen.»

Im nächsten Augenblick flog die Tür auf, und in der Öffnung stand Agnes. «Bei meiner Seele, mach das Fenster zu! Hier herrscht ja ärgerer Winter als draußen.» Sie trug ihr silbriges Kleid und darüber einen fellbesetzten Mantel, wie ihn sich sonst keine in Portsmouth leisten konnte. Als sie Clement entdeckte, tänzelte sie einen Schritt weit in die Kammer. «Wen haben wir denn da? Den Master Loyes aus Southampton, und wenn es in den Krieg geht, gegen den Franzosen, dann steht er an seines Königs Seite. Was verschafft uns solche Ehre am Schmerzenstag?»

Clement lachte wie daheim unter den Apfelbäumen, wie ein Mann, der mit seiner Welt im Reinen ist. Aber in seinem Blick las Dorothy, dass er liebeskrank war. Sie hätte schreien wollen: ‹Nimm Lettice, das schale Ale, nimm jede, nur nicht sie!› Symond hatte mit seinem Vater nichts zu schaffen, aber Agnes war sein Liebling, in ihrer Hitze wohnte sein Eis. Dorothy drängte an ihr vorbei. Zuerst musste sie Symond finden und ihm sagen: ‹Lauf nicht vor mir weg. Ich weiß es. Und ich bin dir noch gut.›

«Heda, wo willst du hin?»

«Ich gehe zu meinem Mann.»

Dorothy stand schon am Treppenabsatz, aber Agnes sprang ihr nach und umfasste ihren Arm. «Nein, nein, du gescheites Tierchen, hierin irrst du dich! Das willst du nicht wissen, was der treibt, das nicht.»

Dorothy riss sich los. Sie sah noch das Gesicht ihres Bruders in der Tür auftauchen, und dann lief sie, einen Arm unterm Bauch, die Treppe hinunter, durch den stockdunklen Wohnraum und hinaus in die Nacht.

Noch immer fiel Schnee. Weit laufen konnte sie nicht, weil der mächtige Leib ihr den Atem raubte. Als sie vor der Hauptstraße innehielt, bemerkte sie, dass sie nicht wusste, wohin sie sich zu wenden hatte. Portsmouth war kleiner als Southampton und planvoll gebaut. Die Gassen führten nach Osten an die Wasserläufe, nach Westen zu den königlichen Wohnanlagen, nach Süden zum Hafen und dem Hospiz und nach Norden ins Marschland, das Sudewede hieß. «Dorthin verirrst du dich besser nicht», hatte Matilda ihr anempfohlen. Das Land war sumpfig, aus dem Schlick stiegen stinkende Gase, und in fauligen Häusern wohnten Gerber und Färber, aus deren Türen noch schlimmerer Brodem drang. Hinter dem Stadtrand lag das Siechenhaus für die Aussätzigen. Außerdem gab es in Sudewede Spelunken der Art, wie nur finsteres Gelichter sie im Dunkeln aufsuchte.

Wieder verglomm ein Licht. Gesetz war, die Weihnachtslampen brennen zu lassen, bis sie erloschen, und das geschah in beklemmender Geschwindigkeit. Still war es. Kein Mensch mehr auf der Gasse. War es in solcher Nacht gewesen, dass der Schwarze sein Weib in die Kälte gezerrt hatte, derweil im Haus ihre Kinder schliefen? Symond, der Sohn der Gemordeten, wo streifte der umher? Kein Stern schenkte Trost. Nur die Sichel des Mondes, fahl hinter Wolken, stand über dem seltsamen Gotteshaus, dem *Domus Dei.* Wie ein Nest aus Stein bargen Bauten das Hauptgebäude mit der Kapelle. Ohne nachzudenken, setzte sich Dorothy in Schritt.

«Du gehst den falschen Weg.»

Die Worte schnitten ihr in den Rücken. Zugleich begann ihr Herz zu hämmern, und in ihrem Leib flammte Schmerz auf, als reiße eine Hand ihr an den Eingeweiden. Dann legte sich der Schmerz wieder, und Dorothy drehte sich um. Oben an der abschüssigen Gasse stand Agnes, die im Laternenlicht, mit durchnässtem Haar, mehr denn je einem Geschöpf des Meeres glich.

«Ich habe dir geraten, lass Symond seine Kreise ziehen und zieh du die deinen. Genieß dein Leben. Der alte Geizhals stirbt irgendwann, und dann sind wir reich. Aber du Ei bist ja klüger als die Henne und musst unbedingt ins Messer laufen. Nun denn, geh stadtaufwärts. Dort unten bei den frommen Brüdern bist du falsch.»

«Was meinst du?» Der Schmerz kehrte wieder, stärker diesmal.

Agnes hob den Stab der Laterne und kam durch glitzernden Schneefall auf sie zu. «Du willst also um jeden Preis wissen, was der Goldschopf treibt, den du geheiratet hast. Was soll er denn treiben, Tierchen? Mit den Huren treibt er's, mit dem Abschaum aus Sudewede.» Nur noch drei Schritte. Die Schwägerin blieb stehen, ihr Atem eine rasche Wolke.

«Das braucht er nicht.» Dorothys Stimme gellte, klang fremd. «Er hat ein Weib daheim, ein junges Weib!»

«Ja, und was für ein frommes, blitzsauberes dazu.» Agnes warf den Kopf in den Nacken. «Nur macht ihm das keinen Appetit. Dem süßen Symond schmeckt es, wenn eine noch nach dem Schwanz stinkt, der vorher dringesteckt hat, wenn er sich in all dem Schlamm suhlen kann, den der Herrgott uns verboten hat. Wir sind schlecht, gute Dottie aus Southampton, schlecht, schlecht, schlecht!» An ihrem Gesicht war nichts Liebliches mehr. Ihr Lachen hallte in der Schlucht der Häuser wider.

Dorothy drehte sich um und rannte. Nur fort von dem Grauen, und wenn der Schmerz sie zerriss. «Dottie», schrie Agnes, «sei nicht dumm, komm zurück», aber Dorothy rannte aus Leibeskräften, die Füße stolpernd und die Arme um den Leib geklammert. Vor dem Licht um Agnes floh sie ins Schwarz. Erst als die letzten Hütten hinter ihr lagen, als ihr Fuß knirschend Eiskristalle auf der Salzwiese zertrat, begriff sie, was der Schmerz in ihr bedeutete: Sie stand im Schneegestöber, konnte nicht weiter und bekam am Tag der dunklen Omen ihr Kind.

Die nächste Wehe stieß sie auf die Knie. Gleich darauf rollte eine neue über sie hinweg, und der dünne Schneefall wirbelte im Kreis. Wenn sie leben wollte, musste sie sich zum Hospiz durchschlagen. Der gequälte Leib krümmte sich. Als sie den Kopf hob, sah sie den Mann.

Er kam vom *Domus Dei.* Erst ein Schatten, dann eine graue Gestalt. Er entdeckte sie, rannte los und warf sich neben ihr nieder. Als er sie packte, schrie sie. Aus der Todesangst wuchs ihr Kraft, sie ballte die Fäuste und schlug nach ihm. Ein Hieb traf sein Gesicht, Knöchel prallten auf Knochen. Er ließ sie nicht los. Unter dem nächsten Faustschlag spürte sie seine Lippen, dann streckte eine Wehe ihren armen Körper hin. Sie konnte nicht mehr schreien, nur nach Atem hecheln.

«Dorothy? Hör zu, Dorothy, du brauchst einen Unterstand und Feuer, oder du stirbst samt dem Kind. Ich muss dich ein Stück weit schleifen. Vergeude deine Kraft nicht mit Schlagen. Hilf mir.»

Er beugte sich zu ihr, nahm ihren Arm und legte ihn sich um die Schultern. Ihren Leib stützend, zog er sie hoch. Kaum spürten ihre Sohlen Boden, brach eine Wehe ihr die Knie. Er fing sie vor seiner Brust und ging rückwärts mit ihr weiter. In ihren Ohren schwoll mit jedem Schritt ein Rauschen. «Was ist das?», schrie sie, «dieser Lärm, was ist das?»

«Der Solent», rief er zurück. «Solange du ihn achtest, hast du nichts von ihm zu fürchten.»

Sie war sicher, ihn lächeln zu hören, ohne Zweifel verlor sie den Verstand.

«Aber wir nehmen besser die Beine in die Hand, die Flut kommt bald, es geht auf Mitternacht.»

Er brachte sie nicht zum *Domus Dei*, sondern schleppte sich mit ihr über die Schlickbank, am Hafendeich vorbei, auf die andere Seite der Stadt. Vor einer Mauer blieb er stehen, um ein Tor aufzusperren.

«Weißt du, wo wir hier sind?» Seine Stimme klang, als hätte er den Wind verschluckt. «In der Stadt nennen sie es König Johns Werft.»

Es war zu dunkel, um etwas zu erkennen, auch war sie vor Schmerz halb blind. Ihr Gehör vernahm das Sprudeln eines Wasserlaufs und den schweren Atem des Mannes. Er trug sie unter ein Dach, ein Stück weit ins Trockene, dann ließ er sie nieder. Durch den nassen Kleiderstoff spürte sie ein Polster. Sie lag auf einem Strohsack, entspannte die Glieder und wand sich gleich darauf in einem Sturm von Wehen. Als die Wucht der Pein endlich verebbte, lag der Verschlag in schwachem Licht. Zu ihrer Rechten türmten sich Planken als Windschutz, auf der Linken mühte der Mann sich über einer Feuerstelle, schürte rastlos schüttere Flammen. Es roch nach Erde, Salz und Holz. Dorothy zwang sich ein Wort ab: «Heda.»

Sein Kopf flog auf. Ein witterndes Tier. Er erhob sich, kam zu ihr, kniete sich hin. Aus seinem Haar, das kurz wie ein Hundefell war, rann Wasser.

«Master Schwiegervater.»

«Das ist recht viel Umstand für das, was wir vor uns haben.» Er hielt ihr die Hand hin. «Ich bin Aimery.»

Nach all den Monaten bot er ihr die Hand. Sie erteilte ihm mit scharfem Blick eine Abfuhr, bis die nächste Wehe sie ins Dunkel stürzte. Als sie zur Besinnung kam, hing sie ihm halb hockend in den Armen.

«So geht es leichter», flüsterte er.

«Ihr müsst die Wehfrau holen.»

«Dazu ist es zu spät.»

Sie hieb sich frei und fiel zurück auf den Strohsack. «Ich sterbe.»

Er zog sie wieder zu sich, sein Körper bog sich mit ihrem. «Nein, du stirbst nicht, dazu bist du zu stark.»

«Aber Ihr könnt nicht …»

«Ach doch», sagte er, «in der Not kann einer auch das, und ich habe es schon einmal getan.»

Mehr hörte sie nicht, mehr dachte sie nicht, denn der Schmerz löschte Kälte und Furcht. Sie krallte sich in sein Haar, spürte ihr Fleisch zerplatzen und im selben Augenblick den Kopf des Kindes, der sich den Weg aus der Enge ihrer Knochen bahnte. Der Unglückswurm, in der Nacht der ermordeten Kindlein geboren, viel zu früh, vielleicht steif und tot. Hände fingen es, schnitten es von Dorothy ab, ließen sie als leere Hülle auf das Polster sacken. In ihr wuchs Stille. Das Kindlein brüllte. Lebte.

Er wiegte es. Der Totmacher, der ihr Leben gerettet hatte, hielt das Geschöpflein, in etwas Weißes gewickelt, an die Brust gedrückt und wiegte sich mit ihm. Dann beugte er sich hinunter und legte es an ihre Seite. Das Kind war hässlich. Aus Streifen von Segeltuch ragte ein Schopf wie Pech. «Gib ihr zu trinken.» Als Dorothy keine Anstalten machte, befreite er ihren Busen aus nassem Stoff und half dem Kind.

Sie gehörten unleugbar zueinander, die braune Warze, die sich aufstellte, und die Lippen des Wesens, die sich darum schlossen. Als der kleine Mund zu saugen begann, schoss der Schmerz ihr von neuem durch den Bauch. Sie riss sich los, schlug um sich, hörte, wie ihr Schreien sich mit dem des Unglückskindes mischte.

Der Schwarze packte ihre Gelenke. «Wir sind noch nicht fertig, Dorothy.» Seine Kraft schien unbegrenzt. Sie klammerte sich an seinen Armen fest und gab sich hin.

Es war nach Mitternacht und der böse Tag vorüber, als Dorothy in dem Verschlag ihr zweites Kind, einen Knaben mit holzbraunem Flaum und hellen Augen, gebar. Was sie durchgemacht hatte, zerstob zu Muschelkalk, sobald sie ihr Söhnchen sah. Es plärrte nicht. Stumm lag es da und holte mit schnappenden Lippen wie ein Fischlein Atem. «Clement», wisperte sie. «Clement, nach deinem Oheim sollst du heißen.»

Manche, dachte sie, würden sterben, wenn es Tag wurde, und manche würden sich dem falschen Mann vermählen. Sie aber würde ihren Sohn in die Stadt tragen und ihr Leben in die Hand nehmen. Mit einem Finger tippte sie dem Kind an die Stirn. Haut, die kein Mensch vor ihr berührt hatte. Dann sang sie ihm. Vor Erschöpfung fielen ihr die Augen zu, und als ihr die Stimme versiegte, deckte der Schwarze seinen Mantel über sie und sang statt ihrer weiter. Als wisse der Wind um Worte:

Bei Tage dreschen wir die Garben.
Und bei Nacht legen wir die Netze aus.
Wenn wir leben, singen wir vom Meer und von der Liebe,
Und wenn wir sterben, begrabt uns hier.
Am Solent.

Zweiter Teil

Das Land hinter der Insel

PORTSMOUTH, HAMPSHIRE, MÄRZ 1337

An sechs Leinen wurde der Esel geführt. Vom Hafen hinauf, durch die geschmückte Austerngasse und dann die Hauptstraße entlang zur Kirche. Aus frühem Grün hatten die Leute Girlanden geflochten und um Türen und Läden gewunden. Jetzt warteten sie vor ihren Häusern darauf, dass die Prozession vorüberzog, schwangen statt der Palmwedel Eibenzweige und schlossen sich dem Zug an. Dabei sangen sie. Es war ein Tag, der über dem Meer blau leuchtete, einer jener seltenen Tage, nach denen man sich in der Düsternis des Winters sehnt.

Auch Dorothy stand an der Gasse und wartete. Als sie den Festzug sah, erst den Priester und die Messdiener, dann die sechs Jünglinge mit den Leinen des Esels, hob sie ihren Jungen aus dem Brusttuch und hielt ihn in die Höhe. Er war zu klein, sich an dem Schauspiel zu freuen, aber im nächsten Jahr würde er beim Anblick des Esels vor Vergnügen jauchzen. Der Palmesel war von seelenvoller Schönheit, jeder Muskel, jede Strähne des Stirnhaars ausgefeilt und mit dem grobgezimmerten Gestell der Pfarre in Southampton nicht zu vergleichen. Geradezu unheimlich mutete die Nachbildung von Gottes Geschöpf an, aber das Tier diente ja der Preisung des Herrn, der Feier seiner Ankunft in Jerusalem. Dorothy reckte sich und hob den kleinen Clement höher, wiewohl die Arme ihr schmerzten.

Matilda, zu ihrer Rechten, lachte. «Was für ein herziger Bursche. Kein Wunder, dass du einen Narren an ihm gefressen hast.»

Rasch zog Dorothy den Knaben zu sich und schlang die Arme um den warmen Leib. Die Nachbarin hatte recht. Das Kind war ihre Herzensfreude. Unter der Haube schaute Haar wie Seide hervor, der Blick kluger Augen ruhte in ihrem, und der Kirschmund verzog sich zu einem verhaltenen Strahlen, als wisse das Kind um ein Geheimnis. Einen hübscheren, braveren Knaben besaß keine Frau im Ort.

Seine Schwester hingegen, Richilda, die Dorothy in der Obhut der Magd belassen hatte, schrie Tag und Nacht, als würde sie am Spieß geröstet. Hässlich war sie, mit Augen wie Kohlen, aber das war besser, als schön und gottlos wie Agnes zu sein. Sie, Dorothy, würde ihre Tochter zu Frömmigkeit erziehen. So hatte sie es Francis gelobt, auf sein Fluchen und Stöhnen: «Eine Blage am Unheilstag, bleibt uns nichts erspart? Ich hätte wohl im Voraus wissen sollen, dass in diesem vermaledeiten Haus nichts gutgehen kann.»

«Mit meiner Tochter geht es gut», hatte sie ihn beschieden. «Ich sorge dafür. Meine Zucht wird sie Anstand und Gottesfurcht lehren.»

«Du bist ein redliches Ding, und einmal dachte ich nicht anders als du. Aber manche Spreu lässt sich vom Weizen nicht dreschen, und am Bösen zerbricht der Stock.»

Dorothy wollte nichts davon hören. Wenn ihr Unbehagen in die Kehle stieg, schluckte sie es herunter. Ihren Kindern fehlte es an nichts. An jenem Dezembermorgen hatte sie die Neugeborenen in die Stadt getragen und ihr Leben in die Hand genommen. Das Haus geputzt, die Kammern bestückt, im Hof Beete angelegt und den Apfelbaum beschnitten und gepflegt. Als sie hierherkam, hatte sie ein ordentliches Leben und etwas mehr gewollt, und wenn sie das etwas mehr nicht bekam, so verlangte sie zumindest das ordentliche Leben. Zu Symond hatte sie gesagt: «Ich habe dir Kinder geschenkt, jetzt habe ich Rechte. Die fordere ich ein.»

Es hatte gefruchtet. Eben jetzt stand er bei ihr, schmuck wie einer, der nächtens selig schlief. Er trug ein blaues Wams und graue Beinlinge, die Kluft der achtunddreißig Schiffbauer, die innerhalb der Gilde eine eigene Innung bildeten und sich hinter Gocelin auf seinem Schimmel dem Zug anschließen würden. Symond hatte kein Handwerk erlernt, doch sein Vater hatte ihm den Platz in der Gilde gekauft. Er würde seines Großvaters Handel weitertreiben und für die Seinen sorgen. Dorothy stieß ihn mit dem Ellenbogen. «Geh.»

Sie richtete ihm den Eibenzweig auf. Sonnenlicht fiel auf sein Haar. So, wie er jetzt voranschritt, mochte sich jede Jungfer in ihn verlieben. Dorothy hielt ihren Jungen erneut hoch: «Schau, da geht dein Vater. Und der Master Großvater, der Wächter der Schiffbauer, mit ihm.»

Francis wandte den Kopf, entblößte die Schneidezähne. Nach dem Schwarzen hielt sie vergeblich Ausschau. Sie hätte ihm fluchen wollen, selbst zu so heiliger Stunde.

Matilda berührte ihren Arm. «Suchst du Agnes? Oder gar Aimery?»

Die Glocken begannen zu läuten. Dorothy biss sich auf die Lippen.

«Er kommt nie», sagte Matilda traurig. «Gott schütze ihn.»

Du Feigling, dachte Dorothy. Sie hatte sich wahrhaftig der eitlen Hoffnung hingegeben, ihr Tadeln richte bei ihm etwas aus. Er war in der Dämmerung heimgekommen, vor dem ersten Angelus-Läuten. Sie hatte das leise Tappen gehört, denn seit sie die Kinder hatte, schien nur noch eins ihrer Ohren zu schlafen. Aus London kam er, eine ermüdende Tagesreise weit, und hatte wohl vor, gleich wieder davonzuschleichen. Dorothy war aus dem Bett gestiegen, hatte nach den Kindern gesehen und sich Kleider übergestreift.

Als sie nach unten kam, wollte er sich mit seinem Bündel auf dem Rücken gerade aus der Tür stehlen. «Ihr bleibt», befahl sie.

Er wandte den Kopf.

«Setzt Euch hin.» Sie hatte gelernt: Wenn man ihn anherrschte, grob, ohne Zierrat, sprach man die Sprache, die er verstand. Tatsächlich kehrte er zum Tisch zurück und ließ sich nieder, hob allerdings die Braue, als mache er sich lustig über sie. Ehe sie in die Küche lief, stellte sie ihm die Kerze hin und hinterließ ihm einen drohenden Blick.

Im Kessel wärmte sie Grütze, die sie am Vortag gekocht hatte, schöpfte einen Napf voll und goss Rahm darüber, schenkte Ale in einen Becher und trug ihm beides in die Stube. «Das Haus, in dem meine Kinder aufwachsen, ist ein ordentliches Haus. Niemand verlässt es, der nicht wie ein Christenmensch gegessen hat.»

Als er zu ihr aufblickte, eine Hand sich ins Haar grabend, sah er auf einmal jung aus. Verstört. «Aber es ist doch Fastenzeit.»

«Nein, ist es nicht.» Er war wie ein Tier, das töten würde, wenn man es ließe, das aber beherrscht werden konnte, solange man es seiner Art gemäß im Zaum hielt. «Es ist Palmsonntag, der Einzug unseres Herrn nach Jerusalem, den Ihr heiligen solltet, indem Ihr das Fasten brecht und nicht an Arbeit denkt. Zudem ist in keiner Fastenzeit von Euch gefordert, dass Ihr durch Hungern Eure Kräfte schädigt. Einmal am Tag sollt Ihr essen, Mus aus Getreide, Brot und auch Fisch.»

«Das ist für mich keine Strafe», sagte er, und erst jetzt, derweil die Männer sangen und die Glocken dröhnten, fiel ihr ein, wie absonderlich die Wahl dieser Worte war. «Ich mag lieber Fisch als Fleisch.»

«Esst», fuhr sie ihn an und ging zurück zur Küche. Im Türstock aber siegte die Neugier. «Was hattet Ihr in London zu tun?»

Er hielt den Löffel in den Napf getaucht, als wisse er mit so schlichtem Gerät nichts anzufangen. «Ach. Wer will das schon hören?»

«Ich. Warum hätte ich sonst gefragt?»

«Ich habe als Entsandter der Stadt am Parlament teilgenommen.»

«Und wer wählt Euch zum Entsandten der Stadt?»

«Gocelin Deghere», erwiderte er. «Der arme Kerl hätte lieber einen anderen geschickt, aber es ging ja um Krieg, und er meint, auf Krieg verstehe ich mich.»

«Krieg mit Frankreich?»

«Ja. Mit dem Land, das wir von hier, wenn die Insel nicht wäre, sehen könnten.» Er zog einen Fetzen aus dem Gurt und wischte sich über den Mund, wiewohl der den Löffel nicht berührt hatte. Es machte sie rasend, sein Benehmen, das nie einer Regel entsprach. Er stand auf. «Ich muss gehen. Habt Dank für das Essen.»

«Ihr habt es nicht einmal gekostet. Und gehen müsst Ihr nirgendwohin als zur Palmsonntagsfeier, einer wie Ihr mehr als jeder brave Bürger.» Sie war laut geworden, fürchtete schon, sie habe die Kinder aus dem Schlaf geschreckt. «Und wenn sie Euch Schimpf antun, dann ertragt es. Buße und Demut frommen Euch. Nicht Feigheit und Flucht.»

Er sah sie lange an. Sie war kurz davor, die Geduld zu verlieren, da schob er die Tür auf, zwängte sich durch den Spalt und schloss sie fast unhörbar hinter sich.

Noch hier vor der Kirche, im Sturm der Glocken, glaubte Dorothy das leise Schlagen der Tür zu hören. «Ruhm, Lob und Ehre dir, König, der du uns errettest», sangen die Männer mit ihren von Meerluft geschliffenen Stimmen, um in ihrer kargen

Sprache zu danken, wie es während der Messe der Priester in erhabenen, fremden Formeln tun würde. Als die Strophe ausklang, spürte Dorothy Matildas Griff um ihren Arm. «Du bist ein Segen für diese Schar», flüsterte die Nachbarin. «Was du zuwege bringst, ist uns in Jahren nicht gelungen.»

Als hätten die Glocken ihn hergezwungen, der Gesang oder Dorothys Gedanken: Der Schwarze eilte die Gasse hinauf, dem Zug hinterdrein, sein Wams blau, die Beinlinge grau, tadellos an diesem Kerl, der sommers wie winters in geflickten Hemden ging. Im Angesicht Gottes lüftete er die Kappe und schob sich zwischen die Innungsleute, ohne jemanden zu streifen. Um sich zu verstecken, war er zu groß. Er verschränkte die Hände im Rücken und senkte den pechschwarzen Kopf.

«Aimery Fletcher», flüsterte schräg hinter Dorothy die beleibte Rose aus der Garküche. «Wie ein hungriger Wolf.»

«Wunder und Zeichen», murmelte Giliana, deren Schwägerin, des Seilers Weib. «Meinst du, der wagt sich in die Kirche?»

Und ob, wollte Dorothy rufen, er hat sich vor niemandem als seinem Gott zu schämen. Als Matilda sie am Ärmel zupfte, schloss sie sich dem Zug der Männer an. Der kleine Clement, im Tuch vor ihrer Brust, war in dem Trubel eingeschlafen.

Das Singen trug sie. Sie sah auf den Rücken des Schwarzen, als könne sie ihn mit Blicken mahnen, es durchzustehen, nicht zu flüchten. Der Rücken war starr, das Wams gespannt über kantigen Schulterblättern. Auf dem Kirchweg blieben die Burschen, die den Esel zogen, stehen. Reihe für Reihe teilte sich der Zug, schritten Männer und Frauen an dem Tier vorbei und stellten sich zum Spalier auf. Wer einen Mantel trug, riss ihn sich vom Leib und warf ihn zu Boden, um dem Esel, dem Reittier des Herrn, den Weg zu bereiten. Die Eibenzweige formten in der Mitte ein Dach. Symond allerdings vergaß, seinen Zweig zu heben, er stand da, als schlafe er auf seinen Füßen.

Francis beachtete ihn nicht, und der Schwarze hielt den Kopf gesenkt.

Dorothy beugte sich vor, um den Esel anzufassen – Berührung, die Segen brachte. So glatt war das Holz, gedunkelt vom Alter. Als die Kruppe unter ihrer Hand davonglitt, brachte die Last des schlafenden Kindes sie um ein Haar aus dem Gleichgewicht, doch der Schwarze fing sie am Arm. Ihr Blick kreuzte seinen, und sogleich gab er sie frei. Der Esel Christi hielt Einzug durch das Kirchentor. Paar für Paar schloss das Spalier sich wieder zur Prozession.

«Aimery Fletcher!» Eine Peitschenschnur war der Ruf des Priesters, der mit fliegender Robe herumwirbelte. «Hast du zur Fastenzeit die Beichte abgelegt, wie dir geboten ist? Du hast es nicht. Du darfst den Leib des Herrn nicht empfangen.»

«Doch, Pater.» Seine Stimme blieb unbewegt. «Zur Beichte bin ich gegangen, aber Euren Leib des Herrn behaltet. Ich will nicht, dass Euch das Blut stockt oder gar die Hand abfällt.»

«Drüben warst du? Bei Fitzroger?»

«Bei Fitzroger nicht», antwortete der Schwarze, «aber drüben.» Er drehte sich um, sah Dorothy an und ging am Zug vorbei durch die Gasse zurück.

Sie wollte ihm hinterherschreien: ‹Flieht nicht, gebt uns nicht allen solche Blöße! Bleibt und erklärt mir, was dieses Gift, das hier verspritzt wird, zu bedeuten hat.› Sie wollte ihm nach, ihn bei den Schultern packen und die Antworten aus ihm herausschütteln. Im Sprung fiel ihr Blick auf den Kopf des Kindes, das schlief.

«Komm», sagte Matilda und schob sie weiter. Der Priester und sein Gefolge zogen soeben in die Kirche.

Die Schenkel schmerzten ihr vom Liegen auf Knien, als sie nach der Messe ins Freie trat. Sie fühlte sich niedergeschlagen wie als Kind, wenn ihr ein Sieg im Wettlauf vor dem Ziel entrissen worden war. Die Gläubigen standen in Gruppen über den Anger verstreut. Gocelin trieb die Herren des Rates zur Sitzung zusammen, und eine Schar junger Männer suchte den struppigen Bert zu überreden, ihnen auf der Viole aufzuspielen. Symond war unter ihnen, aber drang nicht auf den Musikanten ein. Wie eine Puppe ist er, durchfuhr es Dorothy. Wie der Palmesel, seelenvoll und reglos. Mochten die anderen tanzen, sie würde nach Hause gehen und sich dem Garten widmen, der Erde den Sieg abringen, den man ihr hier entrissen hatte.

«Ich trag dir das Knäblein heim», bot sich Matilda an. «Rose sticht ein Fass Apfelwein an. Du schuftest so hart, du hast Vergnügen verdient.»

Aber Dorothy gab nicht einmal Antwort, ging nur weiter in Richtung ihres Hauses. Ein Wind kam auf, jener Wind, den sie so liebte, weil er Meerduft über das Land verstreute wie Würze über ein Gericht.

«Mädchen», rief Matilda. Sie war stehen geblieben, und ihre Stimme klang auf einmal streng. «Du hast kein Recht, dich gekränkt zu fühlen. Aimery hat getan, was er konnte. Was verdenkst du ihm?»

Dorothy fuhr herum. «Soll ich mich schämen müssen, noch und noch? Sollen die Weiber, die bei der Garküche hocken, sich über uns in Häme ergehen, weil der Schwarze ein Feigling ist? Er hat einen Menschen gemordet, das ist eine schwere Sünde, für die er sein Lebtag Buße tun muss. Aber wenn ihn die Stadt nicht bestraft hat und der Sheriff hat keinen Bericht erstattet, dann ist er vor der Welt nicht schuldig und kann in seine Kirche gehen wie jeder Mann von Ehre auch.»

«Ich glaub das nicht», sagte Matilda und wiegte ihren schweren Buben, damit er nicht nach Milch brüllte.

«Was?»

«Dass Aimery Helewise gemordet hat. Ihm ist im Zorn, im Schmerz etwas geschehen, das er nicht gewollt und tausendfach bereut hat, und er kannn's doch nicht ungeschehen machen. Das ist kein Morden. Aber du bist jung. Wie schnell man an einem andern schuldig wird, das weißt du nicht. Geh nur heim, tummle dich in deiner Rechtschaffenheit und glaub von diesem Mann, der sich selbst nicht verteidigt, was du willst.»

Sie wollte etwas erwidern, aber bekam den Mund nicht auf. Gemaßregelt fühlte sie sich. Wie ein Balg, dem die Wangen glühten. Über die Hauptstraße hüpfte, einander an den Händen haltend, junges Volk. Ganz vorn in der Kette tänzelte Agnes, ward in der Taille gepackt und in die Höhe geworfen. Ihr Kleid flog. Ihr Haar flog. Sie war schöner denn je. War sie in der Kirche gewesen, hatte sie sich erdreistet? Das Lachen der Schwägerin klirrte in ihren Ohren.

«Ich will, dass du weißt», sagte Matilda, «Helewise war meine Base, und wir alle hatten sie von Herzen lieb. Sie war das schönste Geschöpf, das ich kannte, so schön wie Agnes, aber Helewise besaß noch etwas anderes, für das ich das rechte Wort nicht finde. Ihre Nähe, in den grausamen Hungerjahren, konnte dich glauben machen, du hättest reichlich zu essen oder würdest es wenigstens morgen wieder haben, und heute wäre eben eine Zeit zu herzen, statt zu tafeln. Verstehst du? Du musst es ja verstehen, denn du hast dasselbe an dir.»

Das Kind in Dorothys Armen regte sich und drehte das Köpfchen zur Seite, die Wange dorthin, wo Dorothys Herz pochte. Sie sah den Karren vom Ende der Gasse heraufzockeln und hörte das Lied.

«Ich habe mir um Helewise die Augen ausgeweint», sprach Matilda im fröhlichen Wind vor sich hin. «Sie war so hübsch und voll Leben, und solchen Tod, den wünscht man keinem Tier. Aber um Aimery habe ich auch geweint.»

«Warum?»

«Das finde selbst heraus. Weißt du, wie es hier drinnen tobt, wenn man dich schmäht und du begreifst nicht, wofür? Ich weiß es. Gocelin, mein Verlobter, wollte mich sitzenlassen, weil ich eine aus Helewises Sippe war und die ganze Stadt wie eine Sturmflut raunte: ‹Nimm die dralle Matilda nicht, die setzt dir Hörner auf und bringt Unheil über dein Haus.› Das ist, als hätten sie dich gebrannt, und mit dem Zeichen läufst du tagein, tagaus umher. Heute hab ich etwas vorzuweisen, hab meinem Gatten acht Kinder geschenkt, alle gut geraten und mit dem Strohhaar der Degheres. Aimery dagegen trägt das Brandmal lebenslang. Er mag sein, wie er will, stur und stolz und sich selbst im Weg, aber feige ist er nicht. Kein Mann, der sich solches auferlegt und nicht zerbricht, ist feige.»

In die Stille, die entstand, drang Agnes' Stimme. «Oho», rief die Schöne, die sich aus den Armen des Schmiedelehrlings wand. «Was treibt denn die hohen Herren aus der Königsstadt Southampton her?»

Vom Wagen sprang ein Jüngling mit holzbraunem Haar und roten Lippen, die verzogen waren in zärtlichem Spott. «Aus Southampton oder Portsmouth, das zählt nicht mehr, Jungfer Agnes Ohnegleichen. Es gibt Krieg. In Salisbury rekrutieren sie, und wir sind alle miteinander des Königs Männer vom Solent.»

«Oho!», rief Agnes noch einmal. «Und haben des Königs Männer vom Solent wohl einen Penny für Musik?»

Clement sah nicht nach links, wo die Kumpane nach ihm riefen, noch nach rechts, wo seine Schwester stand, er sah nur geradeaus. Kein hochgemuter Bursche mehr, sondern ein schmachtender Narr. Geschmeidig warf er sich vor Agnes auf die Knie und küsste ihre Hände. «Dieser Mann vom Solent gäbe alles, was er hat, für Euch.»

Aber das darfst du nicht, beschwor ihn Dorothy stumm. Du

hast für Mutter zu sorgen und für Isemay und Martha, du darfst in keinen Krieg. Der Vater und der Oheim sind nach Schottland gezogen, und wo sind sie jetzt? Du darfst kein Geld verprassen und um kein Mädchen wie Agnes werben, das alles, was es anfasst, verdirbt.

Ihr Bruder trat zur Seite und gab dem struppigen Bert eine Münze. Der setzte die Viole an, und ein Kumpan gesellte sich mit der Citern dazu. Die jungen Leute tanzten über die Gasse und sangen das Lied mit, einen Rundgesang zu drei Stimmen, der zu früh den Sommer pries. In Dorothys Ohren hallte immer die gleiche Zeile:

So schön singst du, Kuckuck.
Schweig nimmermehr.

«Gib doch mir den Jungen.» Matilda stieß sie an. «Vergnüg dich mit deinem Symond, der beim Tanzen Löcher in die Luft starrt.»

«Nein, ich komme mit dir nach Hause.» Sich zum Gehen wendend, warf sie einen letzten Blick auf Clement und Agnes, die in der Drehung stolperten, weil sie einander in die Augen glotzten. Zwischen den Tanzenden hoppelte grunzend ein herrenloses Schwein. Schweigend machten sich die zwei Frauen auf den Weg. Erst vor ihrem Haus fragte Dorothy: «Kannst du mir eines noch sagen, Matilda? Wo ist *drüben*, was hat Vater Stephen gemeint?»

«Das weißt du nicht?» Mit jener seltsamen Geste, die denen aus Portsmouth eigen war, wies Matilda südwärts, wiewohl dort das Backhaus und Peter Bailiffs Haus die Sicht begrenzten. «Das *Domus Dei* meint er, das Hospiz der frommen Brüder und Schwestern. Es ist ihm ein Dorn im Fleisch, dass den Leuten das *Domus* lieb ist und so viele Schenkungen und Messstipendien dorthin gehen statt nach Sankt Thomas. Zudem streitet er ständig mit Master Fitzroger, weil der meint, an all der Sittenlosigkeit sei die nachlässige Kirchenführung schuld. Lärm von Leuten eben, die niemandem das Mäulchen stopfen und den Hintern wischen müssen. Der Fitzroger ist ja nicht von hier. Der weiß nichts von uns.»

Dorothy sah Matilda ins Gesicht. Die steckte ihrem Buben, der greinte, einen Finger in den Mund und wiegte verneinend den Kopf. «Weiter kann ich dir nicht helfen. Aimery ist kein Tier. Wenn du wissen willst, warum er im *Domus Dei* die Beichte ablegt, frag ihn selbst.»

In das schmale Fenster pfiff der Nachtwind und spielte mit dem Laden. Mondlicht fiel ein und setzte sich auf Gilberts Hüfte. Träge legte Agnes ihre Finger dazu. Wie prächtig im Futter dieses Mannsbild war. Der war keine Wachspuppe in ihren Händen, sondern einer, der selbst die Puppen tanzen ließ. Er griff nach ihr. Zog sie zu sich und küsste ihren Hals. Sie räkelte sich in den Kissen. Er hatte nach Sudewede gewollt oder in einen Schuppen am Hafen: «Wo ich dich nehme, ist mir einerlei.»

Sie jedoch hatte ihm einen Rippenstoß versetzt und ihm ins Ohr geraunt: «Wenn du mich willst, dann finde mir ein reines Bett. So rein, dass wir zwei der einzige Dreck darauf sind.»

Ihn brachte so etwas zum Lachen, es forderte ihn heraus. Sie hatte ihn stehenlassen und weiter mit dem süßen Clement getanzt, zwischen all den properen Kerlen, die sich an Träumen von Kriegsruhm berauschten, als ginge es morgen schon an der Insel vorbei übers Meer. Er hatte sie hinter der Kirche getroffen, nachdem sie Clement beteuert hatte, sie müsse sich schlafen legen, wie es die sittsamen Mädchen tun. Stattdessen hatte sie sich

Gilbert in die Arme geworfen, der sie von sich abhielt und ihr Gesicht im Silberlicht musterte. Sein Tonfall machte sie kirre. «Was bist du? Ein Weibsbild oder ein verdammter Streich, den mir der Mond spielt? Wart's ab, Moorhexe. Erst nehme ich dich, und dann ersäuf ich dich im Schlick.»

Sie war toll nach ihm, weil er aussah wie der Tag, aber die Nacht in sich trug, die undurchdringlich war. Er war mit ihr aus der Stadt hinaus und durch die Furt gefahren, nach Havant, wo er die Wirtin eines Gasthauses kannte. Für die ganze Kammer hatte er bezahlt, und die Wirtin, eine schlanke Blonde mit einem entstellenden Mal um den Hals, hatte das Bett wahrhaftig so sauber überzogen, dass Agnes' Schneehaut im Kerzenschein schmutzig wirkte.

«Ganz recht, jetzt sehe ich, was für ein Drecksstück du bist, Agnes Fletcher. Hätte ich den Spinnrocken der wackeren Dorothy, ich gäbe dir Pfeffer, bis dir die Arschbacken glühten.»

«Wie schade», rief Agnes. «Die gute Dottie spricht mit mir kein Wort mehr, seit ich ihr geflüstert habe, dass mein Brüderlein zwar Gold auf dem Köpfchen, aber keineswegs im Herzen trägt.»

«Das soll mich nicht kümmern», murmelte Gilbert zwischen Küssen. «Ich habe einen eigenen Rocken, der nimmt dich her, wie es dir gebührt.»

Und das hatte er getan, sie hergenommen, bis sie keine Kraft mehr hatte und atemlos um Gnade hechelte. Wenn Agnes einem Mann in den Armen lag, wenn er sich über ihr verausgabte, genoss sie ihn, aber wenn sie ihn aus sich herausstieß, geübt und flink, um sich kein Balg einzuhandeln, wenn er erschöpft zur Seite kippte, verblich er zum schmachtenden Bübchen, und sie fühlte sich gefangen in zu engem Raum. Bei Gilbert war es anders. Er zog sich selbst aus ihr. Sinnend blieb er liegen und starrte vor sich hin, warf keinen Blick mehr auf sie. Er schien einer Fremden verfallen, nicht ihr, und das machte sie toll.

Zu Kräften kommend, ließ sie die Finger mit den Lichtflecken auf seiner fleischigen Hüfte spielen. Auf seinen Schenkeln spross in drahtigen Locken Haar. «Welche liebst du, Master Berkham aus Southampton? Bekomme ich das je aus dir heraus?»

«Nein», sagte er.

«Das lass mich sehen!» Sie warf ihn auf den Rücken, setzte sich ihm auf den Bauch und begann, seine Wangen mit einem Hagel verspielter Streiche zu traktieren. Immer gemächlicher wurden die Schläge, immer langsamer glitten ihre Hände über seine glattrasierte Haut, und er lag still, ließ sich verzärteln und sprach kein Wort. Schließlich hielt sie inne. «Was für ein verflucht schöner Mann du bist. Nun verrat mir schon, welcher Süßen gehört das Herz in dieser Bullenbrust? Oder schlägt da keines?»

«Da schlägt keines», sagte er. «Steh auf, ich muss pissen.» Sie schwang ein Bein über seinen Kopf und ließ ihn gehen, er stieg aus dem Bett und pinkelte in hohem Bogen in den Nachttopf.

«Beachtlich», lobte Agnes. «Du bist die reinste Belagerungsmaschine. Solchem Strahl hält gewiss keine zierliche Franzosenmauer stand.»

«Wer hat dir mit dem Kriegsgeschwätz den Kopf gestopft?»

«Gibt es denn keinen Krieg?»

«Wer weiß das schon? Dass es Krieg gibt, heißt es jedes Frühjahr aufs Neue. Erst sollten unser Edward und der Philip von drüben gemeinsam das Kreuz nehmen und gen Jerusalem ziehen, und jetzt blecken sie stattdessen die Zähne voreinander. Der Unsrige schickt den Grafen von Salisbury mit einem zerrupften Heerhaufen nach Flandern, um Verbündete gegen den Franzosen zu werben. Und nun sag mir, wer hat dir sein Schlachtgeheul ins Ohr geblasen? Der Knochenhauer? Clement Loyes?»

«Genau, Clement Loyes, der Knochenhauer. Er liebt mich.» Sie spitzte das Mündchen und pfiff einen Takt.

Gilbert schüttelte die letzten Tropfen in den Topf und brach in Gelächter aus. «Er liebt dich, he?»

«Seit der Weihnacht drängt er mich, seine Frau zu werden.»

«Was will er denn, der Knochenhauer?» Gilbert stieg zurück ins Bett, packte Agnes und küsste ihr die Kehle, dass es schmerzte. «In Sudewede ein Hurenhaus eröffnen?» Er lachte, als hätte er einen tollen Witz gerissen.

«Du bist Dreck. Clement ist ein feiner Mensch.»

«Warum nimmst du ihn dann nicht und lässt ihn für den König in die Schlacht marschieren? Vier Pennys am Tag schickt er dir, bis er eine Pike abkriegt und seine Witwe zurück in mein Bettchen kraucht.»

Sie hob die Hand, um ihn zu ohrfeigen, doch er fing ihr Gelenk. Dann brach das Lachen ab. «Und was sagt dein Vater dazu? Gibt er das Töchterlein einem, der nach Hammelfett stinkt?»

«Was soll er denn dazu sagen?»

Gilberts Augen glänzten. «Erzähl mir nicht, der Herr Vater würde so ein Kleinod von Tochter nicht gern für sich behalten.»

Agnes hob wieder die Hand, aber ließ sie sinken. Sie setzte sich auf. «Ich mag nicht, dass du so redest. Das ist widerlich.»

«Deshalb gefällt es mir ja, Agnes Fletcher, Augapfel von Aimery.» Er tippte ihr hart an die Schläfe. «Den hast du von ihm. Den dunklen Mond.»

Sie schlug seine Hand weg. «Manchmal denke ich, du bist noch dreckiger, als du dich gibst, und legtest dich lieber zum Vater als zu mir.»

Sie hatte eins über den Mund erwartet, aber nichts geschah. Stattdessen fragte er: «Was macht dein Vater hinter König Johns Mauer?»

«Auf der Werft? Aber das weißt du doch, das weiß jeder: Er baut Schiffe. Das ist sein Beruf.»

«Was du nicht sagst. Der meine ist es auch, und er versalzt ihn mir.»

«Und wennschon. Der Großvater sagt, mit dem Schiffbau lässt sich am Solent nichts mehr verdienen, das wird alles in den Cinque Ports gemacht. Hätte sonst der Hof die Werft aufgegeben und sie dem Vater verkauft? Du brauchst keine Schiffe zu bauen. Du stinkst vor Geld.»

Den Hieb, den sie zuvor erwartet hatte, bekam sie jetzt. Mit dem Handrücken, härter denn je. Als sie aufschrie, schlug er sie noch einmal. Sie stieß ihn weg.

«Bist du nicht bei Trost? Wenn du einer das Gesicht zerdreschen willst, mach's wie mein Bruder, such dir eine Hübschlerin.»

«Dumme Weiber gehören geprügelt, und du blökst dümmer daher als ein Schaf.»

«Die, die du liebst, ist wohl klüger?»

«Ja», sagte er. «Man möchte meinen, du wärst ihr ähnlich, aber du bist ein hohles Ding, und wenn man deinen Kopf auf den Boden stößt, platzt er, und heraus kommt nichts. Jetzt hör mir zu: Dein Vater baut auf seiner Werft ein Schiff. Auf eigene Rechnung, ohne Auftraggeber, he?»

«Was weiß denn ich?»

Er hob drohend die Hand. «Aimery frisst dir aus der Hand, von dem kannst du haben, was du willst, wenn du dich gewitzt anstellst. Er schreibt doch alles auf, Aimery, der Siebenschlaue, zeichnet Pläne und rechnet wie ein gottverfluchter Muselmann.»

Agnes schlug das Herz. Sie starrte ihn an und schüttelte den Kopf.

Er aber packte sie. «Mir machst du nichts vor, meine Schöne, du sehnst dich mit jeder Faser deines Wesens danach, etwas wahrhaft Schlechtes zu tun.»

Sein Mund liebkoste ihren Hals, dass sie unter seinen Lippen ihren Pulsschlag spürte. Seiner Brust entwich ein wohliges Stöhnen. Ihr Herz raste weiter. Sie wollte fliehen und lag doch stockstarr. Vor dem Fenster, in der mondklaren Stille, sang die Nachtigall.

Der Schiffsrumpf lag kielgeholt auf seiner Flanke auf dem Grün. Diese Art der Lagerung tat dem Schiff nicht gut, allzu leicht verzogen sich die Spanten, und wenn die Flut den Wasserlauf zu füllen begann, musste die Arbeit unterbrochen werden. Die Windenknechte kletterten eilig in die zwei großen Treträder und hievten den Schiffsleib an Tauen auf den Kiel, ehe die Wiese durchsumpfte. Dennoch hatte die Werft ihre Vorzüge: Es war ein Leichtes, das Schiff zu Wasser zu lassen, und der Lauf war breit genug, es gefahrlos zum Solent hin zu rudern. Die Mauer schützte nicht vor Wind und Gezeiten, wohl aber vor Neugier. Und diesen Segen wusste Aimery zu schätzen.

Dieses Schiff, die behäbige Rundspantkogge eines Händlers aus Dover, die sich an einem Felsen leck gerissen und mit knapper Not nach Portsmouth gerettet hatte, stammte nicht aus seiner Werkstatt. Aimery hätte jedes seiner Schiffe, selbst wenn er blind gewesen wäre wie sein Windenknecht John, mit den Händen erkannt. Er baute ihnen starke Krummholzspanten, die den Rumpf stützten, ob man ihre Planken klinkerte oder nicht. Sooft er daran dachte – an das, was man mit Planken noch tun konnte, statt sie zu klinkern –, schlug Aimery das Herz.

Es schlug im Takt der Hämmer, mit denen die Zimmerleute Klammernägel durch jeweils zwei Planken trieben, die das Leck abdeckten. Hernach wurde auf den Nagel ein eiserner Ring geschoben und die Spitze krumm geschlagen, sodass die Planken zusammenhielten. Aimery ließ außerdem Wrangen und Spanten verstärken, obgleich sein Kunde dafür nicht bezahlte. Es widerstrebte ihm, ein Schiff so kläglich gerüstet dem Solent anzuvertrauen. Wer es mit dem Meer aufnehmen wollte, musste lernen, das Meer zu achten, und Achtung verlangte eine kräftige Querversteifung, die so leicht nicht klein beigab. Flüchtig glaubte Aimery, die Hand seines Vaters auf der Wange zu spüren und dessen Stimme zu hören: ‹Hast du Geld zu verschenken, Nichtsnutz?› Zuweilen fragte er sich, ob der Vater nicht recht hatte und er nichts war als ein traumtänzerischer Narr.

Wenn er aber nach der Linken ging, am Unterstand vorbei und bis hinter den Knick, den der Wasserlauf zog, vergaß er seinen Vater. Das hohe Boot, an dem er alleine zimmerte und das nicht auf der Seite lag, sondern auf dem Kiel stand, war kein Traum. Es war das Ergebnis jahrzehntelanger Beobachtung und genauer Berechnung.

Das erste seiner Art war es nicht. Aber das letzte, beschloss Aimery, während er mit der Handfläche über die glatte Fläche der Bootsflanke strich. Das schlanke Gefährt war nicht geklinkert, sondern Stoß auf Stoß verplankt, so, wie sie im Mittelmeer ihre Schiffe bauten. Die wie aus einem Guss gezimmerte Außenhaut machte das Boot belastbar. Von Stoßkante zu Stoßkante wurde Kraft geleitet, während sie an der im Dachziegelverfahren errichteten Wand eines Klinkerbaus einzig über die Klammernägel stieg und so mit jeder Planke schwächer wurde. Solches Gefährt ließ sich leicht warten, vor allem aber war es ungleich schneller als jedes noch so schnittige im Klinkerbau. Stellte sich Aimery die Geschwindigkeit vor, die ein solches Segelschiff aufbringen mochte, so schwamm ihm der Kopf, als habe er unverdünnten Wein getrunken.

Er trank nie Wein. Er sparte jeden Penny. Ja, dieses Boot, an dem sich nichts mehr verbessern ließ, würde das letzte Versuchsstück sein. Er hatte von den Wollkämmerinnen Werg gekauft und Pech zum Einkochen bereitet, er würde die Außenwände bis zum Mittag kalfatern und hernach das Wagnis beginnen, für das er atmete, aß und schlief: auf diese Art ein Schiff zu bauen. Die Zeit war reif.

Die Beplankung war nur eine der Neuerungen, die er auf längst dünngeschabtem Pergament verzeichnet hatte. Vor allem musste das Spantenwerk eines solchen Schiffes als Erstes errichtet, nicht am Ende eingepasst werden. Du bist größenwahnsinnig, schalt er sich an manchen Tagen, wenn er an das Ausmaß seines Vorhabens dachte. Gut so, gab er sich dann selbst zur Antwort. Einer muss es schließlich sein.

Er trug Holz zusammen, Bruchstücke zerstörter Schiffe, die sich nicht wieder verwenden ließen, und lose Zweige, entzündete ein Feuer, schürte es. Als er aufblickte, sah er John, den Blinden, aus der Tretmühle steigen. John roch das Feuer und lachte, weil sein Herr mit dem Einkochen des Pechs keinen Arbeiter betraute. Aimery mochte diesen John gern. Er konnte sich kaum erlauben, einen Menschen zu mögen, aber bei dem Blinden ging es an, weil dieser ihn nicht brauchte. Zudem war ein blinder Windenknecht ein Segen, denn ein sehender scheute oftmals vor dem ungesicherten Rad zurück und trat nicht fest genug zu. John hingegen sah nicht, wie leicht er beim Ablassen der Last den Halt verlieren und aus dem Rad hätte stürzen können, und verlor ihn ebendeshalb nicht.

Aimery stellte den Kessel mit dem Pech zwischen ein paar zu Kohle verglühte Holzscheite, ging in die Hocke und begann das Warten. Mit einer Zange würde er den Kessel aus der Glut reißen, sobald das Pech zu schäumen drohte, denn wenn es schäumte, war es verdorben. Er hatte es aus drei Armvoll Rinde gewonnen, und eine Prise von der Asche, die im Einsatz des Doppeltopfes verblieben war, streute er jetzt in die glänzende Masse. Asche, so weich zwischen Fingerspitzen, verlieh Festigkeit. Der klebrige Dampf, der aus dem Kessel stieg, brannte in den Lungen. Um des Schmerzes willen, um des Gestanks, den man auf Tage nicht aus Haar und Kleidern bekam, ließen Schiffbauer ihre Kalfaterer das Pech bereiten. Aimery aber fand, er könne kein Werkstück das seine nennen, wenn er nicht ein wenig Leid dafür auf sich nahm.

Von Zeit zu Zeit tauchte er einen Holzstab ins Pech und strich eine Probe auf einen zweiten. Wenn es gut klebte, keine Fäden zog und aussah, als ließe es sich formen, war es gerade recht. Eben beugte er sich in den Qualm, um die Probe zu entnehmen, als ihm jemand auf die Schulter tappte. Nicht mit der Hand, sondern mit einem Zweig. Daran erkannte er John, der wusste, wie ungern er berührt wurde.

«Da ist jemand am Tor.»

«Schickt ihn weg.»

«Es ist Eure Tochter», sagte John.

Aimery strich den Holzstab ab und stand auf. Die Augäpfel des Blinden waren trüb, dennoch schien es, als mustere er sein Gegenüber.

«Wollt Ihr nach meinem Pech sehen, John?» Gehör und Geruchssinn des Mannes würden sich keine Veränderung entgehen lassen. Er war längst viel mehr als ein Windenknecht, und nicht selten fühlte Aimery sich ihm verwandt: Beide durften sie nicht wagen, ihren Augen zu trauen.

Inzwischen hatte einer der Zimmerleute das Tor geöffnet und Agnes eingelassen. Sie warf den Kopf in den Nacken und fing in ihrem Haar das Mailicht wie ein Fischer im Käscher eine Springforelle. Fing den Blick von Rich, dem Zimmergesellen, einem pickligen Jüngling mit sechs Schwestern. Blies ihm ein Lachen hin. Ließ ihn dann stehen und rannte quer über die Wiese davon. Aimerys Herz zog sich zusammen. Sie war vermutlich der einzige Mensch, der ihn an diesem Ort hätte stören dürfen, aber sie hatte ihn früher nie besucht. Weshalb hätte sie sich um seine Arbeit scheren sollen? Erst in diesem Frühjahr kam sie. Seit Ostern. Vielleicht weil Clement Loyes um sie warb, der sich für den Krieg begeisterte. Loyes war kein reicher Mann, aber ein braver Kerl. Wenn Agnes ihn wollte, so würde Aimery sich nicht sträuben, obgleich sie dann nie mehr so auf ihn zueilen würde wie jetzt. Seine Daseinsfreude, die er schon viel zu lange unverdient genoss.

«Vater!»

Er hob die Hände vor die Brust und ließ sie wieder sinken.

Außer Atem blieb sie vor ihm stehen. «Wir brauchen Eure Hilfe.»

«Wozu?»

«Heute Morgen hat es wie toll an der Tür gehämmert. Der Fuller, dacht' ich, na, wenn der neuerdings den Leuten die Türen einschlägt, dann bekommt er meinen Nachttopf nicht. Aber es war nicht der Fuller. Es war Peter Bailiff, dieser Bock, der hat behauptet, er kommt, um eine Steuer einzutreiben. Eine Mauersteuer, drei Schillinge auf die Hand. Dot wollte es vom Großvater holen, aber der war schon fort, zum Markt, und wie üblich trägt der Geizhals jeden Penny auf dem Leib. Ich habe Dot gesagt, sie soll dem Bailiff nichts geben, der ist ein Dieb, denn wer hätte von solcher Mauersteuer je gehört? Hier gibt es doch gar keine Mauer, und Peter Bailiff ist einer, der noch den Toten die Hemden auszöge. Aber Dot spricht mit mir nicht, und auf mich hören tut sie schon gleich gar nicht. Sie bestand darauf: Wir zahlen dem Bailiff das Geld.»

«Und dann?»

«Was hätte ich tun sollen? Sie hat mir keinen Frieden gelassen, also hab ich ihr gegeben, was ich hatte.»

«Das war richtig so», sagte Aimery. «Der Rat hat beschlossen, eine Mauer um Stadt und Hafen zu ziehen und dafür eine Steuer zu erheben.»

«Und wer bringt den Rat auf so verquere Gedanken?»

«Ich», erwiderte er.

Als sie die Augen aufriss, ihr Gesicht eine einzige Frage, sah er einen Herzschlag lang ihre Mutter vor sich. ‹Warum tust du das, Liebster?›, hatte Helewise gefragt. ‹Denkst du nicht an mich?› Er hatte sich nie gewünscht, das Rad der Zeit zurückzudrehen, sondern hielt es mit dem italienischen Dichter, der riet, sich nicht in Wünschen zu ergehen, die nach den Gesetzen der Physik unerfüllbar bleiben mussten. Jetzt begriff er: Das Rad zurückzudrehen nützte nichts, weil dort, wo es zum Halt käme, wieder der gleiche Mensch stünde, in gleicher Unwissenheit. Aimery tat das Gleiche wie vor bald zwanzig Jahren, griff in seinen Beutel und ballte die Hand um Münzen.

«Ich hab ihm ausbezahlt, was Ihr mir gabt, damit ich meine Kleider scheren lasse», rief Agnes. «Und für den Sommer muss ich doch wohl frisch geschorene Kleider haben, wenn's schon für neue nicht reicht.»

Aimery gab ihr die Münzen, und sie zählte sie von einer Hand in die andere. «Nimm das für den Tuchscherer», sagte er, «aber streite dich nicht mit deiner Schwägerin. Die hat es mit uns schwer genug.»

Flugs glitt ihre Hand in eine Rockfalte, tauchte ohne Geld wieder auf und streckte sich nach seinem Gesicht. Ihre Fingerspitzen trafen seine Schläfe, fuhren in sein Haar und blieben liegen. Er hielt den Atem an. «Vater», sagte sie. «Ich bin sonst keine, die viel fragt, aber das frag ich Euch: Warum habt Ihr Gocelin geraten, um die Stadt eine Mauer zu bauen? Wenn der König keine will, dann ist doch wohl auch keine nötig, schließlich ist Portsmouth keiner von den großen Häfen.»

Behutsam umfasste er ihr Gelenk und zog ihre Hand von sich

fort. «Das kann sich rasch ändern. Für den Krieg um Frankreich liegt keine zweite Stadt so günstig, und in unserem Becken, von der Insel geschützt, lässt sich bestens eine Flotte sammeln.»

«Gibt es denn wirklich Krieg um Frankreich?»

«Er hat längst begonnen.» Die jungen Männer waren johlend durch die Straßen gezogen. Etliche von ihnen hatten sich zum Heerhaufen des Grafen von Salisbury gemeldet, und vor zwei Wochen hatte Philip von Valois die Gascogne, König Edwards Herzogtum, für besetzt erklärt. «Auf den Gedanken, Portsmouth müsse befestigt werden, bin im Übrigen nicht ich gekommen, sondern Gocelin selbst. Ich habe den Rat lediglich gedrängt, das Geld durch eine Steuer zu erheben, statt es vom König zu erbitten. Der König braucht keine Befestigungen. Sondern Schiffe.»

Als habe sie auf dieses Wort gewartet, trat sie an ihm vorbei und sah auf das Boot und den Blinden, der im Kessel rührte. «Oho», rief sie aus. «Für wen baut Ihr das?»

«Für niemanden. Für mich selbst.»

Sie ging hin und klopfte dem Boot auf die Flanke. «Geht so etwas leicht von der Hand, oder müsst Ihr es zuvor auf Pergamente zeichnen?»

Aimery folgte zögernd. «Vielleicht ließe es sich auch einfach so bauen. Ich aber denke, wir Schiffbauer in England arbeiten schon zu lange aus dem Kopf, derweil man im Mittelmeerraum Skizzen fertigt und Wissen sammelt. Deshalb zeichne ich alles auf und versehe jedes Bauteil mit einer Nummer, sodass die Reihenfolge ersichtlich ist. Wenn ich sterbe, hoffe ich, dass jemand nach meinen Plänen ein Schiff bauen kann.» Er erschrak ein wenig. Zu niemandem, auch zu sich selbst nicht, hatte er je zuvor so gesprochen.

Agnes fuhr herum. «Armer Vater», sagte sie. «Mit einem Sohn, der nichts taugt. Ich wünschte, ich wäre als Knabe geboren, dann hätte ich Euer Handwerk erlernt, auf dass Ihr wüsstet: Euer Werk stirbt nicht mit Euch.»

Und ich, dachte Aimery, wünschte, du wärst als nichts anderes geboren, mir bist du recht als das, was du bist. Wie so oft flog sein Blick in jene Richtung, in der das Hospiz lag, das *Domus Dei*, obgleich er es von hier nicht sehen konnte. Unser Kind ist meine Freude, Helewise, bekannte er stumm. Seine Tochter fragte er: «Willst du dir ansehen, wie man einen Bootsleib kalfatert?» Er hatte einst beschlossen, sich keine Freude mehr zu gestatten, aber Freude war wie Flut. Sie scherte sich nicht.

«Und ob ich will», rief Agnes. In Heuschreckenhüpfern eilte sie ihm voraus zum Boot.

Am frühen Morgen, im Glanz der Junisonne, kamen die königlichen Gesandten. Ihre Pferde trugen Schabracken und die Reiter Mäntel von solcher Schwere, dass darunter Schweiß in Bächen rinnen musste. Gilbert war vorbereitet. Er hatte Ronald und die Mägde die Werkstatt herrichten lassen wie einen höfischen Empfangssaal. Felle bedeckten die Schemel, der Boden war mit Stroh ausgelegt, auf Platten häuften sich kandierte Früchte, und aus Krügen duftete gewürzter Wein. Die zwei Ritter aber würdigten die Werkstatt keines Blickes, sondern blieben draußen auf dem abschüssigen Strand. «Verköstigt sind wir bereits», bekundete der größere der beiden, ein hagerer Kerl mit dünner Jungfernnase. «Wir kommen nur, um Eure Werftanlagen zu besichtigen.»

Viel zu sehen gab es nicht. Ein einziges Gefährt lag auf der Seite, ein Plattbodenholk, bei dessen Kiellegung geschlampt worden war. Der Hagere schien müde und gleichgültig, doch der Ältere, Plumpe, klopfte die Planken von oben bis unten ab.

Dazu ging er in die Hocke, dass sein Mantel im Sand schleifte. «Ihr baut Euren Schiffen kein Heckruder?», erkundigte er sich, ohne den Kopf nach Gilbert zu drehen.

«Aber nein, aber nein», rief der eilig. «Das ist alles neues Machwerk, das keinem nützt und nur viel kostet.»

«Diese hölzerne Dame», sagte der Adlige und schlug dem Schiff die flache Hand auf den Kiel, «die könnte man von hier aufwärts teilen und erhielte zwei genau gleiche Hälften, nicht wahr?»

«Allerdings», erwiderte Gilbert. «So genau, dass selbst ich, der sie mit eigenen Händen gebaut hat, nicht wüsste, wo vorn und wo hinten ist.»

Der Plumpe hatte ein gewieftes Gesicht und Zähne wie sein Gaul. Mit einem heiseren Lachen stand er auf und sagte etwas zu dem Hageren.

«Sie ist nicht eben eine große Seglerin. Bei Seitenwind treibt ein solches Schiff hoffnungslos ab.»

Drei Köpfe wandten sich. Der gesprochen hatte, war Ronald, der die Pferde der Gesandten am Kopfzeug hielt. Der Plumpe, Gewiefte lachte neuerlich auf. «Kein dummer Bursche, Euer Lehrling. Und er nimmt kein Blatt vor den Mund.» Damit kehrte er dem Schiff den Rücken zu und bedeutete seinem Begleiter, ihm zu folgen.

Gilbert wollte ihm Einhalt gebieten. Er hatte sich ausgemalt, wie die Herren vor seinem Warenlager stünden, wie sie sein blitzendes Werkzeug bestaunten, seinen Wein genössen und schließlich mit einem Handschlag seine Zukunft besiegelten, ehe er sie mit der gefälligen Magd Betta hinauf zum Haus, in die behagliche Kammer schickte. Ihrem König sollten sie berichten, mit welchem Überfluss der Schiffbaumeister Berkham Gäste zu bewirten pflegte. Und wenn der König selbst käme, wüsste er, wo er fände, was ihm nottat. Stattdessen stand jetzt der Plumpe vor

Gilbert und winkte nach seinem Pferd. «Habt Dank. Gott zum Gruß.»

Gilbert starrte auf das gewiefte Gesicht, zählte die Rinnsale Schweiß auf der Stirn und öffnete dreimal den Mund, ehe er ein Wort herausbekam. «Aber wohin geht es denn? Der Tag ist doch noch jung.»

«Wir reisen nach Portsmouth», gab der Plumpe beiläufig Auskunft. Das Wort war eine Keule. Im nächsten Augenblick saßen die Herren samt Gefolge in den Sätteln, wendeten die Gäule und ritten davon, dass der trockene Sand stob. Eine Ewigkeit schien zu verstreichen, ehe Gilberts Glieder ihm wieder gehorchten. «Du», sagte er zu Ronald. «Du.»

Der Junge stand herum und drückte die Hände ineinander.

«Du», stieß Gilbert noch einmal heraus, griff sich den Zollstock, der an der Wand hing, und wies auf den Block zum Plankenhacken. «Beug dich über.»

Der Feigling ging mit zaudernden Schritten, den Kopf zwischen die Schultern geduckt. Beim Block drehte er sich nach Gilbert um. «Beug dich über», brüllte der, und im nächsten Augenblick war er bei ihm und drückte ihn auf das Holz. Sein Arm holte aus. Krachend prallte der Stock auf die Hinterbacken. Der Geschlagene schrie gellend, und ehe der Lärm verhallte, traf schon der nächste Hieb und der nächste und der nächste. Zuerst sah Gilbert noch, wie der Stock niedersauste, wie er dem Tagedieb auf Arsch und Schenkel drosch, hörte das Platzen der Schläge und das Schreien, dann sah er nur noch ein Schwimmen und vernahm ein Brausen.

Er war kein grausamer Lehrherr, beleibe nicht. In den vier Jahren, die Ronald bei ihm war, hatte er ihn nicht einmal ordentlich durchgeprügelt. Er fütterte den spacken Bengel reichlich, steckte ihm Geld zu und pfefferte ihm höchstens mit der Gerte eins drauf, wenn er frech war. Ron war sein Schwesternsohn. Der

Erbe, den Gilbert hätte zeugen wollen, einen Jungen mit der Bärenkraft des Vaters und dem blonden Haar der Mutter, wie hatte er sich solchen Sohn gewünscht! Der hier war ein Schwächling, doch dafür besaß er etwas anderes: die Familiengabe, die Gilbert fehlte. Endlich gestand er sich ein, dass ihm der Kerl zuwider war. Als er auf ihn einschlug, immer härter, immer blinder, war ihm, als schlüge er Aimery.

Einen spindeldünnen Vierzehnjährigen, den sein Vater, Gilbert Berkham der Ältere, durchs Tor der Werft geschoben hatte. ‹Hier habt ihr meinen neuen Lehrling. Das ist Francis Fletchers Sohn, der ein solches Händchen hat, dass die ihm drüben nichts mehr beibringen können. Das Gegenteil von meinem teuren Stammhalter, meint ihr nicht?› Der Vater hatte gelacht, und seine Zimmerleute hatten eingestimmt.

Gilbert schlug zu, noch einmal, zweimal, den Stock in beiden Händen.

‹Nimm deine Mütze ab!› Aimery hatte die speckige Mütze vom Kopf gezogen und in den Händen gedreht. Sein Haar war schwarz wie Pech, sein Gesicht bleich und zäh. ‹Master Deghere hält große Stücke auf dich. Wenn du so anstellig bist, wie er versichert, kannst du hier viel lernen. Wiewohl nicht von dem.› Mit lässigem Wink hatte der Vater auf den anderen Vierzehnjährigen gezeigt. Auf ihn. Auf Gilbert Berkham den Jüngeren, der sich an einem gottverfluchten Stück Krummholz abrackerte, das sich weder biegen noch schleifen ließ und das ihm schließlich zerbrach. ‹Von dem lernst du nichts.›

Der Körper des Jungen glitt vom Block. Gilbert schlug zu. Traf etwas Hartes. Schlug Aimery.

Aimery, den Alleskönner, der das ersehnte Lob einheimste, das Schulterklopfen und die köstlichen Worte: ‹Du bist mit der Axt des Schiffbauers geboren, weißt du das?› Bei Tisch, überm Schmortopf, hatte der Vater gesagt: ‹Der kleine Fletcher ist was

Besonderes, der wird einmal uns lehren, nicht wir ihn. Brecht mir das nicht entzwei. Er ist empfindlich und stolz, ich will nicht, dass er herumgestoßen und geschlagen wird.›

Er aber, Gilbert, hatte dafür gesorgt, dass er geschlagen wurde, hatte ihm Vergehen in die Schuhe geschoben, für die dem Vater keine Wahl blieb, als seinen Liebling abzustrafen. Das war Gilberts Genugtuung gewesen, zuzusehen, wie Aimery litt. Unter den Schlägen weniger als unter seines Meisters Enttäuschung. ‹Sprich die Wahrheit›, hatte der Alte ihn beschworen, ‹und ich erlasse dir den Rest.› Aber der Schwarze, empfindlich und stolz, hatte sich mit tränennassen Wangen die Lippen zerbissen, und sie mussten sich zu Ende quälen, der Vater und Aimery, einen pfeifenden Stockhieb um den anderen. Prügel von solcher Leidenschaft war der eigene Sohn seinem Vater niemals wert gewesen.

Hernach hatte der Alte Aimery auf die Füße gezerrt und ihn mit einer gepfefferten Ohrfeige empfangen. ‹Hier, die nimm dafür, dass du mir nicht vertraust. Dass du mich zwingst, einem feinen Kerl den Stock zu geben, derweil der Halunke ungeschoren bleibt.› Aimery hatte den Kopf gesenkt und nichts gesagt. Die Klaue des Alten holte noch einmal aus, aber der Schlag erstarb. Bis heute sah Gilbert die zitternden Finger seines Vaters, die liebkosend Aimery die Wange strichen, und das Flimmern erhitzter Luft, in der sein Triumph verpufft war.

Von neuem hob er den Knüppel. Als reiße er einen Vorhang zurück, war das Bild wieder klar. Ronald lag am Boden, hielt die Arme um die Knie geklammert. Aus seinem Mund quoll ein wenig Blut. Gilbert schmerzte der Arm. Der Stock sank ihm nieder. Ihm war übel.

Dem Bengel war recht geschehen, sagte er sich. Der schließlich hatte ihm den Kontrakt mit dem Königshof vermasselt, dafür war ein verbläuter Arsch der reinste Gnadenakt. Dennoch ging Gilbert nach ihm sehen, bevor er sich den Braunen einspannte, um nach Portsmouth zu fahren. Zart rötete sich der Abendhimmel, und in seiner Brust rangen Schlangen, fanden keine Ruhe. Er brauchte ein Weib. Aber nicht irgendeines. Des Todfeindes Tochter. Das ist meine Waffe, dachte er. Das ist der Stock, mit dem ich dich erschlage, Aimery. Was Agnes ihm bisher gebracht hatte, war nutzlos, doch sie war ihm hörig, und wann sie ihm gab, was er verlangte, war nur eine Frage der Zeit. Hernach würde er nicht mehr zu ihr gehen. Sie machte ihm Hunger, aber sobald er sich an ihr gesättigt hatte, erfüllte ihn Leere. Sie sah so aus, und sie lachte so, aber all das war Täuschung. Sie war nicht Helewise.

Wenn der Tölpel Ronald sich reumütig zeigte, würde er ihn vielleicht mitnehmen. Aber Ronald lag nicht mehr beim Holzblock. Er mochte sich heim zu seiner Mutter geschleppt haben, um sich auszuwinseln. Sei's drum, in der Frühe käme er zurückgekrochen. Gilbert sprang auf den Bock und ließ die Zügel schnalzen. Er war noch nicht aus der Stadt heraus, als ihm einer hinterdreinrief: «He, Kumpan, wohin geht's?»

Clement Loyes.

Gilbert hielt den Gaul nicht an, aber der Knochenhauer war ein flinker Bursche, der in der Fahrt aufsprang. «Nehmt Ihr mich mit, falls Ihr auf dem Weg nach Portsmouth seid? An meinem Karren ist mir die Deichsel gebrochen, die bekomme ich heute nicht mehr geflickt.» Mit keuchendem Atem ließ er sich neben Gilbert auf den Bock nieder.

Ein hübscher Kerl war der und besaß wie seine Schwester dieses Leuchten von Lebenskraft um sich, dachte Gilbert. «Was wollt Ihr denn in Portsmouth?»

«Meiner Braut einen Besuch abstatten», rief Clement verzückt. «Und ihr einen schönen Batzen Kalbsbrust bringen. Ihr Großvater hält sie so knapp, und ein Mädchen, das zur Frau wird, soll doch tüchtig essen.»

Das Trappen der Hufe klopfte der Abendluft einen Takt. «Hört, hört, eine Braut in Portsmouth habt Ihr. Und wer soll das sein?»

«Die Agnes Fletcher!» Clements Augen waren grün und strahlten. «Das süßeste Mädchen von der ganzen Küste.»

Gilbert schwieg. Das hatte er schon einmal erlebt, an einem rotblauen Juniabend, einen Burschen, der ihm auf den Wagen gesprungen war, der nach Portsmouth wollte, an den Wasserlauf, wo der Strandflieder blühte. ‹Was denn, du Lumpenhund trägst ein reines Hemd? Besuchst du deine Mutter? Oh, ich vergaß, du hast ja deine Mutter im Kindbett kaltgemacht.› Der Schwarze hatte sich jedoch nicht reizen lassen. In der letzten Sonne schimmerte sein Haar. Er war hässlich, aber auf einmal erkannte Gilbert, dass ein Mädchen in ihm ganz anderes sehen mochte als Hässlichkeit. Er hatte feste, bräunliche Lippen, er lächelte selten, doch wer ahnte schon, was er stattdessen tat? In seinen Augen war Glut, die sich Gilbert in den Schädel brannte. ‹Meine Mutter ist tot. Ich besuche meine Liebste.› ‹Hört, hört. Eine Liebste in Portsmouth hast du. Und wer soll das sein?› ‹Des Abteimüllers Helewise. Das schönste Mädchen vom Solent.›

Damals war Gilbert das Herz in der Brust erstarrt. Heute dagegen regte sich unter seinen Rippen ein Lachen, das ihn die erlittene Schlappe vergessen ließ. «Hört, hört», wiederholte er. «Die Agnes Fletcher.»

«Ja, die. Kennt Ihr sie?»

«Nur flüchtig.» Gilbert ließ die Peitsche in der Luft schnalzen. «Wie man die Weiber aus Portsmouth eben kennt. Da fällt mir ein, Loyes, wolltet Ihr Euch nicht nach Salisbury in den Heerhaufen melden?»

«Ja, schon.» Clement verschränkte die Arme im Nacken, sah in den Himmel und ließ die langen Beine baumeln. «Aber ich hab ja für die Mutter und die Basen zu sorgen. Und jetzt noch für die Agnes. Ein Mann, der eine solche Gemme allein lässt, ist ein Dummkopf, oder nicht?»

Hörst du das, Aimery?, frohlockte Gilbert. So ein Dummkopf warst du. Auf seinem Bock begann er zu pfeifen. Hinter der Furt, auf der tollkühn sich reckenden Zunge, erhob sich die Stadt wie eine Jungfer aus dem Meer.

Der König würde nach Portsmouth kommen. Seine Gesandten hatten den Tag auf der Werft verbracht und sich zeigen lassen, was Aimerys Leute vermochten, wie sich auf dem Grün ein Kiel legen und ein Leib aus Planken hochziehen ließ. Der Kleinere, Robustere der beiden verstand etwas von Schiffen. Er forderte Aimery auf, die Treträder vorzuführen, mit denen der Drehkran betrieben wurde. «Wer hat das gebaut?»

«Ich.»

«Ich habe ein Gerät dieser Art nirgendwo im Land gesehen», bemerkte der Gesandte. «Und wer hat wohl Euch das in den Kopf gegeben?»

Aimery zuckte die Schultern. «Hierher kommen eine Menge Leute. Von überall. In einer der Hansestädte haben sie solche Kräne.»

«Und davon erzählen Euch beliebige Tuchhändler, die anlegen, um ein paar Sack Wolle einzukaufen?»

Aimery zögerte. Wie stets in solcher Klemme griff er nach dem nächstliegenden Werkzeug, einem Beitel, den er an die halbfertige Spante setzte. Dann aber sah er dem Gesandten in das kluge, lauernde Gesicht. «Ich bin als junger Kerl gereist», sagte er. «Manches sehe ich mir an und versuche es nachzubauen. Ich habe lesen gelernt und stelle hin und wieder ein paar Beobachtungen an. Nichts Besonderes. Wenn man es aber über Jahre hinweg tut, fügt es sich irgendwann zu einem Ganzen.»

«Bemerkenswert.» Der Ritter verzog den Mund. «Ihr gebt nicht mehr preis als unbedingt nötig, was? Aber fürs Wortemachen wollen wir Euch ja nicht bestellen. Ich denke, ich werde meinem König raten, sich Eure Zauberkammer mit eigenen Augen anzusehen.»

Das Wort Zauberkammer war ein Schlag ins Gesicht, aber daran war Aimery gewöhnt. Sein Vater hatte ihm vor jedem Geschenk, jedem Tropfen Honig, vorsorglich ins Gesicht geschlagen, bis ihm von süßlichen Gerüchen übel wurde. Das Geschenk des Ritters war dagegen viele Schläge wert.

«Wie viele Schiffe, meint Ihr, könntet Ihr hier nebeneinander hochziehen? Hunderttonner. Nicht mehr als drei, oder doch?»

Aimery riss sich zusammen. «Nein, für mehr ist kein Platz. Wenn man hingegen versuchen würde, vorn am Strand, ins Wasser hinein einen Verschlag zu mauern und ihn leer zu pumpen ...»

«Bei meiner Seele, haltet den Mund!» Der Gesandte hob die Hände. «Hat nicht hier, an Eurem verrückten Solent, der große König Knut seinen Mannen bewiesen, dass sich dem Meer nicht gebieten lässt?»

«Ich gebiete dem Solent nicht. Ich lasse mir seine Bedingungen weisen und richte meine Arbeit daran aus.»

«Den Mund sollt Ihr halten, habe ich gesagt.» Der Gesandte drohte ihm mit dem Finger und entblößte dabei von neuem die Zähne. «Das mögt Ihr alles König Edward erzählen, und entweder der setzt Euch den Kopf am Pranger zurecht, oder er schlägt Euch zum Ritter, hier auf dem Grün.»

Aimery sah zu Boden.

Sein Gegenüber zog ein kurzes Schwert, führte ihm die flache Seite der Klinge unters Kinn und zwang ihn, aufzublicken.

«Steigt Euch das Blut ins Gesicht? Einem Mann, der mit so vielen Wassern gewaschen ist? Na kommt, ein Becher Wein bekäme Euch nicht schlecht.»

«Es tut mir leid», erwiderte Aimery, das Kinn auf der Schwertspitze, in den Wangen Glut. «Ich habe keinen Wein hier.»

«Das dachte ich mir.» Der Gesandte schob das Schwert zurück in die Scheide. «Ihr gefallt mir, Aimery Fletcher, und ich wette, Ihr seid mit dem Bogen so gewandt wie mit der Axt. Nehmt nur das Leben gelegentlich nicht ganz so ernst, hört Ihr?»

Ihre Blicke trafen sich. Der des anderen war voll unverhoffter Wärme. «Ihr könnt zu bauen anfangen. Ein Dutzend Karacken, wie die Genueser sie haben. Drei Anker, zwei Kastelle, die ersten fertig in achtzig Tagen.»

«Ich brauche Geld.»

«Das bekommt Ihr später, in den Truhen der Krone gähnt Leere. Ihr werdet schon welches auftreiben. Und falls Euch je wieder der Sinn nach Reisen steht, seht zu, dass ich davon erfahre. Ich heiße Eustace Masun und bin der Erbe von Masun Manor. Wenn wir in Waffen nach drüben ziehen, führe ich meine eigene Zwanzigerschaft.»

Aimery fand, für diesen Tag habe er genug geredet. Um dem Sturm in seinem Innern Herr zu werden, wollte er Planken sägen, bis ihm die Arme schmerzten. Dazu hob man eine Grube aus, pflockte den Baumstamm am Rand der Grube auf, und dann stieg ein Arbeiter in die Grube, derweil ein zweiter sich am Rand aufstellte, sodass die beiden zwischen sich die lange Säge führen konnten. Die ermüdende Arbeit in der Grube, bei der dem Sägenden Holzstaub in Mund und Augen stob, bis er hilflos nach Luft hechelte, nahm kein Schiffbaumeister selbst auf sich. Aimery aber kam sie gerade recht, sie würde ihn zurück auf den Boden bringen. Er ließ die laufende Arbeit unterbrechen und schickte seine Leute heim, auf dass sie mit ihren Weibern in der Abendsonne vor den Hütten sitzen konnten. Auf der Werft blieb nur der blinde Windenknecht, der keine Familie hatte.

«Wollt Ihr mir helfen, diese Stämme zu zersägen, John?» Die Hände des Blinden verwandten mehr Sorgfalt als die Augen jedes Sehenden, und mit ihm ließ sich arbeiten, ohne zu schwatzen.

Sie kamen ausgezeichnet voran. Derweil sie aber so schwiegen und sägten und in der Wolke von Sägemehl husteten, musste Aimery feststellen, dass er den Männern, die gegangen waren, etwas neidete. Jäh brach sich in ihm eine Sehnsucht Bahn, die er versiegt geglaubt hatte, begraben mit all dem andern: die Sehnsucht, ein Heim zu besitzen, einen Menschen, dem er hätte erzählen können, was geschehen war. Einen Herzschlag lang sah er das Gesicht der jungen Dorothy vor sich, die ihm eine Schüssel hinstellte und ihn ausschalt, wenn er nichts davon aß. John, hätte er aus seiner Grube nach oben rufen wollen, John, sehnt Ihr Euch manchmal auch? Aber er rief nichts, und dann vernahm er vom Tor her ein Geräusch, und der Blinde vernahm es zugleich und hob den Kopf.

Kam Agnes wieder? Letzthin hatte sie ihn oft besucht, selbst an Tagen, an denen sie kein Geld von ihm wollte. Ehe Hoffnung aufkeimte, stellte er die Säge ab, sprang aus der Grube und überquerte in langen Schritten das Grün. Vor dem Tor stand ein schmaler Bursche mit vom Schwitzen rotem Gesicht. Ohne nachzudenken, streckte Aimery die Arme aus. Der Junge fiel vornüber, und Aimery fing ihn auf. «Du brauchst Wasser», sagte er.

Wie gewichtslos hing ihm der Junge in den Armen, der offenbar den ganzen Weg von Southampton gerannt war, trotz der Hitze und obgleich er dazu nicht zäh genug war. Behutsam ließ Aimery ihn auf dem Boden nieder und half ihm in eine sitzende

Stellung, den Rücken an die Mauer gelehnt. Dann holte er aus seinem Vorrat Wasser, wusch ihm das erhitzte Gesicht und gab ihm zu trinken. Der Blinde trat näher, um festzustellen, ob er gebraucht wurde, lauschte und entfernte sich. Allmählich kam der Junge zu Kräften. Aimery wartete, bis die magere Brust sich ruhig hob und senkte, ehe er sprach.

«Du bist Gilberts Lehrling, nicht wahr?»

«Ja.»

«Und du bist ihm davongelaufen?»

Der Junge sah ihn an, die Augen wasserblau wie die von Gilbert. «Kann ich bleiben?», platzte er heraus. «Ich bin im fünften Jahr, habe wenig Fertigkeiten, aber würde Euch ein guter Lehrling sein.»

Aimery nahm grundsätzlich keine Lehrlinge auf. Er taugte nicht dazu, und zudem hätte wohl kaum ein Knabe sich aus freien Stücken von ihm unterweisen lassen. Der Junge sah an ihm vorbei nach dem Drehkran. Über der Braue verfärbte eine Schwellung sich blau. «Wie heißt du?»

«Ronald.»

«Und warum willst du bei Gilbert nicht bleiben? Er ist dein Oheim. Und seine Werft ist größer als meine.»

Ronald gab keine Antwort.

«Er hat dich geschlagen, ja?» Der junge Mann senkte den Kopf. Aimery sah, wie er mit den Kiefern mahlte, um nicht in Tränen auszubrechen, und fühlte sich versucht, ihn zu berühren. «Das ist, was Lehrherren tun», sagte er. «Wenn du zu mir kämst, würde ich dich schlagen. Frag meine Leute. Ich bin übellaunig und hart, habe für niemanden ein gutes Wort und dulde keine Schludrigkeit.»

«Schlagt mich jetzt.» Mit einem Ruck blickte Ronald auf. «Tut mit mir, was Euch beliebt, aber lasst mich von Euch lernen, ein Schiff zu bauen.»

«Du weißt, was man von mir sagt?»

«Ja.»

Aimery gab seinen Blick nicht frei.

Der Junge zauderte. «Man sagt, es ginge bei Euch nicht mit rechten Dingen zu. Einen Zauberer heißt man Euch, mit schwarzen Mächten im Bund.»

«Und was noch?»

«Man sagt, dass Ihr …»

«Dass ich mein Weib getötet habe?»

«Ja.»

«Und was glaubst du?»

«Nichts», erwiderte Ronald. «Nur vielleicht, dass ich mich auch mit schwarzen Mächten verbünden und Weiber umbringen wollte, wenn es nötig wäre, um ein Schiff zu bauen.»

«Dafür verdienst du in der Tat, geschlagen zu werden», sagte Aimery und stand auf. «Ich will solches hier nicht hören. Meine Männer sind brave Leute, die gehen am Feiertag zur Kirche und lästern nicht Gott. Ich gebe ihnen Wasser, nie Wein, ich bezahle sie schlecht, und in meinem Haus herrscht eine haselbraune Sturmflut namens Dorothy. Wenn du ihr frech kommst, schlage ich dich zu Gelump. Wenn nicht, kannst du bleiben.» Auf welchen Irrsinn ließ er sich ein? Er würde sich mit seinem Vater anlegen müssen, mit der Gilde, weil er einem anderen den Lehrling stahl, und die Familie des Jungen gäbe ihm gewiss kein Geld.

Ronald sperrte den Mund auf, aber Aimery bedeutete ihm mit der Hand, zu schweigen, und rief nach John, der mit seinem Bündel herbeikam. «John hier wird dir von morgen an zeigen, was zu tun ist.»

«Ein Windenknecht?»

«Missachte ihn, und du fliegst mit einem Tritt zum Tor hinaus.» Er wandte sich an den Blinden. «John, ich bitte Euch, bringt den Jungen zum Haus und fragt meine Schwiegertochter, ob es angeht, dass er bleibt.»

«Das ist feige, Herr», sagte John.

Aimery ertappte sich dabei, dass er den Mund verzog. «In der Tat», gestand er zu. «Seid gnädig und seht es mir nach.»

Der Sommer war lang. Jeder Hausvorstand hatte vor seine Tür einen Kübel Wasser zu stellen, falls ein Tölpel seine Kerze umstieß und in der knisternden Hitze ein Feuer ausbrach. Bei diesen Wasserkübeln saßen an hellen Abenden die Städter, teilten Dünnbier und weihten einander in Geheimnisse ein, die in Windeseile keine mehr waren. Im Staub der Gassen spielten Kinder, hatten sich aus Stöcken Pferdchen geschnitzt und galoppierten als Ritter gegen Frankreich. Von Tür zu Tür sprangen Nachrichten: Der König kam nach Portsmouth, mit seiner Königin und hundertzwanzig Gefolgsleuten würde er sich auf die Reise begeben. Scharen fanden Arbeit in der königlichen Residenz Kingshall Green, die König John sich einst hatte bauen lassen und die jetzt hergerichtet wurde.

Dorothy hatte selten Zeit, vor ihrem Haus in der Sonne zu sitzen. Wer sie suchte, fand sie in Küche oder Garten, wo sie Bohnen, Kohl und Kräuter hegte, Ale braute, Brotteig bereitete, Milch von der jüngst gekauften Ziege butterte oder Blutpudding kochte. Geld war weiterhin knapp. Der alte Francis wetterte den Sommer über auf den König, der die Wollausfuhr nach Flandern verbot, um Waffenhilfe zu erzwingen, und der ihm damit sein Geschäft verdarb. Aber Dorothy hörte nicht länger zu. Sie erhandelte sich selbst etwas, tauschte einen Teil ihrer Erträge gegen anderes, und was sie sonst brauchte, sandte ihr der Schwarze.

Der ging nach dem Tagwerk auf der Werft noch zum Haus des

Königs, um Zimmerarbeiten zu verrichten. Was er einnahm, ließ er Ronald, den Lehrling, nach Hause tragen und ihr aushändigen. Dorothy füllte einen Napf mit Huhn und Hirse, deckte ihn zu und gab ihn Ronald. «Bring das hinüber zu deinem Meister und sorg dafür, dass er sich hinsetzt und isst.»

Der Junge, der ein netter, wohlerzogener Bursche war, lachte. «Ebenso könnte ich dem Wettersturm gebieten, sich niederzusetzen und Hirsebrei zu essen. Der Meister wird sich keine Ruhe gönnen, ehe die ersten Karacken für den König fertig sind.»

Diese Nachricht hatte sich nicht minder rasch verbreitet als die von des Königs Besuch: Der Schwarze war zum Schiffbaumeister des Hofes bestellt. Das Gerede wurde leiser. Mochte man den Mann, der der Stadt so viel Ruhm eintrug, auch eines Mordes und faulen Zaubers zeihen, so wünschte ihn doch niemand mehr nach Cattecleffe, um ihn an einen Pfahl zu ketten und, wenn die Flut stieg, wie eine Ratte zu ersäufen.

Das Leben besserte sich, befand Dorothy. Sie hatte ihre Kinder, Clement, den Sohn, dessen Liebreiz ihr viele Komplimente eintrug, und Richilda, die ein hässlicher Schreihals blieb, aber gut wuchs und nie krank war. Sie bemerkte, derweil sie die Früchte ihrer Arbeit pflückte und zum Vorrat verkochte, dass die Bilder des schrecklichen Winters verblassten wie überstandene Träume. Die Agnes war ein schlechtes Weib. Warum sollte sie ihrem irren Geschrei auf nächtlicher Gasse Glauben schenken?

Ja, Symond mochte auf Abwege gegangen sein, während sein Weib seine Kinder trug, Männer taten das. Aber an ihm war nichts von dem Schmutz, der die Gedanken seiner Schwester beherrschte. Er war von einer müden, ratlosen Traurigkeit, und wenn Dorothy ihn des Nachts an sich zog, wenn sie spürte, wie er ihr ohne Kraft in den Armen hing, wie er ihr kein Kind machen und sich von dem, was sie ihm schenken wollte, nichts nehmen konnte, hätte sie um ihn weinen mögen. Um den Knaben, dem die Mutter geraubt worden war, um den Heranwachsenden, dessen Vater kein Wort mit ihm sprach. Sie wollte ihn heilen. Wenn er einschlief, statt sie zu lieben, wiegte sie ihn, wie sie ihren Sohn wiegte, und sein wirres, zartes Haar roch wie der Flaum des kleinen Clement. Über seinem Herzen sprach sie Rosenkränze.

Auf dem Jahrmarkt wollte sie mit ihm tanzen. Auf dem Jahrmarkt, zwei Jahre war das her, hatte er um sie geworben, und heuer hatte sie ein Zwillingspaar von ihm und warb um ihn. Nie sollte der Jahrmarkt üppiger begangen werden als in diesem Jahr, wo der Besuch des Königs bevorstand und in der Stadt so viel Hoffnung war. Am Tag vor der Eröffnung lief Dorothy ins Gehölz, um Wacholder zu pflücken, aus dem sie einen mit Wein vermischten Trunk bereitete. Im Hof sammelte sie eine Schüssel gelber Bohnen, und beim Weinwürzen war ihr zum Singen. Zum Jahrmarkt würde Clement kommen, vermutlich kam er schon heute, schien er doch mehr in Portsmouth zu sein als daheim in Southampton. Um Clement hatte sie Sorge, aber das sollte ihr den Tag nicht vergällen, sie würde ihm die Agnes schon ausreden. Und der Bruder hatte ihr versprochen, zum Markt die Mutter herzubringen, nach der sie sich im Stillen sehnte.

So schön war der Abend, dass ihr drinnen die Haut vor Unruhe juckte. Also trug sie sich zum Bohnenverlesen einen Schemel ins Freie. Matilda saß mit ihrer Schüssel im Schoß bereits dort, ihre Buben jagten über die Gasse. Sie war frisch schwanger mit ihrem neunten Kind, und beständiges Fragen, ob bei den Fletchers denn nicht wieder ein Kleines auf dem Weg sei, fiel Dorothy lästig. Auch jetzt hob die Nachbarin sogleich das Backstubengesicht und verdarb ihr mit ihrer Neugier den Tag.

«Es gibt auch noch anderes als Kinderkriegen, weißt du?», beschied sie die Dicke voll Zorn.

«Was denn?», fragte Matilda erstaunt. «Was kann es für eine Frau, die verheiratet ist, denn sonst noch geben?»

Dorothy überlegte, aber was sie hätte sagen sollen, fiel ihr nicht ein. Das *etwas mehr*, das sie sich vom Leben erhoffte, seit sie ein Kind gewesen und an einem Strick schaukelnd in den Himmel geschwungen war, wie hätte sie der Nachbarin davon erzählen können? Sie wusste ja selbst nicht, worin dieses *mehr* bestand, und niemand verstand es, nicht einmal Isemay und Martha, ihre eigenen Leute. Höchstens Clement, der nach ihres Vaters Tod gesagt hatte: «Das gelobe ich dir, Dottie Nussholzhaar, ich gebe dich einem Mann, der dir *etwas mehr* zu bieten hat.» Also würdigte sie Matilda keiner Antwort, setzte sich nieder und machte sich an ihre Bohnen.

Die Nachbarin brach in Gelächter aus.

«Was ist denn zum Lachen daran? Es braucht eben nicht jede ein knappes Dutzend Mäuler zu stopfen, um sich selbst etwas wert zu sein.»

In das Schweigen fielen Matildas Söhne mit ihrem Kriegsgeschrei. «Stirb, du gallischer Thronräuber, stirb!»

«Das war hässlich», sagte Matilda.

«Und wennschon. Ist es vielleicht hübsch, mich auszulachen?»

«Ich habe dich nicht ausgelacht, das fiele mir nicht ein. Lachen musste ich, weil du Aimery, auf den du unentwegt schimpfst, so ähnlich siehst mit deinem trotzigen Gesicht. Lass uns wieder gut sein, ja? Soll ich dir diese Balken von Brauen zupfen, ehe es zum Jahrmarkt geht?»

«Meine Brauen lass bleiben, wie der Herrgott sie gemacht hat», versetzte Dorothy. Sie vermeinte, die andere schlucken zu hören.

«Ich sage es ja: Du stehst Aimery in nichts nach.»

«Und ich sage dir: So wie du ständig von meinem Schwiegervater schwatzt, könnte man meinen, du wärst in ihn vernarrt.»

Matilda hielt die Hände still. «Und das erscheint dir undenkbar, richtig? Wie kann denn eine in das schwarze Tier vernarrt sein, in den Ausbund von Abscheulichkeit? Immerhin soll es aber Weiber geben, die ihre Augen zum Sehen gebrauchen und das Herz für Mitgefühl.»

Dorothy sprang auf. Die Schüssel fiel ihr aus dem Schoß, und in etliche sämtliche Richtungen kullerten Bohnen. Gelähmt vor Zorn stand sie da und hätte einen von den beiden würgen wollen, Matilda oder den Schwiegervater, der sie fortwährend dazu brachte, sich lachhaft zu betragen.

«Na, na.» Die Dicke berührte ihren Arm. «Du musst so nicht sein, Herzlein. So verbissen. Wir sind doch alle nur Weibsvolk, das versucht, sich einzurichten, und das Leben ist auch für eines Bürgermeisters Gattin nicht leicht.» Sie bückte sich ächzend und klaubte Bohnen in Dorothys Napf. Es dauerte nicht lange, dann war alles beisammen.

Dorothy wusch die Bohnen im Brandkübel. «Was meinst du damit, das Leben ist für dich nicht leicht?», fragte sie.

«Nun, man hat doch Sorgen. Für die Kinder ist der Krieg ein Spiel, aber für meinen Gocelin ist er eine böse Pflicht, ein unzerkaubarer Bissen. Er bringt das Geld für die Mauer nicht auf, die Leute zahlen schlecht, sie murren, weil der Wollverkauf nach Flandern verboten ist und der König laufend seine Steuern erhöht.»

«Und warum tut der König das?»

«Ich begreif's ja selbst nicht», gab Matilda zu. «Um die Flandrischen als Verbündete anzuwerben, sagt Gocelin. Mal sollen die mit unsern Steuern gekauft und mal bezwungen werden, indem wir ihnen Wolle vorenthalten. Davon verstehe ich nichts, aber eines weiß ich: Ein Mann, dem zu viel abverlangt wird, ist der reinste Wolf. Den Kindern sag ich, geht dem Vater aus dem Weg, und ich schweig mir eins und mache meine Arbeit.»

Dorothy wollte noch etwas fragen, da johlten die Kinder, und von der Biege her erklangen Hufschlag und Pferdeschnaufen.

«Gott zum Gruß, mein Nussholzhaar!» Ihr Bruder kam hoch zu Ross und sah auf der scheckigen Mähre stattlicher aus als jeder Ritter. Vorn auf dem Widerrist, die Beine zu einer Seite baumelnd, saß ein zappliges Geschöpf, das mit fliegenden Zöpfen herabsprang. Keineswegs die Mutter. Sondern Isemay. Mit beiden Armen winkend lief sie die Gasse hinauf, blieb vor Dorothy stehen und schlug sich die Hand vor den Mund.

Clement war abgestiegen, trat, sein Pferd am Zügel, neben die Base und legte ihr die Hand auf die Schulter. «Sei nicht böse, Dottie. Hätte ich sie nicht mitgenommen, wäre sie mir im Nachthemd hinterhergerannt. Und Ise, was ist? Bist du vor Schrecken über deine Dreistigkeit zu Salz erstarrt?»

Clement lachte, aber Isemay beachtete ihn nicht. «Das bist wirklich du, nicht wahr, Dottie?», brachte sie heraus. «Du warst ein ansehnliches Mädchen, jeder hat das gesagt. Jetzt freilich bist du schöner als der Tag!»

Wie von selbst blickte Dorothy an sich herunter. Sie trug ein rostfarbenes Kleid, das sie vor langem im Haus gefunden und für sich ausgebessert hatte. Das Kleid hatte etwas an sich, das sie mochte, sonst aber war nichts Besonderes an ihr.

Statt ihrer sprach Matilda: «Ganz recht hast du, Kleine. Zuerst fürchtete ich, deine Base könnte uns verkümmern, aber sie ist eine von den Knospen, die erst platzen und blühen, wenn sie lieben.»

Dabei standen ihre halbwüchsigen Buben, und des Bailiffs Weib kam herüber. Alles lachte, und Dorothy verspürte zum zweiten Mal an diesem Abend den Drang, Matilda zu würgen. Aus der Peinlichkeit erlöste sie Ronald, der die Gasse heraufschlenderte. Dieser Bursche war ein Segen für sie alle, eine Wohltat für ihr stilles Haus. Freundlich nickend grüßte er Nachbarn und Gäste. Sie hätte ihn zu gern gefragt, wie einer, der den ganzen Tag mit dem schwarzen Schweiger arbeiten musste, des Abends noch so heiter sein konnte.

Er zog die Kappe. «Gott zum Gruß, Frau Meisterin.» Dorothy hatte ihm Hunderte von Malen erklärt, dass sie nicht die Frau Meisterin war, aber es schließlich aufgegeben. «Ich bringe einen Schilling für Euch. Weil morgen Markt ist, würdet Ihr ihn brauchen, sagt der Meister.» Er nestelte sich einen Lederbeutel vom Gürtelstrick und gab ihn Dorothy.

«Kommt dein Meister nicht zum Essen?»

Der Junge schüttelte den Kopf. «Ihr kennt ihn doch. Er geht hinauf nach des Königs Haus.»

«He, du!»

Ronald drehte sich um und stand geradewegs vor Isemay. Er war bald zwei Köpfe größer als sie und schlaksig, sie dagegen rund wie ein Springball. Das Haar in seiner Stirne ringelte sich so buttergelb wie ihres.

«Du bist doch Berkhams Neffe, oder nicht?»

«Der bin ich», sagte Ronald.

«Und was treibst du hier? Solltest du nicht auf deines Oheims Werft dein Handwerk lernen? Oder bist du ein Faulenzer, der eines Tages Weib und Kinder Hunger leiden lässt?»

«Ich arbeite an meinem Gesellenstück», empörte sich Ronald. «Eine Frau wird es gut bei mir haben, der sende ich auch einen Schilling zum Verprassen auf dem Jahrmarkt heim.»

Dorothy sah auf den Beutel in ihrer Hand und dann auf Isemay, die ihrerseits Ronald anstarrte, und jäh fiel ihr ein, wie die kleine Base sich nach der Hochzeit in ihr Strumpfband gekrallt und es ihr mit beiden Händen abgerissen hatte.

«Ich heiße Isemay Loyes.»

«Ich heiße Ronald Payne, Schiffsbauerlehrling.»

Clement lachte und breitete die Arme um beide.

Isemay blieb die fünfzehn Tage, die der Jahrmarkt währte, und war auch am sechzehnten noch da, an dem man die hölzerne Hand und die Buden stehen ließ, weil der König kam. Der König war raumgreifend und golden. Das war es, was sich Dorothy einprägte von dem Herrscher, der die Stadt beehrte wie einst Richard Löwenherz: dass sie alle, gedrängte Gaffer mit Blumenkörben, zurückweichen mussten und dass gleich darauf der goldene Zug einrückte und die Breite der Gasse für sich einnahm. Golden glänzten die Businen der Vorreiter, golden die Schabracken, die die Leiber der Pferde umhüllten, und golden der große Mann, der gekrönt zu Pferd saß. «Heil, Heil, Heil!» Die Versammelten legten die Köpfe in die Nacken, die Gesichter vor Erregung rot.

Im Gedränge schwankte die Base so heftig, dass Dorothy sie festhalten musste. «Der König, Dottie, ist er nicht schön wie ein Heiliger?»

Als Dorothy nachsehen wollte, ob der König schön war, war dieser schon vorübergezogen, und zertretene Blumen bedeckten die Gasse.

«Edward von England!», brüllte Mick, der Schuhmacher, stürzte aus dem Pulk, warf sich auf die Knie und schlug sich mit den Fäusten an die Brust. «Wir sind Eure Männer vom Solent, wir geben mit Freuden unser Leben für Euch!»

Hohlkopf, dachte Dorothy. Wenn du dein Leben für den goldenen König gibst, wer füttert dann die, die du geschwängert hast? Edward Plantagenet, König von England und Herzog über die Gascogne, drehte sich nicht um, aber die Jungfern jubelten Mick zu, und von allen Seiten rannten Männer herbei und warfen sich neben ihn auf die Gasse. Peter Bailiff, der zwei Schreiber mit Tafeln bei sich hatte, ging von einem zum andern und ließ ihre Namen auflisten. Sie rekrutierten wieder in Salisbury, und diesmal, hieß es, werde es ernst.

Der Mann, der sich König von Frankreich nannte, aber dazu womöglich kein Recht besaß, hatte seine Flotte aus den Häfen des Mittelmeeres vor die Küste der Normandie verlegt. «Wo ist das denn, die Normandie?», hatte Isemay gefragt, und Dorothy, die sich nicht sicher war, hatte die Frage an Symond weitergegeben.

«Was fragst du denn mich?», hatte Symond erwidert. «Ich geh ja nicht hin, und wenn die mir säckeweise Gold dafür versprechen.» Da hatte Dorothy die Arme um ihn geschlungen und ihn an sich gedrückt. Nein, du, geh nicht hin, mein süßes Herz, hatte sie ihn im Geiste beschworen. Mein Vater ging nach Schottland, und mein Oheim folgte, und wo sind sie jetzt?

«Wenn sich nicht genug Männer finden», hatte einer der Kumpane eingeworfen, mit denen sie vor dem Alehaus gestanden hatten, «dann holt der Bailiff sich aus jedem Haus einen, der für den Krieg am besten taugt.»

«Was schert das denn mich, gebt doch Ruhe.» Symond hatte seinen Becher in einem Zug geleert. «Lass den Bailiff nur kommen, der holt sich meinen Vater, nicht mich.»

Einen verbotenen Herzschlag lang hatte Dorothy sich ein Leben vorgestellt, in dem Francis gestorben war, der Schwarze in irgendeiner Normandie im Krieg stand und Symond und sie allein über das Haus herrschten. An Agnes hatte sie dabei nicht gedacht. Sie dachte an Agnes nur, wenn etwas sie dazu zwang. Stattdessen nähmen sie vielleicht Isemay zu sich. Ronald, wenn er eines Tages Meister war und heiraten wollte. Seine Leute hatten ihn verstoßen, weil er dem Oheim davongelaufen war. Aber dieser Ronald war ein tüchtiger Bursche, er würde sich auch ohne Erbe durchschlagen.

Dorothy sah auf Isemay, die eben den Kopf wandte, weil der Ersehnte sich durch die Reihen zu ihr drängte. Gerade fünfzehn Tage kannten sie einander und betrugen sich bereits wie Verlobte, wie Tauben unterm Dach. Und vor zwei Jahren bin ich es gewesen, die sich nach ihrem Liebsten sehnte, erinnerte sich Dorothy, die sich auf Zehenspitzen reckte, dass ihr die Waden bebten. Sie bemühte sich, auf Ronald und Isemay nicht zu achten, sondern sah sich nach Symond um – fand ihn aber nicht.

«Gott zum Gruß, Frau Meisterin, Jungfer Isemay. Ich hoffe, Ihr habt ihn zu Gesicht bekommen?»

«Den König?», rief Ise. «O ja, das haben wir, und er ist der schönste Herr auf der Welt. Er muss ja König von Frankreich werden, die Franzosen können keinen andern wollen als ihn.» Beim Sprechen versprühte sie einen Tröpfchenhagel, und Ronald verzog sein freundliches Gesicht zum Schmunzeln. «Hast du ihn etwa nicht gesehen, armer Ronald? Lässt dich das Untier, für das du schuftest, nicht mal an solchem Festtag aus den Sielen?»

«Der Meister, ein Untier? So gern er das glauben machen möchte, das ist Gehabe, als wenn ein Hütehund den Wolf gibt. Und warum soll er mich denn gehen lassen, um den König von England zu sehen, wo doch der König von England zu uns kommt, auf die Werft, gleich morgen in der Früh? Aber er hat mich gehen lassen, um dich zu sehen. Eine gute Weile hab ich Zeit.»

Ehe Isemay ein Wort herausbekam, sprangen Bedienstete in des Königs Livree auf die Gasse und stießen mannshohe Fässer ins Rollen. «Wein für alle! Und Musik. Euer freigebiger Herr, König Edward, lädt seine Stadt Portsmouth ein zu feiern.»

Ein Pulk von Spielleuten hob im Schritt die Instrumente. Der König, so wusste Dorothy aus Francis' Schimpftiraden, hatte dreimal in einem Jahr die Steuern erhöht, er hatte versucht, Wollsäcke zu Tausenden zu beschlagnahmen, und hatte das Geschäft mit Flandern lahmgelegt. An diesem Augusttag aber mochte es in Portsmouth wenige geben, die nicht ihr Herz für ihn verpfändet hätten. Gebrüll hob an. Aus hundert Kehlen dröhnte *Der*

Sommer ist gekommen, wiewohl der Sommer schon dabei war, sich von dannen zu machen. Die Reihen lösten sich auf, und gleich darauf begannen Paare und Gruppen, zwischen Fässern, über zertretene Blumen zu tanzen.

«Ronald!», rief Ise gegen den Lärm, derweil Ronald sie bei den Händen fasste, «wo nur ist denn diese Normandie?»

«Willst du hören, was mein Meister dazu sagt?», schrie Ronald zurück. «Wer wagt, sich über die Insel hinauszurecken, weiß, wie es in Frankreich aussieht.»

«Und was für ein Unsinn ist das?»

Ronald brach in Lachen aus und riss Ise in unbeholfenen Sprüngen in den Tanz. «Da drüben, hinter der Insel, liegt die Normandie!»

Diesen verrückten Ausspruch konnte Dorothy sich nicht aus dem Kopf schlagen, während sie sich zwischen Tanzenden und Trinkenden hindurchschob und nach ihrem Mann suchte. ‹Wer wagt, sich über die Insel hinauszurecken, weiß, wie es in Frankreich aussieht.› Ihr war, als höre sie die Stimme des Schwarzen im Getöse. Und wer wollte denn wissen, wie es in Frankreich aussah? Gewiss nicht sie, Dorothy Fletcher, die wiederum nicht einmal wusste, wo der eigene Mann zu finden war. Am Ende der Gasse, beim Anger, stand Francis mit zwei Herren aus des Königs Gefolge und versuchte, ihnen etwas aufzuschwatzen. Sie sah, wie die beiden miteinander tuschelten und lachten, zweifellos über den Alten, der weder Französisch noch Latein sprach und in seinem groben Englisch mit Adligen Geschäfte machen wollte. Er wird zu alt, durchfuhr es sie. Wenn er den Verstand verliert, wer wird dann für uns sorgen?

Vor der Kirche, die ihren gekreuzten Abendschatten warf, sah sie Vater Stephen mit dem hochgewachsenen Mönch Fitzroger, der ihr seit der Weihnachtsmesse nicht begegnet war. Sie stritten sich. Warum Dorothy sich jäh duckte, verstand sie selbst nicht.

«Wenn Eure Schafe aus der Herde scheren, vielleicht ist ja ihr Schäfer zu lasch?», warf der Mönch hin. «Die meinen hüte ich auf meine Weise. Mein Herz soll ein verlauster Affe sein, wenn ich sie im Dreck der Welt wühlen lasse wie Ihr.» Er drehte sich um, dass die Kutte schwang, und ging.

«Dottie», rief es in ihrem Rücken. Sie schwang herum, und hinter ihr stand ihr Bruder, auf den sie stolz war. Aber so hatte sie ihn nie zuvor gesehen. Sein Gesicht war kalkweiß, seine Kappe saß schief.

«Ich wollt dir Lebwohl sagen, Dottie. Und die Isemay, die behalt bei dir. Daheim sind's zu viele Esser.»

Sie suchte nach einer Erwiderung, aber er war schon bei ihr und zog sie in seine Arme. Nach ihrem Zuhause roch er, nach der Wäsche, die die Mutter in der Wohnstube stampfte. Sogleich war ihr zum Weinen, und dass ihm auch zum Weinen war, spürte sie, sobald sie seinen Körper hielt.

«Nein, sei mir nicht gram, Dottie, mir bleibt nichts anderes zu tun. Ich reite nach Salisbury, jetzt gleich, durch die Nacht.»

Dorothys Herz schien mit jedem Schlag bis in die Kehle zu schnellen. «Was ist mit Mutter? Und mit Martha?»

«Vielleicht kann dein Mann ihnen etwas schicken? Bald werd ich ja auch Sold erhalten, den sende ich gleich heim.»

Mein Mann hat im Beutel keinen Penny, den er nicht vergeudet, wäre Dorothy fast herausgeplatzt. Kurz hasste sie beide, Clement wie Symond, die ihrer Wege zogen und ihr die Trümmer ließen. Dann besann sie sich. Der vor ihr stand, war ihr Bruder, der über die Insel gehen wollte, in den Krieg. «Warum, Clement?»

Er sah zur Seite. «Die Agnes.»

«Die Agnes ist schlecht, vergiss die. Lieber nimm das schale Ale.»

«Ich lieb die Agnes», sagte Clement. «Aber du hattest recht:

Sie hat's von ihrer Mutter. Es schmerzt zu sehr, ich kann's nicht schlucken. Ich gehe nicht nach Southampton zurück, sondern fort vom Solent, damit ich's nicht mehr mitansehen muss.»

Ihre Finger krallten sich in seine Arme, doch er griff danach und bog sie auf. Steif drehte er sich um und ging. Wo Francis mit den Rittern gestanden hatte, stand jetzt ein Kumpan und hielt den Schecken. Clement wandte noch einmal den Kopf und hob die Hand zum Winken, ließ sie aber fallen, als er Dorothys Gesicht sah. Sie stand still und starrte ihm nach.

Als der Herbst kam und die Landeigner ihre Schober gefüllt hatten, stand auch Aimery zum ersten Mal seit bald zwanzig Jahren vor reicher Ernte. Das hohe Schiff auf dem Grün war sein Garbenfeld, Anfang Dezember war es im Rohbau fertig. In der Frühe stieg Aimery ins Innere des Schiffsleibs und ließ sich bis zum Abend nicht blicken. Abwechselnd schwang er Dechsel und Stechbeitel, um jede Unebenheit abzuschleifen, jede Furche zu glätten. Es war ein kühler Tag, Regen fiel, der von Zeit zu Zeit in Schnee überging. Aimery jedoch floss der Schweiß in Bächen. Mehrmals hatten John und Ronald angeboten, ihm zu helfen, aber dies hier, das letzte Handanlegen ans Innere des Schiffs, wünschte er, allein zu tun.

Er war nicht aufs Ganze gegangen, natürlich nicht. Erst wollte er in Ruhe den eigenen Versuch beenden, ehe er dem König einen Stoß auf Stoß gebauten Schiffsrumpf vorsetzte. Die Wände des Gefährts, das dem zweiten Satz von je drei Karacken angehörte, waren zu zwei Dritteln in althergebrachter Weise geklinkert. Das Spantenwerk aber war vorab errichtet worden und das untere Drittel nach Kraweelart gezimmert, Kante auf Kante, die Planken zu den Steven hin verjüngt und, um sicherzugehen, jede Planke mit der nächsten verzahnt. Es würde schwer zu kalfatern sein, die Fugen waren kaum sichtbar, aber Aimery hätte zur Not Pech mit einem einzelnen Rosshaar aufgetragen, um Ritzen zu verdichten und sein Schiff für das Meer zu stärken.

Schwer atmend hielt er inne und strich über die makellose Fläche. Die Herren des Römischen Reiches, die von ihren Küsten aufgebrochen waren, um vor nichts und niemandem haltzumachen, hatten solche Schiffe vor der Bretagne gefunden und nachgebaut. Erst das stützende Spantenwerk, dann die nahtlose Außenhaut. Ganz flach hielt Aimery die Hand und hörte dem Pochen der Hämmer zu, als lausche er dem Herzschlag der Karacke. Als er zum letzten Mal etwas Ähnliches verspürt hatte, wenn auch heftiger und lauter, hatte er es Glück genannt.

Damals aber war er nicht allein gewesen.

Rasch arbeitete er weiter, sodass ihm schon bald wieder der Schweiß auf der Stirn stand. Er wollte vor der Dämmerung fertig sein, denn für die Feinarbeit war Feuerschein zu schwach. Vielleicht hätte er es auch geschafft, hätte nicht John ihn gerufen.

«Der Bürgermeister, Herr. Er verlangt Euch zu sprechen.»

Als Aimery aus dem Schiffsrumpf kletterte, wartete Gocelin in seine Heuke gehüllt im Regen. «Du musst mit mir kommen. In den Rat.»

Er hätte sich ohrfeigen wollen, weil er auf Gocelin und seinen Rat nicht pfiff, sondern die Sprossen an der Außenwand hinunterstieg, zu Boden sprang und sagte: «Ich muss mich waschen.» Im Unterstand riss er sich das Hemd vom Leib, nahm einen Kübel und goss sich das eisige Wasser über den Kopf, dass er glaubte, er höre seine Haut zischen. Mit Gewissheit spürte er, dass Gocelin ihm nachgekommen war und ihm auf den Rücken starrte. Ohne sich abzutrocknen, streifte er ein sauberes Hemd über, nahm sein Wams und wandte sich zum Gehen.

«Entschuldige.» Gocelin zupfte sich am Ohr. «Es ist wichtig.»

«Das hoffe ich.»

Um ihn schweigend zurückzulegen, war der Weg zum Gildehaus reichlich lang. Hart schlug Aimery das Herz. Er hatte sich diesen Weg zu oft in düstersten Wachträumen ausgemalt, den Tag, an dem man ihn vor die Gilde zerren und einen Grund vorbringen würde, um ihn auszuschließen, ihm zu nehmen, wofür er am Leben war: das Recht, Schiffe zu bauen.

Jäh griff Gocelin nach seinem Arm. «Ich habe Angst.»

«Da bist du nicht der Einzige.»

«Sorgst du dich auch? Das hatte ich gehofft.»

Aimery blieb stehen. «Kennst du mich nicht besser? Ich sorge mich einzig um mich und mein Geschäft. Und jetzt sag mir, wozu du mich brauchst, denn vermutlich werde ich dir gar nichts nutzen und kann gehen, mein Werkzeug einräumen.»

«Aimery», sagte Gocelin, «wenn dir die Stadt so einerlei ist, warum bist du in all den Jahren nicht von hier fortgegangen, in einen der Cinque Ports oder nach London, wo man nichts von dir gewusst hätte, als dass du ein Zimmermann vor dem Herrn bist?»

Aimery strich sich die Stirn. Er hatte sich dasselbe gefragt, allerdings nur ein einziges Mal. «Sooft es den Leuten auf diesem Flecken Land übel erging, sind sie mit Sack und Pack ihres Wegs gezogen. In den Hungerjahren war das Erste, was sie taten, sich ihr Zeug aufzuladen und das Weite zu suchen. Ich denke, wir haben unseren eigenen Bürgermeister, wir nehmen den Großteil unserer Zölle selbst ein. Es mag an der Zeit sein, zu bleiben und aus dem Flecken eine Stadt mit Namen Portsmouth zu machen.»

«Du hast mir gefehlt», sagte Gocelin. «In deinem Kopf scheint das Leben von jeher so geordnet wie der Alltag einer Frau.»

«Was willst du von mir?»

«Dass du den Rat dazu bringst, die Mauersteuer zu erhöhen.

Wir müssen jetzt bauen. Der König lässt die Befestigung des Towers verstärken für den Fall, dass der französische Philip eine Flotte die Themse hinaufschickt. Ich kann keine Nacht mehr schlafen vor Furcht, dieser Philip könnte etwas viel Einfacheres tun und eine Flotte an der Insel vorbeischicken. Auf einen unbefestigten Hafen zu. Auf uns.»

«Gut, dann fang an zu bauen. Aber im Winter ist es teuer und langsam, das weißt du selbst, und bis zum Frühling, wenn die Gefahr eines Angriffs am größten ist, wirst du wahrscheinlich nicht fertig.»

Wieder griff Gocelin nach seinem Arm. «Wenn der Rat mir eine Erhöhung der Steuer bewilligt, komme ich schneller voran. Du musst den Männern erklären, wie nahe die Gefahr ist. Sag ihnen, was dieser Eustace Masun, der ständig um dich ist, dir erzählt.»

Gocelin versuchte, ihn weiterzuzerren, aber Aimery befreite seinen Arm. «Sir Eustace spricht mit mir von Schiffen. Und von dem Geld, das der König braucht, von den Unsummen, mit denen in Flandern und Brabant Verbündete geworben werden. Ich fürchte, den Leuten mehr Steuern für Mauern abzufordern, hieße, es vom Lebendigen zu schneiden. Die Krone erhebt noch einen Zehnten, und die Sheriffs beschlagnahmen Wolle. Meinem Vater haben sie vier Säcke weggeholt. Wenn ich dem jetzt käme und einen Penny verlangte, schlüge er mich zu Gelump.»

Wiewohl ihm die Zähne klapperten, verzog Gocelin den Mund zu einem Grinsen. «Als hätte dich das je von etwas abgehalten.»

«Ich werde älter. Zudem hättest du, wenn ich mir die Knochen brechen ließe, dein Geld noch immer nicht.»

«Was soll ich dann tun? Komm endlich weiter, die läuten schon den Angelus, und ich muss in den Rat.»

«Ja, du», sagte Aimery, «Aber nicht ich.» Er wusste, was kommen würde, und sein Nacken versteifte sich.

Gocelin packte ihn. «Du hast gesagt, wir sollen lernen zu bleiben. Warum erlaubst du dir dann immer wieder, dich davonzustehlen? Verdammt, Aimery, es ist bald siebzehn Jahre her.» Er ließ ihn los und stieß ihn vor die Brust. «Hat Helewise dich kastriert, dass du kein Mann mehr bist?»

Aimerys ballte die Rechte, und noch im selben Herzschlag wunderte er sich. Wie Treträder sind wir, erkannte er. Um uns in Fahrt zu bringen, bedarf es nur eines immer gleichen Fußtritts. Er öffnete die Faust. «Mich mit Dreck zu bewerfen, nimmt dir die Verantwortung nicht ab. Ich kann deine Mauer nicht bauen und auch deinen Rat nicht becircen – ich als Letzter von allen.»

«Du irrst. Es ist nicht dein Verstand, nur deine Moral, die sie verachten.»

«Ach. Meinen innigsten Dank.»

«Ist jetzt vielleicht die Zeit, um deinen gekränkten Stolz zu hätscheln? Meiner Treu, Aimery, ich habe dich mein Leben lang bewundert.»

«Ich weiß», sagte Aimery sachte. «Und es wird Zeit, damit aufzuhören.» Sie standen am Ende der Austerngasse, unter zwei kahlen Platanen, die keinen Schutz vor dem Niederschlag boten. Durchs Zwielicht, von der Hauptstraße her, sah Aimery eine Gestalt sich nähern.

Gocelin bemerkte sie auch. «Deine Schwiegertochter», sagte er. «So ein erquickliches Menschenkind. Weißt du, dass sie sich deiner schämt?»

Aimery spannte die Schultern. Der jungen Frau hing eins ihrer Kinder vor der Brust. Der Knabe wohl. An das Mädchen, an ihre winzigen ausgestreckten Hände, verbot er sich zu denken. Er hatte gelobt, sich von den Kindern fernzuhalten.

Dorothy wurde ihrer gewahr und blieb stehen. Sie trug einen alten Mantel über dem kupferbraunen Kleid und am Handgelenk ihren Rosenkranz. «Gott zum Gruß.»

«Gott zum Gruß», sagte Gocelin.

Als Aimery nichts erwiderte, sah sie ihm geradewegs ins Gesicht. «Ich brauch Euch», herrschte sie ihn an. «Einer muss mir mein Vieh von der Weide holen.»

Sie erstaunte Aimery immer wieder. Für Geld, für das sie sich irgendwelche Bänder hätte kaufen können, oder was Frauen sonst mochten, häufte sie den Schüttboden voll Getreide und hatte zwei Ziegen und eine Milchkuh angeschafft, die sie auf abgeernteten Gemeindefeldern weiden ließ.

«Mein Junge hustet, das feuchte Wetter setzt ihm zu. Ich bring ihn nach Hause, und Ihr holt mir das Vieh. Oder ist es zu viel, Euch zu bitten, etwas für die Familie zu tun?»

«Es ist auch zu viel, ihn zu bitten, etwas für seine Stadt zu tun», sagte Gocelin.

Das war lachhaft. Was stand er hier im Regen und ließ sich beschimpfen? Schließlich hatte er den beiden nicht ihre Suppe eingebrockt. Warum ging er nicht und half John und Ronald die Werft für die Nacht sichern? «Ich mache dir ein Angebot», hörte er sich zu Gocelin sagen. «Nimm es oder schlag es aus, etwas anderes kann ich nicht tun. Gib mir fünfzig Tage und das Geld, das für die Mauer ohnehin nicht reicht, und ich baue dir zwei Schiffe, die vor der Küste Wache halten.»

«Du tust was?»

Aimery sprach schon weiter. «Für Holz und Eisen müsst ihr zahlen, ich habe, was ich aufbringen konnte, für des Königs Karacken verbraucht. Es ist kein vollkommener Schutz, aber wenn wir auf jedes der Schiffe zwanzig Schützen setzen, sollten die zumindest abschreckend wirken.»

Gocelin schnappte nach Luft wie ein Knabe. «Und wer befehligt deine Schiffe voller Schützen?»

«Ich.»

«Bist du von Sinnen? Du kannst nicht ernsthaft von mir verlangen, dass ich dem Rat einen solchen Vorschlag unterbreite.»

«Warum denn nicht? Ich dachte, ich hätte als Menschenschlächter einen ausgezeichneten Ruf.» Er hasste die Stille, in der seine Worte zu Boden prallten.

Der Hieb, den er verdiente, kam aus der anderen Richtung. «Gebt Euch keine Mühe», sagte Dorothy zu Gocelin. «Manch einer kennt nicht einmal seine Christenpflicht, nur sich und seinen Jammer.»

Aimery stand da wie angenagelt und starrte über die beiden hinweg. Dann straffte er die Schultern und sagte: «Die Schiffe werden der Stadt gehören. Du kannst zu Mastern ernennen, wen du willst. Lass mich wissen, wie der Rat entscheidet. Ich hole Mistress Dorothy das Vieh.» Geh, befahl er sich und grub die Zähne in die Lippen. In seinem schmerzenden Nacken spürte er den Regen. Als er ging, floh er nicht nur vor den beiden, sondern zugleich vor dem Wunsch, einer von ihnen möge ihn zurückhalten.

Die bärtige Susannah war des Färber-Helies Witwe. Der Helie hatte die Susannah als Jüngferlein von vierzehn Jahren zur Gattin genommen, und böse Zungen behaupteten, vor Schreck habe ihn der Schlag getroffen, als ihr über Nacht der Bart spross und ein Paar Schultern wie bei einem Jahrmarktsringer wuchs. Die Gilde hatte zur Sammlung aufgerufen, auf dass die Witwe ihrem Mann das Begräbnis zahlen konnte, hernach musste sie allein weiterkommen. Aber die bärtige Susannah war schlau. In Sudewede, wo aus jedem Priel und jeder Rinne Wasser sprang, verließen unentwegt Leute ihre Häuser, um irgendwo im Trockenen neu anzufangen. Diese Hütten, die niemand mehr bewohnte, nahm sich die Susannah. Sie hauste mal in dieser, mal in jener, und am Ende gehörten sie ihr, und niemand zweifelte daran. Sie legte Bettzeug darin aus und wusch es, nicht sehr oft, aber hin und wieder, sie braute Ale mit wenig Malz, stellte einen Krug an jede Bettstatt und vermietete die Betten über Nacht.

Dorthin, in eine der Hütten, ging Agnes mit Gilbert. Es regnete so stark, sie mussten irgendwo unterkrauchen. Agnes wäre gern nach Havant gefahren, um die Nacht in dem duftenden Bett bei der Wirtin zu verbringen, die Gilbert die Halsversehrte nannte, aber der hatte sie angebellt: «Was glaubst du eigentlich, was eine wie du wert ist?»

Die Susannah war ein Riese von einem Weib, noch einen halben Kopf größer als Gilbert, und trug eine Bluse, die über fleischigen Schultern spannte. Agnes fürchtete sich, ihr ins Gesicht zu schauen, in ihrer Kehle ballte sich ein Klumpen. Zugleich aber konnte sie sich von dem Gesicht nicht abwenden. Die Susannah hatte Zähne wie Hauer, mit denen sie fortwährend kaute, und ihre fetten Wangen bedeckte bis knapp unter die Augen krauses, dunkles Haar. Für gewöhnlich bat sie ihre Kunden in die Stube, in der es, so erzählte Gilbert, nach den Furzen der Riesin stank, und soff dort mit ihren Gästen. Heute aber handelte sie mit Gilbert den Preis unterm Vordach aus, wiewohl der eisige Regen daruntertrieb.

«Los, los, leg einen Viertelpenny drauf, und du kriegst das Eckhaus, ganz für dich und dein Bräutchen. Eil dich, ich hab meinen Süßen oben und will mich wieder in die Laken wühlen.» Die Stimme der Susannah war die eines Mannes, aber dazu seufzte sie wie eine liebestolle Jungfer.

«Was hast du denn da oben? Einen Ziegenbock?»

Die Susannah lachte dröhnend und klatschte Gilbert auf die Schulter. «Du bist richtig, mein Hübscher. Ganz richtig. Wenn mir ein Brocken wie du einen Hunger machte, würd ich dich dem Bräutchen abschwatzen. Aber bei mir sind's die Zarten, Hellen, die mit den Rosenmündchen. Mein Kleiner oben ist ein wahrer Bräutigam, der liebt von allen nur die Susannah.» Wieder lachte sie.

Während Gilbert, der übelster Laune war, Münzen aus seinem Beutel klaubte, fiel ihr Blick auf Agnes, die sich den seidigen Schal vors Gesicht gezogen hatte. «Ja, bin ich denn im Kopf verdreht, oder ist das die Tochter der schönen Helewise?» Sie langte nach Agnes' Arm und befühlte ihn, als wolle sie ihn kaufen. Dann brach sie erneut in Gelächter aus, diesmal aber nicht in Männergrollen, sondern in weibisches Gekicher. Sie ließ von Agnes ab und kraulte Gilbert unterm Kinn. «Wohl bekomm's, Dicker. Mich und dich, uns gelüstet's nach demselben Blut.»

Gilbert bezahlte, packte Agnes beim Ellenbogen und führte sie den sumpfigen Weg entlang zur nächsten Hütte. «Dein Bruder ist ein Dreckschwein sondergleichen, was?»

Agnes wünschte, er möge sich mit dem Riegel eilen, ihr war kalt und elend zumute. Endlich sprang die Tür auf. Im Haus roch es moderig wie in ganz Sudewede. Gern hätte Agnes Wein gehabt, aber sie würde sich mit Ale begnügen, solange es den Kopf leicht machte. Gilbert ließ ihr ohnehin keine Zeit zum Trinken. Er nahm sie eilig, grob, zog sich aus ihr heraus und lag schweigend im Dunkeln. Agnes kam unter Keuchen zu Atem. Etwas war anders. Sie fürchtete sich.

«Die Pläne», drang Gilberts Stimme aus dem Dunkel.

«Was?»

«Deines Vaters Pläne, wo sind die? Ich will sie jetzt. Du hast mich lang genug hingehalten.»

Sie hätte wissen müssen, dass er wieder vom Vater anfangen würde, dass er ein Besessener war, der nie Ruhe gab. Und sie war besessen von ihm. Wieder und wieder war sie auf des Vaters Werft gelaufen, und sooft sie sich vorgenommen hatte, es nicht mehr zu tun, war sie schon wieder dort. Auf einmal war ihr zum Heulen. Sie hatte Clement Loyes verloren, der süß und verrückt gewesen war wie Kirschwein, der sie geliebt hatte, in vollem Ernst, und geweint, als er sie mit Gilbert fand. Sie hatte Dottie verloren, sie würde ihren Vater verlieren, und ihr bliebe nichts als der Bruder, der so verkommen war wie sie. «Ich kann's nicht tun», flüsterte sie.

Darauf bekam sie eine Ohrfeige wie eine Glocke an den Kopf. «Sag's lauter.»

«Ich kann's nicht tun.»

Die nächste Ohrfeige traf dieselbe Wange. Agnes schrie, versuchte, sich aufzusetzen, aber seine Hand hielt sie nieder. «Das wollen wir sehen, ob du's kannst. Wollen wir, he?»

«Hör auf», rief sie. «Was willst du mit den Plänen? Du verdienst prächtig an dem, was du tust. Der Vater dagegen wird vom König nicht einmal bezahlt, der muss in Kingshall Green Wände richten oder bei Sir Eustace auf der Tenne Gerste dreschen.»

«Hört, hört.» Agnes wollte eben aufatmen, da verpasste er ihr den nächsten Streich. «Was ich damit mache, lass meine Sorge sein. Bis Weihnachten will ich die Pläne, das gibt dir noch ein paar Tage Zeit.»

Wenn sie sich weigerte, was würde er ihr tun? Er mochte sie prügeln, und sie war an Schläge nicht gewöhnt, hatte schon jetzt das Gefühl, ihr ganzer Kiefer sei steif und geschwollen. Dann aber stellte sie sich vor, wie sie es ihm sagte: ‹Ich tue das nicht›, wie er sie schlug und wie sie es aushielt, bis er von ihr abließ und sie ins Freie rannte. Zu ihrem Vater. Vielleicht zu Clement Loyes. «Ich tue das nicht», sagte sie schließlich und hob die Arme vors Gesicht. Rollte sich zusammen, wartete. Aber der Schlag kam nicht. Nichts kam.

Nur seine Stimme. «Hört, hört.»

«Versteh mich», rief sie. «Er ist mein Vater, er hat mir nie ein Leid getan.»

«Nie?»

«Du kennst ihn nicht. Er redet vom Krieg, aber er schlägt nicht einmal eine Ratte tot. Hast du je seine Hände gesehen?» Unwillkürlich sah sie auf ihre eigenen Hände, die im Dunkel schneeweiß waren. «Mein Vater hat wunderschöne Hände.»

«Ja», sagte Gilbert langsam, «und sooft ich sie sehe, halten sie ein Gürtelband, um es einer Wehrlosen um den Hals zu legen. So.»

Er neigte sich vor, legte etwas um Agnes' Hals, sie wollte schreien, aber aus ihrer Kehle kam kein Ton. Seine Hände zogen das Band enger, das in die Haut ihres Halses schnitt, auf ihre Gurgel drückte, quetschte. In ihrem Kopf begann sich alles zu drehen, die Wangen blähten sich, und hinter ihren Augen war ein Druck, der die dünne Haut darauf zu sprengen drohte. Dann ließ er los. Ungläubig hörte Agnes ihren eigenen Atem, das jagende Pfeifen, mit dem ihr Körper am Leben festhielt.

«Deiner Mutter», sagte Gilbert, als das Pfeifen leiser wurde, «haben die schönen Hände deines Vaters erbarmungslos die Luft abgeschnürt.»

Das war das Recht eines Mannes, den sein Weib betrog. Agnes hatte sich diese Antwort hundertmal gegeben, wenn die Frage in ihr gebohrt hatte. Das alles jedoch, die Frage wie die Antwort, war leer. Sie war Agnes, die Tochter der Ehebrecherin, aber was bedeutete das, was hatte es mit ihrem Dasein zu tun? Sie umfasste die schmerzende Kehle mit beiden Händen.

«Ich habe mir geschworen, ihn eines Tages dafür zu bestrafen», drang Gilberts Stimme durch das Prasseln des Regens. «Gib mir die Pläne, Agnes, Helewises Tochter.»

«Ich habe doch diese Pläne nicht!», fuhr sie auf. Was gelogen war. Denn zumindest einen hatte sie, den zu stehlen leichter gewesen war, als seinerzeit die Hostie für Dottie zu stibitzen. Der Vater vertraute ihr, und er vertraute all dem Pack, das auf der Werft ein und aus ging. Das Pergament hatte auf dem Tisch zwischen Griffeln und Messgeräten gelegen wie irgendeine Postenliste. Was hatte sie sich dabei gedacht, es zu greifen und in den Beutel zu stecken? Sie wusste es nicht.

«Gib sie mir, Agnes».

Agnes sprang aus dem Bett und griff nach ihren Kleidern, blind entschlossen und hastig, weil sie wusste, würfe sie noch einen Blick auf ihn, so würde sie schwach. Sie zwang sich, an nichts als die Kleider zu denken: in die Strümpfe steigen, Strumpfbänder binden, Unterkleid, Oberkleid, Tuch.

«Agnes», rief er.

Sie sah ihn an. Seine Haut im Kerzenschein war golden. «Ich will's nicht mehr, Gilbert», sagte sie. «So leben, das will ich nicht mehr.»

«Das hat mir schon einmal eine gesagt.»

Sie wand sich ihr Gürtelband um die Mitte, schlang den Knoten, schauderte. «Was geht's mich an?»

«Vielleicht nichts. Vielleicht alles. Hast du mich nicht gehört? Ich habe geschworen, ich werde ihn bestrafen. Gib mir die Pläne. Oder gib sie mir nicht und warte, bis ich ihm erzähle, was du mit mir treibst.»

Einen Herzschlag lang schnürte ein Ring ihr die Kehle zu. Dann zerbrach er, und in ihre Lungen strömte Luft. Sag es ihm, sprach sie sich im Stillen zu. Mach dich frei. Dass ein Mädchen seine Jungfräulichkeit verscherzte, kam vor, auch wenn sich alles benahm, als sei das selten wie Schnee im August. Der Vater würde toben. Zum ersten Mal mochte sie von ihm Prügel beziehen, mit der Peitsche, wie es ihr gebührte, aber der Vater liebte sie. Es wäre ein kleiner Schrecken gegen einen großen, und der nähme ein Ende. Vielleicht könnten sie reden, vielleicht könnte sie den Vater nach der Mutter fragen, nach allem, was sich in ihrem Kopf drehte. Vielleicht einen Anfang finden, einen Halt. «Tu, was du willst», sagte sie zu Gilbert. Nahm ihren Beutel, presste ihn an die Brust und stürmte aus dem Haus.

Dorothy hatte das hustende Kind Isemay in die Arme gedrückt und war zurück auf die Gasse gerannt. Sie ertrug es nicht länger. Sie musste Symond finden. Tag um Tag hatte sie sich zu täuschen gesucht, sich beschworen, es werde besser, wenn er auch nicht mit ihr sprach, sie des Nachts nicht umarmte, bis er aufs Neue verschwand, wiewohl er versprochen hatte, das Vieh zu holen. Sie hatte alles versucht, hatte der Wehfrau eines Säuglings Glückshaut abgekauft, jede Speise mit zwei Löffeln gerührt und keinem gestattet, im Haus ein Spinnennetz zu zerstören, aber nichts hatte gefruchtet, sie war nicht klüger als zuvor. Nun war es fast wieder Weihnacht, und sie musste endlich wissen, gegen welchen Feind sie kämpfte. «Achte auf meine Kinder, wärm Master Francis und dem Ronald die Suppe», befahl sie der verdutzten Isemay und rannte los.

In dem Schneeregen, den harter Wind ihr ins Gesicht trieb, schien auf einmal ein ganzes Jahr ausgelöscht. Wieder lief sie, bis ihr einfiel, dass sie nicht wusste, wohin sie zu laufen hatte, wieder blieb sie stehen und glaubte, die abschüssige Gasse hinunter riefe Agnes: ‹Du gehst den falschen Weg!› Dorothy drehte sich um, aber niemand stand dort in der sternenlosen Nacht. Nur die Stimme hallte: ‹Was soll er denn treiben, Tierchen? Mit den Huren treibt er's, mit den käuflichen Weibern aus Sudewede. Wir sind schlecht, gute Dottie aus Southampton. Schlecht, schlecht, schlecht.›

Ihr war zum Speien übel. Dennoch zwang sie ihren Körper, zu gehen, in die andere Richtung, die Gasse wieder hinauf. Der

Schneeregen trieb ihr jetzt in den Rücken, derweil ihre Schritte einen immer gleichen Takt klopften. Wie ein geflüstertes Wort: Su-de-we-de, Su-de-we-de.

Der Weg war weit, und wer ihn ging, begriff, dass Portsmouth im Grunde auf einer Insel lag, auf einem Stück dem Meer abgerungenen Landes, durch Brücken und Sandbänke an die Küste geknüpft, doch bei nächtlicher Flut von Wasser umkämpft. Die windschiefen Hütten von Sudewede waren auf Hügel gebaut, es roch nach Salz und moderndem Holz. Kein Feuer brannte, keine Lampe erhellte eine Tür. Dorothy stapfte im Finstern, bis ein Licht vor ihr aufglomm. Erschrocken sprang sie zurück. Eine Tür hatte sich geöffnet, die offenbar zu einem Alehaus gehörte. Grau waren Umrisse erkennbar, eine Frau, die zwei Kerle ins Freie stieß.

«Genug geschluckt für heute, ihr Sumpflöcher. Kommt morgen wieder und bringt was Klimperndes mit.»

Die beiden torkelten den kurzen Hang hinunter.

«Halt, helft mir», schrie Dorothy, ehe die Frau die Tür wieder zuzog.

«Und womit können wir dienen, Schwester?» Die Frau vollführte eine Verbeugung und lüpfte einen nicht vorhandenen Hut. «Zu saufen gibt's nur gegen Münze, und Weibsvolk hab ich mehr, als ich brauchen kann.»

Flugs senkte Dorothy den Kopf. Wenn die Frau eine Käufliche war, brachte es Unheil, sie anzusehen. Die zwei besoffenen Kerle schwankten in einer Wolke aus Ale und Ruß an ihr vorbei. Ehe sie ausweichen konnte, hatte einer ihr auf den Schenkel geklatscht. Sie griff nach ihrem Rocken, und der Mann suchte lachend das Weite.

«Ich bin Dorothy Fletcher», rief sie, den Blick zum Boden gewandt, gegen Windgeheul an. «Ich suche meinen Mann.»

«Hier draußen bist du keine Dorothy und keine Fletcher

nicht», gab die Frau zurück. «Und wenn eine was von mir will, schaut sie mir gefälligst ins Gesicht.»

«Ich suche …» Zaudernd hob Dorothy den Kopf und sah, dass die Frau einen Schritt weit den Hang heruntergekommen war.

«Jetzt seh ich selbst, was du bist, armes Ding. Aber bei mir bist du falsch, zu mir kommen keine aus der Stadt. Nur Kerle, die tagsüber Pisse stampfen oder sich im Waid blaue Arme holen. Zur Susannah musst du.» Sie wies nach der Rechten, wo sich im schwachen Licht ein paar Gebäude zeigten. «Wär ich du, ich ginge heim. Wenn der deinige dir zu fressen gibt, was kratzt's dich, was der sich von der Susannah holt?»

Ein neuerlicher Windstoß fuhr Dorothy unter die durchnässten Kleider. Die Frau trat zurück, duckte sich in ihre Tür und zog sie zu. Dorothy war allein. Vor Kälte presste sie die Arme an den Leib, ehe sie sich zwang, nach der Rechten zu gehen. An ihrem Hals pochte Blut.

Ein Geräusch ließ sie herumfahren. Durch die Finsternis hallte ihr Name. «Dorothy, warte!» Der Schwarze. Wie vor einem Jahr. Zwei Schritte hinter ihr blieb er stehen und rang nach Luft.

«Deine Base hat gesagt, du bist fort, um Symond zu suchen. Matilda sah dich hier hinaufgehen.» Er trug weder Mantel noch Kappe, Haar und Kleider trieften wie die ihren. «Komm nach Hause», sagte er.

Sie überlegte. Dann sagte sie: «Nein», und ging weiter. «Ich muss es jetzt wissen. Ich muss.» In zwei Schritten Abstand ging er mit ihr, und wider alle Vernunft dachte sie: Lass mich nicht allein. Eine Reihe flacher Hügel, auf jedem zweiten eine Hütte, schälte sich aus dem Dunkel. Die vorderste hatte unterm Dach ein mit Ölpapier bezogenes Fenster, durch das ein unsteter Lichtschein drang. Vor der Türe blieb Dorothy stehen. Der Schwarze wartete kurz, ehe er zu ihr aufschloss. Sie hob die Hand, um zu klopfen.

Es dauerte nicht lange, bis Schritte eine Stiege hinunterpolterten. Eine Klappe in der Tür schlug auf, und Licht fiel hindurch, bevor die Tür geöffnet wurde. Dorothy schrie. Vor ihr stand keine Frau, sondern ein Ungeheuer. Ein behaartes Riesenwesen, eine Kerze in den Händen, das den Türrahmen füllte. Aus dem Maul drang ein Grollen: «O nein, o nein, ich glaub ja nicht, was ich sehe. Aimery Fletcher. Mit einem Bräutchen.»

Dorothy trat zurück und fühlte sich straucheln. Der Schwarze fasste zu, während das Ungeheuer, das Frauenkleidung und ein Schlafhäubchen trug, sich zur Seite neigte und den Blick freigab auf einen, der hinter ihr stand. Ein Schrei löste sich, und hinter der Monsterfrau duckte sich Symond. In Dorothys Kopf summten Stimmen umeinander, die tiefe des Ungeheuers, die wimmernde Symonds und die scharfe seines Vaters, der sie stützte. Sie wollte nichts hören, von den Worten nichts behalten.

«Vergib mir doch, Dottie, ich weiß ja selbst nicht, warum ich das tu.»

«Weil du ein Dreck bist, Symond.»

«Ja, das bin ich, aber Dottie ist so sauber. Mit Dottie wollt ich ja ein anderer werden und weg von all dem Dreck.»

«Los, los, nun erst mal alle herein, ist doch nicht wert, dass sich einer den Tod holt vor der Tür. Du wirst mir schon die Bude nicht verhexen oder das Ale vergiften, was, Aimery?»

«Komm nach draußen», sagte der Schwarze zu Symond. Durch dessen Leib ging ein Zittern, mit einem Jammerlaut zog er den Kopf ein. Dann trat sein Vater vor, ohne Dorothy loszulassen, und schob die Frau aus dem Weg. «Komm nach draußen.»

«Nein!», schrie Dorothy. «Macht ihn nicht tot.»

Der Schwarze hielt inne und drehte sich nach ihr um. Im gleichen Augenblick entfloh Symond ins Innere der Hütte.

«Aber heda», sagte die Riesin, «was lass ich mir das überhaupt bieten von dir? Ist mein Süßer Dreck, weil er's mit der Susannah hat? Ist die kein Christenmensch? Und dein Sohn, ist der deshalb schlechter als die Tochter, die ihre Schenkel für Gilbert aus Southampton spreizt?» Dabei schlug sie ihm die Faust an die Schulter.

Er schlug nicht zurück. In ihrem Rücken spürte Dorothy, wie sein Arm sich spannte, dann hörte sie das Schreien. Aus einer der hinteren Hütten kam jemand auf sie zugelaufen, eine Frau mit aufgelöstem Haar und hocherhobenen Armen. Mit einem Blick erkannte Dorothy die Agnes, die «Vater, Vater» schrie. Sie rannte geradewegs auf sie zu, stolperte am Fuß des Hügels und fing sich mit den Händen im Schlamm. Rappelte sich auf, kämpfte sich die paar Schritte hoch und warf sich vor ihnen hin. Schrie und weinte «Vater», den Kopf vornübergebeugt, das Haar wirr vorm Gesicht, wie eine, die den Verstand verloren hatte. Sie griff nach den Beinen des Schwarzen.

Der wich zurück und stand wieder starr. «Ist es wahr?», fragte er. Er sah über Agnes hinweg, und auch Dorothy schaute zum Fuß des Hügels, wo einer im Dunkel stand. Seine Kappe zum Gruß zog und seine Locken entblößte. Gilbert Berkham. Als Dorothy wieder auf Agnes blickte, sah sie die nicken.

«Geh», sagte der Schwarze. Ganz kalt, ganz reglos. «Geh zu ihm, er soll dich nehmen. Komm nie wieder in mein Haus.»

Dritter Teil

Brennende Wasser

PORTSMOUTH, HAMPSHIRE, DEZEMBER 1337

Symond tat all das, was Agnes gesagt hatte. Und Schlimmeres. Er ließ sich von der Bärtigen begatten, die halb Mann, halb Weib war. Trieb es mit Jungfer und Greisin zugleich, nahm vielleicht Männer in die Arme, vielleicht Tiere. Dorothy wollte sich keins der Bilder ausmalen, aber in den Nächten bekamen die Gedanken Farbe, ließen sich riechen und zerstückelten ihr den Schlaf. Sie hatte ihr Leben lang gut geschlafen und sich am Essen gefreut, aber jetzt hatte nichts von dem Geschmack, was der Hunger ihr einzwang, und sie war am Morgen zerschlagen wie nach einem arbeitsreichen Tag.

Symond hatte geflennt, gebettelt und Versprechungen gemacht. «Ich geh ja nicht mehr zu ihr. Du musst's mir verbieten, Dottie, weghalten musst du mich.»

Aber Dorothy hatte ihn verwiesen: «Wer bin denn ich, dass ich einem Kerl gebiete? Wenn du nicht Manns genug bist, dich aus dem Dreck zu ziehen, kann ich nichts dazu tun.» Sie hätte ihn zur Beichte schicken sollen, brachte es aber nicht fertig, wollte dem Priester nicht ins Gesicht sehen müssen und wissen, dass er es wusste. Bald darauf wurde Symond krank, legte sich ins Bett, und Dorothy versorgte ihn. Einmal sah sie, wie schön er war, als er schlief, und ekelte sich vor sich selbst.

In der Nacht, als sie aus Sudewede kamen, hatte sie geglaubt, es könne nicht weitergehen. Aber am Morgen hatte die Kuh im

Hof gebrüllt, da war Dorothy auf bloßen Sohlen nach draußen gelaufen, hatte die faule Hilda aus dem Schlaf gerissen und ihr gedroht, wenn sie sich nicht spute, müsse sie sich eine neue Stellung suchen. So war es doch weitergegangen. Die Weihnacht kam, und Dorothy hatte Kinder im Haus, ihren guten Jungen und die wilde Maid, die schon allein auf ihren Füßen stand. Denen kochte sie Grütze mit Korinthen, schnitt Wintergrün und kaufte von der Pfarrei eine Gans. Am Weihnachtsabend ging sie mit Ronald und Isemay zur Messe; Symond war noch immer krank, und das war Dorothy recht. Insgeheim hatte sie befürchtet, das Gebälk der Kirche werde bersten, wenn Symond über die Schwelle trat.

Den alten Francis hatte sie allerdings mitnehmen wollen. Er verbrachte jetzt alle Zeit im Warenlager, das stetig wuchs, weil er kaum noch verkaufte. Dorothy aber sorgte sich. Der Alte war übellauniger denn je. Damit er nicht hungerte, musste sie ihm sein Essen nach drüben tragen. Als sie ihn zur Vigilmesse holen wollte, brüllte er sie an: «Der Herrgott kann mir gestohlen bleiben, an den werd ich mein Gelump nicht los.»

Dorothy brüllte zurück: «Meinethalben bringt Euch alle in die Hölle.»

Anderntags kam gegen Mittag der Karren mit dem gelben Pferd. Der Schwarze stieg ab und half Dorothys Mutter herunter. Dorothy, die in der Tür stand, lief hin und fiel der Mutter in die Arme. Die Mutter war eine stark gebaute, mit festem Fleisch bepackte Frau, die gut roch. Sie drückte ihre Tochter an sich, dass diese spürte, wie ihr das Blut durch die Glieder strömte. Als die Frauen sich voneinander lösten, war der Schwarze mit dem Karren verschwunden.

Dorothy war selig, die Mutter bei sich zu haben. Gemeinsam trugen sie die Kinder zur Messe, und wenn Dorothy ihre Arbeit tat, saß die Mutter dabei und gab acht auf die Kleinen, und dabei redeten sie.

«Dein Schwiegervater hat gesagt, du wirst mich brauchen», erzählte die Mutter. «Da hab ich das Haus mit der Martha gelassen.»

«Graut dir vor ihm?», fragte Dorothy. Für den Schwarzen schämte sie sich wie für Symond und Agnes und hätte doch der Mutter so gern ein glänzendes Leben vorgeführt. Schau, was ich aus mir gemacht habe, wollte sie ihr sagen, ganz wie du's mich gelehrt hast: Ich hab mich gebettet, wie ich liegen mag.

«Aber nein», sagte die Mutter, «warum denn?»

In der Nacht, als alle schliefen und Dorothy Schmalz ausließ, ging ihr die Kraft aus, und sie musste weinen. Sie hatte nicht mehr geweint, seit sie die Mutter verlassen hatte und nach Portsmouth gekommen war. «Wein du nur», sagte die Mutter, während sie Dorothy wiegte, «und dann sprich einen Rosenkranz und pack deine Sachen an. Ich sorge mich um dich wie um Clement, der in diesen wunderlichen Krieg geht, aber ich sorge mich nicht allzu sehr. Ich habe euch zu frommen Menschen erzogen, Gott ist mit euch, und etwas Wichtigeres, als im Einklang mit Gott zu sein, gibt es nicht.»

Dann kam der vierte, der finstere der Feiertage. Mit der Mutter ging Dorothy zur Frühmesse. Isemay hätte mitkommen sollen, aber sie war nicht zu finden, und auch Ronald fehlte.

«Wenn du deinen Mann weckst, damit er den Kindern die Rute gibt, lass ihn der Ise auch ein Dutzend draufhauen, die verwahrlost ja und denkt, sie ist mit diesem Burschen schon vermählt.»

«Die Ise muss für sich selbst sorgen», versetzte Dorothy. Um die Base war ihr nicht bange, um ihre Kinder dafür umso mehr. Dennoch würde sie Symond nicht wecken. Ein Vater wie Symond, wie sollte der Kindern die Seelen läutern? Sie ging zu Francis, aber der ließ sie nicht einmal aussprechen.

«Bist du ein Käufer?», fuhr er sie an. «Einer, der mit bissfesten

Münzen zahlt und mehr als einen halben Sack Weizen mitnimmt? Nein? Dann verzieh dich, zu verschenken hab ich nichts.»

Als sie zurück in die Küche kam, hörte sie den Schwarzen das Hoftor entriegeln. Die Mutter stieß den Laden auf, um Rauch vom Schmalzlassen auszuleiten, und im Hof, im leichten Regen, sahen sie, wie der Schwarze erst eine Klinge schliff und dann an einem hölzernen Gestell feilte.

«Dieser Mann arbeitet Tag und Nacht», sagte die Mutter. «Er hat ein ganz müdes Gesicht. Für eure Stadt baut er Schiffe und lässt sich nicht mehr als das Holz bezahlen. Es ist nicht recht, schlecht über einen Mann zu reden, der sich so abrackert. Geh, sag ihm, er soll was essen. Und dann den Kindern ihre Hiebe geben.»

Nicht der, wollte Dorothy rufen, der ist der Schlimmste von allen, aber dann hielt sie inne und überlegte. Die Mutter hatte nicht unrecht. Er soff und hurte nicht, sondern arbeitete von früh bis spät. Einst waren Männer, die an Feiertagen Arbeit taten, bestraft worden, aber letzthin hieß es gar, Arbeit sei der beste Gottesdienst. So viel Sünde der Schwarze auch mit sich schleppte, etwas in ihm kannte offenbar Reue. Dorothy ging.

Als sie in den Hof trat, erkannte sie, dass das Holzgestell, neben dem der Schwarze mit der Feile kniete, der Palmesel war. «Nicht», rief sie, «Ihr versündigt Euch!»

Er hielt inne. Die Augen schwarz. «Ach. Bricht der Esel entzwei, weil ich ihn berühre? Er ist aus Eiche aus dem New Forest, und zerbrochen ist er auch vor zwanzig Jahren nicht, als ich ihn gemacht habe.»

«Ihr habt den gemacht?»

Der Schwarze zuckte die Schultern.

Scham stieg in ihr auf. Sie war zuweilen hastig mit der Zunge, aber gerecht war sie auch und mochte niemanden unverdient kränken. Aus Scham wurde Zorn. «Warum kann man mit Euch nie reden wie mit gewöhnlichen Leuten? Warum sagt Ihr nicht: Ich habe diesen Esel gemacht, und ich arbeite ihn für Vater Stephen auf? Dann bekommt Ihr von mir nichts zu hören, und ich stehe nicht da wie eine dumme Gans.»

Er sah zu ihr auf. Sprach kein Wort. Sein Blick ließ sie jäh an die Nacht denken, als er Agnes davongejagt und Dorothy aus Sudewede heimgebracht hatte. Sie wäre gern gegangen. Stattdessen sagte sie ihm, weshalb sie gekommen war.

«Ihr wollt was von mir?»

«Francis tut's nicht, und was Euer Sohn tut, wisst Ihr selbst.»

«Ich tu's auch nicht.» Er erhob sich und schlug sich Späne von den Schenkeln. «Kinder prügeln, die noch nicht auf ihren Beinen davonlaufen können. Den ganzen Tag greint es hier, Gocelin lässt an den Seinen all seine Wut aus, als gäbe es unter uns Alten nicht genug, die Prügel verdienen, als hätte Portsmouth sonst nichts zum Greinen.»

Sie verstand von seinem Reden kein Wort. «Aber Ihr müsst es tun. Ihr könnt nicht wollen, dass meine Kinder verderben!»

Mit einem Satz war er bei ihr, griff nach ihr. «Das glaubst du?»

Sie sah den Schlüssel aufblitzen, den er immer um den Hals trug. Ohne es zu wollen, schrie sie auf.

Er ließ sie los und trat zurück. «Das ist Unsinn», sagte er. «Du verdirbst so wenig wie ein Esel aus Holz, weil der Satan dich anfasst, und deine Kinder verderben nicht, weil ihnen ein Grobian erspart bleibt, der an ihnen sein Unvermögen austobt.»

«Warum verderben wir dann?», entfuhr es Dorothy.

«Ich weiß nicht, Mädchen. Weil wir nicht aufpassen wohl.»

Aber gerade daran glaubte doch auch sie, gerade deshalb sprach sie doch auf diesen sturen Brocken ein. «Auf die Richilda müssen wir noch besser aufpassen», rief sie, «die ist am bösen Tag geboren, die braucht es härter als andere.»

«Ich auch», sagte der Schwarze.

«Wie?»

Er verengte die Augen. «Ich bin auch am bösen Tag geboren, ich habe es härter bekommen als andere, aber es hat nichts genützt. Geh ins Haus, Dorothy. Koch deinen Kindern Milch. Du bist eine gute Frau, und deine Tochter mit den kleinen Händen wird von dir lernen, eine gute Frau zu sein, wie du es von deiner Mutter gelernt hast.»

Sie wollte ihn nicht mehr ansehen, nur gehen wollte sie. Was er gesagt hatte, verwirrte sie, und es war doch viel besser, sich nicht verwirren zu lassen, sondern zu tun, was geboten war.

«Ich weiß, was du denkst», sagte er. «Dass Agnes und Symond so geworden sind, weil ich sie nicht gezüchtigt habe.»

«Ja», sagte sie, «das denke ich.» Und dann ging sie ins Haus, schluckte an ihrem Stolz und trug ihre Kinder hinüber zu Gocelin.

Die zweite Hälfte der königlichen Karacken blieb ungebaut. Aimery hatte seine Geldquellen ausgeschöpft, und der König, der inzwischen dabei war, den Kaiser als Verbündeten zu kaufen, vermochte nicht zu zahlen. Zweihundert Pfund für jedes Schiff standen als Preis im Kontrakt, aber die schönen Gefährte, die die Namen von König Edwards Kindern trugen, wurden zu Wasser gelassen und im Hafen vertäut, ohne dass auch nur ein Penny den Besitzer wechselte. Da sich in der Stadt niemand den strahlenden Monarchen ohne Geld im Säckel vorstellen konnte, half der Abbruch der Arbeit Aimerys Ruf nicht auf. Getuschelt wurde, der König sei mit dem Ergebnis nicht zufrieden oder habe Aimery bei dunkler Machenschaft ertappt.

«Es tut mir sehr leid, mein Freund», sagte Eustace Masun.

«Das ist in Ordnung», erwiderte Aimery. «Ich bin froh, diese Schiffe gebaut zu haben.»

«Ihr habt Eurem König einen Dienst erwiesen, den er Euch nicht vergessen wird. Wenn wir den Krieg gewonnen haben, badet Ihr im Geld.»

«Solange tut es Wasser für mich. Werden wir den Krieg gewinnen?»

«Wer weiß, ob sich auf diese Frage überhaupt je Antwort finden wird. Ich würde Euch gern die Schulter klopfen, aber inzwischen ist mir ja bekannt, wie wenig glücklich man Euch macht, indem man Hand an Euch legt. Auf dem Weg zum Hafen steht eine erfreuliche Schänke. Kommt, trinken wir einen Krug Roten, solange ein Mann den noch bezahlen kann.»

«Ich trinke keinen Wein.»

Eustace Masun hob die Brauen. «Erkennt Ihr einen Befehl nicht, wenn Ihr einen bekommt?», fragte er zart.

Die erfreuliche Schänke kannte Aimery gut. Sie hieß *König Knuts Krone*, und am erfreulichsten daran fand er, dass sie um diese Zeit düster und schlecht besucht war. Lediglich zwei Hafenaufseher saßen an einem Ecktisch und spielten *Tables* mit aus Bein geschnitzten Scheiben. Laurence, der Wirt, war Helewises Vetter, der hätte gewiss gern anderes mit ihm getan, als ihm Wein auszuschenken. Aimery rieb sich die Handgelenke. Er kam mit einem Ritter des Königs, mithin blieb Laurence nichts übrig, als die Kröte zu schlucken. Der Wein, den er seit einem halben Leben nicht getrunken hatte, schmeckte noch immer gleich, erdig und dunkel.

«Was werdet Ihr jetzt tun?», fragte Eustace Masun.

«Was immer man mir zu tun gibt. Angeln bauen, dies und jenes für die Kirche zimmern.»

«Der Priester ist Euch gewogen, scheint es.»

«Das nicht», widersprach Aimery. «Aber der Gedanke, ich

könne mich stattdessen im Hospiz verdingen, schmeckt ihm nicht.»

«Das Hospiz ist das Anwesen hinter der Salzwiese, richtig? Wer betreibt es? Augustiner? Laienbrüder?»

Aimery nickte mit gesenktem Blick.

«Ich glaube, auch Frauen dort gesehen zu haben.»

«Sie pflegen Kranke», sagte Aimery. «Ursprünglich waren es zwölf Brüder, aber weil sich zeigte, dass Frauen sich auf Krankenpflege besser verstehen, haben sie die Hälfte der Brüder durch Schwestern ersetzt.»

«Bemerkenswert.» Sir Eustace zog sein Messer, führte die flache Klinge Aimery unters Kinn und zwang dessen Gesicht in die Höhe. «Hättet Ihr die Freundlichkeit, mich anzusehen? Wenn Euch dieses Gotteshaus missbehagt, soll davon nicht mehr die Rede sein. Ich habe die Arbeit mit Euch genossen, und Ihr vergesst bitte nicht, was ich Euch sagte.»

«Was?»

Der andere lachte. «Dass Ihr mir gefallt. Dass ich Euch, wenn es so weit kommt, gern in meiner Zwanzigerschaft hätte.»

Er würde es zurücknehmen. Er würde irgendwann behaupten, er hätte es nie gesagt. Für den Augenblick aber trieb es Aimery das Blut ins Gesicht.

Sir Eustace schenkte ihm Wein nach. «Na kommt», sagte er. «Sprechen wir von Dingen, die Euch nicht in Bedrängnis treiben. Ihr baut zwei Schiffe für Eure Stadt?»

«Wenn man mich weiterbauen lässt, sind sie in zehn Tagen fertig.»

«Man wäre töricht, Euch nicht zu lassen.» Sir Eustace stellte Fragen nach Masten und Takelung und lachte, sooft Aimery ihm auswich. Sie leerten ihre Becher, dann stand Masun auf. «Ich weiß, Ihr brennt darauf, zu gehen.» Vor der Tür, im schwindenden Winterlicht, umfasste er Aimerys Arm, berührte ihn mit den

Fingerspitzen. «Eines noch. Die Antwort seid Ihr mir schuldig: Warum spielt Eure Stadt Euch so übel mit? Ihr seid ohne Zweifel ihr klügster Kopf, Ihr solltet im Rat sitzen und statt des wächsernen Deghere ihre Geschicke lenken. Womit habt Ihr Euch diese Ächtung verdient, das Gewäsch, die Häme?»

«Ich habe vor siebzehn Jahren meine Frau getötet.»

«Habt Ihr?» Masuns Finger spielten auf Aimerys Muskel.

Aimery grub die Zähne in die Lippen. Nickte.

«Wie unzart, mein Juwel», sagte Masun, gab ihm einen Klaps auf die Wange und ging.

Solange Aimery für den König gearbeitet hatte, war es ihm freigestellt, die Schiffe für die Stadt zu bauen, wie er es für richtig hielt. Sodann aber kam Gocelin ständig auf die Werft und hatte an diesem und jenem etwas auszusetzen. Aimery hatte vorgehabt, die Schiffe am Bug mit einem zusätzlichen Mast auszustatten und diesen mit einem Lateinersegel zu takeln, weil sich seinen Berechnungen nach ein solches Schiff höher am Wind segeln ließ. Mit derlei Berechnungen beschäftigte er sich sein Leben lang. Die Karacke, von der er träumte, die er zu bauen begonnen hatte und irgendwann fertigstellen würde, wäre in der Lage, gegen den Wind zu kreuzen.

Gocelin hingegen wollte selbst von einfachsten Neuerungen nichts hören. «Im Rat wird es ungemütlich, Aimery. Die Herren verlangen biederes Handwerk, keine Zauberei.»

«Nichts davon erfordert Zauberei», widersprach Aimery, wiewohl er wusste, dass er verloren hatte. «In früheren Zeitaltern hieß Überleben Vorwärtsgehen. Warum gefallen eigentlich wir uns so gut darin, auf der Stelle zu treten?»

Es tat gut, das gesagt zu haben, auch wenn Gocelin, der fahrig und gehetzt wirkte, ihn anherrschte, er solle sich fügen und auch auf die Speigatts zur Entwässerung des Decks verzichten. Aimery beließ den Stoß auf Stoß gezimmerten Boden der Schiffe, wie er war, baute ansonsten nach Gocelins Weisung weiter, und ehe der Frühling kam, waren die Schiffe fertig. Inzwischen hatte Gocelin zweimal zwanzig Bogenschützen und zweimal sechzehn Seeleute angeheuert, die sich in Tagesschichten bei der Wache ablösen sollten. Eines der Schiffe wollte er selbst als Master befehligen.

«Verstehst du dich neuerdings darauf, ein Schiff zu segeln, Gocelin?»

«Nein. Deshalb will ich, dass du mir hilfst.»

«Ich wäre dumm, wenn ich das täte», sagte Aimery. «Als Master wollt Ihr mich nicht, aber als Untergebener, den man beliebig herumstoßen kann, soll ich herhalten.»

«Ich stoße dich nicht herum», sagte Gocelin. «Außerdem schützt dich wie alle Seeleute der Code von Oleron. Ein Seemann hat von seinem Master einen Schlag einzustecken, beim zweiten jedoch steht es ihm frei, sich zu wehren.»

«Ach, aber wenn er zurückschlägt, verliert er seine Hand, oder nicht?»

«Warum streiten wir darüber?», fragte Gocelin müde. «Von mir droht dir kein Schlag, und wenn doch, so kämst du trotzdem, weil du dich lieber schlagen lässt, als eins deiner Schiffe mir anzuvertrauen.»

Dagegen gab es nichts zu sagen. Als Master des zweiten Schiffs hatte Gocelin einen Mann namens Will Hetfend angeheuert, der sich in Gefechten vor der schottischen Küste bewährt und dafür ein mittleres Gut bei Southampton erhalten hatte. Offenbar besann sich Gocelin jedoch, dass er schäbig an seinem einstigen Freund gehandelt hatte, denn als er mit den Ratsherren zur Besichtigung auf die Werft kam, rief er aus: «Ich weiß, wer diesen Schiffen ihre Namen geben muss: der Mann, der sie gebaut hat. Aimery, wie sollen sie benannt sein?»

Helewise. Und Agnes. Eines Tages baue ich zwei Schiffe, die uns ge-

hören, Liebste, und benenne sie nach dir und unserm Kind. Er wollte sich weigern, dann aber sah er das erste der Schiffe, das schon auf den Gleitschienen lag und am Bug mit dem neuen Wappen von Portsmouth, der Mondsichel und dem Stern, bemalt war. «Solent», sagte er.

«Wie nicht anders zu erwarten. Und das zweite? Gib dem zweiten den Namen einer Frau, das bringt Glück.»

Das zweite Schiff hing noch an den Seilen der Winde und sah doch aus, als werde es sogleich die Fesseln sprengen, sich unbemannt in den Wind legen und Fahrt aufnehmen.

«Na los», rief Peter, der Bailiff. «Ich würd's nach meiner Alten, Katha, nennen, aber die hat ja kein bisschen Holz vorm Bug.» Alles lachte, und Gocelin rupfte an seinem Ohr, als wolle er es abreißen.

Aimery sah von ihm weg nach dem Schiff. Wind packte eine der Trossen und hob sie, und dabei ward ihm klar, dass er auf diesem Schiff segeln, dass er zumindest für die Dauer einer Tagesschicht das Land hinter sich lassen würde. Er wandte sich zu Gocelin. «Dorothy», sagte er.

Der Krieg war schön. Er war bunt, voll Musik und reizender Männer. In Portsmouth sammelten sich mehrere hundert Bogenschützen und Berittene, um auf ihre Verschiffung zu warten. Aber die Verschiffung ward vertagt. Zuerst gab es Schwierigkeiten mit der Verproviantierung, und hernach mischten sich Männer des Papstes ein und suchten, zwischen den Monarchen zu vermitteln, um den Frieden doch noch zu bewahren. Einmal hieß es: «Morgen geht es nach Frankreich», und dann wieder: «Nach Schottland geht es, wir hacken die Franzosenfreunde kurz und klein.» Währenddessen hausten die Soldaten in am

Stadtrand aufgeschlagenen Lagern, und da sie in Marsch gesetzt waren, erhielten sie ihren Sold, vier Pennys am Tag – mehr Geld, als mancher von ihnen je in den Händen gehalten hatte.

Gewiss hatte jeder dieser Braven seinem Weib oder seiner Mutter gelobt, gleich alles heimzuschicken, aber jetzt war das Geld einmal da, in Münzen, die schwer am Gürtel hingen und danach schrien, einer Hübschlerin in die Hand gedrückt, einem Schankwirt auf den Tresen gezählt zu werden. Ein Penny für ein Lachen, ein Lied, den Duft von malzigem Ale. *Und morgen sind wir nicht mehr hier, und jeder Tag kann morgen sein.* Ja, der Krieg war schön.

Oder er wäre schön gewesen, hätte auch Agnes zu jenen gehört, auf die sein Glanz, nicht sein Schatten fiel. Hätte sie ihr Leben noch gehabt, Füße, die nie tanzmüde wurden, und einen Kamm, um Stroh aus ihrem Haar zu lesen.

Wohin hätte sie fliehen sollen in jener Nacht im Dezember? Den Hang hinunter und in Gilberts Arme? Kein anderer Weg war in Sicht. Als er sie auffing, als sie seinen Brustkorb spürte, seine Stärke, die sie toll gemacht hatte in so vielen Nächten, stellte sie fest, dass sie ihn nicht länger wollte. Regen fiel, und sie beide standen da wie ein Liebespaar, aber sie waren nie eines gewesen. Auf unerklärliche Weise war es für jeden von ihnen immer nur um den Mann gegangen, der zusammen mit Dottie den Hügel hinabstieg und Sudewede verließ. «Na, na», hatte Gilbert gesagt. «Davon stirbst du ja nicht.»

Nein, sie starb nicht, ihr Körper hatte zu viel Kraft. Sie würde leben müssen. Essen, trinken, einen Platz zum Schlafen finden. Auch wenn sie Gilbert nicht mehr wollte, in dieser Nacht wäre sie mit ihm nach Southampton gegangen, um nicht allein zu sein mit der Angst. Er war ihr Spießgeselle, sie waren zwei von einer Art. Aber Gilbert hatte sie nicht mit nach Southampton genommen, sondern zurück in die Hütte gezerrt. «Ich bin kein

Unmensch. Wenn du dich erkenntlich zeigst, kannst du hierbleiben.»

Sie hatte geglaubt, er wolle ihren Körper, hatte angefangen, sich das triefnasse Kleid aufzureißen, aber darüber hatte er schallend gelacht. «Glaubst du, ich habe es nötig aufzusammeln, was Aimery in den Dreck tritt? Nein, mein Krötlein, solange sein Herz an dir hing, warst du unwiderstehlich für mich, aber jetzt mag dich von uns beiden keiner mehr. Zu deinem Glück hast du noch etwas anderes, das ich mag. Gib es her. Es beschert dir ein Dach überm Kopf und etwas zum Beißen, das du dir andernfalls verdienen müsstest, indem du die Schenkel für jeden Säufer spreizt.»

Sie hatte zum Schlag ausgeholt, wie eine Jungfer es tat, wenn ein Kerl sie der Hurerei bezichtigte, aber gleich darauf ließ sie die Hand fallen. Fuhr in den Beutel am Gürtel und gab ihm den Plan. Das Pergament war durchweicht und zerknittert. Wahrscheinlich gar nichts wert. «Brav», hatte Gilbert gesagt. «Sehen wir zu, dass wir dich ein bisschen trocken kriegen.» Aus einer Truhe hatte er eine nach Pisse stinkende Decke geholt, ein Talglicht entzündet und flüchtig das Feuer geschürt. Dann war er gegangen. Für Agnes hatte die schlimmste Nacht ihres Lebens begonnen.

Anderntags kam die Susannah und brachte ihr einen Napf Brühe mit ein wenig Grün und knorpeligem Fleisch. Die Bärtige war kein übler Kerl. Sie gab Agnes ein Gebräu zu trinken, das zum Speien bitter schmeckte, aber half, ihr rasendes Herz und den Sturm im Kopf zu beruhigen. «Du dauerst mich», sagte sie. «Eine wie ich kann zur Not auf Märkten ihre Pennys verdienen, indem sie sich beglotzen und befingern lässt. Aber du? Bei dir gibt doch kein Drecksack sich mit Fingern zufrieden.»

Das würde sie irgendwann tun müssen: sich verkaufen, bei jedem Schritt mit Schellen klingeln. Gilbert bezahlte für ihren

Schlafplatz in der Hütte und das unappetitliche Essen, doch besuchen kam er sie nie. Er hatte die Wahrheit gesagt: So, wie sie ihn nicht mehr wollte, wollte auch er sie nicht mehr. Agnes erinnerte sich nicht, je so einsam gewesen zu sein wie in diesem Winter. Wiewohl die Einsamkeit in ihr auf ein Echo stieß, einen schon gehörten Klang, den sie mit Lärm übertönt hatte, mit Schmeichelei und Gelächter. In Sudewede aber waren die Tage totenstill, da vernahm sie die Einsamkeit wieder, die sie als Kind gekannt haben musste.

Alles, was einfach gewesen war, wurde schwer. Sich pflegen, das Haar kämmen, den Stoff am Leib sauber halten. Die Susannah hatte ihr ein Überkleid gegeben, damit sie ihr eigenes auswaschen konnte, auch Garn und Nadel, um es enger zu machen, aber Agnes konnte nicht nähen. «Eine Schande», schimpfte Susannah. «Der schwarze Satan, der dir die Mutter totgemacht hat, hat sich an dir versündigt wie an ihr.» Zudem war es nie richtig warm in der Hütte, immer kalt und feucht. Bald wurde Agnes krank. Ihre Lippen entzündeten sich. In manchen Nächten, in denen sie grauenhaft fror, träumte sie, ihr Vater käme, um sie zurückzuholen. Sie träumte davon, als ein Mädchen zu leben, das sie nie hatte sein wollen, eines, das stopfen und säumen lernte und mit Dottie Grütze kochte.

Dann schmolz der Schnee. In die Hütten rann Wasser, zugleich aber wurde es wärmer, und das Wasser trocknete zu Schlieren. Als die Susannah vorschlug, am Markttag hinunter in die Stadt zu gehen und sich das Treiben anzusehen, wollte Agnes zuerst nicht mittun, sich nicht von all dem Volk begaffen lassen. Am Ende ging sie doch. Vor der Hütte spürte sie Sonne auf dem Gesicht und glaubte, Musik zu hören, da hielt sie es in der Stille nicht länger aus.

Schön war der Krieg. Gewiss würde er nie ausbrechen, weil jedes Mal, wenn die Schiffe, die ihr Vater gebaut hatte, mit all den

Männern und Pferden und Kriegsgerät Anker lichten sollten, das Geld knapp wurde, Verbündete ausscherten oder in Schottland Scharmützel losbrachen. Gewiss würden die Soldaten bleiben, bis der ganze Krieg abgeblasen wurde, sich betrinken und verlieben, in der Garküche Fleischpasteten und an Ständen Bänder für ihre Mädchen kaufen. Vor einem Jahr hatte Agnes jene Mädchen, die unscheinbaren, tölpelhaften, in den Schatten gestellt. Am Palmsonntag war sie über die Gasse getanzt und hatte dem Schwarm ihrer Anbeter kaum einen Blick geschenkt. Bald würde wieder Palmsonntag sein, aber Agnes stand abseits. Als ein Greis einen Schinkenknochen wegwarf, las sie ihn auf.

«Seht mal, da ist ja die Agnes! Und hat Haare wie Stroh!» Ein Rudel Jungfern war stehen geblieben, unter ihnen die dicke Nan, Matildas Älteste, eine Blage von zwölf Jahren. Die bückte sich, hob eine Handvoll Unrat auf und zielte nach Agnes. Statt sich zu ducken, hielt sie seltsam still. Der Batzen traf sie an der Wange. Gelächter dröhnte. Die Hand, mit der sie sich sauber wischen wollte, hing schlaff herunter, als gehöre sie nicht ihr.

Sie wollte nie wieder hingehen. «Mir soll's recht sein», sagte die Susannah, aber dann war Agnes doch wieder gegangen, wiewohl sie sich dafür hasste. Sie musste gehen, musste dorthin, wo das Leben wie lustiges Blut durch die Gassen strömte, oder sie wäre schon tot und hätte keine Hoffnung mehr. Es wurde nicht leichter. Einmal sah sie Dottie, die ihren kleinen Knaben noch immer vor der Brust trug und an der Hand das schwarzhaarige Mädchen führte. Am Stand mit Backwaren brach der Bäcker einem runden Brot einen Kanten ab, bohrte das schneeweiße, wie lebendige Innere heraus und zerriss es in zwei Teile für die Kinder. Der Knabe gurrte wie ein glückliches Täubchen. Als Dottie aufblickte, versteckte sich Agnes hinter einem Männerrücken. Auf dem Rückweg lauerten ihr ein paar Burschen auf. Sie stießen sie zwischen sich umher, hauten ihr auf die Wangen und langten ihr an die Brüste, aber ehe mehr geschah, kam die Bärtige und scheuchte sie davon.

Sie wollte nicht wieder gehen. Und ging doch. Am Anger sah sie den Großvater, der mit verschränkten Armen in seiner Bude lauerte. Er entdeckte sie und sandte ihr einen seiner bösen Blicke, als trage sie Schuld daran, dass kein Käufer bei ihm stehen blieb. Fast hätte Agnes gelacht: Zu viel der Ehre, Großvater. Solange ich mich besinne, gab es in deiner Welt nur dich, dem Unrecht widerfuhr, und den Vater, der schuld daran war, und Symond und ich waren nicht mehr als Ratten, die man erst bemerkt, wenn sie einem an die Vorräte gehen.

Giliana, die Seilerin, scherte mit ihren Einkäufen aus und spuckte Agnes an. Die Spucke traf ihre Brust, klebte am Mieder, rann schleppend hinunter. Der struppige Bert nahm die Viole und begann zu spielen. Aus dem Alehaus stolperten ein paar Soldaten, die sichtlich betrunken waren und gleich das Tanzen anfingen. Einer von ihnen gebärdete sich als ein Mädchen, wiegte sich in den Hüften und schwenkte die Hände vor der Brust, wie um einen wippenden Busen zu stützen. Seine Gefährten kreischten vor Lachen. Agnes hatte genug. Der Duft von fein gewürztem Essen machte ihren leeren Magen schwach, und die Süße der Saitenklänge zischte ihr in die Ohren: *Vorbei, vorbei.* Eben wollte sie gehen, da hörte sie ihren Namen rufen. Sie zuckte zusammen, aber kein fauler Apfel, kein Unrat flog.

«Agnes? Bist das du?» Aus dem Pulk der tollenden Soldaten löste sich Clement Loyes.

Sie kniff die Augen zu und presste sich die Hände auf die Ohren. An ihren Schultern, durch verschlissenen Stoff spürte sie seine Finger. Er sagte etwas, führte sie am Arm aus der Menge, in die engste Gasse, wo sie Seite an Seite kaum Platz hatten. Stadtaufwärts ging er mit ihr, blieb endlich stehen und lehnte den Rücken an eine Häuserwand. Früher, in ihrem Heim, hatte Agnes

Salbei gekaut, um ihre Zähne zu pflegen, jetzt aber stank ihr Atem nach Fisch.

Clement, im grünen Waffenrock des Herrn von Salisbury, schlang die Arme um sie. «Ich hab immer an dich denken müssen. Immer.» Mit halbgeschlossenen Augen küsste er sie.

Gilbert hatte auf dem Markt jemanden getroffen, den er flüchtig kannte und von dem sein Gespür ihm sagte, dass er ihm einmal nützlich werden würde. Geschäfte ließen sich ohnehin nicht mehr machen, besoffene Soldaten kauften schließlich keinen Winterweizen. Also lud er den Bekannten zum Honigwein, wiewohl der in die *Krone* nicht gehen wollte: «Meine Leute saufen da. Mit denen mach ich mich nicht gemein.» Gilbert erklärte ihm nicht, dass in Portsmouth alle Welt in die *Krone* ging, vom Reusenflicker bis zu des Königs Büttel, sondern führte ihn hinter die Kirche in den *Bischof der See*, wo der Wein schlechter und billiger war.

Der Bekannte war Will Hetfend, ein kleiner Mann mit kugelrundem Kopf, der dicklich wirkte, obwohl er in Wahrheit stämmig war. «Wo der hindrischt, wächst kein Gras mehr», mit diesem Ruf war er aus den Schottlandkriegen nach Southampton gekommen, und hier mochte ihn kein Mensch leiden. Er war ein miserabler Grundherr, der von Feld und Vieh nichts verstand und guten Rat mit Fausthieben lohnte.

«Wie steht es sich bei Euch?», fragte Gilbert und schenkte in den Becher seines Gastes gelben Wein.

Der Schankraum war bis in den letzten Winkel mit Tischen vollgestellt, die sämtlich besetzt waren. Ein zu hoch geschürtes Feuer füllte ihn bis zur Decke mit Qualm, und Hetfends Gesicht lief rot an. «Steht sich schon gut, könnte man sagen. Obgleich das ja keine Arbeit für einen Mann mit meiner Erfahrung ist, vor dieser Küste hin und her zu schaukeln.»

«Ihr gingt also gern bald wieder auf See?»

«See oder nicht, das ist gleich.» Der Erhitzte trank schnell. «Kommt mir schließlich aufs Kämpfen an, nicht aufs Schippern.»

Gilbert nickte mitfühlend. «Vielleicht habt Ihr ja Glück, und der König fordert Euch und Euer Schiff für den Angriff auf Frankreich ein.»

«Wird er schon machen. Hat ja erlebt, was er an unsereinem hat.»

«Und die Seeleute, die Deghere Euch gab? Sind die verlässlich? Sind es gute Segler?» Gilbert füllte den Becher seines Gastes nach.

Der winkte ab. «Segelt sich doch von alleine, solche Küstenstreife. Für mich zählt nur, dass einer im Kampf seinen Mann steht und nicht zu groß für seine Schuhe wird.» Er ballte die Rechte und schlug sich in die flache Linke. Gilbert erkannte, dass er das Geld für Wein hätte sparen können: Der Rundgesichtige war auch nüchtern redselig wie ein Lumpenhändler. «Reißt einer die Schnauze auf, geb ich ihm eins drüber. Hab ja in Schottland gezeigt, wie ich meine Leute im Zaum hab. Ein Wort von mir, und die sind in so ein Kloster gefahren wie Höllenzunder. Haben alles in Brand gesetzt, in Schutt und Asche, so, so, so.» Drei Faustschläge trafen die Handfläche.

Gilbert nickte. «Ihr seid ein Teufelskerl, Hetfend. Auf der Nase tanzt man Euch besser nicht herum.»

«Tut man besser nicht, ganz recht. Zerhäckselt haben wir die Säue, mit der Trosse verprügelt, Kehle durch und in den Graben. Nennen sich Mönche und machen Gottes Wort zum Sündenpfuhl.»

«Was tun denn diese säuischen Mönche in Schottland?»

«Das wisst Ihr nicht? Da kraust's Euch das Nackenhaar, da liegen Kerle bei Kerlen, widerlich. Hätt ich solchen Sauhund unter meinen Leuten, den schlüge ich mit der Trosse tot.»

«Das dürft Ihr aber nicht, he? Unter dem Code von Oleron müsst Ihr doch jeden Übeltäter Eurem Admiral aushändigen.»

«Code von Oleron, damit soll sich der Teufel die Arschritze wischen. Dem Admiral wird's schon recht sein, wenn ich eine säuische Ratte totschlag, ohne ihm Scherereien zu machen.»

Gilbert nahm einen Schluck vom Honigwein, den er lange im Mund behielt und auf der Zunge schmelzen ließ. Wie nicht anders erwartet, fuhr sein Gast, kaum dass er selbst getrunken hatte, fort.

«Sind genau die Gleichen», stieß er heraus. «Die, die auf den Saukram verfallen, dass einem Christen das Kotzen kommt, und die, die zu groß für ihre Schuhe werden.»

«In der Tat», bestätigte Gilbert. «Und wenn Ihr das sagt, habt Ihr schon jemanden im Auge, scheint mir.»

«Nicht hier. Aber in Schottland hatte ich mit solchem Kerl zu schaffen. Constable der Krone war der und eine Sau, da brennt die Hölle nicht heiß genug zum Rösten.»

«Wie heißt der denn, der Sauhund?» Ein Gedanke nahm in Gilberts Kopf Form an.

Will Hetfend spuckte in seinen Becher. «Ist ein Ritter des Königs, die Sau, ein Sir, kein schlichter Master. *Sir Eustace,* so hatte unsereins den anzusprechen.»

«Eustace Masun?»

Verdutzt glotzten die kleinen Äuglein Gilbert an. «Den kennt Ihr?»

«Er ist der Herr von Masun Manor, das liegt keine Stunde Fußweg von hier. Wer sich in Portsmouth zur Landarbeit verdingen muss, hat die Wahl zwischen dem gestrengen Fitzroger vom *Domus* und Eurem Sir Eustace.»

«Da ginge ich hundertmal eher zu dem *Domus,* obgleich ich's mit dem frommen Pack nicht hab. Immer noch besser ein Haufen nüssekauender Betschwestern als einer in feinem Zwirn, der Kerlen an die Ärsche langt.» Vor Ekel verzog sich das schwitzende Gesicht.

Gilbert schob dem Schiffsmaster den Becher hin, den dieser dankbar packte und leerte. «Ihr habt recht, Hetfend. Portsmouth tut gut daran, sich einen wie Euch zu verpflichten, der die Küste mit Feuer sauber brennt. Euren Sir Eustace kenne ich übrigens nur flüchtig. Sein Gefährte ist mir dafür umso besser bekannt, und ich wette, an dem kommt Ihr auch nicht vorbei.»

«Was für ein Gefährte?» Hetfend furchte die Brauen.

«Der Kerl, der Euer Schiff gebaut hat. Ein langer Pechschwarzer mit einer Fratze, die einen das Fürchten lehrt.»

«Den kenn ich. Ist ein braver Bursche, sich für nichts zu gut.»

«Ich weiß», sagte Gilbert. «Das ist gerade das Bild, das der Euch von sich geben will. Aber dahinter steckt ein Sauhund, gegen den sind Eure schottischen Mönche Waisenknaben. Habt Ihr noch nichts reden hören?»

Der kleine Mann beugte sich vor. «Geb ja nichts auf Gerede.»

«Mit seiner Frau konnte der auf Männerart nicht liegen», zischte Gilbert. «Da hat er sie umgebracht, erdrosselt und im Schlick verscharrt.»

Heiß schlug ihm der Atem des andern ins Gesicht. Die Schweinsäuglein rundeten sich und zeigten Glanz.

«Und die Brut, die der hat, ist seinesgleichen, Dreck aus Sudewede. Seid auf der Hut, wollt Ihr mir das versprechen? Gewiss tut der sich vor Euch mit seinen Schiffen für den König groß.»

«Spricht ja kein Wort, der Kerl.»

«Das kommt noch», versicherte Gilbert. «Der bildet sich was

drauf ein, wiewohl der König ihn mit Schimpf aus dem Kontrakt entlassen hat.»

«Weshalb hat der König den denn überhaupt bestellt?»

«Gute Frage.» Gilbert patschte dem Gast auf die Schulter. «Der König ist an ihn geraten, weil Sir Eustace ihn empfohlen hat. Die sind Kumpane wie Schwert und Scheide und liegen beide nicht mit Weibern.»

«Der Schwarze auch nicht? Wirklich nicht?»

«Wenn ich's Euch doch sage.» Gilbert senkte die Lider. «Seit er die Seine totgemacht hat, hat der keine Frau mehr angerührt.»

In der engen Gasse waren sie zumindest für den Augenblick allein. Clement kämmte Agnes das Haar. Fuhr mit den Fingern hinein und löste Knoten, darauf bedacht, ihr nicht wehzutun. Sie lehnte ihren Leib an seinen. «Du weinst, Agnes?»

«Hast du gedacht, ich könnte das nicht? Hast du gedacht, ich sei kein Mensch?»

Er zuckte die Schulter. «Kann schon sein. Du hast mir alles zerschlagen. Dottie und ich, bei den Apfelbäumen, wir hatten uns das Leben herrlich ausgemalt. Ich wollte nicht nur Knochenhauer sein, immer hab ich auf meine Gelegenheit gewartet, um mich im Krieg zu bewähren und meiner Liebsten Ruhm und Beute heimzubringen.»

«Wenn du sprichst», sagte Agnes und musste lachen, wiewohl sie doch weinte, «klingt es, als ob sie schon die Kriegstrommeln schlagen. Bekommst du denn jetzt deine Gelegenheit? Geht es bald los?»

«Ich denke wohl. Nach Brabant sollen wir verschifft werden, dort die Verbündeten treffen und von Nordosten gen Frankreich marschieren. Wir wären längst drüben, stünde nicht ewig der Ärger mit Schottland im Weg. Was mich betrifft, so wünschte ich, man hätte mich für Walter Maunys Haufen eingeteilt, denn dann stünde ich bereits vor Frankreich, könnte bei Angriffen mittun und mir meinen Teil vom Kuchen holen.»

Noch immer gegen ihn gelehnt, ließ Agnes Clement reden. Männer liebten nichts mehr, als von sich selbst zu schwatzen. Das hatte sie an Gilbert gemocht, dass er es nicht nötig hatte, sich zu brüsten, sich besser zu machen, als er war. Der hier war Clement Loyes, der Kriegsheld, und sie die Schlampe Agnes, nicht wert, in seiner Spur zu krauchen. Und trotzdem konnte er nicht anders, als mit ihr auf der Gasse zu lungern und wie ein Rüde nach ihr zu hecheln. Sie räusperte sich, um nicht aufzulachen.

Sein Wortschwall brach ab. «Hast du etwas gesagt?»

«Nein, nur an etwas gedacht.»

«Und an was?»

«An die Kriegsbeute, die du dir drüben in Frankreich holst. Wem willst du die wohl bringen?»

Ihren Spott bemerkte er nicht. «Ja, einen schönen Teil werd ich mir holen, für die Mutter und die Basen. Eine Liebste hab ich ja nicht.»

Sie war auf einmal so müde und und fühlte sich wie hundert Jahre alt. Wenn sie aber wollte, dass er sie aus Sudewede befreite, musste sie die Posse weiterspielen. An sein Heldentum glaubte sie nicht. Er war einer, der schwatzte, nicht kämpfte, doch sein Knochenhauerhaus war besser als Susannahs Hütte. Sie strich ihm über die Wange, das Kinn und den Hals. Er stöhnte. *Na los, zieh dein Schwert.*

«Nicht, Agnes. Die Leute kommen vom Markt.»

«Dann lass uns gehen.» Sie zerrte ihn mit sich, in die nächste Gasse, zum Stadtrand hin, zu den Wasserläufen. Wolken ballten sich am rotgestreiften Himmel. Kurz wehrte sich Clement, versuchte stehen zu bleiben, aber Agnes schlang die Arme um ihn. Als sie ihn küsste, gab er sogleich nach.

Nach der stickigen Enge der Schänke war Gilbert froh, ins Freie zu gelangen. Das Blut in seinen Gliedern schien zu kochen. Er musste ein Stück brüsken Schrittes gehen, sich vielleicht ein Weibsbild suchen oder noch etwas trinken. Zuweilen ließ sich das Bild nicht länger unterdrücken: Helewise, inzwischen eine Frau von bald vierzig Jahren, die in ihrem rötlichen Kleid in der Tür seines Hauses stand. Die seine Kinder hineinrief, drei oder vier stramme Söhne, um ihm dann entgegenzulaufen und die Arme um den Hals zu werfen.

In dem Feuer, das in ihm wütete, wollte er Aimery brennen sehen. *Ich will dich schreien hören, wie sie geschrien hat. Schrie sie meinen Namen, Aimery?* Gilbert beschleunigte seinen Schritt. So wie er Helewise verloren hatte, so hatte auch der Schwarze sie verloren, und so wie er auf seiner Werft kein Schiff baute, sondern als Krämer umherzog, so baute auch Aimery sich keines. Der verdingte sich wie damals als Knecht und diente in der Stadtwehr. Unter Will Hetfend, dem von heute an Gilberts Gift im Herzen brodelte.

Gilberts Lippen waren trocken vom klebrigen Wein. *Du wirst nichts zu lachen haben, Aimery.* Er hingegen würde über kurz oder lang Aimerys Plan entziffern und in die Tat umsetzen. Als er das letzte Haus hinter sich ließ, kam ihm ein Gedanke: *Ich baue nach deinem Plan ein Schiff und gebe ihm ihren Namen. Helewise. Ich erlaube dir nicht, ihn zu vergessen.*

Und dann sah er sie. Wie er sie schon einmal gesehen hatte, am Wasserlauf der Äbtissin. Unter der Weide saß sie, ihr Haar im Märzwind offen, den schwarzen Kopf ihres Geliebten im Schoß.

Geh nicht aufs Meer, Aimery. Weißt du, wie ich dich liebe? Wenn du gehst und kommst nicht zurück, dann will ich nicht mehr sein.

Ich komme ja zurück.

Das weiß keiner, der aufs Meer geht. Ich lass dich dem Meer nicht, Aimery. Deinem Meer, mit dem du mir die Ehe brichst, das du wie einen Christenmenschen beim Namen rufst.

Solent.

Sie hatte ihn geohrfeigt. Mit der Leidenschaft einer toll verliebten Frau. Dann hatte sie sich an ihn geklammert, und sie hatten sich über die Wiese gerollt, das Gras zerdrückt, ihre Münder verschweißt. Gilbert hatte nie begriffen, was es auf sich hatte mit der Liebe für einen Wertlosen. Er hatte Helewise auf Händen tragen, ihr jede irdische Wohltat bieten wollen, Kleider, Mägde, Daunendecken, verwöhnt und beneidet sollte sie sein. *Bleib bei mir, Helewise. An nichts soll es dir fehlen.*

Der Mann, der es unter der Weide mit dem Weib trieb, stand auf, um sich die Bruche zuzunesteln, und Gilbert sah, dass er nicht Aimery war, sondern Loyes, der Knochenhauer. Und seine Buhle war natürlich nur die Agnes, nicht Helewise.

«Ich lieb dich, Clement.»

«Und ich lieb keine als dich.»

Agnes griff sich ans Herz. «Nun dann?»

Der Kerl strich sich sein zerrupftes Haar glatt, machte es mit Spucke nass, zupfte sich wie ein Mädchen am Rock.

Nun dann, Knochenhauer? Hat deine Liebe Mut, oder ist sie feige und zieht vor dem Tratsch von Weibern den Schwanz ein? Er, Gilbert, hätte Helewise um jeden Preis genommen. *Hättest du sie nicht totgemacht, Aimery, meine Arme hätten ihr offen gestanden. Einer gefallenen Frau. Einer Sünderin. Meiner Liebsten.*

«Nun dann», wiederholte der Knochenhauer linkisch. «Was verlangst du von mir?»

«Du sagst, du liebst mich. Du hast mit mir gelegen.»

«Aber der Erste war ich nicht.»

«Bist du dir dessen sicher?»

«Du bist Gilbert Berkhams Geliebte», rief er im Stehen auf die Sitzende hinunter. «Als ich euch gesehen hab, am Tag, als der König kam … ich hab geglaubt, ich muss dran sterben.»

«Und was hast du gesehen? Wie ich an einem Freudentag einem Kumpan ein paar Küsse gab?» Flugs fuhr sie sich zwischen die Fetzen ihrer Röcke, zog im Triumph die Hand hervor und hielt sie in die Höhe, die Finger rot beschmiert. «Warst du der Erste, Clement?»

Gilbert unterdrückte ein Lachen. Solchen Trick erlebte er nicht zum ersten Mal. Manche trugen eine Blase mit Schweinsblut unterm Kleid, andere, Kühnere eine Klinge. Der Tölpel Loyes stolperte auf sie zu.

«Agnes», stammelte er, umfasste ihre Finger und hauchte Küsse darauf.

Fast hätte sie Gilbert leidgetan. Sie spielte ihren Mummenschanz mit so verzweifelter Entschlossenheit, setzte alles auf die falsche Karte und war dabei sogar schön. *Ihrer Mutter aber kann sie dennoch nicht das Wasser reichen.* Gilbert schmeckte noch immer den klebrigen Pelz des Weines, strich sich Staub vom Wams und trat vor.

«Gott zum Gruß», sagte er. «Ihr hättet mir sagen sollen, dass Euch der Sinn nach einer Hübschlerin steht, Loyes. Ich hätte Euch etwas Frischeres besorgt als die da. Oder schmeckt die Euch noch? Mir zumindest sind die Gelüste nach dem, was sie auftischt, vergangen.»

Agnes hörte sich schreien. Sie war aufgesprungen und sah auf ihre Hände, die Finger, die sie wie Klauen gestreckt hielt, bereit, auf Gilbert loszufahren. Doch noch im Satz verharrte sie. Was ließ sich damit gewinnen? Einen trügerischen Augenblick lang hatte sie geglaubt, es wäre ihr gelungen, sie hätte sich mit letzter Kraft aus dem Schlick gezogen. Er aber stieß sie mit lässigem Tritt in den Sumpf zurück. Dort würde sie stecken bleiben. Ob sie ihm zuvor das Gesicht zerkratzte oder das Haar ausriss, änderte nichts.

Sie fuhr herum. Durch Schleier sah sie Clement, seinen Mund, der wie ein Fischmaul auf- und zuklappte. Clement, den Schwätzer, dem die Worte fehlten. Er taumelte zurück. Sie folgte, packte und zerrte ihn am Wams. «Glaub ihm nicht!», schrie sie. «Ich lieb dich, glaub ihm kein Wort!»

«Was soll er denn nicht glauben?», hörte sie in ihrem Rücken Gilberts hübsche, spöttische Stimme. «Dass du in Sudewede, bei der bärtigen Kupplerin haust? Daran ist doch nichts zu glauben, Krötlein. Das kann dein Herzensjunge sich mit eigenen Augen besehen, wenn er dem zarten Gemüt derlei zumuten mag.»

Agnes wollte Clement festhalten, aber ihre Hände verloren die Kraft. Ihr ekelte vor ihnen allen, vor dem Geheuchel, das auf einmal so ohne Belang schien, so leer und lachhaft. Sie drehte sich weg und sah den Boden an, feuchte Erde und junges Gras.

«Sag, dass er lügt», rief Clement, «und er soll mich kennenlernen.»

«Er lügt ja nicht», sagte Agnes zum Boden. «Wozu es verschweigen? Du brauchst ja nur dein frommes Schwesterlein zu fragen.»

«Was, Agnes, was?»

«Dass mein Vater mich verstoßen hat.»

«Das hat mir Dottie erzählt. Aber dennoch …»

«Aber dennoch?» Ein letztes Mal wandte sie schwerfällig den Kopf. «Aber dennoch hast du geglaubt, eine Maid ohne Viertelpenny, ohne Dach überm Kopf schlägt sich auf lautere Weise durchs Leben? Putzt sich und betet, bis ihr Ritter sein Schwertgeklirr unterbricht und sich ihrer besinnt? Vergiss mich, Clement, Mann vom Solent. Ich bin meiner Mutter Tochter, nur ist die Mutter verreckt, und ich muss irgendwo hausen. Bei der Kupplerin. Und zu der geh ich jetzt.»

«Agnes!»

«Schweig still», sagte Agnes und begann ihren Weg. «Wenn die Susannah erfährt, dass ich's einem ohne Geld gemacht hab, setzt es den Besenstiel und keine Suppe für mich.»

Nach der Schmelze hatte der Schwarze die Mutter zurück nach Southampton gefahren. Dorothy fühlte sich verlassen. Isemay war ihr von Herzen lieb, aber sie war keine Gefährtin, die ihr beistand, sondern ein halbes Kind, das Aufsicht und Führung brauchte. Seit Beginn des Jahres war die Base ständig zur Beichte gerannt. Mehr als einmal hatte Dorothy sie ermahnt, sich des sündigen Treibens zu enthalten, dann müsse sie nicht unentwegt den Herrgott um Vergebung bitten, doch das Mädchen hatte trotzig aufgetrumpft: «Was sollen der Ronald und ich denn tun, wenn wir ohne Meisterbrief nicht heiraten dürfen? Vertrocknen wie die unverschifften Trauben aus Bayonne?»

Die Fastenzeit war nahezu vorüber. Matilda kam, um mit Dorothy Honigteile für Ostern auszubacken. Mit der ewigen Besserwisserin hatte Dorothy über ihre Sorge gar nicht sprechen mögen und tat es schließlich doch, weil sie sonst niemanden hatte.

«Lass der Maid ihren Frieden», riet Matilda. «Der Ronald ist ein braver Kerl, und der Herrgott wird so kleinlich nicht sein, wo er uns einen Krieg zu vergeben hat, auf dem kein Segen liegt.»

Matilda konnte Teig walken und schwatzen zugleich, wobei sich die Röte ihrer Wangen zu fleckigem Purpur verdunkelte.

Dorothy aber hielt im Kneten inne. «Wer sagt denn, auf dem Krieg liege kein Segen?»

«Gocelin!» Den Namen ihres Mannes sprach Matilda grundsätzlich wie einen Triumphschrei aus. «Der Papst in Avignon heißt es Sünde, wenn sich zwei christliche Könige bekämpfen, statt vereint die Ungläubigen aus dem Heiligen Land zu jagen. Und muss es nicht wahr sein, wenn Papst Benedikt es sagt? Warum sonst gelänge es den Feinden, unsere Schiffe zu kapern, dass sich bald keiner mehr aus dem Solent hinauswagt? Das ist Gottes Tun. Seine Strafe, denk an meine Worte.»

Dorothy gab Schmalz in den kupfernen Kessel, den sie beim Einzug in der Küche vorgefunden hatte, sah zu, wie die weiße Masse glasig zerschmolz, und suchte ihre Gedanken zu ordnen. Clement hatte anders gesprochen. Der Krieg sei eine heilige Aufgabe, hatte er ihr erklärt, eine Pflicht, durch die ein Mann seine Seele reinwasche. Dorothy war froh, dass ihre Pflicht darin bestand, Honigteile in prasselndes Fett zu werfen. *Wir leben in einer verwirrten Zeit.* Einer sagte dies, der andere jenes, Männer eilten kopflos umher, und Alte wie Francis hielten nicht Schritt. *Wir werden in Wein und Honig baden,* hieß es heute, und morgen: *Eine Hungersnot droht, ärger als jede zuvor.* Dorothys Hand fuhr an ihren Beutel. Was sie entbehren konnte, sparte sie.

Sparen war leichter als denken. Kam ihr Clement in den Sinn, den sie so lange nicht gesehen hatte, so wurde ihr im Magen flau. Sie hatte Ronald nach ihm gefragt, und der hatte versprochen, nach Clement Ausschau zu halten, aber vergebens. «Grämt Euch nicht, Frau Meisterin», hatte er gesagt. «Die Verschiffung steht an, Euer Bruder darf gewiss nicht mehr von seinem Haufen fort.» Matilda hatte recht, Ronald war ein guter Junge, wiewohl sie ihn Isemays wegen hätte tadeln müssen.

«Matilda!» Abrupt drehte Dorothy sich um. «Steht die Verschiffung der Heerhaufen an?»

Die Dicke hielt ihr ein Brett mit Teigteilen hin. «Was ist denn in dich gefahren? Ja, wie es aussieht, geht es bald los. Der König hat die Küste entlang Truppen von bald fünftausend Mann gesammelt, die schickt er nach Brabant. Gocelin fürchtet, dass er auch noch die Schiffe der Stadt beschlagnahmt und uns schutzlos zurücklässt.»

«Was?»

«Ja, ja», sagte Matilda und begann ihr Backwerk in den Kessel überm Feuer zu werfen. «Die Stadt wäre schutzlos und du mit den deinen ebenso, obgleich du dir einbildest, ohne Aimery besser dran zu sein. Sooft ich dich an ihrem Kessel sehe, sehe ich Helewise, damals, als Aimery in die Gasgogne ging und dann wer weiß wohin. Wie sie geweint hat. Wie sie ihm geflucht hat. Wie sie Hände voll Brandteig in den Kessel warf, dass das Fett ihr an die Wangen spritzte. Und nachher, als ich den verkohlten Klumpen aus dem Kessel gefischt hab, hat Helewise gesagt: ‹So sieht mein Herz aus, so hat er's mir verbrannt.›»

«Beim Himmel, wen kümmert das?» Dorothy riss der Dicken das Brett weg und schüttete die verbliebenen Teile mit einem Ruck ins Schmalz. «Ob mein Bruder in den Krieg geht, wollt ich von dir hören, nicht dein ewiges Geschwätz, deine zu Staub zerfallenen Geschichten.»

«Ist ja schon gut. Kein Wort sag ich mehr.»

«Das wäre mir recht. Ich habe Sorgen, um meinen Bruder und meine Base, ich kann mich nicht mit altem Zeug abgeben.»

«Um die Ise braucht es keine Sorge.» Matilda starrte auf ihr Gebäck, das im brodelnden Fett zu einem unbrauchbaren Batzen pappte. «Soll ich dir was sagen, Dottie? Wenn ich nicht wüsste, du hättest Helewises hübschen Jungen, dann dächte ich, du wärst neidisch auf die Ise.»

Von dem Backwerk retteten sie, was zu retten war. Dorothy schlug Matilda mehr als ihren rechtmäßigen Anteil ins Leintuch und schickte sie heim, wärmte Gerstenbrei und Fisch zum Nachtessen, trug einen Napf voll zu Francis, verbot noch einmal auszugehen und sandte Ronald allein mit dem Essen für den Schwarzen los. *Ja,* dachte sie derweil, *ich bin auf die Ise neidisch, denn die wird ein Haus haben, in dem ihre Familie des Abends beieinandersitzt und einer weiß, wohin der andere geht.* Als alles für die Nacht versorgt war und schlief, saß Dorothy in ihrer Kammer und sang ein Lied für ihren Jungen, den ein Naselaufen quälte.

Bei Tage dreschen wir die Garben.
Und bei Nacht legen wir die Netze aus.

«Erkennst du das, mein Goldschatz? Als du eben geboren warst, ist dir das gesungen worden.» *Ja,* dachte Dorothy, *ich bin auf die Ise neidisch, denn die wird ihren Mann des Nachts in den Armen halten. Die wird vom Leben etwas mehr haben, dieses Etwas, das sich nicht benennen lässt. Und wenn der Ihre in den Krieg muss, kann sie stolz sein und weinen.* Wieso schlug sie sich nicht das Gewäsch von Matilda aus dem Kopf? Sie versuchte weiterzusingen, aber verwechselte die Zeilen und bemerkte, dass ihr Kind schon eingeschlafen war. Sie grub das Gesicht in sein Haar. *Nein, ich bin nicht auf die Ise neidisch, ich bin auf niemanden neidisch, denn ich habe dich.* Kaum spürte sie Tränen, da schob die Tür sich auf, und Symond trat herein.

«Du bist wach, Dottie?» Schritt und Stimme zagend, als fürchte er sich. «Gibt denn der da keine Ruhe?»

«Der da ist dein Sohn, und er lässt mir alle Ruhe, die ich will.»

Neben der Kerze blieb Symond stehen, und Dorothy kam nicht umhin, ihn zu betrachten. Wie in spiegelndem Wasser sah sie sich selbst: das Mädchen auf dem Jahrmarkt, das mit Blicken und Träumen an diesem blonden Kerl gehangen hatte. An diesen Zügen, die ein wenig schöner waren als die von gewöhnlichen Kerlen, ein wenig zarter, ein wenig makelloser, die *etwas mehr* versprachen und die auch jetzt noch von allem Schmutz und Frevel unangetastet schienen. Seine Lippen glänzten feucht. Durchs offene Fenster ging ein Frühlingswind.

«Wenn er doch schläft, Dottie …»

«Ja, er schläft.»

«Kannst du ihn denn dann nicht niederlegen?»

«Warum?»

Er sah sie an. Die Farbe seiner Augen, das silbrige Grau, war im Blaken der Kerze nicht auszumachen. «Ich geh nicht mehr zur Susannah, Dottie. Ich dachte, wir zwei könnten wieder Mann und Weib sein. Wie wir's ja vor dem Herrgott sind und vor der Stadt.»

«Und wann waren wir das?», fuhr sie ihn an. Und gleich darauf tat es ihr leid. Sie hatte hier gesessen, in den sich schwärzenden Himmel gesehen und sich gewünscht, einen Mann wie Ronald oder Gocelin zu lieben, einen ganzen Mann, nicht diese schöne, bleiche Larve, die unter der Haut verfaulte und schon stank. Aber sie konnte nicht anders. Etwas an ihm, wie er dort stand und sie ansah, griff nach ihr. Sie erhob sich und legte ihren Jungen zur Richilda ans Kopfende des Bettes. Die Kleine lag zusammengerollt, das Gesicht an die Knie gedrückt, das schwarze Haar übers Betttuch gebreitet. Dorothy rückte ihr die Haube zurecht, dann trat sie zu Symond.

Er umfasste sie. Er hatte etwas Linkisches, nichts Kerniges wie Gocelin. Er hätte ein Blinder sein können, der nicht sah, wo er hinlangen musste. Sie griff nach seinen Gelenken und führte seine Hände. «So magst du's, Dottie? So magst du mich?»

Wie soll ich das wissen? Hättest nicht du mich lehren sollen, was ein Weib mag?

Seine Lippen tippten an ihr Ohr. «Weißt du, was ich möchte?»

«Was?»

«Dass all das nicht gewesen ist. Dass du und ich ja noch einmal zusammen sein können, ganz neu, wie damals, als ich dich gefragt hab, ob ich dir denn gefalle.»

«Du hast ja nicht gefragt. Du hast den Seiler geschickt.»

«Ich hab's nicht gewagt. Du bist so eine Gute, Feine, und ich bin ein Dreck, mein eigener Vater hält ja nichts von mir.» Er riss sie an sich. Sehr kräftig war er nicht, aber das bisschen Kraft setzte er ein, um sich an sie zu klammern. Erst als das Schniefen ihr ins Ohr drang, begriff sie, dass er weinte.

Sie ging mit ihm zum Bett, und ohne ihn loszulassen, legte sie sich nieder. Hatte er nicht recht? Einer, von dem sein eigener Vater nichts hielt, wer sollte von dem etwas halten? An all dem Elend, in dem Symond lebte, in dem sie als sein Weib lebte, trug der Schwarze Schuld. Dorothy hielt ihren Mann, der schluchzte wie ein Kind. «Es ist gut jetzt, hörst du? Es ist gut.»

«Das ist es, nicht wahr, Dottie? Das ist es doch?»

«Ja. Wir machen es so, wie du gesagt hast. Ganz neu. Wie wenn alles nicht gewesen wäre.»

Er heulte noch einmal auf und krallte sich in ihre Schultern. Sie strich ihm den zuckenden Rücken. Es dauerte lange, bis der Gequälte begann, sich zu beruhigen, bis er in ihren Armen schlaffer wurde und der fliegende Atem sich verlangsamte. Vor Erschöpfung würde er vermutlich einschlafen, aber das war so arg nicht. Wenn er ihr heute kein Kind machte, dann eben morgen. Sein Gewicht ruhte auf ihrem Arm. Um sich von dem Schmerz abzulenken, malte Dorothy sich aus, wie sie es Matilda sagte: Bei uns ist ein Kleines auf dem Weg.

Alles würde sich finden. Der König würde den Schwarzen samt seinem Schiff in den Krieg senden, der Ronald könnte die Werft übernehmen, und in den nächsten Tagen würde Clement sie besuchen. *Ich bin wieder bei Verstand, Dottie. Ich gehe heim und heirate das schale Ale.* Es tat wohl, sich seine Stimme vorzustellen. In der Stille war nur Symonds Schnarchen, das Zischen der Kerze und ab und an ein Seufzen zu hören, das eins der Kinder im Schlaf von sich gab. Dorothy sah an die Zimmerdecke. Lichtflecken von der Kerze tanzten über das Holz. In solchen Mustern ließ sich lesen, was die Zukunft brachte. «Es wird gut», flüsterte sie. «Ich weiß, es wird gut.»

Selten fand man das Meer bei Nacht so still. Der Wind von Südwesten strich es glatt wie Kinderhaar. Aber der Wind würde schwellen. Aimery sah dem Wetter zu, solange er denken konnte, schrieb sich manchmal auf gesparten Pergamenten etwas auf, zog Vergleiche und lernte, eins aus dem andern herzuleiten. Die Ausdeutung des Wetters war für den Seemann von unschätzbarem Wert. Aber das Wetter war durch Zusehen nur begrenzt erfassbar. Zuweilen hatte Aimery sich gewünscht, nach Oxford zu gehen, wo eine Gruppe Gelehrter seit Jahr und Tag das Wetter studierte und Beobachtungen festhielt. *Beobachten genügt nicht,* hätte er den Herren gern erklärt. *Das Wetter ist tausendfältig wie das Meer, es hat zu viele Möglichkeiten. Wir müssen Wege finden, es zu messen.*

Gewiss hätte man ihn in Oxford nicht weniger gehasst als überall. Man hätte ihn geächtet und unter Arrest gestellt wie vor Jahrzehnten den klugen Bacon, der sich gefragt hatte, wie der Regenbogen an den Himmel kam und die Gezeiten ins Meer. Und Aimery war nicht einmal klug, war kein Gelehrter, nur ein Gernegroß mit Schwielen an den Händen. Die Männer auf dem Schiff, das er gebaut hatte, verachteten ihn, weil er einer von ihnen war, sich jedoch nicht wie einer von ihnen betrug. Sie waren ja nicht seine, sondern Gocelins Männer, aber Gocelin hatte keine Zeit und litt auf See an Übelkeit. Also hatte er den Befehl für beide Schiffe Will Hetfend übertragen. Und da Hetfend, so gewichtig er auch auftrat, nicht auf zwei Schiffen zugleich stehen konnte, oblag die Verantwortung für die *Dorothy* Aimery.

Eben das hatte er vorausgesehen. Hätte Gocelin ihm die entsprechende Befugnis erteilt, wären die Männer leichter zu handhaben, ob sie ihn verachteten oder nicht. So aber war es ein fortwährendes Jonglieren. Keiner konnte es ihnen verdenken, dass sie nicht ihm, sondern Hetfend gehorchten, der sie zwar schlecht behandelte, aber dazu berechtigt war. Aimery sah aufs Meer. Die Nacht war fast zu Ende. *Auf mich sollten sie hören, keiner kennt den Solent und dieses Schiff wie ich.* Aber dazu war der Mensch nicht gemacht.

Eine ständige Wache, wie anfangs vorgesehen, konnte Portsmouth sich nicht leisten. Kriegssteuern quetschten die Städte wie Wacholderbeeren aus. «Zudem ist es derzeit nicht nötig», hatte Gocelin gesagt. «Wer wird uns anzugreifen wagen, mit all den Soldaten in der Stadt?» Aimery hatte sich einen Späher an der französischen Küste vorgestellt, der mit göttlichem Weitblick über die Insel hinweg bis nach Portsmouth sah. Er hatte sich sein Teil gedacht und geschwiegen, wie er es immer tat, wenn Reden nichts eintrug.

Gocelin wies ihn und Hetfend an, die Fernwaffenschützen heimzuschicken, wenn kein Grund zur Besorgnis bestand. Um sie im Gefahrenfall zusammenzurufen, sollte ein Horn geblasen und im Hafen sollte geläutet werden.

Zu beiden Seiten der dritten Kaimauer lagen die *Dorothy* und die *Solent* vor Anker. Aimery hatte ihre Kiele so flach gebaut, wie es ohne Einbußen an Geschwindigkeit möglich war, damit sie sich trockenfallen lassen konnten und nicht im Meeresboden festrammten. Er hatte Dutzende von Schiffen geflickt, die auflandiger Wind in den Grund getrieben hatte. Die Behebung solcher Schwächen erforderte viel Denkarbeit. Während die Schiffe wie zwei große Möwen auf dem Wasser schaukelten, beschäftigte er sich mit Zeichnungen für seine eigene Karacke und versuchte, den Schnitt des Kiels und die Form des Stevenansatzes zu verbessern, damit der Schiffsrumpf nicht zerschellte, wenn schroffer Gezeitenwechsel ihn auf Sand spülte.

Er wusste, dass die Männer, die sich die Zeit mit Würfeln und Reden vertrieben, über ihn spotteten. Der einohrige Dick zum Beispiel, den Gocelin unter den Korndieben angeworben hatte, konnte sich keinen rüden Scherz verkneifen: «He, Fletcher, sind das deine Zauberformeln, über denen du so emsig schwitzt? Und hast du dir das Gemächt schon weggezaubert, oder reibst du dich des Nachts am Mast?»

Aimery hatte sich abgewöhnt, auch nur aufzublicken. *Wenn ihr wüsstet, was ich des Nachts täte, um nicht zu träumen, ihr kämt aus dem Lachen nicht heraus.* Seit Wochen träumte ihm, er sehe Agnes über die Salzwiese laufen, er hole sie ein und stoße sie zu Boden, er winde ihr das Gürtelband vom Kleid, und dann schreckte er aus dem Schlaf, alle Glieder schweißnass.

«Kriegst du das Maul nicht auf, Fletcher?» Der Einohrige hatte nach seinem Schenkel getreten. Aimery war stumm geblieben. Nicht, dass die Männer sich ihren Spaß mit ihm machten, lastete auf ihm. Sondern, dass sie ihm nicht vertrauen, ihm gegen Hetfend nicht folgen würden, wenn es zu solcher Entscheidung kam.

Und in dieser Nacht, die zum Morgen wurde, war das Meer so still. Würden sie auslaufen müssen, ehe der Wind schwoll, so kämen sie kaum vom Fleck. Aimery hatte beide Schiffe mit Rudern ausstatten wollen, aber Gocelin und der Rat hatten anders entschieden. Sie entschieden auch gegen eine Nachtwache, denn höchstens ein lebensmüder Segler würde versuchen, bei Dunkelheit in den engen Solent einzudringen.

Obgleich Aimery am Abend hätte heimgehen können, wachte er in zahlreichen Nächten auf dem Schiff. Im Achterkastell gab es ein Schlafquartier für den Master, doch die Seeleute schliefen an Deck auf Strohsäcken und deckten sich mit ölgetränkten Planen zu, wenn es regnete. Zu seinem eigenen Erstaunen bemerkte Aimery, dass er den Schlafenden gern zusah. Im Nachtschwarz, das allmählich zarter und zu Morgengrau wurde, berührte ihn ihre Verwundbarkeit.

So hatte er auch seiner Tochter zugesehen. Dem Leben, das schutzlos in die Welt gestoßen wurde, ganz Haut, ganz Schrei, ganz Duft nach Blut. Das Mädchen mit den kleinen Händen fiel ihm ein. Richilda. An sie durfte er nicht denken. Schon den Namen hätte er dem winzigen Geschöpf nicht geben dürfen, ihm nicht die Bürde auferlegen, ihm nicht seine Liebe antun. Die Frauen, denen er sie angetan hatte, seine Mutter, Helewise und Agnes, wo waren die? *Ein Totmacher bist du. Ein Fluch aus Fleisch.* Zu der Schuld, die er auf sich geladen hatte, durfte keine weitere hinzukommen. Er würde sich fernhalten. Dem Mädchen mit den kleinen Händen würde nichts geschehen.

Von den Schlafenden sah er fort auf den Solent. Der Anblick tat wohl. Vor den vorderen Kaimauern, an Trossen und Ankerketten, schaukelten die sechs Karacken des Königs. Noch schöner war, was das Meer und der Himmel trieben, immer gleich und doch nie gleich, eine Muschelschale, die sich öffnete und preisgab, was kein Mensch je gesehen hatte: einen neuen Tag. Das Schwarz des Meeres und das Schwarz des Himmels verblichen dort, wo sie sich berührten, umarmten und trennten sich, strebten Zoll um Zoll auseinander, ließen zwischen sich einen silbernen Streifen, der sich verbreiterte und in dem sich schließlich die Umrisse der Insel zeigten. Ein gewaltiger Geliebter war der Himmel und das Meer eine stolze Schöne, die sich ihr Haar kämmte, um den Entweichenden nicht spüren zu lassen, wie gekränkt sie war. Ins stumme Liebeslied der beiden, das Aimery tröstete, weil es ihn klein machte, drängte sich Möwengeschrei. Dann brach das Lied ab, und er sah die Schiffe. Sofort war er auf den Beinen und streifte sich die Decke ab.

Er hätte zum Schwesterschiff hinüberrufen können, bis einer der Seeleute ihn hörte und den Master weckte, der im Kastell schlief, aber es musste schnell gehen. Er brauchte das Horn. Unsanft packte er einen der Schlafenden, Luke, einen geübten Seemann, wiewohl kaum älter als Symond, und rüttelte ihn wach.

«Weck die anderen, eil dich. Ein Geschwader, wenigstens zehn Schiffe, sie sind schon an der Insel vorbei. Ich lasse drüben Alarm geben.» Der junge Mann fuhr sich ins schlafzerzauste rote Haar. Aimery sah ihn an und flehte im Stillen, dass sein Blick keinen Widerstand duldete. «Wenn ich nicht zurückkomme, wenn ihr nicht binnen kurzem das Horn hört, lichtet Anker. Du kannst dieses Schiff segeln, oder? Frag dich nicht, segle es. Nicht nach vorn, aus dem Hafenbecken lassen sie euch nicht heraus. Haltet euch dicht an der Küste und versucht, es vor Portchester in die verschlickte Bucht zu schaffen. Gelobst du mir das?» Der verstörte Bursche rappelte sich auf und nickte. «Danke», sagte Aimery, stürzte los und schwang sich über Bord.

An der Außenwand waren Stufen, an deren Fuß das Beiboot wartete, aber über die Trosse, mit der das Schiff an einen Pfahl gepflockt war, ging es schneller. So kalt war das Wasser, dass Aimery ein Laut entfuhr. Eine der Wellen, die von oben wie Geplätscher wirkten, schlug ihm über den Kopf, aber Aimery hatte sich in diesen Wassern schwimmen gelehrt, und bis zur Kaimauer waren es nur ein paar Stöße. Er ergriff einen Steinvorsprung, spannte die Arme und zog sich hinauf, eilte über die

Mauer. Ehe er sich hinunterließ, um bis zum Pflock der *Solent* zu schwimmen, sah er nach den eindringenden Schiffen. Sie glitten nicht schnell, aber in stetiger Geschwindigkeit. Ruderer. Eher zwanzig als zehn, ihre Linien schon auszumachen. Aimery sprang ins Wasser.

Während er sich die Trosse hochhangelte, brüllte er nach Hetfend. Seine Lungen schmerzten. An den rauen Kardeelen rieb er sich die Hände wund, bog sich und langte nach dem Rand der Bordwand. Im Hochziehen entdeckte er die Seeleute, die über das Deck verstreut schliefen wie drüben auf der *Dorothy*. Da fragte er sich zum ersten Mal, ob sich überhaupt etwas ausrichten ließe, selbst wenn es gelänge, die Kämpfer beizeiten zusammenzurufen, mit vierzig Bogenschützen gegen zwanzig bewaffnete Schiffe.

«Master Hetfend», rief er unter Keuchen, «schnell!» Die Bordwand war hoch. Kurz sah Aimery auf seine Füße, um Tritt auf dem Rand einer Planke zu finden, dann sammelte er Kraft und zog sich hinauf. Als er den Blick hob, baute sich die Gestalt des Masters vor ihm auf. Ein stämmiger Packen Muskelfleisch, ein runder Kopf auf kurzem Hals.

«Krauchen an allem hoch, die nassen Ratten, statt zu ersaufen, wie sich's gehört.»

Aimery war nie mit dem Mann aneinandergeraten, hatte sich ihm nie widersetzt oder sich anderswie seinen Zorn zugezogen. Er hatte manchen Grund, an dessen Eignung als Master der Stadtwehr zu zweifeln, aber diese Zweifel behielt er wie alles Gerede ohne Sinn für sich. Er brauchte den Mann, sie hatten keine Zeit. «Master Hetfend.»

Hetfend hob den Fuß und trat ihm auf die Hand. Der Schmerz traf die kältestarren Finger ohne Warnung. *Meine Hände brauch ich. Schlag mich krumm, aber zerbrich mir nicht die Hände.* Wie eine Sehne, die nach dem Loslassen nicht mehr zu fangen war, schnellte Aimery über die Bordwand. Der Fausthieb, der den Kleineren am Kinn traf, war nicht gewollt, nicht durchdacht. Gleich darauf war es still in Aimery. Diese Stille, die er so sehr hasste.

«Du dreckige, stinkende Sau!»

Die Fäuste des andern prasselten ihm auf Brust und Gesicht. Es tat nicht einmal weh, so entsetzt war er von sich selbst, der sich prügelte, derweil feindliche Schiffe in den Solent eindrangen, auf seine Stadt zu, die schlief. «Vergebt mir», schrie er, «blast Alarm, ich beschwöre Euch.»

Der nächste Hieb traf seine Lippen. Aimery schmeckte Blut. *Code von Oleron,* durchfuhr es ihn, und seine Hände umklammerten des andern Gelenke. «Hört mir doch zu, ich bitte Euch.» Er schüttelte ihn. «Lasst uns das später austragen, holt das Horn und ruft die Schützen zusammen.»

«Nimm die Finger von mir, Drecksau. Das Kotzen kommt mir.»

«Rund zwanzig Schiffe halten geradewegs auf uns zu!»

Der kleine Mann besaß beachtliche Kräfte. Im Aimerys Griff wand er sich wie ein Hecht an der Angel. Als es ihm nicht gelang, seine Hände zu befreien, spuckte er. Einmal. Zweimal. Aimerys Inneres ballte sich. *Halt still,* befahl er sich, grub die Zähne in die Lippen. Seine Linke gab Hetfends Rechte frei, und im nächsten Augenblick bekam er einen Schlag auf die Wange, der ihm den Kopf zur Seite warf. Kurz wurde es schwarz, in seinen Ohren ein Klirren, wie von Eisen. Dann fasste er sich.

Von den Männern waren mehrere aufgestanden. Einer trat zu ihm. «Lasst doch den Mann in Frieden», sagte er zu Hetfend.

Der Verdutzte hielt im Ausholen inne. «Schleicht sich auf mein Schiff, der Sauhund, des Nachts, wenn meine Mannen schlafen.»

«Er ist hier, weil er was zu melden hat, Master.» Der Seemann, ein krummer Kerl mit grauem Haar, legte Aimery seine Decke um die Schultern. «Schiffe. Und die sind wahrhaftig da, ein ganzer Haufen davon. Du mach dich trocken, Fletcher. Zitterst ja.»

Die Decke war dreckig, aber warm. Der Master ließ von ihm ab und wandte sich wie alle Übrigen zum Meer. Zartgrau wölbte sich der Himmel über einer blanken, kaum bewegten Wasserfläche.

Aimerys Herz begann zu trommeln. Obwohl die Sonne nur als mattes Gleißen im Grau, dicht über dem Himmelsrand, auszumachen war, schirmte Hetfend sich die Augen. Zu viele dröhnende Herzschläge lang starrte er auf die sich gleichförmig näher schiebende Front der Schiffe. Aimery, der sich zuweilen wünschte, er könne seine Augen wie seine Klingen schärfen, erkannte, dass dicht an den Steven der ersten Reihe eine kürzere zweite folgte. Dieser Übermacht waren sie hoffnungslos unterlegen, aber wenn sie Gegenwehr zeigten, mochten die Angreifer weiterziehen, um sich leichtere Beute zu suchen. In Southampton oder anderswo. *Mir ist alles gleich, nur nicht hier.* Hetfend stemmte die Hände in die Hüften und lachte keckernd auf.

«Blast das Horn, zum Teufel», schrie Aimery außer sich.

Der Master fuhr zu ihm herum. «Zum Teufel, ja, dahin gehörst du. Weißt du, was ich mit einer Sau wie dir gern täte? An den Mast hängen und mit der Trosse verdreschen, bis du deine stinkenden Gedärme kotzt.»

In seinen Händen, die sich krümmten, spürte Aimery, dass er den Mann hätte töten können. *Der Totmacher bin ich. Meine Finger um deinen Hals und zugedrückt, so schnell ist ein Leben zerquetscht.* «Wenn Ihr mich an den Mast hängt, bekommt Ihr das Segel nicht gedreht. Und drehen müsst Ihr's oder werdet von denen da überrannt.»

«Von denen da!» Hetfends Lachen dröhnte. «Macht dich deine säuische Sünde blind? Das sind Engländer, Mann.»

Aimery kniff die Augen zusammen, derweil das runde Gesicht vor seinen Augen verschwamm. Er musste die Hände in den Stoff der Decke krallen, um nicht loszuschlagen. «Engländer?» Noch einen Atemzug lang war seine Stimme kalt.

Hetfend keckerte. «Englische Flaggen, so weit das Auge reicht.»

«Englische Galeeren?», brüllte Aimery. «Englische Ruderer von solcher Größe? Das sind Genueser, gekauft vom König von Frankreich!» Er warf die Decke ab, drehte sich um und stieß zwei Männer beiseite. Halbblind rannte er zum Achterkastell, wo er die Luke aufriss. Hetfends Lager war zerwühlt und stank. Das Horn war nirgends zu finden. Ein Geräusch rief ihn herum. Der Master stand hinter ihm, die Hände wieder in die Hüften gestemmt.

«Was willst du, Drecksau? Deinen Saurüssel in meine Betttücher wühlen?»

«Wo ist das Horn?», schrie Aimery und bekam einen Schlag, den er nicht spürte.

«Packt ihn», befahl Hetfend seinen Männern. «Ist ja krank, der Kerl, kann eine englische Beflaggung von einer gallischen nicht unterscheiden und meint, die eigenen Leute würden seinen verdammten Flecken überfallen. Los, verpasst ihm eine Abreibung, die ihn zu Sinnen bringt.»

Zwei Männer griffen nach Aimery. Der wehrte sich, fühlte eine ungekannte Kraft, die einen von ihnen gegen die Kastellwand schleuderte. Als jedoch weitere hinzusprangen, gab er auf. Sie hielten ihn an Armen und Schultern, einer langte ihm ins Haar, ein anderer stieß ihm in den Rücken. Aimery sah Hetfend an. «Ich werde dafür sorgen, dass du nie vergisst, wie dieser gottverdammte Flecken heißt», sagte er. Er schämte sich seiner Stimme, die klang, als weine er. «Portsmouth am Solent, hast du verstanden? Portsmouth am Solent.»

«Nehmt den Kerl weg», schrie Hetfend. «Zu Boden mit ihm.»

Ehe die Männer den Befehl befolgten, sah Aimery in den Himmel, der einen hellen Tag versprach. Quer über die blassgraue Kuppel stob ein Licht wie ein geschweifter Stern. Ein Brandbolzen. *Der erste von vielen.* Ehe er weiterdenken konnte, wurde er gestoßen und schlug mit Schulter und Hüfte auf dem Deckboden auf.

Als die schwärzliche Rauchwolke sich über die Dächer erhob, hielt das Markttreiben inne. Umherstreifendes Volk strömte in Richtung Hafen, die Feuerglocke hob an zu läuten, und aus der Ferne gellte der Ton eines Horns.

«Da vorn brennt's, das ist Tom Segelmachers Schuppen!»

«Nicht doch, nicht doch, das Wiegehaus ist's.»

Agnes rannte mit. Sie hatte für die Susannah auf dem Markt Brot und Talg kaufen wollen, denn die Bärtige hatte am Morgen unverhofft Besuch bekommen. Agnes erwies ihr den Gefallen gern, obgleich sie sich seit Tagen krank fühlte. Inzwischen war sie froh, Susannah zur Gefährtin zu haben. «Hast du dir nie gewünscht zu sterben?», hatte Agnes die Ältere gefragt und zur Antwort erwartet, solcher Wunsch sei Sünde. Stattdessen hatte Susannah versetzt: «Red nicht dumm. Solche wie du und ich, die saugen sich wie Egel ans Leben.» Damit hatte sie recht.

Agnes rannte in einer Horde körbeschwingender Weiber. Im Nähern sah sie die glühenden Funken, die in den Rauschschwaden wirbelten, und der Qualm begann, beim Atmen zu beißen. Schweiß brach ihr aus. Jemand kreischte. «Da, seht doch, seht!» Agnes drängte um die Ecke einer Hütte. An der anderen Seite des Hafens, dort, wo die königlichen Schiffe lagen, quoll eine zweite Wolke in die Höhe und gleich darauf eine dritte, vierte.

Die Schwaden waberten aufeinander zu und verdunkelten den Himmel. «Das Meer brennt!», rief eine Kinderstimme.

Da die Frauen den Durchgang versperrten, lief Agnes ein paar Schritte zurück und in die Gasse hinter der Rotschmiede, auf die westliche Stadtgrenze zu. Die Luft wurde dicker. Glimmende Fetzen trieben ihr entgegen. Als die Gasse zum Hafen hin einen Knick machte, drängten zwei Wasserträger an ihr vorbei, die Ledereimer an Tragejochen schleppten. «Was ist los, was ist denn geschehen?», rief sie, doch die Männer beachteten sie nicht und eilten weiter.

Agnes blieb stehen, um nach Luft zu ringen. Gegen solches Feuer würden die zwei mit ihren Eimern nichts ausrichten können. Noch war nicht Sommer, kein Brandkübel aufgestellt, und was immer erfasst war, würde bis auf schwarzversengte Stümpfe niederbrennen. So etwas kam vor. Im Hafen lagerten Flachs, Hanf und Holz, die brannten wie Zunder, wenn einer seine Kerze umstieß oder beim Pechbereiten unachtsam war. Eine Qualmwolke von derlei Ausmaß hatte Agnes allerdings noch nie gesehen. Als stünde wahrlich das Meer in Flammen, doch wie wäre das möglich? Kaum dachte sie ans Meer, fiel ihr der Vater ein. Susannah hatte erzählt, er diene in der Stadtwehr, verbringe Tag und Nacht im Hafen. Sie rannte schneller, holte die Wasserträger ein. Die blieben schlagartig stehen, weil etwas die Gasse versperrte. Vor ihnen stand ein Trupp Soldaten in blauen Röcken, bewaffnet mit Spießen und Schwertern.

Jäh war es still. Agnes' trommelnde Schritte verstummten, das Knistern und Zischen des Feuers zog sich zurück. Einer der Blauberockten lachte, ein zweiter rief seinem Nebenmann etwas zu, das Agnes nicht verstand. Immerhin erkannte sie, dass er Französisch sprach, die Sprache, die den Jahrmarkt beherrschte und die so elegant klang.

Sechs Männer zählte sie. Einer, vielleicht der Befehlshaber, drängte sich durch den Pulk. Er hielt sein Schwert in beiden Händen. Agnes glaubte zu sehen, dass er lächelte, derweil er es leichthin ausschwang und dem vorderen Wasserträger die Klinge in den Hals hieb. Sofort schoss Blut aus der Wunde, viel mehr Blut, als sie in dem dürren Körperchen vermutet hätte. Mit einem Stöhnen sackte der Mann zusammen. Sein Gefährte schrie auf, ließ den Eimer fallen und sprang rückwärts gegen Agnes. Der Franzose setzte nach. Er bewegte sich ohne Hast. Sein Gesicht war hübsch, noch nicht alt. Seine Schwertspitze traf den Mann in die Brust, wurde herausgezogen, traf noch einmal. Der Verletzte krümmte sich. Sein Peiniger stach ihm in den Bauch. Mehrere Augenblicke lang schien nichts zu geschehen, und kein Laut war zu hören als ein dünnes Röcheln. Dann stürzte der Mann auf Agnes' Füße. Aus seinem Mund sickerte Blut, erstaunlich wenig und erstaunlich langsam.

Agnes wollte sich abwenden, aber hielt den Blick auf sein Gesicht gerichtet und sah zu, wie ihm die Augen brachen. Mit dem Toten auf den Füßen konnte sie sich nicht bewegen. Wie in Eisen gekettet stand sie da, wie in den Boden gerammt. Der Blick des Franzosen traf ihren, als habe er sie eben erst entdeckt. Sein Mund verzog sich, und sein Fuß tänzelte einen Schritt auf sie zu. Mit verzogenem Mund sagte er nur ein Wort, das Agnes in jedweder Sprache verstanden hätte. Zu ihrem Entsetzen bemerkte sie, wie ihr übel wurde. Ehe sie sich abwenden konnte, erbrach sie sich im Schwall über den Toten. Sie kniff die Augen zu. Als sie sie wieder aufschlug, stieg der Franzose über den Toten und das Erbrochene hinweg und stieß sie zurück.

Agnes schrie.

Er schlug sie.

Sie schrie, geriet ins Fallen, prallte auf, sah Splitter eines Bildes, die Zähne des Mannes, die Augen, den Haarschopf, versuchte, den Kopf wegzudrehen, schrie.

Er schlug sie wieder und stopfte ihr etwas in den Mund, ein hartes Tuch.

Sie wollte schreien, doch kein Laut kam, sie bäumte sich, um nicht zu ersticken.

Er schlug sie, stieß sie nieder. Warf ihr den Rock übers Gesicht, stemmte ihr sein Gewicht in den Bauch, riss Stoff entzwei.

Sie hatte nichts mehr vor Augen, nur das Braungrau des Gewebes, aber wusste ohnehin, was er aus seiner Bruche befreite, sein Geschlecht wie einen riesenhaften Knüppel.

Solltest du daran nicht gewohnt sein, Agnes Fletcher, Hurentochter? Solltest du derlei nicht mit kalter Schulter abtun? Ihr wurde so übel, dass sie das Tuch ausspie. Sie schrie wie geschlachtet.

Er rammte sich ihr in den Bauch, packte ihren Kopf bei den Haaren und drosch ihn auf den Boden, dreimal, viermal.

Die Schläge zerhackten Agnes' Schrei.

Dann aber brüllte eine zweite Stimme. Etwas riss ihr den Rock vom Gesicht, sie sah eine Hand, die vorschnellte, den Franzosen packte und in die Höhe zog. «Du Tier, du Tier, du Tier!» Eine Klinge blitzte. Trotz all des Lärms in ihrem Kopf hörte Agnes das unglaublich leise Ratschen, mit dem die Schneide durch Stoff und Fleisch und Eingeweide glitt. Ihre Hände tasteten nach ihren Schenkeln. Der Franzose stürzte neben sie. Er lebte. Keuchte. Hielt sich den Leib.

«Verreck doch, du Bestie.» Über ihr stand Clement Loyes.

Agnes musste sich wieder erbrechen. Das Würgen hörte überhaupt nicht auf, beutelte sie noch, als längst nichts mehr kam. Vor ihren Augen tanzten Punkte, dennoch sah sie Clement, der neben ihrem Gesicht in die Hocke ging. Seine Hand legte sich auf ihre Stirn. «Agnes», sagte er. Und noch einmal: «Agnes.»

Sie erahnte die Männer hinter ihm, konnte ihn aber nicht warnen, das Würgen versperrte ihr den Hals. Eine Warnung hätte ohnehin nichts genützt, denn im selben Augenblick glänzten zwei Klingen. Wie sie sich Clement in den Rücken bohrten, sah Agnes nicht. Sie sah sein Gesicht, die Augen, die zugleich erstarrten und aus den Sockeln zu platzen schienen, die Lippen, die sich von den Zähnen hoben, ehe der Kopf vornübersackte. Sein nussbraunes Haar. Das Gewicht seines Oberkörpers fiel auf ihre Brust. Gleich darauf brannten ihr die Augen. Sie hob den Blick und stierte in blendende Helle. Eine Fackel. Der Mann, der sie hielt, wiewohl sie ihn nicht sah, sprach durch Knistern auf sie ein. Französisch sprach er. Aber was immer er sagte, hätte sie auch auf Englisch nicht verstanden.

Ihre Arme schlossen sich um Clements Leichnam. Warm war er. Einmal hatte er zu ihr gesagt: ‹Dein Haar sieht aus, als hätte ein zierlicher Vogel im Honig ein Nest gesponnen›. Ihre Hände fassten in Nässe. Nimm mich doch mit, Clement, des Königs Mann vom Solent, glaubte sie ihre Stimme zu hören. Ich habe alles verloren, ich möchte nur noch Ruhe finden. Sie hatte sich so sehr am Leben festgesaugt, jetzt ließ sie es los und sah zu, wie es entglitt. Als der Fackelschein näher kam, schloss sie die Augen.

Dorothy war auf dem Weg zur Kirche, um Vater Stephen den Zehnt zu bringen. Um dieses Geld hatte sie neuerlich mit Francis gestritten, der den Verstand verlor und ernstlich vorhatte, die Summe, die dem Herrgott zustand, einzubehalten. «Soll der Herrgott es doch von unserm König nehmen, der uns schröpft, bis uns der letzte Tropfen Blut versiegt. Los, geh zu meinem Sohn, dem Kriegstreiber, der mit dem Büttel der Krone säuft. Soll der dir was geben, er gibt's doch auch dem vermaledeiten Fitzroger, der eines Blaubluts Bastard ist, oder nicht?»

Dorothy hatte sich abgewöhnt, über das, was Francis schwatzte, nachzudenken, wiewohl es in ihr gärte. Sie nahm von ihrem Gesparten, dem Geld, das ihr der Verkauf von Milch eintrug, und um den Rest ging sie den Schwarzen an. Der gab ihr, was er hatte, schüttelte seinen Beutel leer. Einen Penny schob sie ihm zurück. «Den behaltet. Einer, der was auf sich hält, läuft nicht ohne Münze herum.»

Er ließ das Geldstück liegen. «Du sollst dich nicht schämen müssen.»

Da mit ihm nicht zu reden war, nahm sie das Geld und ging. In der Früh trug sie es zur Kirche. Symond schlief noch. In der Nacht hatte er ihr wieder kein Kind gemacht, sondern in ihren Armen lange geweint. Auch ihre Kleinen schliefen. Wenn sie erwachten, würde die Ise ihnen Grütze geben. In der Stadt tummelte sich schon Leben. Am Vorabend hatte im *Bischof der See* ein Soldat dem anderen die Nase abgeschnitten, darüber schwatzte jetzt die ganze Gasse. Dorothy konnte an die Soldaten nicht denken, ohne sich um Clement zu sorgen, daher stellte sie sich taub und ging schneller.

Ein wenig scheute sie sich, an die Tür des Pfarrhauses zu klopfen. Es gehörte nicht zu den Dingen, die für gewöhnlich Frauen taten. Den Priester mochte sie, den wollte sie nicht verärgern. Er war zornig und unnahbar, wie ein Priester zu sein hatte. Womöglich wäre der andere Mann bei ihm, Fitzroger mit den roten Büscheln in der Nase, der noch zorniger und unnahbarer und geradezu heilig wirkte. Aber Vater Stephen war allein.

«Dorothy Fletcher», sagte er, nahm ihr das Säckel ab und zählte sich die Münzen in die Hand. «Dein Mannsvolk war in der Fastenzeit nicht zur Beichte.»

Dorothy suchte nach einer Antwort, da wurde von der Marktgasse her Geschrei laut, und als sie sich umdrehte, sah sie, dass der Himmel des Frühlingsmorgens sich verdüstert hatte. Als sei Karfreitag, als morde man den Herrn. Von allen Seiten stürzten Frauen an ihr vorüber und rissen sie mit, die Austerngasse hinunter in Richtung Hafen. Einmal glaubte sie, das helle Haar der Agnes zu sehen, aber dann war es wieder verschwunden. Je näher sie dem Wasser kamen, desto schwerer wurde die Luft. Schon sah sie die anderen Frauen wie durch Nebel und hörte sich selbst beim Atmen keuchen. Wo es sonst nach dem Meer, nach Salz und Strandflieder duftete, herrschte der Gestank der Hölle: nach Brand und Pech und beißendem Qualm.

Die Ersten erreichten das Ende der Häuserreihe, durch die Gasse hallte ihr Entsetzensschrei. Gleich darauf sah es auch Dorothy: Das Meer brannte. Aus der schwarzblau glitzernden Fläche erhob sich eine Feuersbrunst. Sie konnte noch erkennen, dass die vorderen Hafengebäude erfasst waren, dass sie wie Fackeln loderten, dann versperrte ihr eine Horde Fliehender die Sicht. Etliche stürmten und stolperten stadtaufwärts, andere rannten weiter, den Flammen entgegen. Über die Salzwiese galoppierten ein Rudel Schweine und ein aufgezäumtes Pferd. Dorothy lief, ohne zu wissen, was sie tat.

Eine Strafe Gottes ist das Feuer. Mit Weihwasser hatte Dorothy ihr Haus besprengt, damit es von der Geißel verschont blieb. In ihrem Kopf überschlugen sich Fragen: Schickte Gott der Stadt den Brand, um sie für den Krieg zu strafen, für die Auflehnung gegen den Papst? Was würde geschehen, wenn der Hafen ausbrannte, all die Lagerhäuser und die Schiffe? Dann fiel ihr der Schwarze ein. Man konnte sich wünschen, einen Menschen los zu sein, aber dass ihn das Feuer packte, ihm das Blut bis zum Brodeln in den Adern kochte und Fleisch und Knochen verschmorte, das konnte man niemandem wünschen, auch dem Verhasstesten nicht. Im Gedränge vermeinte sie sein Gesicht zu sehen, das dunkle Glühen der Augen. Sie rannte weiter, obgleich die meisten umkehrten und riefen: «Zurück, zurück!» Obgleich das Atmen mühsam wurde. Jetzt sah sie Wergflocken wirbeln, die flackernd brannten, erkannte einen Schuppen, auf den das Feuer übersprang. Mit lautem Zischen spross eine Lohe gen Himmel. «Zurück, zurück.» Außer Atem blieb Dorothy stehen.

Zur Linken sah sie eine Traube Männer, die mit Fässern und Eimern zu den Wasserläufen rannten. Und das steinerne *Domus Dei* sah sie, das so still in seinem Nest kleiner Häuser stand, als herrsche um es Frieden. Eine Alte packte sie: «Wir müssen weg.» Dorothy ließ sich ein paar Schritte weit bis in den Schutz der Gasse zerren, dort befreite sie sich. Die ganze Stadt schien in Bewegung, Geschrei und Geprassel verquoll im Qualm. Eine Schwangere warf sich an die Wand einer Hütte, schlug die Stirn dagegen und wimmerte: «Mein James, oh, oh, oh, mein James!» Dorothy musste sich vornüberbeugen. Beim Einatmen entrang sich ihrer Kehle ein Pfeifen. Aus der Seitengasse stürzten Männer: «Zurück, Leute, zurück! Die gallischen Brandschatzer kommen.»

Die Männer schoben und stießen sie weiter. Hinter ihnen drängten Flüchtende aus dem schmalen Durchgang, zwei Alte mit rußschwarzen Gesichtern, eine Frau ohne Gebende, mit blutendem Gesicht, schließlich ein Paar, das einander bei den Händen hielt. Dorothys Faust ballte sich um ihren Rosenkranz. Isemay und Ronald.

Sie rammte ihren Körper zwischen anderen hindurch, sah nicht, wer sich ihr in den Weg stellte, packte Isemay am Mieder und schüttelte sie, als sei das Kleid, in dem sie steckte, leer. «Was machst du hier, wo sind meine Kinder?» Sie stieß das Mädchen zurück und hieb blind auf es ein. Schreie hörte sie, das Klatschen von Schlägen und ein Summen. Irgendwann gelang es Ronald, sie von Ise zu trennen.

«Beruhigt Euch, Frau Meisterin. Eure Kinder sind daheim in Sicherheit, Isemay ließ sie in der Obhut von Master Symond.»

«Und dir gestattet dein Meister, mit der da den Tag zu vertändeln?» Mit einer Kraft, die Dorothy erschreckte, kämpfte sie sich aus seinem Griff und ohrfeigte ihn. Dann rannte sie los. Stadtaufwärts. Drängte sich durch Leiber, die ihr die Gasse versperrten, brüllte, hieb sich den Weg frei und wurde doch immer wieder aufgehalten, weil von überall Mensch und Vieh zusammenströmten. *O Gott, o Gott, o Gott,* raste es in ihrem Schädel. *Lass das Feuer einhalten. Lass Symond die Kinder nehmen und ins Feuchte, nach Sudewede fliehen. Lass jemanden da sein, Gocelin, Matilda, die Magd. Ich flehe dich an, Gott. Ich flehe dich an.*

Die erste Fußspitze traf Aimerys Leiste, der erste Schlag mit einer Latte sein Gesicht. Gleich darauf prasselten Tritte und Schläge von allen Seiten, platzten Inseln aus Schmerz in seinem Körper und vereinten sich. Kurz wünschte er nichts, als den Schmerz zu spüren, sich den Leib zerschmettern zu lassen, Häcksel aus Knochen, Blut und Fleisch. Etwas am Schmerz war erlösend. Etwas daran, dass er sich am Boden krümmte und geprügelt wurde, rückte Dinge ins Lot. Dann sah er die Latte erneut auf seinen Kopf zusausen, und ehe sie auftraf, durchfuhr ihn ein Gedanke. *Machst du es dir wie üblich leicht, lässt dich besinnungslos schlagen, scherst dich um nichts?* Er duckte sich weg, fing den Hieb mit der Schulter. Zur Kugel gerollt, umschlang er seine Knie. Ein Tritt traf ihn im Rücken. Aimery schnellte aus der Kugelhaltung hoch und stand im Nu auf den Füßen.

Die Männer wichen zurück. Zwei starrten meerwärts, niemand rührte ihn mehr an. Zu spät begriffen sie wohl, welch unschätzbare Zeit sie vergeudet hatten. Der Grauhaarige, der ihm die Decke gegeben hatte, zuckte eine Achsel. «Tut mir leid, Fletcher.»

Aimery wandte sich ab. Mit einem Blick sah er, was er befürchtet hatte. Die englisch beflaggten Schiffe ragten vor ihnen auf wie Berge, an denen käme keiner vorbei. Genueser Galeeren, deren Schönheit ihn selbst jetzt berührte. Sie waren hier, um zu landen. Etliche Boote waren bereits zu Wasser gelassen, andere hatten im Hafenbecken angelegt, ehe endlich Hetfends Horn ertönt war. Der Himmel war ein Gewirr aus Brandgeschossen. Am Bug der Galeere, die auf die *Solent* zuglitt, konnte Aimery die Rutte ausmachen, deren Bolzen der Schütze eben mit einem Brandsatz belud. Vermutlich Pech und Salpeter und selbst mit Fluten von Wasser kaum zu löschen.

Aber er sah auch, was er gehofft hatte: Sein Schiff, das er *Dorothy* genannt hatte, lag nicht mehr hinter der Mauer, sondern hatte sich in die verschlickte Bucht vor Portchester gerettet, in die ihm niemand folgen würde. Die *Solent* war verloren, eine Beute des Feuers wie die Karacken des Königs, die lichterloh brannten. An der Bordwand stand Hetfend, vornübergebeugt, die Hand, die das Horn hielt, baumelte herab. «Ins Wasser», brüllte Aimery. In die erstarrten Männer geriet Bewegung. Wer eine der Trossen erwischte oder kühn war und sprang, wer schwimmen konnte, mochte sich retten.

Hetfend bebte am ganzen Leib und stammelte vor sich hin. Aimery blieb nichts übrig, als ihm zu helfen. Die Stufen standen dem Master zu, ebenso das Beiboot, aber ihn dort hinunterzubefördern, voranzugehen und den Stämmigen unterm Gesäß zu stützen, war ein unsägliches Unterfangen. Sie hatten die dritte Stufe erreicht, als der Brandsatz ins Achterkastell schlug. Eine Stichflamme stob in die Höhe, und unter Krachen brach das Holzgerüst zusammen. Aimery wurde schwarz vor Augen. Aus seiner Nase strömte Blut, gleichzeitig bohrte sich ein Schmerz in seine Schulter, in den Arm, der Hetfends Gewicht stemmte, als werde das Glied ihm umgedreht. Vor sich im Schwarz sah er das Schindeldach, das er gebaut hatte. *Für dich, Helewise. Aus duftendem Fichtenholz ist unser Dach.* Er grub die Zähne in die Lippen, bis er den Schmerz in der Schulter nicht mehr spürte. *Geh weiter,*

Nichtsnutz. Geh weiter. Unten stieß er den Master ins Boot. Der landete auf dem Rücken und streckte alle vier Glieder von sich. Aimery ekelte sich. Er winkte einen der Schwimmenden heran, hielt ihm die Hand hin und half ihm ins Boot. Was der Durchnässte zu ihm sagte, hörte er nicht, sondern überließ die beiden sich selbst.

Brennend fing das salzige Wasser seinen wundgeprügelten Körper auf. Brannte Feuer ebenso, wenn es einen Leib erfasste, oder tausendfach? Er sah seine Hände an, die nach der Mauer hangelten, dann rettete ihn nichts mehr davor, die Stadt zu sehen. Seine Stadt Portsmouth. Helewises Stadt. Die vor seinen Augen niederbrannte.

Aus den Hafengebäuden erhob sich ein Wall aus Flammen. Von dort wühlte sich das Feuer wie ein Quell, der Priele bildete, kreuz und quer durch die Stadt. Es sprang über, schleuderte Funken von einem Dachgebälk aufs nächste, hüpfte grellrot und grellgelb von Haus zu Haus. Wer im Flammenmeer der Häuser steckte, durfte Aimery nicht kümmern. Wind von Südwesten trieb das Feuer aufwärts, fächerte es auf, sodass es ihm jederzeit den Weg abschneiden konnte. Er musste im Nordosten, auf der windabgewandten Seite, in die Oberstadt, musste rennen, musste beten und hatte es verlernt.

O Gott, o Gott, o Gott. In seinem Schädel rasten Trommelschlegel, hallte jeder seiner Schritte wider. *Lass mich nicht zu spät kommen, gib mir nicht die Schuld an noch mehr Tod.* Aus allen Gassen strömten Menschen. Aimery stieß einen Taumelnden beiseite und rannte weiter. Im Gedränge vermeinte er, das Gesicht des Mädchens zu sehen, deren Namen er einem Schiff gegeben hatte. Sie hatte grünliche Augen. *Ich flehe dich an, Gott. Ich flehe dich an.*

Keine zehn Schritte vor der Hauptstraße hatte Dorothy umkehren müssen. Durch Rauchschwaden, die sich ihr entgegenwälzten, hatte sie sich hustend und röchelnd vorwärtsgeschlagen, aber dann fraß sich in ihr Gesicht, ihre Arme, in jedes Stück Haut ein Brennen, das sich nicht ertragen ließ. Sie wollte sich vorwärtszwingen, hinter der Feuerwand waren ihre Kinder, aber ihre Beine verweigerten sich. Sie floh zurück und bog in eine Seitengasse.

Dort brannte noch kein Gebäude. Dorothy schöpfte Hoffnung: Oben in der Thomasgasse, wo die Stadt sich lichtete, die Häuser sich nicht wie Schafe aneinanderdrängten, wäre die Hölle zu Ende. Ihre Kinder waren in Sicherheit. Der kleine Clement, der noch nicht laufen konnte, würde im Wohnraum am Boden hocken und zusehen, wie sein Vater für ihn das Holzschiff schob. Im Eingang der Garküche warfen sich drei Kerle in Waffenröcken auf die dicke Rose, die brüllte wie am Spieß. Dorothy hatte keine Zeit, stehen zu bleiben. Sie musste noch einen Umweg nehmen, das Haus des Schneiders umrunden, um einer Horde der blauberockten Kerle auszuweichen. Waren das Franzosen und hatten die ihre Stadt angesteckt? Zwei von ihnen trugen Kienfackeln, aber das musste nichts bedeuten. Dorothy rannte weiter.

Hinter den himmelhohen Platanen sah sie den Feuerschein. Das Haus des Bailiffs brannte. Das Backhaus brannte. Ihr Körper, von dem sie geglaubt hatte, ihm ginge sogleich die Kraft aus, warf sich in den Lauf und raste, stürmte, flog.

In der Mitte der Gasse blieb sie stehen. Ihr Blick erfasste Teile des Bildes, ohne sie zusammenzusetzen. Verstreut, wie hingeworfen, sah sie Menschen, die schwankten oder sich im Liegen krümmten. Drei Leiber lagen auf der harten Erde aufgereiht. Nicht ganz ausgewachsene Leiber, über denen Matilda kniete und den Oberkörper heulend auf und nieder warf. *Sie wird ihr*

Kind verlieren, wenn sie sich so wirft, dachte Dorothy. Matildas Haus brannte. Ihr kleines Mädchen, Catin, lief in Kreisen über die Gasse. Dorothys Haus brannte auch. Das hohe Schindeldach stand in Flammen, der Dachstuhl geborsten, die in Brand gesetzten Balken in den Schüttboden ragend. Unter dem Schüttboden lag ihre Kammer.

Aber es war ja kein Mensch in der Kammer. Ihre Kinder waren bei Symond, der hatte sie nach Sudewede getragen, ehe das Feuer das Haus erreichte, ins Feuchte, wo kein Qualm den empfindlichen Clement zum Husten reizte. Dort würden sie warten, bis der Irrsinn vorüber war. *O Gott, o Gott, o Gott.* Warum hörte der Sturm in ihrem Kopf nicht auf? Sie musste Atem holen, ihr ganzer Brustkorb schmerzte.

Jemand rief sie. «Mistress, Mistress.» Eine Frauenstimme, die Worte im Gejaule kaum verständlich. Die Magd Hilda kam im angesengten Kleid auf sie zugetaumelt. «Alle tot sind sie, alle zu Asche, Eure Kleinen und meine, mein Hugh und der alte Master Francis!» Vor Dorothy stürzte das Weib auf die Knie, fiel zur Seite, suhlte sich am Boden und wimmerte. Sie trug kein Gebende. Ihr verfilztes Haar wischte über die Erde.

Dorothy fuhr sich mit beiden Händen an den Hals. Ihre Daumen bohrten sich in ihre Kehle, in ihrem Kopf dröhnte ein Echo ihres Herzschlags. Dann hallten Schritte durch das Gewirr aus Schreien und krachenden Balken. Sie sah nach der Seite, sah den Schwarzen, der auf ihr Haus zurannte. «Das Hoftor», brüllte er und warf sich gleich darauf aus vollem Lauf dagegen, dass das Holz des Tores barst.

Dorothy war sogleich bei ihm, zwängte sich hinter ihm durch den Spalt und wollte an ihm vorbei. War es vorn auf der Gasse bereits laut gewesen, so herrschte im Hof betäubendes Getöse. In den Verschlägen brüllte das Vieh, und unter Knistern und Prasseln schlang das Feuer ihre Welt auf. Rauch quoll ihr in die

Lungen. Der Schwarze wandte den Kopf. In einem Funken Zeit trafen sich ihre Blicke.

Nein, sagte seiner.

Doch, sagte ihrer.

Er nickte und kämpfte sich weiter, bahnte ihr voran den Weg.

Ein niedriges Feuerrinnsal kroch über die Schwelle der mit Rauch gefüllten Küche. Sie sprangen darüber hinweg. So abrupt blieb der Schwarze stehen, dass Dorothy gegen seinen Rücken prallte. Sie drängte an ihm vorbei, er ging rückwärts, schleifte etwas Schweres mit sich. Einen Menschen. Francis. Er zog ihn ins Freie. Dorothy stolperte weiter.

Auch der Wohnraum war voller Rauch, der ihr den Atem nahm. Inseln aus Feuer blendeten sie. Aus der Zwischendecke war ein brennender Balken gebrochen, ein zweiter hing von Flammen umzüngelt herab. Auch das Geländer der Stiege brannte, dichte Schwaden verhüllten die Stufen. Der Schwarze holte sie ein. Sie zweifelte nicht, und er zweifelte auch nicht: Sie mussten dort hinauf.

Er gab ihr etwas. Sie konnte nichts sehen, aber als er es ihr auf den Mund presste, schmeckte sie nassen Stoff. Der half ein wenig, verschaffte Luft. Dicht aneinandergepresst liefen sie die Stiege hinauf. Das Krachen und Zischen schwoll an, wie um ihr den Kopf zu sprengen. Glut traf ihre Stirn, schien Haut und Knochen zu zerfetzen, aber ihr Schrei war nicht einmal zu hören. Der Schwarze riss sie nach vorne und schlug ihr auf die Stirn. Hinter ihr brach Donner los. Vor ihren Augen war nichts als eine Flut aus Funken.

Als sie wieder etwas erkennen konnte, stieß er die Tür der Kammer auf. Hier war der Rauch nicht so dicht. Am Fußende brannte ein Bettpfosten, aber nur als sei eine Kerze umgestürzt. Am Kopf, auf unversehrten Laken, lag ihr kleiner Junge, der schlief. Sie stürzte zum Bett und riss ihn an sich, spürte seinen Körper,

Kopf, Schulter, Rippen, allem Schmerz, aller Atemnot zum Trotz. Ihre Arme umschlossen, schirmten ihn. Mit dem nächsten Herzschlag bekam sie mehr Luft. Der Schwarze stand beim Fenster, hatte den Laden aufgestoßen, hielt auf dem Arm den schlaffen Leib Richildas, die sich offenbar aus dem Bett und bis zur Wand gekämpft hatte. Gelobt sei Gott! Dorothy wandte sich zur Tür.

«Nicht», rief der Schwarze. Seine Stimme splitterte. «Die Treppe brennt. Wir müssen hier hinaus.»

Er wollte ihr den Jungen wegnehmen, aber Dorothy gab ihn nicht her. Also packte er sie, bog ihr den Kopf aus dem Fenster und zeigte ihr den Vorsprung des Balkens, auf den sie würde steigen müssen. Sie begriff. Er kletterte tagaus, tagein auf Schiffen umher, aber sie würde es niemals schaffen. Sie gab Clement frei. Der Schwarze löste den Strick von seiner Mitte und band damit die Kinderkörper vor seiner Brust fest, sodass ein Arm genügte, sie zu halten.

«Wenn ich unten bin, springst du, hörst du?»

Sie sagte nichts, starrte gebannt durch Schleier von Rauch. Er krallte die freie Hand um den Sims und ließ sich hinunter, den Leib erst zusammengeballt, dann Zoll um Zoll sich streckend, bis sein Fuß den Balken erreichte. Sie hätte jubeln wollen, hätte sie noch eine Stimme gehabt. Gelobt sei Gott. Bis zum nächsten Vorsprung gelangte er, sein Körper ein Wunderwerkzeug, das sich aufs langsamste auffalten ließ. Dann rutschte er ab und fiel, war aber längst tief genug, um den Fall abzufangen. Er landete auf dem Rücken, ihre Kinder geschützt auf seinem Bauch. Als er sich aufgerappelt und Clement und Richilda zu Boden gelegt hatte, breitete er die Arme aus. Dorothy zwängte sich auf den Sims. Sie hatte keine Angst. Wir werden leben. Sie sprang.

Der Flug durch die Luft war vorüber, ehe er begann. Der Schwarze fing sie, stürzte mit ihr hintenüber. In ihre Brust schoss ein Schmerz, der ihr für kurze Zeit die Sinne raubte. Als sie sich fasste, bekam sie keine Luft. Sie mussten hier weg, mussten die Kinder aus dem beißenden Rauch schaffen. Die Kraft zum Aufstehen fand sie, und als sie stand, fand sie neue, bückte sich, ohne etwas zu sehen, und hob beide Kinder auf. Eines, das Mädchen, regte sich in ihrem Arm. «Los, hoch», krächzte sie und trat nach dem Bein des Schwarzen. Dich lass ich nicht hier. Er kam zu sich, kämpfte sich auf und nahm ihr Richilda ab. Zu viert stürzten sie aus der Hölle des Hofes, sprangen über Flammen hinweg und flohen in Sicherheit.

Ich flehe dich an, mein Gott, betete er. Ich flehe dich an. Und dann nichts mehr von Gott. Gar nichts mehr. Aimery wusste, dass sie verloren hatten. Er hatte es im brennenden Hof schon gewusst, aber sich verboten, es zu wissen, um sie nach draußen zu bringen. Die Überlebenden. Das Mädchen mit den kleinen Händen hatte begonnen, in seinen Armen zu zucken und zu speien. Die Haut des Gesichts, unter den Schlieren von Ruß, war gläsern blau. Er zögerte nicht, sondern presste seinen Mund auf den des Kindes und blies ihm Luft ein, seinen starken, lebendigen Atem. In seinen Händen wurde das Zucken des Körpers schwächer und beruhigte sich, bis er nur noch den Rücken spürte, der sich hob und senkte, die Lungen, die ihre Arbeit aufnahmen, den Lebenswillen, der obsiegte. Ungläubig entdeckte er, dass er sich mit dem Kind wiegte, wie er sich gewiegt hatte, als es geboren worden war.

Er zog den Nächstbesten heran, Hilda, die Magd, und beutelte sie, damit sie zu heulen aufhörte. «Halt die Kleine fest», sagte er. «Bleib hier stehen und halt sie, bis ich wiederkomme.» Er drückte Hilda das Kind in die Arme und lief zurück in den Hof, um seinen Vater auf die Gasse zu schleifen, ob der nun lebte oder tot war, ins Freie zu schleifen.

Der Alte war wie er selbst, nicht totzukriegen. Warum wir, hätte er ihn fragen wollen, zwei Sünder, die keinem Menschen teuer sind, und draußen auf der Gasse liegen tote Kinder? Zu seinem Entsetzen bemerkte Aimery den Klumpen in seiner Kehle und den Tränenschleier. Er brauchte einen, der ihm eine Ladung beinharter Ohrfeigen verpasste, aber sein Vater war vorläufig nicht in der Lage dazu. Immerhin hatte er die Kraft besessen, sich vom Rücken auf den Bauch zu wälzen. Aimery packte ihn bei den Oberarmen, hievte ihn bis vor seine Brust und zerrte ihn rückwärts ins Freie. Das Letzte, was er von seinem Hof sah, war der brennende Apfelbaum, den das Mädchen gehegt hatte, Dorothy, derweil sie ihren Jungen auf dem Rücken trug. Warum wir, Vater? Warum sind wir zum Verrecken zu stark, und draußen auf der Gasse steht ein tapferes Mädchen und muss einen Schmerz aushalten, der Menschenkräfte übersteigt?

Es stank nach versengtem Fleisch, beißender als jede Dunggrube. Der Vater jaulte auf, als sein Fuß Feuer streifte. Aimery beugte sich nieder und schlug die Flamme mit der Hand aus. Bist du toll? Deine Hände brauchst du, schalt er sich, aber gab nichts darauf.

Draußen drängten sich Ronald, Isemay, Hilda mit der Kleinen und noch ein paar Burschen zusammen. Jemand sprach ihn an, doch Aimery wich aus, erfasste kein Wort. Dorothy stand allein und umschloss die Hand ihres Kindes. Etwas geschah mit ihrem Gesicht: Der Mund sperrte sich auf, die Augen weiteten sich, die klaren Züge erstarrten. Aimery ließ seinen Vater zu Boden gleiten, rannte taub und tränenblind zu ihr und tat, was er nie mehr hatte tun wollen: Er schlang die Arme um einen Menschen. Er presste sie an sich und hielt sie. Hielt sie im Leben, aus dem sie fliehen wollte, fest. Dich lass ich nicht fort.

Dorothy umarmte ihren Jungen, als müsse sie ihn wärmen. Dabei war er so warm. Überhitzt vom Gefängnis der Flammen, das sein kleiner Körper hatte aushalten müssen, von Qual und Todesangst. Gewiss würde er Fieber bekommen. Er bekam oft Fieber. So robust sie, seine Mutter, war, so empfindsam war das Kind. Sie presste ihm die Lippen auf den Kopf, in den zerdrückten Flaum. Wenn ich nur dich hab, mein Herz, flüsterte sie stumm, dann mag die Welt in Flammen stehen. Ich bringe dich fort von hier, fort von einem Vater, der keiner ist. Sobald der Wahn sich legt, suchen wir deinen Oheim und machen uns auf zur Mutter nach Southampton. Dich hab ich, mein Herz, und nichts anderes wünsch ich mir. Nichts mehr. Nur dich.

Dorothy griff nach der Hand des Kindes. War die nicht fiebrig, vom Feuer heiß? Nein, nein, das Kind erholte sich schon, kühlte ab, sein zarter Körper war jung und stark. Sie schloss die Finger um die kleine Hand, wie sie es mitunter in der Nacht tat, wenn ihr Sohn sich ängstigte und im Schlafen weinte oder wenn sie selbst glaubte, ihr Leben schlage über ihr zusammen. Jetzt kämpf ich nicht mehr, versprach sie ihm. Jetzt bist du mein ganzes Leben. Die kleine Hand war warm. Nicht zu warm. Das war gut, oder nicht? Er kühlte schon ab, bald würde er zu sich kommen und in seiner süßen Stimme, die noch keine Menschenworte formte, zu ihr zirpen. Schlaf, mein Herz, schöpfe Kraft aus dem Schlaf, vergiss das Grauen. Ich bringe dich von hier fort. Ich sing dir, hörst du?

Bei Tage dreschen wir die Garben.
Und bei Nacht legen wir die Netze aus.
Wir sind die Männer vom Solent.

Dorothy schloss ihre Finger fester um die kleine Hand, die nicht mehr warm war. Sie kühlte schnell aus, vielleicht sogar zu schnell? Noch fester drückte sie. Wenn ich drücke, wird dein Händchen warm. Schlaf, mein Herz. Die kleine Hand wurde kühl.

Sie wollte sich rühren, aber stand stockstarr. Ihren Körper spürte sie nicht mehr, nur ihre Finger, die drückten, und Schauder, die ihr den Arm hinaufjagten. Sie wankte nicht. Es war die Welt, die um sie wankte. Um ein Haar wäre sie mit ihrem Jungen zu Boden gestürzt, mit ihrem lieben, süßen Jungen, aber einer war da und fing sie, umarmte sie, barg sie an seinem Leib. Der Schwarze. Er wankte mit ihr, schrie mit ihr auf, versteinerte mit ihr.

Die kleine Hand in ihrer großen war kalt.

Eiskalt.

Vierter Teil

Zeit der Klippen

Portsmouth, Hampshire, März 1338

Einen Tag und eine Nacht lang brannte die Stadt. Dann begann der Regen. Erst sachte und nutzlos, bald jedoch heftig genug, um dem Feuer Zügel anzulegen, sodass es sich niederzwingen ließ. Aus den verkohlten Stümpfen der Häuser züngelte Rauch, und hier und da schwelte Glut, aber das Mordbrennen hatte sich satt gefressen und gönnte der Stadt, die nicht mehr da war, Frieden. Die französischen Soldaten, die ihre englisch beflaggten Galeeren an Land gerudert hatten, ehe die Wache die Gefahr erkannte, waren mit Schwertern und Fackeln durch Gassen gepoltert, mit Liedern, Zoten und Plündersäcken, und als es Abend wurde, waren sie wieder abgezogen.

Alles lag still. Die Überlebenden, in Winkeln versteckt oder aus der Stadt gehetzt, krochen furchtsam heimwärts, um nach Lebenden und Toten zu suchen. Manche der Toten erhielten ihre Namen nicht zurück. Beim einen war keiner übrig, der ihn kannte, beim andern kein Gesicht, das sich erkennen ließ. Aimerys Handvoll Arbeiter war mit dem Leben davongekommen, denn der kluge John hatte sie innerhalb der Werftmauern gehalten. Außerdem hatte sich ein Häuflein Menschen retten können, das sich in die Kirche geflüchtet hatte, und die Bewohner des *Domus Dei.* Diese aus Stein errichteten Gebäude waren die einzigen, die den Brand unbeschadet überstanden hatten. Von den Wohnhäusern war nicht mehr übrig als schwarzversengte Balken.

Aimerys Haus aber, das Haus, das er für Helewise gebaut hatte, besaß noch sein unteres Stockwerk, das steinerne Fundament und ein Stück der Wände. Aimery holte ein paar Kerle zu Hilfe, Ronald, John und den rothaarigen Luke, der die *Dorothy* in die Bucht gesegelt hatte. Es dauerte einen Tag, zwischen Schwelbränden und im Gestank von verbranntem Fleisch die Ruine frei zu räumen. Aimery hieß die Männer die schwarzen Balken fortschleppen und zerrte selbst die Kadaver aus den Trümmern, die Leichen des Knechtes Hugh und dessen Kinder, die er zu begraben hatte, zudem das Aas des Viehs, von dem geschnitten werden musste, was essbar war.

Der Regen spülte Asche und Ruß in trüben Rinnsalen über den Hof. Pechschwarz war das Gras, und verstreut lagen Hühnerknochen. Aimery hätte sich gern dazugelegt. Er war so müde, sein Körper zerschlagen und sein Geist von Erinnerungen wirr: Damals, als ich das Haus gebaut habe, war ich so müde wie jetzt, aber du wolltest tanzen. Habe ich dir gesagt, wie irrwitzig glücklich ich war, weil du mit einem verdreckten Kerl, der kein Bein vor das andere bekam, tanzen wolltest? Gewiss habe ich es dir nicht gesagt. Wir konnten ja nicht sprechen. Ich kann es immer noch nicht, Helewise. Nicht tanzen, nicht sprechen, nicht das Leben begreifen. Ich wollte ein Haus für dich bauen, es ist verbrannt, es ist alles vorbei.

Aber das war es nicht. Am Ende der Gasse, unter der Platane, kauerte das Häuflein Menschen, das übrig war, das essen musste, das ein Dach über den Köpfen brauchte: sein Vater, Isemay und Hilda, Matilda und Catin, um die niemand sich kümmerte; die zwei ihm anvertrauten Geschöpfe, Dorothy und das Mädchen mit den kleinen Händen. Trösten konnte er sie nicht, aber er würde sie nicht unter dem Baum, dem der Brand die halbe Krone weggeschlungen hatte, erfrieren oder hungers sterben lassen.

Am Abend des zweiten Tages ging er zu Pater Stephen, um das Nötigste zu erbetteln, ein paar Decken und Brot. Das Vestibül der Kirche quoll über vor Menschen, Bittstellern und Verwundeten. Wie erwartet gab der Alte jedem anderen mehr als ihm.

«Mit solchen wie dir ist die Stadt bestraft. Gottes Ohren sind taub für den, der sich Seiner erst in der Not besinnt. Warum gehst du nicht zu deinen Freunden drüben, Aimery Fletcher? Stehen die nicht mehr in deiner Schuld als deine Pfarrei?»

Aimery ließ die Schmähung über sich ergehen. Der Alte hatte nicht unrecht, er hätte an die Tür des *Domus Dei* klopfen können. Das aber würde er nur tun, wenn ihm kein anderer Weg blieb, um niemanden in Schwierigkeit zu bringen. Die Laienbrüder und der Chorherr des *Domus* unterstanden der Leitung von Master Fitzroger. Von den Stiftungen und Stipendien, die sie erhielten, durften sie keinen Penny wegschenken und keinen Finger rühren, ehe nicht der Master befand, dass das Werk gottgefällig sei. Ein einziges Mal hatte der Chorherr Aimery einen Gefallen erwiesen, ohne den Master zu befragen, und solch unerhörten Dienst würde er nicht noch einmal von ihm fordern.

«Für dich selbst gäbe ich dir nichts», beschied ihn Pater Stephen. «Ich geb's dir für die Braune aus Southampton.»

Zwei Decken und ein halbes Brot. Aimery trug das Wenige zurück zu seiner Schar, wobei er sich mühte, nicht nach rechts und links zu sehen. Nicht nach den Trümmern der Garküche, nicht nach den aufgehäuften Leibern. Sein Gehör aber war nicht taub wie Gottes Ohren, ließ alles ein: das Heulen der Frauen, die zwischen den Zerstückelten ihre Kinder suchten, das Wimmern der Waisen, das Krächzen der Raben und dahinter Vogelsang und Frühlingswind. Was würde er zuerst verlieren, die Kraft des Körpers oder den letzten Rest Verstand? Durchhalten musste er, bis die Ruine seines Hauses mit Reisig notdürftig abgedeckt war, dann mochte geschehen, was wollte. Vielleicht ginge er hin und schlüge Hetfend tot, oder er fiele nieder und schliefe ein wie Ronald, der an der Wand des Hauses kauerte.

Ein Dach zu bauen, das halbwegs Schutz bot, dauerte die ganze Nacht. John half ihm, dieser John, der nichts sah und nichts Unnützes sprach.

«Ich weiß nicht, wie ich Euch danken soll», sagte Aimery.

«Und ich weiß mit Dank nichts anzufangen», sagte John.

Später, wenn er den Mut fand, durch die verbrannte Stadt zur Werft zu laufen, würde Aimery Pech bereiten, um das Dach abzudichten. Fürs Erste aber musste der Notbehelf genügen. Was sie in der Asche fanden und was noch brauchbar schien, reihten sie an den Wänden auf: etwas Kupferware, ein Kessel und eine Pfanne, Feilen und Beitel, sein Wetzstein ohne Räder und Gestell, ein dreibeiniger, nur leicht verbeulter Zinntopf. John schob ein geschwärztes Stück Holz hinzu und gab Aimery einen seiner blicklosen Blicke. Aimery hob den Holzblock auf: ein kleines Boot. Agnes' kleines Boot. ‹Unser Junge soll Spielzeug haben, Helewise. Ich schnitze ihm ein Boot.› ‹Und wenn's nur ein Mädchen wird, mein pechschwarzer Kindskopf?› ‹Dann schnitze ich meinem Mädchen eine Flotte.› Der Schmerz traf ihn ohne Warnung: Das Kind, das du mir geschenkt hast, Helewise. Ich habe es fortgejagt, so wie dich. Aber Agnes war in Sudewede, da war es zum Brennen zu feucht. Wenn alles getan war, würde er durch die Gassen ziehen, um nach ihr zu suchen. Jemand packte ihn bei der Schulter. Nicht John, John fasste keinen ungebeten an.

Hinter ihm stand Gocelin. «Alle Achtung, Aimery.»

Der Bürgermeister war in sich zusammengesunken. Die schroffe Erwiderung erstickte Aimery im Hals. Vor ihm stand der Vater von sieben toten Kindern und einem winzigen Wurm, der zu früh geboren und sogleich verendet war. «Es tut mir leid, Gocelin.» Worte wie Asche, ohne Gewicht.

Der andere winkte ab. «Du hast ganze Arbeit geleistet. Weißt du, dass meine Matilda eine Schwäche für dich hegt? Wenn ich auf dich schimpfe, sagt sie: Aimery mag sein, wie er ist, aber er ließe die Seinen nie im Stich.»

«Ist jetzt Zeit für Reden?»

«Schon gut», lenkte Gocelin ein. «Ich habe eine Bitte. Wenn du dein Völkchen unter dein Dach führst, könntest du wohl meine Matilda mitnehmen? Und auch Catin, das arme Ding? Ich gebe euch einen Sack Wintererbsen. Und Weizen. Dottie kann Pottage daraus machen.»

«Wo kommst du selbst denn unter?»

«Fürs Erste im Gildehaus. Der gemauerte Vorbau steht noch.»

«Ach. Und in dem Vorbau ist für eure Weiber und Kinder kein Platz?»

«Ja, doch.» Gocelin sah ihn an wie ein Hund. «Aber die Matilda … sie hat den Verstand verloren, sie ist nicht zu ertragen. Ich muss stark sein für die Stadt, muss all den Elenden Hoffnung geben, und wie kann ich das, wenn die Matilda ohne Unterlass zum Himmel heult?»

Aimery rieb sich die Schulter, in der es hämmerte, als triebe jemand Nägel hinein. «Einst habe ich geglaubt, dafür nähme man ein Weib. Um seinen Packen nicht allein zu schleppen, sondern einen Gefährten zu haben und nachts im Stroh ein wenig Wärme. Um einen zur Freude zu haben, wenn ein Kind geboren wird, und einen zur Trauer, wenn es stirbt.» Er brach ab. Nichts von all dem, was er doch selbst nicht begriff, ging Gocelin an. «Matilda und Catin bleiben hier, keine Frage.»

«Dank dir.»

Aimery schüttelte den Kopf.

«Da ist noch etwas», sagte Gocelin. «Meine Jungen sind tot. Deiner lebt. Er steht draußen.»

Einen irrwitzigen Herzschlag lang glaubte Aimery, der andere spreche von dem kleinen Clement, der auf wundersame Weise seiner Mutter zurückgeschenkt worden wäre. Dann begriff er und war schon auf dem Weg. Er musste mit Symond fertig werden, ehe Dorothy es tat.

Der junge Mann stand auf der Gasse im Regen. *Er ist Helewises Sohn,* durchfuhr es Aimery, *aber er sieht ihr nicht ähnlich.* Andere mochten in dem hellen Haar und den mattgrauen Augen seine Mutter erkennen, doch Helewise war das Leben selbst gewesen, und Symond wirkte immer müde. Seltsam, dass zwei Eltern mit so viel Kraft ein Geschöpf zeugen konnten, das schon schlaff und saftlos auf die Welt gekommen zu sein schien. Der Durchnässte stolperte auf ihn zu.

«Du musst mir helfen.» Er weinte.

«Muss ich? Hast du deinen Kindern und deinem Großvater geholfen oder die Brandnacht mit deiner Hure in Sudewede verschnarcht?» *Dein Sohn ist tot,* wollte er ihm entgegenwerfen, aber er brach ab. Diese Jammergestalt hatte nicht einmal den Tod seines Kindes verdient.

Unverhofft sprang Symond vor und klammerte sich an Aimerys Schultern. «Die Susannah», heulte er, «die Susannah.»

«Was ist mit der?» Sein Nacken wurde steif.

«Die Franzosen!» Über Symonds Gesicht strömten Tränen. «Die waren auf einmal drinnen, das ganze Haus voll. Die Susannah hatte ein Mädchen da, die hat sich in der Truhe versteckt, und ich lag unterm Bettzeug. Mit Schwertern sind sie durchs Haus, haben alles kurz und klein geschlagen und wie die Teufel gebrüllt. Als endlich Ruhe herrschte, war ich krank vor Angst. Kaum herausgewagt hab ich mich.»

«Und die zwei Frauen?»

Aus Symonds Mund drang ein entsetzlicher Laut, und seine Hände krallten sich in Aimerys steife Schultern. «Der Susannah haben sie den Kopf abgehauen. In zwei Teilen lag die da und Blut überall. Ich wollt nicht allein sein, aber wie ich die Maid gerufen hab, da ist sie nicht gekommen. Ich bin hin, hab die Truhe aufgeklappt, und da lag die, der Blick ganz starr und tot, tot, tot!»

«Wie hat sie geheißen?», fragte Aimery.

«Wer?»

«Susannahs Maid, die in der Truhe erstickt ist.»

Symond hörte auf zu winseln. «Wie die geheißen hat, weiß ich nicht.»

Es gab Augenblicke, da schämte sich Aimery, ein Mensch zu sein. Dieser war einer. «Wo ist deine Schwester?», schrie er.

Symond glotzte ihn aus trüben Augen an.

«Wo ist Agnes?»

«Agnes? Wie soll denn ich das wissen? Susannah hat sie zum Backhaus geschickt, aber sie ist ja nicht wiedergekommen.»

Aimery hörte ihn nicht. Er hörte das Echo längst verstummter Worte, die Stimme des Kindes Matilda, das er gefragt hatte: ‹Wo ist deine Base?› und das geantwortet hatte: ‹Helewise? Seid Ihr der nicht böse gewesen, habt Ihr die nicht weggeschickt?› Er drehte sich um und sah Gocelin, der im Eingang der Hausruine stand. «Bring sie alle nach drinnen», sagte Aimery. «Den da auch. Wir können ihn schlecht hier stehen lassen.»

«Und wohin gehst du?»

«Mein Kind suchen», presste Aimery heraus und lief los.

Jetzt sah er, was er nicht hatte sehen wollen. Die Leichenhaufen, die trotz des Regens nach verbranntem Körperfett stanken. Die Helfer, die Menschenleiber auf Handkarren schleiften und ächzend zu den Aufgehäuften schoben. Die Lebenden, die in Aschebergen nach Brauchbarem scharrten und zwischen Toten nach vertrauten Gesichtern. *Aber meine Agnes lebt ja.* Wieselflink war sie und entkam allem Unheil, seine Tochter, die zu lieben er sich verboten hatte, weil seine Liebe schlimmer war als Gift.

Nur hatte sich die Liebe zu Agnes nicht verbieten lassen. So wenig wie die Liebe zu Helewise. Er hatte sie nicht gewollt, des Abteimüllers Tochter, die jeden ansehnlichen Burschen haben konnte und einem nach dem andern eine Abfuhr erteilte. Die Erinnerung war scharf wie eine Scherbe: Hier bist du vor mir einhergetänzelt, hast dir die Schuhe von den Füßen gezogen, hast dich auf bloßen Füßen gedreht. Hier ist jetzt alles verbrannt. Nur noch zerklüftete Stümpfe, die erzählen nichts mehr. Vor dem *Bischof der See* hast du mich gefragt: ‹Warum heißt der so?› Und dann: ‹Warum ist deine Schulter so kalt, schwarzer Aimery? Warum singt jeder mir Lieder, nur du nicht?› Weil ich's nicht ertrage, hätte er antworten wollen, aber er hatte geschwiegen. ‹So stolz bist du, dass du mir nicht sagen kannst, ob du mich willst?› Er hatte keine Einzelheit vergessen, sein Körper erinnerte sich: Hier hast du mich geküsst. Bist zu mir gekommen, deine Schritte lautlos, deine Hände um mein Gesicht. Hier hast du mich umarmt, hier bist du entlanggerannt mit meinem Kind im Bauch, hier hast du mich betrogen. Hier ist jetzt alles verbrannt.

Aimery blieb erst stehen, als er keine Luft mehr bekam. Ging sie da nicht? Er rief ihren Namen, «Agnes!», aber seine Stimme war vom Rennen schwach.

Das Mädchen, eine Blonde, drehte sich um. Das Haar war ihr über der Stirn bis auf den Oberkopf weggebrannt. «Deine Agnes bin ich nicht. Und du bist beileibe nicht mein Hal.» Sie bekreuzigte sich. Ein Mann mit Handkarren war hinzugetreten, um vom Boden Tote aufzulesen. Vier Leichen, eine mit aufgeschlitztem Bauch, zwei mit Rückenwunden, die letzte mit durchschnittener Kehle. Der Körper, der Aimery am nächsten lag, trug den Waffenrock des Grafen von Salisbury und hatte haselbraunes Haar.

«Wartet!» Aimery ging in die Knie und drehte den Toten auf den Rücken.

«Nimmst du den?» Der Mann mit dem Karren war Matt, der

Vetter des Totengräbers. «Ist keiner von hier. Wenn du ihn willst, soll's mir recht sein. Hab ich einen weniger zu schleppen, die ganze Stadt ist ja voll.»

Aimery nickte. «Ich sorge für sein Begräbnis, nur muss ich erst meine Tochter finden.» Er legte die Hand an Loyes' Wange. Wie gefrorenes Wachs, der Tropfen Blut darauf verkrustet.

«Deine Tochter? Die schöne Agnes?» Matt schlug das Kreuz. «Meiner Treu, Fletcher, ich sag nicht, ich hab viel von dir gehalten, aber das hier wünsch ich keinem.» Er langte in seinen Beutel, wand sich etwas um die Hand und zog es heraus.

Aimery erkannte es sofort. Es schimmerte, als sei es lebendig. Agnes' Haar. Er sprang auf und riss es dem Mann aus den Fingern. Dabei löste sich das Band, der Schweif zerfiel und segelte in Strähnen auf die Erde. Was zusammenblieb, hing an einem Stück blutverkrusteter Haut. «Wo ist sie?»

«Die ist tot, Mann», schrie sein Gegenüber. «Die gallischen Schlächter haben ja nicht alles heil gelassen, sodass man's auf Christenart begraben könnte. Von hier bis nach Cattecleffe liegt die Stadt in Fetzen. Hast Glück, dass man Haar und Band von deiner Agnes nicht verkennen kann und dass ein paar Weiber gesehen haben, was hier los war.»

«Was war hier los?» Aimery strich durch Agnes' Haar. Helle Fäden blieben zwischen seinen Fingern hängen.

«Siehst du doch. Der tapfere Kerl hat für die Agnes sein Leben gelassen. Die sind zu fünft oder sechst auf ihn los und haben beide erstochen, dein Mädchen und ihren Ritter.»

Aimery fiel wieder auf die Knie, legte Agnes' Haar auf Clement Loyes' Wange und seine Hand darüber. Dann tat er, was ganz Portsmouth tat, all die Väter und Mütter, Verwitweten und Verwaisten. Er schrie.

Als die Nacht kam, hatte der Blinde Dorothy Zunder angeboten, aber sie hatte abgelehnt. Sie würde kein Feuer mehr ertragen. Bald war es pechschwarz in dem Unterstand, der vom Haus geblieben war. An der hinteren Wand, die vor Kälte schützte, lagen die Schlafenden aufgereiht. Dorothy wusste kaum, wer sich wo befand, und es war ihr gleichgültig. Sie hatte Decken, Streifen zerfetzter Kleider und Brot verteilt, und damit war ihre Schuldigkeit getan. Fast verwundert hörte sie den Geräuschen zu, die die Schlafenden von sich gaben, dem Atmen, Schnarchen und Schmatzen. Als liege ein Sinn darin, sich so am Leben zu halten, mit all dem Gieren und Schnappen.

Gleichgültig war es ihr. Selbst Symond und Isemay, die irgendwo im Finstern lagen und wie Schuldlose schliefen, waren ihr gleichgültig, solange sie ihr nie mehr nahe kamen, nie mehr ein Wort an sie richteten. Sobald sie die Kraft fand, würde sie den Schwarzen heißen, Ise nach Southampton zu schaffen, damit sie die Frau nicht mehr sehen musste, der sie ihren Jungen anvertraut hatte und die ihn hatte ersticken lassen. Symond, der sein eigenes Kind nicht behütet hatte, mochte gehen, wohin er wollte.

Matilda heulte im Schlaf. Es hatte Kraft gekostet, sie zu bändigen, aber irgendwann war sie vor Erschöpfung hingestürzt und eingeschlafen. Der Schlaf schien ihr jedoch nicht gnädig. Sah sie die Körper ihrer Kinder, die sie geboren hatte, von Mördern zerhackt? Sooft Dorothy derlei Gedanken kamen, presste sie sich die Daumen an die Kehle. Während ihre Füße im Boden scharrten, stießen die Zehen an einen Gegenstand. Im Finstern ertastete sie den Knochen eines Tieres, die Schulter ihrer Ziege vielleicht. Daraus ließe sich die Zukunft lesen, aber Dorothy wollte keine Zukunft. Die Vergangenheit wollte sie, Bilder, Düfte, eine Kinderstimme, an die sie nicht einmal denken durfte, sonst zerquetschten die Daumen ihr die Kehle. Das Grauen schloss sich um sie. Sie sprang auf und suchte sich einen Weg ins Freie, aus dem Gestank nach verbranntem Leben fort.

Die Nacht war klar, der Regen hatte aufgehört. Der volle Mond und eine Unzahl Sterne erhellten die Trümmer der Gasse. Dann wurde es noch heller, weil Gocelin mit einem Lampenträger von der Kirche heraufkam. Dorothy hoffte, die beiden würden vorübergehen, aber Gocelin sprach sie an.

«Mistress Dottie? Was tut Ihr hier? Ihr braucht Schlaf.»

Sie gab keine Antwort, weil ihr keine einfiel.

«Ich bringe Euch einen Schlauch Wein und einen halben Krug Milch.»

Ein braver Mann war der Gocelin. Auch ansehnlich auf seine Weise, stattlich und hell wie Stroh. Dorothy sah, wie er sie musterte. In all dem Wahnsinn schien dies die Krone, ein Mann, der eine Frau musterte, und eine Frau, die still stand und es sich gefallen ließ.

«Ist alles in Ordnung drinnen? Schläft Matilda?»

«Ja, ja. Alle schlafen.» In ihr war ein hämisches Lachen: Ich bin ein so züchtiges Mädchen gewesen und eine Gattin ohne Tadel, aber all das bin ich nicht mehr. Stier mich an, zerr mir mit Blicken den Fetzen herunter. Es kümmert mich nicht.

Gocelin seufzte. «Ist Aimery zurück?»

Dorothy schreckte aus ihren Gedanken.

«Agnes ist tot», sagte Gocelin. «Des Schneiders Lia hat gesehen, wie eine Horde Franzosen über sie hergefallen ist. Wenn Aimery noch da draußen herumirrt, sollte jemand nach ihm suchen.»

«Ich suche ihn.» Sie wunderte sich kaum noch. Das Leben war aus den Fugen, warum sollte nicht auch sie aus den Fugen sein?

«Das gestatte ich nicht.» Gocelin zupfte sich am Ohr. «Die jetzt durch die Gassen streichen, sind vor Verzweiflung wirr und wie Tiere.»

«Das ist mir gleich.» *Ich bin selbst wie ein Tier.* Sie ging einfach los, in die Richtung, aus der Gocelin gekommen war. Seinen Blick spürte sie auf ihren Hüften, auf den Schenkeln im zerfetzten Rock. Die Agnes fiel ihr ein, die tot war. Dorothy ließ im Gehen den Hintern schwingen, riss sich das Gebende herunter und warf ihr Haar zurück.

Menschen sah sie keine. Nur Ratten, die vor ihr davonhuschten, und Raben, die krächzend auf aufgereihten Leichen landeten. Über der Gasse hing eine Glocke aus Gestank. Ob es kalt war, fühlte sie nicht, und den Zweck ihrer Wanderung hatte sie längst vergessen. Bis sie ihn sah. In der Gasse hinter der Rotschmiede, von der nichts geblieben war. Hier hatten die Männer mit den Totenkarren schon alle leblosen Körper weggeschafft. Nur ein einziger lag in der Mitte des Weges. Neben ihm kniete der Schwarze und hielt das vom Mond beschienene Gesicht im Schoß. Dorothy brauchte keinen zweiten Blick, um dieses Gesicht zu erkennen.

Gott zum Gruß, Dottie Nussholzhaar.
In den Himmel, Clement, schau, ich schwinge in den Himmel!
Bei Tag dreschen wir die Garben.
Und bei Nacht legen wir die Netze aus.

Sie kniete sich neben den Schwarzen. Alles in ihr wurde langsam, ihr Herz, ihr Blut. Clements Gesicht war unversehrt. Sie legte ihre Hand auf sein Kinn, das von Barthaar überwuchert war und unterm Haar eiskalt. Es ist gut so, Clement, sprach sie stumm auf ihn hinunter. Du hast es überstanden, das neide ich dir. Zusammen mit dir war ich noch manchmal ein Kind, weil meine Kindheit auch deine war. Jetzt bin ich keines mehr. Als ihr Ärmel verrutschte, bemerkte sie, dass sie den Rosenkranz noch ums Gelenk trug. Sie ließ ihn über ihre Hand und neben Clement gleiten. Kreisend streichelte sie sein Kinn und seine

Wangen, und der Schwarze streichelte sein Haar. So knieten sie, bis sich Wolken vor den Mond schoben. Gleich darauf begann es wieder zu regnen.

Wäre sie allein gewesen, vielleicht hätte Dorothy vergessen, dass man sich im Regen unterstellt. Wäre nur mehr ein Toter bei ihr gewesen, vielleicht hätte sie sich niederlegen und ihm nachsterben können, derweil der fester werdende Regen ihr den Rücken peitschte. Aber sie war nicht allein. Eine pfeifende Wehe bauschte Clements Hemd.

«Geh heim», murmelte der Schwarze kaum hörbar.

Dorothy hob den Kopf.

Durch glitzernden Regen sah er sie an. «Bitte geh heim», wiederholte er. «Ins Trockene.» Die Worte zitterten.

Hagel prasselte ihr in den Nacken. Abrupt stand sie auf. «Kommt mit.»

Er regte sich nicht.

Sie hatte Angst, ihn zu berühren, aber zurücklassen mochte sie ihn auch nicht. Sie drehte den Kopf weg, langte blind hin und erwischte sein Haar. «Auf mit Euch.» Dich lasse ich nicht und wenn du der Satan im Fleisch wärst, dachte sie. Ohne dich wäre ich mit den Bildern, dem Schreien in den Ohren, mit dem Brandgeruch und der Kälte allein. Den Blick noch immer abgewandt, versetzte sie ihm einen Tritt. «Meinem Bruder und Eurer Tochter helft Ihr nicht mehr.» Er stand auf.

Regen trieb ihnen entgegen, und schon nach wenigen Schritten blieb der Schwarze stehen. «Vorwärts», befahl Dorothy. Sie hielt an und wartete, er kam nach. Sie rannte weiter. Zusammen kämpften sie sich stadtaufwärts, fanden blind den so oft zurückgelegten Weg zum Haus.

Für die Tür, die in den Angeln schaukelte, brauchte es keinen Riegel mehr. Der Schwarze hatte sie mit Draht befestigt, den wickelten Dorothys fliegende Finger auf. Gestank schlug ihr entgegen, Wind ließ das lose Dach knattern, und dennoch durchjagte sie ein Funken Wärme: Ich habe noch ein Haus. Viel mehr als andere haben, die sich in der Kirche und im Gildehaus wie in der Fischreuse quetschen. Ein Haus, wo Spuren von mir sind, Spuren von dem Kind, das ich hatte, und eine Tür, die ich hinter mir zuziehen kann. Sie packte den Schwarzen am Hemd, zerrte ihn unters Dach und schloss die Tür.

In der Dunkelheit raschelte, scharrte und schnarchte der Schlaf vieler Menschen. Wäre Dorothy allein gewesen, vielleicht hätte sie Erschöpfung verspürt, den Wunsch, zu schlafen, zu vergessen, nicht mehr aufzuwachen. Aber sie war nicht allein. Der Schwarze stand noch dort, wo sie ihn losgelassen hatte. Wiewohl sie nichts sah, spürte sie sein Zittern.

«Los, weiter», zischte sie.

Er ging nicht. Wiederum musste sie das Hemd packen, das ihm durchnässt am Körper hing, und ihn weiterzerren, in das, was hinter der eingebrochenen Wand von der Küche übrig war. Dort gab sie ihn frei, ging in die Hocke und tastete nach dem Öltuch, das er selbst ausgebreitet hatte, um ihren kärglichen Vorrat vor Nässe zu schützen. Der Blinde hatte hier Zunder und Talglicht verstaut.

Es dauerte einige Zeit, bis die Flamme sich entzünden ließ, dann aber loderte sie auf und tauchte den Raum in Licht und Schatten. Noch vor Stunden hatte Dorothy geglaubt, kein Feuer mehr ertragen zu können, jetzt jedoch war das Licht eine Wohltat. Im schwachen Schein sah sie, wo Gocelin Wein und Milch abgestellt hatte, und als Becher mochte der Mörser dienen. Darauf bedacht, keinen Tropfen zu verschütten, öffnete sie den Schlauch und schenkte das metallene Gefäß halbvoll. Der Wein tat gut. Stark und sämig war er und stieg sofort zu Kopf, wie der Rote von ihrem Hochzeitstag. Sie hatte nicht mehr als ein, zwei Mundvoll trinken wollen, leerte aber den Becher ganz.

Dann drehte sie sich um. Noch immer zitternd, stand der Schwarze vor der Wand. «Hinsetzen», herrschte Dorothy ihn an, aus Furcht, er werde stürzen. Neben ihm lag der runde Stein, den irgendwer vom Hof hereingeschleppt hatte, der Schwarze blieb jedoch stehen. Zitterte. Schien sie nicht zu hören.

Mit zwei Schritten war sie bei ihm. «Kommt zu Euch!» Sie packte ihn, stieß ihn auf den Stein und schlug ihm über die Wange. Sie hatte sich so sehr gefürchtet, ihn zu berühren, hatte es sich so schwer vorgestellt, und jetzt war es ganz leicht. Aber die Ohrfeige half nicht. Er starrte verstört zu ihr auf. Wie töricht, fiel ihr auf, zu glauben, dass Menschenaugen schwarz sein könnten, dass sie wie brennende Nächte sein könnten, dass ein Mensch, der am ganzen Leib weint, der Satan sein könnte. Wieder hob sie die Hand, doch dann wusste sie, dass sie ihn nicht noch einmal schlagen wollte. Nicht auf die andere Wange, die heil, nicht zerschnitten und tot aussah. Sie schlang die Arme um ihn und zog den zuckenden Körper an sich. «Es ist ja gut», sagte sie. Hast du dein Kind verloren, armer Schwarzer? So wie ich meines. Sie strich ihm das Haar glatt. «Nur still, nur still. Es ist gut.»

Ein blasser Frühling und nahezu ein ganzer Sommer vergingen nach dem Überfall, ehe Gilbert wieder nach Portsmouth fuhr. In dieser Zeit erging es ihm wohl. Der Beauftragte des Königs, Eustace Masun, war angehalten, einen Schiffbaumeister zu finden, der die in Flammen verlorenen Schiffe ersetzte. An einem Morgen im Mai hatte der edle Herr sich auf Gilberts Werft eingefunden und klein beigegeben.

Zwölf kampfbereite Karacken wünschte der König, aber Geld besaß er nicht einmal für eine. Es hieß, er habe die Krone von

England verpfändet, um bei den Verbündeten Schulden zu begleichen. So brauchte Gilbert nicht zu bekennen, dass es mit seinem Wissen um den Bau von Karacken nicht weit her war, sondern erklärte sich schlicht außerstande, ohne die nötigen Mittel mit der Arbeit zu beginnen. Die Berater des Hofes sannen auf eine Lösung und beauftragten ihn schließlich, sechs beschlagnahmte Handelskoggen kriegstauglich umzurüsten und nur ein Schiff neu zu bauen. Dafür wurde er im Voraus bezahlt, nachdem das Parlament dem König eine weitere Steuer gewährt hatte, den neunten Teil aller Erträge in Stadt und Land. Dem neuen Schiff widmete Gilbert alle Kräfte. Er baute es nach Aimery Fletchers Plan.

Es tat ihm gut, nicht mehr nach Portsmouth zu reisen, wo die Vergangenheit zu Asche verbrannt war. Stattdessen konnte er sich mit seiner Zukunft befassen: Er brauchte einen Erben und somit eine Frau. Vor drei Jahren hatte er Dottie Loyes erwogen. Ob die wohl noch lebte? Ob sie Witwe war? Was kümmerte es ihn? Mit seinen vierzig Jahren war er noch immer ein Mann, nach dem die Weiber die Köpfe drehten. Er war reich, er war des Königs Schiffbaumeister und brauchte nach einer passenden Braut nicht in den Trümmern von Portsmouth zu wühlen.

Den Sommer über gelang es ihm, standhaft zu bleiben. Als er im August jedoch die Anna Loyes auf der Gasse traf, konnte er sich eine Frage nicht versagen und erfuhr, dass deren Tochter lebte. «Und ihr Mann lebt auch, nur taugt der ja nichts. Ihr Junge ist gestorben, wie meiner. Bei uns steht das Korn hoch, aber drüben ist die Erde verbrannt. Ein Segen, dass meine Dottie ein tüchtiges Mädchen ist, dem der Herrgott nicht die Hand entzieht: Er hat ihr den Schwiegervater an die Seite gestellt, der für die Seinen sorgt, bis er tot umfällt.» Von jenem Tag an begann es, in Gilberts Kopf wieder zu kreisen: Den Tod im Feuer habe ich dir gewünscht, Aimery. Aber er wäre zu früh gekommen, zu zart, zu schnell. Wohin mit meinem Hass, wohin mit mir, wenn es dich nicht mehr gibt?

Zu Mariä Himmelfahrt ließ Gilbert die Magd Betta einen Strauß binden und zur Kräuterweihe in die Kirche tragen. In der Nacht träumte er von der Gottesmutter, die sich in einem Kranz aus Licht gen Himmel schwang. Honigblond hing ihr das Haar bis auf die Hüften, das Gewand war schneeweiß. In einer Bewegung riss jenes Gewand auf einmal vom Hals bis zum Saum entzwei und entblößte Brüste, Bauch und ein blondes Vlies zwischen festen Schenkeln. Um die Kehle geschlungen war ihr Gürtelband. Die Gloriole aus Licht wurde zu Feuer, das die Jungfrau verschlang, und von ihrem Schrei erwachte Gilbert. Sein Betttuch war schweißdurchtränkt, und seine Beine waren besudelt, als hätte er wie ein Knabe Hand an sich gelegt. An diesem Morgen nahm er die fleischige Betta zweimal, fand aber noch immer keine Ruhe. Am Abend wusste er, er würde wieder nach Portsmouth fahren.

Als dann auf der Werft der entscheidende Schritt missglückte, war der Zeitpunkt gekommen. Er hatte Will Hetfend eingeladen, ihn zu begleiten, am frühen Morgen trafen sie sich.

«Was wollt Ihr denn in dem verdammten Flecken?», fragte Hetfend, der mit seinem Bündel auf den Wagen stieg.

«Der Jahrmarkt beginnt. Ich sehe mich jedes Jahr dort um.»

«Gibt keinen Jahrmarkt», brummte Hetfend. «Ist ja alles abgebrannt, und das Pack, das noch kraucht, frisst Rinde von den Bäumen.»

Gilbert stellte sich Aimery vor, wie er Rinde von Baumstämmen kratzte, trieb sein Gespann an und begann, sich auf sein Frühstück zu freuen. Sie waren noch nicht weit gekommen, da erkannte er am Rand der Gasse eine Frau, die winkte. Die Anna Loyes. Gilbert hielt an.

«Dank Euch», rief die Anna. «Ihr fahrt nach Portsmouth, richtig? Wollt Ihr wohl so gut sein und dieses Wenige meiner Dottie mitnehmen?» Sie schwenkte einen Korb, der mit Tuchfetzen zugedeckt war.

Im gleichen Augenblick ließ Hufgetrappel Gilbert innehalten.

«Das Kotzen kommt mir», zischte Hetfend. Um die Biegung, gesäumt von zwei Begleitern, ritt ihnen Eustace Masun entgegen.

«Gott zum Gruß, die Herren. Gerade wollte ich zu Euch.»

«Gott zum Gruß», stammelte Gilbert und ärgerte sich über seine Unterwürfigkeit. «Darf man fragen, was mir die Ehre verschafft?»

«Nichts Besonderes.» Der Beauftragte der Krone sprang vom Pferd. «Ich hätte mir nur gern angesehen, welche Fortschritte unser Schiff macht. Ihr wisst ja um die kleine Leidenschaft, die mich zu Schiffen zieht.»

Gilbert brach der Schweiß aus. Nicht heute, um alles in der Welt, flehte er innerlich. Dein Schiff ist ein Bretterhaufen, aber das ist nicht meine Schuld.

«Wie ich sehe, komme ich ungelegen», hob Masun wieder an. «Ihr seid zum Markt nach Portsmouth unterwegs?»

«Gibt es denn Markt?»

«Das ist eine Frage der Betrachtung», erwiderte Masun. «Für die, die mit vollen Wagen von einem blühenden Handelsplatz zum nächsten ziehen, gibt es wohl keinen. Aber für die, die sich an den Rand ihrer Kräfte geschuftet haben und alle Hoffnung auf diese Handvoll Tage setzen, beginnt heute der bedeutendste Markt der Küste.»

Hetfend machte Gilbert rasend, indem er auf dem Bock umherrutschte und vor sich hin murmelte. Anna Loyes hielt mit erlahmenden Armen noch immer den Korb hoch.

«Und was tragt Ihr bei Euch, Frau?»

Wie ein Mädchen zupfte Masun an dem Tuch. Hetfend hat recht, dachte Gilbert. Der Kerl hat etwas Widernatürliches an sich.

«Nur eine Gabe für meine Tochter. Die Dottie Fletcher.»

Masun hatte den Fetzen heruntergezogen und sah auf den Klumpen gelber Butter und den aus sieben Kräutern gewundenen Strauß.

«Das sind Himmelfahrtskräuter, nicht wahr?»

«O ja, guter Herr. In Sankt Martin geweiht. Im Hof von meiner Dottie wächst kein Halm mehr, und Marienkraut muss sie doch haben.»

Die sieben Kräuter standen für die sieben Schmerzen der Heiligen Jungfrau, an die Gilbert lieber nicht erinnert wurde. Die abergläubischen Alten schrieben den welken Blättern Wunderkräfte zu, streuten Brösel auf die Stirnen von Kranken und die Fotzen unfruchtbarer Weiber.

Masun strich über das schlaffe Grün. «Das wird Eure Tochter freuen. Diese Butter aber, die Ihr Euch vom Mund abgespart habt, die behaltet.»

«Wie kann ich denn Butter essen, wenn meine Dottie hungert?»

Masun nahm den Strauß und reichte ihn so unverhofft hinauf, dass Gilbert zugriff. Dann schloss er über der Butter das Tuch. «Ja, sie hungern in Portsmouth», sagte er. «Aber sie sind zäh und tapfer, und Ihr wisst selbst, wie Eure Tochter sich aufs Wirtschaften versteht. Schon jetzt hat sie wieder eine Milchkuh und ein volles Butterfass.»

«Woher soll sie die denn nehmen mit nichts im Beutel?»

«Ihr Schwiegervater hat sie gegen einen Schleifstein getauscht.»

«Gelobt sei Gott.»

«Das auch meinethalben», sagte Eustace Masun. «Euch gute

Fahrt, Masters. Ich komme ein anderes Mal, um mir die Meerjungfer anzusehen, zu der es mich so zieht.»

Er saß schneller im Sattel, als Gilbert einen Gruß herausbekam. In dessen Bauch begann es zu rumoren: Deine Meerjungfer ist gestern zusammengebrochen, noch ehe ich ihr Spanten zum Halt einsetzen konnte. Ich habe die Männer durchprügeln lassen, aber das hilft mir nicht weiter, weil der gottverfluchte Plan von deinem Aimery nichts taugt. «Holla», rief er den Pferden zu und schwang die Peitsche.

Der Tag war verdorben. Den ganzen Weg über schimpfte Hetfend auf Masun, und Gilbert war entschlossen, alles zu verhöhnen, was er vorfand, den kümmerlichen Markt, den kümmerlichen Rest einer Stadt. Aber sein Hohn erstickte, sobald Portsmouth in Sicht kam: Die Brücke war zerstört, und so musste er seine Gäule durch die Furt quälen. Das Siechenhaus war verbrannt, der Rest von Sudewede kurz und klein gehackt. Hier, wo er mit Agnes gelegen hatte, fand sich nur noch ein Häuflein zersplittertes Holz. Gilberts Herz zog sich zusammen. Gab es die Salzwiese noch? Würde im Frühjahr dort Strandflieder wachsen, und stand das *Domus Dei* wie eh und je an seinem Platz? Er versetzte den Pferden einen Hieb, dass der Wagen hüpfte.

An der Einfahrt zum Stadtkern zimmerten drei Männer an der Hand, die Besucher willkommen hieß. Auf einer Leiter stand der Verräter Ronald und ließ sich von einem Gefährten Nägel reichen. Den erkannte Gilbert, der kein Gesicht vergaß, auf Anhieb: Er war ein vor Jahren in Southampton gerichteter Frauenschänder. Was trieb der hier? Die Frage verlor sogleich an Bedeutung, denn hoch oben auf den ausgestreckten Fingern der Holzhand thronte Aimery.

«Fahrt doch weiter.»

«Scht», machte Gilbert und saß selbst ganz still. Aimerys Haar war länger, als er es kannte. Dürr war er immer gewesen, ein sehniges Geflecht von einem Mann, doch etwas Ungebrochenes war an ihm, wie er den Hammer schwang und durch Spannung der Schenkel das Gleichgewicht hielt. *Bist du toll, Gilbert Berkham, glotzt einem Kerl auf Haar und Schenkel?* Am liebsten hätte er die Peitsche geschwungen und die Pferde in das hölzerne Gerüst getrieben, dass alles splitterte und krachte. Aber wenn die noch hundertmal den stolzen Willkommensgruß ihrer Stadt an den Wegrand stellten, Portsmouth war nicht mehr, die kühne Hoffnung vertan.

Gilbert und Hetfend suchten ein Gasthaus, um zum Frühstück einzukehren, doch die Garküche war ein verkohlter Flecken, und die Schänke, *König Knuts Krone,* ebenso. Den *Bischof der See* hatte man notdürftig aufgebaut, eine düstere Hütte, über deren Tür der Alestab aufragte. Immerhin konnten sie hier das Gespann unterstellen. Im Schankraum gab es nur einen Tisch, daran saß ein Gast, über einen Napf Suppe und einen Krug gebeugt.

Gilbert kannte den Mann. Mit den Worten «Gott zum Gruß, Bailiff» trat er an dessen Tisch und nahm Platz. «Essen heuer die Ansässigen statt der Fremden im Wirtshaus? Würzt die Katha Euch die Pottage so lasch?»

Der Angesprochene nahm den Napf in beide Hände und schlürfte daraus, ehe er Antwort gab. «Wird ja wohl kein Fremder kommen, um von ein paar Weibern ungesalzene Heringe zu kaufen. Der Teufel weiß, was Euch hertreibt, Berkham.»

Vor sich hin nörgelnd, ließ sich Hetfend auf die Bank fallen.

Der Bailiff nahm einen neuen Mundvoll aus dem Napf. «Und die Katha würzt nichts mehr. Die ist hin», sagte er dann.

Gilbert hatte Hunger, aber der Gestank, der in den Wänden hing, verdarb ihm die Lust aufs Essen. Also bestellte er Suppe für Hetfend und hielt sich ans Ale.

Der Bailiff redete weiter. «Und selbst wenn eins von den Weibern was verkaufen kann, die Dottie Fletcher vielleicht, die aus dem Nichts volle Körbe macht, dann stehe schon ich da und hole ihr die paar Münzen für den König weg.»

«Ja, ja, die ewigen Steuern», pflichtete Gilbert ihm bei.

«Und unsereins muss die eintreiben. Ich kann froh sein, wenn mir keiner der Hungerleider, denen ich das Fell abziehe, ein Messer in den Rücken rammt. Wisst Ihr, was der Tage laut wird? Wir sollten dem König keinen Penny mehr zahlen für seinen Kriegsbund mit dem Kaiser, der aus dem Schoß der heiligen Kirche ausgeschlossen ist.»

«Und woher stammen solche Gedanken? Euer braver Vater Stephen hetzt doch gewiss nicht seine Herde gegen den König von England auf.»

«Nicht doch.» Der Bailiff schlürfte den Suppennapf leer. «Der Aufruhr kommt nicht von Sankt Thomas.»

«Und woher kommt der, he?»

«Vom *Domus Dei.*»

«Dessen seid Ihr sicher?» Die Enttäuschung schmeckte schaler als das Ale. «Von einer Schar härener Hemden, die selbst keinen Penny Abgaben zahlen, kommt Empörung gegen den gottgewollten Herrscher Englands? Kommt sie nicht vielmehr von einem, der sich mit seiner Kriegshatz verrechnet hat und jetzt mit leeren Händen dasteht? Aimery Fletcher, habe ich sagen hören, tauscht sein Werkzeug gegen Mundvorrat. Wenn einer, der nichts in Ehren hält als Schiffe, kein Schiff mehr bauen kann – ist dem nicht zuzutrauen, dass er gegen seinen König Reden schwingt?»

«Der ist der Satan, der Sauhund.» Hetfend spuckte in seine Schüssel. «Schwimmt, geht durch Feuer und macht Kerle kirre. Ginge es nach mir, dem haute ich mit der Trosse die Seele aus dem Leib.»

Der Bailiff hatte fertig gegessen und stand auf. «Aimery lasst in

Frieden», warf er hin. «Ich war ihm wahrlich kein Freund, aber heute sag ich mir: Zwanzig Jahre Acht sind reichlich Strafe für einen Mann, der die Hörner auf seinem Schädel sattbekam.»

«Reichlich Strafe? Des Müllers Tochter starb ohne Sterbebeichte. Und für den Verlust ihrer Seele soll jemals eine Strafe reichlich sein?»

Der Bailiff tippte ihm auf die Schulter. «Wisst Ihr, was Ihr tut, wenn's die Eure mit einem hergelaufenen Laffen treibt?»

Mit einem hergelaufenen Laffen. Lebte in diesem Aas von Stadt noch einer, der Helewise gekannt hatte, der den Namen ihres Liebsten kannte? Als der Bailiff sich zum Gehen wandte, sprang Gilbert auf und zerrte Hetfend am Wams. «Los, hoch mit Euch, hier gibt es nichts mehr zu holen. Einmal über die Marktgasse, damit wir was zu lachen haben, und dann heim.»

Sie erreichten den Anger, von dem die Thomaskirche unversehrt auf die Zerstörung blickte. In der Marktgasse gab es keine Metzgerschrange mehr, nur einen Tisch mit ausgelegtem Fleisch und dazu sechs Buden. Keine Jongleure, keine Musik, nicht einmal Beutelschneider, nur einen einsamen Stelzengänger, der im Übermaß Platz zum Ausschreiten fand. Ein Jahrmarkt sollte das sein? Gilbert wollte lachen, brachte jedoch nicht einmal ein Krächzen heraus. Es stimmte nicht heiter, eine Stadt so erstorben zu sehen, schon gar nicht eine Stadt, in der man jung gewesen war und verliebt und selig, in der man alt geworden war und verzweifelt und voll Hass.

Wenn auch nichts mehr war, wie er es kannte, blieb doch eines gleich: Sooft er hier stand, sah er Aimery auf der Gasse. Er trug einen großen Korb vor sich her und stellte ihn an einer der Buden auf den Tresen. Gilbert trat näher. In dem Korb häuften sich große Brocken Rinde, zwar gewiss nicht zum Essen, sondern zum Verkauf an Gerber und Kalfaterer bestimmt, aber das minderte seinen Triumph nicht: Der große Aimery, der Meister des

Schiffbaus, kratzte Rinde von Bäumen, während er, Gilbert, ein Schiff baute, das ihm über England hinaus Ruhm eintragen würde. Und wenn er noch hundertmal mit dem Bau von vorn beginnen musste.

Hinter dem Tresen, auf dem Töpfe mit Harz und Honig neben duftenden Kuchen auf Käufer warteten, stand Dottie Loyes. Gilbert hielt den Atem an. Sie trug Helewises Kleid, an der Brust geflickt, um die Mitte mit einem Strick gebunden. Sie hatte sichtlich Fleisch verloren, etwas anderes aber besaß sie reichlich: Wie der Duft ihrer Kuchen die Leute anlockte, so lockte sie selbst.

«Ist die sein Weib?», hörte er Hetfend wettern. «Solch propere Frau, und ist an säuischen Dreck verschwendet.»

Der Schwarze hatte ihr den Korb hingestellt und schichtete die Rinde zu Stapeln. Sie schien nicht auf ihn zu achten, aber als er fertig war und sich zum Gehen wandte, packte sie ihn flugs am Handgelenk. Mit einem Finger drohte sie ihm, dann gab sie ihn frei, nahm einen der Kuchen und schlug ihn in einen Streifen Leinen. Aimery wiegte den Kopf, da wickelte Dottie Loyes den Kuchen wieder aus und angelte stattdessen eine Salzgurke aus einem Fass. Sie ließ sie abtropfen, schlang sie in das Tuch und gab sie Aimery. Den Korb gegen den Schenkel schlenkernd, ging der Schwarze über die Gasse davon. Er hatte etwas von einem Schiff – wieso starrten alle Leute Schiffen hinterdrein?

«Sau», brummte Hetfend und spuckte auf den Boden.

An Dottie Loyes' Stand hatte sich eine Schlange von Käufern gebildet. Gilbert zog kurzerhand das Marienkraut von ihrer Mutter aus dem Gurt, schwenkte es und reihte sich ein.

Als der Abend kam, widerstrebte es Gilbert, nach Hause zu fahren. Er zog mit Hetfend nach Havant, dort nahmen die beiden sich zwei Huren und blieben über Nacht. Früh am Morgen brachen sie wieder auf, denn Gilbert hatte nicht schlafen können.

Der Weg war lang und der Tag drückend heiß. Ein Wind von Südwesten brachte kaum Erfrischung. Gilbert war müde und zerstreut. An manchen Tagen wünschte er sich einen Gefährten, wie er ihn nie besessen hatte, einen zweiten Gilbert, mit dem er von Frauen hätte sprechen können. Stattdessen saß neben ihm Hetfend auf seinem dicken Arsch und schwatzte vom Krieg. Die Gallier würden kommen und die Insel Wight niederbrennen, sie würden ganz England niederbrennen, wenn der König nichts unternahm, wenn er nicht namentlich ihn, Hetfend, an die Spitze eines Heeres stellte, um alle Gallier zu Brei zu schlagen. Hetfend schwatzte vom Krieg, und Gilbert dachte an Frauen; Hetfend schwatzte von einem Schiff namens *Dorothy,* das der König beschlagnahmen und seinem Befehl unterstellen sollte, und Gilbert dachte an ein Mädchen. So verging die Zeit.

Sie hatten die Furt schon ein Stück weit hinter sich gelassen, als der Wind stärker wurde. Es war der erste Herbstwind, der in Wolken Dreck auftrieb, die Luft jedoch kaum zu kühlen schien. Ein Fetzen flog Gilbert ins Auge.

«Hat ja die Gascogne schon dreimal berannt, der gallische Sauhund», wetterte Hetfend. «Hat sich beim Seneschall zwar eine blutige Nase geholt, aber Zeit wird's doch, dass wir dem einmal den Herrn zeigen.» Vermutlich hätte Hetfend den König von Frankreich gern eigenhändig mit seiner Trosse totgeprügelt. Als Nächstes begann er wieder, mit seinem Hintern auf dem Bock hin und her zu rutschen. «Aber dass überall geredet wird, man kann keinen Wein herschaffen, weil der Gallier uns die Schiffe wegfängt, ist eine faule Ausrede. Ist doch von Schiffen voll, das Becken, und wo kommen die wohl her, wenn die der Gallier fängt?»

Gilbert warf einen Blick zur Seite. In der Tat schien der Solent vor Geschäftigkeit zu wimmeln. Vielleicht sollte auch er noch ein paar Ausfuhrgeschäfte tätigen, ehe die unwirtliche Jahreszeit begann. Dass seine Werft florierte, bedeutete schließlich nicht, dass er sich darauf beschränken musste. Wieder wirbelte ihm ein Fetzen aufs Gesicht zu. Er wich aus, eins der Pferde bäumte sich, und der Wagen vollführte einen Satz. Gilbert erhob sich vom Bock und zog die Zügel stramm.

«Verrückt», hörte er Hetfend zetern, «hat irgendein Sauhund die ganze Gegend angesteckt? Ist doch noch viel zu früh für Erntefeuer.»

Gilbert schwang die Peitsche und ließ die Pferde antraben. Und dann sah er die Rauchwolke. Schwarzgrau stieg sie gen Himmel und quoll so geschwind auseinander, als wolle sie den Horizont aufschlingen. Zugleich waberte sie ihnen entgegen, sodass Gilbert die Brust eng wurde und sein Herz zu hämmern begann. Er hielt den Wagen an. «Das ist kein Erntefeuer», sagte er, ohne Hetfend anzusehen. «Das ist Southampton.»

Bei dem Überfall auf Southampton war das königliche Flaggschiff *Christopher* gekapert und die halbe Stadt zerstört worden. Verbrannt und zertrümmert wie Portsmouth. Hier jedoch hatte sich auf der windabgewandten Seite im Nordosten, wo Werft und Haus der Berkhams standen, eine Tasche gebildet, in die kein Feuer drang. Als die Angreifer dorthin gelangten, hatten sie ihre Blutlust bereits gestillt und schleppten schwer an Plündersäcken. Der Teil der Stadt blieb verschont.

Nachrichten reisten langsam in jenen Tagen, in denen Portsmouth von der Welt vergessen war. Schließlich hatte Aimery Gocelins Gaul geliehen und war in die Schwesterstadt geritten, weil Dorothy ihn darum gebeten hatte. Er hätte ihr, auch ohne einen Arbeitstag mit dem Ritt zu vergeuden, sagen können, was sie wissen wollte, und sie wusste es wohl, auch ohne dass er es ihr sagte. Dennoch brauchte ein Mensch Gewissheit. Aimery trug die Nachricht heim wie einen Tiegel Gift. Er war entschlossen, sie toben und wüten zu lassen, auch wenn sie auf ihn losging. «Es tut mir leid», sagte er. «Deine Mutter und deine Base Martha haben nicht überlebt.»

Sie tobte nicht und ging nicht auf ihn los. «Sagt es», befahl sie.

«Sie sind tot», sagte er.

Dorothy sah ihn mit ihren klaren Augen an. «Jetzt lebt keiner mehr, der mich kannte», sagte sie. «Gibt es mich dann noch?»

«Ich kenne dich», entfuhr es ihm, und dann musste er aufbrechen, denn Gocelin erwartete ihn. Sie gingen auf eine Versammlung, sosehr es Aimery widerstrebte, die junge Frau an diesem Abend allein zu lassen. Sie hatte niemanden. Mit ihrem Schmerz, den er so gut kannte, war sie auf sich gestellt. Schmerz, der nie ausbrach, nie Laut gab oder um sich schlug. Schmerz als ein unablässiges Flackern in den Augen, das mit der Zeit blind machen würde. Wenn ich nur könnte, ich kaufte dir dein Kind zurück, dachte er. Aber ich hätte nicht einmal die Währung, um dafür zu zahlen.

Auch mit der Arbeit war Dorothy auf sich gestellt, mit den Kindern Richilda und Catin, und mit Matilda, die wie eine Siechkranke war. Mit Symond, den sie nicht ansah, den man jedoch nicht verhungern lassen konnte. Mit Aimerys Vater, der sich zuweilen weigerte, sein Essen zum Mund zu führen. An Aimery wäre es gewesen, ihn zu füttern, aber die Vorstellung bereitete ihm Übelkeit, und die Erinnerung ließ ihn nie aus den Klauen: Ich war hilflos in seinen Händen, ich hatte solche Angst vor ihm. Jetzt wäre er hilflos in den meinen. Hätte er Angst vor mir?

Dorothy fütterte den Alten. Dorothy kochte aus zwei Händen voll Grünzeug Suppe. Ronald und Isemay, die zusammenlebten, weil in der Not kein Mensch nach Meisterbriefen fragte, wollten ihr helfen, aber mit den beiden sprach sie nicht. Sie hatte gestattet, dass sie blieben, zu mehr war sie nicht bereit. Aimery taten die zwei jungen Menschen leid, die nichts verbrochen hatten, als jung und verliebt zu sein und einen Augenblick lang eine Pflicht vergessen zu haben. Das Grauen, das daraus erwachsen war, konnte man ihnen nicht zur Last legen, aber Aimery verstand Dorothy. Wem so Unsägliches widerfahren war, der brauchte zumindest einen Schuldigen.

Es war Anfang Oktober, es wurde schon rasch dunkel. In diesem Jahr würde es kein Erntefeuer geben. Aimery ging auf die Gasse hinaus, wo Gocelin mit seiner Laterne wartete. «Danke, dass du gekommen bist.»

«Sollte ich nicht dir danken? Euch allen? Für die Ehre, die ihr einem Hundsfott zuteil werden lasst?»

Gocelin antwortete nicht und ging voran. «Nicht zum Gildehaus. Wir treffen uns auf dem Anger vor der Kirche.»

Zwar fiel kein Regen, doch die Luft war kalt. Schweigend schlichen sie sich durch die Reihen notdürftig gerichteter Häuser. Bei so gut wie jedem hatte Aimery geholfen, ein Dach zu decken, Fugen abzudichten und Erde auf verbrannten Boden aufzuschütten, damit im Frühling wieder etwas wuchs. Die Leute gaben ihm dafür, was sie konnten, Schrot, Fett, selten Geld, und wer nicht konnte, gab nichts. Es tat Aimery gut, in allen wachen Stunden beschäftigt zu sein und in der Nacht so zerschlagen, dass sein Körper Schlaf erzwang.

Als er mit Kuh und Kalb gekommen war, hatte Dorothy gefragt: «Den Schleifstein habt Ihr für das Vieh gegeben? Braucht Ihr den denn nicht?» Er hatte die braune Kuh auf dem Markt in Havant entdeckt, wie sie ihr Kälbchen glatt und blank leckte, und hatte sie haben müssen, weil etwas so Tröstliches ihm seit dem Brand nicht begegnet war. «Für das, was wir auf der Werft tun, genügt ein fahrender Schleifer», hatte er Dorothy geantwortet.

«Und wenn Ihr wieder ein Schiff baut?», hatte sie wissen wollen, und er hatte die braune Kuh angesehen, die das Kälbchen leckte, und gesagt: «Ich baue kein Schiff mehr. Es ist gut so.»

Er hatte vieles zu tauschen, behielt an Werkzeug nur, was er, John und Ronald brauchten, um sich von ihrer Hände Arbeit durchzuschlagen: den Schnitzbock, die Behauaxt, einen guten Satz Feilen. Wiewohl er dazu schwerlich Zeit hatte und der mannshohe Eibenholzschaft ein Vermögen wert war, hatte er sich einen neuen Bogen gefertigt. Der alte hatte ihm mehr als zwei Jahre lang gedient und war nunmehr spröde im Holz. Die Arbeit tat ihm wohl, und er hatte seine Freude an dem Material, hartes Kernholz und damit verwachsen biegsames Splintholz, das unter den Fingern glitt. Von den Walisern hatte sein Volk gelernt, solche Bögen dem Stamm der Eibe abzugewinnen, die Rinde mit Sorgfalt zu entfernen, den Stamm zu vierteln und die Gestalt des Bogens mit Ziehmesser, Raspel und Feile aus dem Holz zu schälen. Das Tillern, das Ausdünnen der Wurfarme auf der Bauchseite, bis der untere geringfügig steifer war als der obere, nahm etliche Tage in Anspruch. Wie seine Angelruten war auch die Waffe auf die bestmögliche Weise gefertigt. Einst hatte Aimery geglaubt, es sei seine Bestimmung, die beste Weise zu erforschen, um ein Schiff zu bauen.

Sie hatten den Anger fast erreicht, die hohe Thomaskirche, die etwas Erhabenes hatte, aber nichts Friedvolles wie das *Domus Dei.* Im Licht mehrerer aufgespießter Fackeln drängten sich die Herren des Rates.

«Wie geht es Dottie?», fragte Gocelin hastig.

«Soweit mir bekannt ist, heißt dein Weib Matilda», versetzte Aimery.

Gocelin blieb stehen. «Bist du so grob, weil du dich fürchtest?»

Innigsten Dank für die Erkenntnis, Master Siebenschlau. Aimery verachtete sich, er fand sich lächerlich: Was könnten die dir noch tun? Gibt es einen Pranger, den du nicht kennst und den du nicht verdienst?

Gocelin hob die Hand. «Die wollen etwas gutmachen, nicht dich kränken. Du glaubst mir nicht, oder? Vermutlich hast du keinen Grund mehr, mir zu glauben.»

Glauben und Wissen waren zweierlei. William von Ockham, ein frommer Gelehrter, war für solche Erkenntnis wie ein Gottesleugner aus der Kirche gejagt worden. Aimery schob Gocelins Hand beiseite. «Gehen wir, ja?»

Die Versammelten strömten auseinander und stellten sich zum Kreis. Zwischen Fackeln war ein goldverzierter Holzstand aufgebaut, darauf lag das Heilige Buch, mit einem Tuch aus Spitze zugedeckt. Wenn man all dies verkaufte, fragte sich Aimery, das Gold, die Spitze, wie viel Brot bekäme man für die Armenspeisung, wie viel Milch für ausgesetzte Waisen?

Wie gerufen, trat Pater Stephen neben den Stand. Sacht stieß Gocelin Aimery in den Rücken. Die Nächststehenden, Peter Bailiff und Laurence Kronenwirt, Helewises Vetter, wichen zur Seite, um ihm Platz zu machen. Gocelin ließ ihn allein, ging quer durch den Kreis und baute sich neben Pater Stephen auf.

«Rat der Stadt Portsmouth, ich bringe Euch Aimery Fletcher. Er ist bereit, den Platz seines Vaters einzunehmen.»

Die Sitze im Rat wurden nicht auf dem Erbweg, sondern durch Wahl verteilt. Tatsächlich folgte jedoch auf jeden Vater zu gegebener Zeit ein Sohn, nur Aimery hätte man gern übergangen, hätte das Feuer nicht alles verändert. Am vergangenen Sonntag hatten die Bürgervertreter entschieden, dass sie ihn unter ihren Ältesten wollten. Ihn, Aimery, den Weibsmörder. Eine Stadt, die ihrer Rosen beraubt war, musste mit Unkraut vorliebnehmen, das immerhin zäh und widerborstig war. Heute, einen Sonntag später, sollten die Ratsmitglieder die Wahl bestätigen.

Alles war still, bis Gocelin sich räusperte und weitersprach: «Ich bin sicher, dass Ihr mir recht gebt: Seit das Unglück unsere Stadt getroffen hat, war keiner so nimmermüde um ihr Heil bemüht. Zudem ist keiner besser geeignet, unsere Rechte im Parlament zu vertreten. Ihr wisst, ich habe Aimery einmal gegen Euren Willen entsandt, weil er die Sprachen des Hofes spricht, gelehrte Schriften liest und sich auf Krieg versteht. Diesmal will ich ihn als einen von uns entsenden. Ich fordere Euch auf, ihn als Mitglied des Rates von Portsmouth zu bestätigen.»

Gocelin faltete die Hände vor dem Bauch und wartete ab, ob jemand gegen die Ernennung etwas vorzubringen hatte. Für gewöhnlich mochte dieses kurze Schweigen lediglich dem Brauch geschuldet sein. Aimery aber sah im tanzenden Fackellicht, wie sich hinter zehn Stirnen Sätze formten, Beweismittel, Schmähungen, Worte wie Trossenhiebe.

«Ich habe eine Frage», sprach der Kronenwirt ins Halbdunkel.

Die Frage hörte Aimery, noch ehe sie gestellt war: Wo ist meine Base Helewise?

«Es heißt, Ihr geht zur Beichte zu den frommen Brüdern ins Hospiz. Es heißt auch, die Führung dort rate, dem König die Kriegssteuer zu verweigern, weil der Papst den Krieg nicht billigt. Stimmt Ihr dem zu?»

War das eine Fangfrage, ein ausgelegtes Eisen? Aimerys Nacken wurde steif.

«Lass ihn in Frieden, Laurie», sagte Peter Bailiff. «Jeder weiß, dass Aimery Fletcher zum Redenschwinger nicht geboren ist.»

«Nein», brach es aus Aimery heraus. «Dem stimme ich nicht zu. Ein irdischer Krieg ist keine himmlische Entscheidung, die darf ein König in London ohne einen Papst in Avignon treffen. Solange Steuern über uns verhängt sind, haben wir sie zu entrichten. Ich aber will mit einer Petition nach London reiten und verlangen, Portsmouth während des Wiederaufbaus von jedweder Steuer auszunehmen und ihr die Zollhoheit über ihren Hafen zu gewähren. Zudem soll der König um die Stadt eine Mauer ziehen. Vor zwei Jahren schon hat mich Gocelin darum gebeten. Hätte ich mich nicht verweigert, wäre Portsmouth nicht niedergebrannt.» Vielleicht sah es niemand. Vielleicht spürte nur er selbst, wie er sich duckte. Er wartete, doch nichts geschah. Keine Hand, kein Stein traf ihn.

«Tritt vor», befahl Gocelin. «Nur einen Schritt. So ist's recht, dort bleib stehen. Hebe die Hand nach der Heiligen Schrift!»

Aimery starrte geradeaus auf die Bibel, von der Pater Stephen das Tuch zog.

«Beim Wort Gottes schwöre», rief Gocelin.

Und weiß einer von Euch, was dieses Gotteswort enthält, durchfuhr es Aimery. Reddite ergo quae sunt Caesaris Caesari et quae sunt Dei Deo. So gebt dem Kaiser, was des Kaisers ist, und Gott, was Gottes ist. Von den Männern, die in diesem Kreis versammelt standen, konnte keiner das Latein der Bibel lesen, auch der Priester, der ihnen in der Messe daraus vortrug, beherrschte nicht einmal das Nötigste. Aimerys erhobener Arm begann zu schmerzen und rief ihm die Worte des Schwurs ins Gedächtnis: «Ich schwöre, ich will in Gehorsam, Besonnenheit und Fleiß dem Erhalt der Stadt Portsmouth dienen. Mit meinem Leben und Vermögen trete ich für sie ein.» Der Arm sackte herab. Als Jungspund hatte Aimery von dieser Ehre geträumt, weil Helewise sie sich so sehr gewünscht hatte. Jetzt bedeutete sie nichts mehr, und er fühlte sich nur mehr unendlich müde.

«Räte von Portsmouth, erhebt die Hände nach der Heiligen Schrift.»

Wie Wurfgeschosse flogen Arme in die Höhe. «Wir schwören, diesen Mann in unsere Reihen aufzunehmen und als einen der unsern zu achten.» Pater Stephen nahm die Bibel und murmelte den Segen. Auch der Priester, dessen scharfe Stimme die Gemeinde für gewöhnlich fürchtete, klang matt. Diese ganze Stadt ist erschöpft und ohne Glauben, dachte Aimery. Er musste sie zwingen zu kämpfen, und dazu musste er sich selbst zwingen, durfte nur Schuld kennen, keine Trauer, durfte nur an Agnes' Tod denken, nie an das Mädchen, das gelebt hatte.

Gocelin trat zu ihm. «Noch einmal, auch wenn du mir über den Mund fährst: Danke, dass du gekommen bist.»

Aimery gelang nur ein Nicken.

«Wann kannst du nach London aufbrechen?»

«Morgen früh. Sofern du in meinem Haus nach dem Rechten siehst.»

«Ohne Frage tue ich das. Ich lasse die tapfere Dottie nicht im Stich.»

Warum hatte er den Eindruck, dass Gocelin jedes Mal, wenn er diesen Namen aussprach, mit der Zunge schnalzte? Eine Erwiderung blieb Aimery erspart, da der Bailiff und der Kronenwirt auf sie zukamen.

«Du entschuldigst, Fletcher? Gocelin, wir haben noch über das Siechenhaus zu sprechen.»

«Ich habe euch gesagt, es gibt kein Geld», fuhr Gocelin auf. «Wie kann ich den Aussätzigen ein Haus bauen, wenn mir Gesunde auf der Gasse verhungern und Weiber aus Not ihre Kinder aussetzen?»

«Aber die Siechen streifen durch die Stadt», brachte der Kronenwirt, Helewises Vetter, vor. «Am Aussatz stirbt es sich nicht so schnell. Es sind noch viele am Leben, und unsere Leute haben Angst.»

«Holt das Geld vom Hospiz», unterbrach ihn Aimery. «Holt das Geld für das Siechenhaus vom *Domus Dei.*»

«Machen die frommen Brüder neuerdings Schenkungen?» Der Kronenwirt musterte ihn zweifelnd, aber nicht unfreundlich, mit schräggelegtem Kopf. «Solange ich die kenne, halten die nur die Hände auf.»

«Sie sind froh, wenn die Siechen fortgesperrt sind», erwiderte Aimery. «Wenn ihr wollt, rede ich mit ihnen, ehe ich nach London reite.»

«Du redest mit Master Fitzroger?» Gocelin zupfte sich am Ohr.

«Kann man mit dem wahrhaftig reden?», fiel der Bailiff ein. «Wieso hast du eigentlich bei dem einen Stein im Brett, Fletcher?»

«Das weiß ich nicht, denn ich habe keinen. Glaubt es oder lasst es, ich habe mit Master Fitzroger nie ein Wort gewechselt.»

«Wie kommst du dann in das Hospiz?»

«Im Hauptgebäude war ich nur ein Mal, und das ist ein halbes Leben her. Du wirst mir trauen müssen, Gocelin. Du hast ein Schiff, das du nicht brauchst, weil du es nicht bemannen kannst. Verkauf es dem *Domus Dei*, von dem Erlös kannst du mehr als ein Siechenhaus bauen.»

«Und weshalb sollten die frommen Brüder unser Schiff kaufen?»

«Weil es, solange der König es nicht beschlagnahmt, Geld einbringt. Den Verkauf lasst meine Sorge sein, ich schreibe einen Brief. Ich brauche nur euer Einverständnis.»

Die drei Männer tauschten Blicke von lebhafter Beredsamkeit. Dann nickte Gocelin. «Unser Einverständnis hast du. Verkauf das Schiff.»

Aimery wandte sich so lautlos wie möglich zum Gehen. «Gute Nacht.»

Er war keinen Schritt weit, als ihm der Kronenwirt hinterherrief. «He Fletcher, da ist was, das ich dir schon lange sagen wollte. Dass ich damals mitgemacht hab, als sie dich ersäufen wollten, das war nur, weil eine Familie eben auf ihre Ehre sehen muss. Was du getan hast, mit meiner Hure von Base», seine Hände vollführten die Geste des Erwürgens, «das war richtig so. Das hätte jeder getan.»

Der Sommer war vergangen. Waren Samen gesprossen, hatten Wiesen geblüht, hatten Schafe nach Lämmern geblökt? Dorothy wusste es nicht. Die Mutter gestorben, auch die arme wackere Martha tot und das schale Ale, das nicht wusste, wie es war, einen Mann zu lieben und zu hassen, ein Kind in die Welt zu bringen und es wieder zu verlieren. Der Sommer war vergangen, und wenn der Kuckuck ihr die Stunden vorgezählt hatte, so hatte Dorothy es nicht gehört. Nur die Geräusche, die sie beim Beschaffen von Essbarem machte, hörte sie, das Schaben, Kratzen, Wringen. Das beruhigte sie.

Solange Sommer war, hatte der Schwarze Gerät von der Werft eingetauscht und für seine Arbeit an Häusern Korn bekommen. Der Wald hatte manches hergegeben, Beeren, Pilze und Honig, Harz und Rinde zum Verkauf. Genug war es nie, aber sie verhungerten nicht. Als es Herbst wurde, fand der Schwarze Arbeit auf den Äckern der frommen Brüder.

Er hatte ihr eine Kuh gebracht und ein Kalb, das sie geschlachtet hatte. In ihrem Hof wuchsen wieder Bohnen und Kräuter. Alles in allem ging es ihnen besser als den meisten in der Stadt, weil der Schwarze für sie sorgte und weil Dorothy aus dem, was er ihr brachte, mehr machte. Und weil sie sich beide nicht fragten: Warum gehen wir weiter, warum bleiben wir nicht liegen wie so viele, sondern schleppen uns voran? Sie hatten ja Kinder zu füttern, Catin und Richilda, die schwarz und hässlich, aber ein braves Kind geworden war. Zudem tat die Arbeit gut. Wenn man den Tag lang nie innehielt, wurde der Schmerz rasch stumpf.

Wo der Schmerz gesessen hatte, war eine Stelle, die nichts mehr spürte.

Im Herbst war der Schwarze nach London geritten und bleich vor Zorn zurückgekehrt. Das Tier, das in ihm steckte, jetzt bekam sie es zu sehen, aber sie verdachte es ihm nicht. Der goldfarbene König, der in London hinter verstärkten Mauern saß, der Krieg führte, weil er statt einer Krone zwei begehrte, hatte das Geld für die Befestigung von Portsmouth verweigert. In Kriegszeiten, so hatte er durch seinen Minister erklären lassen, müsse jeder Opfer bringen. Wussten ein König und sein Minister, wie solch ein Opfer starb?

Dorothy verstand, dass der Schwarze vor Zorn brannte, wiewohl sie ihn vor sich selbst schützen musste: «Ihr schlagt keinen Krach, hört Ihr? Wütet hier drinnen, aber wettert im Rat nicht gegen den König, dass sie Euch nicht im Gildehaus in Eisen legen. Wir wären alle verloren.» Sie drückte ihn auf den Schemel, und er senkte den Kopf, sodass sie sein Kreuz zu sehen bekam. Man täuschte sich leicht, weil er so ausgezehrt war, doch sein Kreuz verriet seine Kraft. «Habt Ihr mich gehört? Begehrt im Rat nicht auf, selbst wenn man Euch die Sache ankreidet.»

«Ich kreide sie mir an.» Er hob den Kopf und sah ihr ins Gesicht. «Nicht auf den König bin ich zornig, sondern auf mich. Warum sollte der König sich um eine Stadt scheren, deren Name ihm ständig entfällt? Hätten wir ihm das Geld vor zwei Jahren abverlangt, hätte er es uns gegeben. Jetzt aber geizt er, weil er selbst nichts hat. Ich habe Gocelin falsch beraten. Um meiner Schiffe willen. Ich habe Portsmouth auf dem Gewissen.»

Dorothy zögerte. Dann riss sie sich zusammen und sagte: «Nun gut. Also suhlt Euch nicht in Eurer Schuld, sondern geht und büßt sie ab.»

«Und wie kann ich das?»

«Sprecht mit dem Rat», herrschte sie ihn an. «Fragt, was Ihr tun könnt, um Eure Missetat abzugelten. Nachher seht, dass Ihr mir Hirse und Brennholz bringt, ich habe von beidem so gut wie gar nichts mehr.»

Als er ging und sie ihm nachsah, tat er ihr beinahe leid, aber das half nicht und brachte ihn nicht zur Vernunft. Sie brauchte Holz und Hirse, das war wichtiger als Sanftmut. Dorothy hatte Angst vor dem Winter, für den sie nichts hatte sparen können.

Auch hatte sie Angst, die Herren des Rates würden dem Schwarzen sein Versagen zur Last legen. Wenn sie den Anlass nutzten, um ihn auszustoßen, wäre er wieder ein Verfemter und fände keine Arbeit mehr. Als sie anderntags Gocelin begegnete, fragte sie ihn nach dem Verlauf der Versammlung.

«Aimery hat uns vor dem Schlimmsten bewahrt», erklärte er ihr. «Er hat den König dazu gebracht, Portsmouth von allen Steuern zu befreien. Zudem erheben wir unseren Hafenzoll jetzt selbst, nicht länger die aus Southampton. Keiner von uns hätte mehr erreichen können.»

Er war ein so sonderbarer Mann. Andere machten um ihre Verdienste viele Worte, der Schwarze hingegen um sein Scheitern. Dorothy aber wusste seit langem, dass mit ihm nicht zu reden war wie mit gewöhnlichen Menschen. Sie hatte sich damit abgefunden.

Derweil der Schwarze auf der Jagd nach Lohn und Brot war, lungerten die übrigen Männer im Haus herum. Der alte Francis saß an der Wand und murmelte vor sich hin. Noch immer zog er die Lippen von den Zähnen, um Gift zu versprühen, aber seine Worte entbehrten des Sinns. Von seinen Waren sprach er, die er angehäuft und verloren hatte, von dem Schwarzen, dem er an allem die Schuld gab, und von Richilda, wiewohl er das kleine Mädchen nie ansah und das menschenscheue Kind ihn mied.

Ronald war oft da, vorgeblich um sich nützlich zu machen,

in Wahrheit jedoch, um bei Isemay zu hocken. Die war schwanger, ihr Gesicht aufgedunsen, der Leib aus fleischlosen Rippen schwellend, obgleich noch Zeit war. Dass die zwei das Kind in ihrem Haus gemacht hatten, wo einer neben dem anderen schlief, dass sie sich übereinandergewälzt und geseufzt und gestöhnt hatten, erfüllte Dorothy mit Ekel. Dass Isemay ein Kind haben würde, wo sie Dorothys Kind auf dem Gewissen hatte, erfüllte sie mit Hass.

Ob er ihr helfen dürfe, fragte Ronald, aber Dorothy wandte sich ab. Sie wäre lieber zusammengebrochen, als sich von ihm helfen zu lassen. Nach dem Überfall auf Southampton hatte Ise zu ihm gesagt: «Sie ist meine letzte Verwandte, wir sollten einander wie Schwestern in Ehren halten. Dottie freilich behandelt mich nicht wie eine Schwester, sondern schlimmer als ein Tier.» Und dann war sie in Tränen ausgebrochen und an Ronalds schmale Brust gesunken. Dorothy war aus dem Haus gerannt, um auszuspucken. Nichts ekelte sie mehr, als wenn einer von der Horde weinte.

Sie selbst hatte nie viel geweint, und jetzt, wo die Mutter und Clement tot waren, wo es keinen mehr gab, der sie gehalten hätte, war ihr das Weinen abhandengekommen. ‹Dies ist keine Zeit des Wassers›, hatte einst ihr Vater gesagt, ‹sondern eine Zeit der Klippen. Gangbar mit verhornten Sohlen.› Sie wusste jetzt, was er meinte, stand vor ihrem Haus und sah über die Reste der Stadt, die nichts Weiches mehr hatte, nur zerklüftete Kanten. Auf einmal sehnte sie sich nach dem Schwarzen. Der mochte sein, wie er wollte, aber er ließ sich nicht gehen. Der Schwarze und ich, wir sind die zwei mit den verhornten Sohlen, befand sie. In dem brennenden Haus sind uns die Füße versengt, aus Haut ist Leder geworden.

Einen gab es allerdings, der war schlimmer als Francis und Ronald zusammen. Der Mann, dem sie vermählt war, der Vater ihrer Kinder. Er verließ das Haus nur, wenn man ihn dazu trat. Dazu aber hätte Dorothy ihn berühren müssen, und allein der Gedanke widerte sie an. Er kauerte in Ecken, zumeist im Wohnraum, den alle teilten, doch wenn sie hinüber in die nun wieder durch eine Bretterwand abgetrennte Küche ging, kam er ihr nach. Er stellte erbärmliche Fragen. «Kochst du Pottage, Dottie?» «Machst du Milch warm?» «Trägst du denn jetzt kein Gebende mehr? Sieht ja hübsch aus, wie du ohne Gebende gehst, mit deinem netten Haar.»

Dorothy schwieg. Während sie mit ihrem Stößel Kräuter zu Brei stieß, stellte sie sich vor, wie sie Symond hinaus in den Hof warf, sodass er ein Stück weit flog und zerfiel wie ein Bündel Lumpen. Ihre Hände würden ihn nicht anfassen, aber ihre Gedanken fassten ihn an, ihre Gedanken kreisten um ihn.

Einmal hatte er gesagt: «Du, Dottie, die Susannah ist doch tot. Zu der kann ich ja nicht mehr gehen, warum denkst du denn noch an die?» Dorothy hatte beim Kessel gestanden und ein einziges Ei in der Hand gehalten, um es in den Erbsbrei zu geben. Sie hatte ihn angestarrt, das gelbe Haar, das noch immer schön fiel, wiewohl er es nicht sauber hielt, das Gesicht mit dem Rosenmund, und dann hatte sie das Ei angestarrt und ausgeholt, um es zu schleudern. Symond hatte sich geduckt, war in ein Wimmern verfallen, und Dorothy hatte sich besonnen. Eier gaben Kraft, und die würden Catin und Richilda brauchen. Wie hatte sie auch nur erwägen können, ein kostbares Ei auf ein Kriechtier zu vergeuden?

Das waren die Männer ihres Haushalts, einer untauglicher als der andere, keiner Manns genug, Dorothys Furcht vor dem Winter zu mildern. Dazu kamen noch der Blinde und Gocelin. Der Blinde erschien, wenn der Schwarze ihn schickte, und sah ohne Augen, wo es etwas anzupacken gab. Mit dem Blinden brauchte man, wenn man nicht wollte, nicht zu reden; man hatte ihm nur einen Napf Essen hinzustellen, den er sauberer als ein Sehender leerte.

Gocelin stattete ihr immer häufiger Besuche ab. Oft kam er, wenn die anderen schliefen und Dorothy allein bei einem Talglicht in der Küche stand. Er sagte jedes Mal aufs Neue, er sei gekommen, um nach den Seinen zu sehen, aber Dorothy wusste, was ihn in Wahrheit hertrieb. In dieser Zeit der Klippen hatte sie die Blicke von Männern zu deuten gelernt.

Dass Gocelin sie begehrte, sie mit Blicken aufschlang, derweil sie mit schmerzenden Augen einen gewilderten Hasen ausnahm oder aus Mehl und Wasser harte Kuchen buk, machte ihr nichts aus. Er war nicht so schmuck wie Gilbert Berkham, aber beileibe kein hässlicher Mann. Seine Zuwendung, seine Art, sich nicht von ihr lösen zu können, taten Dorothy wohl. Warum hätte sie darüber nachdenken sollen? Jene Abende, wenn sie in der Küche stand und Teig walkte, derweil Gocelin hinter ihr lauerte, seine Augen wie gierige Hände, waren lichte Flecken in dunklem Einerlei. Mitleid mit Matilda lag ihr dabei fern. Vielleicht lag alles Mitleid ihr fern. Sie sah die Ungewaschene sich im Stroh wälzen und die Namen ihrer Kinder aus sich herausspucken, und dabei dachte sie: *Wer sich so gehenlässt, dem ist nicht zu helfen.* Matilda, die dralle Müllersnichte, die Gattin des Bürgermeisters, hatte vom Leben mehr erwartet, als ihr zustand. *Nichts steht uns zu. Wir haben zu kämpfen, dass wir satt werden.*

Der Winter kam, und vor der Weihnacht fiel Schnee. Der Schwarze zerhackte auf seiner Werft ein Boot, das letzte, das sich zum Zerhacken fand, aber das Holz war im Nu verbraucht. Richilda war zäh wie Unkraut, Catin hingegen war ständig krank. In der Stadt gab es noch immer Arbeit, nur keinen mehr, der dafür bezahlen konnte.

Es verwunderte Dorothy, wie oft ein Mensch, der in der Hölle lebte, der alles verloren hatte, ans Essen dachte. Wenn sie versuchte zu schlafen, stiegen Bilder und Düfte in ihr auf, das Bild einer Schweineseite, der Duft frischen Blutes, in das gelbes Fett floss. Stets war sie überzeugt, die Gier nach Essen würde sie wach halten, dann jedoch schlief sie vor Entkräftung ein, und beim Erwachen schmerzte ihr der Kopf vor Hunger. Unglaublich, dachte sie, was ein Hungriger täte für eine Schweineseite, eine Schüssel Blutpudding. Hunger brüllte im Magen, Hunger machte Knochen krumm und hämmerte im Kopf.

Für den Weihnachtstag kochte sie aus einem Hirserest Grütze, und der Anblick der letzten flockigen Körner, die in den Kessel rieselten, war ein Grauen. «Keine Korinthen?», fragte Catin. Dorothy ohrfeigte sie, und das Mädchen erlitt einen Hustenanfall. Ihr eigenes Kind, die Hässliche, aß still, was die Mutter ihr hinstellte.

Die Kirche war heuer leerer denn je. Ein Drittel derer, die im vergangenen Jahr hier gekniet hatten, gab es nicht mehr. Andere hatten überlebt, aber vergaßen, dass Weihnachten war. Vielleicht begingen Hungernde auch zu viele Sünden im Herzen, um sich in die Messe zu wagen. Hungernde schreckten vor Diebstahl nicht zurück, und hungernde Weiber mit hungernden Kindern hätten ihr Fleisch verkauft. Dorothy, die auf schmerzenden Knien lag, schämte sich nicht länger, solche Gedanken in der Messe zu hegen.

Am Morgen des zweiten Weihnachtsfeiertages brachte der Schwarze ihr Mehl, Holz und einen kleinen Sack Hülsenfrüchte. Von allem zu wenig, aber genug, um wieder einen Tag weiterzudenken. Zudem versprach er ihr, trotz des üblen Wetters nach Havant zu laufen, um irgendeinen Handel abzuschließen. Hungernde hatten keine Zeit, den Feiertag zu heiligen.

Unverhofft fiel Dorothy etwas ein. Sie zog sich den zu losen Hochzeitsring vom Finger und nestelte sich von der Brust die halbe Münze. Die Dinge bedeuteten ihr nichts, sie war froh, sie loszuwerden. «Hier, seht zu, dass Ihr die verkauft bekommt.» Der Schwarze betrachtete die Kleinodien, die auf seiner Handfläche lagen. Er hatte verblüffend schöne Hände, stellte Dorothy nicht zum ersten Mal fest. Nur über dem Daumenballen war ein Stück Haut verbrannt. Sie sah den Stein an ihrem Ring an, den roten Jasper, der für Schirm und Schutz stand, und Furcht überkam sie. War es nicht leichtfertig, den Ring wegzugeben? Wovor aber sollte der sie schützen, wenn sie hungers starb?

Der Schwarze schob sich die Münze in den Beutel, legte ihr den Ring aber wieder in die Hand. «Den behalte. Wenn du ihn nicht länger tragen magst, bewahre ihn für deine Tochter auf.»

«Aber wir haben nichts zu essen.»

«Ich bringe etwas aus Havant», versprach er.

Er trat in den harschen Schneeregen, und Dorothy, die sich ans Feuer stellte, um Pottage zu bereiten, vermochte nicht aufzuhören, an den Ring mit dem roten Stein zu denken.

Am Morgen des Kindleinstages erwachte sie wieder mit Kopfweh. Der Rest im Kessel genügte nicht zu einem Frühstück für alle, und Milch gab es nur noch in Tropfen, eine so spärlich gefütterte Kuh versiegte wie ein Quell. Vielleicht wäre es das Klügste, die Kuh zu schlachten, sich satt zu essen und einzutauschen, was sich nicht aufbewahren ließ? Dorothy buk das letzte Mehl zu Fladen, aber sah dabei unentwegt in den Hof, wo die Kuh im Unterstand angepflockt war. Sie hatte Mühe, nicht hinauszulaufen und ihr das Messer in die Kehle zu hauen.

Als Gocelin kam, um Catin und Richilda ihr Dutzend Hiebe aufzuzählen, ging er wie üblich erst in die Küche zu Dorothy. Dort lehnte er an der Wand, die Rute über den Schenkeln. Es war eine festgeflochtene Birkenrute, recht derb für zwei magere Mädchen, von denen eines an Husten litt, aber in einer Stadt, die bis aufs Blut gestraft war, brauchten die Kinder es härter denn je. Das vergangene Jahr fiel ihr ein, der Palmesel und der

Schwarze, der sagte: ‹Ich habe es härter bekommen als andere, und siehst du, es hat nichts genutzt.› Etwas ließ sie zittern. Wohl der Hunger, dachte sie.

«Ihr seid sehr schön heute, Dottie», sagte Gocelin.

«Ich bin sehr hungrig heute», erwiderte sie.

«Ich bringe gute Nachricht.» Damit trat er auf sie zu und schlang, die Rute noch in der Hand, die Arme um sie.

Das Letzte, was sie sah, war das Blitzen seiner Augen, dann verschlossen seine Lippen die ihren. Er schmeckte nach etwas Gutem, Sättigendem. Seine Lippen waren weich, und ehe sie sich's versah, schob sich seine Zunge in ihren Mund. Ein einziges Mal hatte sie zuvor einen Kuss bekommen, damals, vor einem ganzen Leben, als sie gefürchtet hatte, ihre Mundhöhle sei zum Küssen zu klein. Jetzt war sie gerade recht, gefüllt von zwei sich leckenden Zungen. Seine Hände, die eine mit dem Rutenstiel, glitten über ihren Rücken, seine Hüften kreisten. Dann spürte sie seine Härte, und aus unerfindlichem Grund war ihr zum Lachen. Ihre Hände schlossen sich um Gocelins Hinterkopf, gruben sich in sein Haar, das sich glatt und sauber anfühlte. Was, wenn jetzt einer zur Tür hereinkäme, Isemay oder Symond? Das Lachen in ihrer Kehle erstickte sogleich an seiner Zungenspitze.

Dann knarrte wahrhaftig die in den Angeln schaukelnde Hoftür. *Sollen sie doch kommen*, dachte Dorothy und ließ von Gocelin nicht ab.

Er aber stieß sich von ihr weg und wandte den zerrauften Kopf. «Oh, Aimery. Gut, dass du zurück bist, ich habe dich sprechen wollen.»

Der Schwarze. Der für Ehebruch tötete.

«Ach», sagte er. «Kommst du in mein Haus, um mich zu sprechen oder um hungrige Kinder zu prügeln, damit sie darüber den Hunger vergessen?»

«Du bist unverbesserlich», sagte Gocelin. «Das rechte Maß lernst du nie.»

«Leg das Ding weg», entgegnete der Schwarze.

Dorothy hielt den Atem an, als der Schwarze auf sie zupreschte. Doch er nahm nur Gocelin die Rute aus der Hand und schob sie unter den Kessel ins Feuer. «An trockenem Reisig herrscht bei solchem Wetter Mangel. Bringst du sonst noch etwas? Fett? Fleisch? Das ist brav, Gocelin. Ich hatte wie üblich wenig Erfolg und bringe nicht mehr als Korn und Erbsen für zwei Tage. Und dies.»

Sein Ton ließ Dorothy aufhorchen. Ins Gesicht sah sie ihm noch immer nicht, aber auf die Hände, die ein Tuch auseinanderschlugen und einen Streifen Schinken enthüllten, zart und rosig und nach Rauch duftend, dass es Dorothy schwindelte.

«Für dich», sagte er und streckte den Arm.

Hungernde vergessen, dass im Raum nebenan Kinder und Kranke liegen. Bevor ihr Gewissen sich regte, hatte Dorothy den Schinken gepackt und sich in den Mund gestopft. Mit dem Geschmack nach Gocelins Zunge schluckte sie ihn, musste würgen, fühlte einen Stich im Rücken, und dann war der köstliche Augenblick vorbei. Die Gier nach dem Schinken war so gewaltig gewesen, dass Dorothy vor sich selbst erschrak. Dann kehrte die Gier zurück, und schmerzhaft krampfte sich ihr Magen zusammen. Am liebsten hätte sie den Schwarzen geschüttelt und angebrüllt: *Gib mir mehr.*

«In Portchester suchen sie einen Zimmermann», sagte Gocelin.

«Ach.»

«Sie brauchen jede Menge Leute, und sie zahlen ordentlich. Fünf Pennys am Tag. Wir gehen alle dorthin. Einem, der sich auf Wehranlagen versteht und ihnen ein Trebuchet hinstellt, würden sie acht Pennys geben. Ich habe ihnen gesagt, ich schicke dich, wiewohl ich nicht einmal weiß, ob du ein Trebuchet bauen kannst. Du bist schließlich kein Blidenmeister.»

«Ich bin Zimmermann», erwiderte der Schwarze. «Ich kann auch ein Trebuchet bauen, wenn ich zwanzig Mann bekomme und drei Wochen Zeit. Ich frage mich lediglich, wer da oben im verschlafenen Portchester ein Trebuchet braucht.»

Dorothy wusste nicht einmal, was dieses Trebuchet sein sollte, und es war ihr auch gleichgültig. Sie wünschte nur, er möge endlich ja sagen, ja, er ginge nach Portchester und brächte jeden Tag diese ungeheure Summe Geldes heim. Geld für Schinken, Geld für Korinthen in der Grütze.

«Der König fürchtet, der Franzose könne seine Festung angreifen», sagte Gocelin. «Er will sie verstärken, die letzten Palisaden durch Mauern ersetzen und dahinter eine Reihe Wehranlagen stellen.»

«Ach», sagte der Schwarze. «Das kostet wohl eine Menge.»

«Ja, er lässt es sich was kosten. Ich sage dir doch, acht Pennys bietet er dem, der ihm die Wehranlagen baut.»

«Dann bestell deinem König, er möge sich seine Wehranlagen und seine acht Pennys in die Ritze seines Arsches stecken.»

«Herr des Himmels!» Dorothy war zusammengezuckt. Ungläubig starrte sie den Schwarzen an, von dem sie nie ein grobes Wort, nie einen Fluch gehört hatte. Er tut es nicht, erkannte sie. Er lässt sich den Schinken für mich und die Kinder entgehen. Er ist ein Unmensch, und wem wäre je am schwarzen Feiertag etwas Gutes widerfahren?

«Du gehst und treibst deine Herde Schafe hinterdrein, ja, Gocelin?»

«Und warum denn nicht?» Die Stimme des Mannes, den sie geküsst, an dessen Härte sie sich gerieben hatte, klang gequetscht und weinerlich.

«Warum denn nicht? Weil der König kein Geld hat. Ich war bei ihm, ich habe es mit eigenen Ohren gehört: ‹Der König hat kein Geld. Kein Geld, um seine arme Stadt – wie heißt sie doch? … An dieser Meerenge … wie war der Name? – mit einer Mauer zu umgeben.› ‹Aber die Stadt ist doch überfallen worden, ihre Häuser verbrannt, ihre Bürger ermordet, verstümmelt und geschändet!› ‹Das tut dem König leid, guter Freund. Liebend gern würde der König eine Mauer ziehen, aber der König hat kein Geld. Das müsst Ihr verstehen.› Ich habe es verstanden. Wer kein Geld hat, kann keines vergeben. Aber jetzt verstehe ich nichts mehr. Meinen König nicht, der lieber eine Festung schützt als eine Stadt voller Menschen, und meine Nachbarn nicht, die eilfertig die Buckel krümmen, um ihm die Mauer zu bauen, die ihrer Stadt Portsmouth gebührt. Geh und buckle, Gocelin, ehe bei den emsigen Maurern kein Platz mehr frei ist. Mich lass aus dem Spiel, denn wie üblich bin ich der, der euch in die Suppe spuckt.»

Hatte er je zuvor so lange gesprochen? Er stand hochaufgerichtet, die Augen wild, die Sehnen am Hals gespannt. Irrsinn erfasste Dorothy: Er war gar nicht hässlich. Er war ein schönes, mörderisches Tier. Zugleich hasste sie ihn. Er wollte gehen, wandte ihnen den gleichgültigen Rücken zu. Dorothy packte ihn und riss ihn herum.

«Ja, der seid Ihr», schrie sie ihm ins Gesicht. «Der, der uns jeden Funken Hoffnung zerstört. Ist uns nicht genug Leid geschehen? Gibt es für uns nicht einmal eine Nacht, in der uns kein Hunger den Bauch bläht?»

Er suchte sich zu befreien, aber Dorothy stieß ihn gegen die Wand, dass die Bretter ächzten. «Alle Familien in der Stadt haben Männer, die für sie sorgen», schrie sie. «Männer, die hinauf nach Portchester laufen, die sich um sich selbst nicht scheren. Wir hingegen haben einen, der das Maul aufreißt, dem sein Stolz mehr gilt als seine Leute.»

«Oh weh.» Gocelin lachte. «Ich weiß, das hat er seit langem verdient, aber lass ein wenig Milde walten.»

«Haltet den Mund», brüllte Dorothy. Sie sah dem Schwarzen in die Augen. «Ich wäre mir für nichts zu fein, für nichts. Ehe dieser klägliche Rest einer Familie hungert, ginge ich als Hübschlerin.»

«Schweig!», rief der Schwarze.

Aber Dorothy sprach weiter: «Ja, das täte ich. Mich zu fremden Kerlen legen, in Sudewede, damit mein Häuflein essen kann. Schlagt mich dafür, dazu hat ja ein Mann ein Recht, wenn eine Frau seines Haushalts so spricht. Ich aber denke, die Schläge gebührten eher Euch als mir, da Ihr Euch weigert, Euer bisschen Ehre zu verkaufen.» Sie zwang sich still zu stehen. Wenn er gleich zum Schlag ausholte, selbst wenn er sie würgte, sie würde sich nicht ducken.

Aber der Schwarze tat etwas anderes, etwas, das gänzlich unglaublich war: Er verzog den Mund. «Ich schlag dich nicht. Dafür, dass ein Mensch tut, was er tun muss, hat er von mir nichts zu fürchten. Schlag du mich auch nicht, ja?» Das Lächeln breitete sich aus bis in die Augen. «Wir brauchen unsere Kraft.» Schweigend standen sie einander gegenüber. Er hob eine Braue und hielt ihr die Hand hin. «Ich gelobe: Wenn es sonst keinen Weg gibt, gehe ich nach Portchester. Bis dahin haben sie dort sicher ihren Zimmermann gefunden, aber vielleicht brauchen sie noch einen, der ihnen Gruben für die Jauche aushebt.»

Dorothy zögerte.

Der Schwarze ließ die Hand sinken. «Ich habe im Hof noch Schinken», sagte er. «Schinken auf Haxen. Ich habe es angebunden, damit es nicht losprescht und wir bei Gocelin Strafe zahlen müssen.»

In den guten Jahren waren so viele Schweine durch die Gassen gestreunt, hatten Bäumen die Rinden abgerieben und ihre

Hauer in Zäune geschlagen, dass die Stadt für deren Besitzer Geldstrafen erhoben hatte. Inzwischen wäre allerdings kein frei herumlaufendes Schwein mehr weit gekommen.

«Ihr habt ein Schwein mitgebracht? Ein ganzes Schwein?»

«Und Salz, um etwas davon aufzubewahren.»

«Aber Ihr steht hier und lasst Euch von mir auszanken, macht mich wieder zu der, die sich ins Unrecht setzt?»

«Du setzt dich nicht ins Unrecht, Dorothy», sagte der Schwarze, drehte sich um und ging zur Hoftür.

Dorothy folgte. Vielleicht folgte auch Gocelin. Sie hatten die Tür noch nicht aufgezogen, da hörten sie das Geschrei. Hatte sich etwa schon jemand ihr Schwein geschnappt und setzte ihm mit dem Messer zu? Aber das Schwein, eine gutgefütterte Sau, stand in der Mitte des Hofes angepflockt und schnüffelte am Boden nach Futter. Zudem schrie so kein Schwein.

Kurz war Dorothy zu benommen vom Anblick des Schweins, vom Gedanken an Würste, Speck und Schmalz, doch dann erfasste sie, was vor sich ging. Das Bündel lag beim Tor, das offen stand. Einen geschmiedeten Riegel hatten sie sich nicht leisten können, und die Vorrichtung aus Holz und Draht war ohne Mühe zu öffnen. Das Bündel brüllte. In langen Sätzen überquerte der Schwarze den Hof, ließ sich auf die Knie nieder und hob das schreiende Ding auf seine Schenkel. Just als Dorothy loslief, fing es an zu regnen. Der Schwarze erhob sich und wandte sich mit dem Bündel auf den Armen zurück zum Haus. Dorothy vertrat ihm den Weg. Ihre Blicke trafen einander, dann senkten beide die Köpfe. In seinen Armen lag ein Packen Lumpen, daraus lugte ein rotes, verzerrtes Gesicht, das aus Leibeskräften schrie.

«Haben wir noch Milch?», fragte der Schwarze kaum hörbar gegen das Geschrei.

«Wird sich schon welche finden», sagte Dorothy.

Nebeneinander, wie Eltern, trugen sie das Kind zum Haus.

Gocelin bot an, das Kleine mitzunehmen, «zu den Waisen der Stadt». Es kam der Tage ständig vor, dass Frauen ihre Neugeborenen aussetzten, Mädchen, die während des Überfalls geschändet worden waren, oder Witwen, die selbst vom Betteln lebten. In der Tat schleppten die Leute der Stadt so viele Waisen ins Gildehaus, dass deren Versorgung unmöglich wurde.

«Was wird aus den Kindern?» Dorothy hatte dem Jungen mit dem Finger drei Tropfen Milch eingeträufelt, ehe dieser erschöpft eingeschlafen war.

«Zumeist sterben sie.» Gocelin zupfte sich am Ohr. «Etliche sind ja nicht gesund und schon halb verhungert, ehe jemand sie aufhebt.»

Dorothy, die das Kind auf schmerzenden Armen hielt, sagte dazu nichts, sondern fragte: «Was ist mit dem Hospiz?» Sie sah den Schwarzen, der das Feuer schürte, aufhorchen.

Gocelin aber schüttelte den Kopf. «Das Hospiz platzt aus allen Nähten, und Master Fitzroger verbietet den Brüdern die Aufnahme unreiner Kinder. Dieses Wurm mit seinem dunklen Schopf dürfte sogar ein Franzosenbalg sein, dafür wird niemand sich ein Bein ausreißen.»

«Dann bleibt es bei uns», hörte Dorothy sich sagen. «Verrecken lass ich's nicht.» Sie dachte über ihre Worte nicht nach, und sie empfand auch nichts.

«Wir kommen doch selbst kaum zurecht», rief Gocelin. «Wenn der Winter vorbei ist, will ich mein Haus aufbauen, ich werde Euch nicht ewig unterstützen können.»

Dorothy zuckte die Schultern und sah zu, wie das Kind sich regte.

Der Schwarze stand vom Feuer auf und setzte zaudernd einen Schritt auf sie zu. «Du tust, was du tun musst, Gocelin.» Dann streckte er die Hand, wie um das Kind zu berühren, aber er berührte es nicht. «Jetzt sind wir drei.»

Fragend blickte Dorothy auf.

«Drei, die am schwarzen Feiertag gekommen sind.»

«Was tut Ihr?»

«Ich gehe nach mehr Holz», sagte der Schwarze. «Nachher schlachten wir das Schwein, und dann müssen wir dem Jungen einen Namen geben.»

So schwer es fiel und so hart es sie ankam, die Überlebenden von Portsmouth bauten ihre Stadt wieder auf. Für Southampton wurde eine Summe Geldes aufgetrieben, für Portsmouth hingegen nichts, und es wäre leichter gewesen, seine paar Habseligkeiten zu schnüren und sein Glück anderswo zu suchen. Aber die Leute blieben. Sie klagten, hungerten, haderten und kämpften. Damit machten sie ihren Flecken von Wasser umgebenen Landes, ihre verbrannte Erde, wieder zu einer Stadt.

Aimery ging nicht nach Portchester. Nach dem Kindleinstag suchte ihn einer von Eustace Masuns Leuten auf und gab ihm Geld für den Bau eines Pfluges. Gern hätte er Masun samt seinem Pflug zum Teufel geschickt, zumal der Mann ihm das Dreifache des üblichen Preises bot. Ich brauche Euer Almosen nicht, wollte er sagen, aber er brauchte es doch. Also baute er einen Pflug, der das Dreifache wert war, mit einem Streichbrett, das den von Schar und Sech geschnittenen Erdstreifen wendete, sodass saubere Erde zurück auf den Boden fiel. Wenn er sich dabei ertappte, wie ihm das Erdenken des Pfluges Freude machte, schämte er sich. ‹Du bist unverbesserlich›, hatte Gocelin gesagt, und damit hatte er recht.

Ein Pflug war kein Schiff, aber etwas in ihm, etwas, das da war, seit er denken konnte, ließ sein Herz jagen wie damals, als er die Karacken gebaut hatte, den Drehkran, die Geräte zur Navigation.

Wie durfte ein Mann, der so viel Schuld auf sich geladen hatte, solche Lust empfinden? Er schämte sich, und wenn Ronald mit seinem Essen kam, bestrafte er sich, indem er es zurücksandte. «Lass Dorothy es den Kindern geben.» Aber das nützte nichts, es hatte nie genützt. Er baute seinen Pflug, vergaß darüber, wer er war und was er getan hatte, und bedauerte, dass das Gerät nach drei Wochen fertig war.

Er schob es nach Hause. Masuns Mann würde es der Tage abholen, aber zuvor wollte Aimery etwas für Dorothy tun. Der Sonntag nach dem Dreikönigsfest war der Tag der Pflugsegnung. Als er ein Knabe gewesen war, vor den Jahren der Hungersnot, hatten alle Städter, die mit einfachen Hakenpflügen ein Stück Gemeindeland bestellten, ihre Geräte in die Kirche gebracht, damit der Priester sie segnete. Dorothy stand im Hof, bis zu den Fesseln im Schnee, und spaltete Holz, obgleich im Haus genug Männer waren. Den kleinen Jungen, den sie Nicolas genannt hatten, trug sie auf den Rücken gebunden.

«Willst du meinen Pflug zur Segnung bringen?», fragte Aimery. «Auf dass Gott uns ein Jahr voll fruchtbarer Arbeit und reicher Erträge gibt?»

Dorothy strich über das Metall der Schar und klopfte auf das glatte Holz. Derweil sie das tat, begriff Aimery, dass sie nicht mehr daran glaubte, dass dieser starre Glaube an Rituale, um den er sie im Stillen beneidet hatte, ausgehöhlt war. «Du musst es nicht tun.»

«Kommt Ihr mit?»

Aimery überlegte, überwand sich und nickte.

Es war lachhaft, sich vor dem Priester zu fürchten wie ein Knabe zur Singschulzeit. ‹Glauben kann ich nur, was ich nicht weiß, nicht wahr?›, hatte Aimery gefragt und sich dafür eine Wucht von Stockhieben auf die Hände eingehandelt. Schlag mir den Mund entzwei, der das Falsche gesagt hat, hatte er gedacht, und den Kopf, der nicht weiß, warum es falsch ist, aber nicht die Hände, die ich brauche. Hatte der Priester ihn geschlagen, so schlug der Vater ihn daheim noch einmal, bis er nichts mehr dachte. Aber nicht diese Erinnerung ließ ihn beben und den Schritt verlangsamen. Der alte Pater Mark mit seinem Haselstecken war längst tot. Die Stimme des anderen, des Nachfolgers, klirrte in der Winterstille.

«Aimery Fletcher. Du wagst es? Ohne Beichte begehrst du die Tröstung der Kirche?»

Sie hatten den Pflug zu zweien geschoben. Dorothy trug auf ihrem Rücken den Jungen und führte ihr Mädchen an der Linken, derweil Catin an Aimerys Seite ging. Aimery wollte umkehren, aber Dorothy schob einfach weiter.

«Es ist Pflugsonntag», beschied sie den Priester. «Wir bringen unser Werkzeug zur Segnung.»

Und dann schlang die Kirche sie auf. Die Gemälde an Wänden und Decken stürmten in leuchtenden Farben auf sie ein, wie eine Vorahnung von beidem: rechts der Himmel in Blau- und Goldtönen, links die Hölle in Rot und Schwarz. Sie knieten nieder. Hatten sich früher Männer von Frauen getrennt, so sackte jetzt jeder zu Boden, wo er stand. Wie viele weitere Regeln galt auch diese nicht mehr, hatte nicht standgehalten und war im Feuer verkohlt. Einer brachte seine Sau samt zweier Ferkel mit, damit sie ihm nicht gestohlen würden. Kaum kniete der Schweinebesitzer, riss eins der Ferkel sich los und versuchte, unter den Latten, die den Sakralbereich abtrennten, hindurchzukriechen. Gerade noch rechtzeitig fing ein Weib das quiekende Geschöpf und presste ihm die Schnauze zu.

Indessen schwoll der Singsang an, und allmählich fiel die Erregung von Aimery ab. Es tat nicht weh, hierher zurückzukommen, es tat wohl. Trotz allem war es schön gewesen, zu einer Gemeinschaft zu gehören, ein Teil dieses uralten *Procedere* zu sein. Solange ein Priester ihm die Finger blau geschlagen hatte, hatte er ihn noch nicht völlig aufgegeben. Verstohlen sah er hinüber zu Dorothy. Ihr Gesicht war wie eine der in Eibenholz geschnitzten Heiligenfiguren, die er der Kirche gemacht hatte, um Helewise zu gefallen: reglos, doch voll Leben. Geprägt und unveränderlich zugleich. Schön, fand Aimery.

Gefolgt von den Messdienern, trat der Priester hinter den Latten hervor. Mit abgehackten Bewegungen schwang er das Aspergill, um die Pflugschar mit heiligem Wasser zu besprengen, und krächzte dabei die Segensformel, sein Latein ein klägliches Gestammel. Der Duft nach Weihrauch war Balsam, den Aimery erleichtert einsog. Hatte er wahrhaftig geglaubt, der Dachstuhl der Kirche werde brechen? Als sie nach der Messe den Pflug wieder aus der Kirche schoben, hüpfte neben ihm die ewig kränkliche Catin, und ein verborgener Teil von ihm tat es ihr gleich.

«Ich will etwas von Euch wissen», verlangte Dorothy. «Stimmt es, dass Ihr zur Beichte ins Hospiz der frommen Brüder geht?»

«Nein», sagte Aimery. «Die Kirche sieht es nicht gern, dass die frommen Brüder, wie du sie nennst, die Aufgaben der Priester erfüllen, und die Brüder und Schwestern vom *Domus Dei* wünschen keinen Streit.»

«Da gibt es einen, der, sooft ich ihn sehe, mit Vater Stephen streitet. Ein Großer mit kantigem Gesicht, dem rotes Haar aus der Nase sprießt.»

«Das ist Master Fitzroger. Der Herr über das *Domus Dei.*»

«Ein Mönch?»

«Er lebt seit vielen Jahren mit den Mönchen», erklärte Aimery. «Mehr darfst du mich nicht fragen. Ich kenne ihn nicht.»

«Oh doch, ich frage Euch noch etwas: Wo geht Ihr zur Beichte?»

Aimery blieb stehen, sodass auch der Pflug stillstand. Er hätte ihr die Antwort verweigern oder auch lügen können. ‹Ein Bruder nimmt mir an der Futterluke die Beichte ab›, hätte er sagen können, denn tatsächlich war es einmal so geschehen. Aber hier und jetzt wünschte er sich so sehnlich, ihr die Wahrheit zu sagen, eine einfache Wahrheit, die eine kluge Frau begreifen würde, dass er es tat: «Da, wo meine Schuld ist, Dorothy. Wo mein Weib begraben liegt.» Er sah sie erbleichen. *Bitte vertrau mir,* flehte sein Schweigen sie an.

«Ihr beichtet einer Toten?» Ihre Stimme wurde auf der Höhe dünn. «Das ist Ketzerei.»

«Ich beichte Gott.»

Abrupt schob Dorothy den Pflug wieder an. «Kommt weiter. Ihr wollt gewiss noch an die Arbeit, und vorher müsst Ihr essen.»

Eine einfache Wahrheit. Seine Beine trugen ihn wie von allein.

«Sagt es mir noch einmal», forderte sie ihn auf, als sie das windschiefe Dach ihres Hauses schon sehen konnten. Im Frühling würde er ein festeres bauen, würde Steine klopfen und um sein Haus eine schützende Mauer ziehen. «Dort, wo das arme Geschöpf ruht, das Ihr getötet habt, beichtet Ihr Gott Eure Sünden?»

Kurz überdachte er die Frage, dann sagte er: «Ja.»

«Nun, warum nicht?», befand Dorothy und gab dem Pflug einen letzten kräftigen Stoß. «Wenn Ihr durchaus nicht sein wollt wie andere Menschen, ist das zumindest besser als nichts.»

Ich will so sein wie andere Menschen, schrie es in ihm auf. Du weißt nicht, wie sehr ich das will. Die kleinen Mädchen, Catin und Richilda, rüttelten am Tor, als könnten sie das geschmorte Fleisch bereits riechen. Als sei ihre Welt wieder heil. Aimery löste Holz und Draht und ließ seine Schar in den Hof.

Das Jahr, das begann, sollte ein wildes, umkämpftes für die Könige von England und Frankreich werden. Entlang der Dordogne und der Garonne bauten die Franzosen Garnisonen und bedrohten Bordeaux mit Umzingelung. Bourg und Blaye, zwei bedeutende englische Stützpunkte, fielen, und König Philip sammelte ein Heer von zwölftausend Mann, das er die Somme hinaufführen wollte, um einen Angriff der Engländer abzuwehren. Der Angriff aber ließ auf sich warten. Niemand wusste genau, was König Edward bezweckte. In den Häfen von Devon landeten Frankreichs Galeeren und steckten Häuser in Brand.

Für Portsmouth aber war es ein gnädiges Jahr, das ein wenig Zeit zum Atemschöpfen ließ. Es blieb hart, sich durchzuschlagen. Aber es blieb möglich. Aimery kochte Pech und verkaufte es auf umliegenden Märkten, und mit der Saat gab es Arbeit auf den Feldern. Im März gebar Isemay ein Mädchen, das im Mai wieder starb. In der Folgezeit wuchs die Spannung zwischen den Frauen, und Ronald klagte Aimery sein Leid: Isemay behauptete, Dorothy habe aus Bosheit dem Franzosenfindling mehr Milch zugeteilt als ihrer schwangeren Base, sodass diese hernach ihr Kind nicht habe stillen können. Und selbst dann habe Dorothy keine Gnade gekannt, sondern den Säugling der Base elendig verhungern lassen.

Aimery schickte John nach oben. «Wollt Ihr im Haus nach dem Rechten sehen? Der Mistress Isemay sagen, dass sie kein Recht hat, so zu der Frau zu sprechen, die ihr ein Heim gibt und sie nährt?»

«Seit dem Überfall hält man Euch für den mutigsten Mann der Stadt», sagte John. «Aber in Wahrheit seid Ihr ein Feigling, mein Herr.»

«Das bestreite ich nicht. Nehmt Ihr es mir übel?»

«Nein. Es dauert mich. Ihr wagt Euch in Euer Haus nur, wenn Ihr mit vollen Händen kommt.»

Klug erkannt! Aimery schluckte an etwas Bitterem. «Das ist schon recht so. Wisst Ihr, was für ein Leben ein Mann führt, der untilgbare Schuld auf sich geladen hat?»

Der Blinde wandte die toten Augen nicht von Aimery. «Ja, Herr. Das weiß ich», sagte er. Dann ging er, um seinen Auftrag zu erfüllen.

Isemay hoffte auf ein neues Kind, und dieselbe Hoffnung hegte Matilda. Im Hochsommer war Gocelin mit seiner Frau in sein wieder errichtetes Haus gezogen, aber Catin blieb in Dorothys Obhut, da Matilda sich nicht um sie zu kümmern vermochte. «Wenn ich erst wieder einen Sohn habe», beteuerte sie. Der Sohn jedoch ließ auf sich warten, und die Fletchers hatten somit drei Kinder zu versorgen, was sie hart genug ankam.Zudem nahm die Bedrohung kein Ende: Gerüchte drangen herüber, das reiche Harwich sei gebrandschatzt worden, und jede Küstensiedlung konnte die nächste sein. Dieser Krieg, in dem beiden Königen das Geld zu Entscheidungsschlachten fehlte, mochte sich länger hinziehen als jeder Krieg zuvor.

Der Gefahr zum Trotz warf Portsmouth ihre Kräfte in den Aufbau des Jahrmarkts, des zweiten seit dem Brand. Aimery errichtete eine Bude, in der Dorothy Wacholderwein und Ale verkaufte, würzigen Käse und Honigkuchen. Der ihre war der einzige Stand, vor dem sich Schlangen bildeten. Als Gilbert Berkham kam und alles Ale und allen Kuchen aufkaufte, verbarg Aimery sich hinter der Bude. Er, der hätte jubeln sollen, fühlte sich ausgestoßen und verraten.

«Heda, wollt Ihr Euch verdrücken?» Zwischen den Leinenbahnen tauchte Dorothys Gesicht auf. Sie hob die Hand, ließ eine Salzgurke in zwei Fingern baumeln. «Ich habe Euch die hier aufgehoben, weil ich ja weiß, Ihr bekommt keinen Kuchen geschluckt. Jetzt tummelt Euch. Wir haben zu tun.»

Er hätte lachen wollen. Über die Gasse lachen und *Der Sommer ist gekommen* singen, mit einem Kuckucksruf die kostbare Stunde zählen. darüber, dass er noch mehr hätte tun wollen, erschrak er bis ins Mark und schämte sich. Nach den Markttagen ging er hinunter in die Werft, kochte in der Augusthitze Pech und ließ sich sieben Tage und Nächte lang im Haus nicht blicken. Er stand kurz davor, in den Dämpfen und vor Erschöpfung das Bewusstsein zu verlieren, als Ronald aufkreuzte.

«Ich fürchte, wenn Ihr nicht bald heimkommt, setzt es den Spinnrocken von der Frau Meisterin.»

«Ronald», sagte Aimery, dem das Herz schlug, «Dorothy ist nicht die Frau Meisterin.»

«O ja, das vergesse ich immer wieder», erwiderte der junge Mann, dem gerade erst der Bart spross.

«Dann hast du es jetzt zum letzten Mal vergessen», befahl ihm Aimery.

Den Herbst über machten sie das Haus winterfest und sparten, was sie konnten. Mehr als im Jahr zuvor, doch für den langen Winter nicht genug. Aimery musste sich etwas einfallen lassen. «Verding dich in Southampton», riet ihm Gocelin. «Da braucht es noch immer Männer zum Zimmern.»

Da Aimery kein Pferd hatte, machte er sich zu Fuß auf den Weg. Der Morgen war düster, Schneeregen füllte die Furt, und nachdem Aimery sie durchquert hatte, war er bis zu den Hüften mit Schlamm bespritzt. Er war bereits den halben Vormittag unterwegs und hatte bald die Hälfte der Strecke hinter sich, als drei Reiter ihm entgegenkamen. Am liebsten wäre er wie ein Hase geflüchtet, doch auf der baumlosen Ebene hatten die drei ihn längst entdeckt. Geh weiter, Feigling, herrschte er sich an. Seine schäbigen Kleider hingen ihm wie Eisenketten um den Leib. Die Reiter hielten ihre Pferde an und warteten, bis er vor ihnen stehen blieb.

Er hätte einen von ihnen, Will Hetfend, mit den Händen töten können.

Er hätte an dem Zweiten, Eustace Masun, grußlos vorübergehen können wie an einem Fremden.

Es war der Dritte, vor dem er erstarrte, zu dem er nicht sprechen, von dem er aber auch nicht die Augen wenden konnte, wann immer er ihm begegnete. Gilbert Berkham.

«Master Fletcher», sagte Masun. «Wie gut, Euch zu sehen. Ich hätte Euch heute noch aufgesucht.»

Aimery sah nicht ihn an, sondern Gilbert.

«Können wir Euch ein Stück weit mitnehmen?»

Und wie wäre das möglich? Sollte er sich hinter Gilbert in den Sattel schwingen und sich an dem ergötzlichen Männerleib festklammern, wie die Frauen des gesamten Küstenlandes es erträumten? ‹Warum hast du mich genommen und nicht ihn?›, hatte er Helewise gefragt und war doch stolz gewesen und sicher: Ich weiß, warum. Jetzt wusste er es nicht mehr.

«Ich verstehe, dass Ihr nicht mit mir zu reden wünscht», sagte Masun.

Dreh den Kopf, befahl sich Aimery, grub die Zähne in die Lippen. War er ehrlich, so hatte er keinen Grund, so zornig auf den Mann zu sein, nur weil der viel versprochen und nichts gehalten hatte, denn das war nur, was Männer seines Standes eben taten. Weshalb hätte der Beauftragte des Königs sich um einen namenlosen Schiffbaumeister aus Portsmouth scheren sollen, dem sein bisschen Gelump unter den Händen verbrannt war? Gegen seinen Zorn aber war Aimery aller Vernunft zum Trotz machtlos. Er wandte den Kopf ab. «Ich habe nichts mit Euch zu reden, Sir», sagte er.

Er hörte Gilbert schnaufen, Hetfend fluchen und Masun wie aus der Ferne sprechen: «Und wenn ich Euch bitte? Master Hetfend und ich sind unterwegs nach Portsmouth, um ein Schiff zu begutachten, das der König beschlagnahmt hat. Master Berkham begleitet uns, um womöglich Erkenntnisse für die Fertigstellung seiner Karacke zu gewinnen.»

Gilbert baute eine Karacke? Aimery spürte den Knauf der Gerte, den Masun ihm unters Kinn schob, und trat zurück. Ich wollte, ich könnte sie sehen, durchfuhr es ihn, und sogleich wünschte er sich seinen Vater her, der ihn mit einem Hagel von Ohrfeigen zur Besinnung brächte. War er noch immer nicht geheilt? Gierte er noch immer nach jedem Schiff wie ein normannischer Karnickelbock nach einer Zippe?

«Ich hatte gehofft, auch Ihr könntet mit uns kommen», sagte Masun. «Und uns vielleicht mit Rat zur Seite stehen.»

«Ich arbeite nicht mehr mit Schiffen», erwiderte Aimery.

Jetzt lachte Gilbert laut heraus. «Das sieht ein Blinder. Mit seinesgleichen arbeitet er. Mit Dreck.»

Hetfend spuckte auf den Boden. «Sau. Verdreckte Sau.»

«Mit diesem Schiff habt Ihr bereits gearbeitet», sagte Masun, ohne die beiden zu beachten. «Ihr habt es gebaut.»

Also war es gekommen, wie er es vorausgeahnt hatte: Der König hatte die *Dorothy*, die er dem *Domus Dei* verkauft hatte, beschlagnahmt und würde sie für den Krieg bemannen.

Als lese er Aimerys Gedanken, fuhr Masun fort: «Es wird ernst. Wir sammeln uns in Portchester. Master Hetfend befehligt die *Dorothy*, und meine Zwanzigerschaft wird darauf verschifft. Philip von Valois hat das Oriflamme-Banner aufgenommen und ruft seine Truppen nach Cambrai. Seine Einmarschflotte steht unter einem Mann namens Nicholas Behuchet. Sagt der Name Euch etwas?»

Das tat der Name allerdings. Wenn es nicht möglich war, Hetfend zu töten, würde er Behuchet töten müssen, der den Sturm auf Portsmouth befehligt hatte. Aimery bemerkte, dass er fror. Aus seinem Haar lief ihm Regenwasser in den Nacken.

«Wisst Ihr noch, worum ich Euch einst gebeten habe?»

«Nein», sagte Aimery, «ich weiß nichts mehr. Es ist alles verbrannt.»

«Nun, wenn es Euren Stolz schont, bitte ich Euch noch einmal, wiewohl Ihr auf der Hut sein solltet, damit dieser Stolz Euch nicht den Hals bricht. Ihr gefallt mir, Aimery Fletcher. Ihr könnt ein Schiff segeln, auf See ein Leck flicken und ohne Zweifel einen Bogen spannen, kurzum, Ihr seid ein Mann für jede Lebenslage, wie man ihn im Kriege braucht. Ich biete Euch eine Indentur. Ich will Euch in meiner Zwanzigerschaft.»

Hetfend spuckte und fluchte, Gilberts schwerer Atem drang durch den Regen. Aimery hingegen hielt den Atem an. Der Boden, auf den er starrte, drehte sich in sachten Kreisen.

Masun wartete sein Ja nicht ab. «Wann könnt Ihr nach Portchester kommen?»

Aimerys Schultern zuckten. «Nicht so bald. Ich habe meine Leute zu versorgen.»

«Ich gebe Euch Sold für fünf Tage im Voraus. Sechs Pennys am Tag.»

«Dann sofort», sagte Aimery. Er würde fortgehen, keinen Schaden mehr anrichten, sondern Dorothy Geld schicken, von dem sie wohlbehalten mit den Kindern leben konnte. «Ich hole meinen Bogen und gebe meinen Leuten Bescheid.»

«Wollt Ihr mein Pferd leihen?» Masun sprang ab und hielt Aimery einen Beutel hin.

«Nein.» Aimery griff blind nach dem Geld, drehte sich um und lief den Weg, den er gekommen war, zurück.

Die geweihte Erde, der Gottesacker bei der Kirche, wo die Stadt ihre Toten begrub, war längst wieder von einem hölzernen Zaun umgeben. Es war eine der ersten Arbeiten gewesen, die der Schwarze nach dem Brand verrichtet hatte. «Die Toten haben kein Heim mehr», hatte Dorothy gesagt, da war er hingegangen und hatte den Zaun gebaut. Die meisten der Grabstellen waren durch einfache Feldsteine voneinander abgegrenzt. Für ihr Grab aber hatte der Schwarze von irgendwoher einen teuren, dunkelglänzenden Purbeckstein gekauft und die Namen einmeißeln lassen. Dorothy konnte nicht lesen und wusste dennoch, was dort stand:

Clement Loyes.

Clement Fletcher.

Er hatte eine große und eine sehr kleine Totenbahre zurechtgesägt, zwei Bahnen Leinen aufgetrieben und dafür gesorgt, dass sie beide nach Christenart in die Erde kamen. Dorothy hatte ihm sagen wollen, dass all dies nichts mehr bedeutete, dass die Mühe vergeblich war und er Geld und Kraft lieber aufwenden sollte, um die Kinder zu füttern. Aber sie hatte nichts gesagt. Es tat gut, dass einer sich nicht betrug, als hätten ihr Kind und ihr Bruder nie gelebt. Manchmal, wenn sie vom Lebenskampf völlig entkräftet war, kam sie hierher. Unter dem schwarzverbrannten Ahorn lag das Grab, dort saß sie eine kleine Weile auf der feuchten Erde, bis sie sich erstarkt genug fühlte, um weiterzutrotten.

Als sie heute kam, in der Trübnis des ersten Schneeregens, sah sie schon an der Pforte, dass noch jemand auf dem Friedhof war. Auf der anderen Seite, an einem zweiten verkohlten Baumstamm, lehnte eine gekrümmte Gestalt ohne Mantel und Kappe. Wind zauste spärliches Haar.

«Seid Ihr des Wahnsinns? Ihr holt Euch den Tod!» Dorothy rannte. Auch wenn sie ihr alle zuwider waren, sie würde keinen von ihnen erfrieren lassen. Der Alte war an dem Stamm heruntergerutscht, er hielt sich mühsam in der Hocke. Dorothy zerrte ihn hoch. «Sagt mir gefälligst, was Ihr hier tut.»

Er starrte sie an. Sein Gesicht war regennass. Sie erwartete das übliche Gewäsch über verlorene Waren, doch stattdessen sagte er: «Wollte sehen, ob meine Richilda noch hier ist.»

«So ein Unsinn. Die Richilda sitzt daheim am Feuer, an das Ihr auch gehört.»

Der Greis wiegte den Kopf, dass aus den nassen Haarsträhnen Tropfen flogen. Seine schlaffe Hand wies auf ein frisches, sorgsam gezimmertes Holzkreuz. «Hier hat sie gelegen. Liegt sie hier noch, oder hat der Satan von Sohn sie mir aufs Neue gestohlen?»

«Haltet den Mund. Die Zunge soll Euch faulen, wenn Ihr noch einmal auf dem Gottesacker den Satan beschwört.» Doch sie hatte begriffen: Richilda war Francis' Frau. Der Schwarze hatte Dorothys Tochter den Namen seiner Mutter gegeben.

Der Alte grub ihr seine Klaue in die Schulter, brachte sein Gesicht nah an ihres und flüsterte: «Aber mein Sohn ist der Satan. Am schwarzen Tag ist der geboren, hat mir die Frau kaltgemacht und diese Hölle von einem Jahrhundert mitgebracht. Ist es etwa nicht die schlimmste Zeit, um am Leben zu sein? Aber du bist zu jung, du kannst nicht wissen, dass es solches Unwetter nicht gab und solchen Hunger nicht und solchen Irrsinn von Steuern und Kriegen, ehe mein Satan von Sohn in die Welt kam.»

«Seid endlich still.» Dorothy schüttelte ihn, als beutele sie ein Bündel Vogelknochen. «Euer Sohn ist also am schwarzen Feiertag geboren, vor der Jahrhundertwende, das sind wahrhaftig zwei böse Omen in einem. Und Eure Frau ist unter der Geburt verstorben? Wie hart für Euch. Aber eines sage ich Euch: Wäre ich statt meines Sohnes gestorben, so hätte ich gewollt, dass er in guten Händen ist und zu einem braven Mann erzogen wird.» Die Stimme erstickte ihr. Die Augen brannten.

«Das habe ich wahrlich versucht», zischte Francis. «Ich hab ihm all das Schwarz aus der Seele geprügelt, den sturen Kopf an die Wand gehauen, aber am Bösen zerbricht der Stock. Also hab ich ihn an die Spanten gehängt und mit dem Tau verdroschen, der Deghere hatte Angst, ich schlag ihn zu Gelump. Geholfen hat's nicht. Es war nichts Gutes in ihm.»

Der Regen verdichtete sich, und es wurde dunkel. «Nach Hause mit Euch», presste Dorothy heraus. Sie hätte sich auf die durchweichte Erde legen und weinen wollen und kannte nicht einmal den Grund. Wenn sie die Augen schloss, sah sie den Rücken des Schwarzen in einem längst verblichenen Sommer, die zu Fetzen zerpflügte Haut. An die fremde Frau wollte sie nicht denken, die hatte sterben und ihr Kind bei einem Schinder lassen müssen. Mühsam hielt sie die brennenden Augen offen und schob den Alten voran. Der sprach nicht mehr, gab nur noch ein Wimmern von sich.

Als sie ankamen, schlief das Haus. Catin hatte offenbar Richilda und Nicolas gebettet und dann sich selbst dazugelegt. Dorothy beugte sich über die wie Welpen zusammengeschmiegten Kinder und lauschte. Sie berührte sie nicht und flüsterte keine Koseworte, konnte ihnen keine Mutter, nur eine Versorgerin sein. Aber ihre Atemzüge und das Rascheln ihrer Leiber beruhigten sie. Sie gab diesen Kindern keine Zärtlichkeit, doch sie würde nicht zulassen, dass ihnen Grausamkeit widerfuhr. Sie schälte den verkrümmten Oberkörper des Alten, der schon auf einem Strohsack lag, aus dem nassen Hemd und tat ihm ein trockenes um.

«Du bist eine gute Haut», zischte der Alte. «Hör auf mich, bewahre dein Herz. Die andere hat er auch kaltgemacht.»

«Ihr seid ja verrückt», fuhr sie auf. «Er ist mein Schwiegervater.» Und dann bereute sie die lauten Worte, die die Kinder hätten wecken können und die der verdrehte Alte ohnehin nicht begriff.

Als Ruhe herrschte, stand Dorothy auf und ging in die Küche.

Sie hatte am Vormittag starkes Ale gebraut, das wollte sie wässern, damit es auf acht Tage genügte, und sie brauchte einen Mundvoll Wacholderwein. Am schwelenden Feuer entzündete sie ihre Kerze. Aber das Alefass war leer und der kleine Krug mit Wein, den sie für Notfälle im Bohnentopf aufbewahrte, ebenso. In ihrer Verwirrung sah sie noch einmal in das Fass, das so leer blieb wie zuvor. Dann hörte sie Schritte.

«Guten Abend, meine Dottie.»

Als sie herumfuhr, sah sie sein Wams, das nicht mehr schimmerte, dann sein weißes Gesicht und sein Haar. Derlei hatte er in jüngster Zeit häufig getan, sich angeschlichen, auf sie eingesäuselt, er hatte auch häufig getrunken, von den Vorräten im Haus oder aus anderer Quelle. Sein Atem stank meistens, aber heute war es anders. Sie hatte sich vor ihm geekelt, hatte Hass und Befremdung erlebt, doch sie hatte sich noch nie vor ihm gefürchtet.

«Hübsch bist du, Dottie. Immer so hübsch und sauber.»

Dorothy war dreckig und durchnässt. Ihr Herz schlug in harten, schnellen Hieben. Sie drehte sich weg. «Lass mich, Symond.»

«Warum denn, Dottie? Warum denn nur?» Er packte ihren Arm und riss sie herum. «Ich geh ja nicht mehr zur Susannah, ich will dir ein guter Mann zum Lieben sein. Ich mach dir einen neuen Jungen. Dann brauchst du das gallische Balg nicht länger.»

Dorothy wollte ausholen, er jedoch fing ihr Gelenk. *Ich bin stärker als er,* beschwor sie sich, *er ist ein besoffener Weichling, und ich bin die stärkste Frau der Stadt.* Aber sie war nicht stärker. Sie versuchte, die Arme zu bewegen, sich frei zu rudern, und fand sich in eisernen Griffen.

Er bog ihre Arme um seine Mitte. «Magst du mich denn nicht mehr? Ach, lieb mich doch, Dottie, lieb mich doch.»

Die greinende Stimme passte nicht zu der Kraft, die ihre Arme niederzwang. Als Dorothy schrie, presste Symond seinen Mund auf ihren und zwängte seine Zunge in die zu kleine Mundhöhle. Sie zappelte und wand sich, bekam keine Luft mehr. Sein Bein schlang sich um ihres und knickte ihr die Knie. Erst ihr Gesäß, dann Rücken und Hinterkopf schlugen auf dem Boden auf.

Symond fiel über sie. «Verachtest du mich? Bist du denn zu gut für mich? Aber du hast mich genommen, und auch ein Dreck braucht ja mal eine, die ihn hält.»

Er biss sie in die Lippe. Dorothy hörte Stoff reißen, kämpfte kurz den Kopf frei, schrie, bekam seine Hand auf den Mund. An ihrem Schenkel spürte sie ihn, hart und lang, mit einem Ächzen hob er sich und stieß sich in sie hinein. Sie bäumte sich auf und brüllte.

Im nächsten Augenblick übertönte ein Poltern ihren Schrei, ein Schatten blitzte durchs Halblicht, packte Symond und riss ihn von ihr herunter. Dorothy war schneller auf den Beinen, als sie denken konnte, sie schwankte, aber stand. «Rühr sie nie wieder an», hörte sie die Stimme des Schwarzen und begann zugleich mit der Erkenntnis zu weinen. «Du bist zu dreckig für sie. Rühr sie nie wieder an.»

Der Schwarze gab Symond einen leichten Stoß, der ihn mit ein paar Stolperschritten in den Hof beförderte. Dann zog er die Tür zu. Und dann kam er zu ihr. Er öffnete die Arme, und Dorothy, die so heftig weinte, dass sie in ganz kurzen Zügen Atem holen musste, ließ sich fallen. Seine Arme schlossen sich um sie. Nach feuchter Wolle roch er, nach Haut, nach der Erinnerung daran, wie er ihr gesagt hatte, sie habe vor dem rauschenden Solent nichts zu fürchten. Wo ihr Ohr lag, klopfte sein Herz. Dorothy weinte, und er hielt sie fester. Sein Körper wiegte sich mit ihrem, seine Hand strich unablässig ihren Rücken. Die ihre war steif von Symonds Griff, aber mit ein wenig Willenskraft schob sie den

Arm um ihn, legte die schmerzende Hand auf seinen Rücken und streichelte ihn wie er sie. Er hielt sie so fest, dass die Muskeln des Rückens sich unter Zittern spannten. Sie dachte an nichts, sondern küsste den groben Hemdstoff, dort, wo ihm das Herz schlug. Spürte das Band, an dem er den Schlüssel trug. Strich seinen Rücken hinauf. Sehr langsam ebbte das Weinen ab.

Dorothy hob den Kopf. Sah sein Gesicht im Kerzenlicht, sein wirres Haar. Die in die Stirn gezogene Braue, die hellwachen Augen. Seine starre Umarmung löste sich, auf ihrem Rücken hielten seine Hände still. Sie legte einen Finger an sein Gesicht, an die Linie, die seine Wange teilte, und fuhr daran entlang. Er fing ihre Hand, hielt ihren Finger an seiner Wange fest, dann zog er ihn von sich weg.

«Dorothy», sagte er.

Sie schüttelte den Kopf. Nicht sprechen, nicht jetzt.

«Dorothy», sagte er wieder, sie presste ihm zwei Finger auf die Lippen, aber er sprach weiter, mit ihren Fingern am Mund. «Ich bin gekommen, um dir Geld zu bringen. Und um dir zu sagen: Ich gehe in den Krieg. Ich bekomme sechs Pennys am Tag, die schicke ich, sobald ich kann. Ich sage John, er soll Wache halten. Symond behelligt dich nicht mehr.»

Ihre Arme sackten herunter. Sie trat einen Schritt zurück, tat den Mund auf und sagte: «Nein.»

Er begriff nicht, starrte, fuhr sich ins Haar.

«Nein», schrie sie, «nein. Ihr lasst mich nicht allein wie die anderen, Ihr nicht.»

Er wandte den Kopf zur Seite. «Doch.»

Sie sprang vor und schlug ihm ins Gesicht. «Ist das Euer Ernst? Ihr stehlt Euch davon?»

«Ja.»

Sie schlug ihn wieder. Er hielt still und ließ es geschehen. «Feigling», schrie sie, «Feigling», und schlug ihn, bis ihr die Kraft ausging. Mit hängenden Armen stand sie da. Über ihr Gesicht strömten Tränen, auf seiner Lippe stand ein Tropfen Blut.

Er griff sich an den Strick um seine Mitte, löste einen Beutel und legte ihn neben den leeren Alekrug auf den Tisch. In der Bewegung hielt er inne und blieb lange still. Dann stob ein Zucken durch seinen Körper, er richtete sich auf und drehte sich um.

«Geht nicht», rief sie. «Ich hasse Euch, wenn Ihr geht.»

«Ja», sagte er. Und ging.

Fünfter Teil

Wellenschlag

FESTUNG PORTCHESTER, HAMPSHIRE, FEBRUAR 1340

Bei Tage dreschen wir die Garben.
Und bei Nacht legen wir die Netze aus.
Wenn wir leben, singen wir vom Meer und von der Liebe,
Und wenn wir sterben, begrabt uns hier.
Am Solent.

Männer, die auf den Krieg warteten, sangen immer. Sie sangen gegen Müdigkeit, Heimweh und Furcht. *Wir sind noch da,* hieß ihr Singen. *Wir sind noch, wer wir waren, des Königs Männer vom Solent, auch wenn man unsere Namen vergisst.* Sie sangen gegen besseres Wissen. Um zu glauben, sangen sie sich in den Schlaf und am Morgen in den Tag.

Den Winter über lagen sie auf der Festung Portchester, in Zelten auf den Höfen, schlecht verpflegt und noch schlechter gegen Kälte geschützt. Immerhin verhinderte die eisige Witterung, dass es im Lager allzu sehr stank. Mehr als Gestank und Kälte hatte Aimery das bedrängte Leben gefürchtet, zusammen schlafen, zusammen essen, zusammen pissen, den Pferch voller Leiber, aus dem es keinen Rückzug gab. Wider Erwarten fand er seinen Rückzug in sich und fühlte sich einsam darin. So einsam, wie er sich sein Leben lang gefühlt hatte, unterbrochen nur von seligen Augenblicken. Schlimmer als die Nähe des schmatzenden, furzenden, unentwegt klagenden Haufens war der Blick von der Höhe der Festung, das Wissen, dass dort unten Portsmouth lag und dass er, was immer mit ihr geschah, nicht teilen konnte.

Sir Eustace behandelte ihn bevorzugt. Er ließ ihm keine größeren Rationen und keinen besseren Schlafplatz zuteilen, aber er zeigte ihm, wo er sich Haar und Kleider auswaschen konnte, und rief ihn oft in seine Kammer, wo er ihm Wein aufnötigte und mit ihm sprach. Aimery hätte sich gern entzogen, aber Sir Eustace wusste, wie er ihn zu packen hatte.

«Sturer Schrat», sagte er mit einem Lachen und breitete über den Tisch eine Seekarte aus. «Seht Euch das an. Könnt Ihr damit etwas anfangen?»

Ehe er sich besann, hatte Aimery sich über die Karte gebeugt, erkannte die Linie seiner eigenen Küste, den Verlauf des Kanals und die Küste Frankreichs. «Genuesisch?», fragte er.

Sir Eustace pfiff anerkennend durch die Zähne. «Ganz recht. Sie stammt von einem gekaperten genuesischen Schiff. Wir fragen uns, was sie im Vergleich mit unseren Segelanweisungen für Vorteile hat.»

«Viele», erwiderte Aimery und wies auf die gewundenen Striche vor dem Küstenverlauf. «Segelanweisungen enthalten nur Richtungsangaben, Landmarken und die geschätzte Fahrtdauer. Solche Karte hingegen zeigt jeden Priel, jede Enge, verzeichnet Strömungen und Gezeiten. Zur Navigation vor gefährlichen Küsten ist sie von unschätzbarem Wert.»

«Und wozu, meint Ihr, war diese hier gedacht?»

Aimery zögerte nicht. Vor seinem inneren Auge erstanden Bilder des brennenden Portsmouth. «Um hier zu landen. Um in unser Becken zu dringen.»

Sir Eustace nickte und ließ eine messingglänzende Scheibe über die Karte auf Aimery zuschlittern. «Und das hier kennt Ihr auch, nicht wahr?»

Aimery verschränkte die Hände auf dem Rücken und grub die Zähne in die Lippen.

Sir Eustace lachte. «Ihr dürft es anfassen.»

Konnte der Mann ihm vom Gesicht ablesen, wie sehr er sich wünschte, einmal ein solches Instrument in der Hand zu halten? Mit spitzen Fingern hob er es auf und strich ungläubig über den feinen Schenkel, der in der Mitte des Kreises befestigt war.

«Und? Beweist Euer Wissen. Was ist es, und was fängt man damit an?»

«Ein Astrolabium.» Aimerys Fingerspitze liebkoste die durchbrochene Metallspinne, drehte sie vorsichtig, fuhr über jede der Spitzen, auf denen Namen von Fixsternen eingeritzt waren. «Man verwendet es, um die Höhe von Himmelskörpern zu berechnen. Zur Positionsbestimmung auf See gibt es nichts Besseres.»

«Aha. Habt Ihr jemals eines benutzt?»

«Nein. Nur darüber gelesen.»

«Könntet Ihr eines bauen?»

Bedauernd schüttelte Aimery den Kopf. «Einen Leitstein gewiss, wenn sich hier eine Magnetnadel finden lässt. Aber kein Astrolabium.»

«Und wo habt Ihr gelernt, wie man einen Leitstein baut?»

Aimery zuckte die Schultern. «Ich habe in Amalfi einen gesehen. Und hernach hat jemand mich Schriften von Peregrinus und Bacon lesen lassen. Als ich nicht mehr reisen konnte, ist mein Kopf gereist.»

Wiederum lachte Sir Eustace und deutete auf einen Schemel. «Setzt Euch», befahl er.

«Ich will mich nicht setzen.»

«Dann tut es, ohne es zu wollen. Ihr seid ohne Zweifel der klügste Mann auf dieser Festung, Ihr könntet ein Schiff navigieren wie sonst keiner. Aber Ihr werdet es nicht navigieren. Es tut

Euch gut, wenn Ihr lernt, Befehle zu befolgen, ehe es auf See geht.» Aimery senkte den Kopf. Sir Eustace legte ihm die Hände in den steifen Nacken und drückte ihn auf den Schemel nieder. «Ihr zürnt mir so sehr, Euer ganzer Leib bebt vor gekränktem Stolz. Aber Ihr habt dazu kein Recht, denn auch meine Hände sind gebunden. Ich brauchte einen Schiffbaumeister, und da Ihr ausrichten ließet, Ihr bautet keine Schiffe mehr, blieb mir kein Weg, Euch zu helfen. Ich erwog sogar, Euch zu bitten, mit dem prächtigen Pflug, den Ihr gebaut habt, über meine Felder zu gehen. Es widerstrebte mir jedoch, Euch derart zu demütigen.»

Aimery warf den Kopf zurück. «Was ist demütigend daran, hinter dem Pflug zu gehen? Für einen von Eurem Stand vielleicht vieles, aber einen wie mich demütigt nur, wenn er das Volk in seinem Haus nicht satt bekommt.»

«Ihr habt bemerkenswert schöne, blitzende Augen.» Masun versetzte ihm einen Wangenstreich. «Mir gefällt Euer Reden, so unverschämt es sein mag. Master Hetfend hingegen wird es gar nicht gefallen. Ich will, dass Ihr vorsichtig seid.»

«Mein Ventenar seid Ihr. Ich unterstehe nicht Hetfends Befehl.»

«Wenn wir verschifft werden, untersteht Ihr seinem wie meinem. Und was Hetfend mit Euch gern täte, wisst Ihr selbst. Er täte es auch mit mir gern, nur hat er gegen mich keine Handhabe. Wenn Ihr ihm Gelegenheit gebt, wird er seinen Hass an Euch auslassen. Ich schütze Euch, wo ich kann. Aber vergesst nicht», er zeigte Aimery seine weißen Gelenke, «auch mir sind die Hände gebunden.»

Aimery stand auf. «Darf ich gehen?»

«Sturer Schrat.» Noch einmal lachte Masun. «Ich kann Euch leider keinen Leitstein bauen lassen, Admiral Morley hält nichts davon. Aber ich melde ihm, dass ich einen Mann hier habe, der sich auf Schiffbau und Navigation versteht. Ich lasse Euch am

Tag zwei Pennys mehr geben.» Aimery wollte widersprechen, fand sich jedoch sachte in Richtung Tür geschoben. «Zieht Leine.» Masun zwinkerte ihm zu. «Ehe mir mein bestes Pferd im Stall an Entrüstung erstickt.»

Masun sorgte dafür, dass Nachrichten, die ins Lager gelangten, auch Aimery zugetragen wurden. So erfuhr er, dass der König die Verbündeten in Gent versammelt und feierlich das Wappen der französischen Könige in sein eigenes aufgenommen hatte. Goldene Lilien auf blauem Grund standen nun in Vierteln neben Löwen auf rotem Grund, und König Edward war nicht länger nur Waffenbruder der flämischen Pikeniere, sondern deren Herr. Vollmundig hatte er verkündet, er werde die Sitten des heiligen Ludwig wiederherstellen und Frankreich von Geldentwertung und Steuerlast erlösen. In strömendem Februarregen sah Aimery hinunter auf die Bucht, in der Portsmouth lag, und das Atmen fiel ihm schwer vor Sorge.

Sosehr das Volk in den Gassen von Gent dem König zujubeln mochte, sosehr grollten ihm die Verbündeten, denen er Geld schuldete. Als der Frühling kam und Edward zur Heimreise aufbrach, zwang man ihn, Frau und Kinder als Pfand zurückzulassen. Aimery wusste, was daraufhin bevorstand: Umgehend würde der König das Parlament einberufen und ihm neue Steuern abverlangen, damit er die Seinen auslösen konnte. Weshalb hätte er sich scheuen sollen, die Familien belangloser Untertanen zu schröpfen, um die eigene zu retten? Diesmal trat Aimery nicht an den Abhang, um gen Portsmouth zu blicken, ließ sich vor Sorge nicht die Luft abschnüren, sondern bat bei Masun um Empfang.

Der grüßte ihn aufgeräumt wie stets. «Welch Wunder, kommt der Berg zum Propheten? Soeben wollte ich Euch rufen lassen.»

Aimery zögerte. Er war ein Tölpel, der nicht wusste, wie man seinen Befehlshaber um einen Gefallen anging. Masun war kein König und kein Stellvertreter Gottes, aber doch einer, der himmelweit über ihm stand. Es mochte ihn wohlwollend stimmen, wenn er sich unterwarf, mithin fiel er auf die Knie.

Masun, der am Tisch Wein eingeschenkt hatte, fuhr von dem Geräusch herum, und Aimery sah, wie der Spott aus seinem Gesicht wich. «Das habt Ihr vor mir nicht nötig», sagte er mit belegter Kehle. «Steht auf.»

Stumm schüttelte Aimery den Kopf.

«Dann sprecht.»

«Portsmouth», sagte Aimery. Seine Knie bohrten sich in den steinharten Boden.

Ein feines Lächeln huschte über die Züge des Ventenars.

«Der König wird Portsmouth besteuern, und das verkraftet sie nicht. Ich bin ihr Abgesandter. Ich muss ins Parlament nach London und einfordern, dass er sie schont.»

«Wer ist eigentlich sie?», fragte Masun. «Ist Portsmouth eine Frau?»

Aimery schwieg.

«Ich kann Euch nicht fortlassen. Nein, begehrt nicht auf, hört mich erst an. Wir werden verlegt, vielleicht morgen schon. Nach Orwell in Suffolk, um von dort nach Westflandern zu segeln und die französische Flotte zu stellen. Zuvor will Admiral Morley Euch treffen. Er ist gekommen, um unsere Truppen zu begutachten und über die Koggen zu sprechen, die Euer Bekannter, Master Berkham, umgerüstet hat.»

«Ich weiß nichts mehr von Koggen. Ich muss nach London.»

«Gemach», unterbrach ihn Masun. «Ihr liegt auf Knien, dazu passt kein kindischer Trotz. Und wenn Ihr dreist von Koggen nichts mehr wisst – um Portsmouth zu helfen, fiele Euch wieder etwas ein, nicht wahr?»

Aimery kam es hart an zu schlucken. «Ja.»

«Brav», sagte Masun. «Sehr brav. Wisst Ihr, was Ihr seid? Mein Juwel ohne Schliff, und diesen Schliff gäbe ich Euch gern. Ihr könnt schreiben, richtig? Setzt Eure Erklärung ans Parlament auf, und ich sorge dafür, dass sie nach London gebracht wird. Auch Admiral Morley wird sich dafür verwenden, wenn Ihr ihm gefällig seid. Und jetzt steht auf und gönnt Euch einen Becher Wein. Ihr habt Eure Sache gut gemacht.»

Im Morgenglast des nächsten Tages kam Masun in Begleitung von Admiral Morley und dessen Gefolge ins Lager, um Aimery abzuholen. Dem war zumute, als stake ihm das Stroh, in dem er geschlafen hatte, aus Haar und Kleidern. Sie stiegen hinunter in die Bucht, wo die Koggen neben der *Dorothy* und vier weiteren beschlagnahmten Schiffen vor Anker lagen.

«Sie sollten hier nicht liegen», entfuhr es Aimery. «Die Bucht ist verschlickt, das verzieht ihnen Kiele und Spanten.»

Der Admiral, ein schmalgesichtiger, großer Mann, der sich bedächtig bewegte, musterte Aimery von Kopf bis Fuß, wandte sich dann jedoch wieder Masun zu. «Hattet Ihr mir nicht noch von einer dieser Karacken gesprochen, einem gesondert gefertigten Kriegsschiff?»

«Unser Baumeister konnte den Vertrag nicht halten», erwiderte Masun. «Es gab einen Unfall auf seiner Werft, und da die Zeit drängt, werden wir mit dem, was wir haben, vorliebnehmen müssen.»

Aimery erfasste kaum den Sinn des Gesagten, sondern betrachtete die Koggen, vergaß dabei seine Begleiter und wanderte von hier nach dort, um die Gefährte von mehreren Seiten zu sehen. Sein Herz hämmerte ihm ein, wie es dies entbehrt hatte, den Geruch nach salzigem, nassem Holz, das Klatschen kleiner Wellen an die Planken, das Aufragende eines Schiffes, das noch Unerprobte, Verheißungsvolle.

«Heda», rief der Admiral. «Sir Eustace, wie heißt Euer Mann?»

Aimery trottete den Weg zurück und blieb vor den Versammelten stehen. Auf einmal entdeckte er die gedrungene Gestalt Hetfends unter den Gefolgsleuten. Der Blick des Schiffsmasters war eine Trosse, die rasend auf ihn einschlug. *Seltsam,* dachte Aimery, *ich sollte dich hassen wie du mich. Ich wünsche mir, dich zu töten und darin eine Art von Frieden zu finden, aber diese Kraft zum Hass bringe ich nicht auf.* «Ich heiße Fletcher», sagte er, sich von Hetfend abwendend, zu Morley.

«So, so. Aber Pfeile baust du nicht?»

«Zur Not auch das», erwiderte Aimery. «Nur wollt Ihr mich wohl sprechen, weil ich früher einmal Schiffe gebaut habe.»

«Wann früher?»

«Bevor meine Stadt niederbrannte. Durch meine Schuld.» Er hörte Ausrufe des Erstaunens, Fluchen von Hetfend, Gemurmel zwischen Morley und Masun. Schließlich drang die Stimme des Admirals wieder zu ihm durch.

«Also hergehört, Fletcher. Der Mann, der deine Stadt verbrannt hat, heißt Behuchet. Derselbe Behuchet, der mit einer Übermacht Franzosen, verbündeten Kastiliern und genuesischen Söldnern vor Flandern liegt. Sir Eustace hier sagt mir, dass du dich auf den Krieg zur See verstehst. Wo hast du gekämpft?»

«In Aquitanien, Herr.»

«Und willst du gegen diesen Behuchet, der deine Stadt verbrannt hat, für deinen König kämpfen?»

«Sprecht mit ihm nicht wie mit einem Knaben», fiel Masun ihm ins Wort. «Er weiß auf dem Feld, das er beackert, um den kleinsten Stein.»

«Weiß er auch, dass auf jedes unserer hundertfünfzig Schiffe drei des Gegners kommen?» Der Admiral sprach mit hörbarem Verdruss.

«Und jedes wurde eigens für den Krieg in der Werft von Rouen erbaut», ergänzte Aimery ungefragt. «Die meisten verfügen über Katapult und Rammsporn. Unsere Koggen hingegen sind für Handelsfahrten, nicht für Schlachten ausgerüstet.»

«Haben wir demnach überhaupt eine Aussicht?», fragte der Admiral, ohne Aimery für seine unerlaubte Einmischung zu tadeln.

«Auf offener See nicht. Im Hafen aber können flachbodige Koggen, die sich in jeden Spalt zwängen lassen, von Vorteil sein. Zudem haben wir im Langbogen eine Waffe, die bei rechtem Einsatz unschätzbar ist.»

«Was du nicht sagst. Der reinste Stratege bist du, wie mir scheint.»

«Das ist nicht zum Lachen», versetzte Masun. «Der Mann mag anmaßend sein und im Blut nicht besser als ein Pflugbursche, aber er ist der geborene Heerführer. Lasst ihn sprechen.»

«So sprich denn. Was tun wir, um unsere unschätzbare Waffe richtig einzusetzen?»

«Lasst die Vorderkastelle der Koggen erhöhen. Sie müssen hoch genug sein, um den Bogenschützen Plattform und Deckung zu bieten. Im Nahkampf sind wir unterlegen, aber ein Hagel von Pfeilen mag manchen Nahkampf verhindern.»

«Und haben wir genug Schützen? Ich habe einen Haufen eingezogener Männer hier heraufbeordert. Taugen die, lassen die sich ausbilden?»

Aimery schüttelte den Kopf. «Diese Männer sind verängstigte Fischer und Knechte, die nie im Leben eine Sehne gespannt haben, und der Langbogen erfordert jahrelange Übung. An der Armbrust dagegen ließe sich ein brauchbarer Schütze in ein, zwei Monaten schulen.»

«Und die Armbrust hilft uns auf dem Kastell?»

«Sie ist besser als nichts.»

«Nun gut», sagte Morley. «Da Bescheidenheit ohnehin nicht zu deinen Tugenden gehört, frage ich dich geradeheraus: Kannst du das in die Hand nehmen? Den Umbau der Koggen wie die Schulung der Leute? Es muss schnell gehen. Morgen will ich den Haufen nach Orwell verschiffen und dann sogleich meine Schiffe aus dem Norden holen. Bis Pfingsten soll alles zum Aufbruch bereit sein. Traust du dir das zu?»

Aimery fiel ein Dutzend Gründe ein, das Ansinnen des Admirals abzulehnen. Vor allem einer: *Ich will nicht noch mehr Schuld.*

Masun trat neben ihn und berührte seinen Arm. «Ihr werdet das Volk in Eurem Haus satt bekommen, das gelobe ich. Und Admiral Morley wird sich beim König für Portsmouth verwenden. Ihr könnt Eurer Stadt einen großen Dienst erweisen, gleichgültig ob diese Stadt eine Stadt ist oder eine Frau.»

«Nicht beides?» Morley lachte.

Mit ihrem eisenglatten Boden wiegte sich die *Dorothy* so nahtlos auf den Wellen, als sei sie mit ihnen verwachsen. Aimery brannten die Augen. «Ich versuche es», sagte er.

Noch einmal, hatte Gilbert sich geschworen, noch einmal, und diesmal gelingt es, ein Sieg löscht alle Niederlagen aus. In Portsmouth hatte er zwei Zimmerleute und einen Kalfaterer angeworben, die für Aimery gearbeitet hatten. Er legte ihnen den Plan vor, doch es zeigte sich, dass die Männer nichts davon verstanden.

«Solch ein Schiff hab ich noch nie gesehen», bekundete Rich, ein Zimmermann mit von Pusteln übersäten Wangen, der die Kinderschar seines verreckten Schwagers durchzufüttern hatte. «Aber ich kann daran zimmern, warum nicht?»

Der bärtige Kalfaterer hingegen winkte ab. «Seid Ihr sicher, dass sich das bauen lässt? Solche Planken würden kaum aufeinanderhalten, und wenn ich sie mit dem Zauberpech von meinem Meister verklebte.»

«Dein Meister bin ich», wies ihn Gilbert zurecht. «Und Zauberei gibt es auf dieser Werft nicht, nur bewährtes Handwerk.» Widerwillig übertrug er den Männern leitende Aufgaben, aber er mochte sie nicht, weil er spürte, dass sie sein Unwissen durchschauten, wie sie Aimerys Wissen verehrt hatten.

Schließlich gab ihm Rich aber doch einen Hinweis, der alles veränderte. «Mein Meister», begann er, aber verbesserte sich eilig, «mein einstiger Meister tät wohl diese Planken verzahnen. So Zacken dreinsägen, dass sie fester halten.»

Gilbert dankte seinem Schöpfer. Endlich wusste er, wie sich die Bordwände hochziehen ließen, ohne dass sie auf halber Strecke einbrachen. Ehe der gottverfluchte Sir Eustace aus Portchester ausrückte, würde Gilbert ihm etwas zu glotzen geben. Die gönnerhaften Worte, mit denen der Adlige ihn nach dem zweiten Einsturz abgespeist hatte, hallten ihm noch im Ohr: ‹Dann soll es eben nicht sein, Master Berkham. Ich muss mir selbst die Schuld zuschreiben, weil ich ein Wunder erwartet habe.›

Dein Wunder sollst du bekommen. Für gewöhnlich wurde Gilbert auf der Werft rasch unruhig, diesmal aber überwachte er jeden Arbeitsschritt. Wie üblich ließ er den Kiel aus einem einzigen Balken fertigen. Aimerys seltsame, seitwärts und aufwärts bis zum Deckboden verlaufende Spanten ersetzte er durch das bewährte Krummholzgerüst, das in die Außenhaut eingesetzt und dem gebrechlichen Aufbau Halt geben würde. Weshalb hatte er sich überhaupt blind auf Aimerys Plan verlassen, als könne der Schwarze tatsächlich Wunder wirken? In Wahrheit wies der Plan Mängel auf. Der Gedanke, Stoß auf Stoß zu zimmern und das Deck wasserdicht anzuschließen, war begnadet und erfüllte Gilbert mit Neid. Der Spantenverlauf jedoch war schlicht falsch erdacht. War Aimery nicht immer so gewesen, hatte nach allem gegiert, was neu war? Gilbert dagegen würde Neues mit Altem verbinden und ein Meisterwerk schaffen.

Es waren leuchtende Tage. Vor Gilberts Augen wuchs sein Schiff über die Höhe hinaus, an der er sonst gescheitert war. Ringsum blühte das Land, und wiewohl Warnungen vor neuen Überfällen sich mehrten und Städter sich in ihren Häusern verkrochen, bahnte der Frühling sich mit Macht seinen Weg. Wenn Gilbert nach getaner Arbeit nach Hause kam, stand die Magd Betta in der Tür und hielt ihm ihr schafsdummes Lächeln entgegen. Sah sie ihn, so hoppelte sie auf plumpen Beinen auf ihn zu und warf ihm die Arme um den Hals: «Mein guter Herr. Wie lieb ich Euch.»

Er war ihr fraglos ein guter Herr. Sie war träge, kochte fade Suppe und verkleckerte Wein, ihr fetter Arsch schrie geradezu nach der Rute, aber Gilbert schonte sie. Stattdessen kaufte er ihr Kleider. Er lag nicht mehr bei ihr, hatte ihr aber eine Kammer herrichten lassen, und zuweilen spielte er mit dem Gedanken, sie zu ehelichen. Die Betta war dumm, und ihr bisschen Liebreiz verblühte rascher als Mohn. Aber sie hatte etwas, das kein anderes Weib vor ihr aufgeboten hatte: Gilberts Kind im Bauch.

Er hatte darüber hinweggehen wollen, Betta in irgendeinen Flecken schaffen, wo man sie nicht für ihre Unzucht durch die Gassen peitschen würde. Die Mutter seines Sohnes hatte sich Gilbert als ein Weib ohnegleichen erträumt. Des Nachts sah er sie manchmal vor sich, ihre königliche Haltung, ihre Sternenaugen, ihre Kraft. Derweil jedoch wuchs im schlaffen Leib der Betta sein Kind, und während die Tage verstrichen und das Kleid der Magd sich wölbte, wurde Gilbert klar, dass er seinen Sohn nicht von sich weisen konnte.

Hatte nicht sein Vater ihn von sich gewiesen? Dem rotgoldenen Knaben, seinem eigenen Spross, hatte er den verstockten

Schwarzen vorgezogen. Wäre Gilbert imstande, derlei seinem Jungen anzutun? In den Stunden auf der Werft begann er sich auszumalen, wie der Junge aussehen mochte. Bekäme das Kind des Vaters Locken, die Wohlgestalt, nach der die Frauen sich verzehrten? Gilbert sah sich dem Knaben Axt und Bogen schenken, ihn im Geiste zur Singstunde führen und hernach zur Lateinschule, nicht hier, sondern drüben, im *Domus Dei,* wo sie nur die Klügsten nahmen. Was Aimery konnte, konnte Gilberts Sohn schon lange. Mein Junge wird nach Oxford gehen!, dachte Gilbert, wenngleich er nicht sicher war, was einen Mann nach Oxford zog. Immerhin wusste er, dass Aimery als Lehrling davon geträumt hatte, und das war ihm genug.

Nach Ostern kamen Gerüchte auf, das Heer von der Festung werde verschifft. Gilbert musste sich eilen. Die Spanten waren zugesägt, und binnen weniger Tage würde er Masun die Nachricht bringen: «Ein Berkham hält, was er verspricht.» Das Schiff stand schräg, durch Balken gestützt, und wenn Gilbert ehrlich war, gefiel es ihm nicht. Es war hochbordiger als die Schiffe, die er kannte, es wirkte zu schlank für Mastschuh und Querbalken. Er schüttelte das Unbehagen ab. Wenig später kam Rich zu ihm, den er beauftragt hatte, in der Frühe mit dem Einbau der Spanten zu beginnen.

«Vergebung, Meister», murmelte er. «Ich tät ja nichts sagen, nur hab ich daheim doch all die Schwesternkinder … Mit dem Schiff da stimmt was nicht. Ich steig da morgen nicht rein.»

«Und ob du da reinsteigst», herrschte Gilbert ihn an und hätte um ein Haar hinzugefügt: Wenn mit dem Schiff was nicht stimmt, wirf's deinem Schwarzen vor, nicht mir. «Bist du morgen nicht beim ersten Läuten hier, kannst du deinen Bälgern die Wänste mit Baumrinde stopfen.»

Der Kerl nickte hastig, stolperte rückwärts und floh.

In dieser Nacht legte Gilbert sich zur Betta, die da lag wie ausgegossen und zu schnarchen begann, sobald sie eingeschlafen war. Er schlug ihr das Hemd hoch. Alles an ihr war schwammig, nur der Bauch mit dem Kind war prall. «Du sollst nie zusehen müssen, wie dein Vater einem andern gibt, was du ersehnst», flüsterte er auf den Leib der Schwangeren nieder. «Dieses Brennen im Kopf sollst du nicht kennen.» Den Sohn von Helewise, den er sich so sehr gewünscht hatte, hatte Aimery bekommen, und sein eigener Sohn entsprang einer stinkenden Magd. Aimerys Sohn jedoch war ein Kretin, weil der Vater sich nie seiner angenommen hatte. «Wir beide dagegen», flüsterte er seinem Jungen zu, «werden einer dem andern alles sein.»

Er hatte den Sohn Gilbert nennen wollen, aber am Morgen beschloss er, ihn Edward zu nennen, nach dem König. Die Beklommenheit des Abends war verflogen, und leichten Gemütes machte er sich auf den Weg zur Werft. Wäre der Tag nicht so blau gewesen, hätte er womöglich das Geräusch verkannt: Es klang wie Gewitterdonner. Zwei schwatzende Weiber blieben stehen, ein Wasserträger sah zum Himmel. Doch der blieb blau. Gilbert rannte.

Am Tor der Werft stürmte ihm eine Traube Arbeiter entgegen. Auf dem Strand lag sein Schiff. Beim Einsturz waren die Stützbalken in alle Richtungen weggeschleudert worden, die staken im Sand wie ausgerissene Beine. Der Schiffsleib war ein Haufen Trümmer. All die mühsam gesägten Planken übereinandergeworfen, dass kein Mensch mehr zu erkennen vermochte, was sie geformt hatten. Das kühne Bauwerk, dem er Helewises Namen hatte geben wollen, war ausgelöscht wie Helewise selbst. Ein Stück Leine zuckte im Wind.

Er stürzte hin, dass der Sand stob. Völlig sinnlos schob er geborstene Planken beiseite und stieg die Trümmer hinauf. Lass ab, beschwor er sich, aber ging weiter und hob Bretter auf, wiewohl er wusste, worauf er stoßen würde. Das Gesicht des Zimmermanns. Kalkweiß, die Wangen von Pickeln bedeckt, die Kiefer von Grauen verrenkt. Gilbert entfuhr ein Schrei. Er wollte gehen, drehte sich aber noch einmal um und sah in das gefleckte Totenantlitz. Eine Hand ragte aus den gesplitterten Spanten. Mit letzter Kraft wandte er den Blick ab.

Auf dem Strand drängte sich die Schar der Arbeiter zusammen. Sein Blutgericht. «Schert euch zum Teufel», schrie er. Seine Hand griff an sein Gesicht, spürte Nässe. Mehr taumelnd als gehend, überwand er die letzten Planken. Die Leute sprangen aus dem Weg. Gilbert sackte auf die Knie, schluchzte, das Gesicht auf dem Boden, bis er an Sand in Mund und Nase nahezu erstickte. Er schuldete niemandem Rechenschaft. Solches Unglück kam vor, und der Verlust des Schiffes ging nur ihn etwas an. Das Heer in Portchester wurde der Tage verschifft, gewiss trüge kein Mensch dem Ventenar Masun etwas zu.

An diesem Abend schüttete Gilbert der Betta die flaue Grütze ins Gesicht. Hernach kam es ihm vor, als habe er dem Sohn Grütze ins Gesicht geschüttet, und wenn er die Augen schloss, war das Gesicht des Sohnes von roten Pickeln übersät. Er wünschte, der Sohn hätte das Fass von Mutterleib verlassen und würde neben ihm liegen, ihm Beistand leisten in der entsetzlichen Nacht. Wie allein ich bin, dachte er, wie allein ich mein Leben lang war. Verzweifelt mühte er sich, die Augen offen zu halten, weil er fürchtete, bis zum Morgenlicht das tote Gesicht nicht mehr loszuwerden. Aber er irrte sich. Als die Erschöpfung ihn übermannte, träumte er von Dottie Loyes.

Im schmalen Schatten des Apfelbaumes drängten sich grunzend Dorothys Schweine. Drei Sauen besaß sie, gut gemästet, die jüngste kurz vorm Ferkeln. Dorothy schüttete ihnen Futter in den Trog, einen Brei aus Schrot und Speiseresten, den sie in der Nacht gekocht hatte. ‹Wenn wir für die Schweine kochen, geht es uns gut›, hatte Clement gesagt. An den Bruder zu denken, raubte Dorothy nicht länger den Atem. Die Erinnerung war ein stiller, trauriger Ort geworden, ein Garten, in dem nichts mehr wuchs. Kurz blitzte das Bild von ihres Vaters Apfelbäumen auf, von ihrem schwingenden Strick. Kinderei. Nur mehr ein Schulterzucken wert.

Der hiesige Apfelbaum hätte längst gefällt gehört. Bei dem Brand war seine Krone auf beiden Seiten von Flammen erfasst worden, und als der Regen gekommen war, hing einzig das mittige Geflecht von Zweigen noch am Stamm. Der Schwarze hätte den Baum umhacken und zu Klaftern spalten sollen, aber er hatte es nicht getan, und Dorothy hatte es nicht über sich gebracht, danach zu fragen. So war der beklagenswerte Leichnam des Baumes stehen geblieben, und der Blinde hatte den Schweinetrog daruntergestellt. Er tat alles für sie, dieser Blinde, er kam jeden Tag. «Wenn etwas zu tun ist, sagt es mir», hatte er sie aufgefordert. «Mein Herr wünscht, dass ich es Euch an nichts fehlen lasse.»

Und in der Tat, es fehlte ihr an nichts. Der Schwarze schickte ihr Geld. Unter all den Frauen, die ihre Versorger auf der Festung Portchester hatten, war sie die einzige, die alle sieben Tage verlässlich dieselbe Summe bekam, weil der Schwarze nichts ausgab und sein Ventenar höchstselbst für die Zustellung sorgte. Darum wurde sie beneidet. In die Stadt war zögerlich wieder Leben eingekehrt, doch es war ein hartes Leben voller Angst und Entbehrung. Frauen kamen mit leeren Schmalztöpfen an ihre Tür, oder sie brachten ihr ein Kind, das kränkelte, und fragten, ob es an ihrem Tisch mitessen könne. Dorothy gewährte alles ohne Federlesens. In alten Zeiten hätte sie darauf gehofft, dass der Herrgott ihr die guten Werke lohnte, in diesen Tagen aber dachte sie selten darüber nach.

Sie wurde wunderlich. Auf der Mauer, die der Schwarze ums Haus gezogen hatte, saß eines Abends im März ein magerer Rabe. Dorothy, die bei der Aussaat war, hielt inne und sah ihn sich an. Sie hatte Raben nie gemocht, niemand mochte sie, denn sie trugen üble Vorzeichen mit sich und fraßen alles weg. Er war jedoch ein schönes Tier, sein Gefieder blank, sein schwarzer Kopf gereckt. Ehe sie sich besann, warf sie ihm eine Handvoll Saatkörner hin. Er besaß Würde, stürzte sich nicht nach Rabenart darauf, sondern neigte den Kopf zur Seite, wie um Dorothy zu danken. Dann breitete er die Flügel aus, glitt lautlos zu Boden und verzehrte die Gabe.

Am nächsten Abend, als sie nach Holz in den Hof ging, zerbrach sie in der Faust einen Brotkanten, entdeckte den Raben wiederum auf der Mauer und warf ihm die Krumen hin. Sollte sie wirklich Brot an Raben verfüttern? War es nicht Sünde, wo sie so lange gehungert hatten und viele weiter Hunger litten? Letztlich aber war ihr auch dieser Gedanke nicht mehr wert als ein Schulterzucken. Sie wurde wunderlich, doch wen ging das an? Sie bekam ihre Horde satt, schuftete von früh bis spät und machte Francis Brustwickel, um seinen Husten zu lindern. Den Zehnt für die Kirche legte sie beiseite. Und lebte noch. Was sonst sollte zählen?

Den Frühling über kam der Rabe jeden Abend. Das Heer auf der Festung bereitete sich zum Verschiffen vor, und Catin und Richilda wollten hinunter in den Hafen, um die beflaggten Schiffe zu sehen, aber Dorothy verbot es ihnen. Sie machte sich Sorgen: Würde sie noch Geld bekommen, wenn das Heer an einer fremden Küste lag? Stimmte, worüber sämtliche Weiber sich in Klagen ergingen, dass, sobald das Heer fort war, ein neuer Überfall drohte? Und was geschah mit einer Familie in einer Stadt ohne Armenfürsorge, wenn der Ernährer starb?

Zu Mittag hatte Anne, des Segelmachers Witwe, ihre drei Buben gebracht. Der Anne war der Mann beim Brand und jetzt noch der Bruder bei der Arbeit umgekommen. «Der Herrgott soll's dir lohnen», hatte sie gerufen und war in Tränen ausgebrochen. «Aber er lohnt es dir ja längst. Du bist gesegnet, Dottie. Hast deinen Stall voll Vieh, deinen Hof bestellt und dazu die Feuermauer, hinter der ihr euch, wenn es böse kommt, verschanzen könnt. Wir haben nichts. Seit Gott uns noch den armen Rich genommen hat, bleibt uns nur die Frage, ob wir am Hunger oder im Feuer der Gallier sterben.»

«Wenn es böse kommt», entgegnete Dorothy, «bring deine Jungen wieder her. Ich lege sie hinter der Mauer mit meinen Kindern schlafen.»

Beim Einkauf traf Dorothy an jeder Ecke Frauen, die jammerten, dass die Franzosen wiederkommen würden. Zudem fürchteten sie um das Leben ihrer Männer, die man ins Heer gezwungen hatte. Im Lager herrschten angeblich Seuchen, und die Verpflegung sei so übel, dass viele ins Gras bissen, noch ehe sie den Feind zu Gesicht bekamen. «Mein Harry war feist wie ein Ochse, und jetzt verhungert er mir», rief eine jüngst verlobte Maid.

Am Abend schnitt Dorothy eine Scheibe Schinken und brachte sie dem Raben. Er flog nicht auf, sondern wartete, bis sie ihre Gabe auf die Mauer gelegt hatte und beiseitegetreten war. Anmutig hüpfte er näher, neigte den schönen Kopf und pickte ohne Gier nach dem Schinken. Sodann legte er den Kopf in den Nacken und ließ den Bissen in die Kehle gleiten. Ein Zucken durchrann den schwarzen Leib. Sie blieben eine Zeitlang voreinander stehen wie Weggefährten, die sich höflich grüßten, dann flog der Rabe davon, und Dorothy ging ins Haus. Kurz darauf hörten die Besuche des Raben auf. Nicht ohne Scham bemerkte Dorothy, dass sie darüber traurig war.

Lange blieb ihr dazu allerdings keine Zeit. Das Heer war

eben verschifft, und sie saß vor dem Haus, um dem kleinen Nicolas ein Hemd zu nähen, weil der wie Unkraut aus seinen Kleidern herauswuchs, als sie von der Marktgasse her Geschrei hörte. Sofort stand sie auf, ging in den Hof und rief Catin und Richilda, die dort spielten, zu sich. Den schlafenden Jungen lud sie sich auf den Rücken, weil er nicht schnell genug würde laufen können.

«Wohin gehen wir?», fragte Richilda, die pechschwarzen Brauen in die Stirn gezogen. Sie war ein Kitz von drei und einem halben Jahr, aber sie sprach wie eine Erwachsene, ohne Fehler, ohne kindisches Gekicher.

«In den Hafen», antwortete Dorothy. «Sehen, was los ist.» Die Mädchen unsanft an den Händen zerrend, eilte sie durch Gassen. Zu zweien und dreien kamen ihr Weiber entgegen, die heulten und riefen: «Flieht doch, flieht, die sind ja wieder da.» Aber Dorothy zog ihre Kinder weiter. In den Nächten, in denen sie wachgelegen hatte, allein oder neben ihrem Liebhaber, hatte sie einen Plan gefasst: Kämen die Mordbrenner zurück, so würde sie die Kinder nehmen und über die Salzwiesen bis zu dem Pulk von Gebäuden gehen, aus deren Mitte der Turm der Kapelle ragte. Zum *Domus Dei.* Den alten Francis würde sie nicht tragen können, und Symond, Roland und Isemay gingen sie nichts an, aber die Kinder mussten leben. Sie würde vor das Torhaus treten und erklären: ‹Wir sind die Leute von Fletcher, dem Schiffbauer, der mit Euch auf besserem Fuß steht als mit der Kirche seiner Gemeinde. Gebt unseren Kindern Schutz.›

Stein brannte nicht. Das hatte der Schwarze ihr erklärt, deshalb hatte er die Mauer gezogen. Stein würde bewahren, wo geweihtes Wasser nichts ausgerichtet hatte. Aber weder ihr Haus noch die Werft besaßen ein Dach aus Stein. Deshalb würde sie, wenn das Schlimmste eintrat, die Kinder ins *Domus Dei* bringen. Es war dem heiligen Nicolas geweiht, auch das hatte der Schwarze erzählt und wohl deshalb dem Franzosenfindling diesen Namen gegeben.

Dorothy ging schneller, und dann erblickte sie die Rauchwolke, die sich langsam über den Himmel zog. Sie reckte den Kopf in die Windstille, aber witterte keine Spur des unverkennbaren Brandgeruchs. Auch flohen keine Menschen in Trauben, keine Gasse war verstopft, kein Wasserträger bahnte sich im Laufschritt seinen Weg. Aus dem Hafen hörte sie das Läuten der Warnglocke, auch noch immer Schreie, aber anders als damals. Nicht, als ginge es ans Leben.

Als Dorothy mit den Kindern hinter der Häuserreihe hervortrat, sah sie das Meer. Aus der schwarzblau glitzernden Fläche erhob sich eine Feuersbrunst. Auf den ersten Blick erkannte sie jedoch, dass kein Gebäude erfasst oder auch nur in Gefahr war. Bei der Ruine des Segelmacherhauses drängten sich Menschen, die hinüber ins flackernde Rotgelb starrten. Es war die Insel, die brannte. Im Hafenbecken war kein Schiff mehr auszumachen.

Catin, die Überempfindliche, brach in Tränen aus. Die kleine Richilda riss sich von der Hand der Mutter los, sprang zu der Älteren und schlang die Arme um sie. Dorothy tat gar nichts, stand nur da und stierte den flammenden Horizont an. *Das Meer brennt.* Sie musste sich zusammenreißen. Dass kein Schiff zu sehen war, hieß nicht, dass keines hinter dem Becken lauerte, um einen Brandsatz auf Portsmouth zu schleudern. Die Gefahr war zwar nicht so groß, dass sie in das unheimliche Hospiz flüchten musste, aber groß genug, um sich zu wappnen.

In der Menge sah sie die flennende Segelmacherin, die ihre Buben und ein Bündel bei sich hatte. Dorothy riss sich von dem Bild des Meeres los, packte die Kinder und eilte ihr entgegen. «Wozu das Gepäck, was hast du vor?»

«Fliehen», rief Anne und drückte die Knaben, die sich zu

entziehen suchten, an sich. Ihr Gesicht war verquollen und verschmiert. «Nur weg aus diesem Unglücksflecken, ehe wir alle in Flammen aufgehen.»

«Hör auf, dumm zu schwatzen. Was willst du anderswo? Mit deinen Kindern am Straßenrand verrecken oder, im besten Fall, dich niederlassen, wo kein Mensch dich kennt? Los, nimm deine Brut, ihr kommt alle über Nacht zu mir.»

Ohne sich umzudrehen, trieb Dorothy die Schar stadtaufwärts. Die Jungen des Segelmachers waren grob und verwahrlost, wie man es oft bei Jungen sah, denen die strikte Hand des Vaters fehlt. Ihre Furcht überspielten sie mit derben Scherzen, die Richilda und Catin entzückten. Gemeinsam schleppten sie Stroh und Decken in den Hof und bauten bei der Mauer ein Lager. Der Himmel war klar; es würde über Nacht keinen Regen geben, sodass es sich hinter dem Steinwall, weitab vom Holz der Verschläge, am sichersten schlief. Die Frauen sammelten Steine, die sie um die Bettstatt häuften, und dann war es Zeit, zu Abend zu essen. Dorothy erkannte, dass der verängstigten Anne Beschäftigung nottat, mithin sandte sie sie ins Haus, um Feuer zu machen, Bohnen zu wärmen und alle sechs Kinder zu füttern. Sie selbst blieb im Hof und versorgte das Vieh.

Gleich darauf hörte sie Hufschlag, und da nur einer in der Gasse beritten war, wusste sie, dass Gocelin kam. Der hielt vor dem Tor, ein wenig außer Atem, das Pferd am Zügel führend. Recht hübsch mit dem geröteten Gesicht, befand Dorothy.

«Ist alles in Ordnung bei euch? Braucht ihr Hilfe?»

«Nein.»

Er schlang den Arm um sie und drückte seine Lippen auf ihre, ehe sie ihn wegschieben konnte. Also schob sie nicht länger, sondern ließ ihn sich satt küssen, weil das schneller ging.

«Du weißt nicht, wie du mir fehlst.» Er rang nach Luft. «Zwischen all dem aufgescheuchten Volk habe ich mich so nach dir gesehnt. Nach deiner Vernunft, deiner Festigkeit.» Seine Hand wanderte auf ihren Hintern und grub sich darin ein.

«Du kannst heute Nacht nicht kommen», unterbrach sie. «Ich hab die Leute des Segelmachers hier, du willst wohl kaum, dass die dich hören.»

«Dann komm zu mir. Ich brauch dich heute Nacht.»

«Und Matilda?»

«Die liegt mir Tag um Tag in den Ohren, ich soll ihr einen Sohn machen, und hernach fällt sie auf die Seite und heult sich in den Schlaf.»

«Weshalb machst du ihr keinen?»

«Weil Gott uns nicht segnet. Matilda läuft unentwegt zum Priester wie zu Master Fitzroger, alles Geld, das ich ihr gebe, fließt für Messstipendien hin. Sie dauert mich, Dottie. Aber ich bin ein Mann und ein schwacher dazu, ich brauche einen Menschen, der mich hält. Komm ins Gildehaus. Sehnst du dich denn nicht auch nach mir, mein Honig, meine Süße?»

Dorothy überlegte, wie jedes Mal, wenn er ihr diese Frage stellte. Die Antwort blieb *nein*. Sie mochte Gocelin, mochte seine Art, sich in ihren Hintern zu krallen, sodass sie spürte, wie firm ihr Fleisch war. Warum sie aber mit ihm Unzucht trieb, hätte sie nicht zu sagen vermocht. «Ich habe Kinder schlafen zu legen», erwiderte sie und entwand sich. «Es wird eine harte Nacht für uns alle, ich kann hier heute nicht weg.»

Eine Faust hieb ans Tor, das Gocelins Gewicht blockierte. Er stolperte vorwärts, und das Tor flog auf. Darin stand Isemay, hager, viel älter als ihre Jahre, mit Gebende um den Kopf, wiewohl kein Priester sie getraut hatte.

«Oje», entfuhr es Gocelin. Er deutete eine Verbeugung an.

Dorothy beachtete ihn nicht. «Was willst du, Ise? Nächtigst du nicht bei deinem Buhlen auf der Werft?»

«Das käme dir freilich zupass.»

«Es ist mein Haus.»

«Wenn überhaupt, so ist es das Haus deines Mannes.» Isemay warf den Kopf in den Nacken. «Dem du Hörner aufsetzt, du, die du von jeher die Heilige spielst. Denk nur nicht, ich weiß das nicht.»

«Mich kratzt nicht, was du weißt.»

Die Ise verzog den Mund, der wie eine Wunde in dem käsigen Gesicht klaffte. «Und wenn ich's dem schwarzen Satan sag, sobald der nach Hause kommt? Auf dass der dich erwürgt?»

«Nun, nun.» Mehr fiel Gocelin nicht ein.

Würde ihm mehr einfallen, fragte sich Dorothy, wenn statt der Ise der Schwarze dort stünde, wenn er sich auf sie stürzte, eine Waffe in der Hand? Dorothy wurde schwach, das alles war zu viel, sie hatte den Tag über noch nichts gegessen. «Lasst mir meinen Frieden», rief sie und schwang schon nach dem Haus herum.

«Warte!» Die Stimme der Ise schnalzte. «Ich bringe eine Nachricht für dich.»

«Was für eine Nachricht?» Der Schwarze war tot. Gefallen, ersoffen, verhungert. Der Zahltag käme, und Dorothy erhielte keinen Penny mehr.

«Eine Nachricht von deinem Mann, der kommt heute Nacht nicht heim. Im Hafen suchten sie Männer zur Nachtwache, da hat er sich gemeldet, um für sein Weib zwei Pennys zu verdienen. Der arme Kerl hofft noch immer darauf, dass sein Weib ihm verzeiht. So wie ich darauf gehofft habe, aber da dürfen wir beide freilich hoffen bis zum Jüngsten Tag, habe ich recht?»

Vor Erleichterung hörte Dorothy kaum, was Ise sagte. Dass Symond sich Hilfsarbeit suchte, um sich einzuschmeicheln, war nichts Neues, er hatte es seit jener Nacht in der Küche mehrmals getan. Zuweilen fühlte sie sich versucht, ihm zu sagen: ‹Müh dich nicht. Was du mir genommen hast, bringst du nicht wieder, und alles andere ist für die Katz.›

«Mein Ronald hat sich auch gemeldet», schwatzte Ise weiter. «Wenn heute Nacht die Gallier kommen, sterben unsere Männer für die Stadt.»

Dorothy sagte zu keinem von ihnen mehr ein Wort, sondern ging schleppenden Schrittes zum Haus und öffnete die Tür. In der Küche prasselte das Feuer unterm Kessel, und aus der Stube drang das Lärmen der Segelmacherbuben. Sie fühlte sich jäh sehr müde.

Als sie mit Anne ihre Horde in den Hof trieb, waren Ise und Gocelin fort. Es kostete Zeit, die überreizten Kinder zur Nacht zu betten. Catin fragte so lange, ob sie in dieser Nacht verbrennen würde, bis Dorothy sie ohrfeigte. Hernach tat es ihr leid. Catin war kein schlechtes Mädchen, nur ein herumgestoßenes Geschöpf, das in keinen Tritt mehr fand. Richilda umarmte sie. «Wenn der Nicolas eingeschlafen ist», flüsterte sie der Älteren zu, «kriech ich zu dir und mach dir warm.»

Dorothy sagte der Anne, die aussah, als breche sie jeden Augenblick in die Knie, sie solle sich drinnen schlafen legen. «Ich habe noch ein Hemd zu nähen, ich behalte ein Auge auf die Kinder.» Sie hasste Näharbeit bei Kerzenlicht, aber das Kleidungsstück musste fertig werden. Also stellte sie sich die Kerze an die Hintertür, sodass sie die Kinder im Blick hatte, und begann mit der Arbeit. Es ging recht gut voran, weil die Nacht sehr hell war. War dies dem halben Mond und der Unzahl Sterne zu danken, oder stammte das Licht von einem Brand, der näher lag als die Insel Wight? Dumpf hörte sie ihr Herz pumpen. Sie durfte der Angst keinen Raum geben oder wäre gelähmt, nicht fähig zu kämpfen.

Wovor fürchtete sie sich? Vor dem Tod? Weil sie für das, was sie mit Gocelin Deghere trieb, in der Hölle brennen würde? Ises Stimme hallte ihr im Kopf: ‹Du, die du dein Leben lang die Heilige spielst.› Würde Gott, um Dorothy zu strafen, ihr und den Kindern den Feuertod senden? Und dann, dachte sie, wäre nichts, das ich war, mehr da. Nur noch mein Haar vielleicht, wie das der Agnes, zu wenig, um es in ein Grab zu legen. Auf einmal wünschte sie, sie könnte sich vor den Qualen der Hölle fürchten statt davor, auf der Erde ausgelöscht zu sein.

In der Nachtstille zirpte ein Heimchen. Catin wimmerte leise, und Richilda flüsterte mit ihr.

«Aufgepasst», rief gedämpft der ruppige Tom, des Segelmachers Ältester. «Kann mir das wohl einer von euch Memmen sagen: Wer hat heut Abend am meisten vom gekräuterten Bohnentopf gegessen?»

Das Wimmern erstarb. «Du, Tom!», riefen Richilda und Catin zugleich.

«Ganz richtig, ich war's. Tom, der König der Bohnenesser.»

Kurz erwog Dorothy, den Wichtigtuer zurechtzuweisen, ließ es aber bleiben und lauschte.

«Und was meint ihr wohl, warum ich so viele Bohnen gegessen habe, hmm, was meint ihr?»

«Weil du Hunger hattest, warum sonst?» Die Richilda war eine Jungfer Siebenschlau, mit der nahm es so leicht keiner auf.

«Schon recht, weil ich Hunger hatte. Aber vor allem, damit ich gleich einen ordentlichen Krach aufführen kann.» Damit reckte er den Hintern in die Höhe und ließ einen Furz fahren, der einem Donnerschlag gleichkam. Ganz kurz war es still. Dann brachen erst seine Brüder und hernach Richilda und Catin in Gekicher aus.

«Na? Wer hat hier noch Bohnen gegessen, wer hält mit?»

«Ich, ich!» Seb und Sam, seine Brüder, reckten ebenfalls die Hintern, gaben ächzende Geräusche von sich, aber bekamen nichts herausgepresst.

Die Fürze, die schließlich ertönten, erst ein lauter, dann eine Abfolge leisen Geknatters, stammten von Richilda. «Was du kannst, kann ich schon lange.» Es folgte helles Gelächter vieler Stimmen.

«Meines war ja erst der Anfang, ich bin längst nicht fertig», rief Tom und furzte.

Catin kreischte auf, und gleich darauf furzte Richilda von neuem und dann der kleine Seb. Dorothy hätte aufstehen und für Ordnung sorgen sollen, doch sie saß tatenlos da und hörte zu. Ungläubig griff sie sich an den Hals, als könne sie das Lachen, das sich in ihrer Kehle Bahn brach, mit den Händen fassen.

«Hier stinkt es wie bei den Schweinen», rief Catin.

«Wir sind ja hier auch bei den Schweinen, hörst du die nicht?», fragte Tom und grunzte nach Schweineart. Gleich darauf grunzten alle Kinder, und Richilda furzte noch einmal, und so ging es weiter, bis allmählich ein Grunzen nach dem andern verebbte und in ruhigen Atem überging.

Dorothy legte ihre Näharbeit beiseite und schlich auf Zehenspitzen hinüber zu dem Kreis aus Steinen. Die Kinder schliefen, eins ans andere geschmiegt. Der freche Tom hätte Prügel verdient, doch stattdessen sollte er ein Hühnerbein bekommen, dafür würde Dorothy eigens in der Frühe eine Henne schlachten. Stimmlos lachte Dorothy auf.

Der Marktflecken Orwell war eine jener Siedlungen, wie sie die Küste entlang rund um natürliche Häfen aus dem Boden schossen. Am Ortsrand gab es ein großes Schankhaus, das in Wahrheit vor allem ein Hurenhaus war. Nachdem die von der Überfahrt erschöpften Männer ihr Lager errichtet hatten, rief Sir Eustace seine Zwanzigerschaft zusammen und forderte sie auf, sich dort nach Herzenslust zu vergnügen, er werde für alles bezahlen. Unter Gejohle stürzten die Männer ihres Weges.

Sir Eustace hielt Aimery zurück. «Es ist hart für sie», sagte er. «All die Nächte ohne Frau. Besser, man erlaubt ihnen, ihr Verlangen auszutoben, ehe sie zänkisch werden. Und da wir davon sprechen: Mir ist nicht entgangen, dass Hetfend unterwegs mit Euch Zank suchte. Ihr habt Euch wacker geschlagen. Lasst Euch auch weiterhin von ihm nicht verleiten.»

«Darf ich jetzt gehen?»

«Wohin denn?»

Aimery wies mit einer Kopfbewegung nach dem Hurenhaus.

«Ihr wollt zu den käuflichen Weibern?»

«Weshalb nicht? Was glaubt Ihr von mir? Das, was Hetfend glaubt?»

Der andere sah ihm lange ins Gesicht und mahlte dabei mit seinen schönen Zähnen. «Nein», sagte er dann. «Das glaube ich nicht. Ich hielt Euch wohl für eine Art Ritter der Minne, den die Liebe zu seiner Dame zu einem feineren Menschen macht.»

«Ach», entfuhr es Aimery. «Zu einem so feinen Menschen, dass die Dame am Ende dran glauben muss?»

«Verzeihen könnt Ihr nicht, oder? Nicht Eurer Frau, nicht mir, nicht Euch selbst. Das ist bedauerlich, mein Bester. Großmut adelt.»

«Das gilt für Euresgleichen, nicht für mich. Ich bin im Blut nicht besser als ein Pflugbursche.»

«Oh», versetzte Sir Eustace. «Da habe ich wohl eine ungedeckte Flanke getroffen. Meine Worte galten allerdings dem Admiral und waren nicht dazu gedacht, Euch zu kränken.»

«Sie kränken mich nicht», log Aimery. «Sie sind nur falsch. Wir sind keine Ritter, die Minnelieder singen, und keine Landarbeiter, die den Herren ihre Felder pflügen. Wir sind etwas Neues. Wir werden nie in Palästen wohnen, aber lernen, unsere Häuser aus Stein zu bauen. Wir glauben nicht mehr alles, weil wir manches wissen. Wir sind Städter.»

Der andere streckte die Hand aus und berührte Aimerys Gesicht. «Ihr gefallt mir wahrhaftig, Aimery Fletcher. Verwehrt mir nicht, Euch zu schützen. Mit diesem empfindlichen Stolz steht Ihr auf dünnem Eis.» Abrupt versetzte er Aimery einen Stoß. «Jetzt lauft und lasst Euch von einem tollen Weib ins Schwitzen bringen.»

Als Aimery die Schänke betrat, schlug ihm lärmender Überschwang entgegen. Wein und Starkbier flossen, es war heiß, bis auf das Licht von ein paar Kienfackeln düster, und es roch, wie es eben roch, wo sich Menschen, um sich zu trösten, nach Tierart aneinanderdrängten. Die wenigen Tische waren mit Bechern vollgestellt und von Saufenden umringt. Aimery setzte sich ans Ende der Bank. Immer erwartete er, einer, dem er nahe kam, müsse erschrocken zur Seite weichen, doch stattdessen schob ihm sein Nachbar, einer der Männer, die er an der Armbrust schulte, einen Holzkrug hin. «Wird Zeit, dass du kommst. Willst doch nicht leer ausgehen, in solcher Nacht.»

Aimery mochte kein Starkbier, aber trank es in zwei tiefen Zügen. Gewiss stand ihm Schaum auf der Lippe wie den Übrigen. Ein Mädchen mit stumpfem, hüftlangem Haar ließ sich in eine Bierpfütze auf dem Tisch plumpsen, sein Nachbar schlang die Arme um es und küsste ihm den Mund. Paar um Paar verschwand die schmale Treppe hinauf oder aus der Tür, sodass allmählich Stille sich über die Schänke senkte. Der Wirt und seine flachslockige Tochter begannen, Krüge und Näpfe fortzuräumen, den Boden auszukehren und Stroh für Schlafgäste aufzuschütten. Manchem ersoff die Wollust im Bier, er sackte einem Weibsbild aus den Armen und fiel auf den Dielen in Schlaf. Irgendwann saß Aimery auf der langen Bank allein.

Der Wirt schlug dem Mädchen, das wohl doch nicht seine Tochter war, auf die Hinterbacken. Sie warf ihm nur einen Blick hin, dann kam sie zu Aimery und setzte sich rittlings vor ihn auf die Bank. Ihre Hand, der ein Daumen fehlte, fuhr in sein Haar und kämmte es zurück.

«Und du, Rabenschwarzer? So allein gelassen?» Aus der Nähe war sie kein Mädchen mehr, ihr Gesicht grau, die Brüste schlaff. «Ich hab mich für dich aufgehoben. Gleich als ich dich kommen sah, hab ich gedacht: Das ist einer von den Scheuen, Stillen, den mag ich gern. Was für eine böse Narbe du hast. Glaubst du deshalb, du gefällst keiner Frau? Mir macht's nichts aus, und wenn du nicht kannst wie andere Kerle, macht's mir auch nichts aus.»

Aimery sprang auf, riss das Weib an sich und presste seinen Mund auf ihren. Vor dem Geschmack ekelte ihn nur einen Herzschlag lang, dann rannen seine Hände über ihre Formen, Hintern, Mitte, Brüste, packten sie bei den Schultern, langten unter Stoff nach Fleisch. Die Hure küsste ihn wieder, füllte ihm den Mund, dann bedeckte sie beißend und leckend mit Küssen sein Gesicht. «Komm du, komm», flüsterte sie und zog ihn in den Winkel hinter der Feuerstelle. Ohne sie loszulassen, ging er mit ihr. Riss sich, ehe sie nach seinem Gürtelstrick greifen konnte, selbst alles frei und warf sich über sie ins Stroh.

Eine Frau nehmen, wie oft hatte er geglaubt, das müsse helfen? Ein paar Atemzüge lang half es tatsächlich, machte alles leicht und verschwommen, und sein Körper war nichts als Kraft. Diese Kraft zu spüren, die nur ein einziges Ziel kannte, die alles mitnahm und auslöschte, tat wohl. Ehe das Wohlgefühl zersprang, zog er sich aus ihr heraus und zwang sich, so blind er war und so dunkel es sein mochte, hinzusehen auf sein Glied, das wie ein Kranker zuckte, Schleim verspritzte und lächerlich zusammenschrumpfte. Leiser Ekel würgte ihn. «Es tut mir leid», sagte er zu der Hure, kroch von ihr herunter und zog Stoff über die traurige Verdorrtheit ihrer Brüste.

Sie hob die Arme und legte sie ihm um den Hals. «Bleib die Nacht über, willst du? Du glaubst, ich bin eine Schwindlerin, wenn ich sage, ich mag dich. Aber ich schwindle nicht. Ich nenne dich Peter, darf ich?»

«Ja.»

«Ich hab dich gern, Peter.» Die daumenlose Hand strich über seine Hüfte. Das Haar auf seiner Haut sträubte sich, jede Pore gereizt. «In dir steckt ein ganz hübsch Wilder, darauf kommt eine gar nicht, wenn sie dich sieht.» Sie gab ihm noch zwei Küsse, einen auf die Wange und einen auf die Lippen.

«Ich will jetzt gehen», sagte er.

«Bleib doch, Peter. Glaubst du, ich weiß nicht, wie's dir zumute ist? Du bist nicht lange hier, dann schicken sie dich in den Krieg, und einer sticht dich ab. Du hast eine Frau und sechs Blagen daheim. Du möchtest heulen und kotzen vor Heimweh und vor Angst.»

Aimery schob die Frau von sich. «Wie heißt du?»

«Warum willst du das denn wissen? Emeline heiß ich.»

«Dank dir, Emeline», sagte Aimery und strich ihr das Haar glatt. Er band sich den Strick, dann gab er ihr zwei Münzen, damit sie nicht warten musste, bis Masun sie entlohnte. Ehe er aufstand und in die Nacht ging, küsste er ihr die daumenlose Hand.

Die Tage in Orwell waren gute Tage, wiewohl der Frühsommer schwül und regnerisch war und es in den Zelten nach Feuchtigkeit, Schweiß und Kot stank. Mancher erkrankte an der Ruhr und besudelte sich. Mancher starb. Über das üble Essen gab es viele Klagen.

Aimery aber gelang es, sich von allem fernzuhalten. Admiral Morley hatte ihm Werkzeug gesandt, und wenn Aimery Axt oder Beitel in Händen hielt, wenn er an Spieren feilte, eine Planke sägte oder eine Öffnung vermaß, überkam ihn noch immer das alte Hochgefühl. Das war, was er sein Leben lang hatte tun wollen: ein

Schiff bauen. Als Knabe, in den albtraumhaften Nebelstunden, wenn sein Vater ihm die Haut von den Knochen peitschte, hatte er sich in Bilder geflüchtet, in eine Schimäre von einem Schiff, die ihn allem entkommen und doch in Portsmouth bleiben ließ. Jetzt war er hier. Vielleicht würde er Portsmouth nicht wiedersehen, und der Schiffbau hielt ihn bei Verstand.

Gegen sein Gelöbnis verstieß er dabei nicht, er baute nichts Neues, sondern besserte nur aus, was Gilberts Handschrift trug. Der wusste, wie man sich verkaufte, jeder andere hätte für solchen Pfusch einen Tritt, aber gewiss kein Geld bekommen. Aimery schlug Masun vor, Speigatts in die oberen Bordwände einzulassen, damit Wasser von den Decks ablaufen konnte. «Der Admiral ist auf See», entgegnete ihm der Ventenar. «Macht nur alles so, wie Ihr es für richtig haltet, Ihr versteht mehr davon als wir.»

Es waren gute Tage ohne Zeit für quälende Gedanken. Wenn er nicht bei den Schiffen war, unterwies er die Männer im Umgang mit der Armbrust, unbedarfte Kerle, die sich die Hosen nass machen würden, falls es zur Schlacht kam. Wobei das jedem geschehen konnte, auch einem, der etliche Kämpfe hinter sich hatte. Aimery verstand sich nicht auf Menschenführung, aber mit der verstörten Schar kam er zurecht: Sie folgten ihm, weil er sie aus ihrer Ohnmacht riss. Er schulte sie auch am Segel, denn um der Übermacht des Gegners mit möglichst viel Kampfkraft zu begegnen, wurden Seeleute durch Krieger ersetzt, die notdürftig segeln lernen mussten. Dies hatte zur Folge, dass die Befehlslage auf der *Dorothy* erneut unklar war: Masuns Zwanzigerschaft unterstünde sowohl dem Befehl des Ventenars als auch dem des Schiffsmasters Hetfend, was umso schlimmer war, als Hetfend nichts von Schiffen verstand. Nach dem Code von Oleron musste er vor Navigationsentscheidungen Seeleute zu Rate ziehen, aber wer auf seinem Schiff galt als Seemann, und was gab Hetfend auf den Code von Oleron?

Aimery befahl sich, derlei Sorgen aufzuschieben und das Leben Tag um Tag zu meistern, wie es im Heereslager geboten war. Masun ließ ihn wissen, dass seinem Gesuch stattgegeben und Portsmouth von der neuen Kriegssteuer ausgenommen war. Auch lobte er ihn für seine Arbeit. «Ihr seid an Lob nicht gewöhnt, aber Ihr verdient es. Eines Tages werdet Ihr wieder ein Schiff bauen.»

«Nein», erwiderte Aimery, der nicht eingestehen mochte, dass das Lob wie Balsam war. Als löse sich ein Knoten in seinem schmerzenden Nacken.

Der Befehl zum Ausrücken erfolgte in einer Nacht Ende Juni. Mit Wassergüssen wurden die Männer aus dem Schlaf geschreckt und angewiesen, sich auf ihre Schiffe zu begeben. In der Frühe traf der König auf seiner Großkogge *Thomas* ein, um die Flotte von knapp hundert Schiffen von Suffolk nach Westflandern zu führen. Unterwegs sollte Admiral Morley mit fünfzig Schiffen zu ihnen stoßen. Die Anzahl der feindlichen Schiffe, die sie vor der flandrischen Küste erwartete, übertraf Schätzungen nach ihre eigene um das Dreifache.

Einen Steinwurf von der *Dorothy* entfernt lag im ersten Tageslicht die Kogge des Königs. Begleitet wurde sie von zwei mit Bogenschützen besetzten Kampfschiffen und einer weiteren Großkogge, an deren Bug Aimery eine Schar winkender Gestalten ausmachte. Er schirmte die Augen und sah, dass die Versammelten, die sichtlich bester Stimmung waren, Damenkleider trugen.

«Was soll das?», fragte er Hetfend, der kam, um ihn von der Bordwand wegzuscheuchen.

«Geht eine Drecksau wie dich nichts an, was das soll. Gesunden Männern, zumal Herren von edler Abkunft, kann's eben nicht zugemutet werden, von Ihrem Weibsvolk lange getrennt zu sein.»

«Wollt Ihr damit sagen, an Bord dieses Schiffes sind Frauen? Und es fährt mit uns nach Flandern?»

«Verzieh dich an deine Arbeit, ehe ich dir Beine mache.» Hetfend hob eine Trosse vom Boden und drohte ihm.

Aimery wölbte den Rücken, sein Nacken spannte sich. Er würde die Schläge der Trosse sein Leben lang spüren, als werde sein Körper geschüttelt wie ein Bündel Knochen, aber er würde nie mehr zulassen, dass ein solcher Schlag ihn traf. «Das ist Irrsinn. Wir können kein Schiff voller Frauen mit in eine Seeschlacht nehmen.»

«Wir?», schrie Hetfend. «Bestimmt etwa eine Sau wie du, was wir können?» Er hob das Ende der Trosse und schwang es nach hinten aus.

Aimery vertrat ihm den Weg und riss ihm das armdicke Seil aus den Händen.

Hetfend erstarrte in der Bewegung. «Du wagst es nicht.»

In der Morgensonne sah Aimery, wie dem anderen die Lippe zitterte, wie in kleinen Tropfen darüber Schweiß austrat.

«Du wagst es nicht.»

«Nein», sagte Aimery und ließ die Trosse fallen. Im nächsten Augenblick hatte er Hetfends Faust im Gesicht.

Das Erste war Taubheit. Das Zweite Schmerz und Begreifen. Das Dritte blinder Zorn. Seine eigene Faust ballte sich, sein Arm wurde steif. *Du bist schuld, dass Portsmouth verbrannt ist, und du erdreistest dich, mich zu schlagen?* Diesen Kerl sollte er töten, keinen beliebigen Franzosen namens Behuchet, der nur getan hatte, was er als Franzose eben tun musste. Ehe er zudrosch, folgte das Vierte. Besinnung. Code von Oleron. Nimm es hin, befahl er sich. Grub die Zähne in die Lippen. Öffnete die Faust. Aus dem Auge, das Hetfends Schlag getroffen hatte, rannen Tränen, derer er sich schämte.

Über Hetfends Züge zuckte ein Frohlocken. Sein Arm schnellte von neuem in die Höhe, und Aimerys Arm tat dasselbe, als sei der Arm ein Geschoss und gehöre nicht zu ihm. Und dann stand unversehens Masun vor ihnen, packte Hetfend beim Handgelenk und Aimery im Nacken.

«Ruhig, Leute», sagte er. «Ruhig.» Schmerzhaft schloss sich sein Griff um Aimerys Hals.

«Ist mein Recht, meine Leute zu züchtigen», fuhr Hetfend auf und suchte sich zu befreien. «Der Sauhund hat ...»

Masun schüttelte den Kopf, und zu Aimerys Erstaunen verstummte Hetfend. «Ich spreche Euch Euer Recht nicht ab. Ihr habt den Mann geschlagen, er hat den Schlag eingesteckt, damit ist allem Recht Genüge getan.» Er ließ Hetfend los. Aimery führte er, die Hand fest um seinen Hals geklammert, ein paar Schritte weit nach dem Mast. Dort lockerte er den Griff und begann, ihm den Nacken zu klopfen. «Ihr wisst, was Euch droht, wenn Ihr ihn schlagt, nicht wahr?»

Aimery starrte auf die Planken.

«Ich verstehe Euch. Und recht habt Ihr obendrein: Dieses Schiff voller Gräfinnen und Hofdamen, die die Königin in Gent besuchen wollen, ist Irrsinn. Aber Hetfend hat auch recht: Wenn der König beschließt, sie mitzunehmen, geht es uns nichts an.» Das Klopfen wurde zum Reiben, den verspannten Muskel des Nackens entlang. «Ihr braucht Eure Hände. Eure Familie braucht das Geld, das sie erarbeiten. Und die, die nach uns kommen, brauchen das Schiff, das Ihr irgendwann damit bauen werdet. Jetzt kommt, tragt Euren klugen Kopf erhoben. Es ist Euch eben geschehen, und noch einmal geschieht es Euch nicht.»

Aimery hob den Kopf.

Masun zog die Hand von seinem Nacken. «Geht zum Ankerlichten auf Euren Posten. Macht Eure Sache gut.»

Die Nacht lang lag Dorothy in Gocelins Armen. Im Dachwerk seines neuen Hauses verbarg sich eine Kammer, dorthin ging sie, wann immer ihr danach war, ihn zu lieben, auch wenn sie nicht sicher war, aus welchem Grund. Seit der Brandnacht hatte sie aufgehört, sich nach Gründen für ihr Tun zu fragen. Die Nacht war heiß. Sie waren beide müde, schreckten aber ständig auf und lagen schwitzend wach, bis auch der andere zu sich kam und sie sich wieder liebten. Der zärtliche Gocelin vergaß ständig, sich aus ihr herauszuziehen, aber Dorothy versetzte ihm beizeiten einen Stoß. Er wälzte sich von ihr herunter. Von unten herauf drang Matildas Schnarchen.

«Du machst das gut, weißt du das? Wie eine Hure. Eine wie du macht alles, was sie anpackt, gut.»

«Woher weißt du, wie es die Huren machen?»

«Das weiß jeder Mann», sagte Gocelin.

Dorothy dachte darüber nach, aber ihr Hirn war von Wärme und Schläfrigkeit verwirrt. Im Dunkeln surrte eine Fliege.

«Nein, Aimery vielleicht nicht», murmelte Gocelin.

«Mag der keine Frauen?» Sie hatte das nicht fragen wollen, über den Schwarzen mochte sie nicht sprechen. Gewiss war er tot. Nach Corpus Christi hatte Dorothy die dreifache Summe Geldes erhalten, zusammen mit der Nachricht, es werde jetzt gekämpft und der Sold ihr im Voraus ausbezahlt. Also teilte sie die Münzen ein, denn vermutlich würden keine mehr kommen. In den Straßen hingen Banner, und junge Männer, die den Heereswerbern entronnen waren, sangen Lieder vom Siegen, aber unter der Hand blühten Gerüchte, die Übermacht der Franzosen sei nicht zu schlagen. Dorothy legte Vorräte an, spann und webte, damit sie reichlich zum Verkaufen hatte, und die Leute kauften ihre Waren gern. Gocelin hatte recht: Was sie anpackte, machte sie gut.

Gocelin rieb seine Lippen an ihrer Schulter und küsste ihr

den Hals. «Ich weiß nicht, Honigküchlein», gab er endlich Antwort auf ihre Frage. «Vielleicht mochte er nur Helewise.»

«Wer wollte wohl auf solche Art gemocht sein?»

«Nun, Helewise doch.» Gocelin richtete sich auf und tastete im Mondlicht nach dem Weinkrug. Er trank, reichte den Krug dann Dorothy und küsste ihr, nachdem sie getrunken hatte, einen Tropfen vom Mund. «Warum hätte sie ihn sonst zum Mann nehmen sollen?»

«Weil ihr Vater es wollte.»

Er verzog den Mund. «Wie kommst du denn darauf?»

«Wie soll ich denn nicht darauf kommen?» Sie fand sein Lächeln verletzend, rückte von ihm ab. «Die Fletchers hatten Geld.»

«Francis hatte Geld. Dass er Aimery kürzer hielt als einen Kettenhund, war stadtbekannt, und was Aimery selbst verdiente, steckte er in die Abzahlung der Werft. Er besaß nicht mehr als das geflickte Hemd auf seinem Rücken. Der Mühlen-Greg, Matildas Oheim, hätte Helewise lieber dem Fuller mit seinen stinkenden Bottichen gegeben als ihm.»

«Dann soll das ganze Gewäsch mir gestohlen bleiben.» Sie sprang aus dem Bett. Am liebsten wäre sie aus der stickigen Kammer fortgelaufen, hinüber in ihr Haus, wo ihre Kinder schliefen.

«Meine Süße.» Gocelin griff nach ihrem Arm. «Wer immer dir erzählt hat, Helewise sei in die Ehe mit Aimery gezwungen worden, hatte unrecht. Die ganze Stadt sprach davon: Helewise hat Aimery geliebt.»

Wie konnte eine Frau ihren Mörder lieben? Wie konnte ein Mann zum Mörder werden an einer Frau, die ihn liebte? Diese Geschichten wurden wieder und wieder erzählt, aber sie blieben zersplittert, und kein Teil passte zum andern. Dorothy stöhnte. Die Hitze machte sie kirre.

Gocelin zog sie wieder aufs Bett und streichelte ihr Haar. «Helewise hat ihrem Vater gesagt, sie hat Aimery Fletcher so lieb, sie will eher hungers sterben, als von ihm zu lassen. Sprach's und aß keinen Bissen mehr. Das ist erstaunlich, oder? Dass so etwas hier geschieht, auf unseren Salzwiesen, nicht in aquitanischen Palästen. Sie war des Mühlen-Gregs einzige Tochter, er wollte sie an keinen mittellosen Sonderling vergeuden, aber noch weniger wollte er sie sterben sehen. Also gab er klein bei und schickte nach Aimery. Matilda, damals ein Ding von neun Jahren, hat gesehen, wie er in der Stube stand und auf Helewise wartete. Sie hat gesagt: ‹Ich hätte ihn auch genommen. Er war schlank und schwarz und bebte vor Liebe.› Helewise kam die Stiege hinunter, zart wie ein Vöglein, er hob sie auf, trug sie zur Tür hinaus, und draußen hörte man sie beide lachen.»

Gocelin verstummte, und Dorothy starrte ins Leere. Gocelins Geschichte barg das *Etwas mehr,* nach dem sie sich gesehnt hatte, aber es ließ sich nicht greifen. Sie stand auf und sammelte ihre Kleider vom Boden.

«Musst du schon gehen? Matilda hat einen ganzen Krug Beerenwein gesoffen, die wacht so schnell nicht auf.»

Etwas mehr. Sie stieg in ihr herbstrotes Kleid.

«Weißt du das, Dottie? Dich könnte ich lieben. Du bist nicht wie andere Weiber, du bist …»

Etwas mehr. Mit den Fingern kämmte sie ihr Haar, das lang geworden war und schwer in ihrer Hand lag. Gocelin seufzte. Sie mochte ihn, sein Seufzen schmeichelte ihr, aber mehr war es nicht. Nach einer durchliebten Nacht blieb nichts als Müdigkeit. Mit verschwitzten Haaren saß er auf dem Bettrand. Sie warf ihm einen Kuss zu.

«Wann bekomme ich dich wieder?»

«Wir werden sehen. Ich habe der Tage viel zu tun», sagte sie und ging.

Daheim machte sie sich an die Arbeit, lud alle Teile der Bude, die der Schwarze gezimmert hatte, auf den Schubkarren für den Wochenmarkt und verpackte, was zum Verkauf bestimmt war. Zuletzt bereitete sie ein Frühstück vor, das Catin austeilen würde, dann war alles bereit. Als sie mit dem Karren losziehen wollte, kam der Blinde, um ihr zu helfen. Seit Tagen hatte sie mit ihm sprechen wollen, und heute schob sie es nicht länger auf.

«Es tut mir leid, Blinder», sagte sie. «Du hättest Besseres verdient, aber ich kann dich nicht behalten. Schlaf auf der Werft, solange du willst, doch komm nicht mehr zur Arbeit her. Ich muss jeden Penny sparen, denn ob ich noch Geld bekomme, weiß ich nicht.»

Als hätte sie nichts gesagt, nahm ihr der Blinde den Karren ab und zog los. «Der Herr ist tot?», fragte er.

Dorothy zuckte die Schultern. «Möglich.»

Der Blinde stellte den Karren ab, schlug langsam ein Kreuz vor Kopf und Brust und ging weiter.

Sie blieb stehen. «He, hast du mich nicht gehört?»

Er drehte sich im Schieben um. «Sorgt Euch nicht. Ich habe ein wenig Erspartes, ich bleibe bei Euch, solange es geht.» Seine Stimme war hoch und zart.

Derweil sie redeten, erreichten sie die Marktgasse und bauten die Bude auf. «Warum solltest du das tun?», fragte Dorothy, während der Blinde die Pfeiler aufrichtete, die das Leinwanddach der Bude stützten. «Du weißt zuzupacken wie ein Sehender. Du wirst anderswo Arbeit finden.»

«Ihr seid wie mein Herr.» Das leere Weiß seiner Augen machte ihr seit langem keine Angst mehr. «Als ich zu ihm kam, hat er gesagt: ‹Könnt Ihr die Winde treten? Dann ist mir egal, ob Ihr seht oder nicht.› Die meisten Leute sind anders. Die meisten Leute stellen Fragen.»

«Das mag sein, aber es hilft nicht. Ich kann dir nichts mehr zahlen.»

«Lasst mich ohne Lohn bleiben. Ich schulde es meinem Herrn.»

«Wofür?»

«Dafür, dass er Euch mir anvertraut hat. Wiewohl Ihr ihm so am Herzen liegt.»

Also mochte er bleiben. Sie war froh, denn so musste sie nicht Ronald oder Symond um Hilfe bitten. Flink prüfte er Nieten und Nägel, dann wandte er sich zum Gehen und versprach, zum Abbau wiederzukommen. Dorothy war allein. Entkräftet lud sie Tiegel und Töpfe auf den Tresen, zu müde, um gegen den Zorn anzukämpfen, der sich wie Übelkeit in ihr ausbreitete: Warum bleibt alles für mich, all die Unordnung, das Verworrene? Sie hätte schreien wollen und die Töpfe zu Boden stoßen. Warum bin ich es, die ewig besonnen sein muss?

Hufschlag riss sie aus dem Tretrad der Gedanken. Flotter Trab, dann Schritt, schließlich Halt. «Gott zum Gruß, Dottie Loyes.» Von dem Pferd, einem blankgestriegelten Fuchs, beugte sich Gilbert Berkham ihr entgegen.

Sie atmete auf. Ihn anzusehen, war die reine Freude, ob man gleich müde, zornig oder mutlos war. Mit einem Satz sprang er ab. Sein Haar hing ihm keck in die Stirn, sein Wams war mit Borten verziert, und seine Augen leuchteten. «Wie nett, in diesem Flecken einem Menschen zu begegnen, der weder vom Krieg schwatzt noch mit dem Bettelstab geht.»

Sie wich zurück. «Was wollt Ihr?»

«Lasst mich sehen. In Hast entscheidet es sich schlecht.» Damit hob er den Deckel von einem Tiegel mit eingedickten Kirschen, steckte einen Finger hinein und hielt ihn ihr vor den Mund. Wie Wein rann der Saft von der Kuppe. Als sie nichts tat, legte er sich den Finger an die Lippen und leckte ihn ab.

Bei Tage dreschen wir die Garben.
Und bei Nacht legen wir die Netze aus.
Wenn wir leben, singen wir vom Meer und von der Liebe,
Und wenn wir sterben, begrabt uns.
Am Solent.

Als die Nacht aufzog, sangen sie, wiewohl im Flüsterton. Vor der Stadt Blankenberge waren sie vor Anker gegangen, und der Quartiermeister teilte Nachtessen aus. Es gab zwei Herdstellen auf der *Dorothy*, Holzkisten, die mit Lehm gefüllt und mit Steinen abgedeckt wurden, aber so nahe am Feind war ein Feuer, um Suppe zu wärmen, sträflicher Leichtsinn. So mussten sich die Männer mit harten Kuchen, Salzfisch und Dünnbier begnügen, die Singenden jedoch genossen auch dies, und die Stimmung unter ihnen war wie unter Brüdern.

Den schwarzen Himmel überzog eine Unzahl von Sternen, aber deren Licht war nicht zu greifen, und niemand wusste, wie ein Stern beschaffen war. Dass am Ende der nicht minder schwarzen Fläche des Meeres eine Küste lag, dass dort Menschen lebten, verriet nicht die kleinste Flamme. Die Männer hatten nur einander, um sich Mut zuzusprechen, um zu prahlen, um eine Erinnerung zu teilen, um später zu weinen und dem Nachbarn, als wäre der der Herrgott, zu gestehen: «Allmächtiger, lass Gnade walten, denn ich will nicht sterben.» Männer, die auf eine Schlacht warteten, besoffen sich an Nachtluft, Todesangst und dünnem Bier.

Ihre Waffen, Armbrüste, Streitkolben, Hämmer und Schwerter, lagen um sie verstreut. An Bord befanden sich nur zwei Langbogenschützen, Aimery und der offenbar von Kindesbeinen an geschulte Luke, die auf dem Vorderkastell postiert waren. Aimery rieb seinen Bogen mit Leinöl ein. Der Bogen hatte dies nicht nötig, aber die gemächliche Bewegung beschwichtigte Aimery.

Ist das Todesangst?, fragte er sich. Die Gewissheit, dass das, was wir angefangen haben, nicht fortgesetzt wird, sondern verloren ist. Während er über das blanke Holz strich, bemerkte er Luke neben sich, der offenbar versuchte, ihn anzusprechen, sich letztlich aber scheute und schwieg.

«Wenn du willst, gebe ich auf deinen Bogen acht», sagte Aimery. «Dann kannst du zu den anderen gehen.» Er kannte den Mann kaum, hatte aber eine Schwäche für ihn, weil er an jenem Morgen des Wahnsinns nichts gefragt, sondern ihm vertraut und dieses Schiff gerettet hatte.

«Wenn ich nicht störe», sagte Luke, «bliebe ich lieber hier.»

«Mich störst du nicht. Nur bin ich, fürchte ich, nicht eben gesprächig.»

«Das ist mir recht», erwiderte Luke. «Die anderen reden von Weibern, dazu hab ich nichts zu sagen.»

Das ist, was sie immer reden aus Angst vor dem Tod, dachte Aimery. Er besann sich auf Nächte in Aquitanien, damals war er nicht älter gewesen als Luke und hatte sich gewundert, dass einen die Angst vor dem Tod so drängte, von Liebe zu sprechen, nicht vom Tod. «Weshalb hast du dazu nichts zu sagen?» Ich habe damals auch nichts gesagt, erinnerte er sich. Und ich hätte doch gern jedem besoffenen Mann im Lager von meiner Liebsten und meinem Kind erzählt.

«Weiß selbst nicht», murmelte Luke. «Bin mit Weibern ein Tölpel.»

Die Suche nach einer Erwiderung blieb Aimery erspart: Eine Änderung des Wellenschlags verriet, dass ein Boot auf sie zugerudert wurde. Offenbar wussten Hetfend und Masun Bescheid, denn der Master versetzte schon den Sitzenden Tritte, dass sie aufsprangen und von der Backbordseite die Strickleiter hinunterließen. Von zwei Bewaffneten begleitet, kam Admiral Morley an Bord. Er sprach kurz mit Masun, schenkte dem zappelnden

Hetfend keine Beachtung und stieg dann zu ihnen auf das Vorderkastell.

Mondlicht fiel auf sein Gesicht. Er wischte sich darüber, wie um den Zug von Beklommenheit abzureiben. «Wir schicken Spähboote aus», erklärte er ohne Begrüßung. «Ich brauche jemanden, der mit meinen Rittern geht. Jemanden, der in einem Schiff liest wie ein frommer Bruder in der Schrift.» Aimery griff nach der ledernen Gamasche, die er zum Abschießen des Bogens um den Unterarm schnallte, der Admiral jedoch hob abwehrend die Hand. «Der Bogen bleibt hier. Wenn man dich sichtet, bist du tot.»

Schweigend verließen sie das Vorderkastell. Vor dem Abstieg streckte Masun den Arm, um Aimery zu berühren, aber der wich ihm aus. Im Boot warteten die Rojer und zwei Männer in Brünnen, die die Ankömmlinge mit stummem Nicken empfingen. Das Meer nahm sie auf. Tiefliegend schnitt der Bootsleib durchs Wasser. Wenn man uns sichtet, hallte es durch seinen Kopf, sind wir tot. Das Boot würde leckschlagen, kippen, ihre Körper schlucken wie nie gesehen. Eher gäbe die Erde verschlungenes Gut wieder her als das Meer. An der Flanke der Kogge *Magnus* wurde die Fahrt unterbrochen, so dicht, dass die Bordwände einander schabten, um den Admiral und sein Geleit zu entlassen. Der Befehlshaber bestieg die Leiter, ohne sich nach ihnen umzudrehen.

Auch Aimery drehte sich nicht um. Nicht nach dem Pulk der Schiffe und nicht nach dem zweiten Kundschafterboot, dessen Wellenschlag er hinter sich vernahm. Er saß still in der Lache am Bootsboden und hielt den Blick auf die Linie der Küste gerichtet, die sich ins bläuliche Schwarz prägte. Der vordere der Ritter streifte die Kapuze zurück, dass die Eisenringe klirrten, und wandte den Kopf. «Noch nichts», flüsterte er.

Aimery nickte. Kein feindlicher Mast, kein Fackellicht kam in

Sicht, und doch ließ sich der Bewegung des Wassers in windstiller Nacht etwas anmerken. Er senkte die Hand auf die Oberfläche. Er hatte Segelanweisungen für die Gegend studiert und versucht, sich selbst in groben Zügen eine Karte zu entwerfen. Den eigentümlichen Knick, den der Küstenverlauf nahm, erkannte er, weil er ihn an den Solent gemahnte, an den natürlichen Hafen von Portsmouth. Die Kriegsflotte König Philips musste sich gesammelt hinter dem Landvorsprung befinden und war somit womöglich kleiner, als sie angenommen hatten.

Die Rojer drosselten ihre Schwünge. Mit der Hand stellte der Ritter Aimery eine Frage, auf die Aimerys Hand ihm Antwort gab. Sie nickten beide, waren sich einig, verlagerten ihr Gewicht, um den Kurs des Bootes zu ändern. Dann wurden die Riemen eingezogen, und alle fünf Männer senkten die Arme ins Wasser, um das Boot so leise wie möglich voranzutreiben. In Aimerys Ohren aber hallte selbst das sachte Plätschern noch unsäglich laut. Wenn man uns hört, bin ich tot. Und warum auch nicht? Zoll um Zoll, als sei der Atem der Welt verlangsamt, umrundete das Boot die Landzunge.

Im nächsten Ruderschlag verhielten sie. Ihre Ahnung hatte sich bestätigt: Im bleichen Schein einzelner Fackeln wartete die Flotte des Feindes. Die Größe des Beckens hätte Aimery um ein Haar einen Laut des Erstaunens entlockt. Dicht an dicht, in drei Schwadronen geordnet, lagen genuesische Galeeren, Kampfschiffe aus Rouen, Kastilier und gekaperte englische Koggen, ganz außen in vorderster Reihe die *Christopher,* König Edwards Flaggschiff. Es mochten rund hundert Gefährte mehr sein, als ihre eigene Flotte umfasste, aber so gedrängt, wie sie aufgereiht waren, würden sie sich schwerlich manövrieren lassen. Sobald seine Augen sich im spärlichen Licht zurechtgefunden hatten, bemerkte Aimery zudem Taue, die Schiffsleib an Schiffsleib fesselten. Vor jeder Schwadron lag eine Barrikade aus Booten, und jedes Boot war mit Steinen und Planken beschwert. Wer immer dieses Aufgebot befehligte, er hatte offenbar nicht vor, es aus dem Becken herauszulenken, sondern legte es auf eine Schlacht zu Land an.

Die Männer durften keine Zeit verlieren, mussten sich mit flüchtigen Blicken und Deutungen begnügen. An Bord der ersten Schwadron vermutete Aimery Armbrustschützen, dazu wie erwartet Steinschleudern. Vor einer unlösbaren Aufgabe standen sie keineswegs: Sie würden im ersten Tageslicht den Feind im Becken stellen müssen, brauchten die Sonne und das bisschen Wind im Rücken. Wenn sie in Gruppen am Wind auf den Gezeitenwechsel warteten, wäre die Flut mit ihnen im Bund. Der Ritter drehte sich nach ihm um. Noch einmal verständigten sie sich durch Nicken, senkten die Arme ins Wasser und machten sich an die beschwerliche Arbeit, ihr Boot ohne Laut zu wenden.

In dieser Nacht gab es keinen Schlaf mehr. Admiral Morley war zu ihnen ins Boot gestiegen, um ihren Bericht zu hören.

«Es war ein Wald von Masten, unmöglich, sie zu zählen», beteuerte einer der Ritter, worauf Aimery hinwarf: «Ich bin sicher, es sind nicht mehr als dreihundert.»

Der Admiral sagte zu dem Ritter, der zu seinen Leuten gehörte: «Der da ist ein Pflugbursche aus Southampton. Eustace Masun erwartet Wunder von ihm.»

«Ich bin aus Portsmouth», sagte Aimery, und der Ritter, der vor ihm im Boot gestanden hatte, bat: «Lasst den Mann sprechen, mein Admiral.»

Knapp schilderte Aimery, was er gesehen und daraus geschlossen hatte. Als er abbrach, herrschte mehrere Herzschläge lang solches Schweigen, dass man das Werden und Vergehen der Wellen hören konnte, den Nachtgesang der Welt. Dann sprach

Admiral Morley: «Nun gut. Ich werde deine Worte mit dem König erörtern. Seit sie mich mit diesem vermaledeiten Feldzug betraut haben, war ich überzeugt, ich hätte keine Aussicht, lebend da herauszukommen. Jetzt sagst du mir, es stehe halb-halb. Wenn dem so ist, soll es dein Schaden nicht sein.»

Der Admiral bestieg die Leiter. Aimery senkte den Blick auf die Lache um seine Fesseln, und die Rojer ruderten ihn zurück zur *Dorothy*. An der Wand des Kastells lehnte Luke, der mit ihren Bögen eingeschlafen war. Aimery rüttelte ihn wach. Von nun an galt es, sich bereitzuhalten.

«Master», sagte Luke, kaum dass er die Augen aufschlug.

«Ich bin nicht dein Master.»

«Nein, natürlich nicht. Verzeiht.» Ehe der junge Mann Aimery seinen Bogen zurückgab, strich er sachte über das Holz des Rückens. «Was für ein Meisterstück. Dieser Bogen ist glatt wie aus Metall gegossen, und dabei biegt er sich wie ein Schilfhalm und als sei er noch ganz neu. Wenn es Euch erwischt, wer soll ihn bekommen?»

«Du», sagte Aimery.

Der junge Mann blickte im Dunkeln zu ihm auf. «Wollen wir uns ein Versprechen geben? Wenn es nicht Euch erwischt, aber mich, wollt Ihr dann darauf sehen, dass mein Leichnam nach Hause kommt?»

«Aber ja», sagte Aimery, dem gleichgültig war, dass solcher Liebesdienst nicht möglich sein würde.

«Bringt ihn dem Master Fitzroger vom *Domus Dei,* wollt Ihr das tun? Ist nicht leicht zu erklären, doch er wird für die Stolgebühren sorgen. Wenn es dagegen Euch erwischt, tue ich für Euch Gleiches. Wer wird auf Euren Leichnam sehen, wem soll ich ihn bringen?»

Aimery wollte erwidern, dass er mit seinem Leichnam keinen Lebenden zu belasten wünschte, aber sagte stattdessen: «Das *Do-*

mus Dei ist auch für mich recht. Sprich mit Bruder Nicolas.» So war es richtig. Durch die Futterluke hatte er dem Bruder Agnes' Haar gereicht, und der hatte keine Fragen gestellt. So wie er selbst Luke nichts fragte, der befriedigt nickte und gleich darauf einschlief. Sein Kopf sackte gegen Aimerys Schulter. Der ließ ihn schlafen.

Der Befehl zum Ankerlichten kam vor der Morgenröte. Feuchtigkeit war Aimery in Kleider und Glieder gekrochen, er fühlte sich steif und begann Beine und Arme zu beugen, um sie geschmeidig zu machen. Masun, der von der Unterweisung der Ventenäre zurückkehrte, stieg zu ihm hinauf. «Wir teilen uns in drei Schwadronen und die Schwadronen in Gruppen zu je Dreien», erklärte er. «Ein Schiff mit Nahkämpfern wird flankiert von zweien mit Schützen, und eine letzte Schwadron, allein mit Langbogen, bleibt in der Hinterhand. Wir gehören zur ersten Schwadron, linke Flanke der zweiten Gruppe. Manövriert wird, wie Ihr vorgeschlagen habt: Wir gehen in Schlachtordnung und warten auf die Flut.»

Aimery nickte, legte den Bogen nieder und zog über sein Hemd den aus Wollgewebe gefertigten und gepolsterten Gambeson, auf dessen linker Brustseite Masuns Wappen eingestickt war. Ehe er die Kapuze über den Kopf zog, schob er die Sehne des Bogens darunter. Der Stoff mochte seinen Körper nicht vor Pfeilspitzen schützen, aber er schützte die Sehne vor Feuchtigkeit. Fertig angetan, wandte er sich nach der Winde, wo schon andere warteten. Den schweren Anker zu bewegen, erforderte die Kraft von fünf Männern. «Aimery Fletcher», rief Eustace Masun ihm hinterdrein. «Gott schütze Euch.» Hinter seinem Kopf teilten sich Himmel und Meer, um in den Spalt den Morgen einzulassen.

Es würde ein schwerer, vor Hitze glasiger Tag werden. Um

die Segel an den Hauch von Wind zu stellen, schufteten die Männer in den gesteppten Gambesons sich in Schweiß. Dann aber setzte die Flut ein und kam mit mächtiger Schubkraft zu Hilfe. Wie viel leichter wären die Rudergaleeren der Genueser und Kastilier zu bewegen gewesen, hätten die Feinde diesen Vorteil nicht verschenkt. Was in ihren Befehlshabern vorging, als sie im ersten Grau des Tages die englischen Dreierreihen auf sich zugleiten sahen, vermochte Aimery sich so sinnlich vorzustellen, dass sein Magen sich verkrampfte. ‹Ein Wald von Masten›, hatte der Gewappnete gesagt, und damit war der Anblick treffend beschrieben. Ein Wald schlafender Stämme, die meisten kahl, ihre Takelung schlaff.

Scharf rief er sich zur Ordnung: Tu mehr, lass das sinnlose Denken. Dann rief er sich ein zweites Mal ein wenig milder zur Ordnung, weil ihm einfiel, dass er womöglich nicht wieder zu sich sprechen würde: Reiß dich zusammen, Zähne auf die Lippe, Bogen in die Rechte. Er zog die Sehne unter der Kapuze vor. Eine gute Sehne, die er aus flämischem Hanf gewickelt und dabei mit Bienenwachs gefettet hatte. Er hängte sie ein, Sehnenohr über Sehnenkerbe, das hätte er blind zu verrichten vermocht. Dann sah er auf seine Pfeile, teilte sie und gab Luke ein Bündel der schweren Schäfte aus Eschenholz, auf dass er sie zu den leichten aus Pappelholz steckte. «Auf kurze Distanz haben diese mehr Durchschlag.»

Luke, der ungewöhnlich rotes Haar hatte, befühlte die Pfeile, ehe er sie in den Leinenbeutel am Gurt schob. «Habt Ihr die gemacht? Ist das das Handwerk Eurer Familie, wie Euer Name sagt?»

«Ach nein», erwiderte Aimery, «es ist nur eins von den Dingen, die ich tue. Ich denke mit den Händen besser als mit dem Kopf.» Sie sahen sich an, in der Luft zwischen ihnen ein geräuschloses Lachen. «Wir sollten jetzt nicht mehr sprechen», sagte Aimery.

Dann legte er seine Gamasche an. Das lederne Rechteck schützte den Unterarm vor Schürfwunden durch die schnellende Sehne. Zwar ließ sich solcher Verletzung ausweichen, indem man den Ellenbogen beim Spannen beugte, dabei verringerte sich jedoch die Spannweite. Dass er aus dem Augenwinkel sah, wie Luke ihm jeden Griff nachtat, verlieh ihm Ruhe, trotz der Krämpfe im Magen. Solange er auf Luke achtete, als sei dies eine Übung, wiewohl das Schiff auf sein Ziel zuglitt und dabei Geschwindigkeit aufnahm, würde er leidlich zurechtkommen.

Wie sie selbst hatten auch die Franzosen ihre größten Schiffe in der vordersten Reihe postiert, um den kleineren dahinter Schutz zu bieten. Am Bug der längsten Galeere, die gut und gern Platz für zweihundert Mann bot, stand ein behelmter Hüne mit schwarzem Bart. Er tat gar nichts, hob nur die Arme und ließ sie wieder fallen – der Befehlshaber der Genueser, der unweigerlich begriff, dass es zu spät war, dass die stolze Flotte gegen Flut, Wind und Sonne nicht ankäme. Auf einem anderen Schiff würde ein Mann namens Behuchet dasselbe begreifen und vielleicht einen Herzschlag lang an eine Stadt am Solent denken, die Portsmouth hieß.

«Erste Schwadron in Stellung, zweite Schwadron Segel einholen.» Von Schiff zu Schiff sprang der Befehl. Der Gedanke war klug: Die Sonne in ihrem Rücken würde den Feinden gleißend entgegenschlagen, sobald die Segel zusammensurrten. Unter Getrappel, das auf den Planken wie Donner klang, rückten Armbrustschützen ins Kastell auf. Die *Dorothy,* als linke Flanke der zweiten Gruppe, hielt weit außen auf die gekaperten englischen Schiffe zu. Kopf um Kopf, Armbrust um Armbrust, tauchten Gegner über den Bordwänden auf. Auf der *Christopher* verteilte sich eine Schar ums Katapult. Gleich darauf erfolgte der Befehl. «Spannen, Schießen!»

Aimerys Linke umfasste die grifflose Mitte seines Bogens. Mit blinder Sicherheit setzte die Rechte die Nocke des Pfeils auf die Sehne. Die Augen zielten, nur die Augen, kein Gedanke, auf dass das Ziel ein Ziel blieb, sonst nichts. Zeigefinger und Mittelfinger spannten. Zurück bis zum Ohr. Nicht Arm und Schulter zogen, die mit dem Pfeil eine strikte Linie bildeten, sondern das gesamte Gewicht seines Körpers, das sich in den Zug legte und ihm die alles entscheidende Kraft verlieh. Die Wurfarme gaben nach, krümmten sich, bis ihre Mitte zu splittern drohte, wurden losgelassen, schnellten nach vorn, rissen die Sehne mit und schleuderten den Pfeil heraus. Sofort ward ein neuer ergriffen, aufgesetzt, die Nocke mit der Sehne ans Ohr gezogen und mit der Wucht der vorpreschenden Wurfarme abgeschossen. Drei Pfeile durchschnitten die schwirrende, flimmernde Luft, ehe der erste traf. *Spannen, schießen, spannen, schießen, nichts sein als ein Bogen, nichts kennen als ein Ziel.*

Die Wolke der Pfeile verdunkelte das Sommerblau des Himmels. Dass die spannenden Finger zu brennen begannen, dass Arm und Schulter schmerzten wie aus dem Gelenk gerissen, all das musste unbeachtet bleiben. *Spannen, schießen, das gegnerische Deck klären, nicht zur Seite sehen.* Ein Hagel gegnerischer Geschosse setzte ein. Übermächtig war der Drang, sich zu ducken, den Kopf einzuziehen, den Pfeil zu verreißen. Wasser spritzte ihm kühlend ins Gesicht. Ein Stein aus dem Katapult musste vor dem Bug der *Dorothy* eingeschlagen sein. Der geschleuderte Wurfspeer verfehlte sein Ziel hingegen nicht. Neben Aimery brüllte der Armbrustschütze auf und kullerte vom Stand.

Kaum merklich schob das Schiff unter ihnen sich an das andere heran. Es wurde Zeit, den Beutel mit leichten Pfeilen gegen den mit schweren zu tauschen. Nach Atem ringend, warf er einen raschen Blick über die Schulter. In die Mars waren zwei Männer gestiegen, die von oben Steine nach dem feindlichen Deck warfen. Vom Nachbarschiff sah er einen ins Wasser springen, einen Taucher, der versuchen würde, den Leib einer französischen Kogge unter Wasser leckzuschlagen, und der dabei ersaufen würde. Noch etwas sah Aimery: Das Schiff des genuesischen Befehlshabers, die riesenhafte Galeere, brach, von wilden Ruderschlägen getrieben, durch die englischen Reihen und entfloh. Gott schütze dich, flog Aimerys Gruß ihm hinterdrein.

Einen Blick zur Linken, auf Luke, auf irgendetwas, das einen Namen trug, gestattete Aimery sich nicht. Er straffte Arm und Schulter und legte sein Gewicht in den Zug der Sehne. Die Flugbahn der Pfeile wurde kürzer, ins Schwirren drang das platzende Geräusch des Aufpralls. Schreie folgten, dann das Klatschen von Leibern auf Planken. Aimery schloss die Augen, ehe das Ratschen ertönte, mit dem die Schiffe einander streiften. Sie hatten es geschafft, die *Dorothy* hatte die *Christopher* am Wind gestellt. Haken und Enterketten sausten nach der gegnerischen Bordwand. Ein Geschoss, von einem getroffenen Kämpfer aus dem Katapult geschleudert, stob über sein Ziel hinweg und traf ins Wasser. Brüllend stürmten die Männer hinüber auf die gekaperte Kogge.

Aimery hängte die Sehne aus und schob sie sich unter die Kapuze. Er spürte seinen Bogenarm nicht mehr, nur das Brodeln des Blutes in der Schulter, aber er konnte ihn bewegen. Schweiß rann ihm in Strömen über Brust, Bauch und Rücken. Er musste den Bogen in Öltuch wickeln, dabei kam er nicht umhin, auf Luke zu sehen, der in wässrigem, mit dem Schwanken des Schiffes schwappendem Blut lag. Sein Magen wand sich. Hart biss er sich auf die Lippe, schlug Lukes Bogen mit dem seinen ins Tuch und zog den Ballock aus der Hülle, das schmale Dolchmesser, das Masun ausgegeben hatte und das nicht seine Waffe war. Aimery besaß weder Übung damit noch Gefühl dafür. Mit einem Satz sprang er vom Kastell und lief zur vorderen Enterkette, um sich hinüber auf die *Christopher* zu hangeln.

Im Hangeln streifte sein Blick das Wappen am Bug der *Dorothy*, den Halbmond und den Stern. Dann schoss ein Menschenleib durchs Bild, ein über Bord gestoßener Toter. Das Nächste, was er sah, war eine Pikenspitze, keine Handbreit vor seinem Gesicht. Nicht in den Hals, durchfuhr es ihn, derweil er sich schon zur Seite schwang. Die Lanze fuhr ihm in die Schulter, schnitt den Oberarm entlang, doch der Schmerz flammte im Magen auf, nicht im Arm. Aimery packte die Bordwand, zerrte sich hoch und rammte dem Pikenier seinen Kopf in den Bauch. Er hörte sich schreien, hob den Ballock und warf sich auf den Gestürzten. Seine Hand mit der Klinge hieb auf die Kehle des Mannes nieder. Wieder schrie er, aber erstickt und würgend, dann fiel ihm das Messer aus den Fingern und schlitterte über die Planke. Vor seinen Augen ballte sich Schwärze, ehe er sich ins Gesicht des Franzosen erbrach.

Schier ohne Ende quoll der Schwall aus seinem Mund. Sooft er nach Atem rang, schoss etwas nach. Sein Vater fiel ihm ein: ‹Das teure Essen, das man dem Bengel einstopft, kotzt der dreifach aus.› Über ihm schwappte das Tosen des Kampflärms zusammen. Die Arme, mit denen er sich stemmte, der eine taub, der zweite brennend, wurden schwach. Irgendwann spürte er eine Hand, die ihm drei-, viermal auf den Rücken schlug, ihn am Kragen packte und von dem Franzosen herunterzog.

Schweiß rann Aimery in die Augen. An der Art der Bewegungen, am Verebben des Lärms bemerkte er, dass um ihn nicht mehr gekämpft wurde. Zwei aus seiner Zwanzigerschaft zerrten den Franzosen auf die Füße. Der sträubte sich, warf den Kopf in den Nacken, lebte! Der Mann, der Aimery auf die Planken gezogen hatte, ein Bäcker aus Kent, hielt ihm eine lederne Flasche an den Mund: verdünntes Bier, wie Brühe in der Hitze. Es rann ihm über die zerfetzten Lippen, tat weh, aber auch wohl. Aimery sah zum Himmel. Es musste Mittag sein.

Auf den anderen Schiffen wurde weiter gekämpft. Über Bordwände flogen Leiber, Lebende wie Tote, Schwärme von Pfeilen zogen Schweife ins wolkenlose Blau. Der Bäcker klopfte ihm die unverletzte Schulter.

«Nur ruhig, Mann, komm erst mal zu dir. An deinen Zauberbogen kannst du früh genug zurück.» Wieder klopfte er ihm die Schulter, in die allmählich Leben strömte. Aus der anderen sickerte Blut, hatte den Stoff des Gambeson durchtränkt, versiegte aber schon. Der Bäcker lachte. «Ein wunderlicher Geselle bist du. Fegst mit dem Bogen ein Schiff leer und rennst einen Pikenier in den Grund, aber wenn du ihn abstechen sollst, streckt's dich nieder.» Noch immer lächelnd, gab der Mann ihm seinen Ballock. «Bist du in Ordnung? Dann Marsch, zurück auf dein Kastell. Mit dem Ding hier bist du nutzlos.»

Aimery musste mehrmals würgen, ehe er genug Stimme fand, um ihm zu danken. Er hatte vor, Dünnbier zu trinken, aber brachte nichts herunter und gab auf, ehe sein Magen sich aufs Neue bäumte. Das Deck der *Christopher* war von Toten übersät. Engländer hatten begonnen, sie unter Gejohle über Bord zu werfen und Truhen und Säcke aus dem Kastell zu zerren.

«Willst du auch? Es stünde dir mehr zu als jedem», fragte der Bäcker. Aimery schüttelte den Kopf. «Wie du meinst. So oder so wird sich der König das was kosten lassen. Die *Christopher* ist sein Lieblingsschiff.»

Bald darauf trennten sie sich. Aimery hatte es eilig, auf die *Dorothy* zurückzukehren, wiewohl niemand sich an Lukes Leichnam vergreifen würde. Der lag nicht mehr auf den überschwemmten Planken. Jemand musste ihn an einen sicheren Ort gezerrt haben, hatte den Armbrustschützen hingegen liegen lassen.

Die an Bord Verbliebenen genügten eben, um die *Dorothy* aus dem Schlitz neben der *Christopher* herauszusteuern. Das Manöver war Schwerstarbeit. Aimery, dem Schweiß und Blut auf der Haut getrocknet waren, zerfloss bald wieder in Nässe. Als Nächstes galt es, Schützenhilfe zu leisten für Admiral Morleys *Magnus*, die zwischen einer kastilischen Galeere und einem französischen Kampfschiff eingekeilt war. Aimery hob den Bogen und trieb sich über die Grenze hinaus, die der Schmerz ihm setzte, bis er nichts mehr spürte. Kriegslärm schloss sich um ihn. Er nahm einen Pfeil, führte die Nocke auf die Sehne und legte sein Gewicht in den Zug.

Bis in die Abendstunden dehnten sich die Kämpfe. Der Bolzen einer Armbrust streifte Aimerys Schenkel und schnitt durch Stoff ins Fleisch. Keine gefährliche Wunde. Tiefer ging das Geschrei, das ins Kampfgetöse schrillte, die hohen Stimmen, die nicht hineingehörten. Frauenstimmen. Die Franzosen, wohl wissend, dass sie besiegt waren, hatten die Kogge der höfischen Damen leckgeschlagen. Kein Mensch, der es nie zuvor gesehen hatte, konnte sich eine Vorstellung davon machen, wie schnell ein Schiff unter Wasser verschwand. In die Todesschreie der Frauen mischte sich das Wutgebrüll ihrer Brüder und Gatten.

Aimery stieg nicht noch einmal auf ein feindliches Schiff. Er schoss Pfeile ab, bis vom zerrinnenden Widerstand der Gegner nichts mehr übrig war. Schaum krönte die See, die ihr Abendlied begann und sich von dem, was sie verschlungen hatte, nichts anmerken ließ, Wolken teilten den Himmel in Streifen aus Blassblau, Schwarzblau und Töne der Abendröte. Kurz darauf kam auch Wind auf, der über erhitzte Glieder strich. Schwerfällig rieb Aimery ein wenig Blut von seinem Bogen, hängte die Sehne aus und legte die Waffe ins Öltuch. Dann brach er vor Erschöpfung in die Knie.

Irgendwann betrat Eustace Masun das Kastell und kniete sich neben ihn. Er nahm ihn beim Handgelenk, bog ihm den Arm in die Höhe und betastete behutsam die verletzte Schulter, die sich steif und geschwollen anfühlte.

«Wir haben einen Barbierchirurgen von der *Thomas* hier, der König selbst hat darauf bestanden, ihn zu schicken. Ich möchte, dass Ihr diese Wunden ansehen und versorgen lasst.»

Aimery nickte.

«Vorher möchte ich Euch etwas zeigen.» Masun zog ihm die Kapuze vom Kopf und strich ihm das verklebte Haar aus der Stirn. «Könnt Ihr stehen? Gehen? Ich will nicht, dass Ihr Schmerzen leidet.»

Aimery kämpfte sich auf die Füße und schob den Ventenar beiseite. Durch das verwundete Bein jagten kleine Blitze, die sich aushalten ließen. Masun führte ihn an die Bordwand und wies hinüber auf die königliche Kogge. Sofort entdeckte Aimery, was er ihm zeigen wollte: die Traube Männer, die sich um den Mast scharte und die Rah herunterbrachte, gierig und ruppig an den Schoten zerrte, um das Segel zu bergen. Die ausladende Spiere, die stolze Segelträgerin, würde an diesem Abend zu anderem benötigt. Gardisten des Königs rissen einem Mann den Helm vom Kopf, sodass der Wind sein dunkles Haar zerzauste.

«Seht Ihr? Das ist Admiral Behuchet. Er wird gehängt für den Mord an den Damen des Hofes. Und ein wenig auch für Euer Portsmouth, nicht wahr?»

So verzweifelt wünschte Aimery, sich wegzudrehen, dass er die Fäuste ballen und die Füße in den Boden stemmen musste. Sein Blick verschleierte sich, der Magen wand sich in Krämpfen, und ein Würgen versiegelte ihm die Kehle. *Wenn du weinst, schlage ich dich zu Gelump.* Womöglich würde er sich noch einmal übergeben müssen. Stocksteif stand er da, zwang sich, alles anzusehen. Das Stocken des Mannes, das Nichtweiterkönnen und Geschobenwerden. Die Schlinge, die ihm übergestreift ward, als lege ein erregter Jüngling seinem Mädchen einen Halsschmuck um. Das Warten, bis der Holzblock, auf den man ihn stieß, einen Tritt bekam und kippte. Das Brechen des Genicks, das Sacken des

Kopfes, die Füße, die zuckten. Das Sterben. Die Henker wandten sich ab. Aimery krümmte sich vor, doch sein Magen war leer. Ein Zittern erfasste seinen Leib und ließ ihn nicht mehr los.

«Bei allen Heiligen. Tut Euch das weh?» Masun umfasste ihn, suchte ihn zu sich zu bringen, derweil Aimery sich duckte, sich zusammenkrümmte. Der Ventenar legte ihm die Hand auf den Streifen Haut zwischen Hemd und Haar. «Euch muss man ja hüten, mein Juwel. So zäh und so zart.»

Aimery rührte sich nicht.

«Ich kam, um Euch zu fragen, ob Ihr bei mir bleiben wollt. Wir verlegen das Heer aufs Festland, und ich würde Euch gewiss nicht knapphalten. Jetzt aber frage ich mich um Euretwillen: Habt Ihr je erwogen, Euren Freund von dem bewussten Gotteshaus zu bitten, Euch das Gelübde abzunehmen?»

Das Zittern wurde zum Schaudern, das den Rücken hinunterzuckte. Was soll das, wollte er auffahren, was scharrt Ihr in meinem Leben wie eine Henne im Korn? Aber der einzige Laut, den er herausbrachte, war das erstickte Würgen. Er war unendlich müde und sein Körper wund.

«Vergesst es. Bleibt in meinem Dienst, Ihr seid den Sold von drei Schützen wert. Und jetzt kommt mit mir ins Kastell, Ihr braucht Ruhe und Pflege. Wenn Ihr einen Wunsch habt, scheut Euch nicht, ihn auszusprechen. Einem so tapferen Mann enthält der König gewiss keine Belohnung vor.»

Aimery setzte sich erst in Bewegung, als Masun ihn losließ. Die Wunde an seinem Bein versetzte ihm Stiche bis hinunter in die Wade. «Einen Wunsch habe ich», sagte er und dachte: so viele Wünsche. Mein Land sehen will ich, nur auf Knien darauf liegen und es anstarren, den Knick, den der Solent zieht, die gelben Häuser des Domus und eine schöne Frau mit braunem Haar.

«Immer heraus damit.»

«Mein Kamerad, Luke, der Bogenschütze – ich möchte seinen

Leichnam nach Portsmouth schaffen lassen. Zu Master Fitzroger vom *Domus Dei.*»

Masun stutzte. Dann schlug er Aimery auf den Hinterkopf. «Noch ein Wort, und ich schicke Euch zu jenem Master Fitzroger. Mit einem Schild um den Hals: Nehmt diesen Kerl in Eure Obhut, er ist zu fromm für diese Welt. Wünscht Euch die Hände voll Geld, von mir aus ein Haus voller Huren oder eins dieser Schiffswracks, das Euch zurück zu Eurer Bestimmung brächte. Warum wollt Ihr um jeden Preis aus dem Leben eine unablässige Bußübung machen?»

Aimery strebte weiter, doch Masun grub die Hand in sein Haar und hielt ihn fest. «Mit einem Leichnam kann ich übrigens nicht dienen. Der Schütze Luke hat einiges abbekommen, aber vom Tode ist er weit entfernt und vermutlich schneller wieder auf den Beinen als Ihr.»

Als der Hochsommer einzog, kamen Nachrichten von Siegen. Auch von Toten, aber die von Siegen waren lauter. Vor Eröffnung des Jahrmarkts wurde die Stadt geschmückt. Girlanden aus Immergrün spannten sich von Haus zu Haus, daran hängten die Frauen, die es sich leisten konnten, Honigfrüchte und ließen Kinder danach schnappen. In den Gassen herrschten Tanz und Trunk. Kannen mit Bier, Schläuche mit Most und zwei Fässer mit teurem rotem Wein wurden herbeigeschleppt. «Sauft, Leute, sauft», tönte der Wirt vom *Bischof der See,* «es ist alles bezahlt, kostet Euch keinen Viertelpenny.»

Weil Catin und Richilda nicht aufgehört hatten zu betteln, ging Dorothy hinunter in die Marktgasse. Schon an der Ecke hörten sie den Lärm der Feiernden, die Mädchen rannten ihr davon, und der kleine Nicolas jauchzte. Sein dunkles Haar war letzthin aufgehellt, er glich nicht länger einem Franzosenbastard, sondern wuchs sich zu einem hübschen Knaben aus. Auch wurde er so schwer, dass Dorothy die Arme schmerzten, wenn sie ihn schleppte. Sie blieb stehen und setzte ihn ab, als eine Horde Singender an ihnen vorbeikam. «Fein, fein», rief das Kind, begeistert vom Gesang.

Bei Tage dreschen wir die Garben.
Und bei Nacht legen wir die Netze aus.
Wir sind die Männer vom Solent, aus hartem Holz geschnitten,
Und unserm König zu Ruhm und Triumph
Ersäufen wir Franzosen vor Sluys.

Im Jubel zerbarsten die letzten Zeilen des Liedes. «Wir haben gesiegt, wir haben gesiegt!» Tanzende Füße trommelten auf hartgebrannte Erde. Nicolas sprang auf und schlug die pummeligen Hände zusammen, worauf Dorothy ihn packte und unwirsch hochriss. «Wir gehen nach Hause, hörst du? Ich habe auf solche Narretei keine Zeit zu vergeuden.» Die Mädchen würden ohne sie zurechtkommen, sie wollte zurück in die Kühle ihres Hauses und zu ihren Tätigkeiten. Dann aber fiel ihr ein, dass sie im Haus nicht allein sein würde. Symond wäre da, der mit geduckten Schultern um sie herumschlich, dazu Matilda, fressend und jammernd, ihr Klagelied wie ihr fetter Leib ein ewiger Vorwurf, und zu allem Unglück noch Isemay, die in ihrem hohen Tonfall von Ronald schwatzte oder mit Ronald turtelte.

Dorothy schüttelte sich. Einmal mehr fragte sie sich, weshalb sie diese Horde am Hals hatte, weshalb sie, die sie fütterte, kleidete und ihre Nachttöpfe leerte, obendrein noch ihr Geschwätz ertragen musste. Abends würde sie dann zu Gocelin krauchen, um dem allen zu entkommen, und entkäme ihm doch nicht, würde Gocelins Säuseln hören und, sobald er zur Seite plumpste, die Stille der Leere. Sie würde mit den Fäusten auf das Betttuch trommeln vor Zorn über das, was sie suchte und nicht fand.

Wie zur Antwort hörte sie jemanden ihren Namen rufen. «Dottie Loyes?» Sie drehte sich um. Setzte das zappelnde Kind zu Boden.

«Die Schönste im ganzen Flecken feiert nicht mit?»

«Hab nichts zu feiern», sagte Dorothy, «und bin auch nicht schön.» Gilbert Berkham aber war es. Seine Farben frisch, seine Kleidung makellos auf einem Leib, an dem Dorothys Augen sich festsaugen wollten, wiewohl ihr Kopf sich abwandte.

«Nicht schön? Und nichts zu feiern? Ich habe das Gejohle um Heldentaten selbst satt, aber um mit einer Landsmännin den Tag zu genießen, ist mir jeder Anlass recht.»

Er näherte sich. Sein Duft sprang sie an, und als er ihre Hand nahm, ging sie mit ihm. Unten auf der Gasse gab es einen Mummenschanz, zwei aus Tüchern gefertigte Schiffe auf Menschenbeinen, die unter dem Gekreisch der Menge ineinander rannten. Dorothy entdeckte Anne, auch eine, die ständig klagte und ihrer bedurfte. Der brachte sie Nicolas.

«Kannst du mir auf ihn sehen? Irgendwo im Getümmel steckt Catin, die nimmt ihn dir ab.»

«Was tust du denn, Dottie?», rief Anne, den schönen Gilbert beglotzend, wie sie sonst auf Dorothys Kuh und ihre wohlgenährten Schweine glotzte.

Dorothy gab keine Antwort, sondern ließ sich von Gilbert zur Seite geleiten. Als sie aufsah, in seine hellen Augen voll Verschwörerlachen, lachte sie mit. Sie hatte seit einiger Zeit den Verdacht, dass man in der Stadt über sie und Gocelin schwatzte. Es machte ihr zuweilen Angst, und Gilbert machte ihr erst recht Angst, aber in diesem Augenblick dachte sie: Sollen sie doch reden. Sollen sie sagen: ‹Dottie Fletcher hat es nicht nur mit dem Deghere, sondern mit Gilbert Berkham, wer hätte es nicht gern mit dem?›

Verstohlen sah sie ihn sich an. Wo der Stoff an seinem pochenden Hals ein Stück Haut frei ließ, stand eine Perle Schweiß. Vielleicht werde ich bald nichts mehr haben, zog es ihr ohne jede Erregung durch den Kopf. Kein Geld, kein Vieh, kein Schmalz. Vielleicht werden sie dieser Stadt schon heute Nacht die Girlanden abreißen, und vielleicht wird sie morgen brennen. Warum also soll ich mir heute nicht nehmen, was mir schmeckt?

Dort, wo die Männer mit Citern und Viole standen, die ersten Musikanten, die in Portsmouth spielten, seit der struppige Bert im Feuer verreckt war, stellten sich Weibsvolk und Mannsvolk zum Tanz auf. Dorothy besann sich, wollte weiter. Einen Becher Wein teilen, dann die Kinder einsammeln und nach Hause gehen. Ehe sie jedoch einen Schritt tat, landete Gilberts Hand auf ihrer Hüfte. Sie fuhr herum. Er hob fragend die Brauen. Wie dreist er war! Und wie hübsch. Seine Hand stieß sie sachte in die Reihe der Frauen, sein Mund verzog sich, und dann begann der Tanz.

Zu Beginn war sie steif von der Arbeit, von den harten, öden Jahren. Aber Gilbert tanzte so, dass erst ihre Beine, dann ihr Körper und schließlich ihr Herz sich erinnerten, dass die Musik zupackte und alles andere fortspielte, dass ihre Glieder jubelten. Wenn die Musiker eine Pause machten, klatschten die Tänzer Applaus, und Dorothy wünschte nur, es möge weitergehen, immer weiter.

Aber immer weiter ging es nicht. Dieser Tanz war ein Wettkampf zwischen Tänzern und Spielleuten, und irgendwann gaben Letztere ermattet auf. Gilbert führte sie beiseite und zapfte Wein aus dem Fass.

«Wie lange hat man in dieser Stadt keinen rechten Roten ausgeschenkt?»

«Zu lange.» Sie riss ihm den Becher weg und schluckte das Getränk wie dünnes Ale. In der Hitze stieg es ihr sogleich zu Kopf.

Gilberts Hand spielte auf ihrer Hüfte, ließ die Finger tanzen. Die Versammelten, auch die Weiber, begannen wieder zu singen, sie seien Männer vom Solent. Beim Tisch mit den Bierkannen standen ein paar Kerle und schwatzten.

«Weißt du, was die Fische vor Sluys sprechen würden, wenn der Herrgott ihnen Sprache gäbe?», fragte einer den andern.

«Französisch», sagte der, «weil sie so viel Franzosenfleisch gefressen haben. Du bist heut schon der Dritte, der mir das erzählt.» Zwei, die danebenstanden, lachten.

Gilbert Berkham zog die Hand von ihrer Hüfte. «Ist er tot?», fragte er.

«Wer?»

«Aimery.»

Sie hörte ihr Herz pumpen. Nicht schneller, nur härter. ‹Wie soll ich das wissen, ob der verdammte Schwarze tot ist?›, hätte sie ihn am liebsten gefragt. ‹Lässt er es mir vielleicht ausrichten, bin ich ihm so viel vielleicht wert?› Stattdessen besann sie sich und sagte: «Was soll uns scheren, ob der tot ist, er schert sich um uns keinen Deut. Und wenn kein Geld mehr kommt, wird es von anderswo kommen.»

«Recht habt Ihr.» Gilberts Hand langte erneut nach ihr, aber sie wich zurück. «Solltet Euch Geldsorgen drücken, lasst es mich wissen, hört Ihr? Es wäre mir eine Freude, Euch unter die Arme zu greifen.»

«Was, glaubt Ihr, bin ich? Eine Bettlerin?»

Er kam ihr den halben Schritt hinterdrein. «Vergebt die törichten Worte, Dottie, lasst uns nicht länger über Hässliches sprechen. Was meint Ihr, wollen wir noch einen Becher trinken? Oder würdet Ihr mich nach Havant begleiten, wo man etwas Gedeihliches zu essen bekommt? Ich habe meinen Wagen im *Bischof*. Wäre es nicht reizend, an solch schönem Tag ein Stück von hier fortzufahren?»

Flüchtig gestattete sie sich den Gedanken ‹Ja, das wäre es›, ehe sie sich besann: «Ich muss meine Kinder holen. Sie nach Hause bringen und ihnen Essen hinstellen.» Damit drehte sie sich um, ohne ihn noch einmal anzusehen, und lief bis zur Ecke, wo just das Maskenspiel zu Ende ging. Dort rief sie sogleich die drei Kinder zusammen und zerrte sie hinter sich die Gasse hinauf.

Vor der Tür ihres Hauses warteten zwei Männer auf sie. Der eine war Gocelin, der seinen Gaul am Zügel hielt, der andere ein junger Rothaariger, den Dorothy schon einmal gesehen hatte. Gocelin winkte und verzog den Mund zu jenem schmachtenden Lächeln, das sie kaum noch ertrug. Hinter sich hörte sie schnelle, feste Schritte, wandte den Kopf und sah Gilbert, der abwartend stehen blieb. Das Sonnenlicht schmeichelte ihm, als sei es in ihn verliebt.

«Dottie!», rief Gocelin. «Kommst du von der Siegesfeier?»

Der Rothaarige hielt in beiden Händen eine kleine, holzgeschnitzte Truhe. «Mistress Dorothy Fletcher?»

«Ja, das ist Dottie Fletcher», bestätigte Gocelin.

«Ich bin gekommen, um Euch dies zu bringen.»

Als der Mann ihr die Truhe hinhielt, erkannte sie ihn. Er war einer der Seeleute, die nach dem Brand geholfen hatten, die Ruine ihres Hauses leer zu räumen. Auf einmal war sie sicher zu wissen, was in der Truhe war, und scheute sich, sie zu berühren. Ein paar Reste von Kleidern, Gurt und Waffe, ein, zwei Münzen. Marge, die Seifensiederin, hatte solch eine Truhe erhalten, ein Kumpan ihres Geoff hatte sie gebracht. Den Geoff hatte ein Schwarm von Pfeilen zerfetzt, der lag nirgendwo begraben. «Ich will es nicht. Nehmt es weg.»

Verwirrt starrte der Rothaarige von ihr auf die Truhe und dann zu Gocelin. «Nimm es, Dottie», sagte der.

Aus unerfindlichem Grund sah Dorothy das Haar der Agnes vor sich, die hellen, schimmernden Strähnen, und dann das

Haar des Schwarzen. Ihr Mund wurde trocken, als der Rothaarige ihr die Truhe in die Hände schob. *Ich kann sie nicht öffnen.* Sie hatte kaum zu Ende gedacht, da sprang Richilda an ihr hoch und rüttelte mit ihren kräftigen Händen an dem Schloss. «Was ist denn drinnen?» Die Verriegelung löste sich. Rau schrie Dorothy auf und wich zurück. Die Truhe war bis zum Rand gefüllt mit Münzen.

«Master Fletcher ist noch auf der Festung», sagte der Rothaarige. «Er schickt seine Prämie voraus, in der Hoffnung, dass sie Euch von Nutzen ist. Der Tage kommt er nach Hause.»

Gilbert ritt einen großen Teil des Heimwegs im Galopp. Dazu gebrauchte er die Peitsche härter, als es dem edlen fuchsroten Reitpferd bekömmlich war. Es tat ihm in der Seele weh, aber an etwas musste er sich auslassen, sonst hätte sein Zorn ihm das Innerste ausgebrannt: Wenn du wüsstest, wie ich dich hasse, Aimery, du würdest nicht wagen, dich feiern zu lassen, der Weibsmörder als Kriegsheld, sondern auf deinem verfluchten Schiff vor mir an den Rand der Erde fliehen … Vor allem aber würdest du nicht wagen, dich dem berückendsten Geschöpf anzudienen, das hier herumgelaufen ist, seit du der Welt Helewise genommen hast. Wieder drosch er auf sein Pferd ein. Ein Hämmern im Schädel gaukelte ihm vor, wenn er nur schnell genug zur Tat schritte, ließe sein wütendes Begehren sich erfüllen: *Ich will Dottie Loyes.*

Die Schöne. Die dem Leben die Stirn bot. Die Unnahbare, um die bei jedem Schritt ihr Stolz schwang wie ihr Rock. Wieder holte er zum Schlag aus, aber besann sich. Indem er die Peitsche senkte, begriff er: Ich will Dottie Loyes. Nicht so, wie ein Mann eben Weiber will. Sondern so, wie ich Helewise wollte.

Als er sein Anwesen endlich erreichte, war er in Schweiß gebadet. Er übergab dem Knecht das Pferd und wies ihn an, es zu versorgen. Der Kerl wollte etwas sagen, aber Gilbert hörte nicht hin, sondern stürzte ins Haus. Der Wohnraum lag im Düstern. Keine Kerze war angesteckt, und es roch nach keinem Nachtmahl, das für ihn bereitet war. Gilbert brüllte nach Betta. Diesmal würde er keine Milde kennen, sondern ihr den Arsch mit der Rute pfeffern, dass sie drei Tage lang Grund zu winseln hatte. Er warf einen Blick in den Küchentrakt, dann jagte er hinauf zu Bettas Kammer.

Auf der Treppe hörte er es. Ihr Winseln, als bezöge sie ihre Prügel schon jetzt. Aufheulen, dann Stille und gleich von neuem erbärmliches Heulen. So weinte keine, die den Arsch gegerbt bekam, so weinte eine, die starb! Gilbert stieß die Tür auf. Im Zwielicht sah er Betta am Boden liegen, der Rock zwischen den Beinen blutbefleckt. Er war schneller auf den Knien, als er denken konnte, und riss den Stoff zurück. Wie Wasser quoll Blut aus ihr heraus. «Herr, Herr», stöhnte sie, heulte auf und wölbte den Rücken, bog ihm den aufgetriebenen Leib entgegen.

Mein Sohn, schrie es in Gilbert. Über dem Lechzen nach Dottie Loyes hatte er den Sohn vergessen, und jetzt strafte ihn Gott und ließ sein Kind im Mutterleib verbluten. Er bog Bettas Beine auseinander, wusste kaum, was er tat. Ein Schwall aus Blut und Wasser ergoss sich ihm über die Hände. Wieder krümmte sich Betta und heulte zum Gotterbarmen. Ihre Hände krallten sich in seine Schultern, die Nägel durch den Stoff in sein Fleisch. Gilbert ließ es geschehen. Und heulte mit ihr.

Hinter ihm wurde die Tür aufgeworfen, und in die Kammer polterten Schritte. Feste Hände zogen ihn zurück. «Kommt, kommt. Für Kerle ist das kein Anblick.» Zwei Weiber: Gisel, die Frau seines Nachbarn, und das graugekleidete Geschöpf, das vom Sehen jeder in Southampton kannte. Madde, die Wehfrau. Kraftlos ließ Gilbert sich fallen und blieb sitzen. Die Wehfrau lehnte sich über Betta, als wolle sie sie begatten, während sich die Gisel ihm zuwandte: «Euer Knecht hat mich gerufen. Wir konnten Euch nicht fragen, also ließen wir die Madde kommen.»

«Er verblutet», fiel er ihr stöhnend ins Wort. «Mein Sohn verblutet.»

Das Weibsbild grinste. «Das ist Blut von der Mutter, nicht vom Kind. Und so kräftig, wie Eure Magd ist, hat ihr das nichts an. Eher mag's sein, dass der Sohn eine Tochter wird, doch bei einem Bastard ist's ja einerlei.»

Beinahe hätte Gilbert dem dummen Weib ins Gesicht geschlagen, aber Bettas Schrei ließ die Bewegung gefrieren. Gilbert schrie mit, der ganze Raum um ihn schwankte und schien mitzuschreien. Er presste sich die Hände auf die Ohren und kniff die Augen zu. Und dann, viel später, zog ihm jemand die Hände von den Ohren, und das Erste, was er hörte, war ein Lachen.

Er schlug die Augen auf. Die Wehfrau hielt ihm etwas entgegen. Einen Batzen rohes Fleisch, aus Betta herausgeplatzt. Aber der Fleischbatzen, derweil er auf ihn starrte, bekam einen runden Kopf, der auf winzigen Schultern saß, ein Körperchen, dünne Glieder, formte sich vor seinen Augen zum vollkommenen Abbild eines Menschenwesens, so klein und zerbrechlich wie nur möglich. Nur eins war groß an dem Kind. Die Madde legte zwei Finger drauf und lachte wieder. «Einen so properen Buben kriegt man nicht oft zu sehen. Bastard hin oder her, für das Kerlchen braucht kein Vater sich zu schämen.»

Gilbert streckte die Arme. Spürte die feuchte Wärme des Kindes an der Brust, als es zu brüllen begann. Er wollte sich das Hemd vom Leib reißen, um es noch näher zu spüren, kein Stoff mehr zwischen dem pochenden Puls des Kindes und dem seinen. Mein Sohn, mein Sohn, mein Sohn, rief es in ihm. Wir werden nie mehr allein sein, das alles ist jetzt vorbei. Aller Wahn von Schiffen und Weibern, dachte Gilbert und presste sein Gesicht auf den verklebten Flaum. Dann begann er zu weinen, wie er geweint hatte, als Helewise ihm gesagt hatte, sie werde Aimery Fletcher heiraten. Wie er geweint hatte, als er begreifen musste, dass Aimery Helewise gemordet hatte. Wie er seither nie mehr geweint hatte. «Das ist alles vorbei», sprach er in des Kindes Geschrei. «Das Einsamsein. Das Rasen. Ich habe, was er nicht hat. Dich.»

Das Kind hörte zu schreien auf. Gilbert küsste die winzige Kehle und hob den Kopf. Vater und Sohn sahen einander an, in den Augen des Sohnes ein Überrest des Himmels, von dem er gekommen war.

Als der Herbst kam, wurde das Wetter abscheulich. Dorothy hatte mit Hilfe des Blinden Männer bestellt, die ihrem Haus einen Schüttboden aufsetzten. Ihre Kammern, Verschläge, Krüge und Töpfe waren mit Vorräten vollgestopft wie einst Francis' Lager mit Waren. Das Geld aus der Truhe hatte sie im Hof vergraben. Sie brauchte es nicht. Es kam noch immer mehr als genug hinterher. Alle anderen Weiber, die einen Kämpfer im Franzosenkrieg hatten, einen der Gefeierten von Sluys oder Tournai, liefen mit Raubgut aus Frankreich umher, mit französischen Spitzen um die Schultern und französischen Spangen im Haar. Dorothy aber bekam nichts als Geld, und nichts anderes wollte sie.

Mit jedem gefüllten Schub hoffte sie, nachts besser zu schlafen, aber sie fand keine Ruhe, kochte ein, trug Brotteig ins Backhaus, braute, wartete darauf, dass wieder Geld kam, und hatte es eingeteilt, noch ehe sie es in Händen hielt. Unermüdlich war sie, und nirgendwo in der Stadt aß man so gut wie in ihrem Haus. Das hatte zur Folge, dass immer mehr Menschen in ihr Haus zum Essen kamen. Die Segelmachersleute, dazu noch mehr Schwesterkinder von Rich, der auf Berkhams Werft umgekommen war, und Gocelin, der immer feister wurde. Wie er es sich lautstark schmecken ließ, ekelte Dorothy, aber bei Nacht ging sie doch wieder zu ihm, weil es besser war, sich von ihm umschmachten zu lassen, als allein schlaflos zu liegen, in allen Gliedern ein Prickeln.

Sie hatte sich von ihrem Geld eine eigene Bettstatt hinter der Küche errichten lassen, damit sie die Nähe der Schlafenden nicht länger ertragen musste. Sie brauchte niemanden um Erlaubnis zu fragen, keinen Vater, keinen Bruder, schon gar nicht den bejammernswerten Francis, der völlig von ihr abhängig war, oder Symond, den längst kein Mensch mehr als ihren Gatten ansah. Sie war Mistress Dottie, die Herrin des Hauses, der Blinde ihr Gefolgsmann. Darauf war sie stolz. Und doch, es nützte ihr nichts. Unruhe hetzte sie, bei Tag wie bei Nacht.

Der Gesandte von Masun Manor zahlte ihr wöchentlich eine Summe aus, erst sechs, dann acht, zwölf und schließlich sechzehn Pennys als Tagessatz, sodass sie reichlich zu sparen hatte. Als das Wetter umschlug, hatte sie Holz genug, um ihr Haus trocken zu halten, Francis mit seinem Husten lag in dicken Decken, und Catin war gekleidet wie eine Herrentochter, damit sie sich in der harschen Jahreszeit nicht erkältete. Und dann kam der Donnerstag, an dem Masuns Gesandter ausblieb und statt seiner der Schwarze eintraf.

Ihn selbst sah Dorothy nicht. Nur seinen Bogen und sein Gepäck, bei der Hintertür an die Wand gelehnt und kurz darauf wieder fortgeräumt. Es musste ja sein Bogen sein, denn wer sonst im Haus besaß einen? Sie fragte den Blinden, den sie nach Fisch geschickt hatte. Ja, sein Herr sei zurück, bestätigte er, die leeren Augen auf Dorothy gerichtet. Der Krieg sei vorerst unterbrochen, Verwandte der Königin hätten einen Waffenstillstand erwirkt. Ich habe im Haus für ihn keinen Platz, dachte Dorothy und bemerkte in sich eine Entrüstung, die sich schwerlich rechtfertigen oder auch nur erklären ließ.

«Keine Sorge um den Schlafraum», bemerkte der Blinde, als habe er ihr die Gedanken von der Stirn abgelesen. «Der Herr lässt ausrichten, er schlafe auf der Werft.»

«Und was wird mit Geld?», platzte sie heraus.

«Das weiß ich nicht. Ihr müsst den Herrn selbst fragen.»

«Sollte nicht der Herr es mir sagen? Wäre das nicht seine Pflicht?»

Über die Züge des Blinden wischte ein Lächeln. «Wenn Ihr könnt, seid nicht gar so streng», sagte er, gab ihr den Fisch und ging.

In dieser Nacht wurde Dorothys Unruhe unerträglich. Gocelin hatte sie angefleht, endlich wieder zu ihm zu kommen, also schlich sie sich im mondlosen Dunkel in sein Dach. Eilig nahm er sie. Es war inzwischen so fade geworden, dass es Dorothy von ihren Gedanken nicht ablenkte. Nur darauf, Gocelin beizeiten aus sich herauszustoßen, achtete sie. Hernach hielt Gocelin ihr eine ausschweifende Rede darüber, dass er sie als sein Weib betrachtete, da schließlich weder Symond noch Matilda zu Gatten taugten und nach altem Recht auch eine Verbindung wie die ihre als geschlossen galt.

«Ich werde immer für dich sorgen, Dottie», sagte er. «Wenn du wolltest, ließe ich meinen Bund mit Matilda lösen.»

Dorothy hörte kaum hin. «Gocelin», platzte sie heraus. «Der Schwarze ist zurück. Es herrscht Waffenstillstand, der verdammte Schwarze ist aus dem Heer entlassen. Er hockt in der Werft und sagt mir kein Wort darüber, wie wir von jetzt an leben sollen.»

«Nicht», sagte Gocelin, beugte sich vor und steckte zu der einen Kerze, die brannte, im Leuchter noch eine weitere an.

«Was nicht?», schrie sie.

«Sag nicht ‹der verdammte Schwarze›. Aimery mag sein, wie

er will, ich ertrage ihn oft selbst nicht, aber er hat England so brav gedient wie kein anderer, und er hat treu für euch gesorgt. Er wird Wege finden, das auch weiterhin zu tun. Dass du ihn verdammst, verdient er nicht. Wie er übrigens auch nicht verdient, dass du einen Mörder in ihm siehst.»

«Er ist doch ein Mörder. Was sonst soll er sein?»

Gocelin sah ihr so prüfend ins Gesicht, dass sie begann, in den verschwitzten Laken hin und her zu rutschen. «Ein Mann, der einen Herzschlag lang vor Schmerz die Beherrschung verloren hat», sagte er. «Und das hat ihn das Leben ebenso gekostet wie Helewise.»

Auf einmal fühlte sie sich entblößt und zog das Laken über ihre Brüste.

«Dottie», sagte er. «Dir geht es nicht um Geld, habe ich recht?»

«Um was soll es mir sonst gehen?»

«Die Frage solltest du dir selbst stellen. Hör mir zu, mein Schatz, wenn das, was ich sage, Unsinn ist, dann vergiss alles Gerede von Aimery und lass dich von mir lieben. Wenn es jedoch kein Unsinn ist, tu mir einen Gefallen: Aimery mag den Schleicher spielen, aber er ist stolz wie ein Fasanenhahn. Erteil ihm keine Strafe, denn das hat Helewise getan, und was daraus geworden ist, das weißt du selbst.»

Sie konnte nicht länger liegen bleiben und fuhr auf. «Ich verstehe nicht einmal, was du redest.»

«Tatsächlich nicht? Nun, offenbar war ich selbst blind, ich sehe es erst heute Nacht. Was ich gesagt habe, war eine Warnung: Liege nicht mit mir, nicht mit einem andern und um alles in der Welt nicht mit Gilbert Berkham, um Aimery zu bestrafen. Wenn ich nicht irre, ist dein Schlag gut gezielt. Und womöglich bekommt dir das so schlecht wie Helewise.»

Gocelin sah sie an, und sie sah Gocelin an, doch sein freundliches Gesicht verschwamm vor ihren Augen. Sie hätte zittern oder erstarren sollen, aber etwas in ihr, das all die Monate über aufbegehrt hatte, wurde ruhig. Wiewohl ihr das Herz schlug. Er hatte recht: Es ging ihr nicht um Geld, ihr war Geld so gleichgültig wie nie zuvor. Sie ließ sich zu Atem kommen, dann stand sie auf und begann, ihre Kleider anzuziehen.

«O Dottie, Dottie», rief Gocelin. «Weißt du, wie schön du bist? Ich muss dir das sagen, ob ich will oder nicht: Ich habe Aimery nie ganz begriffen, ich habe ihn manchmal zum Teufel gewünscht, und ein wenig tue ich das auch jetzt. Aber nur ein wenig. Er ist dir gewachsen, nicht ich.»

«Ich will nichts mehr hören», sagte Dorothy. Und ging.

Daheim legte sie sich nicht schlafen, sondern richtete alles für den Morgen. Sie versorgte das Vieh, rieb Francis die Brust ein und gab den Kindern Frühstück. Lange zerkochte sie Birnen zu Sirup und füllte ihn in Töpfe. Dann sagte sie zu Catin, sie gehe hinunter in die Werft und wisse nicht, wann sie heimkäme, das Mädchen solle später das Essen wärmen.

Es war ein nassschwarzer Herbsttag. Sprühregen wehte ihr ins Gesicht, und die Luft roch nach Portsmouth, halb Festland, halb Insel, so salzig und feucht, wie sie nirgendwo anders riechen konnte. Die, die ihr begegneten, sie grüßten, kamen ihr fremd vor. Nicht ein einziges Mal blieb Dorothy stehen.

Am Wasserlauf der Äbtissin hatte sie ihre Kinder geboren, hinter den Mauern der Werft, die geschützt war wie eine Burg. Am Tor gab es keinen Klopfer. Sie hätte sich überlegen sollen, was sie sagen wollte, aber als ihr das einfiel, hatte sie schon mit der Faust ans Tor geschlagen. Seit sie Gocelin verlassen hatte, hatte sie sich keinmal gefragt, was sie tat.

Das Tor wurde aufgezogen, und dahinter stand der Blinde. «Gut, dass Ihr gekommen seid», sagte er. «Es trifft sich recht, niemand sonst ist hier.»

Verwechselte er sie? «Ich bin gekommen, um deinen Herrn zu sprechen», sagte sie, auf dass er sie an der Stimme erkannte.

«Aber ja», erwiderte der Blinde, trat beiseite, um sie einzulassen, und wies über das Grün nach dem Unterstand. «Ihr seid beherzter als er.»

Ihr Blick folgte seiner Weisung, über vom Sommer vergilbtes und vom Herbst zerzaustes Gras. Vor den Gleitschienen lag ein großes, leckes Schiff, das wunderlich aussah, als sei es nicht aus Planken gezimmert, sondern aus einem Block geschnitzt. Vom Wasserlauf drang Rauschen, Nachhall vom Meer. Der Blinde ließ sie allein. Vor dem Schuppen stand ein Zuber, davor kniete der Schwarze und wusch sich sein Haar.

Bis zum Hanfstrick um die Mitte war sein Körper nackt. Im Gehen sah Dorothy, wie er sich vornüberbeugte, wie die eckigen Schultern sich neigten, das Rückgrat heraustrat und die Haut sich spannte. Zerpflügte Haut. In Fetzen gepeitscht und hauchdünn zusammengewachsen, zum Zerreißen zart auf den Knochen. Die Narbe, die von der Schulter den Arm hinunterlief, war frisch und noch rot, aber verheilt.

Dorothy lauschte auf sich selbst. Auf ihre Müdigkeit nach all den schlaflosen Nächten, und auf ihre Sehnsucht. Seit dem Tag, da man ihren toten Jungen weggenommen hatte, kannte sie nur Sehnsucht, die sich nicht stillen ließ. Jetzt lernte sie, wie sie sich stillte. Sie hörte ihrem Aufatmen zu, ihrem Widerstand, der keine Kraft mehr hatte und hörbar brach. Der Schwarze tauchte den Kopf wieder in den Zuber, und Dorothy trat hinter ihn, legte ihm die Hand auf den Rücken und strich daran hinauf. Sein Kopf schnellte aus dem Zuber, dass Tropfen wie Funken flogen. In Strömen rann Wasser über sein Gesicht, und in seinen Augen flackerte, was sie um nichts in der Welt darin erwartet hätte: Angst. Sie musste lachen. Vom Boden hob sie ein Tuch auf, bretthartes Leinen, zog das Gesicht des Knienden an sich und trocknete ihm das Haar.

Als ihre Hände zu spüren bekamen, wie er zitterte, barg sie seinen Kopf in ihrem Arm und liebkoste ihm mit der freien Hand den Rücken, die ausgekühlte, geschundene Haut. Dabei sah sie sich zu. Just als ihr zum Weinen wurde, befreite er sich und blickte auf. Sein wie in Pech getunktes Haar stand in etliche Richtungen, da musste sie wiederum lachen und kämmte es mit flinken Händen glatt.

«Ich bin Euch böse», sagte sie. «Ist es recht, dass Ihr mich in Sorge lasst, dass Ihr nicht zu mir kommt und mit mir besprecht, wovon Eure Familie leben soll, nun, da Ihr keinen Sold mehr erhaltet?» Aus kniender Stellung starrte er sie an. Sie war sicher, sie hatte nie zuvor einen so erschöpften Mann gesehen. Vor seiner Brust baumelte der Schlüssel.

«Du behandelst mich nicht, als wärst du mir böse», sagte er.

«Das kommt noch.» Sie tappte ihm, so forsch sie konnte, auf die Schulter. «Zieht Euch an. Ich will ein Stück mit Euch gehen.» Er streifte Hemd und Wams über.

Nebeneinander verließen sie die Werft. Im Gehen ließ er Kopf und Schultern hängen, und Dorothy fragte sich, ob ihn die Verletzung vielleicht schmerzte, ob sie nur aussah, als sei sie verheilt. Dann aber blieb er stehen und streckte die Hand vor ihren Arm, als wünsche er, sie aufzuhalten, wage aber nicht, sie zu berühren.

«Dorothy», sagte er, «bitte sei mir nicht böse. Für Geld ist gesorgt. Ich wollte dich nicht stören.»

«Feigling.»

Er steckte den Hieb, der ihm gebührte, ein. Zuckte nur mit den Lidern.

«Kommt weiter», befahl sie.

«Wohin gehen wir? An den Solent?»

«Warum sagt Ihr das? Solent, wo alle anderen ‹das Meer› sagen.» Und in Gedanken fügte sie hinzu: Portsmouth, das sogar Gocelin ‹die Stadt› nennt. Und Dorothy, obwohl ein jeder mich ‹Dottie› ruft.

«Ach.» Er zuckte die Schultern. «Weil ich so verrückt bin zu glauben, jedes Geschöpf sehne sich zuweilen danach, dass man es bei seinem Namen ruft.»

Sie gingen über die Schlickbank, wo zerfetzte Reste des Strandflieders sich in Wind und Sprühregen krümmten. Hinter dem Deichhügel setzten sie sich in den Kieselstrand. Das Meer bäumte sich, und wenn es sich niederwarf, leckte es bis vor ihre Füße. Der Himmel war eisfarben. Die Stadt schien weit weg.

«Tut es weh?»

«Was?»

Sie tippte an den Stoff, der die Verletzung an seinem Arm bedeckte.

«Das nicht.»

«Etwas anderes?»

«Nur dass alles so falsch scheint.» Er sah auf den Boden, zwischen seine Beine. «Ich habe in meinem Leben manches getan, das ich für gut hielt, und habe mich dafür anspucken lassen, mir den Verstand stumpf prügeln, die Haare ausreißen, mich nach Cattecleffe zum Ersaufen schleifen. Jetzt habe ich einen Haufen Männer getötet, irgendjemandes Söhne, die mir nicht einmal zuwider waren, und seither wird mir stetig die Schulter geklopft und beteuert, was für ein großartiger Kerl ich bin.»

Für die Worte wollte sie ihn schelten. Wollte ihm sagen: ‹Betragt Euch ein Mal wie andere Menschen. Wer im Krieg tötet, ist ein Held, und Euer verqueres Gerede macht mich krank.› Aber sie sagte nichts. Sah nur von ihm weg.

«Verzeih», rief er.

Sie drehte sich wieder um, und sein Blick fing sie ab. Braune

Augen, flirrend vor Wärme und Furcht. Ihr Herz machte einen Satz. *Verzeih du mir auch.* Sie streckte die Hände. Über die Kieselsteine rutschte sie Zoll um Zoll näher, bis ihre Arme lang genug waren, sie um ihn zu schließen. Eine Stimme in ihr jauchzte auf, so laut, so triumphal, dass er sie hören musste: *In den Himmel, Clement, schau, ich schwinge in den Himmel.* Dann küsste er sie.

Mit ihrem hungrigen Mund pflückte sie sich Küsse von seinem. Pflückte und pflückte, und als sie die Augen aufschlug und sah, dass die seinen offen standen, pflückte sie sich auch mit ihren Augen einen Kuss. Sie hörte sein Herz jagen. Das Lachen darüber, dass etwas so gut und richtig und doch ihr Leben sein konnte, lachte sie ihm in den Mund. Ihre Mundhöhle war so gierig und weit, sie hätte ihn aufschlingen können. Miteinander erhoben sie sich. Durch seinen Leib lief ein Beben. Etwas fiel von ihm ab. Und sie fing es auf.

Später hielt er ihr Gesicht bei den Wangen und bedachte es mit Küssen. Geräuschlos, tastend. Als sehe sein Mund sie sich an und stelle mit jedem Kuss fest: Das ist Dorothy. Und Dorothy stellte es auch fest: Das bin ich. Als er innehielt, legte sie ihm die Hand an die entstellte Wange.

Er zuckte zusammen. «Nicht. Das ist hässlich für dich.»

Sie ließ die Hand, wo sie lag. «Dein Vater hat das getan, ja?»

Erstaunen sprang über sein Gesicht. Dann wiegte er in ihrer Hand den Kopf. «Ach nein.»

«Sag's mir.» Warum beharrte sie darauf? «Ich weiß, dass dein Vater gemeint hat, er müsse dir das Böse auspeitschen.»

«Das musste er doch. Es hat nur nichts genützt.»

Der Zug, mit dem er den Mundwinkel zusammenkniff, missfiel ihr, sodass sie hastig die Hand darüberdeckte. «Es ist falsch», stieß sie heiser heraus. «Ein Vater hat seinen Sohn zu züchtigen, aber er schlägt ihm nicht mit der Peitsche ins Gesicht.»

Wieder wiegte er den Kopf, sein Blick verschwommen, die

Stimme leer. «Ins Gesicht hat er mich nur mit den Händen geschlagen. Hin und her. Bis das dumme Zeug, das ich mir in meinem Kopf zurechtgelegt hatte, in Splittern umeinanderflog. Bis mir die Ohren klangen. Ich wollte ihn um Gnade anwinseln, aber ich war nie schnell genug.» Er lachte auf. «Zumeist war ich froh, wenn er endlich die Trosse nahm und ich mich umdrehen durfte.»

Dorothy starrte ihn an. Jetzt endlich erhoben sich in ihr die Stimmen, die seit der vergangenen Nacht, als sie aus Gocelins Bett gesprungen war, hätten laut werden müssen: Du kannst nicht den Schwarzen lieb haben. Du kannst nicht den Vater deines Gatten lieb haben. Du kannst nicht einen Mörder lieb haben, einen Mann, der eine Frau getötet hat, weil sie tat, was du tust, die Ehe brechen. Francis hat dich gewarnt und Gocelin ebenso. Aber es half ihr gar nichts.

«Verzeih», sagte er noch einmal. «Ich will nicht dein Mitleid schinden, das ist alles ein Menschenleben her.»

Sie schloss die Arme um seine Schultern, presste ihn an sich und hatte ihn lieb. Er war ja immer da gewesen: Als sie ihr Kleid verlor, als sie ihr Kind verlor, als ihre Welt den Anker verlor. Um ihm zu zeigen, dass sie kein Mitleid mit ihm hatte, grub sie die Hände in sein Haar und riss daran, bis er ächzte. Sie beutelte ihm den Kopf, er lachte und küsste sie, und sie biss ihm in die Lippe und begriff: Geh mit mir irgendwohin, wo ich dich zu sehen und zu fassen bekomme, deine Schenkel, deine fleischlosen Flanken, dein Geschlecht. Was Gocelin, was womöglich gar Gilbert Berkham von ihr wollte, was einst Symond sie hätte lehren sollen, wollte sie von ihm: *etwas mehr.* All die schäbigen Lumpen, die du Kleider nennst, von dir herunterreißen. Dich mir nehmen. Ganz. Jetzt war er schön, ohne Zweifel. Zerzaust, erhitzt, braunäugig, die scharfen Züge weich vor Lust. An seiner Schläfe das Mal, die Mondsichel, als hätte man ihm Portsmouths

Wappen aufgebrannt. Sie versetzte ihm Knüffe und Stöße, lachte: In den Kieseln will ich dich. Jetzt.

Er gab ihr noch einen Kuss, dann befreite er sich und hielt sie an den Armen fest. «Ich muss mit dir reden, Dorothy. Ich halte es nicht aus, wenn du mich hasst.»

Wieder musste sie lachen: Lass mich dich lehren, wie ich dich hasse, Dummkopf, dich und dein Geschwätz. Er aber gab sie nicht frei. Was für Kraft in dem ausgezehrten Kerl steckte, vergaß man so leicht.

«Du hast das Schiff gesehen, das auf der Werft liegt, den Kastilier, nicht wahr? Ich richte ihn für Eustace Masun. Er hat es mir aufgenötigt, aber es ist gefährlich, ich tue es nur das eine Mal, dann gehe ich wieder von hier weg.»

Alles sackte herunter, ihre Arme, seine Arme, ihr Kiefer, ihr Gedanke. «Aber es ist doch Waffenstillstand.»

«Der hält nicht für immer, sondern nur so lange, bis der König wieder Mittel auftreibt. Dieser Krieg währt noch Jahre. Solange ich überlebe, kann ich daran verdienen. Sir Eustace nimmt mich in seine Hauswache auf.»

«Du musst in keinen Krieg mehr», rief sie, «ich bezahle *Scutage* für dich, ich habe von Geld geredet, aber mir geht es nicht um Geld, wir haben mehr als genug.»

Er lachte auf, die Augen leuchtend. «So etwas Schönes solltest du nicht zu mir sagen, weißt du das? Ich nehme es mit. Nein, nicht dein Geld, sondern das, was du gesagt hast. Ich muss gehen, Dorothy. Hab Dank. Komm nicht noch einmal auf die Werft.»

Du lässt mich nicht allein, verdammter Schwarzer, wollte sie schreien, du schuldest mir etwas, auf das ich mein Leben lang gewartet habe. Stattdessen sagte sie: «Wozu bist du zu feige? Was könnte denn geschehen, wenn du bleibst?»

Er aber wandte sich bereits zum Gehen. Setzte den Fuß auf die

Anhöhe und sah sich über die Schulter nach ihr um. «Ich habe meine Frau getötet, Dorothy.»

Um ein Haar hätte sie ausgerufen: *Das ist mir hier und heute einerlei.* «An meinem Wahn ist Agnes gestorben und Portsmouth verbrannt. Ich muss weg von hier, sonst …»

«Was sonst?»

«Sonst baue ich wieder ein Schiff. Und liebe wieder eine Frau. Ich habe so viel auf dem Gewissen. Nicht noch dich, liebstes Mädchen. Nicht noch dich.»

Er war der Teufel. Das Böse. Er kannte kein Mitgefühl. Dorothy starrte auf seinen Rücken, bis er hinter der Kuppe der Anhöhe verschwand. *Warum, warum, warum? Lass mich zumindest verstehen, warum du mir das antust!,* schrie es in ihr. Strauchelnd drehte sie sich um, fiel auf den Kieseln auf die Knie und hielt die Hände in die platzenden Wellen. Über die schwarzgraue Fläche, den Solent, brüllte sie schluchzend, aber ohne Stimme: *Aimery.*

Sechster Teil

Brandung

PORTSMOUTH, HAMPSHIRE, OKTOBER 1347

Durch die engen Fenster der Säulenhalle fiel nach endlosem Regen ein wenig Sonne. Der Sommer war erbärmlich feucht gewesen, und der Herbst begann kaum trockener. Roger Fitzroger war das Wetter gleichgültig. Auch die ersoffene Ernte kümmerte ihn nicht, nach Krieg und Kriegssteuern eine weitere Strafe, die Gott seinen Geschöpfen auferlegte. Die einfallenden Sonnenstrahlen störten ihn einzig, weil sie beleuchteten, was besser im Zwielicht blieb: Menschenleiber. Zwischen den Säulen auf Schlaflagern aufgereiht. Vorn in der linken Reihe zwei Alte, von denen einer noch schlief. Der Zweite war wach, wälzte sich herum und reckte die dürren Arme Fitzroger entgegen. «Master», krächzte er, «Master.»

Es war Freitag, der Tag, an dem sie den Heiland gekreuzigt hatten und an dem Fitzroger sich nach der Prim zu geißeln pflegte: Dreimal sprach er das *Confiteor,* und dreimal verabfolgte er bei jedem der Bekenntnisse, *mea culpa, mea culpa, mea maxima culpa,* seinem Fleisch drei reinigende Hiebe mit der Peitsche. Sein Rücken brannte bei jeder Bewegung, und im Oberkopf quälte ihn ein Pochen. *Recht so, Allmächtiger, ich habe Böses getan und Gutes unterlassen.* Pein und Ekel niederkämpfend, neigte er sich zu dem stinkenden Greis und erwiderte seinen Gruß. So weit, dessen schmieriges Haupt zu berühren, ging er allerdings nicht. Man konnte nicht sicher sein, was man sich von diesen

Unbehausten einfing, die der Hunger ins Hospiz trieb. Flöhe, Läuse, Wanzen, Seuchen, die fauler Atem weitergab. Fitzroger ließ Pfleglinge gründlich untersuchen, was seiner Furcht vor Krankheit jedoch kaum abhalf.

Mithin mied er bei seinem morgendlichen Rundgang die rechte Seite der Säulenhalle, wo die Siechen lagen. Ein Kerl, der in seine Pflugschar gelaufen war und am Wundbrand in seiner Wade verrecken würde, ein Ausgezehrter mit Durchfall wie Wasser und zwei Fallsüchtige, Schützlinge des heiligen Valentin, bei denen die Kardinalssäfte im Hirn sich stauten. Keines dieser Leiden sprang wie Ungeziefer von einem Leib zum andern, aber Fitzroger zog es vor, kein Wagnis einzugehen.

Die Aufnahme von Aussätzigen hatte er bei seinem Einzug vor einem Vierteljahrhundert untersagt, ohne sich um den Unmut der Insassen zu scheren. Noch heute glaubten nämlich die Brüder und Schwestern, das Hospiz verdanke der widerwärtigen Krankheit seinen Wohlstand: Menschenalter zuvor hatte ein aussätziger Priester ans Tor geklopft, war eingelassen und bis zu seinem Tod gepflegt worden. Zum Lohn hatte seine Gemeinde dem Hospiz das fruchtbare Ackerland zugesprochen, das sich hinter der Ummauerung erstreckte. «Der Allmächtige schützt die Pfleger der Aussätzigen», hatte Fitzroger zu hören bekommen, aber die Worte an sich abprallen lassen. Er wollte die Löwengesichtigen, die von Gottes Strafe Gezeichneten, nicht sehen. Sie mochten durch die Futterluken verköstigt und im Pflegehaus behandelt, ihr Blut von schwarzer Galle gereinigt werden, obgleich gegen ihr Leiden nichts half. In der Halle des Hauptgebäudes, von dem die Kapelle abgeteilt war, waren sie nicht geduldet, und Fitzroger setzte in das Pflegehaus keinen Fuß.

Zuletzt schritt er die leeren Schlafstätten der Pilger ab. Die Schläfer waren in dunkler Frühe aufgebrochen, um ihren Weg zu den heiligen Stätten von Salisbury, Winchester und Canterbury fortzusetzen. Einst war auch Fitzroger mit einer Rassel auf Pilgerfahrt gegangen, von hier nach Rom, von St. Albans nach Santiago. Der Kniefall vor den Gebeinen der Heiligen ersparte Jahre im Fegefeuer, aber genug war es damit nicht. Genug war es nie, zudem barg jede Reise Gefahr. Wenn er sein Fleisch geißelte und, mehr noch, wenn er sich täglich mit dem Pack abgab, das sich am Boden wälzte, fühlte er sich Gottes Vergebung näher.

Über den düsteren Gang hinter den sechs Säulen kehrte er in den freien Mittelgang zurück. Breit war der, wie ein Kirchenschiff. Oft hatte Fitzroger gehofft, die hohe Halle, ihre Schlichtheit und Würde müssten ihm Frieden geben, aber dem war nicht so. In seinen Ohren hallten die Schreie der Gequälten noch, wenn völlige Stille herrschte. *Haus Gottes* hieß das Hospiz, und als solches trug es den Vorgeschmack der Hölle in sich: gemarterte Leiber, Eiter, Brand und Schwären.

Zwei Schwestern kamen, um den Fallsüchtigen Grütze zu bringen. Dann der junge Bruder Anselm, der Dienst im Torhaus versah. «Der Herr sei gepriesen, Master», sprach er Fitzroger an.

«In Ewigkeit, amen. Was gibt es?»

«Zwei Herren ersuchen Euch um ein Gespräch.»

Das versprach einen erklecklichen Freitag. Herren suchten das Hospiz nur auf, wenn gewisse Anliegen ihnen nichts anderes übrig ließen. Solche Anliegen öffneten die Mäuler von Geldkatzen. Fitzroger hatte sich aus freiem Willen in ein Leben ohne materielle Gewinne gefügt, doch auf die materiellen Belange des *Domus Dei* sah er mit Schärfe, denn darin ließ sich ein Erfolg messen, der Reichtum in den Schatten stellte. «Haben sie dir ihre Namen genannt?», fragte er.

«Das war nicht nötig. Ein jeder kennt sie.»

«Umso besser.» Ungeduldig scharrte Fitzrogers Fußspitze im leuchtenden Staub. «Und wer sind sie nun?»

«Gilbert Berkham aus Southampton, der einen Knaben zur

Lateinschule bringt. Und der Baron von Masun Manor. Ihn habe ich zu Eurem Haus gesandt und ihm gesagt, dass Ihr ihn gleich empfangt.»

«Welcher war zuerst da?», fragte Fitzroger.

«Ich bitte um Vergebung?»

«Welcher von beiden war zuerst da? Ist daran etwas unklar?»

Der junge Laienbruder senkte den Kopf. «Der Herr Gilbert, Master.»

«Nun, so soll mein Herz ein verlauster Affe sein, wenn ich nicht diesen auch zuerst empfange. Wo wartet er?»

«Am Torhaus.»

Fitzroger ließ Bruder Anselm stehen und verließ die Halle. Der Neuling würde lernen müssen, dass an dieser Stätte einer von Adel nicht mehr galt als einer am Bettelstab. Beide hatten sie sich nach dem Scheißen die Ritze zu wischen, und beide würden dereinst nackt vor ihren Schöpfer treten.

Berkham hatte er lange nicht gesehen. Der Mann aus Southampton stand beim Weidenbaum, der seine Ruten im Wind schwang. Sonnenlicht traf ihn. Er ist älter geworden wie wir alle, dachte Fitzroger, aber er sieht noch immer prächtig aus. An der Hand hielt er einen Knaben mit blondem Haarschopf. Es tat wohl, einmal ein solches Kind zu sehen, gesund und gut genährt, nicht blähbäuchig, greisengesichtig und auf verkrümmten Beinen humpelnd.

«Der Herr sei gepriesen.»

«O Pater.» Berkham und der Junge wandten die Köpfe. «Habt Dank, dass Ihr Euch so rasch unser annehmt.»

«Die Anrede ist Master, nicht Pater», verwies ihn Fitzroger. «Wiewohl ich in Gottes Haus lebe und meinen Willen dem Seinen unterordne, bin ich weder Chorherr noch Laienbruder, sondern von weltlichen Kräften mit der Aufsicht über diese Einrichtung betraut.»

«Aber Ihr tragt doch ...»

Fitzroger winkte ab. Er war es gewohnt, dass Blicke an seinem Schädel hängen blieben: Der dünne Haarkranz um den kahlen Oberkopf war so kurz geschoren, dass sich die Farbe nicht erkennen ließ. «Ich trage die Tonsur, um meiner Demut vor dem Herrn Ausdruck zu verleihen. Daher rührt auch mein Entschluss, das Leben der Kanoniker zu teilen.»

Berkham nahm den Knaben bei den Schultern und schob ihn dem Master entgegen. Die Geste beirrte Fitzroger, wie ihn zumeist Gesten zwischen Vätern und Söhnen beirrten. «Wie auch immer», sagte Berkham. «Hier bringe ich Euch meinen Edward. Erst sieben Jahre alt ist er und hat in der Singschule längst seinen Lehrer überflügelt. Er lernt, weil es seiner Natur entspricht, ganz ohne Zwang. Deshalb soll er zu Euch. In Eurem Haus weiß man an einem Knaben die Geisteskraft zu schätzen und zu bilden.»

Der Junge, ein hübscher, dicklicher Bursche, senkte den Kopf und wand unter dem Griff des Vaters die Schultern. Fitzroger sah dennoch, wie in die prallen Backen Röte schoss. «Ihr wollt sagen, Ihr wünscht, ihn unserem Bruder Nicolas in Obhut zu geben?»

«In die Lateinschule», platzte Berkham heraus, der hinter Geld und Gehabe den tölpelhaften Krämer nicht verbergen konnte.

«Schon recht. Bruder Nicolas ist sozusagen unsere Lateinschule. Seit mehr als sechzig Jahren. Er nimmt nur Schüler von außergewöhnlicher Begabung, erst recht jetzt, da ihm das Lehren mühsam wird. Bruder Nicolas gehört zu den Begnadeten, die in ihren Knochen bald ein volles Jahrhundert tragen.»

Berkhams Aufbegehren hatte Fitzroger vorausgesehen: «Selbstredend ist mein Edward ist von außergewöhnlicher Begabung. Eurem Bruder wird er mehr Freude bereiten als mancher

Schmarotzer, dem hier die Bissen eingestopft wurden und der drauf spuckte.»

«Ihr sprecht von jemandem Bestimmten?», fragte Fitzroger.

«Nur im Allgemeinen, Pater.»

«Master.»

«Vergebung.» Berkham griff sich an den Beutel. «Dass Ihr meinen Edward aufnehmt, soll Eurem Haus nicht zum Schaden gereichen.»

Fitzroger lächelte dünn. «Bringt Euren Jungen morgen nach der Terz wieder her. Bruder Nicolas wird ihn auf einige Tage bei sich behalten und prüfen. Findet er Talent in ihm, so nimmt er ihn als Schüler auf, und eine Spende zu seinem Unterhalt wird willkommen sein. Andernfalls senden wir ihn Euch zurück, denn einen regen Geist kann keine Münze der Welt kaufen.» Berkham schlucken zu sehen, tat Fitzroger wohl. Gern hätte er dem Hochmütigen eine Strafe angedeihen lassen, wie er sie über seine Kanoniker verhängte. Strafen, die lehrten, wohin ein Mensch gehörte: in den Staub. «Wir haben uns verstanden?»

«Selbstredend, Master. Ich versichere Euch, Euer Bruder wird an meinem Edward keinen Fehl finden.»

Der Vater nahm den Sohn beim Arm, drehte sich um und ging. So wie er mit hängenden Schultern seines Weges zog, tat er Fitzroger beinahe leid. Er war ein schöner Mensch und gewiss kein besonders schändlicher, sondern nur ein gewöhnlicher Sünder, den Stolperfallen des Lebens nicht gewachsen. Fitzroger wandte sich nach seinem Haus. Was der jüngst in den Baronsstand erhobene Masun von ihm wollte, konnte er sich denken. Für einen Mann in Fitzrogers Stellung war es von Nutzen, über alles und jeden etwas mehr zu wissen, als sich aussprechen ließ.

«Der Herr sei gepriesen», grüßte er ohne Verzug seinen nächsten Besucher. «Wenn Ihr eines Geistlichen bedürft, der Euch die Beichte abnimmt, schicke ich nach Bruder Nicolas.»

«Nein, nein.» Der Baron, der in einem Winkel der dunklen Stube gesessen hatte, sprang auf und hob die Hände. Er war einer jener kleingewachsenen Männer, die alt und plump wirken, ehe sie es sind, und sich hernach nicht verändern. «Ich bin gekommen, um Euren Rat zu erbitten, Pater.»

«Die Anrede ist Master», unterbrach ihn Fitzroger. «Wiewohl ich über dieses Haus wache, gehöre ich nicht dem geistlichen Stand an. Zur Erteilung der Sakramente fehlt mir die Befugnis.»

«Ich verstehe. Doch wie gesagt, ich bin nicht hier, um zu beichten. Darf ich Euch um ein wenig Zeit bitten? Dass Eure Zeit kostbar ist, weiß ich und will dem Rechnung tragen.» Wie Berkham langte Masun sich an den Beutel.

Seinen Widerwillen unterdrückend, schüttelte Fitzroger den Kopf. «Worum geht es Euch? Solange ich Euer Anliegen nicht kenne, vermag ich nicht zu sagen, ob ich Euch behilflich sein kann.»

«Dürfte ich um einen Becher Wein bitten?»

Fitzroger ging zum Wandspind, entnahm ihm einen Krug und schenkte einen Becher voll. Der Wein, hier, auf dem Gelände des *Domus Dei* geerntet und gestampft, hatte eine grünliche Farbe, schmeckte sauer und entsprach gewiss nicht dem, was der Gaumen des Adelsherrn gewohnt war.

Der griff dennoch dankbar zu und trank. «Es geht um einen Mann», brach es nach dem ersten Zug aus ihm heraus. Ein Schlucken folgte, ein Zucken des Kehlkopfs, endlich ein Nachsatz: «Um jemanden, dem Ihr, soviel ich weiß, Arbeit bei der Ernte gegeben habt. Einen Krüppel.»

Fitzroger sah ihn unverwandt an. «Ich höre. Ich muss Euch jedoch warnen: Ihr findet in mir keinen Mann, der Begierden wider die Natur mit Milde ansieht.» Wer dies von ihm dachte, irrte. Die Begierde, mit der er selbst geschlagen war, machte ihn nicht weicher, sondern härter gegen solche, die noch um vieles verwerflicher waren als die seine. «Sucht Ihr einen, der Euch losspricht, um dafür eine Spende zu erhalten, so seid Ihr am falschen Ort. Bei Vater Stephen wärt Ihr besser aufgehoben.»

Heftig schüttelte Masun den Kopf. «Darum geht es nicht. Es geht überhaupt nicht um mich, sondern um diesen Mann.»

«Den Krüppel.»

«Er quält sich mehr, als ein Mensch ertragen kann. Ich muss einen Zugang zu ihm finden, und ich habe Grund zu der Annahme, dass der Schlüssel dazu hier liegt. Bei Euch.»

«Ihr seid sehr erregt», sagte Fitzroger. «Ich rate Euch: Wenn dieser Mann etwas abzubüßen hat, so lasst es ihn tun.»

«Ich glaube, das hat er nicht. Nicht nach meinem Ermessen. Und selbst wenn ich sein unerbittliches Gewissen als Richter anerkennte, hat er mehr als reichlich gebüßt. Er muss sich vergeben oder schindet sich zu Tode, unversöhnt mit sich selbst.»

Nicht mit sich selbst muss ein Mann sich versöhnen, dachte Fitzroger, sondern mit seinem Gott. Das Selbst ist nichts. Wiewohl es ihn vor der weinerlichen Stimme Masuns ekelte, sagte er nichts mehr. Er lehnte sich gegen die Wand und wartete.

Nach einer Weile setzte sich Masun und trank mehr Wein. Dann begann er seine Erzählung, die sich Fitzroger ins Gedächtnis prägte, als hätte er sie niedergeschrieben:

Ihr kennt den Mann, von dem ich spreche, dessen bin ich sicher. Um diesen Ort kreist sein Denken, einerlei ob er sich hier Zuflucht erhofft oder noch mehr Sühne. Sein Name ist Aimery Fletcher, ein Schiffbaumeister aus Portsmouth. Er diente als Bogenschütze in meiner Zwanzigerschaft. Als ich ihn aufnahm, vor bald acht Jahren, wusste ich, er würde der Beste sein, denn so war seine Art: Er tat etwas vollkommen oder gar nicht. Die Kunst des Bogenschützen liegt darin, die Landschaft, die vor ihm liegt, zu lesen, und Aimery las ein Land wie kein

Mönch einen Psalm. Nicht mit der Kraft des Arms wird der Bogen gespannt, sondern mit den Muskeln des Nackens und der Schultern, und Aimery hatte aus seinem Nacken eine Festung gemacht. Dennoch war er zum Krieger nicht geboren. Wären die Dinge nur ein wenig anders gekommen, so hätte er ein vollkommenes Schiff gebaut.

Stattdessen peinigte er sich mit einer alten Schuld und zog in den Krieg. Wir kämpften vor Sluys. Er zeichnete sich aus, und ich gab ihm zum Lohn ein gekapertes Wrack in der Hoffnung, es brächte ihn zum Schiffbau zurück. Aber meine Hoffnung schlug fehl. Also zogen wir nach Schottland, um den von Frankreich unterstützten David Bruce in Schach zu halten. Hernach ging es in die Bretagne zu Schlachten um das Herzogtum. Ich hörte nie auf, mich um Aimery zu sorgen. Er war ein Gefolgsmann, wie man ihn sich wünschte, verlässlich, hart im Nehmen, anspruchslos. In ihm aber brodelten Miasmen. Er verging vor Heimweh, doch er sprach nicht darüber. Ein gnadenloser Mann, in dem beide Anlagen schwelten, die zu größtem Segen wie zu größter Gefahr.

Wie Ihr wisst, wurde in den Folgejahren an drei Fronten Krieg geführt. Wir standen unter Henry Grosmont in der oberen Gascogne. Beständig kam es zu Gefechten, bei denen es gelang, einige Burgen und Siedlungen einzunehmen. Zum Ausgang des Krieges trugen diese Siege jedoch nichts bei. In jenen Jahren, die wir in winddurchlässigen Zelten lebten und quer durch das Land marschierten, war Aimery meine Stütze.

Wer in solchem Marsch nie mitgezogen ist, macht sich kein Bild davon. Tag um Tag trotten die Fußkämpfer, schleppen ihre Waffen und pinkeln im Laufen, leben von der Hand in den Mund. Man sieht diese armseligen Gerippe an und denkt: Von denen bringen wir keinen lebend bis zur nächsten Schlacht. An Aimery aber fassten wir Mut, nicht nur weil er zäh, sondern weil er auf alles vorbereitet war. Er hatte sich kundig gemacht, wie sich mit Kräften haushalten ließ, wie der Spitzpfahl zur Deckung am leichtesten zu tragen war, wann Essen ihm wohltat und wann Fasten. Da er nur seinem selbstgeschnitzten Bogen traute und die Arbeit des Schnitzens sich unterwegs nicht verrichten ließ, pflegte und hütete er das glatte Eibenholz mit Eifer. Ich sah ihm so gern zu. Er war mein Gelehrter unter den Ungebildeten, und er tat alles, was er tat, auf die denkbar klügste Weise.

Häufig zog ich ihn zu strategischen Gesprächen hinzu. Ich liebte seine Kühnheit, gegen alles Bestehende anzudenken. Er war störrisch, verschlossen und hätte als mein Untergebener nicht selten Strafe verdient. Ich aber strafte ihn nie und triumphierte im Stillen, wenn etwas ihn packte, sodass er seinen Trotz vergaß. Aimery, so muss ich fürchten, spräche anders davon, für mich jedoch waren dies gute Jahre.

Was über mich geredet wird, weiß ich. Ich weiß auch, dass Ihr mir gebieten wollt, von der Sünde wider die Natur zu schweigen. Ich indes kann nicht glauben, dass Sodom und Gomorrha fielen, dass Hunger über dieses Land kam und Seuchen die Länder des Ostens heimsuchen, weil ich einen Mann liebte. Ich wollte nie, dass Aimery darein verwickelt wurde, dass er Blicke ertragen musste, Getuschel, gar Schmähungen und Schläge. Unter den Mastern der Schiffe gab es aber einen Mann namens Hetfend, einen jener tumben Großsprecher, die keinem vergeben, dass seine Geisteskraft die ihre übersteigt. Einst war er durch Torheit in Gefahr geraten und verdankte sein Leben Aimery. Dass das unverzeihlich war, begriff selbst ich. Hetfend hasste mich, doch mein Stand flößt Kriechern Respekt ein. Aimery hingegen hasste er mit ungehemmter Kraft.

Im Frühling 1346 wurden wir auf die Festung Portchester zurückberufen. Ich schickte meine Leute nach Portsmouth und ließ sie zwei Tage lang umherstreunen. Aimery blieb auf der Burg, ich behielt ihn im Auge, aber er ging nicht einmal an den Hang, um sich einen Blick auf seine Stadt zu gönnen. Als wir ihn hießen, uns ein Trebuchet zu bauen, legte sich eine Zeitlang seine Unruhe, wie meistens, wenn er Arbeit mit den Händen tat. «Ihr macht es so schön», sagte ich zu ihm, «dass man beinahe vergisst, zu welch unschönem Zweck es gedacht ist.» «Ach», erwiderte er und starrte ins Leere. «Schlimm ist, dass ich es selbst vergesse, dass ich nur noch meine Hände sehe und das Holz.» Ich sandte ein stummes Gebet gen Himmel: ‹Herr, hilf diesem Verblendeten, sich zu vergeben, was immer er getan hat. Hilf ihm, hier zu bleiben, so gerne ich ihn bei mir habe, denn er ist für den Krieg nicht gemacht.›

Im Juli wurden wir erneut nach Frankreich verschifft. Eine Flotte von tausend Schiffen, die der König in der Bucht versammelt hatte, an die zwanzigtausend Männer, dazu Pferde und Gerät. Hetfend ließ keine Gelegenheit aus, um Aimery zu reizen, doch zu meiner Erleichterung erreichten wir La Hogue ohne Zwischenfall. Dort war man auf uns nicht vorbereitet. König Edward befahl, den Cotentin zu stürmen, Dörfer zu zerstören, Mühlen und Scheunen zu verbrennen und Äcker zu verwüsten. Unser Heer war ein entfesseltes Untier, ein gepeitschter Wolf. Heuschober wurden angesteckt, Hirten wie Schafe enthauptet, Winzer in ihren Gärbottichen ersäuft, in denen Wein vom Vorjahr schäumte. Weibern, die nicht preisgeben wollten, wo sie ihr bisschen Geld vergraben hatten, säbelte man die Leibesfrucht aus dem Bauch und ließ sie liegen.

Aimery verprügelte einen Söldner, der einem Greis den Bart aus dem Gesicht gerissen hatte, worauf Hetfend frohlockte und verlangte, dass ich ihn mit der Peitsche zur Rechenschaft zog. Ich krümmte Aimery kein Haar, wohl wissend, dass ich weiteren Hass auf uns zog. Wenn ein Mann für eine solche Tat gepeitscht gehört, so nicht von meiner Hand.

Wenig später wurden wir in Richtung Caen in Marsch gesetzt. Unterwegs legten wir Siedlung um Siedlung in Asche. Wer fleißig plünderte, hatte viel nach Hause zu schicken: Münzen, Juwelen und Pelze, Kleider und Frauenhaar. Aimery zog sich die Ruhr zu. Ich hatte Angst, er stirbt mir, er jedoch schleppte sich weiter, konnte zu Überfällen nicht eingesetzt werden, aber hielt sich auf den Beinen. Zu gern hätte ich darauf von Euch eine Antwort, Master: Sind wahrhaftig

Sodom und Gomorrha gefallen, weil ich einen Mann dafür liebte, dass er am Schlachten krankte? Er hielt sich für einen Mörder, deshalb wollte er sich zwingen, einer zu sein, aber sein Eingeweide tat nicht mit, und dafür soll ich ihn nicht lieben? Ich weiß, Ihr könnt mir keine Antwort geben. Ich muss es selbst tun. Und das tue ich.

Caen ist eine Stadt, die an Größe fast jede Stadt in England übertrifft. Wir stürmten sie. Wir hatten schon Cherbourg und Montebourg verbrannt, und als sich jetzt die mächtige Garnison ergab, blieb ihr nichts erspart. In ihrer Verzweiflung verschanzten sich die Bewohner auf den Dächern, warfen mit Steinen und Hausrat nach uns und brachten fünfhundert Männern den Tod. Dafür befahl der König Rache mit Feuer und Schwert. Das Wüten, unter Hetfends Führung, dauerte drei Tage, während derer ich Aimery an einen der Wagen ketten ließ. Ich wusste, er würde mir nicht verzeihen, aber hätte ich ihn laufen und Hetfend töten lassen, hätte ich mir selbst nicht verziehen.

Wir marschierten auf Paris zu. Rauchschwarze Himmel und Ströme von Flüchtlingen kündigten uns an. Die Hauptstadt anzugreifen, wagte der König nicht, denn dafür war sein Heer nicht gerüstet. Mithin verbrannten wir zwei Dörfer und zogen weiter. Um uns aufzuhalten, hatten Bewohner der Flusstäler alle Brücken über die Somme zerstört, und an der Sandfurt empfingen uns französische Truppen. Zwar gelang es unseren Schützen, uns den Weg frei zu zwingen, doch der Kampf raubte den Geschwächten Kraft. Die Vorräte gingen zur Neige, die Männer konnten ihre Pfähle kaum noch tragen, die Füße kaum über den erhitzten Boden schleifen. Am Fluss Maye, bei Crecy-en-Pothieu, zwang Erschöpfung uns zum Halt.

Einen besseren Ort hätten wir nicht wählen können. Zehn Meilen weit erstreckte sich Wald in unserem Rücken und bot Schutz, vor uns führte ein Abhang in die Senke, sodass im Fall eines Angriffs die Schützen freien Blick hätten. Von der stolzen Truppe war uns knapp die Hälfte geblieben, etwa zehntausend Mann, davon sechstausend

Schützen. Wir wussten seit Paris, dass der französische Philip uns mit mächtigem Aufgebot im Nacken saß, und jetzt war die Nähe jener Übermacht spürbar, allesamt ausgeruhte Männer, gut gerüstet und genährt. Die Unsrigen hingen indessen vor den Zelten, wir hatten Beeren aus dem Wald, um sie zu füttern, und zur Ermutigung nur lasche Worte.

König Edward aber ist ein Heerführer ohnegleichen, weil er sich auf Menschen versteht. Er ließ alle Vorsicht außer Acht und sandte Späher aus, um nach Nahrung zu suchen. Kurz darauf wurde eine Herde Rinder aus Le Crotoy ins Lager getrieben, und von einem Weingut hinter dem Hügel rollten die Kundschafter Fässer herbei. König Edward hieß die Männer Feuer anzünden und nach Herzenslust prassen. Wie der geringste Schwertkämpfer ging er umher, klopfte den Leuten die Schultern und schwärmte von der Beute, die winkte, wenn der Morgen graute.

Sodann ernannte er eine stillgelegte Mühle zu seinem Posten und teilte sein Heer in drei Abteilungen. An Berittenen fehlte es uns, mithin stellte er auf beide Seiten Fußkämpfer, die von Bogenschützen flankiert wurden. Sie sollten Schwaden von Pfeilen aussenden, sobald das französische Heer den Kern unserer Aufstellung angriff. Den linken Flügel ließ er von seinem Sohn, dem sechzehnjährigen Kronprinzen Edward, befehligen, einem Knaben mit solchem Blutdurst, dass er bei Besprechungen wie ein Kampfstier mit den Füßen scharrte. Wir gehörten dem rechten Flügel unter Befehl des Grafen von Arundel an, der sich des heißen Blutes seiner Familie und der entfernten Verwandtschaft mit dem König rühmte. Der König selbst befehligte die dritte Abteilung, die sich hinter den zwei ersten hielt.

Er wies die Männer an, den Hügel hinauf ihre Pfähle in den Boden zu rammen und dazu Gruben zu schaufeln, die die Pferde der feindlichen Ritter zum Straucheln bringen mochten. Hernach sollten sie sich schlafen legen. Ich war nicht der Einzige, der sich fragte, ob er solche Unvorsicht an den Tag legte, weil wir ohnehin verloren wa-

ren. Schätzungen nach kamen die Franzosen mit dreimal so vielen Männern wie wir, mit Rüstungen und neustem Kriegsgerät.

Aimery hatte sich zum Wachdienst gemeldet. Als die Dunkelheit sich senkte und das Lärmen im Lager erstarb, ging ich zu ihm. Ich weiß, Master, Ihr wollt dies ungern hören. Ihr fürchtet, Sodom und Gomorrha könnten fallen, und alle Beben der Erde entstünden daraus. Ich aber versichere Euch: Hättet Ihr ihn dort stehen sehen, ausgezehrt, müde und noch immer zu jung, um seine Zeit zu begreifen, Ihr hättet dasselbe getan wie ich. Ich nahm ihn in die Arme.

«Aimery», sagte ich, «ich will nicht, dass Ihr sterbt. Geht nach Hause und baut ein Schiff, dazu seid Ihr geboren. Ihr habt genug an diesen Wahn verschenkt.»

«Den Krieg Eures Königs nennt Ihr Wahn?», fragte er und hob die schwarze Braue, als meine er die Frage ernst.

Ich schob ihm meinen Schwertknauf unters Kinn. «Ich wollte, ich könnte Euch diesen sturen Kopf zurechtsetzen. Nein, mein Juwel, ich spreche nicht vom Krieg meines Königs, sondern von dem, den Ihr gegen Euch selbst führt. Ihr verurteilt Euch zu töten, wiewohl Ihr daran krankt, Ihr verurteilt Euch, den Tod zu suchen, wiewohl Ihr im Leben noch so viel zu tun habt. Gesteht mir endlich, was Euch quält. Und dann brecht auf. Ich gebe Euch Geld und sorge dafür, dass niemand Euch verfolgt.»

Er sprach kein Wort. Ich hätte ihn schütteln, ohrfeigen, ihm allen Reichtum des Ostens versprechen können, und vermutlich habe ich das meiste davon getan. Immer wilder mühte ich mich, getrieben von der Angst, ihn morgen Abend auf dem Schlachtfeld zu finden, die Glieder zerstückelt, der schillernde Geist verstummt. Hilflos packte ich seine schönen Hände und rang sie in meinen.

«Lasst Euch nicht schlachten wie Vieh», flehte ich. «Ihr seid zu teuer dazu.»

Das Gefährliche an Aimery war, wie ich Euch sagte, dass seine Begabung zu beidem taugte, zum Schlimmsten wie zum Besten. Ich bin sicher, er holte Sterne vom Himmel, wenn er liebte, doch er war im Hass nicht minder stark. «Lasst mich los», sagte er, die Augen funkelnd. «Nehmt es endlich hin: Was Hetfend von mir glaubt, trifft nicht zu, und dies ist kein Dienst, für den Ihr mich bezahlt.»

Ich wollte ihn schlagen, wie er in seinem Leben nicht geschlagen worden war. Stattdessen stand ich bewegungslos da. Warum ist kein Mensch je so schön wie der, der uns verletzt? Das Bild von Aimery im Fackelschein wird mir bis zum Tod bleiben. Seither habe ich mir so oft gewünscht, die Zeit zu wenden und noch einmal dort zu stehen. Hätte ich über meinen Schmerz hinwegsehen können, hätte ich den seinen erkannt. Er war grausam zu mir, weil er so irrwitzig grausam zu sich selbst war. «Du vergisst deine Stellung, Kerl», sagte ich. «Noch ein Mal, und das Weib in deinem Flecken bekommt von mir keinen Penny mehr. Ein alternder Schütze ist spielend ersetzt.»

So sind wir, nicht wahr? Demütige mich, und ich demütige dich. Seid Ihr wahrhaftig sicher, Master, dass Sodom und Gomorrha nicht deshalb fielen, weil unsere Liebe so schwächlich ist?

Anderntags kamen die Franzosen. Die Sonne stand längst hoch, als am Ende der Senke ihre Standarten auftauchten. Trompeten und Trommeln stopften die Luft mit ihrem Dröhnen. Unser Heer war sorgsam gerüstet, es rückte nicht vor, sondern wartete in scheinbarer Gelassenheit. Wir Ventenäre saßen zu Pferd hinter den Zwanzigerschaften, unsere Schützen zum Keil aufgestellt. Zwischen zwei anderen Rücken sah ich Aimery. Ich hatte an meine Leute metallbesetzte Gambesons ausgegeben, um ihre Leiber zu schützen. Aimery aber trug ein zerschlissenes Hemd. Du verfluchter Hund willst um jeden Preis sterben, dachte ich, also stirb meinethalben und nimm die Gaben, die du nicht verdient hast, mit ins Grab. Ich malte mir aus, wie ich seinen Körper am Fuß des Hangs finden und liegen lassen würde. Den Schmerz, der mir im Bauch wühlte, beachtete ich nicht.

Von allen Seiten stürmten Bauern mit Forken und Knüppeln in die Senke, die brüllten: «Macht denen den Garaus, macht sie kalt!» Der

Anblick ließ gestählte Herzen stocken. Das Heer der Franzosen schwoll an, und vorneweg marschierten die Genueser Armbrustschützen. Dessen ungeachtet wurden zwischen unseren Flügeln hindurch drei Kanonen gerollt, die Ribaulds, *auf Karren geschmiedete Eisenröhren, die durch Feuerkraft Geschosse zu schleudern vermochten. Als Waffen waren diese Geräte nicht sonderlich wirkungsvoll, aber mit dem Heidenlärm und dem stinkenden Rauch, den sie erzeugten, brachten sie Pferde zum Scheuen und erschwerten die Sicht.*

Jäh erinnerte ich mich, wie Morley und ich Aimery diese Waffen gezeigt hatten und in welche Erregung er geraten war: «Roger Bacon beschrieb solches Pulver. In einem seiner Werke, De mirabili potestate artis et naturae, *verbirgt sich ein Rezept.» Ich hatte ihn mit einem Lachen beiseitegenommen und zur Vorsicht ermahnt. «Ich glaube, dieser Bacon gilt noch immer als Ketzer.» Aber von uns hatte er nichts zu befürchten, er gefiel uns viel zu sehr, unser Pflugbursche, der Latein sprach wie ein Klostermönch.*

Mit solchen Gedanken starrte ich auf seinen Rücken, derweil die Ribaulds abgefeuert wurden. Einmal, zweimal. Der Himmel verdunkelte sich. Flüchtig wunderte ich mich, weil es für gewöhnlich seine Zeit dauerte, die Feuerwaffen nachzuladen, da erfolgte das Donnergetöse zum dritten Mal. Alles Licht wich, und ich begriff: Die Schüsse stammten nicht aus unseren Kanonen, sondern geradewegs aus dem Himmel. «Gelobt sei Gott!», hörte ich Einzelne brüllen. Ein Gewitter war uns zu Hilfe gekommen. Aimery hatte mir einst erklärt, dass im Regen eine Armbrust wenig tauge, weil ihre Sehne sich nicht entfernen und vor Nässe schützen lasse. Wir hatten unsere Langbogenschützen entsprechend unterwiesen: Sie trugen ihre Sehnen unter ihren Kappen.

Ein Blitz zuckte über das Schwarz des Himmels, und der Guss durchtränkte uns die Kleider. So schnell jedoch, wie das Gewitter gekommen war, riss die Ballung der Wolken auf. Der Regen verebbte nicht allmählich, sondern hörte auf einen Schlag auf. Ebenso schnell hatten unsere Schützen die Sehnen hervorgezogen und gespannt. Das Nächste, was den Himmel verdunkelte, waren die Wolken ihrer Pfeile, und tausendfaches Schnalzen hieb die Luft in Fetzen.

Meine Zwanzigerschaft war ein prächtiger Haufen, Aimery hatte sie geschult, wie er das Trebuchet gebaut hatte: auf die denkbar klügste Weise. Sie scherten sich nicht um die vor Nässe schweren Kleider, sondern schossen wie beflügelt. Die armen Genueser, deren Waffen nutzlos geworden waren, kämpften sich den Hügel hinauf. Wer nicht auf feuchtem Gras ausrutschte, fing sich in Gruben, ward von Pfeilen getroffen oder auf Pfähle gespießt. Scharen fähiger Männer stürzten um, als fälle man mit einem Axthieb einen Wald.

Was der Anblick in dem Grafen von Alençon auslöste, der dahinter seine Reiterei anführte, vermochte ich mir vorzustellen. Entgeistert schrie er: «Reitet sie um, reitet die Feiglinge um, die uns den Weg verstellen!» Erdbrocken flogen, und der Boden bebte, als die Horde von Pferden vorwärtsstob. Die Todesschreie der Genueser, die unter Hufen zertrampelt wurden, ließen die hinteren Einheiten glauben, Feinde würden niedergemacht. Mit Wucht rückten sie hinterdrein. Pferde, Männer, Waffen, alles stürzte übereinander, während unsere Schützen unentwegt schossen. Später hieß es, kein einziger Pfeil sei ziellos verschwendet worden. Zumindest ließ sich anderntags keiner finden, der nicht in Fleisch steckte, in Mensch oder Tier.

Französische Ritter, denen es gelang, sich durch die Haufen zertretener Kumpane zu schlagen, wurden von unseren Fußkämpfern empfangen und mit Schwertern totgehackt. Einer von denen, die es nach oben schafften, war Philips Verbündeter, König Johann von Böhmen. Von jenem Manne sprach ganz Europa, man nannte ihn den Schmuckstein der Ritterschaft. In der Blüte seiner Jahre war er auf dem rechten Auge erblindet und von Guy de Chauliac, einem Arzt, dem man Wunder zutraute, operiert worden. Statt aber das Licht des rechten Auges wiederzuerlangen, hatte er auch das linke verloren und zog gänzlich blind in die Schlacht.

Dem Blinden beim Sterben zuzusehen, war erbärmlich. Er hatte zwischen seinen Zügeln und denen seiner Ritter Stricke knüpfen lassen und sich durch einen Gurt um die Leibesmitte an jene Ritter gefesselt. So hoffte er, seinen Teil zum Kampfe beizutragen. Binnen kurzem bekam das Pferd des Ritters auf der Linken einen Pfeil ab und stürzte, sodass die Verbleibenden, die das tote Tier nicht mitschleifen konnten, in der Falle saßen. Eine Schar fiel über sie her, ihre Klingen blitzten in der Abendsonne. Es heißt, Kronprinz Edward habe später die aneinandergefesselten Toten gefunden und vor Rührung das Zimier des Blinden zu seinem eigenen gesteckt. Ob dem so ist, vermag ich nicht zu sagen. Man sieht ja einem Menschen nicht ins Herz.

Als die Nacht aufzog, hatten sich mehrere französische Einheiten zu uns hinaufgekämpft. Ich war gezwungen, zur Seite zu weichen, und verlor meine Männer aus den Augen. Neben mir sah ich, wie ein Kumpan getroffen vom Pferd sackte und das Tier sich den Hang hinunter überschlug. Ohne Unterlass klirrten Klingen, gellten Schreie, schnappten Sehnen, nach Gras und Blut roch die Nacht. Jäh wünschte ich mir einen Helm, um ihn mir über den Kopf zu stülpen. Ich trug nie einen, von Jugend an hatte ich das Gefühl, darunter zu ersticken.

Die Erkenntnis kam mit dem ersten Metall, das an Hals und Gesicht vorbeiblitzte: Ich könnte sterben. Beim nächsten Schwerthieb hört vielleicht das, was in mir flattert, auf. Der, den ich liebe, könnte sterben. Nur ein Pfeil, und ich bin nicht mehr imstande, ihm zu sagen, was wir zumeist doch auch im Leben nicht sagen: ‹Du bist der eine, in dem ich die Welt umarme. Wenn wir überleben, wird alles neu.› Es wird ja nie neu, aber die Sehnsucht, es noch einmal zu versuchen, lässt uns kämpfen. Die Schlacht, in fast völliger Dunkelheit, dauerte die halbe Nacht.

Beklemmend war ihr allmählich sich senkendes Ende. Ersterbendes Metallgeklirr, letzte Leiber, die zu Boden fielen. Wir wussten wohl, dass wir gesiegt hatten, konnten ob der Finsternis jedoch nichts Genaues erkennen. Gefolgsleute hatten Philip vom Feld geführt, Alençon und der Böhme waren gefallen. Andere Befehlshaber mochten aber noch in den Sätteln sitzen, Truppenteile mochten sich im Gehölz versteckt halten. Mir war es einerlei, und so erging es zweifellos den meisten. Erschöpfung griff um sich, auf der Haut erstarrte kalter Schweiß. Im Flüsterton sprang der Befehl von Mann zu Mann: ‹In Stellung bleiben. Auf dem Posten zur Ruhe begeben.› Ich stieg vom Pferd, rollte mir die Zügel um den Arm und schlief, an allen Gliedern zitternd, ein.

Als ich erwachte, lag ich im taufeuchten Gras, Kälte schreckte mich aus dem Dämmer. Noch war der Himmel grau. Ehe die Sonne nicht stieg, würde es nicht wärmer werden. Im Morgennebel sah ich die eigenen Leute bereits in Bewegung, wie Schatten zogen sie umher. Morley fand mich. Wir verstanden uns gut, wiewohl die Verbrüderung unter Kriegern mir nicht lag. Wir waren beide bereits in einem Alter, in dem man für das Lagerleben nicht mehr taugt, und für einen Feldherrn war Morley ohnehin von zu ängstlicher Natur. Dafür mochte ich ihn.

«Seid Ihr in Ordnung?», fragte er. «Ein paar Eurer Leute haben ins Gras beißen müssen, aber sie haben Euch Ehre gemacht.»

Ich schoss hoch. «Wer?»

Morley lachte und klopfte mir den Arm. «Keine Sorge. Euer Pflugbursche aus Southampton ist nicht totzukriegen. Wollt Ihr mir den Kerl nicht irgendwann verkaufen? Er ist das reinste Trebuchet, braucht kein Essen, keinen Schlaf, und die Jahre scheinen ihm nichts anzuhaben. Seine Ungezogenheiten nehme ich gottergeben hin.»

«Aus Portsmouth», keuchte ich. «Er ist aus Portsmouth.»

Wir lachten beide. So betragen sich Menschen, die eine Hölle überlebt haben, aber nicht wissen, warum. Ich wollte zu Aimery. Ich fand, was geschehen war, müsse vergessen sein, denn wir waren nicht tot. Morley hielt mich am Arm zurück. Stimmen wurden laut, Johlen, Zanken, Stöhnen, die Nebel lichteten sich und ließen erkennen, was die Gestalten taten, die sich am Hang bewegten. Doch es ergab keinen Sinn.

«Bleibt hier», sagte er und reichte mir einen Feldschlauch mit verdünntem Wein. «So etwas gab es noch nie. Dafür sind Ihr und ich zu alt.»

«Wofür, mein Admiral?»

«Die Gallischen sind erledigt.» Morley wiegte den Kopf. «Dennoch erging Befehl, Verwundete zu töten. Das ist nicht die Kunst des Krieges, die man mich gelehrt hat. Ich schweige dazu. Aber mittun muss ich nicht.»

Ich war im Nu auf den Füßen, verstrickte mich in meinen Zügeln und gab Morley mein Pferd. Was geschehen würde, sah ich vor mir wie in Glas geschnitten.

«Bleibt doch hier», bat mich Morley. «Die Männer sind losgelassen, die fängt keiner mehr ein.»

Ich aber rannte ihm davon. Aus dem Stimmengewirr erkannte ich bald die heraus, nach denen ich suchte. Mehrmals rutschte ich im Gras aus, lief jedoch unbeirrt weiter. Am Fuß des Hügels fand ich sie, neben zwei getöteten Franzosen, wie Schlachter in Blut gebadet. Aimery lag auf Knien über Hetfend, dem sein Messer aus der Hand gefallen war. Er sah aus, als werde er ihn in die Gurgel beißen. Mehrere Ventenäre waren hinzugeeilt, einer schlug Aimery seinen Steigbügelriemen auf den Rücken.

«Ist das Euer Mann?», brüllte mir ein anderer entgegen. «Holt den da weg, der bringt ihn um.»

«Master Hetfend befolgt nur den Befehl des Königs.»

«Nehmt doch ein Schwert, der Kerl ist nicht bei Verstand!»

«Helft mir», schrie ich und packte Aimery bei den Haaren. Zwei andere ergriffen ihn, und zusammen schleiften wir ihn von Hetfend weg, rissen ihn auf die Füße und hielten ihn fest. Ich spürte nur Leben. Aimerys rasendes Herz, seinen Brustkorb, der sich mit fliegenden Atemzügen hob und senkte. Ich hätte ihm den Schweiß fortwischen wollen, der ihm in den Nacken rann.

Aimery wandte den Kopf. Es ist ein erschreckender Unterschied zwischen uns, die wir verzärtelt an warmen Feuern aufwachsen, und denen, die draußen geboren werden und sich durchschlagen müssen, selbst wenn sie klug und belesen sind wie dieser. Sein Gesichtsausdruck war der eines Tieres. Seine Stimme ein Fauchen. «Lasst mich los.»

«Der ist toll.» Der Ventenar, der ihn am Arm hielt, hob den Steigbügelriemen, doch ehe das Leder ihn traf, riss ich ihn zur Seite. In mir ballte sich Angst, um uns war alles entfesselt und entmenscht, schlug Wunden, metzelte, hackte Glieder von Leibern. Ich wollte mit Aimery von hier weg.

Hetfend rappelte sich auf die Füße. «Dafür muss er bezahlen, Ventenar. Gibt keine Ausreden diesmal, oder soll ich dem Arundel melden, dass dieser Dreck versucht hat, mich umzubringen?»

Von allen Seiten schienen Stimmen auf mich einzutosen. Ich klammerte mich an Aimery wie an ein Seil. «Schon gut», schrie ich. «Ich bringe ihn nach oben und lasse ihm ein Dutzend Peitschenhiebe geben. Geht aus dem Weg, so arg ist es ja nicht. Der Mann hat Tag und Nacht seine Pflicht getan, er ist vor Erschöpfung außer sich.»

Drei meiner Männer kamen mir zu Hilfe. Mit vereinten Kräften zerrten wir Aimery die Anhöhe hinauf, zwischen Toten und Sterbenden hindurch ins Lager. Ich stieß ihn in mein Zelt. «Setzt Euch hin», schrie ich ihn an, aber er rührte sich nicht. Die Angst um ihn schnürte mir die Kehle zu, ich war wütend auf seine Unbedachtheit, aber ich fand ihn auch großartig, ich dachte: In einer Zeit, die gänzlich krank und verseucht ist, bist du der einzige Gesunde. Ich setzte einen Schritt auf ihn zu und hob die Hand.

«Kommt mir nahe», fauchte er, «und ich schlage Euch zu Gelump.»

Zwei meiner Männer sprangen auf und ergriffen ihn. Er schüttelte sich frei. «Tut, was Ihr wollt, aber fasst mich nicht an. Am besten macht Ihr mich tot, denn sonst mache ich das Vieh da draußen tot, das schwöre ich.»

«Seid Ihr denn völlig von Sinnen?» Ich war mit einem Satz bei ihm, er wich gegen die Zeltwand zurück, und ich erstarrte im Schritt. «Ich sollte Euch wahrlich auspeitschen lassen. Ihr verlangt ja danach.»

«Seid so frei», sagte Aimery und packte sein Hemd, um es sich vom Leib zu reißen. Da stand er und starrte mich an mit seinem Hass. Die Brauen verdüsterten die Augen, das Haar überschattete die Stirn. Ich liebte diesen Mann so sehr, wie ich ihm grollte. Vielleicht hätte ich es tun sollen. Die Peitsche nehmen und ihm auf den Rücken zählen, was er mir angetan hatte. Er war ja kein Mann, dem man verzeihen durfte, und vielleicht hätte ein Dutzend gnadenloser Hiebe, die Sprache, die er verstand, uns das Härteste erspart. Aber ich tat ihm nichts. Seiner Würde hätte ich nichts anhaben können, sie zog eine Mauer um ihn.

«Lasst ihn nicht aus dem Zelt», sagte ich zu den Männern. «Gebt ihm Wasser.»

«Sonst nichts?»

«Sonst nichts.» Damit ging ich.

Ich sehe Euch ungerührt, Master, und dafür bewundere ich Euch. Ja, ich beneide Euch sogar, denn meine laue Vernunft hat Gutes getan, und meine Leidenschaft, die das Beste wollte, tat das Schlimmste. Dennoch, um die Wahrheit zu sagen, sind mir Sodom und Gomorrha einerlei. Hätte ich Aimery Fletcher nicht geliebt, hätte ich nicht gelebt, und ich werde tun, was ich kann, um ihn zu retten. Deshalb bin ich hier und erzähle Euch, was Ihr zweifellos nicht hören wollt.

An diesem Abend betrank ich mich mit Morley. Wir hockten in seinem Zelt und soffen den Wein der Admiralität, derweil um uns das Lager feierte. Ich werde es Morley nie vergessen, dass er mich in den Armen hielt und heulen und saufen ließ, bis ich in ohnmachtsgleichen Schlaf fiel. Und dass er es hernach nie wieder erwähnte. Vor Calais ist er gestorben. Ein braver Mann, der den Krieg nicht mochte und Aimery meinen Pflugburschen aus Southampton nannte.

«Schickt ihn nach Hause», riet er mir in jener Nacht. «Euer Herz hängt zu fest an dem Kerl; zu sehen, wie er Euch zuschanden geht, ertragt Ihr nicht.»

Er hatte recht, und ich schwor mir, ebendies zu tun.

Nur hatte ich die Rechnung ohne Aimery gemacht, der mich nicht mehr an sich heranließ. Zum Wahn trieb er mich, indem er stur Befehle befolgte, die ich ihm nie erteilt hätte. Auf Knien reinigte er blutiges Holzgerät mit Essig, der in den Schnittwunden brennen musste. «Das gehört nicht zu Eurer Pflicht», sagte ich. «Ihr seid kein Knecht.» Aber er spielte den Ertaubten, hob nicht einmal den Kopf. Ich hatte ihm die Schmach der Auspeitschung erspart, er indes begegnete mir, als hätte ich ihn aufs sträflichste misshandelt. Es kam mir so vor, als ließe er mich für das büßen, was andere an ihm verbrochen hatten. Einen weiteren Schlag versetzte er mir, als er einen seiner irrwitzigen Pläne nicht mir, sondern Morley anvertraute.

Wir hatten einen beachtlichen Sieg errungen, aber würden dennoch nicht auf Paris marschieren, denn um den Sieg auszuschöpfen und den zermürbenden Krieg in die Entscheidung zu zwingen, fehlte dem König wieder einmal das Geld. Somit war unser nächstes Ziel die Eroberung eines Hafens, und Calais, so nahe unserer eigenen Küste, schien dafür gerade recht. Es hieß, aus Dover würden Schiffe gesendet, um Verwundete und Beute heimzuholen, und Aimery bat den Admiral, einem solchen Schiff etwas mitgeben zu dürfen. Einen Leichnam. Den toten Körper eines Kameraden, den er auf seinem Rücken bis ans Meerufer schleppen wollte. «Er hat den Verstand verloren», beschwor mich Morley. «Weist ihn in seine Schranken, um seinet- wie um Euretwillen.»

Mir war übel vor Zorn. Diesmal, so gelobte ich mir, käme er mir nicht davon. Aber er kam davon. Als wir in glühender Hitze und mit knappem Wasservorrat am letzten Augustmorgen aufbrachen, schleifte er den Leichnam jenes Luke in einem Leinensack hinter sich her. Wenn ich nicht vor Zorn unter Atemnot litt, dann rührte er mich so, dass ich gegen Lachen und Weinen zugleich kämpfte. Armer, geliebter, völlig verrückter Aimery.

Nach zwei Tagen brach er zusammen. Spuckte Blut, gab alles von sich, was sein geschundener Leib noch in sich hatte. Ich bezahlte Söldner dafür, dass sie mir den Lebenden und den Toten schleppten, bis wir am Abend unser Lager aufschlugen. Dort begrub ich im strömenden Regen den stinkenden Leichnam. Was für ein Liebesdienst, Aimery. Es dauerte Stunden. Lieber hätte ich den Kranken in meinem Zelt gesund gepflegt, ihm Körper und Seele gekräftigt, ihm Behutsamkeit geschenkt. Er aber war am nächsten Morgen schon wieder auf den Beinen.

Den Toten hatte er zu Euch bringen wollen. Zu Master Fitzroger vom Domus Dei. *Warum, wisst Ihr hoffentlich besser als ich. Wart Ihr der einzige Mensch, dem er vertraute? Aber ich habe Euch genug Zeit gestohlen und muss zum Ende kommen, jenem Ende, das ich noch immer aufzuhalten hoffe, weshalb sich mir die Worte in der Kehle sträuben. Als sei das Grauen nicht wahr, solange ich es nicht benenne. Aber es ist ja wahr. Es ist sichtbar und unwiderruflich.*

Hatten wir geglaubt, Calais ließe sich im Sturm erobern, so hatten wir uns getäuscht. Wir stießen auf erbitterte Gegenwehr von der Festung, die ein entschlossener Burgunder namens Jean de Vienne befehligte. Uns blieb nichts übrig, als uns auf Belagerung einzurichten, was ob der knappen Vorräte und der Marschen ringsum ein mörderisches Unterfangen war. Belagerungsgerät ließ sich im Boden nicht verankern, und unsere Zelte, in denen Horden von Ratten unterkrochen, troffen vor Feuchtigkeit. De Vienne hoffte zweifellos auf Rückzug, sobald der Winter hereinbrach, aber König Edward war nicht minder entschlossen. Er befahl den Bau von Hütten. Aimery sprach nicht mit mir. Keine Drohung schreckte ihn, und was ärger war: Keine Freundlichkeit schmolz seine Abwehr. Mit jedem Versuch verachtete ich mich und meine Schwäche mehr.

Der Winter war grausam. An Kälte und Krankheit starben uns Männer in Schwärmen. Das Parlament in der Heimat genehmigte weitere Steuern, Schiffe kamen zur Verstärkung und blockierten den Hafen. Zusätzlich bauten wir Palisaden ins Meer, die mit Nahrung beladene Boote abfingen. Nun wütete das Hungersterben in der belagerten Stadt. Als mit dem Frühling die Sonne erstarkte, stanken Leichenhaufen zu beiden Seiten der Mauer. Wir bauten einen Belagerungsturm und errichteten ein Katapult. Ein Centenar schlug vor, Tote in die Stadt zu schleudern, doch ein letzter Rest jener Menschlichkeit, die uns einst ausgemacht hatte, hielt uns davon ab.

Warum habe ich Aimery nicht verstanden? Warum nahm ich ihm so sehr übel, dass er nicht zu sprechen vermochte? Er war noch immer der einzige Gesunde unter uns Kranken, ich aber hasste selbst den Toten, den ich im Regen eingegraben hatte. Der also war ihm teuer, so nagte es in mir. An seinem Leichnam hätte er sich zu Tode geschleppt, meinen hingegen hätte er verrotten lassen.

Es wurde Juli, bis Philip mit einem Heer einrückte, um Calais zu befreien. Er forderte König Edward zum Kampf, der aber saß in seinem Lager wie in einer Burg, hatte die schwangere Königin anreisen lassen und sah keinen Grund, den sicheren Hort zu verlassen. Das Schreckgespenst, die Erinnerung an Crecy, mag Philip bewogen haben zu tun, was er tat, jedenfalls griff er nicht an, sondern hieß seine Leute, ihre Zelte in Brand zu stecken und abzurücken. Man mag sich das Entsetzen vorstellen, das die Bewohner von Calais packte. Von den Türmen wurde Philips Standarte gerissen und im Schlamm versenkt. Wenige Tage später erklärte de Vienne die Kapitulation seiner Stadt.

Ich habe die Schlacht von Crecy das Ende der Ritterlichkeit nennen hören, und ich denke, darin steckt traurige Wahrheit. Nach Crecy war alles erlaubt. Noch klingt mir Morley im Ohr, der während des Winters am Husten starb: ‹Das ist nicht die Kunst des Krieges, die man mich gelehrt hat.› König Edward ließ die sechs ersten Bürger der Stadt, nur in Hemden gekleidet und mit Halftern um die Hälse wie Gäule, vors

Tor führen, um sie zu schlachten. Seine Königin sprang ein und flehte, nicht Gottes Zorn herabzubeschwören, sondern den Männern das Leben zu schenken. Aber das Leben können wir niemandem schenken, sondern nur dem Beschenkten rauben. War es kein Hohn, dass der König jenen sechs Männern das Schwert ersparte, dass er sie nur aus ihrer Stadt jagte, mit nichts als Fetzen auf den Leibern? Woran mögen sie gestorben sein, an Hunger, an Entwurzelung?

Somit hatten wir einmal mehr gesiegt, und des Königs Geld war einmal mehr verbraucht. Stumpf und müde warteten wir auf Weisung, was mit uns geschehen sollte. Endlich traf Nachricht ein: Papst Clemens in Avignon hatte zwischen Edward und Philip vermittelt und einen Waffenstillstand erreicht. Man schickte uns nach Hause.

Von den zwanzig Männern, die ich herübergebracht hatte, waren mir neun geblieben. Diese sollten, zusammen mit dem Überrest einer weiteren Zwanzigerschaft unter Ventenar Rye, verschifft werden. Eine Ahnung drängte mich zu verhindern, dass Aimery noch einmal Tage mit Hetfend auf einem Schiff verbrachte, aber die Dorothy *war sein Schiff, das letzte, das er gebaut hatte, er würde es nach Hause segeln wollen. Der Name Dorothy ist griechisch und bedeutet Gottesgeschenk. Am Bug unter dem Namen prangte das Wappen von Portsmouth. Wenn etwas Aimery zu sich zurückbringen würde, so mochte es dieses Schiff sein.*

Noch einmal hatte ich mir zu träumen erlaubt: Daheim würde Aimery mich brauchen, ihm lag ja so viel daran, es seiner Schwiegertochter an nichts fehlen zu lassen. Ein Vermögen musste er der Frau während der Jahre gesandt haben. Ist das nicht sonderbar? Von seinen Männern erfährt man, wenn man tagaus, tagein Latrinen und Todesangst teilt, Geheimnisse, nach denen man nie gefragt hätte, vom Schwinden der Manneskraft bis zu den Warzen der Buhlin, aber von Aimery erfuhr ich nichts. Ich wusste nicht, ob jene Schwiegertochter verwitwet war, ob sie Kinder hatte, ob Aimery selbst noch Kinder besaß. Nichts. Nur dass er zuweilen an ein Gotteshaus dachte, das in gelbem Stein vor seiner Stadt stand, und dass er eine Horde Menschen versorgte. Zumindest bei Letzterem würde ich ihm helfen.

Ich ließ ihn zu mir rufen, in meine Kammer im Achterkastell. Als er nicht kam, ging ich hinaus. Er lag auf Knien und schrubbte das Deck mit einem Lumpen, den er in eine Mischung aus Essig, Wein und Weihrauch tunkte.

«Warum tut Ihr das? Hat Master Hetfend das befohlen?»

Aimery schrubbte das Deck, als stünde ich nicht neben ihm.

«Hab ich befohlen, richtig», schrie Hetfend vom Mast her. «Verdreckt doch das Schiff, solcher Sauhund, also soll er's auch putzen.»

Aimerys Rücken spannte sich. Ich legte ihm meine Hand in den Nacken, wie ich es oft getan hatte, damit die schmerzende Starre sich löste. Er zuckte unter meiner Hand zusammen wie gestochen, der Eimer mit der Essigmischung stürzte um und ergoss sich.

«Sau», knurrte Hetfend. «Sau.»

Ich zog von dannen, zurück in meine Kammer, als hätten die beiden gemeinsam den Essig über meinen Kopf geschüttet.

Was an diesem Tag an Deck geschah, scherte mich nicht. Ich hatte Kopfschmerzen, dagegen trank ich Saft aus Weidenrinde, und gegen die Bitterkeit des Saftes trank ich Wein. Ich fühlte mich wie im Fieber. Immer wieder schlief ich ein und litt an höllischen Träumen. Gegen Abend zog ein Sturm auf. Deutlich verstärkte sich der Seegang, ließ die Dorothy *hüpfen und schwanken. Das Knattern des Segels in den Winden wurde lauter, und der Teller mit der Kerze, der von der Decke baumelte, begann bedrohlich zu schaukeln. Prasselnder Regen setzte ein. Wir segelten in Küstennähe und würden in den nächsten Hafen fliehen können, es gab keinen Grund zur Sorge, auch nicht, als Geschrei laut wurde. Ich wollte von alledem nichts hören, nahm meinen Wein und soff.*

Bis der Vorhang vor dem lichtlosen Raum zur Seite flog, dass Regen hereintrieb. «Mein Ventenar!», schrie der Kerl in der Luke, einer der Armbrustschützen, die Aimery geschult hatte. «Ihr müsst kommen.»

Der Himmel war schwarz, und es regnete in Wehen. An der Bordwand stand Aimery über Hetfend gebeugt und hieb ihm mit der Faust auf den Kopf. Ich war nicht schnell genug bei ihm. Rye und seine Männer rissen ihn zurück und stießen ihn auf die Planken, Rye trat ihn. Hetfend trat ihn nicht. Er tat ihm gar nichts, stand nur im Regen an der Bordwand und verzog den Mund. Er wusste, was jetzt zu geschehen hatte, und ich wusste es auch und wusste in meinem schmerzenden, umnebelten Kopf zugleich, dass ich es nicht verhindern würde.

Der Mann, der mich geholt hatte, versuchte, mir zu erklären, was sich zugetragen hatte: Als der Sturm aufzog, hatte Aimery aufgehört, das Deck zu wischen, und die Männer, mit denen er für gewöhnlich die Arbeit am Segel versah, beordert, den Hafen von Dover anzulaufen. Hetfend wurde der Vorgänge gewahr, stürzte mit seiner Trosse auf ihn los und befahl ihm, auf seinen Platz zurückzukehren. Aimery weigerte sich. Er wollte die Wende überwachen, die bei solchem Wetter nicht ungefährlich war. Nach Hetfends Willen würde es jedoch keine Wende geben, keine Kursänderung, sondern Fortgang der Reise durch die Nacht. «Will am Morgen daheim sein. Das Kotzen kommt mir, wenn ich länger mit solchem Sauvolk hausen muss.»

Aimery blieb, wo er war. Er war im Recht: In solchem Sturm würde der Mast bersten, es war schierer Irrsinn weiterzusegeln. Im Unrecht war er jedoch auch: Zwar hatte der Master nach dem Code von Oleron bei Unwetter Seeleute zurate zu ziehen, aber auf der Dorothy gab es keine Seeleute, nur Krieger, die segeln konnten. Aimery hätte sich fügen müssen.

Er fügte sich nicht. «Dieses Schiff habe ich dem Domus Dei *verkauft», sagte er. «Und dem* Domus Dei *bringe ich es heil zurück.»*

«Du Dreck nimmst den Namen des Herrn nicht ins Maul», schrie Hetfend, der kein Latein konnte und wohl das Wort Dominus zu hören glaubte. «Wegen solcher wie dir, die's mit Kerlen treiben, sind wir mit diesem Sauwetter gestraft, und im Osten, wo all das Saublut

herkommt, verrecken sie wie Fliegen an der Seuche. Meinst du, ich hol mir für solchen Dreck wie dich die Seuche an den Hals?»

Er nahm die Trosse und schlug Aimery vor die Brust. So eine Trosse ist eine harte Waffe, die Wunden reißt und einen Mann zurückwerfen kann. Aimery aber warf sie nicht zurück. Vielleicht bekam Hetfend es mit der Angst zu tun, als er in Aimerys Gesicht sah, vielleicht schlug er ihn das zweite Mal tatsächlich nur, um sich zu schützen. Ich aber glaube, er wusste genau, was er tat und was Aimery tun würde: auf ihn losgehen. Zurückschlagen. In jenem Augenblick hasste ich Aimery dafür, dass er sich von Hetfend hatte steuern lassen.

Ich ging zu ihm. Blind von Regen, Wein und Tränen schüttelte ich ihn, stieß ihm Kopf und Rücken auf die Planken. «Du Narr», schrie ich ihn an. «Für deinen Stolz hast du alles zerstört, und war es das vielleicht wert? Die Prügel hättest du morgen verschmerzt, aber dies hier schmerzt für immer. Dich. Deine Familie. Die, die nach uns kommen. Warum schert dich kein Mensch als du selbst? Warum wirfst du alles weg? Warum hast du mich nicht zu Hilfe geholt?» Aber wie um alles in der Welt hätte er das tun sollen? Ich stieß ihn von mir weg und wandte mich wie ein Bettler an Hetfend. «Gewährt mir eine Bitte, Master. Nehmt ihm die Linke, nicht die Rechte. Wiewohl es nichts nützt.»

Dann trat ich zurück. Und sah es mir an. Ja, es ist wahr. Ich habe im Regen gestanden und erlaubt, dass sie Aimery die Hand abschlugen. Nicht Hetfend, der ihn hasste, erteilte ihm die Strafe, sondern ich, der ihn liebte. Das Glimmen in Hetfends Augen vergesse ich nie, den Unglauben, weil ich nicht einmal Aufschub forderte, sondern ihm meinen Liebling auslieferte.

Sie rissen ihn auf die Füße. Banden ihm die Trosse um den Hals und ums Gelenk der Rechten. Er wehrte sich nicht. Das Schlimmste ist, dass er wohl sicher war, er habe die unmenschliche Strafe verdient, die der Code von Oleron für einen Mann vorschreibt, der seinen Master schlägt, die Hetfend über Aimery verhängte, weil der klug war und er selbst dumm, die ich ihn erleiden ließ, weil er meine Freundschaft abgewiesen hatte, und die er selbst als gerecht empfand für die Bestie, die er in sich sah. Sie hießen ihn, die Hand auf das Sims der Bordwand zu legen, die seine Hände gezimmert hatten. Er legte sie hin und stand still. Man musste ihn so gut kennen wie ich, um zu sehen, wie viel Angst er hatte, wie ihm der Rücken zitterte.

Rye hatte einem seiner Männer das Beil gegeben, aber Hetfend nahm es ihm ab. Er berührte Aimerys Gelenk mit der Klinge, wie um Maß zu nehmen. Aimery starrte unverwandt darauf. Erst als die Klinge in die Höhe sauste, flog auch sein Blick nach oben. Schrei nicht, flehte ich stumm, gib dir vor denen keine Blöße. Erbärmlich, nicht wahr? Natürlich schreit ein Mann, dem ein anderer die Hand abschlägt, er schreit so laut, dass man keinen Sturm, keinen Regen und sein eigenes Weinen nicht mehr hört. Ungeschickt hackte Hetfend viermal zu, bis Aimerys Hand getrennt vom Arm auf dem Sims lag. Blut schoss aus dem Stumpf, mischte sich mit Wasser, das nicht nur von oben prasselte, sondern von unten in Wut aufs Deck klatschte. Hetfend versuchte, die Hand vom Sims zu stoßen, aber musste sich den Magen halten, krümmte den Buckel und erbrach. Eine Welle riss die Hand hinunter. Nahm sie weg.

Aimery stand noch immer an der Bordwand. Herr im Himmel, betete ich, lass ihn ohnmächtig werden. Aimery aber sah alles mit an, sein Blut, das wie aus einem Schlauch aus ihm sprudelte, und seine Hand, die verschwand. Erst dann sank er sehr langsam an der Wand entlang auf die Knie. Sein Kopf schlug gegen das Holz, hernach sackte sein Körper auf die Planken, auf denen sich sogleich das Wasser rosa färbte.

In meiner Erinnerung standen wir alle für Ewigkeiten still. Endlich nahm der Mann, der mich geholt hatte, mich beim Arm. «Er stirbt Euch», flüsterte er. Da erst ging ich, da erst kniete ich mich ins rote Wasser. Aimery hatte die Augen geschlossen. Haltlos weinend presste ich seinen Stumpf auf meinen Schenkel, um die Blutung zu stillen.

So saßen wir lange, bis irgendwann Männer kamen, die ihn in meine Kammer trugen.

In dieser Nacht gingen Sodom und Gomorrha unter. Im Sturm barst uns der Mast, und nur einer unbegreiflichen Gnade oder der Umsicht eines genialen Schiffbaumeisters ist es zu verdanken, dass wir nicht sanken und ersoffen. Es dauerte Tage, ehe Boote aus Dover uns in den Hafen schleppten. Dort lagen wir vor Anker, bis der Mast geflickt war. In diesen Tagen kämpfte ich um Aimerys Leben: Ich rief Ärzte an Bord. Ich ließ ihm den Stumpf mit dem Glüheisen ausbrennen. Die Kohlepfanne hielt ich selbst, um mir weder das Zischen noch das Stinken des Fleisches zu ersparen. Der Schmerz aber blieb allein Aimery nicht erspart. Ich kaufte Salben und Schmiedepech. Solange das Fieber wütete, saß ich Tag und Nacht an seinem Lager. Ich habe diesen Mann gepflegt wie mein Kind. Zu jeder Stunde betete ich um seine Rettung. Die Ärzte bekundeten, er würde sterben, er sei zu ausgezehrt, um gegen Entzündungen zu kämpfen, und habe zu viel Blut verloren. Aber er starb nicht. So zerschunden er war, so zäh war er. Ich hätte verdient, ihn begraben zu müssen. Stattdessen wurde er verdammt zu leben.

Das Gold des Tages hatte sich nicht halten können. Wie es den Sommer über geregnet hatte, so klopfte auch jetzt wieder Regen dem niedrigen Haus aufs Dach. Roger Fitzroger widerstand nur mühsam der Versuchung, sich das Gelenk der linken Hand zu reiben. Er hatte den Mann, der nach sachtem Pochen eingetreten war und an der Tür lehnte, bemerkt, aber sein Gast war so in seine Erzählung vertieft, dass er das schwindende Licht nicht einmal bemerkte. Fitzroger gab dem Mann an der Tür ein Zeichen, sich zurückzuhalten. Masun saß in sich verkrochen da, die Schultern bis an die Ohren geschürzt.

«Eine ebenso bedauerliche wie bezeichnende Geschichte», sagte Fitzroger. «Und nach Eurer Landung habt Ihr Euch also getrennt, Euer mit Verstümmelung gestrafter Frevler und sein

Herr, der zum Lohn für seine Verdienste in den Stand eines Barons erhoben wurde, ist das so?»

Masun starrte auf seine Schenkel.

«Leider habt Ihr mir Euer Innerstes vergeblich offenbart», bekannte Fitzroger. «Ich habe Euch nichts zu bieten als meinen Chorherrn zur Beichte, wiewohl Vater Stephen Euch gewiss lieber in seiner Kirche sähe. Euer Mann sichelt und drischt für uns, das trifft zu. Wir nehmen oft Krüppel. Die Ernte fällt allerorten knapp aus, und ein Krüppel kostet uns die Hälfte an Tageslohn. Zudem ist es ein Akt der Mildtätigkeit.»

«Akt der Mildtätigkeit? Einem Mann, der sich für alles verausgabt, was er tut, nur die Hälfte zu zahlen, nennt ihr Mildtätigkeit?»

«Ich muss Euch bitten, in meinem Haus nicht zu schreien. Die Zeiten sind hart. Ich habe mit meinen Kräften hauszuhalten, und Eure Erzählung hat mir in ihrer Erregtheit mehr abgefordert, als ich leichthin verkrafte.»

«Verzeiht. Ihr habt recht. Nicht Ihr, sondern ich habe Aimery zum Bettler gemacht. Aber hört, ich täte alles für ihn, ich gäbe ihm Arbeit in meinem Haus. Seiner Schwiegertochter zahle ich seinen Sold aus, bis ich sterbe. Ich beschwöre Euch, helft mir, ihn um Vergebung zu bitten. Ihr seid sein Vertrauter. Bewegt ihn, mich anzuhören.»

Fitzroger blieb unbewegt an seinem Platz. «Ich habe Euch bereits zu erklären versucht, dass ich Euch nicht helfen kann, Baron. Ich bin nämlich keineswegs der Vertraute Eures Mannes. Ich kenne ihn gar nicht. Unsere Erntearbeiter schwemmen an und ab wie Gezeiten. Sie schlafen in Unterständen und kommen den Gebäuden nicht nahe. Anderes wäre hier nicht gern gesehen. Dies ist kein weltliches Haus.» Er richtete seinen Blick auf eine Maserung des Wandsteins, sah aber aus dem Augenwinkel auf das Gesicht des Gastes, das Erbleichen der auf dem

Schlachtfeld gebräunten Haut. «Zudem muss ich Euch sagen», fuhr er fort, «dass ich Euch, selbst wenn ich könnte, nicht helfen würde, weil die Haltung Eures Mannes mir näher steht als Eure. Ihr jammert, er hingegen nimmt Gottes Strafe an. Wenn er von mir eine Geißel erbäte, um sie einhändig über seinen Rücken zu schwingen, ich gäbe sie ihm.»

Masun sprang auf. «Und Selbstentleibung ist demnach keine Sünde?»

«Von Selbstentleibung ist keine Rede.»

«O doch», schrie Masun, nahm den Schemel, auf dem er gesessen hatte, und warf ihn zu Boden. «Denn das, was göttlich in uns ist, ist zerbrechlich. Es lässt sich nicht unentwegt schinden, irgendwann bricht es entzwei und heilt nicht mehr.»

Ehe Fitzroger ihn hindern konnte, huschte der Mann, der bei der Tür gestanden hatte, durch den Raum, als hätte er mit jedem Jahr, das er gelebt hatte, an Gewicht verloren, ein Bündel Geisterknochen, das sich ohne Laut bewegte. Fitzroger wusste, dass die Insassen des Hospizes ihn unter sich ‹den Unsterblichen› nannten, wiewohl er solche Gotteslästerung verboten hatte. Der Hundertjährige beugte sich nieder und stellte den Schemel wieder auf. Er legte dem Baron die Hände auf die Schultern und drängte ihn auf die Knie. Dann zog er ihm die Kappe vom Kopf, berührte sein Haar und sagte: «*Ego te absolvo.*»

Fitzroger unterdrückte einen Wutschrei. Die Lossprechung ohne Beichte und Sühne, noch dazu von keiner lässlichen Sünde, entlarvte den Chorherrn als den Ketzer, der er war. Fitzroger aber konnte ihm nichts anhaben. Der Alte war sein Beichtvater, und er war damals hier gewesen, er hatte ihn in der Hand.

Der Hundertjährige lehnte sich gegen die Wand. Bald durchsichtig sah er aus, Haut und Haarkranz um die Tonsur ohne Farbe, Brauen und Wimpern nicht sichtbar. Sein Geist war immer noch scharf, doch sein Leib wurde mürbe, verriet, dass er sterblich war. Wäre es nach Fitzroger gegangen, hätte der Alte Aimery Fletcher und alles, was mit ihm zusammenhing, mit in den Tod genommen. Danach sehnte Fitzroger sich zuweilen, nach Nächten ohne Träume und Atem ohne Gewichte auf der Brust.

«Wie Ihr mich dauert», sagte der Mönch. «Ihr ringt ja mit einem Dämon, armer Herr.»

«Mich dauert mein Schütze, dem ich alles, was ihn ausmachte, geraubt habe», brach es aus dem gemarterten Masun.

«Aber nicht doch. Ihr habt ihm nicht den Kopf abgeschlagen, oder? Und selbst dann würde mich nicht wundern, wenn Aimery Fletcher einen Weg fände, den auch unter dem Arm noch zu gebrauchen. Vermutlich würde er sich einen Flaschenzug bauen und seinen Dickschädel daran auf- und abwinden.»

Fitzroger hatte seinen Kanonikern verboten zu lachen, es schickte sich nicht im Angesicht menschlicher Verderbtheit. Aber den Hundertjährigen schreckte kein Verbot. Und der Baron, eben noch ein Inbild verbotenen Haders, kam nicht umhin einzustimmen. «Meint Ihr, das tut er? Seinen Kopf gebrauchen?»

Der Hundertjährige zuckte die Schultern. «Das hat er sein Leben lang allein entschieden. Keiner, der ihn verprügelte, und keiner, der ihn verzärtelte, entschied für ihn, sondern nur Aimery. Geht nach Hause, peinigt Euch nicht. Ihr scheint ein freundlicher Herr, der seinem zuschanden gerittenen Pferd gern das Gnadenbrot gäbe. Aimery aber hat kein Gnadenbrot nötig. Und was bedeutsamer ist: Er fräße es nicht.»

«Aber er kann doch keine Kraft mehr haben. Er ist nicht viel jünger als ich.»

«Was für ein Jungspund», versetzte Bruder Nicolas und zauste sich sein brüchiges Haar.

«Ihr seid der Vertraute, nach dem ich suche, nicht wahr?», fragte Masun.

«Ein Beichtvater ist jedermanns Vertrauter», erwiderte der

Mönch. «Aimery habe ich als Knaben von vierzehn Jahren mit dem Schlüssel zur Bibliothek und einem Klaps auf die Schulter ziehen lassen, weil er zu Berkham in die Lehre wollte. Ich habe ihm gesagt: Wenn du mich brauchst, weißt du, wo du mich findest. Er schickt Briefe und Mittelsmänner, um dem Hospiz ein Schiff zu verkaufen oder einen Findling taufen zu lassen, doch aufgesucht hat er mich nur zweimal, und das zweite Mal sprach er kein Wort mit mir.»

Masun griff nach seinem Beutel und wollte noch etwas sagen, aber der Alte schüttelte den Kopf. «Ihr seid ein Baron und ein siegreicher Feldherr, aber Ihr seid nicht Gott. Ihr könnt Aimery nicht helfen. Euch bleibt wie mir nichts übrig, als ihm zu vertrauen. Ich warte seit drei Jahrzehnten darauf, dass er über sich hinauswächst.»

«Ich ertrage nicht, mir vorzustellen, wie einsam er ist.»

«Und muss er das? Wie viele Hände und Füße ihm auch fehlen, Aimery Fletcher ist ein gesegneter Mann. Einer wie er zieht Hass auf sich, das ist unvermeidlich, aber er zieht auch Liebe auf sich, mehr, als die meisten Menschen je erfahren. Der Herr, der ihn mir einst brachte, Walter Deghere, hätte Drachen getötet für ihn. Und jetzt steht wieder ein Herr vor mir und singt ein Minnelied, dass mir das Herz wehtut. Vergeudet an Aimery kein Mitleid, schon gar keines in klingender Münze. Gebt es mir, ich weiß etliche, nach denen kein Hahn kräht.»

Masun zögerte. Dann senkte er die Hände in den Beutel, zog sie mit Münzen gefüllt heraus und schüttete alles in die Hände des Greises. «Aber wenn der Winter kommt …», unternahm er einen letzten, scheuen Versuch.

«Dann wird es hier kälter. Und niemand braucht mehr Erntehelfer.»

«Und Aimery?»

«Aimery kann zu Euch kommen, oder nicht? Auch zu mir, und

ich bin sicher, wir zwei Zausel sind nicht die Einzigen, die ihm die Tür aufrissen, wenn er sich herabließe anzuklopfen.»

«Wie könnt Ihr so hart sein?»

«Das bin ich nicht», sagte Bruder Nicolas. «Aber Aimery nützt keine Liebkosung, die er nicht spürt, und wir lehren ihn nicht, uns den Kopf hinzuhalten, indem wir mit unserer Liebe nach ihm werfen.»

Darauf schwiegen beide. Der Hundertjährige huschte auf Fitzroger zu, um ihm die Münzen auszuhändigen. Kam er nahe heran, so sah und roch man, wie alt er tatsächlich war, all das dünn Geschabte, das Verbrauchte. Wie unsere Welt, dachte Fitzroger, ein Leichnam, der verrottet, ehe er verreckt. «Ihr könnt gehen, Bruder», sagte er, nachdem er das Geld an sich genommen hatte. «Wir sehen uns zur Vesper.»

«Ich kam, um wegen der Futterluken mit Euch zu sprechen.»

«Ihr wisst, dass mit mir darüber nicht zu sprechen ist. Euch, Baron, bäte ich dagegen gern noch auf ein Wort.»

Als Bruder Nicolas die Schultern zuckte, knirschten Knochen. Er huschte so unversehens aus dem Haus, wie er gekommen war.

«Wisst Ihr, wer jene anderen sind?», fragte Masun, als spräche er weiter zu dem Alten. «Die, die Aimery lieben? Nein, Ihr wisst es nicht. Verzeiht. Ihr habt genug für mich getan, wie kann ich endlich Euch behilflich sein?»

«Um mich geht es nicht», beschied ihn Fitzroger. «Ich habe nur eine Frage: Der Tote, den Ihr in Frankreich begraben habt, wie hieß der noch?»

«Luke aus Havant», antwortete Masun. «So steht es in seiner Indentur, mehr weiß ich nicht.»

Fitzroger winkte ab. «Und habt Ihr ihn einsegnen lassen, ihm ein Kreuz gestellt? War die Erde, in die Ihr ihn gesenkt habt, geweiht?»

«Das braucht sie im Krieg nicht zu sein. Ich habe ihn mit dem Weihwasser aus meiner Gürtelflasche besprengt, und Admiral Morleys Geistlicher sprach mir über dem Toten den Segen.»

«Was bin ich Euch schuldig?» Fitzroger zog die Schatulle, in der er die Münzen verstaut hatte, zu sich und griff hinein.

«Nichts», erwiderte Masun erstaunt. «Wer ist denn dieser Luke? Jemand, der Euch nahestand?»

«Nur ein Bursche, der einst für mich Arbeit tat», sagte Fitzroger und gelobte, sich nach der Vesper außer der Reihe zu geißeln. «Wenn sein Begräbnis Euch nichts gekostet hat, so ist die Sache ja bereinigt.»

«Nein, es hat mich nichts gekostet», sprach Masun vor sich hin.

Fitzroger ging zur Tür und zog sie auf. Regen trieb ins Haus. Der Baron nahm seinen Hut, nickte und ging.

Es regnete. Wann tat es das nicht? Dorothy stand vor dem Feuer und ließ das weichgeknetete Bienenwachs in den eingehängten Kessel gleiten. So rasch die butterige Masse glasig wurde, so rasch erfüllte sie die Küche mit dem Duft nach den Spätsommern vergangener Jahre, nach Harz, nach Tannenholz. In diesem Jahr mit all seinen Unwettern war sie kaum im Wald gewesen, sondern hatte das Wachs zu überhöhtem Preis auf dem Markt gekauft. Und warum sollte sie nicht, wer wollte es ihr verbieten? Sie ließ Honig in den Kessel laufen, reichlich Honig, einen See aus Gold. Es war Erntedank, und wiewohl sie für keine Ernte zu danken hatten, wiewohl das Korn auf dem Land der Gemeinde ersoffen und verschimmelt war, sollten Dorothys Kinder kandierte Äpfel haben.

Wie erwartet zog der Duft Menschen an. Francis und Catin,

die schon lange kein Kind mehr war, sondern in die Höhe geschossen mit schlenkernden Gliedern und Birnen von Brüsten. Mannbar war sie auch, und wiewohl sie mit dem Bluten und dem, was damit einherging, nicht zurechtkam, hätte man sie verheiraten können. Es bekümmerte Dorothy, dass sie in der Frage nicht recht weiterwusste. Eine schlechte Partie war Catin wahrlich nicht, sie selbst hätte ihr eine stattliche Mitgift gegeben, dazu war das Mädchen die einzige Erbin der Degheres. Bei einem Gatten wäre sie immerhin beschützt, aber etwas hielt Dorothy zurück. Die Catin, und wenn sie noch so sehr in die Höhe schoss, war mehr Kind als Richilda. Wie sie jetzt da stand, sich die Lippen leckte und mit unruhigen Händen nach den Süßigkeiten langte, schien es ein Verbrechen, sie in die Ehe mit einem ausgewachsenen Kerl zu zwingen.

«Bleib mir weg von dem Mörser.» Sie schlug dem Mädchen auf die Finger. «Das ist Eisenhut, eine Zungenspitze davon, und du bist mausetot.» Rattentot wäre das bessere Wort, dachte Dorothy. Sie hatte die giftigen bläulichen Blüten zerstoßen, um sie in Fladen gebacken an die Ratten zu verfüttern, die in Trauben in die Häuser einfielen. Ständig stritt sie deswegen mit Gocelin. «Du musst etwas gegen den Dreck unternehmen», hatte sie ein ums andere Mal von ihm verlangt. «Die Leute stopfen sich den Aal, den sie stehlen, im Stehen in den Mund und spucken Haut und Gräten auf den Boden. Der Unrat liegt in Haufen, und neuerdings schlachtet auch noch jeder vor seiner Tür und lässt die Reste fallen. Bei meinem Bruder gab es das nie. Blut und Knochen locken Ungeziefer an, und Ratten sind keine Mäuse. Wenn wir sie nicht daran hindern, fressen sie uns auf.»

«Und was soll ich dagegen tun?», hatte Gocelin gefragt.

«Das habe ich dir schon hundertmal gesagt: Bezahl Rattenfänger. Stell unter Strafe, seinen Dreck vor die Tür zu werfen.»

«Ich bin so müde, meine Dottie», hatte er gejammert. «Jetzt

ist auch noch der ketzerische Kaiser gestorben, und wenn sie unsern Edward zum Nachfolger machen, wird der noch mehr Steuern erheben. Ich weiß gar nichts mehr. Ich glaube, der Bürgermeister dieser Stadt bist du.»

Meinst du, ich bin nicht müde, Gocelin Deghere?, fragte sie ihn im Innern. Meinst du, ich habe mir ausgesucht, für euch alle zu sorgen wie eine Hühnerglucke mit zu weiten Flügeln? Sie nahm einen der blanken Äpfel aus der Kiepe und spießte ihn auf einen Zweig. Sodann tauchte sie die Frucht in die duftende Masse und drehte sie, bis sie von allen Seiten kandiert war, hob sie aus dem Kessel und drehte sie weiter, dass der überschüssige Honig abtropfte und die Schicht um den Apfel erhärtete. «Hier hast du, Süßmaul.»

Catin begann zu schmatzen, noch ehe sie die Zähne in den Apfel hieb. Francis, der an der Wand lehnte, tat es ihr gleich. Der Anblick des Alten erfüllte Dorothy mit Stolz. Zweimal in den vergangenen Jahren wäre er um ein Haar am Husten erstickt, aber sie hatte ihn gesund gepflegt, ihm stärkendes Essen gekocht, und so wohl wie in diesem armen, kargen Jahr war es ihm lange nicht ergangen. Er war bissig wie eine Natter, doch Dorothy war er hündisch ergeben. Sie tauchte einen zweiten Apfel in den Kessel, zog ihn glänzend glasiert daraus hervor und gab ihn Francis.

«Dank dir, meine Gute.» Seine Zahnstummel fuhren knackend in die feste Schale. «Wo ist mein Nichtsnutz von Sohn?»

«Im Krieg. Wo ein braver Mann vom Solent hingehört.» Es war ein Ritual zwischen ihnen. Seit sieben Jahren. Der Blick der wässrigen Greisenaugen traf den ihren. Käme er wieder, würdest du es ihm sagen?, fragte ihrer stumm. Dass du nächtelang geheult hast wie ein kleines Kind, dass ich dich trösten und freisprechen musste, so schuldig wie du bist? Käme er wieder, würdest du ihm sagen, dass du mich sieben Jahre lang jeden Tag auf deine Art gefragt hast: War der Bote von Masun Manor da, ist mein Sohn wohlauf? Ich halt dich am Leben, damit du's ihm sagen kannst, wenn er wiederkommt. Oder in Trauer gehen, wenn er fortbleibt.

Francis kaute einen Brocken Apfel, was ihn nicht hinderte zu fragen: «Ihr geht wohl alle zum Fest heut?»

«Gibt ja kein Fest», beschied ihn Dorothy. «Die Stadt kann sich keines leisten.»

«Aber eine Hinrichtung gibt es!» Catin hüpfte. «Rob, der Mann von Atola, dem Aleweib, hat Hühner ins Ale scheißen lassen, und Reg Sheppard ist dran gestorben. Dafür ersäufen sie den Rob in Cattecleffe, und wir gehen alle hin, und nachher kommt Tom mit der Viole, und wir tanzen.»

«Großvater Francis geht nicht mit.» Sie warf dem Alten einen scharfen Blick hin. «Es ist zu nass und zu kalt. Ihr holt Euch den Tod.»

«Wann ist es nicht nass und kalt?»

«Keine Widerrede», sagte Dorothy. Dann beugte sie sich aus dem Fenster und rief nach den Kindern, die im Schweinekoben spielten. Kurz darauf kamen sie in die Küche gestürmt, Nicolas, ein hübscher, gesitteter Knabe, der jedem Haus zur Zierde gereicht hätte, und die kleine Martha, Isemays Tochter, eines so gepflegt und wohlgenährt wie das andere. Dorothy hatte in diesen Tagen Kinder gesehen, denen von der Hungerkrankheit Bärte sprossen, aber den ihren, auch der Martha, fehlte es an nichts. Über Nicolas' Gesicht flog ein Leuchten, als er den tropfenden Apfel in der Hand der Ziehmutter sah. «Wo ist Richilda?», fragte ihn Dorothy.

«Ich weiß nicht. Der Herr Symond ist in den Hof gekommen, und sie ist mit ihm gegangen.»

«Was sagst du?» Sie wartete keine Antwort ab, gab dem Jungen den Apfel und lief los. Dass Symond um Richilda schlich, hatte sie seit längerem beobachtet. Ohnehin war sie in ständiger Sorge um die Tochter. Die war nicht unfolgsam, beileibe nicht. Aber sie war zu wenig beschäftigt, wurde mit allem, was Dorothy ihr auftrug, fertig, wenn andere erst begannen, und an den üblichen Kinderspielen fand sie wenig Freude. Wäre sie ein Knabe, hätte man sie dem nächstgelegenen Kloster in die Schule geben müssen, aber für ein Mädchen ließ sich nichts tun. Dorothy rannte im Regen über den Hof.

Vor zwei Sommern hatte sie hinter dem Anwesen ein Stück Land gekauft und mithilfe des Blinden und der Segelmacherjungen einen Schuppen darauf errichtet. Dorthin verkroch sich Symond zuweilen, und hier fand sie ihn auch jetzt. Er hockte im Winkel auf Säcken und hielt Richilda auf dem Schoß wie ein viel kleineres Kind. Über ihren dünnen Schenkeln lagen mit Zeichen bedeckte Pergamente.

Sooft sie Richilda sah, und sie sah sie täglich, verspürte sie unter den Rippen einen Stich. Dem Kind fiel dichtestes, schwärzestes Haar auf den Rücken, und als es den Kopf hob, furchte es pechschwarze Brauen über dunkelglänzenden Augen. Dorothy stürmte auf die beiden zu und riss das Mädchen von Symond weg, sodass die Bögen zu Boden segelten. «Du fasst mein Kind nicht an. Nie mehr.»

«Sie ist ja meines auch, Dottie. Mein einziges. Und dazu ein solcher Schatz.»

«Und wem ist das zu danken? Vielleicht dir?» Wie sie ihn je hübsch hatte finden können, das schlaffe Gesicht, das stumpfe Haar, war ihr ein Rätsel. Ehe sie den Griff lockerte, hatte Richilda ihre Hand abgestreift. Das Mädchen mochte hässlich sein, aber Dorothy sah es gern an, das seltsame Geschöpf, das sie geboren hatte und das ihr nicht im Geringsten glich. Groß für ein Mädchen ihres Alters war sie, schlank, aber nicht schlaksig wie Catin, und sie war das ernsteste Kind, das Dorothy kannte.

Nichts Albernes, Neckisches war an ihr. In diesem einen musste sie Symond recht geben: Die Richilda war ein Schatz. Eine Kostbarkeit.

«Warum darf ich nicht mit dem Vater sitzen? Meine Arbeit hab ich schon getan.»

«Der da ist nicht dein Vater, hörst du?» Dorothy wollte mit Strenge sprechen, was am Blick der Tochter aber zu zerschellen schien.

«Bin ich also ein Bastard? Wer ist denn mein Vater? Master Deghere?»

Dorothys Hand flog in die Höhe, aber sank gleich wieder. Sie vermochte Richilda nicht zu ohrfeigen. Etwas an ihr verbot es. Das Mädchen hob lediglich die Brauen. «Er ist dein Vater im Blut», sagte Dorothy. «Aber dessen brauchst du dich nicht zu schämen. Es ist starkes Blut, und deine Ahnen sind tüchtige Männer, nur ist der da missraten. Der hat mit dir nichts zu tun.»

«Ich wollte sie ja nur etwas lehren», flennte Symond. «Sie ist eine so Kluge, warum soll sie denn nichts zum Lernen haben?»

Derweilen hatte Richilda sich auf den Boden gekniet, um die Bögen aufzusammeln. Dorothys Neugier siegte über ihren Zorn. «Was ist das?»

Symond zog den Kopf ein. «Das hat meinem Vater gehört.»

«Und wo hast du es her?»

«Wir haben's ja auf der Werft gefunden. Der Ronald und ich.»

«Seid Ihr von Sinnen? Was ermächtigt euch, in den Dingen deines Vaters zu wühlen? Ich habe dem Ronald gestattet, sich auf meinem Grund ein Haus zu bauen, ich gestatte ihm, auf meiner Werft seine Kähne zu zimmern, damit meine Base und ihre Brut versorgt sind, aber wenn er noch immer glaubt, er könne mir die Werft in Raten abzahlen, hat er sich getäuscht. Seine lumpigen

Pennys brauche ich nicht, und die Werft ist mein. Gib das her.» Sie riss Richilda die Pergamente aus der Hand.

«Dottie», begann Symond, «nimm's mir nicht krumm, aber weshalb ist sie denn dein, die Werft? Wenn mein Vater tot ist, ist sie ja wohl mein, oder nicht?»

«Dein Vater ist nicht tot», herrschte sie ihn an, fuhr in die Falte ihrer Schürze und zog die Münzen heraus. «Hier, siehst du das? Letzten Freitag hat's mir der Bote von Masun gebracht, und der bezahlt keine Toten. Eure Pennys klemmt euch zwischen die Hinterbacken, du und der Ronald. Warum, meinst du, schickt dein Vater sein Geld mir, nicht dir? Wenn er stirbt, kommt sein Ventenar mit einem letzten Willen, und dann sehen wir, wem die Werft gehört, dir und dem Ronald oder mir.» Sie rang nach Atem. In dem hohen Raum verhallte ihr Geschrei.

«Schon gut», murmelte Symond. «Gib doch Ruhe.»

Sie sah die Pergamente an. Nichts erkannte sie darauf, nur dass Zahlen neben Buchstaben standen. «Kannst du das lesen?»

«Wo denkst du denn hin? Du glaubst ja wohl nicht, mein Vater hätte mich etwas gelehrt. Ich wollt's besser machen, bei der Richilda.»

«Von der Richilda lässt du deine Finger.»

«Schon gut», murmelte Symond noch einmal und senkte den Kopf.

Dorothy starrte auf den Bogen, als könne sie die Tierhaut zwingen, ihren Sinn preiszugeben. Ist das deine Handschrift, schoss es ihr durch den Kopf, ist das übrig von dir?

«Es ist etwas über ein Schiff», schnitt Richildas raue Stimme in die Stille. «Vielleicht eine Anleitung, um eines zu bauen. Manches verstehe ich nicht, es ist in fremder Sprache geschrieben. Latein, glaube ich.»

Dorothy wirbelte herum. «Woher weißt du das, wer hat es dir gesagt?»

Richilda zuckte eine Schulter. «Ich weiß ja nichts. Ich hab's gelesen.»

«Aber wer hat dir gesagt, wie man liest?»

«So schwierig ist es nicht», erwiderte Richilda. «Ich hab's unbedingt können wollen, also hab ich alles angeschaut, was irgendwo geschrieben steht. Erst sind es nur Linien und Bögen. Wenn man aber lang genug schaut, schmelzen die Linien zusammen, und wenn man noch länger schaut, verraten sie, dass sie Wörter sind.»

An diesem Morgen hatte Gilbert im Hafen gestanden und voll Stolz seinem Schiff zugesehen, das vom Hauptkai ablegte. Er hatte die Kogge, *Edward* mit Namen, vor drei Jahren gekauft, als sein Junge begann, sich für Schiffe zu begeistern. Warum sollte ein Schiffbauer nicht selbst ein Schiff sein Eigen nennen? Er schließlich war über sein Handwerk hinaus ein erfolgreicher Händler, der den Krieg zu nutzen verstand und sich mithin eine Kogge leisten konnte. Der Erwerb hatte sich bewährt. Bewährte sich nicht alles, was er tat? Er hatte das Schiff der Beschlagnahme entziehen können, er hatte durch Handelsfahrten seinen Reichtum gemehrt, doch vor allem hatte er einen Sohn aufgezogen, wie kein Graf und kein König einen besaß.

Jetzt ritt er nach Portsmouth, um den Sohn zu sehen. Sein Herz schlug in Sätzen, seine Jahre spürte er nicht. «Unsere *Edward* ist auf dem Weg in die glänzende Stadt Messina», würde er dem Knaben zu berichten wissen. «Und sie wird dir einen Leckerbissen bringen, wie du ihn nie zuvor gekostet hast. Eine Frucht, die die Herren des Ostens verspeisen, zuckriger als Honig und gefärbt wie die Sonne ihrer Heimat. Ein gebildeter junger Herr wie du, der zur Lateinschule geht, hat solche Süßigkeit verdient.»

Er würde sich daran weiden, wie sein Sohn das Lob genoss. Und dann würde er selbst ein Lob genießen, das überschwängliche Lob des Augustiners, der in hundert Jahren kluge Knaben gekannt haben musste, gewiss aber keinen wie den seinen. Gilbert hatte vor, für seinen Jungen einige Stunden Urlaub zu erbitten und mit ihm nach Cattecleffe zu reiten. Dort wurden Frevler gerichtet, ein Unzüchtiger entmannt und geblendet, einem betrügerischen Aleweib der Arsch gepeitscht und ihr Mann, der einen Kerl auf dem Gewissen hatte, in der Bucht ersäuft. Dazu gab es allerlei Beiwerk, Jongleure, Stelzengänger, Stände mit Kuchen und Aalpasteten, die sollten Edward nicht entgehen. Allerorts sah man Jammergestalten, gewiss stand dem Sohn wie ihm der Sinn nach Heiterkeit.

Leicht wie sein Trab war Gilberts Herz, als er durch Portsmouth ritt. So oft hatte er diese Gassen durchquert und nichts als Hass und Hader verspürt, doch heute hätte er mit keinem Mann der Welt getauscht. Das Dach des *Domus Dei* glänzte regennass. Einst hatte er gesehen, wie auf dieses steile Dach Mondlicht fiel, die Nacht hatte fliedersüß geduftet, und an seiner Seite hatte die Frau gelegen, die er liebte. Es tat noch immer weh, dass sie nicht leben durfte, aber der Schmerz war zärtlich. Dein Mörder ist auch tot, erzählte er Helewise im Stillen, er ist weit weg von hier verreckt, und mich kümmert nicht mehr, dass nicht ich ihn gerichtet habe. War nicht Edward das Geschenk, das Helewise ihm hinterlassen hatte? So hübsch und hell hätte er ihr Sohn sein können, und mit der Betta hatte er ohnehin nichts gemein.

Am Tor erwartete ihn der junge Anselm, den er schon kannte, und übernahm sein Pferd. Gleich darauf sah er Edward, der mit dem greisen Mendikanten vom Bibliothekshaus auf ihn zukam. Mit züchtig gesenktem Kopf ging sein rotwangiger Edward an der Seite des Mönchs, der den Arm um ihn gebreitet hatte. Ein stolzer Lehrer mit seinem gelehrigen Schüler. Gilbert schwoll das Herz. Der Regen fiel nur mehr dünn.

«Vater.» Edward blieb stehen, als fürchte er sich. Gilbert breitete die Arme aus, doch noch immer zögerte der Knabe. Der Mönch beugte sich zu ihm und sprach leise auf ihn ein. Ein wenig schleppend ging Edward weiter, rannte dann jäh los und warf sich schluchzend dem Vater in die Arme. Durch Gilberts Kopf flogen Bilder. Was hatte der gottverfluchte Mönch mit seinem Sohn getan?

Der schlurfte die letzten Schritte den vom Regen aufgeweichten Weg hinauf. «Der Herr sei gepriesen, Master Berkham. Einen feinen kleinen Burschen habt ihr da. Und wie es aussieht, war seine Sehnsucht nach Euch gewaltig. Ihr müsst ein vorbildlicher Vater sein.»

War es das? Weinte Edward, weil sein Vater ihm gefehlt hatte? Immerhin waren sie in den sieben Jahren seines Lebens kaum länger als einen Tag getrennt gewesen. Die Treue des Kindes ließ Gilbert die Arme um den rundlichen Körper pressen. Edward würde lernen müssen, den Schmerz der Trennung auszuhalten, aber dass es ihm so schwerfiel, berührte Gilbert. Wer, wenn nicht sein Sohn, hätte ihn je vermisst?

«In der Tat, ein feiner kleiner Bursche», bekundete der Greis.

«Das sagte ich bereits Eurem Master. Ich wusste, Ihr würdet keinen Fehl an ihm finden.»

«Ich finde an Gottes Geschöpfen selten Fehl», erwiderte der Mönch. «So seltsam es klingen mag, sie gefallen mir noch nach all den Jahren, und wenn eines hingestellt wird, wo es taugt, warum soll es kein erbauliches Leben führen? Euer Sohn, Master Berkham, taugt nicht für die Studierstube. Gebt ihm ein Pferd einzureiten und Holz zu spalten, und Ihr werdet Eure Freude an ihm haben.»

So still wurde es, dass Gilbert hören konnte, wie der Regen auf die Erde traf. Ohne nachzudenken, fuhr er sich an den Gurt.

Der Mönch schüttelte den Kopf. «Das ist die Schönheit der Geistesgaben, Master. Man kann sie nicht kaufen.»

«Was wollt Ihr damit sagen?», schrie Gilbert. «Ist mein Edward dumm, hat der verdammte Aimery Fletcher etwas, das mein Sohn nicht hat?»

«Oh weh. Das hätte ich ahnen sollen. Armer Aimery. Kniet im Morast, hat kein Haus und keine Familie mehr, und noch immer will die Welt ihn zu Tode prügeln, weil er denken kann.»

Gilbert stieß Edward beiseite, sprang auf den Mönch los und warf die gewichtslose Gestalt zu Boden.

«Vater! Nicht!»

Im Herumfahren packte Gilbert das Kind beim Arm. «Los, komm, wir finden dir eine bessere Schule. Was ist das hier überhaupt? Ein Siechenhaus mit einem krauchenden Leichnam als Lehrer. Ein Hohn, ein Leutefang!»

Edward sah den Mönch an, der in seiner Kutte auf dem verschlammten Weg lag. «Vater», sagte er. «Ich möcht nicht Latein lernen.»

«Was möchtest du nicht?» Als der Junge sich zu dem Gestürzten hinunterbeugte, riss Gilbert ihn zurück und versetzte dem feisten Gesicht eine Backpfeife. Sohn einer Magd, schrie es in ihm. Der Knabe sah ihn an. Mit zwei Fingern berührte er die Wange, die sich purpurn färbte, und begann leise, wie ein Mädchen, zu weinen.

«Ich habe einmal zu Aimerys Vater dasselbe gesagt», ertönte die Stimme des Mönchs. «Wenn Euer Sohn faul und aufsässig ist, gebühren ihm Prügel. Prügelt Ihr ihn aber, weil er nicht der ist, den Ihr Euch wünscht, zerbrecht Ihr den, der er sein könnte. Das Kind hat nichts getan. Es ist ein braves Kind.»

«Was geht mein Kind Euch an?»

«Nichts. Nur mag es allen Beteiligten helfen, wenn Ihr Eure Händel mit dem austragt, den sie betreffen.» Mit einem mühsamen Schwenk wies er über seine Schulter. Wie gezogen lief Gilbert in die gewiesene Richtung, ließ den Jungen stehen und eilte über das Gelände, an der Bibliothek, dem Pflegehaus und dem Hauptgebäude vorbei. Eine hölzerne Tür in der Mauer führte zu den Feldern, die tat sich auf, und eine Laienschwester, ein altes Weib mit einem Korb, trat hindurch. Gilbert ergriff sie bei der Schulter. «Sind da draußen noch welche?»

Die Verhutzelte machte große Augen. «Ist ja alles eingebracht», krächzte sie. «Nur ein Krüppel ist da. Ins Hospiz will der nicht, aber der Meister lässt ihn in den Unterständen bleiben.»

Gilbert stieß die Frau aus dem Weg und lief weiter. Graubraun erstreckte sich das abgeerntete Land. In den Unterständen war nichts zu sehen, nur ein Bündel, das nass wurde, aber am Rand des Feldes entdeckte Gilbert, was er suchte. Er rannte über die Stoppeln. Vielleicht war es absonderlich, dass er einen Mann am Rücken erkannte, aber das Bild dieses Rückens hatte sich unauslöschlich in sein Gedächtnis geprägt. Der Mann lag auf Knien und wühlte im Erdreich. Gilbert jedoch sah Aimerys Rücken nicht gebeugt, sondern gerade aufgerichtet, und um seine Mitte Helewises Arme. Offenbar hörte Aimery ihn kommen, denn er hielt inne und hob den Kopf.

Ihre Blicke trafen sich. Gilbert bemerkte, dass er in die dunklen Augen des andern starrte wie in die Augen einer Frau. Er ließ sich gewähren. Ihm hatte etwas gefehlt, und er hatte es wiedergefunden. Du durftest nicht tot sein, Aimery, erkannte er. Wie hätte ich dir je heimzahlen sollen, dass du alles hattest, was ich wollte? Du hast es jetzt immer noch

Aimery zog die Hände aus der Erde. Nicht die Hände, nur die Rechte. Wo die Linke gewesen war, endete der Arm in einem Stumpf. Die Hand war fort. Die Hand, die Helewises Haar gestreichelt hatte, die eine Schiffsaxt schwingen, einen Bogen tillern, eine Angel schnitzen konnte, die Zauberhand, die Gilberts Vater in seine genommen hatte, die Hand mit dem mörderischen Gürtelband war nicht mehr da. Der Laut, der sich Gilberts Kehle entrang, lag zwischen Lachen und Kreischen. Er fuhr herum und lief, dass Erdbrocken stoben, zurück zum Hospiz.

Am Tor wartete Edward mit dem Mönch in schlammbeschmierter Kutte. Gilbert war außer Atem, aber blieb nicht stehen, sondern packte den Knaben. «Auf, hier haben wir nichts mehr verloren. Wir gehen nach Cattecleffe. Feiern gehen wir.»

Ohne Dank nahm er Anselm sein Pferd ab, hievte Edward hinauf und schwang sich selbst hinterdrein. Oft hatte er den Knaben vor sich auf dem Pferd gehalten und dabei Stolz und Freude kaum ertragen. Jetzt war von beidem nichts übrig. Was war sein Leben anderes als eine Kette bitterster Enttäuschungen? Mit aller Kraft hatte er sich einst gewünscht, in der Bucht von Cattecleffe zu erleben, wie sie Aimery ersäuften. Er hatte Helewises Leute zu Hilfe geholt, ihren Vater, dem der Kummer bald darauf das Herz brach, und ihre Vettern. ‹Der Schwarze hat eine der Euren kaltgemacht›, hatte er sie angestachelt. ‹Soll er ungeschoren davonkommen? Auf seiner Werft steht der, als sei nichts geschehen, und wirkt Zauber über Schiffsrümpfe.›

Wie eine Flutwelle war sein Zorn über die Stadt geschwappt und hatte Scharen mitgerissen. Sie hatten Aimery an Stricken in die Bucht geschleift, die Mole hinunter, auf der heute wie damals Volk versammelt stand und Kinder tanzten. An den Pfahl, an den sie den Alepanscher binden würden, hatten sie Aimery gebunden, damit das Salz des Teufelsmeeres, mit dem er im Bund stand, ihm in den Schürfwunden ätzte, damit das Meer über ihn herfiel und sich sein schändliches Leben nahm. Die Angst in Aimerys Augen hätte Gilbert heilen, hätte die Bilder von Helewise aus seinen Träumen tilgen sollen, Helewise, die in den Schlick stürzte, und Aimery, der sich in Mordlust auf sie warf. Wenn Aimery um sein Leben schrie und Wasser seinen Schrei schluckte, würde er nicht länger Helewise hören, die vergeblich nach ihm, nach Gilbert, schrie.

Aber Aimery hatte nicht geschrien. Walter Deghere war mit Bütteln aus Southampton gekommen und hatte ihn befreit. ‹Seid ihr von Sinnen?›, hatte er gebrüllt. ‹Seid ihr Bürger einer Stadt, denen die Würde von Gesetzen zusteht, oder Tiere, die einander meucheln? Niemand hat den Mann schuldig gesprochen, und niemand wird ihn richten.› Der Bürgermeister war ins Wasser gewatet, das damals nicht grau und schäumend, sondern blaugrün und ruhig gewesen war, und hatte Aimery, dem es bis zur Brust stand, losgeknüpft. Aimery war an dem Pfahl stehen geblieben, bis Deghere das Volk fortgetrieben hatte. Gilbert allein hatte gesehen, wie er herausgetrottet war, zu feige, sich selbst den Tod zu geben.

Jetzt hatten die Leute auf der Mole eine Gasse gebildet, und ganz vorn, am ins Wasser gezimmerten Steg, standen zwei Männer mit Trommeln. Gilbert konnte nur bis zu dem abgesteckten Vorplatz reiten, die Mole war nicht gangbar für das Pferd. Hier waren die Buden aufgebaut, das Theater des Puppenspielers und der Stand mit Naschwerk. Am Pranger, Kopf und Arme ins Brett geklemmt, stand das Aleweib, der hatte man die Röcke hochgebunden, und ein maskierter Bursche versengte ihr mit pfeifender Peitsche den Arsch. So etwas konnte ein hübsches Schauspiel geben, wenn eine propere Maid sich den saftigen Schinken pfeffern lassen musste, dralles Fleisch, auf dem das Leder klatschte. Das alte Skelett jedoch, das heute im Holz hing, zog nicht mehr als eine Handvoll Zuschauer an, und der arme Hintern, dürre Hautsäcke auf verkrümmten Knochen, dauerte Gilbert. Die Magere hatte nicht einmal Kraft zu kreischen, sondern plärrte kläglich vor sich hin.

Wahrlich, die Zeiten waren übel, überall Regen, überall dreckige Armut und trauriges Vergnügen. Früher hätte keine fürs Alepanschen Senge bezogen, und schon gar nicht wäre ein Mann dafür ersäuft worden. Hühnerkot, der das Gebräu schneller gären ließ, war gang und gäbe, und dass einer, der zu viel davon soff, ins Gras biss, kam eben vor. Heute aber, wo von allen Kanzeln gepredigt wurde, die Verderbnis der Menschheit bringe Hunger und Seuchen, schleifte man auf den Richtplatz, wer immer sich erwischen ließ. Vor Gilbert erstand das Bild von Aimerys Armstumpf. Was hast du dafür verbrochen, du Kriegsheld?, bohrte es in ihm. Gestohlen? Beim Teufel, warum habe ich nicht zusehen dürfen, wie sie dir das angetan haben, dich festgebunden, dir das Gelenk zerhackt?

Gilbert sprang vom Pferd, zerrte Edward herunter und gab dem Gebäckverkäufer eine Münze, damit der ihm auf den Gaul achtete. Die Auspeitschung war vorüber, schon beeilten sich die paar Gaffer, um einen Platz auf der Mole zu ergattern, ehe der Verbrecher gebracht ward. Die Blendung und Entmannung hatten sie verpasst. Blau schwelte noch die Flamme, in die das Geschlecht des Schänders geworfen worden war, der Gestank nach verkohltem Fleisch verzog sich, und der Regen spülte Blut vom Boden. Der, der heute gerichtet worden war, hatte sich an einem Kerl, nicht an einem Weib vergriffen, weshalb sein Scharfrichter gewiss mit echter Leidenschaft ans Werk gegangen war. Die meisten widernatürlichen Frevler starben an der Prozedur.

«Los, komm, da vorne spielt die Musik.» Gilbert stieß ein paar Klatschweiber beiseite und bahnte sich seinen Weg auf die Mole. Am äußersten Ende wollte er stehen und verfolgen, wie sie den Alepanscher ins eisige Wasser zerrten, wie er sich wehrte und brüllte. Der Wirbel der Trommeln hob an, durch die Gedrängten ging ein Raunen. An Gilberts Hand riss das Kind.

«Ich will das nicht sehen, Vater.»

Das war sein Sohn. Ein Dummkopf und Schwächling. Kurz war er versucht, ihn stehen zu lassen, zu vergessen, dass es ihn gab. Aber so einfach war es nicht. Der tumbe Bursche war sein Fleisch. Ein Sohn, der den Vater enttäuschte, nicht anders als er einst den seinen. Er zog den Jungen weiter. Kaum hatte er sich einen Platz errungen, kamen die Stadtknechte aus Southampton mit dem Frevler. Die Menge grölte. Der Verbrecher war ein verknöchertes Männlein, das sich nicht einmal gegen die Seile stemmte. «Ich will das nicht sehen», flennte Edward aufs Neue, bis Gilbert ihm einen Rippenstoß versetzte. Gleich darauf war der Zug mit dem Panscher vorüber, und er sah die Frau, die ihm gegenüberstand.

Sie trug ein herbstrotes Kleid. Stoff, der sich straff um Rundungen schmiegte, nicht aufreizend, sondern selbstgenügsam, ein Stück Schönheit und Würde in einer hässlichen, würdelosen Welt. Brüste und Hüften, die an eine herzhafte Mahlzeit denken machten. Ihr regennasses Haar war lose gebunden und umrahmte ein festgeschnittenes Gesicht. Sie achtete auf einen Haufen Bälger, aber hielt sich wie eine Heidenfürstin, und um ihren Mund stand ein prächtiger Zug von Verachtung.

Er hatte sie lange nicht gesehen. Sie wandte den Kopf und sah dem Kerl hinterdrein, den sie ins Wasser führten. Gilbert klopfte sich mit beiden Händen die Lenden. Großer Gott, ich will dieses Weib, dachte er. Ich will Dottie Loyes.

Sie führten den Rob auf die Planken und von dort hinunter in die aufgepeitschte See. Dorothy war es leid, ständig anders zu denken als gewöhnliche Leute, aber sie dachte: Rich Sheppard ist selbst schuld, wenn er bei Rob und Alota Ale kauft, wo alle wissen, dass denen das Wasser bis zum Hals steht. Hätten die zwei zu fressen gehabt, wären sie ehrliche Leute geblieben, und das Meer zum Morden zu zwingen, ist nicht recht. Vor allem der letzte Gedanke war ohne Zweifel purer Unsinn.

Die Menge um Dorothy grölte, als der schmächtige Rob ins Stolpern und mit dem Kopf unter Wasser geriet. Er tauchte prustend wieder auf, wurde weitergezerrt und an den Pfahl gefesselt. Dann flohen die Henkersknechte zurück an Land. Wäre die See ruhig gewesen, so hätte das Wasser lediglich seine Schultern umflossen, aber sie war nicht ruhig. Welle um Welle tobte über den Verlorenen hinweg, und so würde es bleiben: Bis bei Dunkelheit die Flut das Werk vollendete, würde der Rob Hunderte von Malen nahezu ersoffen sein.

Dorothy schauderte. Der Wind war schneidend und ihr Kleid durchnässt. Sie hörte Nicolas jubeln und hockte sich zu ihm. «Hör mir zu», sagte sie, «mit diesem Mann habe ich auf dem Markt Gurken gegen Wurst getauscht, und sein Weib hat neben mir am Wasserlauf gewaschen. Wir haben keinen Grund zum Jubeln, wenn er stirbt.»

Neben Nicolas stand Richilda, die Brauen gefurcht, dass ihr der Kopf schmerzen musste. Sie hatte nicht mitkommen wollen, und auf einmal wünschte Dorothy, sie hätte sie nicht dazu gezwungen. Nicolas senkte den Kopf. «Gehen wir heim», sagte Dorothy. «Wir haben Birnen in Speck und noch mehr Honigäpfel. Wenn die Segelmacher kommen, tanzen wir.»

Sie sah sich nach dem Rest ihrer Schar um. Dabei fiel ihr Blick auf den Mann, der ihr mit einem fetten, blonden Knaben gegenüberstand. Gilbert Berkham. Sie hatte ihn lange nicht gesehen. Er musste älter geworden sein, sie wurden alle älter, das Leben zehrte an ihnen. Aber an manchen zehrte es mehr als an anderen, und Berkham schien es zu verschonen. Wenn man all dies satthatte, den Dreck und das Elend, die Angst und das Sehnen, war sein Anblick eine Wohltat, das Gesicht geziert vom rotgoldenen Bart. Er sah, dass sie ihn bemerkt hatte.

Durch die Gasse, über den Weg, den Rob gekommen war, setzte er auf sie zu. «Dottie Loyes aus Southampton? Ihr werdet schöner, sooft ich Euch begegne, wisst Ihr das? Eines Tages werdet Ihr so schön sein, dass ich nicht mehr wage, Euch anzusprechen.»

«Ich bin aus Portsmouth», versetzte Dorothy.

Aus dem Gemenge tauchte Catin auf, die hüpfte wie ein kleines Kind. «Bei uns ist heut Tanz. Mutter Dottie, kommt der feine Herr auch?»

«Wenn Frau Dottie mich einlädt, komme ich gerne», entgegnete Gilbert. Seine Lippen verschenkten ein Lächeln. Auf einmal wünschte sich Dorothy, ihm hier, auf der Mole, einen schnalzenden Kuss zu geben, damit all das Volk, das nach dem Ersaufenden gaffte, die Köpfe drehte. Berkham ergriff die Schultern des dicken Jungen und schob ihn vor sich. «Die Einladung müsste allerdings meinen Edward einschließen. Darf ich ihn vorstellen? Er ist sieben Jahre alt und besucht die Lateinschule.»

«Das täte ich auch gern», versetzte Richilda. Jetzt würde Berkhams Blick auf ihre Tochter fallen, er würde sie hässlich wie die Nacht finden, und Dorothy hasste ihn dafür.

«Ihr habt Euch verheiratet, Master Berkham?», fragte Anne Segelmacherin.

«Ich bin verwitwet», entgegnete Berkham.

«Gehen wir», rief Dorothy dazwischen. «Zu mir mag kommen, wer will, nur gehen wir.» Sie trieb ihre Herde von der Mole wie Schafe. Berkham bot ihr den Arm. Nach kurzem Zögern hakte sie sich bei ihm ein.

Ihr Haus war binnen kurzem voll Menschen. Die Segelmacherjungen, die ohnehin ein und aus gingen, brachten andere mit, die sich auf jede von Dorothys Schüsseln stürzten. Sie machte Wein heiß, würzte ihn kräftig und hielt das Gesicht in den Dampf, um sich zu wärmen. Tom spielte auf der Viole, und seine Kumpane schnappten sich hölzerne Löffel aus der Küche, klemmten sie zwischen zwei Finger und klapperten übermütig im Takt. Bald kam Ronald von der Werft heim. Er war kein übler Schiffbauer, doch es fehlte ihm an Fleiß, sodass er kaum etwas einnahm. Isemay ihrerseits entblödete sich nicht, sich von Dorothy zu holen, was ihr im Haushalt fehlte. Auch jetzt kam sie, aß und trank, tanzte erst mit dem unbeholfenen Ronald und wechselte dann zu Berkham. Catin jauchzte und hüpfte mit Nicolas und Seb Segelmacher im Kreis. Richilda tanzte nicht, und Matilda hockte auf einem Strohsack und wetterte, dass die Unzucht des Tanzens und Buhlens das Ende der Welt herbeibrächte, die Seuche, die erst den verderbten Süden und dann auch den Norden auslöschen würde.

Vielleicht geschah das ja tatsächlich. Nur werden wir alle vom Züchtigen nicht besser, sondern schlechter, befand Dorothy. Die Kinder, die zum schwarzen Feiertag die Rute schmeckten, wurden frecher, das verbrannte Portsmouth, das nun wieder Steuern zahlte und hungerte, wurde sündiger, und sie selbst, der ihr Leben verdorben war, was wurde sie? Noch tiefer neigte sie das Gesicht in den Dampf, dass eine feuchte Spur auf ihrer Haut zurückblieb. Im nächsten Herzschlag umfassten Arme sie von hinten.

«Was schuftest du denn hier, mein Honig? Dieser Wein ist längst warm. Komm in die Stube und gönn dir Vergnügen.»

«Scher dich um dein Weib, Gocelin. Sag ihr, sie soll aufhören, vom Untergang der Welt zu zetern.»

«Du kennst sie doch. Ebenso gut könnte ich dem Himmel sagen, er solle aufhören, fortwährend Regen auszuschütten, oder wie König Knut dem Meer gebieten, es solle Ebbe schicken statt Flut.»

«Und dem Rob, den ihr verurteilt habt, die Haut retten.» Was war nur los mit ihr? Warum platzte ständig dieser Verdruss aus ihr heraus, bevor sie nachdachte?

«Nicht wir haben ihn verurteilt.» Gocelin strich ihr über den Hintern. Sie lag schon seit Jahren nicht mehr mit ihm, aber er befingerte sie weiter, es war sein Gewohnheitsrecht. «Du weißt so gut wie ich, dass über Mord in Southampton zu Gericht gesessen wird.»

«Ja, ich weiß. Einen der Unsrigen vor denen aus Southampton zu schützen, ist zu viel von uns verlangt. Was ist das für eine Geschichte von König Knut und dem Meer?»

«Nichts.»

«Also was?»

«Wahrhaftig nichts. Nur eine von den Legenden, die Aimery mir erzählt hat, als wir Kinder waren. Aimery sog doch alles in sich auf, Geschichten von seinem Meer und seiner Stadt, die er irgendwann niederschreiben wollte. Als er Laurence, dem Wirt, davon erzählte, nannte der seine Schänke *König Knuts Krone.*»

Erzähl es mir auch, gebot ihm ihr Blick.

Gocelin seufzte. «Der große Däne Knut, der über England herrschte, hörte mit an, wie seine Untertanen ihn als Allmächtigen priesen, dem sich alles fügte. Dem König missfiel das aber, also rief er sein Volk an unserer Küste zusammen und befahl dem Meer …»

«Dem Solent?»

Gocelin zupfte sich am Ohr. «Also schön, er rief sein Volk zusammen und befahl dem Solent, als die Flut hereinkam: Weiche zurück, Meer. Das Meer aber wich nicht. Darauf zog König Knut sich seine Krone vom Kopf und warf sie in die Flut, denn der wahre König, so fand er, sei das Meer.»

Der Solent, dachte Dorothy.

«Was wird denn hier getrieben?» Im Türrahmen stand Gilbert Berkham, Licht vom Feuerschein auf Haar und Gesicht. «Ich hoffte, wir beide als Witwer und Witwe könnten miteinander tanzen.»

«Ich bin nicht verwitwet.»

«Ich auch nicht.» Berkham strahlte. «Aber es ist, als wären wir es.»

Sei's drum, beschloss sie trotzig. Sehen wir, ob die Welt untergeht, wenn wir tanzen, da war er schon bei ihr und zog sie vom Kessel weg. Sie langte nach seinem Fleisch, das den Stoff spannte. So kalt war ihr, warum sollte ihr nicht warm werden? Musik aus der Stube rief sie, doch just als sie sich in den Tanz werfen wollte, fing Gocelin ihren Rocksaum.

«Betrag dich doch, Dottie.»

«Fass mich nicht an, du Heuchler.»

Gocelin wich zurück.

«Ich tue, was mir gefällt, hörst du? Dir gehöre ich nicht.»

«Aber solange der Herr dieses Hauses abwesend ist, stehst du unter meinem Schutz.»

Ehe sie etwas erwidern konnte, hatte Berkham sie von Gocelin fortgezogen. Erst auf der Stirn, dann auf den Lidern spürte sie seine Lippen. Schritte verrieten, dass mehr Leute in die Küche drängten. Berkham hob den Kopf, um tief und leise zu lachen. «Der Herr dieses Hauses? Und wer soll das sein? Symond, der Kretin, der's lieber mit Tieren triebe als mit Weibern? Oder Francis, das arme Gespenst, das selbst dem Tod zu knöchern schmeckt?»

«Verderbnis», greinte Matilda, «oh, welch böse Zeit, da die Zeichen von Gottes Zorn sich zeigen und die Posaunen blasen. Für den Frevel der Gottlosen werden wir alle bestraft. Dieses Haus hat Aimery für meine Base Helewise gebaut, und als es verbrannt ist, hat er es neu gebaut. Und wäre ich nur still gewesen und hättest du deine Finger von Helewise gelassen, Gilbert Berkham, dann wäre dies ein gesegnetes Haus gewesen. Jetzt lass die

Finger von Dottie, die mag's mit ganz Portsmouth treiben, aber mit dir treibt sie's nicht.»

Dorothy wurde in Berkhams Armen steif.

«Wen haben wir denn da?», rief er, sah an Dorothy vorbei, ließ aber die Hände nicht von ihren Hüften. «Matilda, Mühlen-Gregs Nichte, wirr im Kopf, aber noch immer heiß auf den schwarzen Aimery. Warum nimmst du ihn dir nicht endlich? Ihr gäbt ein treffliches Paar ab, du und dein Kriegsheld, der im Schlamm nach Wurzeln wühlt.»

Seine Hände glitten über ihren Körper, doch sie stand starr, als streiche er über ein Bildnis. Matilda sah aus wie eine, die nach Worten schnappte, ohne eines zu fangen, und Gocelin, der die Frauen schützen und Berkham in die Schranken hätte weisen sollen, tat wie üblich nichts.

«Mit deinem Aimery ist nichts mehr, wie es war», sagte Berkham. «Dein herziger Totmacher ist ein Dieb obendrein. Auf dem Heimweg vom ruhmreichen Schlachtfeld hat er einem Kumpan die verflohte Joppe gestohlen, oder wer weiß, vielleicht hat er noch Ärgeres getan, das ich vor der reizenden Herrin des Hauses nicht in den Mund nehmen will.»

«Du lügst», schrie Matilda. «Du selbst magst das tun, aber Aimery ...»

«Ist zu fein dazu? Bist du sicher, Goldkind? Vielleicht legt er Nacht für Nacht Hand an sich und träumt dabei von ranken Knabenärschen wie das Ungeziefer, das sie heute entmannt und blind gemacht haben.»

In Dorothys Ohren entstand ein brausender Lärm. Matilda stürzte auf Berkham los, hieb mit den Fäusten auf ihn ein und versuchte, ihn von Dorothy zu trennen. Gocelin sprang hinzu, tat aber nichts, und Berkham hob den Arm und warf Matilda mit einem Stoß zu Boden.

Die krümmte sich und rief unter Heulen: «Du bist der Antichrist, Berkham, in den Leib deiner Mutter ist der Satan gefahren. Aimery hat Helewise geliebt. Nur weil er sie so geliebt hat, ertrug er nicht, was ihr beide ihm getan habt. Solcher Schmutz, den du redest, fällt ihm nicht ein.»

«Wahrhaftig nicht?» Berkham lachte.

«Und er stiehlt auch nicht», schrie Matilda. «Das alles hier hat er mit seiner Hände Arbeit verdient.»

«Mit seiner Hände Arbeit?» Berkham warf den Kopf in den Nacken. «Nun, mit der Arbeit dieser Zauberhände hat's ein Ende, damit behext dein Holder kein Schiff und spannt auch keinen Bogen mehr. Er hat nämlich nur noch eine. Die zweite schlägt man Dieben ab.»

«Du lügst, du lügst, du lügst! Ich glaub dir kein Wort!»

«Warum gehst du nicht hin und überzeugst dich selbst? Bei der Ketzerschmiede hockt er, die sich *Domus Dei* nennt, aber nicht am Feuer, sondern in Wind und Regen auf den Feldern.»

Der Lärm verebbte. Auch die Viole verstummte. Die Kinder und das junge Volk drängten sich betreten in der Tür. Matilda rollte sich zu einem Ball und weinte vor sich hin. Gocelin ließ die Arme hängen. Berkhams Hände umspannten noch immer Dorothys Hüften, die Finger wie beiläufig spielend.

Dorothy suchte in sich nach ihrem Zorn. Sieben Jahre lang hatte sie den Zorn genährt, um zu verhindern, dass er dünner wurde. Aber eben das war er geworden, dünn und blass, und jetzt ließ sich nichts mehr davon finden. Gern hätte sie sich auf den Boden fallen lassen und geheult wie Matilda. Berkhams Hand schloss sich um ihre Hinterbacke. Dorothy befreite sich. «Geht alle», sagte sie. «Tanzt weiter, sauft Wein, nur mich lasst allein.»

«Habe ich Euch die Laune vergällt?», fragte Gilbert. «Vergebung, Beste, ich mache es wett. Was geht uns Aimery Fletcher an?»

Dorothy versuchte, etwas zu sagen: Aimery Fletcher geht mich an, denn er ist der, der für mich sorgt. Aber der Name blieb ihr in der Kehle stecken, sie hatte ihn nie zuvor ausgesprochen. «Lasst mich allein», war alles, was sie herausbrachte.

«Der geht Euch doch nichts an. Wer sich hart bettet, liegt hart.»

Und kalt, dachte Dorothy. Aus einem Schritt Entfernung sah sie sich Berkham an. Es musste wehgetan haben. Die Frau, die diesen prächtigen, betuchten Kerl nahm und den anderen, der ihr ein Haus gebaut hatte, mit leeren Händen stehen ließ. *Mit leeren Händen.* Dorothy sagte nichts mehr. Sie zwängte sich an Gilbert und Gocelin vorbei, um in den Hof zu fliehen, doch von der Tür her rief eine Stimme sie zurück.

«Scher dich zum Teufel, Berkham.» Der greise Francis schob das Jungvolk beiseite und schlurfte in die Küche. Krumm, wie er ging, reichte er Berkham höchstens bis zum Kinn, aber der wich zurück. «Du hast meinem Sohn nichts nachzureden, hörst du? Mein Sohn war ein bockiger Starrkopf, aber kein Schlechter. Nur für eins gehört er geprügelt: Dafür, dass er das Weib kaltgemacht hat und nicht dich.» Der Alte schnappte nach Luft.

In dem kurzen Schweigen schlich sich Dorothy hinaus. Sie stand schon im Regen, als sie hörte, wie die Stimmen wieder laut wurden, wie manche lachten und andere schimpften. Verstört suchte sie in sich nach Zorn, aber fand nur bittere Traurigkeit.

Von diesem Tag an fragte Francis sie nicht mehr, wo sein Sohn sei. Stattdessen verschlimmerte sich sein Husten. Dorothy fädelte Würmer auf eine Schnur und legte sie ihm um den Hals.

«Wenn die Würmer verendet sind, geht es Euch besser», sagte sie.

«Kommt dann mein Sohn nach Hause, der Taugenichts?»

«Schweigt doch still. Was weiß denn ich?» Sie bereitete Ingwerwickel und wachte in harten Nächten an seinem Bett. Am Tag machte sie ihre Arbeit, wie sie es immer getan hatte.

Zum nächsten Markttag, an dem es wie üblich in Strömen regnete, kam Gilbert Berkham mit einem Schlauch teuren Südweins als Geschenk. Dorothy wies ihn ab, aber trank den Wein, wenn die, die sie versorgte, schliefen.

Gocelin kam wenig später ohne Geschenk. «Einer von uns muss der Sache nachgehen. Wenn Aimery wirklich in den Feldern schläft, erfriert er.»

«Warum sagst du ‹einer von uns›, wenn du doch nicht vorhast, selbst zu gehen?»

«Ich dachte …»

«Denk nicht, Gocelin. Du lädst alles mir auf, also lass mich auch tun, was ich für richtig halte.»

Kaum war er gegangen, versuchte Ronald, sie in ein Gespräch zu zwingen, aber auch ihn verwies sie: «Wenn ich dich brauche, hörst du von mir.»

Bereits Wochen vor Weihnachten fiel Schnee. Dorothy hüllte sich in immer mehr Kleider, fror aber weiter. Nichts vermochte sie zu wärmen, weder das Feuer, das sie nie erkalten ließ, noch die Decken, die sie den Sommer über gewebt hatte. Nicht einmal der Wein, von dem Berkham mehr brachte. Sie aß wenig. Ihr schmeckte nichts.

Am Weihnachtstag trieb sie ihren Hausstand zur Vigilmesse. Unverhofft entsann sie sich des Mädchens, das an den Eiszapfen des Kirchendachs geleckt und geglaubt hatte, etwas vom Leben zu verstehen. Vater Stephen hielt die Messe auf Lateinisch, aber hernach schrie er vor der Kirchentür auf Englisch: Reiter kämen, um die sittenlose Menschheit zu strafen, sie hätten Hunger und Teuerung gebracht, und als Nächstes ließen sie die Erde beben und alles Volk an Seuchen sterben.

Der Morgen des schwarzen Feiertages war so stürmisch wie

vor Jahren, als Dorothy ihre Kinder geboren hatte. Gocelin und Ronald duckten sich unter das schützende Vordach, um Martha und Catin, wiewohl die mannbar war, zu züchtigen, aber Dorothy verbot ihnen, Richilda und Nicolas anzurühren. Sie zog die zwei ins Haus und stellte ihnen Holundermilch und Weihnachtsgrütze hin.

«Muss uns Master Gocelin keine Hiebe geben?», fragte Nicolas. «Es ist doch der Unglückstag.»

«Solches Unglück kann der Tag nicht sein», erwiderte ihm Dorothy. «Denn ich habe euch beide an diesem Tag bekommen.»

«Verderben wir nicht ohne Hiebe? Und wird das Wetter nicht böser?»

«Das ist Unsinn. Meine Kinder verderben nicht, weil kein Grobian an ihnen sein Unvermögen austobt.» Dorothy zuckte die Schultern. «Und was das Wetter übel macht, wer weiß das schon. Hört zu, ihr bleibt beide im Haus, und wenn die anderen kommen, gebt ihnen Süßes. Legt euch zeitig schlafen, aber habt acht auf Großvater Francis.»

«Wohin gehst du?», fragte Richilda.

«Ich muss auf die Werft. Zu John, dem Blinden.»

Darauf fragte Richilda nichts mehr, sondern füllte dem Kleineren noch Grütze auf.

Dorothy zog sich ihr wärmstes Kleidungsstück an, einen Mantel aus dichter Wolle. Sie wickelte einen Topf mit Huhn in gelierter Brühe in Leinentücher, um die Hitze zu halten. Dann brach sie auf. Der Weg bis zum Wasserlauf kam sie hart an, weil der Schnee ihr in Brust und Gesicht peitschte. Dann aber ließ das Tosen des Sturmes nach. Auf zwei Schläge tat der Blinde ihr das Tor auf. «Ich muss mit dir sprechen, John.»

Der Blinde nickte und ging ihr voran zu seinem Haus. Er hatte sich auf ihr Geheiß hin den Verschlag befestigt, und sie selbst hatte ihm frisches Stroh und Decken gebracht. Im Verschlag brannte Feuer, der Rauch biss in den Augen, aber wärmte. Sie setzten sich einander gegenüber.

«John», begann Dorothy, «es geht das Wort um, dass dein Herr zurück ist und dass er … nun, dass er nicht unversehrt ist. Er schläft in den Feldern vom Hospiz. Willst du ihm dies hier bringen?» Sie schob den Topf mit Hühnersülze zu ihm hinüber. «Sag ihm, dass wir daheim eine Maid von zehn Jahren haben, die jemand Latein lehren muss, weil sie klüger ist als alle Knaben.»

Über den Mund des Blinden flog ein Lächeln. «Nur Latein? Oder liegt ihr auch im Blut, ein Schiff zu bauen? Wer weiß, vielleicht könnten wir sie in die Grundlagen einweisen, und auf einmal stünde hier wieder eine Bootswand mit bündigverlegter Beplankung.»

Dorothy lächelte auch. Sie hatte sich dabei einen Kehllaut angewöhnt, damit er ihr Lächeln hörte. «John, wenn euch jemand sagte, wie man solche Schiffe baut – nicht die Richilda, sondern jemand, der sich darauf versteht und es doch selbst nicht mehr tun kann, wärt ihr in der Lage, eines zu bauen?»

«Ja», sagte der Blinde. «Der Meister hat es uns ja über Jahre gelehrt. Wenn er will, können wir seine Hände sein.»

«Geh zu ihm und sag es ihm. Sag ihm, es ist erbärmlich feige, wie er sich verkriecht.»

«Ich täte das gern.» Die leeren Augen des Blinden blinzelten. «Ich bin dort gewesen, kaum dass ich davon hörte, aber er betrug sich, als sei der Sehende ich und er der Blinde. Ja, ich hätte ihn schelten sollen, doch ich war nicht stark genug. Ich weiß zu gut, wie Scham brennt.»

«Also lässt du ihn sterben? Damit er sich nicht schämen muss? Sind alle Männer krank im Kopf, selbst du?»

Dorothy war aufgesprungen. Der Blinde lächelte wieder, packte zielsicher den Topf mit dem Huhn und hielt ihn ihr hin. «Ich fürchte, so ist es. Männer hacken einander die Hände ab, und Frauen kochen Suppe.»

Sie begriff, dass er recht hatte, dass nur sie gehen konnte. «Eines noch, John. Du bist sein Freund. Du traust ihm nicht zu, dass er gestohlen hat, oder?»

«Ich traue einem jeden alles zu», antwortete er. «Und Freundschaft bedeutet für mich nicht, von einem Mann das Beste zu glauben, sondern zu wissen: Das Schlechteste macht ihn nicht schlecht. Dass Ihr mich den Freund meines Herrn nennt, ehrt mich. Wie es mich ehrt, dass Ihr mich John ruft, nicht mehr *Blinder,* seit mein Herr von hier weggegangen ist.»

Dorothy dachte nach.

«Ich heiße Michael», sagte der Blinde. «Gott sei mit Euch.»

Hör auf zu denken, herrschte sie sich an. Dann ging sie. Es war kalt, und der Wind sang, doch ihre Schritte im knirschenden Schnee übertönten ihn. Nach kurzer Wegstrecke hörte sie auch die Schritte nicht mehr, sondern nur noch das Rauschen. ‹Dieser Lärm, was ist das?› ‹Der Solent. Solange du ihn achtest, hast du nichts vor ihm zu fürchten.› Sie suchte nach ihrem Zorn, weil sie wusste, dass sie ihn brauchen würde. Viel Zorn. Sie rang darum, sich sein Gesicht vorzustellen und ihre Hand, die es schlug. Hatte sie ihm nicht heimzahlen wollen, was er ihr getan, um was er sie betrogen hatte? Etwas mehr. Du hast mein Leben vergeudet. Ich hatte mein Kind, und ich hatte dich, jedes einen Herzschlag lang, und jetzt habe ich nichts mehr. Männer glotzen mir auf die Brüste wie einer taufrischen Maid, aber ich bin eine Greisin. Außen saftig. Innen verdorrt.

Sie ging am Hospiz vorbei, als es dämmerte, sah in der noch blassen Dunkelheit den gelben Stein und den Schneefall. Sie hatte seit Jahren nicht gebetet. *Gott, gib mir Zorn und Kraft.* Dann sah sie die Felder und die Unterstände, in die Erde gerammte Pfähle, die Holzdächer trugen, zu drei Seiten offen, nur am Rücken Bretterwände. Der Schwarze kniete davor, hob den frischen Schnee auf und verrieb ihn sich über dem Gesicht. Dorothy stellte den Topf ab. So schnell sie konnte, rannte sie durch das Weiß, warf sich vor ihn hin und nahm beides in den Schoß, die Hand und den Stumpf.

Jetzt erst flammte die Furcht auf, an der sie geschluckt hatte, und sackte gleich darauf in sich zusammen. ‹Mit deinem Aimery ist nichts mehr, wie es war›, hatte Berkham gesagt, und sie hatte Tag und Nacht wie in Albträumen an seine Hand gedacht. Jetzt aber zählte anderes: Das schwarze Haar an seinen Schläfen war verblichen, und auch im Bart, den er sich nicht geschoren hatte, glänzten weiße Fäden. Dorothy besaß keinen Spiegel. Als sie jedoch in sein Gesicht sah, fand sie die sieben Jahre, die ihr fehlten.

Unversehens riss er sich frei und stand auf. Dorothy blieb im Schnee liegen, kaum fähig, sich zu rühren. Sie spürte, wie er zögerte, wie sein Blick auf ihr ruhte. Dann wandte der Blick sich ab, und er ging. Nicht zurück in den Unterstand und nicht zum Hospiz, sondern in die andere Richtung. Ins Dunkle.

«Heda!», brüllte sie. «Komm zurück!»

Er drehte sich nicht um.

Lauf ihm nach, schrie es in ihr, er ist geschwächt, er kommt nicht weit. In der Flut zurechtgelegter Worte suchte sie fieberhaft nach einem, das ihr helfen mochte. Dabei starrte sie ihm auf den gebeugten Rücken, auf seinen schwankenden, schleppenden Schritt. Dann besann sie sich.

Mit einem Satz sprang sie auf die Füße und rief ihn. «Aimery!»

Siebenter Teil

Wind von Süden

Portsmouth, Hampshire, Dezember 1347

Dass er stehen blieb und sich umdrehte, genügte. Zum Zurücklaufen fehlte ihm die Kraft. Sie ging zu ihm und nahm ihn in die Arme.

«Ich will nicht, dass du mich anfasst, Dorothy.» Sieben Jahre hatte sie seine Stimme nicht gehört, und die Stimme klang, als hätte er sie sieben Jahre nicht benutzt. «Ich bin schauderhaft verdreckt.»

«Und ob», sagte sie. «Du bist nur zu schauderhaft nass, um zu stinken. Außerdem ist von dir ja nichts mehr übrig, das ich anfassen könnte, und das alles geschieht dir schauderhaft recht.» Ich will so gern zornig auf dich sein, dachte sie. Aber ich hab dich nur lieb, ich will nur die sieben Jahre zurück, ich will dich nur schützen vor dem, was dir längst getan worden ist.

Als er bemerkte, dass sie weinte, legte er den rechten Arm um sie und presste sie an sich, bis er nicht mehr konnte. Dann brach er in die Knie. Fiel zur Seite. Wilde Angst packte sie. Sie stürzte sich auf ihn, beutelte, ohrfeigte ihn, sah, wie er zu sich kam, wie er kämpfte, wie ihm aber gleich darauf der Kopf in den Schnee sackte. Dorothy, die halb lag und halb kniete, warf sich gänzlich nieder. Was soll ich denn tun?, wollte sie ihn fragen, brachte aber kein Wort heraus. Ich kann dir doch nicht länger ins Gesicht schlagen, einem Mann, der keinen Rest Kraft mehr hat, aber noch weniger kann ich dich liegen und sterben lassen.

Sie zog ihn an sich, seinen Kopf auf ihre Schulter. Sollen wir beide hier sterben? Es ist nicht einmal mehr kalt, ich grab die Hände in dein Haar und halte mich beim Sterben an dir fest. Aber wir haben doch nicht gelebt. Wann immer ich dich bei mir habe, speit der Himmel. Ich möchte einmal mit dir Beeren essen, wenn der Wald ausschlägt. Ich möchte einmal mit dir Schafe hören, die nach Lämmern blöken, und den Kuckuck, der die Stunden zählt, und das Grün des Waldes kehrt wieder, und die Lämmer kehren wieder, aber die Stunden nicht.

Sie nahm sein Gesicht und küsste ihn auf den Mund. Seine Lippen waren schorfig und zersprungen. Als sie aufhörte, ihn zu küssen, sah sie, dass seine Augen offen standen, dass er rang, um zu sich zu kommen. Sie ließ sein Gesicht nicht los.

«Aimery», sagte sie, «weißt du noch, wie du zu mir gesagt hast: ‹Du brauchst einen Unterstand und Feuer, sonst stirbst du›? Wie du mich diesen Weg geschleppt hast, vom Hospiz, am Solent entlang, bis auf die Werft? Ich flehe dich an, lass mich dich schleppen. Um alles in der Welt, du musst ins Warme, sonst stirbst du.»

«Dorothy.» So schwer fiel ihm das Wort, geriet zum Flüstern. Mühsam hob er den Stumpf und hielt ihn ihr vors Gesicht. «Lass mich. Ich tauge jetzt niemandem mehr.»

Sie riss ihm den Kopf hoch und holte zornesblind aus. Peitschenscharf traf ihre Hand seine Wange. «Brauchst du das wahrhaftig? Dafür, dass du dich in Selbstmitleid suhlst, verdienst du's nicht, aber meinethalben sollst du's haben: Uns taugst du. Der Richilda, die um jeden Preis Latein lernen will. Den Kerlen auf der Werft, wenn du einmal erlaubst, dass jemand dir hilft. Und mir taugst du ohnehin. So verbockt und verdreckt wie du bist.»

Mit dem Stumpf stützte er sich auf. «Ich verdiene das wirklich nicht.»

«Dann reiß dich am Riemen.»

Er kämpfte sich auf die Füße, und sie half ihm.

Wie sie den Weg bewältigten, wusste sie nicht. Seine Beine brachen beim Aufsetzen zur Seite, sie schrie, er solle sein Gewicht auf sie stützen, er aber stemmte sich allein hoch, strauchelte, knickte in den Knien ein und fing sich ab. Sie schloss den Arm um ihn, jeder Schritt war ein Sieg. Der Schneefall wurde dichter, da erkannte sie in geringer Entfernung den Umriss der Werftmauer. Bis zum Tor schleppte er sich, dann stürzte er. Sie wollte ihn halten, damit er nicht hart aufschlug, aber ihre Arme schienen nur mehr zwei Wollstränge, durch die er ihr entglitt. Sie klopfte an die Pforte und kauerte sich zu ihm, strich ihm das Haar von der Schläfe und brach in Tränen aus.

Der Blinde kam, John, der Michael hieß, all die Verwirrung fiel ihr wieder ein. Zusammen schleiften sie den Bewusstlosen in den Verschlag, aufs Stroh, nah ans Feuer. «Zieh ihm die Lumpen aus», wies Dorothy John an, aber als sie sah, wie der Blinde, den sie nur geschickt kannte, linkisch am Stoff nestelte, half sie ihm. Sie fürchtete sich, doch die Furcht ging vorbei. Es tat gut. Den armen, zerschundenen Leib aus durchnässten Fetzen schälen, ihn liebkosen und dabei weinen. Behutsame Finger strichen über Erfrierungen, Blutergüsse, Striemen und Schürfwunden, über eiskalte, über Knochen gespannte Haut und den vom Hunger geblähten Bauch.

Ich habe es mir anders gedacht, stellte sie verwundert fest. Einst an meinem Schwingseil dachte ich, der Stattlichste von allen holt mich und trägt mich auf Händen. Aber so, wie es ist, ist es recht. Ich will bei keinem sein, nur bei dir. Dein gemarterter Körper, auf dem Fell sprießt wie bei Tieren, ist mir lieb.

Das Leinen um die Hüften ließ sie ihm, auch das Band mit dem rostigen Schlüssel, und deckte ihn mit dem Mantel und Johns gefütterter Decke zu. Weil sie nicht aufhören konnte, ihn zu streicheln, behielt sie seine Hand, die so entsetzlich kalt war, in ihren Händen. Die Nägel der Finger waren bis tief ins Nagelbett abgeschliffen, die Haut darunter rissig und wund. Während sie Gänsebrust mit Butter bestrichen hatte, hatte er Rinde von Bäumen gekratzt.

«John», sagte sie, «warum fügt ein Mensch sich so etwas zu?»

«Um sich zu strafen, bis alles getilgt ist. Dieser hier ist ein wenig anmaßend: Er kann nicht hinnehmen, dass er Fehler begeht und dass es nicht in seiner Hand liegt, ob seine Fehler böse Folgen haben.»

Sie wollte nachdenken. Darüber, ob es nur ein Fehler mit bösen Folgen war, wenn ein Mann einer Frau ihren Gürtel um den Hals schlang, einer Frau, die ihn verletzt und verhöhnt und für den schönen Gilbert verraten hatte. Sie musste all das bedenken, musste einen gangbaren Weg darin finden, aber war zu erschöpft.

«Ich muss nach meinem Haus sehen», sagte sie zu John. «Du lässt ihn mir nicht sterben über Nacht, nicht wahr?»

«Wenn Ihr wollt, sehe ich auf Euer Haus, und Ihr bleibt hier.»

«Das ist ungehörig.» Im Grunde scherte sie das nicht. Sie wollte bei ihm bleiben, ihn pflegen, wenn er lebte, und ihn halten, wenn er starb. «Ihr dürft nicht ein Weib bei einem Mann lassen, der ohne seine Kleider schläft.»

«Ich lasse eine fürsorgliche Frau bei einem Kranken. Das scheint mir weniger ungehörig, als wenn ich dieselbe Frau in die stockdunkle Stadt zum Nachtgesindel jagte.»

Hatte er nicht recht? Wenn die Welt aus den Fugen ging, wie sollte ein Mensch darin einen geraden Pfad verfolgen? Er gab ihr eine Decke und schürte das Feuer.

«Bring Milch mit», sagte sie. «Und Brühe, ich habe meinen Topf verloren. Die Richilda wird dir alles richten, auch ein Messer von Francis und Seife.»

Der Blinde lächelte. «So etwas habe ich hier. Ich schere ihm morgen früh den Bart.»

«Er wird nicht sterben, nicht wahr?»

«Das weiß ich nicht», sagte John. «Aber es sollte mich wundern.» Er nahm Aimerys Hand und legte sie wieder in die ihren. Sie musste sie fest in ihren Händen drücken, um glauben zu können, was sie spürte: Die Hand war nicht kälter geworden. Sie wurde warm.

Der Blinde ging. Dorothy wickelte sich in die Decke und legte sich an Aimerys Seite. Unter dem Mantel tastete sie nach seinem Herzen. Als sie vernahm, mit welcher Lebenskraft es schlug, schlief sie ein.

Er starb nicht. Sie pflegte ihn gesund. Es dauerte Tage, ehe er mehr als Milch bei sich behielt, danach aber fütterte sie ihn mit Leckerbissen. Wenn er sich widersetzte, gab sie ihm Streiche auf den Mund. Er war endlich wehrlos, ihr unbändiger Schwarzer, konnte nicht mehr davonlaufen, sondern musste sich ihr fügen. Sie rieb Salbe auf jede Wunde an seinem Körper, auch auf die jahrzehntealten. Sie schnitt sein Haar und kämmte es aus, zog die Finger durchs Rabenschwarz. Die Welt war wahrhaftig aus den Fugen, nur die Mauern der Werft waren noch fest und sie beide behütet von einem Blinden, der Michael hieß und über sie wachte wie eine Amme über ein Paar Säuglinge.

Sie ging zum Markt, um einzukaufen, und ertrug es kaum. Aus den bekannten Gesichtern schienen die Münder gelöst und übergroß. Stimmen und Wind vermengten sich zu Getuschel, und auf den Ständen häufte sich Fallobst, um es auf dem Hintern der Sittenlosen platzen zu lassen. So rasch sie konnte, kehrte sie auf die Werft zurück und riegelte sich ein. Hatte sie gekocht, schickte sie den Blinden mit dem Anteil für die Familie hinauf und hieß ihn auch, Masuns Boten zu treffen.

Sie wollte Aimery pflegen, heilen, seine Schmerzen lindern, aber während die Tage vergingen, während seine Haut allmählich Farbe gewann und seine Glieder sich kräftigten, während sie mit ihm rang und spielte, um ihm Speisen einzuzwingen, entdeckte sie anderes. Die kleinen Bündel von Muskeln in seinem Nacken, aus denen der Hals pfeilgerade herauswuchs. Als sie ihm die geprellten Rippen einrieb, gab er einen Laut von sich, dass sie erschrak. Hatte sie ihm wehgetan? Gleich darauf sah sie, dass er sich das Lachen verbiss. Sie kitzelte ihn, bis er sich vor Lachen krümmte. Sein Lachen fand sie schön, wie man mitten im Winter den Gedanken an Grasduft schön findet. Seine ranken, sehnigen Schenkel fand sie schön. Seine Augen, die jeder ihrer Bewegungen folgten. Sie war seine Pflegerin. Sie war seine Schwiegertochter, ein Weib von bald dreißig Jahren, das nicht wusste, warum die Jungfern im Frühling sangen. Sie war, wer sie war. Sie war in ihn verliebt.

Und wen hatte das zu kümmern? Sie hatte ihn aufgelesen, keiner als der Blinde wusste, wo er steckte. Er gehörte ihr. Seinen Namen liebte sie. Sie dachte ihn vor sich hin, derweil sie Tücher auswusch. Wenn er im Schlaf vor Schmerzen stöhnte, flüsterte sie ihm seinen Namen ins Ohr. Irgendwann stöhnte er nicht mehr. Abends, als sie nach seinem Herzen tastete, legte er einen Arm um sie. Sie wartete ab. Da sich nichts tat, nahm sie seinen anderen Arm und legte ihn gleichfalls um sich, spürte seine Hand und dann den Stumpf im Rücken.

Er wurde gesund. Es musste etwas geschehen. Die Welt, die fror und Hunger litt und sich vor Seuchen fürchtete, würde Einlass fordern. Eines Morgens bat er sie, ihm Kleider vom Haus zu bringen. Da schickte sie nicht den Blinden, sondern ging selbst.

Ihr Hof kam ihr fremd vor. Isemay stürzte aus dem Hinterhaus und verstellte ihr den Weg. «Wo bist du gewesen?»

«Was betrifft das dich?», fragte Dorothy und trat an der Base vorbei. Sie sprach nur mit Richilda, die versicherte, alles gehe seinen Gang, allein Großvater Francis esse schlecht und verlange nach ihr. «Sag ihm, ich habe Dringendes zu tun. Einen Kranken zu pflegen. Willst du?»

Richilda nickte. Wie konnte irgendwer sie hässlich nennen? Dorothy hatte sie nie in den Armen gehalten, sie vermochte kaum, sie anzufassen, aber die Tochter war das Kostbarste, das sie besaß.

«Richilda, immer wenn du so schweigst, denke ich, dass du mir eine Frage stellen willst.»

«Das will ich. Aber wenn ich denke, ich bekomme keine Antwort, lasse ich es bleiben.»

Sie gab dem Kind Aniskuchen, obgleich es sich nichts daraus machte und die Süßigkeit an Nicolas verschenken würde. «Hör zu, wenn ich wiederkomme, bringe ich dir einen klugen Mann mit, der deine Fragen beantworten kann und dich Latein lehren wird. Das verspreche ich dir.»

Das Leuchten in den dunklen Augen ließ das weise Geschöpf wie das Kind aussehen, das es war. Dorothys Herz zog sich zusammen.

Aimery brachte sie Hemd, Bruche und Beinlinge aus weichem Leinen, die sie genäht hatte, und das blaue Wams, das die Schiffbauer der Gilde trugen. Sie ließ ihn allein, trat vor den Verschlag. Gewiss wollte er nicht, dass sie zusah, wie er sich mit einer Hand mühte. Es schneite wieder. Als er fertig war, hörte sie hinter sich seine Schritte.

«Ich habe noch nie im Leben so gute Kleider besessen.»

«Ich weiß», sagte sie, ohne den Kopf nach ihm zu drehen. «Für deine Lumpen hab ich mich oft geschämt.»

«Dorothy.» Leise rief er sie. «Danke.»

«Sag nicht danke zu mir. Zahl es mir zurück.»

«Wenn ich das könnte, täte ich, was dir gebührte. Ich sorgte dafür, dass deine Ehe gelöst würde, und gäbe dir, was immer ich besitze, zur Mitgift, wiewohl alles, was der Solent an Mannsvolk zu bieten hat, dich auch ohne einen Penny nähme. Zu deiner Hochzeit fütterte ich dich mit Eselsmilch und blauen Trauben.»

Wie weh das tat. Sie schoss herum, um es ihm heimzuzahlen, er aber öffnete die Arme, schloss sie ein und küsste sie. Salzig, innig, mit verschorften Lippen. Was scherte sie ihr Seelenheil? Wenn sie ihre Seele verscherzte, weil sie ein Paar Schultern umfassen und ein Paar Lippen schmecken wollte, was machte ihre Seele dann aus? An seinen Lippen stellte sie fest: Die, die dich herzt, die deine eben genesene Haut wieder wund küsst, die sich nach dir verzehrt, bin ich. Sie drängte ihre Mitte an seine. Als sie ihn spürte, hart an ihrem Bauch, fuhr sie zusammen und jauchzte. So war Lust.

Er ließ sie los. «Liebstes Mädchen, ich bin zu alt und zu hässlich für dich, zu verdorben, zu erbärmlich und zu schwarz.»

«Zu vernagelt und zu feige bist du. Wirfst du mit solchen Worten nach mir, um mich von dannen zu scheuchen?»

«Nein. Um dir zu sagen, dass du wundervoll bist. An Dreck wie mich darfst du keinen Gedanken verschwenden.» Ein Blick noch, dann drehte er sich um und ging.

«Bleib stehen», rief sie.

Den Kopf wandte er nicht, aber hielt im Schritt inne. Sie sah auf seinen Rücken, auf die Schulterblätter, die das Leinen spannten.

«Du hast Calais belagert, richtig?»

«Ich fürchte, so lässt es sich bezeichnen.»

«Und wie lange hat das gedauert?»

«Sieben Monate.»

Sie bückte sich, lud sich beide Hände voll Schnee und schleuderte ihn gegen seine Schulter. «Sei auf der Hut, Calais. Das war ein Trebuchet.»

Er schnellte im Nu herum und war bei ihr, seine Hand schloss sich um ihr Gesicht. «Ein Trebuchet tötet, Mädchen. Ich habe eines gebaut.»

«Spiel dich nicht auf. Das tun nun einmal Männer, die Krieg führen. Mein Vater hat's getan und mein Oheim auch.»

«Ach. Haben sie das? Ich habe immer geglaubt, etwas vom Krieg zu verstehen, von Kriegern, die mit Kriegern raufen, aber von diesem Krieg gegen Wickelkinder, Waschweiber und Todwunde verstehe ich nichts. Zu seinem Sieger tauge ich nicht. Ich habe an Portsmouth denken müssen, an dein Kind und meines und an deinen Bruder, der meine Agnes retten wollte. Calais war voll von ihnen. Voll von Kindern und Eltern und blödsinnig tapferen Brüdern, die wir totgemacht haben.» Er trat zur Seite und drehte sich weg.

Dorothy ließ sich Zeit zu begreifen: Wie kann ich dich je gehen lassen? Ohne dich bin ich noch immer mit den Fetzen der Bilder, dem Schreien in den Ohren, mit dem Brandgeruch und der Kälte allein. Sie streckte den Arm und legte ihm die Hand auf den Rücken. «Wenn du kannst, komm wieder zu mir», sagte sie. «Ich will dir sagen, dass du wundervoll bist. Gehst du mit mir an den Solent?»

«Es schneit doch.» Er war ein tapferer Mann. Das Weinen war noch in seiner Stimme.

«Stört dich das?»

«Nein. Nur dachte ich stets, ich sei der Einzige, den es nicht stört.»

Fortan gingen sie häufig an den Solent, zwischen Felsen den Kieselstrand entlang. Das Meer tat ihnen gut, doch mit jedem Tag wuchs Dorothys Angst. Sie würde ins Haus zurückkehren müssen, und er beharrte, er werde nicht mitgehen. «Ich bin zu feige, du weißt es. Meinen Vater habe ich ertragen, solange ich glaubte, zu etwas zu taugen. Aber er hatte recht. Ich bin ein Nichtsnutz. Sie werden mich aus der Gilde jagen, und seinen Triumph darüber halte ich nicht aus.»

Wenn er sich so zu schmähen begann, wollte sie ihm den Mund stopfen. Gern hätte sie ihm von Francis erzählt, von einem blutjungen Mann, dem die Frau gestorben war und der – selbst noch ein grünes Bürschlein – mit seinem Sonderling von Sohn allein dastand, derweil ringsum aus einer guten, satten Zeit eine grausame, vor Hunger brüllende Zeit wurde. Gern hätte sie ihm gesagt: Er hat dich geschlagen und gekränkt, um dich zu schützen. Immer rasender, je rasender seine Angst wurde. Seine Prügel sollten einen anderen aus dir machen, weil er sicher war, einer wie du würde bei den Leuten unter die Wölfe fallen. Gewiss hast du dich als Knabe geweigert, einen Kieselstein ins Meer zu werfen, um dem Meer nicht wehzutun. Und das soll einem Kerl wie Francis, der spart und spart, weil er Nacht für Nacht vom Hunger träumt, keine Angst einjagen?

Traurig lachte sie auf. Aimery hielt im Gehen inne. Wasservögel kreischten, und das Meer brüllte, aber er hörte jeden Laut von ihr. Sie hätte gern zu ihm gesagt: Dein Vater hat dich lieb. Er hatte aber deine Mutter verloren und hernach so viel Angst vor der Liebe wie du. Ich wollte, ich könnte euch beide bei den Haaren nehmen und euch die Köpfe zusammenstoßen, ehe dein Vater stirbt. Sie wusste jedoch, das hätte nichts genutzt. Was immer getan werden konnte, konnte nur Francis tun.

Somit würde sie Aimery auf der Werft lassen müssen und keinen ruhigen Augenblick mehr haben, sondern fortwährend fürchten, er wäre eines Morgens nicht mehr da. Sie erzählte ihm von Richilda, die sich selbst das Lesen gelehrt hatte, aber nichts lesen konnte, weil alles Geschriebene Lateinisch war.

«Findest du das nicht falsch?», unterbrach er sie.

«Was soll ich falsch finden?»

«Dass in seinem eigenen Land einer, der seine eigene Sprache spricht, nichts damit anfangen kann. Will er den Vertrag lesen, der ihn an einen Herrn bindet, muss er es auf Französisch tun, und will er hören, was sein Gott ihm gebietet, so spricht sein Gott Latein. Meinst du nicht, das sollte anders sein und unsere englische Sprache in England etwas gelten?»

Sie nahm ihn bei den Ohren. «Weißt du, warum du glaubst, du taugst nichts? Weil du die Welt aus den Angeln heben willst, und das kann kein einfacher Mann vom Solent, nicht mit einer und nicht mit zwei Händen. Lass die Welt hängen. Bring der Richilda Latein bei, denn das ist ja wohl auch falsch, dass ein Mädchen klug ist und nichts lernen darf, weil es kein Knabe ist. Was die Richilda näht, ist kraus und nutzlos, aber von mir bekommt sie keine Schläge dafür, denn mit schmerzenden Fingern näht es sich noch schlechter.»

Sein Lächeln, fand sie, war wie der Umschwung des schlechten Wetters. Es kündigte sich an, blieb nur für Augenblicke und wog Tage in Stürmen auf. Sie tippte ihm einen Finger an den Kranz feiner Falten im Augenwinkel. Dass ein Mensch nicht schön war, bedeutete in Wahrheit, dass seine Schönheit ein verschwiegenes Geschenk war.

«Dorothy?»

«Was ist? Sag nicht, dass du es ihr nicht beibringen willst. Ich habe ihr mein Wort gegeben. Soll ich vor meinem Kind als Lügnerin dastehen?»

«Nein.»

Ihr Herz machte einen Satz. «Du wirst es nicht bereuen.»

«Aber ich bin kein Gelehrter.»

«Mir genügst du. Du bist völlig verrückt, kannst nicht einmal essen wie gewöhnliche Leute, und was du schwatzt, versteht kein Mensch.»

Er musste lachen. Der düstere Himmel hellte sich golden auf

und zog von neuem zu. «Hör mir trotzdem zu, ja? Ich vermute, ich kann Richilda lehren, Latein zu lesen, das ist nicht schwer, und jeder könnte es. Aber wenn sie so begabt ist, wie du sagst, genügt ihr das nicht. Dann bringe ich sie zu Bruder Nicolas ins *Domus Dei.*»

«Sie ist kein Knabe, sie kann nicht zur Lateinschule gehen.»

«Das *Domus Dei* betreibt keine Lateinschule. Es ist ein Hospiz, kein Konvent, aber sie haben einen gelehrten Chorherrn dort, der ab und an einen Schüler nimmt. An den Schriften, die er in seiner Bibliothek gesammelt hat, kann sie ein paar Jahrzehnte lang lesen.»

«Aber wird er denn ein Mädchen nehmen?»

«Ich bezweifle, dass ihm auffällt, ob unter einem Kopf ein Knabe oder ein Mädchen steckt. In die Köpfe schaut er allerdings, und Dummheit treibt ihn zur Weißglut. Auch lehrt er allerlei ketzerisches Zeug, für das es hernach Prügel vom Priester setzt. Aber das ist es wert. Er ist großartig, Dorothy.»

Sie musste ihn in die Arme nehmen. Nur mit ihm stehen und den Kopf an seine Schulter lehnen. «Dieser Bruder war dein Lehrer? Und Nicolas hast du nach ihm benannt?»

Die Schulter zuckte. «Sankt Nicolas ist auch der Schutzherr von Portsmouth und allen Seeleuten.»

«Gut, Aimery. Wir wollen es machen, wie du sagst. Aber wenn du die Richilda Latein gelehrt und sie deinem Lehrer gebracht hast, darfst du nicht wieder gehen. Du musst ein Schiff bauen.»

«Hör damit auf.» Er riss sich los. Gerade noch war er dem Tod nah gewesen, und jetzt erschrak sie vor seiner Kraft. «Mein Schiffbauen hat nichts als Unglück gebracht.»

«Dass Schiffbauen Unglück bringt, ist solcher Unsinn wie der, den ich vom schwarzen Feiertag geredet hab.»

Er schüttelte den Kopf. «Es ist ein Wahn. Ich vergesse alles darüber.»

«Du wirst dich hüten, mich zu vergessen.»

Er rührte sich nicht und erbleichte. Als sie die Hand hob, hielt er ihr den Stumpf entgegen. «Es ist gut, dass es damit ein Ende hat.»

Das Meer in seinem Rücken brüllte. «Sag mir, wo du deine Hand verloren hast. Sag es mir jetzt. In der Schlacht?»

«Nein. Als Bestrafung.»

«Bestrafung wofür?» Sein Gesicht war so entsetzlich hart, der Wind zerraufte sein Haar. «Hast du gestohlen?»

«Schlimmer. Lass meinen Arm los, Dorothy. Ich habe einen Mann geschlagen. Den Master meines Schiffes.»

«Warum?»

«Das weiß ich nicht. Ich war von Sinnen. So wie ich von Sinnen war, als ich meine Frau geschlagen habe, zu Boden geschlagen, zu Gelump.»

Sie ließ ihn los. Er blieb noch kurze Zeit stehen, dann drehte er sich um und ging mit gesenktem Kopf davon. Nahe ans Wasser, das wie ein Hund an ihm hochsprang. Er beachtete es nicht.

Lass ihn gehen, beschwor sie sich. Seine Kraft hatte sie eben erst zu spüren bekommen. ‹Er hat einen Herzschlag lang die Beherrschung verloren›, hatte Gocelin gesagt, doch er hatte es wieder getan, er würde es immer wieder tun. Man hatte ihm wie einem tollen Tier ein Glied abgehackt, aber ihn damit nicht unschädlich gemacht. Er war kein Mann zum Liebkosen, sondern einer, den sie hätte meiden sollen, wie die ganze Stadt es tat. Ein Mann zum Fürchten.

Verwirrend war jedoch, dass sie ihn überhaupt nicht fürchtete. Dass sie seinen Rücken ansah und nur eins wollte: ihn zurückrufen. Derweil sie die Fäuste ballte und ihren Blick von ihm weg aufs Meer zwang, auf das Gebrüll, das an die Felsen schellte und zerplatzte, begriff sie, warum das so war. Weil sie sie war. Keine unreife Gans, die einem Mörder hinterdreinlief, sondern die vernünftige Dottie, die ihren Haufen durch die Jahre nach dem Brand gebracht hatte und für den schlaffen Gocelin die halbe Stadt regierte. Dorothy, die gelernt hatte, dass vom Lecken an Eis kein Wunder geschah, und die an kein Wunder glaubte, nur an das, was sie sah, und an etwas, das sie nicht zu sehen brauchte. Der Mann, der dort ging, hatte wochenlang neben ihr geschlafen, gegessen, sich kitzeln und knuffen lassen, vor Schmerz gestöhnt und vor Kummer geweint. Er hatte ihre Kinder aus dem Feuer geholt, er schmiss keine Steine ins Meer und trug in allen Lebenslagen einen albernen Schlüssel um den Hals.

«Aimery», brüllte sie und rannte hinter ihm her. Sie warf die Arme um ihn. «Bleib jetzt bei mir, du Feigling. Dass du deine Frau getötet und diesen Mann geschlagen hast, weiß ich. Aber ich glaube es nicht.»

Er stockte, stutzte, schwieg. Dann brach er in Gelächter aus. Nicht so wie der flüchtige Umschwung schlechten Wetters, sondern so, dass das Jungvolk auf dem Marktplatz begonnen hätte, *Der Sommer ist gekommen* zu singen. Vor Lachen bebend, küsste er ihr ganzes Gesicht. «Sag das nie einem Priester, hörst du?»

«Was soll ich keinem Priester sagen?»

«Dass du einen Unterschied zwischen Glauben und Wissen kennst.» Er hob sie in die Höhe, als hätte er nicht tagelang auf den Tod gelegen.

«Ich will dich, Aimery. Ganz.»

«Und das sag auch keinem Priester.» Sachte wie eine Ebbewelle stellte er sie wieder auf die Füße. «Und mir sag es besser kein zweites Mal.»

Von jenem Tag an war er ihr Mann, wiewohl er sie nicht nahm, wiewohl sie ins Haus zurückzog und er auf der Werft blieb. Die

Richilda brachte sie ihm in den Verschlag und ließ die beiden allein. Während sie wartete, füllte sie Lammfleisch und Dörrgemüse in einen Tontopf, dichtete ihn mit Brotteig ab und stellte alles in die Glut des Pechfeuers. Als der Schmortopf gar und das Brot gebacken war, kamen die zwei noch immer nicht heraus. Sie musste lachen bei dem Gedanken, wie sie ihre schwarzen Köpfe zusammensteckten und ihre Stirnen auf die gleiche Art furchten.

Endlich brachte er ihr die Tochter wieder. «Wir schicken sie nach Oxford», sagte er.

«Sie ist ein Mädchen, Aimery.»

«Gut so. Die Angeln der Welt sind verrostet, einer wird sie demnächst daraus heben müssen, und Knaben sind dazu zu ungelenkig.»

Für all das Verrückte, das er mit blitzenden Augen sagte, das Kühne, noch ganz Junge, hätte sie ihn immerfort küssen wollen. Er war nicht wie die Männer in der Stadt. Etwas in ihm war nicht im Geringsten müde. Ihr Mann war er. Als sei das Leben, das sie im Verstohlenen führten, nicht verboten, sondern recht. Sie erzählte ihm von ihren Plänen für die Aussaat und vom Verdruss über die Schweine, die ihr in jedem Frühjahr die Kräuter abfraßen. «Ich flechte dir einen Zaun», sagte er. Und dann fiel ihm seine Hand ein, und die Verzweiflung, mit der er auf den Stumpf starrte, riss ihr am Herzen. Anderntags aber fand sie ihn auf Knien im tauenden Schnee, Hand und Stumpf in einem Bündel von Zweigen, die er verbissen umeinanderflocht. Er würde womöglich bis zur nächsten Ernte brauchen, aber ruhen würde er nicht. In ihr frohlockte es: Jetzt beginnst du zu kämpfen. Sag nie mehr, du taugtest nicht zum Sieger.

Bald darauf traf sie ihn unter seinem Schnitzbock, er lag auf dem Rücken und ruckte an Nieten und Balken. So vertieft war er, dass sein feines Gehör ihr Kommen nicht bemerkte. Er sah prächtig aus. Gesund, dreckig, das Gesicht in der Winterluft erhitzt. Hastig sprang er auf.

«Ich dachte, wenn ich ein paar Halterungen an diesem Bock anbringe, könnte ich mein Ziehmesser mit einer Hand gebrauchen und Bögen tillern. In Frankreich wollte ständig jemand einen Bogen von mir kaufen, und irgendwann wird der König ja Geld für seinen Krieg aus dem Boden stampfen und wieder Bögen brauchen.» Er senkte den Kopf, aber die Röte, die ihm über die Ohren kroch, entging ihr nicht. «Lachhaft, nicht wahr? Ich bin verrückt, ich wünsche mir noch einmal, für eine Frau und für Kinder zu sorgen. Das ist größenwahnsinniger, als Karthagos Flotte nachzubauen.»

Was für ein Glück sie hatte. War je eine Frau so beschenkt worden? «Du sorgst für uns», sagte sie. «Alles darbt, und wir prassen. Du solltest kommen und dir dein Haus ansehen.» Sie hatte kaum ausgesprochen, da begriff sie, dass etwas nicht recht war.

Er begriff im selben Augenblick. «Schickt dir Sir Eustace noch Geld?»

«Ja. Jeden Donnerstag.»

«Du darfst es nicht annehmen, Dorothy.»

«Hast du den geschlagen? Hat der dir die Hand abgehackt?»

«Frag nicht. Nimm sein Geld nicht. Schick ihn weg.»

Sie sah über die Werft. Setzte er noch immer seinen Stolz über das Wohl der Familie? Gebührte ihm Schelte? Sie dachte an Symond und Gocelin und an ihren Entschluss, sich auf keinen Mann mehr zu verlassen. Auch an das Gerede über Seuchen dachte sie, an Ärzte und Arzneien, die Geld in rauen Mengen kosteten. Sie dachte an reichliches Essen, an das sie sich gewöhnt hatte, und daran, wie es war, nachts von Schinken zu träumen. Dann sah sie den Zaun, den er geflochten hatte, und sein Werkzeug. Er hatte an seinem schweren Schubkarren eine Schlaufe angebracht, damit er den Armstumpf einhängen und den Karren bewegen konnte.

«Gut, Aimery», sagte sie. «Ich schicke ihn weg und lasse dich für uns sorgen. Du hast es zehn Jahre lang untadelig getan und verdienst nicht, dass ich dir misstraue.» Sein leuchtender, fassungsloser Blick war ihre Ernte. Sie trug ihn nach Hause, darauf bedacht, ihn nicht zu zerbrechen. Um sie schmiegte sich eine gesponnene Haut, die sie vor dem, was vorbeiglitt, schützte. Starrt mich doch an, wollte sie denen zurufen, die ihr entgegenkamen, ja, ich bin ein frischgeküsstes Weib, meine Arme sind schwer vom Herzen. Ja, ich bin eine, die ihr Seelenheil verscherzt, die mit dem Strohkranz gehen sollte, aber nichts in mir kennt Reue. Ich bin die verlässliche Dottie mit den stämmigen Beinen und den Händen fürs Grobe. Ich möchte den Namen meines Liebsten singen.

Roger Fitzroger zählte die Schläge. Eins bis zwölf. Aber er gestattete sich nicht, sie zu verabreichen. Nicht bei den Weibern, deren Fleisch ihm Unwohlsein bereitete, runde Schultern, weiße Hälse, nichts davon wollte er sehen. Eine Mitschwester nahm die Abstrafung vor. Kutte und Hemd der Knienden wurden am Rücken aufgebunden, ein Stück Haut entblößt und zwölf Striemen aufgezogen, danach alles hurtig wieder zugeschnürt. Erleichtert atmete Fitzroger auf. Entstellte Leiber wie der der Frevlerin verschärften den Schmerz in seinem Oberkopf. Eben deshalb hatte er trotz der Schwere des Vergehens lediglich ein Dutzend Schläge verhängt. Der härtere Teil der Strafe stand ohnehin noch aus.

Die Schwester, die die Züchtigung vollstreckt hatte, zog die Gestrafte auf die Füße und führte sie aus dem würfelförmigen

Haus, das Fitzroger das Kapitel nannte. Sie würde sie hinüber zum Hauptgebäude bringen, wo sie sich auf die Schwelle der Säulenhalle legen und drei Tage ausharren musste. Wer in der Halle ein und aus ging, Brüder, Schwestern, Pilger, dreckige Unbehauste, stinkende Kranke, stieg über sie hinweg. Manchem mochte solche Strafe grausam erscheinen, aber Fitzroger unterzog sich ihr, sooft es nottat, selbst. Der Schmerz von Geißelhieben schälte faulige Haut, aber der tiefe Schmerz der Demütigung wirkte inwendig läuternd und verschaffte dem gemarterten Gewissen Linderung.

Fitzroger bestand darauf, seine Schar täglich nach der Terz im Kapitel zu versammeln. Hier ließ er der Märtyrer gedenken, verlas einen Abschnitt aus der Augustinerregel, verhängte Strafen und vollzog sie. Während einer der ihren gezüchtigt wurde, hatten Brüder und Schwestern auf Knien zu verharren und die Häupter zu senken. Bruder Nicolas sprach einen Segen über sie, dann hieß er sie an ihr Tagwerk zurückzukehren. Fitzroger wandte sich zum Aufbruch, aber der Hundertjährige stand noch in der Tür.

«Ihr habt mir etwas zu sagen, Bruder? Ich hoffe, Ihr werft mir nicht unziemliche Härte vor.»

«Nein», erwiderte der Greis. «Für die Missachtung Eures Verbots war die Strafe angemessen. Ich ersuchte Euch aber schon mehrmals, das Verbot aufzuheben. Es bringt uns in einen Zwiespalt, aus dem geradewegs kein Pfad herausführt.»

«Nun, mir ist nicht bekannt, dass es bisher Übertretungen gab, von jener Renitenten abgesehen, der Ungehorsam zweifellos im Blut liegt.»

«Darf ich fragen, was Ihr damit zu sagen wünscht?»

Der Hundertjährige war Fitzrogers Kreuz, er hasste den Alten wie das Meer, an das man ihn als Jüngling verbannt hatte. Beide plätscherten vor sich hin, derweil man nie sicher war, wann sie sich bäumen und zubeißen würden. Beidem entging man nicht.

«Ich wünsche gar nichts zu sagen. Der Schwester ist recht geschehen, und die Weisung, Aussätzige nur an den Futterluken zu verköstigen, dient dem Schutz der Gemeinschaft.»

«Mein Master», sagte der Hundertjährige, jetzt wieder mild wie die Schaumkrönchen, die man hier Katzenpfoten nannte. «Es widerstrebt dem Gebot der Nächstenliebe, einen Leidenden durch eine Scharte in der Mauer abzuspeisen.»

«Für Aussätzige gibt es ein geschlossenes Siechenhaus in Sudewede, wo die Kranken sich untereinander versorgen.»

«Und wo, wie Ihr wisst, der Hungertod Küchenmeister ist. Kann man Menschen verdenken, dass sie aus solchem Gefängnis ausbrechen?»

«Kein Wort mehr», fuhr Fitzroger auf. «Ich habe angeordnet, dass keiner, der durch seine Ausdünstung Seuchen weitergibt, einen Fuß ins Hospiz setzt. Mein Herz soll ein verlauster Affe sein, wenn ich das widerrufe. Seid Ihr eigentlich taub, Mann, seid Ihr schon jenseits der Welt? Gottes Strafe naht, die Siegel sind eröffnet: Auf der Insel Zypern ist die Erde aufgerissen und hat ein Miasma entsandt, das die Atmenden tötet. Das Meer steht auf und verschlingt die Küsten, und von der Krim jagt die abscheulichste Pestilenz aller Zeiten auf uns zu. In dem Hurenhaus Sizilien mäht sie Verderbte nieder und gräbt die Zähne in den morschen Apfel Frankreich. Sie hat selbst Avignon erreicht. Des Papstes Stadt.»

«Habt nicht Ihr mir wiederholt erklärt, jenes Avignon betreibe elf Freudenhäuser und werde zu Recht das Babel des Westens genannt?»

«Und betreibt England keine?» Fitzroger sog pfeifend Luft ein. «Warum sollte die Plage eine Insel verschonen, auf der Weiber wie Teufelsmetzen tanzen und der König im Streit mit seinem Kirchenprimas liegt? Das Pilgerlager ist überfüllt, aus allen

Teilen des Landes ziehen die Gläubigen nach Canterbury, um vor dem großen Sterben den Schutz des heiligen Thomas zu erflehen.» Er schüttelte sich. Der Gedanke an die Seuche, von der Gerüchte wie Flutwellen herüberschwappten, ließ ihn nächtens kein Auge zutun. Heimlich hatte er einem Pilger ein Bildnis des heiligen Thomas und eine Ampulle vom Blut des gemordeten Erzbischofs abgekauft. Dieses Blut, mit Weihwasser vermischt, war stärker als jede Arznei. Am liebsten hätte er zudem die Futterluken, Scharten in der Mauer des Hospizgebäudes, zugestopft. Sein Atem ging in Stößen.

Der Mendikant trat zu ihm und berührte seinen Arm. «Wisst Ihr, wie Ihr mich dauert? Ich habe nie einen Mann gekannt, der von so viel Furcht gepeinigt wurde. Einst meintet Ihr, das Bündnis mit einem ketzerischen Kaiser werde uns in Verdammnis reißen, und jetzt, da der Kaiser tot ist, schafft Ihr Euch neue Qualen.»

«Auch der Ketzer ist tot, dem er Obdach gewährte», schrie Fitzroger im Triumph. «William von Ockham, der die Gewissheit Gottes bestritt und dem Ihr heimlich huldigt! Glaubt nicht, ich wüsste das nicht!»

«Da ist kein Glaube nötig. Ich weiß schließlich, dass Ihr wisst.» Zerknittert grinste der Alte. «Wenn diese Seuche eine Strafe Gottes ist, schützt uns kein Verbot. Dann kommt sie über uns wie Hunger und Teuerung, und wir haben sie anzunehmen.»

«Ihr habt mich gehört! Dieses Hospiz betritt niemand, dem ich nicht Einlass gewähre.» Der Master riss seinen Arm zur Seite. Gleich darauf erfasste ihn ein neuer Schrecken. «Ihr habt nicht den Kerl hergebracht, der in den Feldern schläft, oder? Ihr habt ihn nicht hier gefüttert?»

«Aimery Fletcher?» Wie in Unschuld hob der Greis die nackten Brauen. «Aber Aimery leidet doch an keiner Seuche.»

Es war der Name, den er nicht ertrug. Ehe Fitzroger sich besann, schlossen sich seine Hände um den dürren Hühnerhals. Arme ruderten, Adern schwollen, Augäpfel quollen aus den Höhlen. Etwas schrie vor dem Fenster. Eine Möwe. Das rief ihn zurück, seine Hände lösten sich, und die Arme sackten ihm herunter. Der Hundertjährige taumelte gegen die Wand. Fitzroger starrte auf seine Handflächen. Er würde sich geißeln, die Hände mit Haselzweigen peitschen, und wenn die Entstellte ihre Strafzeit abgeleistet hatte, würde er selbst sich auf die Schwelle legen.

Bruder Nicolas hustete. «Friede sei mit Euch», sagte er.

Fitzroger fuhr zusammen. Um ein Haar hätte er sich vor dem Greis auf die Knie geworfen. «Ihr habt ihn nicht eingelassen, nicht wahr?»

«Habe ich es Euch nicht viele Male gesagt? Von Aimery habt Ihr im Leben nichts zu fürchten. Immer wieder erstaunt mich, wie viel Angst ein so stiller Mann erwecken kann, und wenn jetzt wahrhaftig die Seuche uns ereilt und Gerede von Gottes Strafe aufkommt, wird mir bange um ihn. Beruhigt Euch. Hätte Aimery den Winter in den Feldern verbracht, wäre er erfroren, doch er ist schon viele Monate nicht mehr hier.»

«Wo ist er denn?»

«Das weiß ich nicht. Ihr habt ihn seither nie wieder gesehen, richtig? Und der verstörte Bursche, den ich damals in die Halle geführt habe, einen ganz jungen, ganz bleichen Mann mit einer bösen Wunde auf der Wange, der macht Euch solche Angst?»

«Hört auf.»

«Gott behüte Euch.» Der Hundertjährige, eine Hand noch am Hals, ging schlurfend zur Tür.

«Bruder Nicolas», rief Fitzroger eilig. «Über dieses hier schweigen wir, nicht wahr?»

«*Ego te absolvo*», erwiderte der Chorherr. «Auf das Schweigen Eures Beichtvaters könnt Ihr Euch seit bald drei Jahrzehnten verlassen. Wiewohl Eure Seele gewiss keine Ruhe findet, ehe dieses mörderische Schweigen bricht. Gibt es sonst noch etwas?»

«Nur ein Messstipendium», murmelte Fitzroger. «Ein Hochamt für den Bogenschützen Luke aus Havant, einen der Helden von Crecy.»

«Schon wieder?» Der Bruder zog die Tür auf und ließ die übervolle Luft des ersten Frühlings ein. «Das ist das dritte Hochamt seit der Ernte. Luke aus Havant, Gott sei seiner Seele gnädig, muss ein zutiefst geliebter Mann gewesen sein.»

Es war Mai. Der Wonnemonat. Wenn auch fortwährend Regen fiel und die Ernte nicht besser geraten würde als im Vorjahr, war doch das Gras lang, Schafgarbe und Bocksklee blühten, und die grauen Himmel leuchteten. Vom Grillenzirpen flirrten die Abende, und manch Pirol in Menschengestalt verzehrte sich nach der Liebe eines Weibchens. War denn Liebe den Jungen vorbehalten? Gewiss stand sie keinem fleckigen Totenschädel, keinem ausgemergelten Krummrücken, wie sie überhaupt zur Hässlichkeit nicht passte. Wer sich aber Schönheit und Spannkraft der Jugend bewahrt hatte, liebte in reifen Jahren umso vollkommener.

Gilbert Berkham war knapp fünfzig Jahre alt, ließ sich die zartversilberten Locken nach Königsart auf die Schultern fallen und sang das Werbelied. *Meine Süßeste, Schönste, meine Wasserträgerin mit dem braunen Haar.* Er sandte ihr kandierte Früchte. Er sandte ihr ein grünes Kleid aus feinstem Garn. Er konnte die Rückkehr seiner Kogge aus Messina nicht erwarten, die ihm Orangen und Sizilianerwein für seine Herzenswonne bringen würde. Er ritt nach Portsmouth, sooft seine Zeit es erlaubte, kaufte sich einen Rotschimmel, dessen Fell zu seiner Haarpracht passte. War denn

Liebe den Jungen vorbehalten? Für sie, seine Dottie, war er noch einmal jung, und all das Bittere seiner Jugend, die Niederlagen, der Verlust, waren ausgelöscht.

Sie hatte so viel zu schuften, seine Dottie, aber die Arbeit hielt ihr Fleisch straff, derweil der Betta, die wieder schwanger war, Arsch und Busen erschlafften. Wenn ihm Dottie erst gehörte, wollte er ihr jede Wohltat bieten, Kleider, Mägde, Daunendecken, verwöhnt und beneidet sollte sie sein. Ihr Bund mit Symond hatte keinen Bestand, und nichts hinderte Gilbert, eine Gewohnheitsehe mit ihr einzugehen, wie er sie seit Jahren mit Betta führte. Die würde, sobald im Herbst das Kind geboren war, ihr Bündel schnüren müssen. Eine Frau wie Dottie besaß zu viel Würde, um ihren Liebsten zu teilen. Werde meine Frau, braune Dottie, würde er sagen. An nichts soll es dir fehlen.

Als er ihr Anwesen sah, verschränkte Dächer, auf denen die Maisonne glänzte, wollte er den Hengst zum Galopp treiben, obgleich die Gasse vor magerem Vieh und Bälgern wimmelte.

«Holla, Master Gilbert», rief eine Frauenstimme, «so schmuck und blitzsauber ist freilich kein Mannsbild in Portsmouth.»

Ein wenig enttäuschte ihn, dass es nur ihre vertrocknete Base war, die ihm schmeichelte. Von Dottie hörte er nie ein Kompliment. Sie war spröde. Sie war, jetzt gestand er es sich ein, wie Helewise, die ihn, den ansehnlichsten Jüngling der Küste, ‹ihr fettes Schweinchen› genannt und heimlich in den Hinterspeck gekniffen hatte. Jeder hatte Helewises Schönheit geliebt, ihre Heiterkeit und Herzensgüte, aber Gilbert hatte das Quäntchen Schlechtigkeit geliebt, den Drang, über die Stränge zu schlagen. Darin waren er und sie eins gewesen, und der ehrpusselige Aimery blieb ausgesperrt. An Helewises kiebiges Lachen hatte Gilbert sich verloren. Ihr hatte er nie einen andern als sich selbst vorgaukeln müssen.

Er war kaum vom Pferd gesprungen, schon hing die Base an

seinem Arm. «Nun, Mistress Ise? Wie steht es sich an solch schönem Tag?»

«Ich hab nicht zu klagen.» Ihre Stirne glänzte verschwitzt. Trotz der Milde des Morgens trug sie eine mit Borten besetzte Cappa, ein edles Stück, bei dessen Anblick sich Gilbert wieder einmal fragte, woher diese Leute ihr Geld nahmen. Der Jammerlappen Ronald konnte sich solche Kleider unmöglich leisten. «Das blaue Tuch steht Euch vorzüglich, Master Gilbert.» Die Verschwitzte schmiegte sich an seinen Arm. «Wollt Ihr nicht auf einen Becher Ale in mein Haus kommen? Wir haben frisch gebraut.»

Gilbert hatte Mühe, an der passenden Antwort zu schlucken: Meine Dottie hat gebraut, meinst du wohl, denn was du panschst, das säuft nicht mal das Vieh. Und dann erlöste sie ihn. Seine Herzenswonne. Sie trat aus dem Hoftor und führte das Pony am Zügel, das die Fletchers neuerdings besaßen. Das grüne Kleid umfing ihre Formen, wie er es sich erträumt hatte. Er ließ die Base stehen, lief und nahm Dottie in die Arme. Ihr Duft ließ ihn schwindeln. Ihre Brust war zu üppig, um sie mit einer Hand zu umspannen, ihre Hüfte noch runder, und zwischen beiden die unfasslich zarte Mitte. Dennoch zwang er sich, sie loszulassen, den Apfel nicht anzubeißen, der mit roten Backen auf ihn warten sollte. «Gott zum Gruß, schönste Dottie.» Er verbeugte sich.

«Lasst das Getue.» Sie langte nach dem Kopfzeug des Ponys und wollte ihn zur Seite stoßen, er aber rührte sich keinen Zoll. «Ihr hättet mir das Kleid nicht schicken dürfen.»

«Wie ich aber sehe, ehrt Ihr mich, indem Ihr es tragt.» Sie senkte den Kopf. Errötete sie? «Gönnt doch mir und Euch die Freude», rief er hastig. «Ihr arbeitet härter als eine Magd und erntet keinen Lohn. Was denkt Ihr von einer Erfrischung? Ich habe Wein am Sattel. Nicht den süßen Sizilianer, aber einen gehaltvollen Tropfen vom Rhein.»

«Ich muss auf meine Werft.»

«Auf deine Werft, Liebe?» Die förmliche Anrede verwarf er. «Muss bei den Hungerleidern in Portsmouth jetzt ein Mädchen wissen, wie man Schiffe baut?»

«Ich bin die Meisterin, ich habe die Aufsicht zu führen.» Oh, dieser unwirsche Stolz in den Augen, das gereckte Kinn! «Nicht jeder hat so viel Zeit zu vergeuden wie Ihr.»

Mitsamt dem Ponykarren versuchte sie, sich an ihm vorbeizudrängen, was ihr sein lässig vorgestrecktes Bein verwehrte. Er nahm ihre Hände und küsste sie. «Ich will dir Rosensalbe für deine Hände schenken, wie die Töchter des Königs sie haben.»

«Und was soll ich damit?»

«Meine Dottie, du bist, solange du hier lebst, nie angemessen gewürdigt worden.»

«Unsinn», warf sie hin, aber er hörte an ihrem Tonfall, dass er eine Wunde berührt hatte, wie er es an Helewises Tonfall gehört hatte.

«Sag, warum kommst du nicht einmal nach Southampton? Wie lange bist du in deiner Stadt nicht gewesen? In drei Tagen hält meine Nichte Hochzeit, da könnten wir zwei wie vor Jahren mit den Violenbögen um die Wette tanzen.»

Als er die Sehnsucht in ihrem Blick sah, beglückwünschte er sich für seinen Einfall. Bevor sie aber zusagen konnte, kam von der Unterstadt her der struppige Bursche, der sich Lehrling auf der Werft nannte. Wiewohl es dort keinen Meister und folglich auch keinen Lehrling geben konnte. Der Kerl trug ein Bündel unterm Arm und winkte.

«Gott zum Gruß, Frau Meisterin! Vergebt die Verspätung, ich habe beim Schwarzschmied warten müssen.»

«Los jetzt.» Dottie zerrte ihren Gaul an Gilbert vorbei, Tom sprang hinzu und packte das Kopfzeug des Ponys. Mit dem Karren zockelten die beiden los.

«Vergiss nicht, in drei Tagen», rief Gilbert. «Ich hole dich ab.» Dann sah er alles verschwinden, das Wippen des grünen Rocks, das Wippen des braunen Haars, den Burschen, das Pony und den Karren. Mit hängenden Armen stand er da, bis jemand zu ihm trat. Die Base, die seinen Rotschimmel hielt.

«Die hat es nicht nötig, sich zu bedanken», keifte sie. «Lasst Euch davon nicht den Tag vergällen, Master Gilbert.»

Eher vergällt ihn mir ein Sauertopf wie du, dachte Gilbert. «Was hat sie denn auf der Werft zu tun?», fragte er.

«Was die da zu tun hat?» Ein paar talgige Locken ringelten sich aus dem Gebende der Base in die Stirn. «Mit den Kerlen treibt sie's, das weiß die ganze Stadt. Mit Gocelin Deghere hat sie's seit Jahren, mit Tom, der ihr Sohn sein könnte, und womöglich gar mit dem greisen Gerippe, das ihr aus den Fingern frisst. Genügen tut ihr freilich keiner von denen, deshalb rennt sie auf die Werft und macht die Beine für meinen Ronald breit!»

«Ronald!» Gilbert lachte auf.

«Wenn Ihr mir nicht glaubt, fragt Matilda, der hat sie auch den Mann toll gemacht. Matilda sagt: Solche wie Dottie rufen die Seuche, die in Frankreich wütet, auch auf uns.»

Genauso hatte sich das Pack die Mäuler über Helewise zerrissen. ‹Die Ehebrecherin, die Hure, für jeden spreizt die ihre Beine.› Dabei war Helewise mit einer Stärke treu gewesen, die solche lauen Weiber gar nicht kannten. «Jetzt pass auf, Schätzchen», sagte Gilbert und gab dem dürftigen Hintern der Base eins drauf. «Du hockst zu viel in diesem Loch und hast zu wenig zu tun, deshalb schwappt dein Schandmaul wie ein Mühlenbach. Wie würde es dir schmecken, mal hier herauszukommen?»

«Ganz köstlich, Master Gilbert.»

«Bestens, dann erwarte mich Freitag in der Frühe hier am Tor.» Gilbert schwang sich aufs Pferd. «Du brauchst nur dafür zu sorgen, dass deine Base Dottie uns begleitet.»

Dorothy riss an den Zügeln, dass das arme Pony den Kopf aufwarf.

«Seine Haxen machen's nicht schneller», sagte Tom. «Warum geht Ihr nicht voraus, Frau Meisterin?»

Sie tauschten einen Blick. Diesen Tom hatte sie gern, wiewohl er eines Tages am Pfahl enden würde. Er spielte hübsch Viole, hatte sich auf Märkten Handgeld verdient und dabei Lieder wie dieses vorgetragen:

Prinzessin Joan in London
Lauscht einem Minnesänger aus Kastilien,
Der spielt ihr Serenaden von ihrem Bräutigam, dem Prinzen.
Aber die Bettler von Portsmouth
Flöten das Lied der Steuereintreiber,
Und Freund Hunger zupft dazu die Laute.

Anne, seine Mutter, bekam vor Sorge graue Haare, doch insgeheim gefiel den Leuten, was er sang. Er war kein Duckmäuser, sondern ließ sein Lied aussprechen, was ihnen in den Gedärmen rumorte. *Tom, der König der Bohnenesser.* Unter den Segelmacherjungen, die alle ruppig, aber gut geraten waren, war er Dorothys Liebling.

Als sie im Winter Ronald zur Rede gestellt hatte, war er dazugekommen und hatte sich nicht fortschicken lassen. «Ich gehöre zu diesem Haus mehr als zu dem, in dem ich in die Welt gepurzelt bin. Was hier entschieden wird, geht mich an.»

Der Ronald war in eine weinerliche Tirade ausgebrochen. Er habe sich nie etwas gewünscht, als ein bedeutender Schiffbauer zu werden, er habe sein Erbe verworfen, um von Aimery Fletcher zu lernen, und gewiss wäre ihm alles gelungen, hätte er nicht vor Jahren einen einzigen Fehler begangen. Einen lässlichen Fehler, ein wenig Tändeln mit seinem Mädchen, aber weil die Zeiten schlimm waren, endete auch der Fehler schlimm, und sie, Dorothy, hätte ihm nie vergeben. Deshalb sei er ein zweitklassiger Schiffbauer geworden, der sein Talent an Flusskähne vergeudete und nie etwas Großes täte. Dass der Meister zurück sei, wisse er längst, sie aber habe es ihm vorenthalten, weil sie wohl fand, er verdiene keinen Anteil daran.

«Ich gebe dir Gelegenheit, etwas Großes zu tun», hatte Dorothy gesagt. «Kannst du Aufträge herschaffen? Meinethalben Kähne, das ist für den Anfang genug. Kannst du den Meister überzeugen, dass ihr ihn braucht, dass es noch immer Dinge gibt, die keiner tut wie er? Wenn du ihm hilfst, an seine Arbeit zurückzukehren, verzeihe ich dir.»

Derweil Ronald selige Tränen vergoss, mischte Tom sich ein. «Lasst mich auch helfen, Frau Dottie. Ich hab ja keinen Vater mehr, der mich sein Handwerk lehrt, aber mein Oheim hat auf Eurer Werft geschafft, also denk ich mir: Wenn Master Fletcher mich nimmt, warum soll ich nicht Schiffbauer werden? Zwei Hände zum Zupacken hab ich, und dem Meister täte es vielleicht gut, einen Stängel wie mich zurechtzuschnitzen.»

Dorothy hatte erst Gocelin fragen müssen, weil Aimery fürchtete, man würde ihn aus der Gilde werfen. In diesem Fall hätte er keinen Lehrling aufnehmen dürfen.

«Aimery ist verrückt», hatte Gocelin gesagt. «Kein Mensch hat vor, ihn aus irgendetwas zu werfen. Soweit es uns betrifft, ist er ein Mitglied der Gilde und des Rates der Stadt. Wir wären froh, wenn er zurückkäme, um uns noch einmal von der Geißel der Steuern zu befreien und uns die Zollhoheit wieder zu verschaffen.»

«Nimmt ihm die Strafe nicht die Ehre?»

Gocelin hatte den Kopf geschüttelt. «Mir ist keine Meldung über eine entehrende Strafe zugegangen», und Dorothy beschwor ihn stumm: Wenn sie dir zugeht, behalt sie für dich, das schuldest du ihm und mir. Aimery hat genug gelitten. Ein Mann, der so sehr bereut, hat keine weitere Strafe nötig, und wenn man ihn nur schinden will, macht man ihn besser gleich ganz tot. Der Hergang der Tat war ihr einerlei. Sie hätte Masuns Boten danach fragen können, als sie ihn anwies, ihr nicht länger Geld zu bringen, aber sie fragte nichts, sie wollte nur, dass Aimery nicht mehr Leid geschah. Zuweilen wunderte sie sich über das, was aus der gestrengen Dorothy geworden war. Wenn sie ihrem Liebsten zusah, der mit der Hand die Behauaxt schwang und mit dem Stumpf vergeblich versuchte, sich das Haar aus dem Gesicht zu wischen, wünschte sie sich nichts als Gnade.

Sie überließ Tom das Pony und rannte los. Auf diesem letzten Stück Weges überkam sie noch immer Furcht, er könne fort sein. Umarmte er sie, so vermochte er nicht zu verhehlen, wie er sich nach ihr sehnte, aber er gab sich nicht hin, sondern brachte sie in Zorn, indem er sie beschwor, ihn wegzuschicken. Selbst wenn er mich verließe, Richilda und Tom, die ihn brauchen, verließe er nicht, suchte sie sich zu beruhigen. Der Gedanke tat weh, aber half, und dass er wehtat, geschah ihr recht. Weshalb schwatzte sie auch mit Gilbert Berkham und nahm von ihm Geschenke an?

Dem grünen Kleid hatte sie indes nicht widerstehen können, der Vorstellung, sich Aimery darin zu zeigen. Nie hatten ihr Kleider so viel bedeutet wie jetzt, da sie jeden Farthing sparen mussten. Noch warf die Werft wenig ab, und Dorothy wollte, dass Aimery Zeit blieb, sein eigenes Schiff zu bauen. Hielt ihre Liebe ihn nicht, so hielt ihn sein Traum. Sie sah die Mauer der Werft und rannte schneller. Michael, den sie John nannte und der das Gras wachsen hörte, zog das Tor auf, noch ehe sie geklopft hatte.

«Der Meister kocht Pech. Ihr sollt Euch fernhalten, sagt er, die Dämpfe schaden Euch.»

Sie lachte auf. «Deinem Meister werde ich ausrichten, wohin er sich seine Weisung stecken darf.» Dann rannte sie über das Grün, an dem offenen Kahn vorbei, von dem ihr Ronald mit dem Beitel winkte. Hier roch es nach Tang und Teer, nach Holz und Salz. Ein Geruch zum Schwelgen, fand Dorothy, um sich dran zu besaufen.

Der lange Kerl, nach dem sie verrückt war, hockte versunken über seinem Pechfeuer, Gesicht und Kleider geschwärzt, das Haar zerrauft. Sie nahm ihn sich, zerrte ihn zu sich hoch. «Das ist gefährlich, Dorothy.»

«In der Tat, du siehst zum Fürchten aus.» Sie küsste ihm die Augen, die aus dem Rußschwarz funkelten, und hängte ihr Gewicht an seinen Nacken. «Übrigens heißt es: ‹Gott zum Gruß, schönste Dottie›, du ungehobelter Mann.»

«Ich bin kein ungehobelter Mann», empörte er sich. «Ich trage nur keine Eulen nach Athen.»

«Du verschwendest dein Geschwätz. Ich bin ein dummes Weib.»

Er machte sich über sie her. Seine warmen Lippen grüßten jeden Zug ihres Gesichtes. «Guten Morgen, schönste Dorothy», murmelte er zwischen Küssen. «Wenn ich dich anschaue, tut mir von Herzen leid, dass ich ein so erbärmlich schlechter Säusler bin.»

Und von deinem erbärmlich schlechten Säuseln vergehen mir Hören und Sehen, dachte Dorothy. Jetzt und hier möcht ich jeder Frau die Wangen zerkratzen, der du je solchen Funkelblick geschenkt hast.

«Zum Verehrer tauge ich nicht», fuhr er fort. «Sieh mich doch an.»

«Das tue ich.»

Sie tat es. Und er tat es auch. Er war der schwierigste Mann, den sie hätte wählen können, jeder andere hätte ihr längst ihre

Wünsche erfüllt. Es war erschreckend, so verliebt in ihn zu sein, aber zugleich war es das einzig Mögliche. Es war furchtbar und wundervoll. Noch ein, zwei tiefe Küsse: Ich bin der Kuckuck, ich zähle, weil wir sterben müssen, jeden Kuss von dir. Zweifellos war ihr Gesicht längst so schwarz wie seines.

«Warum, Dorothy? Warum willst du mich?»

Was konnte sie ihm sagen? Weil du etwas an dir hast, das nicht zerstört ist. Weil in dir verschlossenem Starrkopf eine Furt ganz offen liegt. Weil du nicht schön bist, aber ich dich schön finde, nicht wie einen Knaben, sondern wie einen Mann. Wenn sie ihn hielt, seinen kantigen, gespannten Körper an ihrem, meinte sie, dass sie es nicht zu wissen brauchte. «Hast du das deine Frau auch gefragt?»

Er zögerte. Senkte den Kopf. «Ja.»

«Und was hat die gesagt?»

«Darf ich jetzt an meine Arbeit gehen?»

«Untersteh dich.»

«Sie hat gesagt: ‹Weil du wahnsinnig bist und ein Geheimnis hast. Ich will dich erobern, ich will, dass du das Geheimnis mit mir teilst.›»

Das war gut gesagt. Zu gut. Unwillkürlich wandte Dorothy sich um und sah nach dem Spantengerüst, dem Skelett eines Schiffes, das er zum Erstaunen der neuen Werftarbeiter erst fertig baute, ehe er an die Verplankung gehen würde. Jede einzelne Spante hatte er mit einer Zahl versehen, damit, wenn er starb, ein anderer sein Schiff nachbauen konnte. Aus demselben Grund hatte er die Pergamente beschriftet, die Symond gefunden und Dorothy aufbewahrt hatte. «Ich wollte etwas über Schiffbau festhalten», hatte er auf ihre Frage erklärt. «In England tun wir das nicht, wir geben Wissen nicht weiter und häufen mithin keines an. Die Bewohner der Mittelmeerküste hingegen verfassen Schriften und studieren die Baukunst ihrer Ahnen von den Wurzeln an.»

«Hast du das auf Reisen gelernt? Bist du viel gereist?»

«Ja. Viel.»

«Und deine Frau?»

«Hat mich dafür gehasst.»

Er wandte sich ebenfalls um, stand neben ihr und sah auf das Schiff. Sie war süchtig danach, ihm gegenüberzustehen, aber wenn sie nebeneinanderstanden, sein Arm um ihre Schultern und der ihre um seine Mitte, kehrte in ihr Frieden ein. Er hatte sein Geheimnis mit ihr geteilt. Als sie ihn gefragt hatte, ob sie ihm die Pergamente bringen solle, hatte er gesagt: «Behalte sie. Wo wären sie besser aufgehoben als bei dir?»

Geschrei wurde laut. Wie ein Geschöpf auf vier Beinen drehten Dorothy und Aimery sich um. Die Werftarbeiter, die Segelmacherbuben und die kleine Schar Zimmerer von Ronalds Kahn begannen ein Tauziehen. Ein verlockender Anblick, ein knappes Dutzend gutgewachsener Burschen, die ihre Hemden abwarfen und sich unter Johlen und Ächzen ins Seil legten. Tom schwollen die Muskeln auf den Armen, als wollten sie platzen.

Dorothy versetzte Aimerys Hüfte einen Klaps. «Ich will dich. Vergiss das nicht.»

Grob riss er sie zu sich. «Vergiss es endlich. Glaubst du, von allen Männern auf der Welt eigne ich mich zum Ehebrecher? Dass ich dich anrühre, übersteigt schon jedes Maß.»

«Dann sprich mit Vater Stephen. Lass meine Ehe lösen. Symond kann mich verstoßen, weil wir seit Jahren das Lager nicht teilen, und dass ein Schwiegervater für eine Verstoßene sorgt, ist so unüblich nicht.»

«Ich bin nicht dein Schwiegervater.»

«Nein, du bist mein Geliebter, der sich weigert, mich zu lieben.»

Seine Lider zuckten. «Ich weigere mich, noch ein geliebtes Geschöpf zu zerbrechen. Du hast mich gefragt, was das für eine

Narbe in meiner Fratze ist, jetzt sage ich es dir: Es ist mein Kainsmal. Der Mann, den meine Frau liebte, hat es mir geschlagen. Jeder Frau zur Warnung. Warum bist du nicht gewarnt? Ich habe dir nichts zu bieten, nur einen verstümmelten Leib, einen Kopf voll Kraut, das sich nicht rupfen lässt, und Vernachlässigung und Gewalt. Soll ich dir ein Leid tun, Dorothy? Ich würde mir nie vergeben.»

Sie hielt ihm den Mund zu. Ihre Augen waren blind. «Du vergibst dir doch ohnehin nicht. Deine Hand ist nicht genug. Du gibst keine Ruhe, bis dich endlich einer nach Cattecleffe schleift und dir den Rücken zudreht, während du ersäufst. Aber ich werde das nicht tun, Aimery. Und nein, was immer du redest, ich habe vor dir keine Angst. Ich gehe jetzt und bleibe eine Zeitlang weg, auf dass du dich besinnst. Von meiner Mutter habe ich gelernt, an morgen zu denken und keinen Tropfen Fett, kein Stück Stoff zu vergeuden. Du aber vergeudest unsere Tage, und dafür bin ich dir böse.»

«Kann ich dann an mein Pech?»

«Musst du?»

«Es verdirbt sonst. Und ich habe Ronald gesagt, wir kalfatern heute.»

«Ich meinte: Musst du das selbst tun? Der Pechtopf könnte dir entgleiten, und der Kalfaterhammer ist so schwer für eine Hand.»

«Ich habe es immer selbst getan», sagte er. «Kann ich es nicht mehr, hat das hier, zu dem du mich gedrängt hast, keinen Sinn.»

«Wie du willst, Aimery. Wenn es dir gefällt, dich wie ein trotziger Bengel zu betragen, dann tu's. Nur sehe ich dir nicht dabei zu, denn von solchen halbgaren Bengeln hatte ich meinen reichlichen Teil.»

Sie gab ihm einen Stoß und ließ ihn stehen. Hernach putzte

sie zwei Tage lang ihr Haus, wusch alles Leinenzeug, bis die Haut auf ihren Fingern wellig war, braute Ale, schlachtete, wiewohl sie sparen wollte, und rührte die Nachtstunden über im Blutpudding. All das tat sie, um nicht zu Aimery zu laufen, um ihn schmoren zu lassen in dem, was sie gesagt hatte. Am dritten Tag ging sie mit Gilbert Berkham nach Southampton, trank zu viel und tanzte sich Zorn und Enttäuschung aus dem Leib.

Weitgereiste Männer erzählten, der Hafen von Southampton könne mit keinem Hafen des Südens mithalten. Der Himmel sei blauer an den warmen Meeren, die Sonne gleißender, das Treiben lauter und weinseliger, die Diebe geschickter und das Fleisch der Weiber wie Pfirsichfleisch. In Southampton ging es dagegen beflissen zu. Den hungrigen Geiergesichtern war anzusehen, dass sie nach Geschäften, nicht nach Zerstreuung Ausschau hielten. Es roch nach Fisch und Teer, nicht nach Gewürzen, Ölen und Essenzen aus aller Herren Länder, und die Schiffe, die einliefen, waren zweckmäßig gebaut, nicht schillernd bemalt wie die Weinbarken der Venezianer. Dennoch oder ebendeshalb war Gilbert gern hier. Gelegenheiten schwangen in der Luft und ließen sie trotz des Regens flimmern. Er mochte die Spannung, das Gespür für den rechten Augenblick. Außerdem fühlte er sich, sosehr er sie zugleich fürchtete, von Schiffen angezogen.

Seine Werft betrieb er noch immer, aber er hatte einen Aufseher eingestellt und begab sich nur selten auf das Gelände. Es tat weh. Warum einen Hehl daraus machen? Vielleicht hätte ein großer Schiffbaumeister aus ihm werden können, wenn sein Vater die Mühe auf ihn verwandt hätte, statt sie in einen Fremden zu stecken. Gilbert sah auf Edward, der linkisch mit den eigenen Füßen spielte. Hätte er einen gelehrigen Sohn wie sich selbst gehabt, er hätte ihn gefördert und geschätzt. Von diesem hier war nicht viel zu erwarten, und von dem neuen Kind, das die Betta um Erntedank in die Welt stoßen würde, noch weniger. Was aber, wenn der Herrgott seinen Bund mit Dottie mit einem Sohn segnete? Der Gedanke war pure Seligkeit. Mit all den Schlägen, die das Leben ihm versetzt hatte, wäre er dadurch ausgesöhnt.

«Komm endlich weiter.» Der Junge hatte die unsägliche Langsamkeit seiner Mutter geerbt. Das Schiff, das seinen Namen trug, war bereits eingelaufen und hatte festgemacht. Es war flachbödig genug, um an die Mole heranzufahren, sodass über Planken und den neuen Drehkran entladen werden konnte. Der Kran hatte es Edward angetan. Zwar brachte der maulfaule Bursche kein Wort heraus, aber er konnte den Blick nicht lösen, und sein Gesicht sah aus, als leuchteten die dicken Wangen auf. Die Stadt Southampton hatte den Kran soeben erworben. Ein Zeichen dafür, dass der Hafen trotz schlechten Wetters und karger Ernten blühte. Alles Gerede von Niedergang, von übers Meer segelnden Gottesstrafen, gehörte in die Küchen alter Weiber.

Gilbert und sein Sohn waren nicht die Einzigen, die die Mole hinauf dem Schiff entgegenstrebten. Händler mit vor Gier spitzen Nasen eilten, um die Waren als Erste zu begutachten, und die übliche Schar zerlumpter Kinder würde sich um das, was abfiel, balgen.

«Können wir bleiben, Vater?» In Edwards Stimme klebte Sehnsucht, dick wie Brotaufstrich. «Beim Entladen zusehen?»

«Ich habe keine Zeit», verwies ihn Gilbert. Er wollte nur rasch seinen Handelsvertreter, einen gewitzten Mann namens Paulet, sprechen, den unvermeidlichen Becher mit seinem Schiffsmaster Hetfend kippen, dann von Wein und Spezereien ein Päckchen schnüren und nach Portsmouth reiten. «Aber du bleib meinethalben, wenn du Master Hetfend nicht zur Last fällst.» Viel fehlte nicht, und der Junge hätte vor Freude gesabbert.

Warum tat sich nichts, warum wurde keine Planke ausgeworfen? Gilbert trat von einem Fuß auf den andern. Das Meer kräuselte sich, wie um den leichten Regen abzuschütteln, der es mit Stichen piesackte. Es machte ihn unruhig, das Meer; es war eine dieser Unergründlichkeiten, die ihn sein Leben lang an sich abprallen ließen. Wie der Rumpf eines Schiffes. Wie das Innerste einer Frau. Er wollte, dass diese Warterei ein Ende nahm und er zu seiner Liebsten aufbrechen konnte. So fahrig war sie der Tage gewesen, so erschöpft. Die Zeit war reif. Wenn die Betta entbunden hatte, würde er sie ihrer Wege schicken und Dottie sagen, was er nur ein Mal in seinem Leben gesagt hatte: ‹Es ist mir ernst. Deine Jahre des Darbens sind vorüber.›

Endlich, die Ladeluke öffnete sich, und das lange Brett wurde Stück um Stück bis hinüber an den Rand der Mole geschoben. Die Überquerung, zumal bei Wellengang, war eine wackelige Angelegenheit, bei der manch einer ins Wasser stürzte und herausgefischt werden musste. Aus diesem Grund ließ Gilbert Kaufinteressierte seine Ladung an Bord besichtigen und das Erworbene in eigener Verantwortung an Land schaffen. Umgehend würde er Paulet entsprechende Anweisung geben.

Aber wo blieb Paulet? Der jetzt aus der Luke auftauchte, war ganz gewiss nicht der hochgewachsene Londoner, sondern ein kleinerer, vierschrötiger Mann. Hetfend. Und was tat der? War um die Mittagsstunde besoffen und torkelte! Mit ihm schwankte das dünne Brett, er reckte die Arme gen Himmel und heulte: «Mutter, Mutter!» Dann plumpste er ins Wasser, das bis auf die Mole schwappte.

War jemand zur Stelle, um zuzupacken? Gilbert fluchte sich selbst, weil er dem Betteln des Mannes nachgegeben und ihm sein Schiff anvertraut hatte. Seit den Frankreichfeldzügen ging Gerede, Hetfend sei ein Witz von einem Seemann, und kein Mensch wollte ihm Arbeit geben. Gilbert hatte ihn genommen, weil er dem Simpel etwas schuldete. Der hatte ihm, wiewohl unter Würgen und Saufen, die köstlichste Geschichte erzählt: ‹Von den zwei Säuen hab ich einen drangekriegt, der legt an keinen Kerl mehr Hand.›

Dennoch war es unverzeihlicher Leichtsinn, dem Trunkenbold die Kogge zu geben. Hetfend tauchte aus dem Wasser nicht auf, mehrere Helfer bohrten mit Stangen, aber nichts kam zum Vorschein. Wie üblich hatten Hafenarbeiter weitere Planken verlegt, die nicht bis zum Schiffsleib ragten, von wendigen Seeleuten aber über Stricke erreicht werden konnten. Ein solcher Strick erschien jetzt über der Bordwand. Ein Mann hing daran, der jedoch nicht behände in die Tiefe rutschte, sondern sich an das schwingende Seil klammerte und mit ihm zu zittern schien. Gilbert schirmte die Hand, obwohl keine Sonne blendete.

«He, Kerl», brüllte er. «Willst du da oben nächtigen?»

Der Hängende reckte den Kopf und spie ins Wasser. Nicht grün wie Erbrochenes von Seekranken, sondern schwärzlich rot. Gaffer kreischten. Der Mann verlor das Seil und klatschte ins Wasser. Gilbert hielt nichts mehr. Er stieß das Volk, das blökend zusammenlief, beiseite und kämpfte sich zur Planke vor. Kaum hatte er die betreten, tauchte ein Kopf aus der Luke auf. Aber war das ein Menschenkopf? Das Gesicht war von Schwären entstellt, als leide der Mann an der bösesten Form der Pocken. Gehen konnte er nicht, er kam aus der Öffnung gekrochen wie ein Vieh. Aus dem Mund troff Blut, begleitet von bellenden Lauten. Zwei, drei Fuß weit schleppte sich der Entmenschte. Dann brachte er das Brett zum Kippen und hätte um ein Haar Gilbert mit sich in die Tiefe gerissen. Der setzte zurück auf die Mole. Im Fall erkannte er den Mann. Es war sein Handelsvertreter Paulet oder das, was von ihm übrig war.

Über die wippende blutnasse Planke stürmte er auf sein Schiff. Das Deck wirkte beklemmend still, wiewohl zahlreiche

Geräusche sich mischten. Regen klopfte, Wasser platschte, und das Segel, das kein Mensch einholte, knatterte an seiner Rah. Dazu ächzten die Planken, als würden Fässer mit Ladung darübergerollt. Aber das, was rollte, waren keine Fässer, sondern zwei Leiber, die in einer Lache aus Wasser und Blut vor und zurück geschwemmt wurden. Eine verendete Ratte wurde mitgeschwemmt. Ohne nachzudenken, fiel Gilbert auf die Knie. *Nicht anfassen,* brandete eine Warnung in ihm auf, und die gestreckte Hand erstarrte vor den Leichen. In Träumen von der toten Helewise hatte Gilbert Bilder des Grauens gesehen, aber nichts, was diesem im Entferntesten glich.

Die Haut der Toten, die zerfetzte Kleidung bloß ließ, war von vereiterten Wunden übersät. Schlimmer als Pocken, schlimmer als Aussatz. Am Leib verfaultes Fleisch. Dass Leichen stanken, war nichts Neues, aber der Gestank, der diesen beiden entströmte, war der Gestank der Hölle. Schwefel. Verderben. Aus der Halsbeuge des vorderen quoll eine zum Bersten pralle, dunkelverfärbte Beule, eine Teufelsfaust.

Gilbert hob die Arme vors Gesicht, als schlage eine Welle von Schwärze über seinem Schiff zusammen. Hinter sich hörte er den Satan kichern. Er rappelte sich auf, drehte sich um, floh drei, vier Schritte vor den Toten. Der Teufel war der Steuermann. Er stand ans Steuer gefesselt, bis zur Mitte entkleidet, die Brust gefleckt von aufgebrochenen Schwären. Hatten Piraten das Schiff überfallen? Ein Wahnwitz von Hoffnung flammte in Gilbert auf und erlosch sogleich. Der Steuermann bebte im Fieber. Mit den Nägeln grub er im verfaulten Fleisch an seinem Arm.

Jemand packte Gilbert von hinten und hielt ihn an den Armen fest. Als es ihm gelang, den Kopf zu wenden, erkannte er das grünabgesetzte Wams eines Hafenaufsehers. «Ihr müsst hier runter, Master.» Offenbar kämpfte der Mann mit demselben Würgen, das auch ihm den Atem nahm. Er zog ihn. Gilbert taumelte, vorbei an einem weiteren entstellten Mann, der hustete, gurgelnd Blut spuckte und eine Faust gen Himmel schwang, wie um Gott zu drohen.

Der Aufseher half ihm aus der Luke und ging ihm die Planke entlang voran. Mit Müh und Not, einen Fuß durchs Wasser schleifend, erreichte er die Mauer. Zwei Wachen flankierten seinen Sohn, derweil andere mit Stöcken das jammernde Volk von der Mole trieben. Unter ihnen glaubte Gilbert den Bürgermeister von Portsmouth auszumachen, Walter Degheres Sohn, der an den Töpfen seiner Dottie schmarotzte.

«Euer Schiff wird versiegelt», rief der Aufseher und bohrte ihm die Finger in den Arm.

«Was bedeutet das?» Gilbert sah an der Haltetrosse seines Schiffes hinauf, an der eine schwarze Ratte der Mole entgegenkletterte. Edward flennte.

«Dass keiner das Schiff verlassen darf. Nach Einbruch der Dunkelheit lassen wir es aus dem Becken schleppen. Ihr seid angewiesen, zu niemandem ein Wort zu sprechen. Um Eurer selbst willen, Herr. Wenn laut wird, dass es ist, was wir fürchten, sperrt man uns den Hafen.»

«Was ist es denn?», schrie Gilbert. «Was fürchtet Ihr?»

«Die Krankheit», erwiderte der Mann, ließ ihn los und rieb sich wie beim Waschen die Hände. «Die Gottesgeißel. Da, wo sie herkommt, in irgendeinem Genueser Handelshafen auf der Krim, heißt man sie die große Sterblichkeit.»

Aimery hatte schon einmal so im Innern eines Schiffsleibs auf Knien gelegen, hatte schwer atmend innegehalten und die glatte Fläche der Schiffshaut gestreichelt. Damals hatte er noch seine beiden Hände gehabt, geschickte Hände, die mit Dechsel und Stechbeitel wie mit verlängerten Fingern umgingen und fähig waren, jede Unebenheit abzuschleifen, jede Furche zu glätten. Heute brauchte er eine kleine quälende Ewigkeit, um eine Scharte auszuwetzen, und arbeitete sich rasch in Schweiß, wiewohl der Tag verhangen und für Juni kühl war. Mehrmals hatten John und Ronald angeboten, ihm zu helfen, und früher oder später würde er ihre Hilfe in Anspruch nehmen.

Sooft der Arm ihn zu sehr schmerzte, musste er innehalten. Sein Blick streifte das verstümmelte Glied, das er inzwischen zum Stoßen, Stützen und Schieben gut gebrauchen konnte. Er hatte täglich geübt, sich über seinem Hauklotz an allen Werkzeugen versucht. «Ihr schindet Euch so verbissen», hatte John gesagt, «als wüchse Euch dadurch eine neue Hand.»

Vielleicht hatte er das getan. Und vielleicht hatte es den Unfall vor zwei Tagen gebraucht, um ihm einzubrennen, dass dergleichen nicht geschehen würde. Dieses Schiff war noch nicht einmal zu einem Drittel fertig. Er würde die Arbeit immer wieder unterbrechen müssen, wenn Aufträge es erforderten oder Geld für Material fehlte. Aber es würde das Schiff sein, das er in Gedanken beschworen hatte, sooft er glaubte, Schmerz und Kränkung, Furcht und Schuld nicht länger auszuhalten. Das Schiff, das sein Vater sein ‹Hirngespinst› genannt hatte und Helewise seine ‹Hure aus Holz›. Dorothy sagte *dein Schiff.* Sonst nichts. Das Spantenwerk war vollständig errichtet, Kiel und Boden trugen, und der Ansatz der Wände schloss sich bündig an. *Mein Schiff.* Ein wendiger Zweimaster ohne eine einzige geklinkerte Planke. Was zählte letzten Endes, ob er dabei Hilfe nötig hatte? Auf nichts als das Ergebnis kam es an, auf ein Schiff, das etwas von ihnen allen, etwas von Portsmouth am Solent, von dieser in die nächste Zeit trug.

Ganz flach hielt Aimery die Hand und hörte dem Pochen leichten Regens zu, als lausche er dem Herzschlag der Karacke.

Vor Wochen hatte er etwas Ähnliches verspürt, wenn auch zerbrechlicher und kaum zu fassen. Jetzt fiel ihm ein, er hätte es Glück nennen sollen.

Es war vorbeigegangen. Er war wieder allein.

Flinker Hufschlag kündigte John an. Seit sie die Ponys besaßen, den Schecken für den Wagen und den Rappen für den Sattel, hatte der Blinde Lust am Reiten gefunden. So wie Aimery, der seit dem Feuertod seines Falben nicht mehr geritten war, aber feststellte, dass er es dank kräftiger Schenkel noch immer gut konnte. Auf die Anschaffung der Ponys hatte Dorothy bestanden. Wenn sie die Werft hochbringen wollten, hatte sie entschieden, kämen sie ohne Pferde nicht aus.

John rief ihn. Aimery war schon über die Bordwand gesprungen. Behutsam, sodass der Blinde seine Hand kaum spürte, löste er ihm den Riemen um die Leibesmitte, mit dem er zu seinem Schutz an den Sattel geschnallt war. John stützte sich auf ihn und stieg ab. Wärme durchfuhr Aimery. Ich liebe diesen Mann wie meinen Bruder, stellte er fest und wunderte sich, da er weder Bruder noch Schwester je besessen hatte, sondern allein mit dem Hass des Vaters aufgewachsen war.

«Nehmt beide Töpfe vom Sattel», bat ihn John.

«Was ist in dem zweiten?»

«Schichtkäse. Ich habe der Meisterin gesagt, wir hatten einen Verbrennungsunfall.»

«Aber nein.»

«Aber doch. Vielleicht hätte sie nicht übel Lust, Euch gebührlich das Fell zu gerben, aber fehlen ließe sie es Euch an nichts. Wein und Milch schickt sie auch. Fügt Euch drein, Herr.»

«John», sagte Aimery, während er den Topf mit dem Mahl, das Dorothy für sie beide gekocht hatte, aus Leintüchern wickelte, «nennt mich nicht Herr. Wie lange sind wir zwei Krüppel schon beisammen? Ich bin Aimery.»

Der Blinde hielt die leeren Augen auf sein Gesicht gerichtet und nahm seine Hand. «Ich bin Michael.» Ehe Aimery etwas einwerfen konnte, wies er in Richtung des am Boden abgestellten Tontopfs. «Was denkt Ihr von diesem Duft?»

Aimery hockte sich neben dem grasenden Pferd auf dem Boden nieder, und der Blinde tat es ihm gleich. Das Bukett, das der goldenen Kruste entstieg, gehörte unverkennbar einer Fischpastete.

«Heute ist nicht Freitag, oder?»

Der Blinde lächelte. «Ich bin recht sicher, die Meisterin wollte nicht dem Priester, sondern Euch eine Freude bereiten.»

Das Gefühl der Scham, das Aimery in die Wangen kroch, das sein Gesicht heiß und seinen Herzschlag dumpf machte, war sein ständiger Begleiter. Einmal würde er es nicht länger ertragen und fliehen. Fort von seinem Schiff. Von Portsmouth. Von allem. John, wollte er sagen, aber sagte wie selbstverständlich: «Michael. Ich würde gern weiterarbeiten. Ich habe keinen Hunger.»

«Das dachte ich mir», erwiderte der Blinde. «Ich habe der Meisterin nicht verraten, mit welcher Missachtung Ihr all das Gute bedenkt, das sie Euch zukommen lässt.»

«Warum tut sie das?», begehrte er auf. «Ich …»

Der Blinde winkte ab. «Ihr schämt Euch. Ich weiß. Dass ein feiner Mensch einem üblen einen Liebesdienst erweist, ist hart zu begreifen und noch härter anzunehmen. Ich kenne diese Marter nur zu gut.»

«Wie solltet Ihr die kennen?»

«Da Ihr selbst entschieden habt, nicht länger mein Herr zu sein, erlaube ich mir, Euch zu tadeln: So etwas zu einem andern zu sagen, ist anmaßend. Als ich hierherkam, hatte ich bloße Füße und sonst nichts. Erinnert Ihr Euch? ‹Wie ist Euer Name?›, habt Ihr mich gefragt. Ich gab zur Antwort, was mir einfiel: ‹John›, und fortan habt Ihr mich John genannt, und als Nächstes habt Ihr zu mir gesagt: ‹Wenn Ihr meine Winde treten wollt, braucht Ihr Schuhe.› Von da an habe ich Tag um Tag Eure Wohltaten annehmen müssen. Ich habe mich geschämt. Ich habe mich gewunden. Letzten Endes habe ich es gelernt.»

«Aber Ihr seid doch kein übler Mensch», entfuhr es Aimery.

«Und Ihr seid das Feinste, das mir unter Menschen begegnet ist.»

Die Zärtlichkeit der Worte tat weh wie kurze Schläge, die leichter und leichter wurden und schließlich verebbten. «Michael.»

Der Blinde schüttelte den Kopf. «Ich weiß, was Ihr sagen wollt. Ihr habt es mir mehr als ein Mal gesagt. Könnten mehr Leute lesen, so solltet Ihr ein Schild mit der Aufschrift um den Hals tragen: ‹Ich bin Aimery Fletcher, ich habe meine Frau getötet.› Lasst aber Platz auf dem Schild, damit Ihr beständig etwas dazuschreiben könnt: ‹Ich habe meine Stadt Portsmouth in Brand gesteckt. Ich habe meine Tochter ums Leben gebracht. Ich habe ganz Calais und alle Witwen und Waisen Frankreichs entleibt.› Noch mehr? Wenn der Wind vom Süden uns diese geheimnisumwitterte Seuche herbläst, tragt Ihr dann auch daran Schuld?»

Aimery sprang auf. «Von Schuld versteht Ihr nichts! Auch von Anmaßung nicht. Anmaßend ist ein Jungspund, der schwört: Ich kann mit meinen Händen nichts Böses tun. Und dann verpfuscht er mit einem Handstreich einem anderen sein Leben. Das lässt sich nicht auswaschen. Das Leben des Täters bleibt mit verpfuscht, und das ist rechtens so.»

«Setzt Euch wieder hin», sagte der Blinde. «Ich will Euch erzählen, was ich von Schuld verstehe. Zudem reicht mir Euren Arm, ich habe der Meisterin gelobt, ihn zu verbinden und Euch dabei so wenig als möglich wehzutun.»

Aimerys Widerstand wankte. Er setzte sich nieder. John nahm seinen Unterarm, legte ihn sich über die Knie und entblößte ihn.

Seine Hand langte in den Topf, förderte einen Batzen weißen Käse zutage und verstrich ihn mit kreisenden Fingern auf der geschwollenen, von Blasen gemaserten Haut. Bündel von Nadelstichen jagten Stöße hinauf zu seinem Herzen. Aimery grub die Zähne in die Lippen.

«Habt Ihr je bemerkt, dass Pferde, denen man Schmerz zufügt, nicht schreien können?», fragte der Blinde. «Nur um es Euch wissen zu lassen: Soweit es mich betrifft, seid Ihr ein Mensch, kein Pferd, und es täte meiner Achtung für Euch keinen Abbruch, wenn Ihr schriet.»

Aimery musste lachen. Was sich seiner Kehle entrang, als er die Lippen freigab, glich einer Mischung aus Bellen und Stöhnen. Der andere fuhr fort, Dorothys Schichtkäse auf seiner verbrannten Haut zu verreiben. Der Schmerz klang ab. Kühlend und lindernd lag die Masse auf den Wunden.

«Ich bin Michael, der Schmiedelehrling», begann John. «Nicht aus Winchester, wie ich Euch sagte, sondern aus Southampton. An meiner Geschichte ist nichts Hehres und nichts, das man nicht vielmals gehört hätte. Mein Vater, ein Kleinhändler, einer von Tausenden, die in den Hungerjahren alles verloren, borgte Pennys zusammen, um mich zum Schwarzschmied zu geben. Ihr habt mich oft für meine Fingerfertigkeit gelobt, aber damals taugten meine Finger mir für anderes. Soweit ich mich erinnere, hatte ich nichts im Kopf und alles zwischen den Beinen. Dagegen helfen sollen Beten, Beichten und Büßen, dazu viel Arbeit und kaltes Wasser. Ich hingegen dachte: Dagegen hilft eine Frau.

Eine kaufen konnte ich mir nicht, denn dazu fehlte die Münze. Eine verführen konnte ich erst recht nicht, denn der Schmied hat die Hände am Höllenfeuer, den meidet man, es sei denn, er ist der Meister und hat Geld. Aber Kerle sind stärker als Weiber, und Kerle dreschen und stoßen Weiber überall herum, es konnte so schwierig nicht sein. Eines Tages kam das Weib des

Lohgerbers in die Schmiede, um einen Gaul beschlagen zu lassen. Ich weiß nicht mehr, ob sie hübsch oder ein Scheusal war, ob ihr Haar blond und ihre Stirne hoch war, nur dass ich ihr auf den Hintern glotzte und beschloss: Die nehme ich mir.

Es half. Aber nur auf drei Tage. Das arme Weib hatte nicht den Schneid, ihrem Mann zu gestehen, dass man sich an ihr vergangen hatte, und als sie das nächste Mal kam, nahm ich sie wieder. Ich begann, ihr nachzustellen und sie in allen möglichen Verstecken zu nehmen. Irgendwann schwoll ihr der Bauch, sie heulte, und dann erwischte uns der Meister, und alles kam heraus. Ich wurde als Schänder verurteilt. Zu Entmannung und Blendung. Dass aber ein Schänder ihr Gewalt getan hatte, bewahrte die Schwangere nicht vor Strafe. Ihr Mann bestand darauf, dass ihr der Strohkranz aufgesetzt und sie quer durch die Stadt und ins Wilde hinausgepeitscht wurde. Jemand erzählte mir, sie sei an den Wunden vom Peitschen verblutet, allerdings weiß ich nicht, ob das der Wahrheit entspricht.

Ich verblutete nicht. Mein Henker schonte mich. ‹Bist ja keiner von den Widernatürlichen›, sagte er, ‹und was kann ein jungscher Kerl schon tun, dem solche Metze den Hintern vor die Nase schwingt.› Er versetzte mir zwar einen Axthieb, aber warf das Gemächt eines Ebers ins Feuer. Hernach wurde ich geblendet. Mein Vater wollte mich nicht mehr kennen, doch dieser Stadtknecht verband und flickte mich, bis ich auf meinen Beinen stehen konnte. Dann musste ich die Stadt verlassen, als Gezeichneter, dem jeder ansah, was er getan hatte, der selbst aber nichts sah, keinen Weg, kein Gesicht, kein Ziel.

Warum ich ums Weiterleben kämpfte, mich vorwärtstastete, mein Brot erbettelte, ich, der ich am verpfuschten Leben dieses Weibes schuldig war, weiß ich nicht. Nach langer Zeit kam ich durch eine Furt in eine Stadt, die nach Salz und Seegras und ingwerrot nach Sanddorn roch. Weil der halb bläuliche, halb rote Geruch mir wohltat, wollte ich ein paar Tage bleiben und suchte auf einer Werft um Arbeit nach. Der Meister dort, ein Menschenwesen, das sich leiser bewegte als ein Waldtier, war der Erste, der mir nach meiner Schande die Hand gab. Er fragte mich nicht nach meiner Tat, die ich mir täglich vorhielt, sondern nach meinem Namen, den ich fast vergessen hatte. So wurde ich John, der ich gern war und gern geblieben wäre. John, der nichts von Schuld verstand.»

Der Blinde strich überschüssigen Käse von Aimerys Arm, schlang ein Leintuch darum und schob ihn sachte von seinen Knien. «Ich bin Michael. Der Frauenschänder.»

«Wie hat sie geheißen?», fragte Aimery.

«Wer?»

«Die Frau des Lohgerbers.»

«Ellen.»

«Danke.»

«Das ist alles, was Ihr zu mir sagt? Danke?»

«Was soll ich denn sonst tun? Richten? Von allen Leuten ich, der Totschläger über den Schänder? Das Mädchen Ellen tut mir leid. Aber mein Freund John tut mir nicht weniger leid. Und ich glaube, Michael tut mir auch leid, wiewohl ich ihn damals zu Gelump geschlagen hätte. Wie alt war er?»

«Neunzehn.»

«Vergebt ihm. Ellen kann es nicht mehr.»

«Das habe ich», erwiderte Michael. «Allerdings bin ich nicht recht sicher, ob ihr wisst, was Ihr mit diesem Wort meint. Wie alt wart Ihr, als Ihr Eure Frau totschlugt?»

«Dreiundzwanzig.»

«Ihr tut mir leid», sagte Michael.

«Ihr habt meine Frau nicht gekannt.» Wieder sprang Aimery auf. «Sie war nicht das durchtriebene Untier, das Verleumdung aus ihr machen will, sondern ein Geschöpf, dem das Herz ganz dicht unter der Haut schlug, das geliebt und gehalten werden wollte und an einen kalten Fisch gefesselt war.»

«So wie die Frau Meisterin», versetzte Michael reglos, «die ihrem kalten Fisch Pasteten schickt, um ihm von fern die Schultern zu klopfen und die Wangen zu streichen.»

«Das will ich nicht.»

«Wirklich nicht?»

«Doch», sagte Aimery, der von den Schenkeln bis hinauf in die Kehle spürte, wie sehr er es wollte, der die Fäuste ballen musste und nur eine Faust fand. «Ich male mir aus, wie ich Dorothy einen prächtigen Mann mit zwei Händen, stattlichem Auskommen und blütenreinem Herzen suche. Und an anderen Tagen male ich mir aus, wie nahe es dem Himmel kommen muss, dieser Mann zu sein. Sehnt Ihr Euch nie, Michael?»

«Jeden Tag.»

«Ihr seid stark. Ich möchte mir an Euch ein Beispiel nehmen.»

«Aber ich bestrafe keinen andern mit», gab der Sitzende zurück. «Um mich weint keine Frau und quält sich mit Zweifeln, um mich liegt keine schlaflos und beschuldigt sich selbst.»

Jedes Wort traf. Scharf wie Ohrfeigen, dass ihm der Kopf flog und Gedanken splitterten. «Das kann sie nicht tun, Schuld hat keiner als ich.»

Michael erhob sich ebenfalls. Er hatte Aimery nie ungefragt berührt. Jetzt klopfte er ihm den Rücken mit erstaunlich weicher Hand. «Ellen kann mir nicht vergeben, und Euer Weib kann Euch nicht vergeben, aber die Meisterin kann es, und Ihr seid Manns genug, sie zu bitten. Nehmt Geld mit. Kauft ihr einen Becher Wein. Auf den Weg mit Euch.»

«Durch die Stadt?»

Michael lachte. «Durch eine Rutengasse, wenn nötig. Durch Feuer.»

Aimery drehte sich langsam um und setzte einen schweren Schritt. Im nächsten Augenblick begann das Blei in seinen Gliedern zu schmelzen. Er hätte laufen wollen, ergriff das Pony beim Kopfzeug und schwang sich mit nichts als dem Stumpf zur Stütze in den Sattel. Es regnete nicht mehr. Die Luft schmeckte salzig und gewaschen. «Wenn Tom und Ronald kommen, sagt ihnen, sie sollen anfangen, Planken zu verjüngen. Und wenn ...»

«Haltet ein», rief Michael. «Euer Testament braucht Ihr nicht zu machen, sie reißt Euch den Kopf nicht vom Hals.»

«Seid Ihr sicher?» Derweil er lachte, stellte er fest, dass ihm das Herz schlug und er nichts daran zum Lachen fand.

«Sosehr Ihr sie bettelt, mehr als einen Nasenstüber schwatzt Ihr der Ärmsten nicht ab.» Der Blinde, den er zwanzig Jahre lang zu kennen geglaubt hatte und den er jetzt kannte, nahm das Bündel mit Werkzeug auf und wandte sich nach dem Schiffsrumpf. Aimery wollte eben die Schenkel um den Pferdeleib schließen, da rief ihm Michael hinterdrein: «Eines noch. Eine Kleinigkeit, die Euch in Eurem Wahn von Schuld entfallen zu sein scheint, damit Ihr auf dem Weg etwas zu denken habt.»

«Und was ist das?»

«Eure Frau wurde gar nicht totgeschlagen. Sie wurde erdrosselt.»

Francis hatte eine furchtbare Nacht verbracht. Der quälende, bellende Husten erlaubte ihm nicht, einen Tropfen Wasser zu schlucken, und zerwühlte ihm die Brust. Er keuchte vor Schmerzen, dass man um Erlösung für ihn hätte beten müssen. Dorothy aber betete: Bitte lass ihn nicht sterben, Gott, lass meinen Francis, mein Pfand, noch nicht sterben. Früher war es ihm in der trockenen Jahreszeit besser ergangen, doch eine trockene

Jahreszeit schien es nicht mehr zu geben. Dorothy hielt seinen Kopf im Schoß, befeuchtete ihm die Lippen und rieb eisigen Schweiß von seiner Stirn.

«Meine Gute», ächzte er, zerfetzt von Husten. «Wo ist mein Sohn Aimery?»

«In Sicherheit», antwortete sie. «Bald hier.»

Ehe der Morgen graute, verließ ihn die Kraft, er wurde schlaff in ihren Armen, und sein rasselnder Atem verlangsamte sich. Verlass mich nicht, flehte Dorothy und hielt den Alten fest wie einen Liebsten. Als er endlich in den Schlaf fand und wieder tiefer Luft holte, entdeckte sie, dass ihre Wangen nass von Tränen waren.

Sie küsste ihm die Stirn und wickelte ihn in seine Decke, dann schleppte sie sich zum Melken in den Stall. Die Wärme dampfenden Kuhfells, der vertraute Geruch von Heu und Dung, das leise Schwanken des Tierleibs, all das verschaffte ihr ein wenig Ruhe. Sie umfasste die Zitzen an der Wurzel, schloss die Finger zum Ring und presste die schwere, rahmgelbe Milch aus dem Euter. Sie würde Francis einen Becher voll bringen, die noch körperwarme Milch enthielt Lebenskräfte. Und mehr Schichtkäse würde sie schöpfen. John käme später welchen holen.

Ihr Tag zog sich müde und traurig in die Länge. Sie hatte Dorsch gekauft und buk aus dem schneeweißen Fleisch Pastete. Den Rogen trug sie in den Hof, um ihn zu salzen und über Buchenholz zu räuchern. Als John kam, ließ sie ihn an dem würzigen Buchenfeuer riechen.

«Den geräucherten Rogen gebe ich dir morgen mit.»

«Ihr seid sehr gut zu uns.»

«Sorg mir dafür, dass dein Herr etwas isst.»

«Wenn ich Euch ansehe», sagte John, «zöge ich dem Herrn recht gern eins mit dem Tragriemen über.»

Sie lachte, weil er ein freundlicher Mann war, nicht, weil ihr zum Lachen zumute war. «Das kannst du doch nicht.»

«Was? Euch ansehen oder meinem Herrn Gewalt antun?»

«Dass du uns auf deine Art siehst, weiß ich längst. Aber du tust niemandem Gewalt an, geschweige denn deinem Herrn. Tu ihm mit dem Schichtkäse nicht allzu sehr weh.»

John lächelte sein Lächeln, ließ sich aufs Pony helfen und den Gurt schließen, den Aimery auf der Werft wieder öffnen würde. Dann ritt er davon. Sie sah ihm nach, wie sie es immer tat, aber heute länger als je. Sie war sich fremd. Zornig kannte sie sich, auch erschöpft und bitter. Aber nicht erfüllt von solcher Trauer. Ein Gesicht sah sie zuweilen, das sie nicht mehr hatte sehen wollen, das Gesicht ihres Sohnes. Noch immer peinigte sie der Gedanke: Wenn du gelebt hättest, Clement. Aber das Gesicht war zu weit weg, es ließ sich mit einem *du* nicht ansprechen.

Dorothy ging zurück an ihr Räucherfeuer, dann in den Schweinekoben, um auszumisten. Sie ließ die Schweine in den Hof, der Zaun hielt sie von ihren Kräutern fern. Zwischen Schweinetrab glaubte sie, den Trab eines Pferdes zu hören, aber widerstand dem Drang hinauszulaufen. Wie sie seit Wochen, die sich nach vorn wie nach hinten dehnten, dem Drang widerstand, in die Werft zu laufen. Ich will zu dir, Aimery, rief alles in ihr. Aber was hilft das, wenn du mich zu dir doch nicht lassen kannst und ich keinen Weg mehr weiß? Der Mann, dessen Gesicht sie vor sich sah, ließ sich so wenig ansprechen wie der tote Sohn. Seine Züge waren still, als hätte er ein Bild von sich aus Holz geschnitzt und wie eine seiner Planken abgeschliffen. Das Wetter ändert sich nicht mehr, Aimery. Was nützt mir dein Gesicht, wenn es nicht deines, sondern nur ein von mir festgeklopftes ist?

Catin und Nicolas gingen mit Seb Segelmacher in den Hafen, um die Ausschiffung der Prinzessin Joan zu sehen. Mit einem

Haushalt von Hunderten, vier beladenen Koggen und einer schiffbaren Kapelle trat die Königstochter die Reise zu ihrem Bräutigam an, quer durch Frankreich und dann nach Kastilien. Richilda hatte das Spektakel nicht sehen wollen: ‹Tom sagt, das ist Pomp genug, um allen Armen von Portsmouth Wänste anzufüttern.› Kaum hatte Dorothy an die Tochter gedacht, kam sie in den Koben gelaufen, das Schwarzhaar lose fliegend.

«Da ist ein Herr am Tor.»

Was für ein Herr? Gocelin hätte Richilda beim Namen genannt, also konnte es nur Gilbert sein. Der kam ihr recht. Zwar beschlich sie Scham, sooft sie mit ihm Zeit totschlug, aber hernach fühlte sie sich straffer in den Schultern und leichter im Kopf. Mit Gilbert ließ sich lachen. Über Matildas Beschwörungen des Weltendes wie über Anne Segelmacherin, die kein Ei mehr aß und nicht ans Meer ging, weil Eier und Südküsten Seuchen auf sich zogen. Sogar über Isemays dünnlippige Gehässigkeit. Mit der Schweineforke lief Dorothy der Tochter nach.

«Geh ins Haus, Richilda.»

Was die Mutter mit dem schmucken Mannsbild schwatzte, war für die Ohren des Kindes nicht bestimmt. Im nächsten Schritt stockte sie. Richilda sah Gilbert häufig, hätte sie nicht sagen müssen, der Herr mit dem schönen Pferd sei da? Das Tor stand offen.

Davor wartete nicht Gilbert, sondern ein Fremder auf einem reichgesattelten Braunen. Wahrhaftig, dieser war ein Herr, von der goldbestickten Kappe bis zu den zierlichen Hufen des Reittiers. Als er die Kappe lüftete, sah sie, dass er so groß, wie er wirkte, nicht war. Dünne Strähnen grauen Haars bedeckten den Kopf. Sie wollte ihm sagen, er müsse sich im Tor geirrt haben, aber er stieg schon ab.

«Mistress Dorothy Fletcher?»

Ihr fiel nichts ein, als zu nicken.

«Bitte vergebt mir, dass ich Euch in Eurer Arbeit störe. Ich weiß nicht einmal recht, was ich will. Vielleicht nur anfragen, ob Ihr und die Euren wohl seid, ob es etwas gibt, das ich tun kann.» Der Fremde ließ seinen Blick von ihren Füßen bis ins Gesicht kriechen, als habe er lange gewartet, sie zu sehen, und sich ein Bild von ihr gemacht.

«Was haben die meinen und ich mit Euch zu schaffen?», rief sie aus.

«Bitte vergebt mir», sagte er noch einmal, wiewohl eine wie sie einem wie ihm nichts zu vergeben hatte. «Ich habe mich Euch nicht vorgestellt. Baron Eustace von Masun Manor bin ich. Master Fletchers Ventenar.»

Der, schrie es in Dorothy, der, und von dem Gesicht des Mannes, dem freundlich verzogenen Mund, flog ihr Blick auf seine Hände. Hast du ihn festgehalten, hast du das Beil gehoben und niedersausen lassen, oder hast du einen andern vorgeschickt und deine Hände gleichgültig in dem feinen Mantel verborgen? Ihr Magen klumpte, ihre Finger umklammerten die Forke. Nichts wollte sie, als dass der Mann sogleich ging. «Master Fletcher untersteht keinem Ventenar mehr.»

«Oh, ich kam nicht her, um seine Dienste einzufordern.» Der Mann hob die Hände, die erstaunlich feingliedrig waren. «Ich wüsste nur gern, ob Ihr Nachricht von ihm habt. Aber ich bin zu solcher Frage nicht berechtigt, wiewohl ich ihm Sold zahle. Nicht alles lässt sich bezahlen.»

«Ihr zahlt ihm nichts mehr!» Warum schrie sie? War die Müdigkeit schuld, die bis zur Neige erschöpfte Kraft? Sie schluckte, um sich zu beherrschen. Vermutlich konnte ein Herr wie der, der seinem Getreuen die Hand abschlug, sie für Frechheit von ihrem Hof verschleppen und mit der Schandmaske über den Markt peitschen lassen. «Ich habe Eurem Boten gesagt, wir wollen Euer Geld nicht. Master Fletcher kann sich nicht mehr als Schütze verdingen, und das braucht er auch nicht. Er baut Schiffe.»

«Tut er das?» Der Fremde griff nach Dorothys Hand. Als sie die Forke hob, ließ er sie los, aber sein Lächeln, das kräftige Zähne entblößte, blieb hängen. «Ihr könnt nicht ahnen, wie mich das freut. Ich kam wahrlich nicht um des Soldes willen, den mein Bote weiter überbracht hat. Ich gebe ihn gern, Mistress, mehr als gern. Master Fletcher war mir ein Gefolgsmann, wie ich keinen zweiten finden werde.»

«Und dafür habt Ihr ihn zum Krüppel gemacht.» Sie begriff, dass dieser Mann in ihrem Kopf die Schuld trug, er und ein Weib namens Helewise, das sie nicht zur Verantwortung ziehen konnte. Der plumpe Ventenar musste herhalten, ein Bock zum Draufschlagen, dem sie ins Gesicht schreien wollte: Was weißt du von meinen Nächten? Ich liege wach und wälze mich, ich trommle auf den Boden, weil mein Leben vergeudet ist, weil ich nicht mehr davon hatte als ein, zwei Küsse, weil der, der es mir wert gewesen wäre, mein Seelenheil, meine Sicherheit, sich gar nichts wert ist. Erst recht kein Glück. Sie spannte den Rücken, reckte den Kopf und sah dem Adelsherrn ins Gesicht. «Wir wollen Euer Geld nicht, das habe ich Eurem Boten gesagt. Master Fletcher will es nicht. Und wir sind seine Familie.»

Wieder hob der Mann die Hände. Wollte das eine sagen, dann das andere, ließ schließlich alles fallen, Hände und Kopf, und sagte: «Das Geld ist bedeutungslos. Dass es nicht abgelehnt wurde, ließ mich einfältig hoffen, Aimery habe mir verziehen. Aber Ihr habt recht. Wie könnte er das? Ich werde den Boten nicht wieder schicken. Wenn Ihr es wünscht, frage ich ihn, wem er das Geld statt Eurer ausgehändigt hat.»

Erst jetzt ging ihr auf, was sich aus alledem folgern ließ, das Geld war gestohlen, und Aimery, wenn er davon erfuhr, würde ihr nicht glauben, dass sie den Boten weggeschickt hatte. Ins

Hämmern ihrer Gedanken platzte Hufschlag, Galopp auf durchweichter Erde. Dorothy wandte sich zur Seite. Das Gesicht in ihrem Kopf und das vor ihren Augen verschmolzen zu einem, einem regennassen Gesicht unter wirrem Schwarzhaar. Erst irgendeines. Dann keines als seines. Ihre Kehle flüsterte seinen Namen, und ihre Lippen ließen das Wort nicht hinaus. Sie drehte sich zurück zu Masun. «Geht jetzt», rief sie. «Beeilt Euch. Geht.»

In ihrem Rücken hörte sie Aimery vom Pferd springen. Dann seine Stimme. «Was schleicht Ihr Euch an meine Familie? Mit meiner Familie habt Ihr nichts zu schaffen.»

Das war unverfroren. Es war so hart, dass Dorothy sich auf die Zunge biss. Über das Gesicht des Barons flog eine Regung und zersprang.

«Mich führt ein Zufall vorbei», erwiderte Masun eilig. «Ich hielt nur an, um Eure Schwiegertochter nach Eurem Befinden zu fragen. Wenn es jemals etwas gibt, das ich tun kann, ich bitte Euch, lasst es mich wissen.»

«Verschwindet», sagte Aimery. «Und haltet Euch fern.»

Der Baron ergriff den Sattelknauf. Im Hochziehen warf er Dorothy einen Blick zu. Die schüttelte den Kopf. Einen Herzschlag lang hatte sie Mitleid, aber das war schon verpufft, als er in den Sattel sackte, den Gaul wendete und davonritt. Sie warf die Forke zu Boden und wirbelte herum, packte Aimery bei den Armen, zog den Verdutzten mit sich und das Pony hinterdrein. Als sie ihn im Hof hatte, schlug sie das Tor zu.

Weil sie noch nicht sprechen konnte, wies sie mit dem Kopf nach den Obstbäumen. Sechs hatte sie gepflanzt, zwei Apfelbäume und eine Lamberthasel zu jeder Seite, und in der Mitte stand der verbrannte Apfelbaum, der in jedem Jahr an einem schmalen Streifen Laub trug. In diesem Jahr aber hatte er im Laub eine einzelne Blüte hervorgebracht, aus der ein Apfel geworden war, grün und nussgroß und hart. Sie würde ihn hüten, bis ihm eine Eisschicht wuchs, bis sie ihn teilen konnten, seine Schale krachend, sein Fleisch von morscher Süße.

Sie sah wieder auf ihn. Auf sein Gesicht. Er war zu ihr gekommen. Jetzt konnte sie es ihm sagen. «Vergib mir. Du bist kein …»

«Doch», unterbrach er sie. «O doch.» Er hob den Arm, schüttelte den Hemdsärmel auf den Ellenbogen und entblößte das verbundene Glied. Mit den Zähnen packte er den Verbandsstoff und zerrte alles herunter, dabei gefiel er Dorothy so gut, dass ihr ein Lachen entglitt. Dann lag die Haut blank. Rot verschwollen, übersät von Blasen. «Mein Pechtopf ist umgefallen. Ich konnte ihn mit dem Stumpf nicht halten.»

«Um alles in der Welt.» Sie nahm ihn beim Gelenk, senkte den Kopf, um die Verbrennung zu küssen, hielt aber inne, aus Furcht, ihm wehzutun.

«Nicht trösten», murmelte er. «Dem trotzigen Bengel ist recht geschehen. Eher gebührte mir noch etwas obendrauf.»

«Und was hättest du gern?» Sie stieß seinen Arm weg. «Genügen ein paar an die Ohren, oder soll ich dir mit meinem Fleischbeil die Rechte abhacken? Und warum nicht gleich die Füße dazu?»

«Verachte mich nicht.» Sein Blick lieferte sich ihr aus. Die Lippen schmal, die Wangen bleich, die Ader an der Stirne pochend. «Das ertrage ich nicht.»

Dorothy sah auf das Beben ihrer Hände. Ihre Kehle sträubte sich, kein Räuspern half. «Nein», flüsterte sie. «Aber nein.» Ihre Hand an sein Gesicht zu heben, dauerte so lange, als durchquere sie dabei ihr halbes Leben. Hier haben wir Nicolas gefunden, weißt du noch? Dorthin, wo jetzt der Stall steht, bist du aus dem Feuer gesprungen, meine Kinder in den Armen. Seine Haut war zart und verwittert, sein Barthaar harsch geschoren.

Sie tastete sich die Narbe entlang, zupfte an seinen Lippen und legte dann einen Finger darauf. All ihre Kraft, die nicht mehr lange standhalten würde, gab sie drein, um zu sprechen. «Hörst du mir jetzt zu, Aimery, mein Liebster? Kannst du mich hören, wenn ich nicht schreie, dir keine Ohrfeigen gebe und nichts an dir auszuzanken weiß?»

Er packte ihre Hand und küsste ihren Finger. Ließ sie kein Wort mehr sprechen und küsste ihr den Mund.

Sie hatte ihm sagen wollen, dass nicht sie ihn, sondern er sich selbst verachtete. Dass sie zornig auf ihn war, weil er sich nicht helfen ließ. Aus demselben Grund war sie aber auch stolz. Vor allem hatte sie ihm sagen wollen, dass im Haus sein Vater lag und starb. Wie Teigteile hatte sie sich die Worte vorgeformt: Geh und verzeih ihm. Lass ihn dir zeigen, wie lieb du ihm bist. In Jahren hatte sie gehofft und gebetet, hatte Holunder und Ingwer zu Tinkturen gekocht, auf dass der Alte die Kraft bewahrte, seinem Sohn nur ein Mal die Schulter zu klopfen und ihm den Segen zu geben. Und jetzt verriet sie ihn. Verriet beide. Schloss die Augen, soff Aimerys Küsse und dachte: Ich sage es ihm später.

Er hob den Kopf. In seinen Mundwinkel drückte sich ein Lächeln. «Ich sollte dir verbieten, solches Wort zu mir zu sagen. Ich werde toll davon. Ich vergesse mich.»

«Dann vergiss dich. Allzu gut hast du dich ohnehin nicht gekannt.» Er vergaß sich, und sie vergaß Francis. Seine Umarmung schloss sie ein.

«Du gibst mir zu viel», sprach er in ihr Haar. «Ich bin gekommen, um Abbitte zu leisten, etwas zu tun, was mir verhasst ist und was du dir wünschst. Ich habe einen Sack voll Geld bei mir, wir haben einen Drehkran gebaut und nach Southampton verkauft. Wenn du willst, reiten wir irgendwohin und saufen Wein in einer üblen Spelunke.»

Sie lachte, nahm ihn bei den Ohren, küsste seinen Hals. «In

Havant zum Beispiel, hab ich recht? Damit du mich in der Spelunke absetzen und nach der Mutter von Luke, dem Roten, suchen kannst.»

«Und du behauptest, du könntest nicht lesen.» Er senkte den Kopf. «Nicht zürnen. Meinethalben gehe ich mit dir in den *Bischof der See.*»

«Das tätest du? Mir zuliebe?»

«Ich bin nur ziemlich verdreckt.»

«Gib mir deine Kleider. Ich wasche sie dir aus.» Übermut packte sie. Auf einmal wollte sie so schnell wie möglich fort vom Haus, ehe einer kam und auf sie Anspruch erhob. «Auf denn. Den *Bischof* erlass ich dir für deinen Mut, und dein Geld musst du sparen für dein Schiff. Wir reiten an den Solent.»

Mit Aimery durch die Stadt zu sprengen, unter Girlanden für die Prinzessin Joan hindurch, war wie zwischen Apfelbäumen schwingen. Nur war sie kein Kind mehr. Aimery hatte sichtlich Angst vor Blicken und trieb das Pony, das er abgesattelt hatte, in Galopp. Der verstümmelte Arm schloss sich um ihren Leib und presste sie beide aneinander, ihren Rücken an seinen Bauch.

Und wie herrlich alles war, als sie die Stadt verließen, Farben und Formen brandneu, frei von Menschenspuren. Der Himmel mächtig und zur eisernen Kuppel gewölbt, der Sanddorn hoch und hellrot, das silbrige Gras betupft mit Meersenfblüten. Die Luft rein und rauschend. Aimery zügelte das Pferd, ließ es traben, dann schreiten. Dorothy lehnte sich an ihn, ihren Kopf unter seinen.

«Was willst du am Solent?» Beim Sprechen klopfte sein Kinn ihr auf den Scheitel.

Sie wies über den Deichhügel. Das lange Gras wogte, ein Regenpfeifer flatterte auf und flog, die weißgestreiften Flügel spreizend, davon. «Erst über den Deich. Dann sag ich's dir.»

Sie knoteten die Zügel des Ponys an einem toten Baum fest.

Aimery sprang in drei Sätzen den Hügel hinauf und hielt Dorothy die Hand hin. Der Solent tollte verspielt, schlug Purzelbäume und warf sich auf den Kieselstrand. Treibsel bezeichnete die Flutlinie, Seegras und Algen, wie ein Fischernetz gefüllt mit Herzmuscheln. Sie liefen hinunter. Aimery blieb stehen. Kurz sah sie ihn sich an. Den wachsam gereckten Rücken, die tiefe Beuge der Taille, den straffen Hintern und die langen Beine. Genoss die Lust auf ihn. Die Erwartung. Zwischen die Schulterblätter gab sie ihm einen Stoß. «Waschen.»

«Wie bitte?»

Dorothy tat, als bemerke sie seinen Blick nicht, knüpfte sich den Brustlatz auf und begann, *Der Sommer ist gekommen* zu pfeifen.

«Du bist verrückt, weißt du das? Der Solent ist nichts zum Spielen.»

«Ich spiele ja nicht.» Als sie sich die Brüste aus dem Stoff schälte, hätte sie jauchzen wollen. Wie schön die waren, wie sie ihm gefallen mussten! «Ich will nur einen verdreckten Kerl drin waschen und mich selbst gleich mit.»

«Hast du das öfter getan?»

«Nein, noch nie. Aber am Wasserlauf sind Kleiderdiebe.» Sie ließ alles, Rock, Bluse und Unterkleid, an sich heruntergleiten, legte ihm die Hände auf die Schultern und küsste ihn links und rechts auf die Wangen. Dann lief sie ihm davon. Auf bloßen Sohlen rannte sie über die Kiesel, durch den Treibsel und im Sprung in die aufschlagende Welle.

Schneidend kalt war das Wasser. Nur drei Schritte weit blieb es seicht, dann umschloss es sie, eine Eiskapsel, die sie zusammenquetschte. Im Kopf platzte die Kälte und machte sie für Augenblicke blind. Schwimmen, befahl ihr der Trieb, den sie sich als Mädchen angeeignet hatte, Arme strecken, Beine strecken, in die Strömung legen. Weit holte sie mit allen vieren aus. Die Umklammerung der Kälte lockerte sich, wurde rissig und gab ihr Raum. Mit den ersten Schwimmstößen strich das schmelzende Eis an ihrem Leib entlang und fügte sich.

Anders die Strömung. An ihren Gliedern riss die, zog ihr die Beine in einen Strudel und warf sie aus dem Takt. Sie öffnete den Mund, um nach Luft zu schnappen, da schwappte eine Welle über ihr zusammen und verdunkelte die Welt. Als Dorothy prustend und schnaufend ihren Kopf aus dem Wasser kämpfte, hörte sie ihn ihren Namen brüllen. Ihr Herz raste, ihre Augen brannten vom Salzwasser, ihre Glieder ruderten, um ihr Gewicht über Wasser zu halten. Sie drehte sich nach ihm um, und prompt rollte die nächste Welle über sie hinweg. Schneller als beim ersten Mal strampelte sie sich wieder hoch. Kaum aufgetaucht, sah sie Aimery durchs Wasser schneiden.

Hart fing er sie auf und riss sie hoch. Mit dem Stumpf hielt er sie unter dem Arm, hob sie über die nächste Welle und die nächste. Seine Hand holte aus. Dorothy sah ihm in die Augen, während ihre Köpfe mit den Wellen wippten. Sie war seit ihrer Kindheit nicht geohrfeigt worden, sie hätte Schmerz und Schmach fürchten sollen, aber sie fürchtete nichts: Du schlägst mich nicht, mein herzliebster Aufschneider. Jeder. Aber du nicht.

«Du bist wahnsinnig», murmelte er und ließ die Hand ins Wasser sinken. «Du darfst das nie wieder tun.»

Sie umarmte seine nassen, nackten Schultern. «Ich kann schwimmen.»

«Was willst du können? Du bist eine Frau.»

«Nun, ein Fisch bist du auch nicht eben, und wenn du dich hundertmal wie einer tummelst. Ich habe es als Kind gelernt. Mit meinem Bruder am Southampton Water.»

«Warum hast du mir das nicht gesagt? Beinahe hätte ich dich …»

«Du hast nicht», beschied sie ihn, küsste Salz von seiner Wange und schwamm aus seinem Arm.

Sie waren zwei andere Geschöpfe im Wasser. Nicht mehr verstört und todmüde, nicht mehr beschädigt, sondern tollkühn, stark wie Wölfe. Sie jagten sich, balgten sich, stießen einander unter Wasser, verflochten und lösten sich, bissen, küssten, warfen alles ab und ließen es ertrinken. Als sie endlich an Land wateten, das Meer in Strömen von ihren Gliedern rinnend, war das, was schwer gewesen war, leicht, und das, was verboten gewesen war, selbstverständlich. *Wir sind die ersten Menschen. Die Erde ist blutjung.*

Sie zog ihm die Bruche, die vor Nässe klebte, von den Hüften, und es war keine Zeit mehr. Gar keine. Er liebte sie im Stehen.

Sie liebte ihn im Stehen nicht minder.

So war es in der Zeit des Hungers gewesen. Wenn man endlich zu essen bekam, schmeckte man die Süße der Speisen im ganzen Kopf, aber man musste erst lange zu essen bekommen, ehe man stillhalten konnte und in der Nähe von Essen nicht den Mund voll Spucke hatte. Gib's mir reichlich, forderte sie ihn stumm heraus, ich muss dich viel zu lieben bekommen, ehe ich stillhalten kann, und dann lege ich dich rücklings auf den Kieselstrand und streichle dir den Bauch. Das Tierfell, das Verhungernden wuchs, war seinem Körper ausgefallen, nur vom Nabel zur Scham stand ein Streifen wirbeliges Haar. Vom Meerwasser weich gewaschen. So ein magerer Knochen war er. Aber das bisschen Fleisch, das er angesetzt hatte, war ihres, denn sie hatte es ihm zugefüttert, Bissen um Bissen.

Sie sah an ihm entlang. Sein Lächeln traf sie und grub sich ein. Es war an diesem stillen Ort das Stillste, ein wenig schmerzverzerrt, weil ihm gewiss die Kiesel in den Rücken drückten, und ein wenig schief, weil die Narbe sein Gesicht schief machte.

Aimerys Lächeln war ihre Morgengabe, die sie versorgen würde, wenn er es nicht mehr konnte.

Warum dachte sie jetzt daran? Er war zwanzig Jahre älter als sie, er würde zwanzig Jahre vor ihr sterben. Aber so unerträglich, wie sie geglaubt hatte, war der Gedanke nicht. Sie legte sich zu ihm, in seinen Arm, der sie vor Kieseln schützte. Ich will, was übrig ist, dachte sie. Dein Leben, deinen Tod und dann meinen, dir nach. Es ist richtig so. Ich könnte, wiewohl es jetzt kalt wird, schlafen.

«Wir müssen gehen», sagte er, das Lächeln, das auch in seinen Augen war, vom Wortemachen unversehrt.

«Ja», sagte sie. «Aber ich glaub, ich kann mich nicht rühren.»

Alle Zeit über lächelnd, setzte er erst sich und dann sie auf, zog ihr ein Kleidungsstück nach dem anderen über, glättete jede Falte, schloss jedes Band. Sie sah seiner Hand zu, war stolz auf sein Geschick, auf die Härte, mit der er es erworben hatte. Seine Haut war dunkler als ihre, aber am Stumpf war sie wie gesotten. Wenn ihm sein Haar ins Gesicht fiel, blies er es hoch.

Dorothy griff nach dem Stumpf und hielt ihn fest. «Sag mir das: Tut es manchmal weh?»

Damit zerschlug sie das Lächeln. «Meine Finger tun mir weh», sagte er. «Die greifen nach dir, und wenn ich auf sie sehe, sind keine da.»

Sie hob den Stumpf an ihr Gesicht und küsste ihm jeden Finger, jede Kuppe und Wurzel, dann noch Daumenballen und Handrücken. Hernach ließ sie ihn weitermachen, erst sie fertig anziehen, schließlich aufstehen und sich selbst anziehen. Dabei sah sie ihm zu und musste sich ein Lachen und einen Kuss verbeißen, derweil er sich mühte, die nassen Hosen über den Hintern zu zerren. Wir müssen wahrlich gehen, lachte es in ihr, sonst will ich dich wieder lieben, und dazu ist es zu kalt. Sie drehten sich nicht nach dem Meer um, aber dass die Sonne ihm bereits entgegensank, ließ sich im Rücken spüren. Sie nahmen sich fest bei den Händen und stiegen über den Deichhügel. Wortlos wussten sie, wo er den Weg zur Werft einschlagen musste, würden sie sich trennen.

«Ich will dir noch etwas sagen.»

«Was?»

Er führte das Pony am Zügel. Im Gehen sah sie ab und an zu ihm hin und kostete den Stolz aus: Der von allen ist mein. Sie würde ihn hüten. Sie würde nichts auf der Welt ihn mehr anrühren lassen. Irgendwann wäre er heil genug, um hinauf in die Stadt zu reiten und bei ihr zu bleiben.

«Ich habe noch nie eine Frau gekannt, die schwimmen konnte», sagte er. «Ich habe noch nie eine Frau gekannt, die zu einem Mann gesagt hätte ‹Dein Geld musst du sparen für dein Schiff.›»

Sie langte hinüber und liebkoste ihm den Nacken, ertastete das Band mit dem Schlüssel. Die Muskeln spannten sich, als erwarte er einen Schlag. Irgendwann würde er lernen, dass er keinen mehr bekam. Sie sah seinen Beinen zu, die sie zum Lachen reizten, weil sie glaubte, diese ordentlich ausschreitenden Beine noch um die ihren zu spüren. «Bleib stehen.»

«Warum?»

«Ich will dich nochmal küssen. Ich hab noch nie einen Mann gekannt, der über eine tote Ratte steigt, statt sie aus dem Weg zu treten.»

Er blieb stehen und sah sie zweifelnd an. Gewiss fragte er sich, ob die Schonung der Rattenleiche einen Kuss verdiente, denn seine ganze Welt teilte sich ja in Verdientes, in Strafe und Lohn. Sie wollte ihm eben die Arme um die Schultern legen, da flogen ihrer beider Blicke nach vorn, über die Leere der Salzwiese. Auf einem hohen Pferd kam ihnen ein Reiter entgegen.

Der Ventenar, durchzuckte es Dorothy. Er fängt uns ab, um

Aimery zu sagen, dass ich sein Geld nicht abgelehnt habe, und Aimery wird ihm glauben, nicht mir. Sie krallte sich in seinen Arm. «Du musst mir trauen, hörst du? Was immer er dir sagt.»

Aimery stand starr.

Doch der Reiter war nicht Baron Masun. Es war Gocelin. Der stieg nicht ab, sondern prustete: «Dottie», als sei er statt des Pferdes gerannt. «Die Isemay hat gesagt, du wärst ans Meer gegangen.»

Aimery ließ Dorothys Hand los.

«Oh», sagte Gocelin. «Guten Abend, Aimery.»

«Ach», sagte Aimery. «Guten Abend, Gocelin.»

«Ich war in Southampton», platzte Gocelin heraus. «Habe mir den Kran angeschaut, den du gebaut hast. Schönes Stück Arbeit. Ich wollte, wir könnten uns einen solchen leisten, der brächte der Stadt in die leere Truhe ein paar Münzen.»

«Was soll der Unsinn?» Aimery verschränkte Hand und Stumpf im Rücken. «Hättest du mich gefragt, ich hätte dir einen gebaut.»

«Und wie hätte ich dich fragen sollen? Soweit es mich und den Rat der Stadt betrifft, bist du doch aus Calais nie zurückgekehrt, vermutlich tot oder noch immer irgendwo im Krieg.»

Dorothy tastete Aimerys Arm entlang, strich durch den Hemdsärmel über seinen Muskel. «Weshalb wolltest du mich sprechen, Gocelin?»

Gocelin zupfte sich am Ohr. Entweder schwankte er im Sattel, oder ihr Blick war nicht stet. «Es ist Francis, Dottie. Die Richilda hat gesagt, du würdest es gleich wissen wollen.»

Sie schrie auf. «Er ist nicht tot!»

«Wir haben nach dem Priester geschickt.»

Dorothy fuhr herum und packte Aimery bei den Schultern. «Reite nach Hause. Er darf nicht sterben, ohne dass du mit ihm sprichst!»

Im nächsten Augenblick saß Aimery bereits auf, die Beine zu lang für das kleine Pferd, und jagte in spritzenden Schlammbrocken davon. Gocelin hingegen war abgestiegen und trat neben Dorothy, die fror und zu zittern begann.

«Du bist nass», sagte Gocelin. Als er den Arm um sie legte, war ihr Körper zu matt, sich zu entziehen.

«Ja, ja.»

«Ist er gut zu dir, mein Honig?» Gocelin schwankte wahrhaftig. Wie ein Besoffener oder ein Kranker, so beleibt, wie er war.

«Er ist das Beste, was mir je geschehen ist», herrschte sie ihn an.

«Warum schreist du?»

Das wusste sie nicht. Sie wusste auch nicht, warum sie weinte. Nur dass sie vor Angst und nicht vor Kälte zitterte, wusste sie.

Achter Teil

Seebeben

Portsmouth, Hampshire, August 1348

Gocelin hatte sie auf sein Pferd ziehen wollen, aber Dorothy, sosehr es sie zur Eile drängte, hatte abgelehnt. Um ihre Hüften schienen sich noch Aimerys Schenkel zu schmiegen, die kamen ihr unantastbar vor. Die sinkende Sonne verbarg sich, aus dem Ried hob sich Nebel, und es begann wieder zu regnen.

«Ich hätte nichts Unziemliches getan», sagte Gocelin, gekränkt wie ein Halbwüchsiger. «Mit Aimery lege ich mich nicht an.»

«Warum redest du so? Hast du Angst, er schlägt dich tot?»

Gocelin, der abgestiegen war und allzu langsam neben ihr einhertrottete, zuckte die Schultern. «Angedroht hat er es mir mehr als einmal.»

«Aber er tut's nicht», schrie sie. Regen fiel. Tränen liefen. Ihre Stimme kippte.

Als Gocelin nach ihr griff, bemerkte sie, wie ihm die Hände zitterten. «Ist doch gut, Dottie», sagte er mit klappernden Zähnen. Auf einmal umarmte sie ihn und klammerte sich an ihm fest.

«Ist dir nicht wohl?»

«Nicht ganz. Ein Fieber, denk ich.» Er zupfte sich am Ohr. «Aber dir, Dottie? Mein Liebes, du darfst dir keine Schuld zusprechen. Das alles ist, lange bevor du kamst, geschehen, es stirbt wohl erst, wenn wir sterben, und du kannst nichts dazu tun.»

«Ich hab doch Schuld!» Die Worte brachen sich Bahn. «Ich hätte ihm sagen müssen, dass sein Vater stirbt, aber ich hab's nicht gesagt, weil ich mit ihm allein sein wollte. Er ist nicht, wie du denkst, er ist ein scheuer Mann, der verquere Gedanken hegt und Angst hat, auf Dinge zu treten. Es war sein Recht, von seinem Vater zu hören. Aber so ist es sein Leben lang: Einer tut ihm Unrecht, und wenn er zurückschlägt, schreit die Welt: Ersäuft das Vieh.»

Sie weinte sich aus. Gocelin schwankte mit ihr. Als sie begann, sich zu beruhigen, fragte er: «Kannst du reiten, Dottie? Nimm den Gaul und reite voraus.» Er half ihr beim Aufsteigen, glitt ab und landete im Schlick. Er hätte ihr leidtun müssen, doch sie dachte nur: Er kostet mich Zeit.

Mühsam rappelte er sich auf. «Es ist doch zu nichts gut, so schwer an der Schuld zu schleppen», murmelte er. «Was du von Aimery gesagt hast, trifft vielleicht auf uns alle. Wir wollten nur, was Leute eben wollen, unsere Kinder, unsere Totenbahren, auch ein paar glühende Nächte, aber wir sind an eine böse Zeit geraten, und wenn wir uns wehren, heißt es: Ersäuft das Vieh. Ich hab mir selbst viel Schuld aufgebuckelt, an Matilda, an der armen blöden Catin. Seit du mich verlassen hast, bin ich so einsam gewesen. Jetzt hab ich's mit einer Drallen aus Southampton, und wenn ihr Alter Wind davon bekommt, geht's ihr wie Helewise.»

Nur das, was Leute eben wollen, dachte Dorothy, das will ich auch. Nur Kinder aufziehen und Tote begraben und Aimery fest lieben, nicht mehr, denn mehr gibt es nicht.

«Er läuft von selbst nach Hause. Du halt dich oben.» Gocelin klatschte dem Pferd auf die Kruppe, dass es einen Satz vollführte und gleich darauf in schweren Trab fiel. Dorothy klammerte sich in die Mähne. Sie rutschte von einer Seite zur andern, aber blieb im Sattel.

Bei ihrem Haus sprang sie zu Boden, ließ den Gaul weitertrotten und öffnete ihr Tor. Sogleich stand Isemay vor ihr, mit purpurn geflecktem Gesicht.

«Zu dem Alten brauchst du nicht zu rennen», kreischte sie. «Der ist tot.» Drei Worte, die eins ums andere in die Pfützen klatschten. «Schlag das Kreuz», kreischte Isemay weiter, «er ist tot, schlag das Kreuz.»

Das hatte Francis einst zu Aimery gesagt: ‹Schlag das Kreuz, Nichtsnutz, oder ich dresch dich zu Gelump.› Er hatte es vor Jahren Dorothy erzählt. Von dem Priester, der ihm versichert hatte, Aimery habe den Satan in sich, von seiner Angst und dem verzweifelten Versuch, den Satan mit der Trosse aus ihm herauszupeitschen. ‹Schlag das Kreuz, Nichtsnutz, oder ich dresch dich zu Gelump.› Aimery hatte kein Kreuz schlagen können, weil Francis ihm die Hände an die Spanten gebunden hatte. ‹Wenn er wiederkommt›, hatte Dorothy zu dem haltlos weinenden Alten gesagt, ‹bindet ihm die Hände los.›

Und jetzt war Francis tot. War Aimery rechtzeitig hier gewesen? Sein Rappe graste im Hof, aber ehe sie Ise fragen konnte, kreischte die wieder los: «Alles hab ich dir zugetraut, Dottie, dass du's mit Knaben treibst, dass du's mit Ronald treibst, aber das nicht. Nicht, dass du's mit dem schwarzen Satan treibst, dem sie die Hand abgehackt haben, weil er Kerlen an die Schwänze fasst und sie verhext.»

«Bist du toll?»

Ise warf den Kopf zurück. Dabei verrutschte ihr Gebende, und auf einmal sah Dorothy das gelbhaarige Kind vor sich, das diese harte Frau gewesen war. Gocelin hat recht, dachte sie. Wir wollten alle nur, was Leute eben wollen, wir sind an eine böse Zeit geraten, und wenn wir einen Fehler machen, stehen wir wie Bestien da.

«Du hast mich verdammt», schrie Ise, «obwohl ich dir nie etwas Übles wollte. Dafür aber verdamme ich dich. Dass du's mit dem treibst, ruft die Seuche auf uns.»

Dorothy griff sich ans Handgelenk, wo sie als Mädchen ihren

Rosenkranz getragen hatte. Sie schloss einen Pakt mit Gott: Wenn du mir verziehen hast, Herr, wenn Aimery beizeiten kam, dann verzeihe ich Isemay. Sie ließ die Base stehen und rannte ins Haus.

Der Wohnraum lag im Halbdunkel. Will Tidworth, der Barbier, der zugleich als Arzt wirkte, stand am Bottich und wusch sich die Hände, rang sie wieder und wieder im Wasser. An der Wand kauerten alle Kinder, Catin, Richilda, Nicolas und Martha mit dem gelben Haar. Matilda, die ewig Jammernde, saß stumm auf Dorothys Schemel. Anne Segelmacherin heulte, derweil sie Dochte entzündete und in der Öllampe auf dem Tisch schwimmen ließ, und Vater Stephen, der ebenfalls beim Tisch stand, schlug Silberkelch und Teller in Tücher und stellte beides in eine Kiste. So klein war der Kelch, eben groß genug für einen Tropfen von Jesu Blut. Der Priester sah nicht auf die Kiste, sondern nach dem Totenbett.

Vor dem Wandspind reckte sich ein Mann in blauem Wams. Er hatte wohl Geld für den Arzt aus dem Spartopf nehmen wollen, doch sobald Dorothy eintrat, drehte er sich um. Es war Symond. Das Haar in die Stirn gepappt, die Augen verquollen. Letzthin sah man ihn selten, es hieß, er habe wieder eine Käufliche in Sudewede. Er nickte Dorothy zu und schlug über seiner Brust ein Kreuz. ‹Verworfenen, die das Kreuz des Herrn missbrauchen, fällt die Hand ab›, hatte ihr einst die Mutter beteuert, aber Symonds Hand sackte samt seinem Arm hinunter und blieb hängen.

«Aimery Fletcher», holte der Priester wie mit der Peitsche aus. «Gott hat dich gestraft, und er wird dich noch härter strafen, wenn du nicht in dich gehst. Du hast versäumt, deinem Vater in der Todesstunde beizustehen. Kommst du nicht, um die Vergebung deiner Sünden zu erflehen, so ist dir verwehrt, ihm das Geleit zu geben.»

Aimery, der vor dem Totenbett kniete, drehte sich nicht um. Vielleicht war sein Rücken zu starr, um sich zu drehen.

«Sprich», schrie der Priester, und als Aimery nicht sprach, hieb er weiter mit Peitschenlauten auf seinen Rücken ein. «Du bist verdammt, Aimery, du willst es so. Als du zu mir kamst und hattest deiner Metze den Hals umgedreht, da wollte ich dir helfen. Ich hätte dir Buße auferlegt, für dich um Gnade gebetet und deine Seele gerettet. Aber dir war nur daran gelegen, deinen Willen über den Willen Gottes zu setzen und die tote Hure zu verscharren. Zu den Ketzern bist du gerannt, in den Pfuhl, der sich Haus Gottes nennt. Du bist kein Mann, der zu Demut und Sühne fähig ist, sondern ein stolzer Mann, der Gott leugnet. Ein Mann des Teufels!»

Sehr langsam wandte der kniende Aimery den Kopf. «Ach», sagte er. Sein Gesicht war nass. «Das mag alles sein, wie Ihr sagt, Pater. Nur eines nicht. Dass ich meine, man könne von Gott nichts wissen, heißt nicht, dass ich ihn leugne.»

«Ketzerei und Spitzfindigkeit noch im Angesicht des Todes?»

Aimery stand auf, ohne Hand oder Stumpf zu Hilfe zu nehmen. «Ich fürchte, der Tod lässt sich davon nicht schrecken.» Damit wandte er das Gesicht wieder Francis zu. «Der Leib dieses Mannes bleibt, wo er ist. Für sein Begräbnis sorge ich, niemand sonst rührt ihn vom Fleck. Jetzt gehe ich und schnitze seine Totenbahre.»

«Mit einer Hand?» Dem Priester versagte die Stimme.

Aimery verzog den Mund zu einem hässlichen Lächeln. «Vielleicht leiht mir ja der Teufel eine zweite.»

Er ging, ohne jemanden anzusehen. Dorothy hätte dem Priester zürnen wollen, aber brachte keinen Zorn auf. O Aimery, dachte sie, weißt du, wie viele auf dich einschlagen, weil sie mit dir reden wollen, du ihnen aber nur deinen starren Rücken zeigst? Er hatte die Tür fast erreicht, da stob ihm etwas hinterdrein. Nahm seinen Stumpf und ging mit ihm. Richilda. Aimery zog die Tür auf.

«Vater», schrie Symond und ließ etwas fallen, das zerschellte. Scherben und Münzen sprangen über den Boden.

Aimery blieb stehen und drehte sich um.

«Lass mich mitkommen, Vater», stammelte Symond. «Lass mich dir helfen.»

«Ich bin nicht dein Vater», sagte Aimery höflich. «Und ich kann dir nicht helfen.» Dann verließ er mit Richilda das Haus.

Dorothy durchbrach ihre Starre und rannte zur Tür. Aimery und Richilda gingen über den Hof. Sie hätte ihr Kind zurückrufen und ihrem Liebsten hinterherschreien können: Geh nicht, sei nicht so gnadenlos. Aber sie ließ sie ziehen. Wind, der den Regen verwehte, zerrte beiden am Haar. Dorothy hatte das Gefühl, in Nässe zu zerrinnen: Regen im Kragen, Tränen überm Gesicht und an den Schenkeln noch Spuren deiner Lust.

Jemand tappte ihr auf die Schulter. Tidworth, der Barbierchirurg. «Ihr tragt für das Haus Verantwortung?», fragte er, erwartete aber keine Antwort, und so hielt es jeder in Portsmouth. Wer mit den Fletchers etwas abzuwickeln hatte, wandte sich an Dorothy, an keinen sonst. «Ich muss Euch raten, alles Tuch, das der Kranke benutzt hat, zu verbrennen. Auch solltet Ihr in dem Raum nicht schlafen, ehe alle Luft verbrannt ist. Zündet hohe Feuer an, werft Wacholder hinein, und wenn Ihr Euch Tamariske leisten könnt, gebt die dazu. Haltet das Südfenster geschlossen. Durch das Nordfenster hingegen erfrischt die Luft.»

Dorothy, die am Türstock gelehnt hatte, straffte sich. «Seit wann verbrennen wir gutes Leinen und Kräuter, wenn im Haus ein Greis stirbt?»

Der Barbier hob die Hände. «Nur aus Vorsicht, Mistress. Master Francis litt an bösem Husten.»

«An dem Husten litt er seit dem Feuer», fauchte Dorothy.

«Hätte ich all die Jahre lang Leinen verbrannt, ich wäre zu arm für den Bettelstab.»

«Gewiss habt Ihr recht.» Der Arzt wich zurück. «Wenn Ihr jedoch Duftkugeln braucht, so habe ich Weihrauch und Ambra im Verkauf.»

«Und wozu soll ich Duftkugeln brauchen, bin ich eine Hochgeborene, oder miste ich Schweinekoben aus?»

«Die Seuche!» Das war Ise. «Der schwarze Teufel hat die Seuche eingeschleppt, damit sein eigener Vater dran verreckt.»

Dorothy taumelte gegen den Türstock.

Das Gesicht des Arztes war ernst. «In Southampton ist die Krankheit, die man die große Sterblichkeit nennt», sagte er. «Es mag sein, wie Ihr sagt, und Master Francis starb am hohen Alter. Nur sollten wir alles Erdenkliche zu Eurem Schutze tun.»

Dorothy warf dem Mann noch einen Blick zu, dann ging sie an allen vorbei durch den Raum. Vor dem Bett, wo Aimery gekniet hatte, kniete sie sich hin. Der Alte war tot. Sie legte ihm die Hände an die Wangen und spürte die Kälte, die sie kannte. Wie schade, Francis, dachte sie über seinem toten Gesicht. Ich habe alles Erdenkliche zu unserm Schutz getan, am Eis geleckt, meinen Rosenkranz gebetet, Pakte mit Gott geschlossen. Aber am Ende tut man ein Kleines nicht, und alles bricht entzwei. Wie schade, Francis. Ich zieh deine Nachkommen groß, ich geh hinter deiner Totenbahre, ich liebe deinen Sohn ganz fest. Mehr kann ich nicht tun. Sie legte ihm den Kopf auf die Brust und weinte, und als Anne sie fortziehen wollte, ließ sie es nicht zu.

Seit der Prim prasselte Regen auf die Dachschindeln, als würden unentwegt steinerne Karten gemischt. Roger Fitzroger bohrte sich zwei Finger in die Ohren. Wenn das Wetter so bliebe, würde er das Dach neu decken lassen müssen, ehe das Geräusch ihn zum Wahnsinn trieb. Am liebsten hätte er den ganzen Gebäudeteil abgerissen, die Seitenkammer der Säulenhalle, in der es muffig roch und in der man, wenn es einmal nicht regnete, das ewige Meer rauschen hörte mit seinem Vor und Zurück.

Die Decke war niedrig. Kaum erträglich für Fitzroger, der schon in der Halle häufig glaubte, das Gewicht des Daches laste auf seinem Schädel. Letzthin waren die Schmerzen im Oberkopf, die ihn seit der Knabenzeit quälten, schlimmer geworden. Damals hatte der Verwandte, der mit seiner Aufzucht betraut war, darauf bestanden, einen Chirurg zu rufen, einen Riesen mit blauem Blick, als sehe er durch Knochen. Er hatte Roger mit einer übelriechenden Paste Lippen und Nasenlöcher versiegelt, zwischen die verklebten Lippen ein Rohr gesteckt und ihn geheißen hineinzublasen. «Hört Ihr den Pfeifton?», hatte er den Verwandten gefragt. «Das bedauernswerte Kind hat einen Riss im Schädel. Zu tun ist dagegen nichts. Er wird zeitlebens unter Kopfschmerz leiden, und auch die Reizbarkeit, von der Ihr mir berichtet, rührt daher. Sorgt dafür, dass er Ruhe hat.»

Und hatte man ihn nicht hierher verbannt, weit weg von der purpurnen Hauptstadt, damit er Ruhe hatte? Als gäbe es Ruhe an einem Ort, wo das Meer Welle um Welle an die Unentrinnbarkeit mahnte: *Lauf weg. Komm zurück. Lauf weg. Komm zurück.* In Wahrheit war er aus London fortgeschickt worden, damit seine Sippe Ruhe hatte, damit der Makel ihre Selbstgefälligkeit nicht störte. Der Makel seiner Geburt. Der Makel seines zerrissenen Schädels, gegen den nichts zu tun war. Fitzroger zog die Finger aus den Ohren.

In den feuchten Gestank der Kammer mischte sich der Geruch nach Haferbrei und frischgebackenem Brot. Kräftigem Brot aus Roggen und Gerste. Er hatte Bruder Cuthbert in der Mühle angewiesen, zermahlene Bohnen und Eicheln einzumischen, um das Mehl zu strecken. Dennoch duftete das Brot einladend, derweil die entstellte Schwester faustgroße Brocken abbrach. Sie zog den Laden vor der Scharte in der Mauer auf, schöpfte aus einem Kessel eine Schale voll Brei und reichte Brot und Schale durch die Luke. «Gott vergelt's Euch», hörte Fitzroger eine Stimme durch den Regen krächzen.

Die entstellte Schwester bemerkte ihn und drehte sich um. «In diesem Sommer ist kein Tag ohne Regen vergangen», sagte sie.

«Wer ist da draußen?»

«Ein Alter mit Aussatz und eine Frau mit einem hustenden Jungen», erwiderte die Schwester. «Ich wollte, sie könnten sich eine Weile aufwärmen bei dem abscheulichen Wetter.»

«Unter keinen Umständen.» Seit das Raunen über die Seuche so laut geworden war, duldete er Bittsteller mit verdächtig anmutenden Krankheitszeichen auch im Pflegehaus nicht mehr.

Die Schwester war schon mit anderem beschäftigt. Aus ihren Kuttenfalten zog sie eine große Zwetschge. Rasch sah sie zu Boden. «Die ist fürs Kind.»

«Das Kind ist doch krank», herrschte er sie an. «Ist dir nicht oft genug erklärt worden, dass du Kranken kein Obst reichen sollst? Es schadet ihnen. Alles, was stark riecht und leicht verdirbt. Von alters her ist das bekannt, aber du mit deinem aufsässigen Blut musst jede Regel umwerfen und bildest dir noch ein, du tust Gutes dabei.»

«Ich bitte um Vergebung», murmelte die Schwester. «Der Kleine weint so, und ich bin keine, die einen kleinen Knaben weinen hören kann.»

«Du hast ein Gelübde geleistet», schrie Fitzroger. Der Riss in seinem Schädel schien aufzuklaffen und die Nadeln des Regens geradewegs auf sein Gehirn zu prasseln. «Du hast nicht eine zu sein, die dieses oder jenes nicht kann, sondern einzig eine, die sich fügt.» Die Schwester schwieg. Fitzroger hatte Mühe, milder fortzufahren. «Ich kam, um Bruder Nicolas zu sprechen. Ist er nicht hier gewesen?»

«Nein. Noch nicht.»

«Wenn er kommt, sag ihm, dass ich ihn zu sehen wünsche. Es ist eine Messe zu zelebrieren aus betrüblichstem Grund. Mir ist Meldung ergangen, dass John Stratford, Erzbischof von Canterbury, im Frieden des Herrn gestorben ist. Unsere Kirchenprovinz schlingert führerlos durch böse Zeit. Die Lage ist ernst. Sie bedarf fleißigster Gebete.»

Von der Futterluke drang ein Klopfen durch den Regen. Das Balg greinte, und ein Weibsbild, vermutlich die Mutter, greinte auch. Eine, die für ihren Bankert keinen Vater hatte. Warum klopfst du, Frau, warum lässt du den Jungen nicht verrecken?, hätte er sie fragen können. Glaubst du etwa, es sei besser, mit dem Makel zu leben, glaubst du, dein Kind werde für deinen Frevel nicht bestraft?

Aber das Klopfen stammte nicht von der Mutter. «Ich bin hier draußen», ertönte die Stimme des Hundertjährigen, wie üblich, als kenne er in der Welt keine Sorge. «Ihr wolltet mich sprechen?»

«Was tut Ihr da?», brüllte Fitzroger, stieß die entstellte Schwester beiseite und sah durch die Luke. «Fasst das Pack nicht an.»

Auf dem wogenden Grün, im Regen, stand der Greis bei der Frau. Die war eine Hübschlerin, der Hals schmal und ungewaschen, das Kind auf dem Arm. Bruder Nicolas tauchte einen Finger in den Brei und steckte ihn dem Knaben in den Mund.

«Versuch, ihn so zu füttern», sagte er zu der Dirne. «Gib ihm kein Fleisch, höchstens ein wenig Huhn, in Essig zubereitet.»

«Und woher soll meine Wenigkeit wohl Fleisch auftreiben?», wetterte das Weib. «Glaubst du, ich bin Johanna von Neapel, Mönchlein, ich gehe von hier zum Prassen in den Papstpalast?»

Fitzroger war es, als platze sein Schädel erneut. Wir sind verloren, erkannte er, Gog und Magog erwachen, vor dem Jüngsten Gericht steht alles auf und wird gezählt: Jeder Makel. Jede Sünde. Jeder Riss.

Bruder Nicolas lachte. «Unrecht hast du nicht, hier mag Armut zum Segen gereichen. Schwester, füll einen Krug mit Gerstenwasser. Trinken frommt diesem kleinen Burschen mehr als Essen.» Zu der Frau sagte er: «Komm morgen wieder. Wenn es vor der Nacht schlimmer wird, komm gleich.»

Die entstellte Schwester huschte aus der Kammer. Bruder Nicolas umrundete das Gebäude und betrat das Hospiz durch den Haupteingang. Fitzroger hörte seine schlurfenden Schritte. Der Alte duckte sich, wiewohl sein Körper auch so unter dem Türstock hindurchgepasst hätte, und schlüpfte herein. «Hier bin ich.»

Fitzroger schlug die Futterluke zu. «Ihr habt die Terz versäumt.»

«In meinem Gelübde heißt es: ‹Ich werde die Messe hören, sooft es mir möglich ist.› Es war mir nicht möglich. Ich hatte zwei junge Männer zu empfangen, die einen Toten brachten, um ihn in der Kapelle aufzubahren.»

«Und das ist heute von Bedeutung, da wir den Tod unseres Primas betrauern?»

«Um unseren Primas trauert ganz England», erwiderte der Alte. «Er mag es verschmerzen, wenn ich einem anderen ein paar Tränen schenke.»

Warum starb der nicht? Würde er mit ihm zusammen sterben, war ihm, Fitzroger, kein einziger Tag ohne seine Geißel vergönnt? «Was waren das für Männer?», fuhr er den Hundertjährigen an.

Dem rannen aus der Kappe dünne Bäche Regen. «Die zwei Ältesten des seligen Segelmachers, Thomas und Sebastian, trefflich geraten.»

«Redet nicht herum! Ich weiß jetzt, wer der Tote ist, und ihr werdet diesen Mann nicht hier begraben!» Seine Schreie hallten, durch seinen zerstörten Schädel wie durch den engen Raum.

«Und warum nicht?»

«Er ist an der Seuche gestorben», schrie Fitzroger. «Schafft ihn aus meiner Kapelle, schafft ihn weg, weg, weg!»

Der Alte ergriff ihn bei den Armen. Ganz leicht war sein Griff, die Knöchlein wie Federn, die Arme ohne Saft. «Als Euer Beichtvater dringe ich darauf, dass Ihr Euch beruhigt», sagte er. «‹Schüttet eure Herzen aus wie Wasser›, ist uns geboten. Nicht wie Öl, das eine fettige Spur zieht, und nicht wie Wein, der einen Rausch, oder wie Milch, die einen Pelz um die Zunge hinterlässt, sondern wie Wasser, von dem gar nichts bleibt.»

«Wie oft wollt Ihr mir das noch vorhalten? Mir platzt der Schädel!» Fitzroger befreite sich und presste die Hände auf die Ohren, aber der Schmerz war so unerträglich, dass er loslassen musste. «Mein Herz soll ein verlauster Affe sein, wenn Ihr diesen Toten hier bestattet», sagte er. «Das Hospiz ist meinem Schutz unterstellt, und ich erlaube nicht, dass Ihr die Pest zu uns zieht, die Euer Ketzerfreund auf seinen Vater rief.»

«Jetzt also fängt es an.» Der Greis lehnte sich an die Wand. «Die, die Angst vor Aimery haben, und die, die Angst vor der Seuche haben, werfen beides in einen Topf und kochen Gift. Angst ist ja auch eine Seuche, und welches Kraut hilft dagegen? Master, was kann ich Euch noch sagen, damit Ihr mir glaubt: Es gibt für Eure Angst keinen Grund.»

Sie maßen einander. Neben dem Alten tauchte in der Tür das entstellte Gesicht der Schwester auf. Fitzroger wollte sie wegschicken, aber da sprach der Alte, der sie nicht bemerkte, schon weiter. «Er kommt doch gar nicht hierher. Er sendet diese zwei Jungen von der Werft, und dem Begräbnis bliebe er fern wie damals, als ich die arme Helewise begrub. Er glaubt nämlich, daran kein Recht zu besitzen, er glaubt, auch wenn Ihr das nach dreißig Jahren noch immer nicht begreift, er sei schuld an ihrem Tod.»

Drei-, viermal schlug der Regen auf das Dach, so lange herrschte Schweigen. «Geh», schrie Fitzroger dann die entstellte Schwester an, die mit ihrem Wasserkrug floh. Er warf sich auf die Knie und klammerte sich an die Robe des Bruders. Wie von selbst wechselte er ins Lateinische, die Sprache, die außer ihm und dem Chorherrn keiner verstand. «Ihr dürft ihn nicht erlösen, hört Ihr? Sosehr Ihr ihn liebt und mich hasst, das dürft Ihr nicht. Denkt an Euer Gelübde.»

Die Finger des Greises legten sich über den Riss in Fitzrogers Schädel. «Der Herr segne dich, und Er behüte dich. Der Herr lasse sein Angesicht leuchten über dir und sei dir gnädig.» Das geflüsterte Latein war ein Knistern. «Ich würde Aimery erlösen und Euch dazu, wenn mir die Gewalt dazu gegeben wäre. So wie es jedoch steht, sind meine Hände leer. Macht keine Menschen zu Göttern, Master. Ich kann niemanden erlösen, und Aimery kann über niemanden die Pest rufen. Er kommt hier nicht her, und dass Ihr ihn fürchtet, würde er nicht begreifen.»

«Aber ich habe ihn gesehen», schrie Fitzroger auf. «Erst Jahre nicht und jetzt wieder. Er geht hier um.»

«Er geht in die Bibliothek, um zu lesen», erwiderte der Greis. «In den Schriften findet er Hilfe, vielleicht auch in dem Wissen, der sterblichen Hülle seiner Frau nah zu sein. Kommt jetzt. Gehen wir in die Kapelle und bereiten uns im Gebet auf die Messe für Erzbischof Stratford vor.»

«Und Francis Fletcher ...» Die Vorstellung, der Tote könne dort liegen, wo *sie* gelegen hatte, ließ Fitzroger vor Schwäche schwanken.

Der Hundertjährige griff ihm unter die Arme. «Francis Fletcher ist an keiner Seuche gestorben. Und er liegt auch nicht in der Kapelle.»

«Er liegt da nicht?»

«Nein. Ich habe den Burschen gesagt, sie sollen ihn zu Pater Stephen nach Sankt Thomas bringen. Der arme Francis hätte ja hier nicht ruhen wollen, sondern drüben, bei seiner Richilda, seiner schönen Normannin.»

Als Fitzroger Luft einsog, hörte er das pfeifende Geräusch, das der Riss ihm durch den Schädel jagte. «Und sein Sohn?», flüsterte er.

«Wenn sein Sohn zu mir kommt, steht meine Tür ihm offen. Allerdings mache ich mir keine Hoffnung mehr. Hätte er mir seinen Vater sonst nicht selbst gebracht, wohl wissend, dass ich ihm keinen Wunsch abschlagen könnte? Nein, er bleibt fort, mein Aimery, dem seine langen Beine noch immer nicht über seinen Schatten helfen.»

Fitzrogers Gedanken jagten durch sein Leben. Er hatte sich Schlachten geliefert mit dem Mann, der ihn gezeugt hatte, er hatte Frauen gehasst, und er hasste Aimery Fletcher. Er verachtete den schwachen Pater Stephen und die Laxheit der Kirche, Insassen, die Gebote übertraten, und Pfleglinge, die keine Scham kannten. Kein Mensch aber war ihm so zuwider wie der *Unsterbliche*, und in diesem Augenblick erfasste er den Grund. «Ihr habt immer klug zu reden und weisen Rat zu geben, aber in Euren Worten steckt nichts», sagte er. «Ihr kennt kein eigenes Leid, habt nie in Furcht und Versuchung schlaflos gelegen, Euch schert nicht einmal, ob die Seuche Euch holt. Ihr wisst in Wahrheit nicht, wovon Ihr sprecht.»

Die matten Augen des Alten zuckten. «Ist dann nicht das mein Leid?», murmelte er. «Dass mir der Mut zum Leben fehlte? Bin ich ein Pergament, auf dem jeder schreiben kann, was ihm gefällt, um es hernach auszuwischen?»

Fitzroger stand auf und ging durch die Halle voran zur Kapelle. Der Triumph, der in ihm aufbrauste, übertönte das Pfeifen.

Er hatte seinen Feind bezwungen, hatte ihm einen Schlag auf seine einzige Blöße versetzt. Vor dem Portal hielt der Greis ihn zurück, als seien endlich ihre Rollen vertauscht.

«Ihr habt recht», hörte Fitzroger ihn raunen. «Ich habe geglaubt, ich könnte etwas tun. In diesen Steinwänden eine Schule der Liebe errichten und Lehren von der Kraft menschlichen Glaubens in die Welt tragen. In Wahrheit aber stand ich immer nur an meiner Futterluke. Wer sich um das Leben aller Welt schert, hat Angst vor seinem eigenen.»

«Genug jetzt, Bruder.»

«Ja. Genug. Ich habe alle beneidet: den Mann, der mit dem Leichnam seiner Frau auf den Armen zusammenbrach, die Gebärende, die ihr Kind verstecken musste, und sogar meinen Sohn in Gott, der den Schwelbrand in sich trägt und in steter Furcht vor dem Auflodern lebt.»

«Ich sagte: genug! Ihr messt Euch Bedeutung bei, die keinem Einzelnen zukommt.»

Der Greis stierte vor sich hin. «Tun wir das nicht alle? Ist nicht jeder sich selbst ein Ganzes? Aber mein Ganzes ist hundert Jahre alt und leer.» Seine Knie knickten ein. «So leicht ist es zu wissen, was richtig ist, wenn es ins eigene Fleisch nicht schneidet, so leicht, es hat gar kein Gewicht. Ich habe meine Zeit versäumt. An dieser geschlagenen, verstümmelten, verstörten, dieser tollkühnen, trotzigen Zeit habe ich nicht teil.»

Fitzroger sah über seine Schulter. Mehrere der Kranken waren aufmerksam geworden. Rasch half er dem Alten hoch und zog ihn in die Kapelle. Eben wollte er niederknien, um die Gebetsformel zu sprechen, da machte der kraftlose Greis sich los.

«Ich will es aber», sagte er, die Stimme schon wieder gefestigt. Als stampfe ein verstockter Knabe mit dem Fuß.

Hatte man einen Fehler begangen, so ließ der zweite nicht auf sich warten. Dorothy hatte an Aimery und Francis gefehlt, und derweil sich ihre Gedanken darin festkrallten, fehlte sie an einem anderen.

Eine Nacht und ein Tag waren verstrichen. Tom und Seb Segelmacher brachten die Totenbahre und holten Francis fort. Zum ersten Mal seit Jahren würde des Nachts kein Mensch nach Dorothy schreien. Es war bereits dunkel, als sie die Untätigkeit nicht länger ertrug. Sie wollte zu Aimery. In der nasskalten Nacht durch die Gassen zu laufen, schreckte sie nicht, sie hatte es oft getan, und es gab so viel anderen Schrecken. Im Lauf dachte sie an Symond, an Baron Masun und nach all der Zeit an Agnes. Agnes mit aufgelöstem Haar und erhobenen Armen, die Aimerys Beine umklammert und ‹Vater, Vater› geschrien hatte. Und Aimery, der zu ihr gesagt hatte: ‹Geh zu ihm. Er soll dich nehmen. Komm nie wieder in mein Haus.›

Er wird auch dir nicht vergeben, zischte eine Stimme ihr ins Ohr. Einer, der sein Leben lang für jede Regung Strafe erfuhr, weiß nicht, was Vergebung ist. Sie musste stehen bleiben. Wie schon häufig begannen Gedanken und Bilder sich in ihrem Kopf zu verflechten. Denk nicht. Lauf, gebot sie sich, konnte aber der Stimme in ihrem Kopf keinen Einhalt gebieten: Ich kann doch dich nicht verlieren, mein Fisch, ich schling die Arme um deine Mitte. Wir lernen zusammen, wie man vergibt, wie man zwischen Leben und Tod ein bisschen Glück erträgt.

Im nächsten Schritt war sie auf einer Aalhaut ausgerutscht und rappelte sich mit einem Fluch gegen Gocelin auf die Beine. Wie oft hatte sie ihn gedrängt, für die Verschmutzung der Straße härtere Strafen zu verhängen, und wie einfältig war überhaupt die Welt? Alles fürchtete sich vor einer Seuche, die verdorbener Luft entstieg, das Nachtzeug eines Toten sollte verbrannt werden, aber die übelriechenden Berge scherten nicht einmal den

Bürgermeister. Ohnehin taugte Gocelin nicht für das Amt, er war zu schlaff, zu leicht beirrbar. Dorothy stockte. *Gocelin.* Wann war der gestern nach Hause gekommen? Mit dem nächsten Schritt hatte sie die Richtung gewechselt. Statt nach der Werft lief sie zum Solent, wo sie sich kurz vor dem Deichhügel von Gocelin getrennt hatte.

Dort fand sie ihn. Er war unter einen Sanddornstrauch gekrochen, als böten die schlanken Zweige Schutz. Die Zeit musste ihm zur Ewigkeit geworden sein, aber warum um alles in der Welt war er nicht weitergegangen? Der dünne Regen zwang keinen, seinen Weg zu unterbrechen. Gocelin lag zur Kugel gekrümmt in seinem Mantel. Hätte er nicht vor sich hin gewimmert, hätte Dorothy geglaubt, er sei tot.

«Es tut mir so leid», rief sie, wie sie Aimery hatte zurufen wollen. «Es tut mir so furchtbar leid.» Auf dem Weg hatte sie sich vorgestellt, wie sie Aimery in die Arme schließen und wiegen und nicht loslassen würde, bis sein steifer Rücken sich entspannte. Jetzt schloss sie die Arme um Gocelin. Wiegte ihn. Ließ nicht los. Sein Rücken blieb hart. «Hast du Schmerzen?»

Das Wimmern wuchs zum Jaulen und schrumpfte wieder.

«Du musst nach Hause. Ich helfe dir.»

«Nein», schrie er auf. «Dottie, nein, nicht nach Hause.»

«Du bist doch krank.» Wie oft schleppe ich eigentlich noch kranke Männer übers Land?, fragte sie sich, und die Erinnerung an Aimery versetzte ihr einen Stich. Kurz glaubte sie, in den Armen seinen kraftlosen, zum Sterben bereiten Körper zu spüren. Aimery war nicht gestorben. Just als die Gegenwart sie zurückrief, als sie statt des schlaffen, ausgezehrten Leibes wieder den verkrampften, molligen hielt, begriff sie, dass Gocelin sterben würde. Nein!, begehrte es in ihr auf, nicht Gocelin, der wie mein verbeulter Bohnentopf zu meinem Leben gehört. Sie suchte, ihn an der Schulter zu rütteln, wie sie Aimery gerüttelt hatte, aber gab auf. «Was ist dir, Gocelin?» Ihr war zum Weinen.

Sein Gesicht zuckte. Sein Husten glich einem Gurgeln, das einen dunklen Schwall hervorspülte. Klumpiges Blut traf auf Dorothys Rock. Um seine Stimme kämpfend, begann er, mit verkrümmten Händen an seiner Bruche zu nesteln, die ohnehin halb offen stand. Sie sah sein entblößtes Geschlecht, das läppisch, wie ein Säckchen, auf dem fleischigen Schenkel hing. Unvermittelt dachte sie an Aimerys schmale Hüften. Und an mehr. Als spüle Meerwasser zwischen ihre Beine. Mit dem nächsten Blick sah sie, was Gocelin ihr hatte zeigen wollen. In der Grube der Leiste, neben der traurigen Männlichkeit, erhob sich schwarzblau eine Beule.

So abartig erschien die Schwellung, so gewaltig, dass sie zu einem Menschenleib unmöglich gehören konnte. Dorothy streckte die Hand aus. Als die Berührung erfolgte, brüllte Gocelin vor Schmerz. Sie zog ihn an sich. Es regnete noch immer. «Wir müssen hier weg, Gocelin. Nach Hause. Morgen früh holen wir den Arzt.»

«Nicht nach Hause», keuchte der Gepeinigte. «Sie riegeln uns ein, wenn es laut wird. Es ist die Seuche, mein Honig, die große Sterblichkeit.» Er brach in Tränen aus wie ein Kind. «Wenn ich sterb», fügte er endlich hinzu, «wer regiert die Stadt, wir haben keinen, der es kann.»

«Aimery kann es», sagte Dorothy.

«Gewiss. Aber du weißt ja, wie es steht mit Aimery und der Stadt.»

«Es steht jetzt gut.» Warum ließ sie dem armen Mann nicht seinen Frieden? «Die Leute loben Aimery, sie wünschten, er wäre noch da, um Portsmouth vor der Steuer zu bewahren und die aus Southampton aus unserm Hafen zu jagen.»

«Mein Küchlein, wenn es einen braucht, der Schuld trägt,

zählt nicht, ob er gut oder schlecht ist, sondern nur, dass er anders ist. Wenn ich tot bin, lass die Stadt nichts wissen. Achte du auf sie.»

«Du bist ja wirr.» Dorothy stand auf. «Aber meinethalben, wenn du nach Hause nicht willst, bringe ich dich auf die Werft.»

Das hatte sie getan, und dort war Gocelin gestorben. Zum Sterben hatte er vier Tage gebraucht, und dass ein Mensch sich derart quälte, um etwas zu überwinden, das nicht mehr Leben, aber noch lange nicht Tod zu nennen war, erschien Dorothy unerhört. Warum machte Gott die schönen Menschen, wenn er sie so elendig verrecken ließ? Über Gocelins Körper breitete sich platzender, eiternder Ausschlag aus. Wiewohl sein Leib glühte, wiewohl Schweiß in Bächen aus seinen Poren quoll, klapperte ihm der Kiefer, dass die Zähne aufeinanderschlugen. Er stank. Aus seinem Hintern lief Kot wie mit Blut gemischtes Wasser. Beständig schrie er nach Süßem, nach Honig, Obst und Gebäck, aber jedes Schlucken ließ ihn nahezu ersticken. Aimery sprach weniger als das Nötigste, half Dorothy jedoch, Gocelin zu pflegen. Als sie ihn anflehte, jemanden zu holen, der den Todkranken zur Ader ließ, sagte er: «Das kann ich tun, wenn du willst. Nur scheint es mir nutzlose Schinderei, ihm noch Blut zu nehmen.»

Der Kranke sprach nichts mehr, gab nur Laute der Pein von sich. Dorothy konnte ihm weder Beichte noch Ölung bieten. Ehe er endlich starb, küsste sie ihn lange und innig, wiewohl sein Gestank ihr Übelkeit bereitete. Sie hielt seine pummelige Hand in ihrer, bis die Hand ein kaltes Ding war, und sah zu, wie sich in den Augen etwas drehte. Von *da* zu *nicht mehr da*. Danach weinte sie haltlos, bis Aimery ihr zu trinken brachte. Starkes Ale. Sie hatte auf der Werft nie Ale bekommen. «Ich traue dem Wasser nicht», sagte Aimery. Sonst nichts. Sein Gesicht, fand Dorothy, war ebenso steinern wie das Zerbrochene von Gocelin.

Ohnehin ertrug sie es nicht lange, ihn anzusehen. Sie wünschte sich, er hätte ihr nicht Ale gegeben, sondern sie in die Arme genommen und mit ihr um Gocelin geweint. Eins lief ins andere über: Sie verzehrte sich nach seinem Körper, wollte ihn hier, neben dem Leichnam, bis zu völliger Erschöpfung lieben, und glaubte im nächsten Augenblick an seinem Körper Schwären zu sehen, schwarze Beulen, vor Schmerz verkrampfte Muskeln, glaubte, ihn sterben zu sehen, wie Gocelin gestorben war. Sie drehte sich weg, beugte sich über Gocelin und weinte, bis sie Schlaf fand.

Als sie erwachte, lag sie in Decken gebettet auf dem Boden. Durch die angelehnte Tür drang Licht, und in Vogelzwitschern fielen Schläge der Behauaxt. Es war Tag.

Der Gestank des Sterbens verklebte nicht länger die Luft. Er war starkem Brandgeruch gewichen, als werde im Verschlag geräuchert. Ihr Schlaf war eine Folge zerfetzter Bilder gewesen, und als der Schlaf sie ausstieß, war das Entsetzen sogleich wieder da. In ihrem Rücken, an Nacken und Schultern schien der Tod zu knuspern. Schwerfällig drehte sie sich um. Gocelin war fort, alle Tücher und selbst das Strohlager abgeräumt.

«Wir haben ihn draußen aufgebahrt und einen Unterstand gebaut. Wir haben sogar einen Rosenkranz, er gehörte dem berühmten Luke aus Havant, aber der Herr meinte, es sei recht, ihn Gocelin Deghere in die Hände zu legen, denn Luke braucht ihn nicht mehr, und Ihr wärt erfreut.»

«John!» Vom Leben war noch etwas übrig, sie war in einer aus der Bahn geschleuderten Welt nicht allein.

Der Blinde trat ein. Ihr Blick folgte ihm, als er den Raum durchmaß und im Winkel ein Feuer schürte, obschon es lichterloh flackerte. «Der Herr hat dies zu Eurem Schutz angeordnet», sagte er. «Feuer, das tödliche Dämpfe verbrennt, wie Guy de Chauliac es dem Papst empfahl.»

«Guy de Wer?»

John lachte sein leises, tröstliches Lachen. «Irgendeiner dieser Gelehrten, deren Ergüsse der Herr ständig irgendwo aufliest. Dieser soll sich selbst von der Seuche geheilt haben.»

«Und daran glaubt Aimery?»

«Er glaubt, es könne nicht schaden. In Europas größten Städten, Paris wie Florenz, streicht diese Pest bald die Hälfte allen Lebens aus. Der Herr sagt, er wolle nichts unversucht lassen. Den Hexenstein, den Luke aus Havant mit dem Rosenkranz trug, wollte er Euch allerdings nicht aufs Kissen legen, und auch den heiligen Rochus beschwört er nicht.»

«Wer ist der heilige Rochus?»

«Ihr habt in diesen Tagen in einer anderen Welt gelebt, nicht wahr?», fragte John. «Jenen Rochus, irgendeinen neuernannten Heiligen, der angeblich den Seuchentod abwenden kann, beschwört die ganze Stadt.»

Er hatte recht. Sie hatte in einer anderen Welt gelebt, im Meer, auf das sie mit Aimery hinausgeschwommen war, der Lärm vom Ufer hinter Wellen gedämpft. Wenn sie je an die Seuche gedacht hatte, so hatte sie den Gedanken verworfen: eine von Isemays Bosheiten, von Matildas jammervollen Hirngespinsten. Jetzt aber ließ sich nichts mehr verwerfen. «Ich muss deinen Herrn sprechen, John.»

Er kam zu ihr und ging einen Schritt vor ihrem Lager in die Hocke. «Ich weiß, es ist viel von Euch verlangt. Ich triebe ihn Euch mit dem Tragriemen her, wenn der Tragriemen ihn zur Vernunft brächte, aber da er das nicht tut, bitte ich Euch: Lasst ihm Zeit.»

Im Nu saß sie auf. «Willst du sagen, er grollt mir noch? Ich habe meinen Freund sterben sehen, wie keine zertretene Kröte stirbt, wir haben die Seuche in der Stadt, womöglich sterben wir alle!»

«So hört doch …»

Aber Dorothy hörte nicht. «Aimery Fletcher grollt mir», schrie sie. «Aimery Fletcher kann mir einen lässlichen Fehler nicht vergeben, wie er niemandem vergibt. Nicht seinem Ventenar, der sich vor Reue windet, nicht seinem Vater, der jede Nacht nach ihm heulte, nicht seinem Weib und Gilbert Berkham, der Agnes nicht und nicht einmal diesem traurigen Schwächling Symond, dem selbst ich vergeben habe. Vermutlich auch nicht dem armen Gocelin, was immer der an Aimery verbrochen hat.» Ja, so war es, sie hatte ihnen allen vergeben, Symond, Isemay, Ronald, wiewohl Gott sich an keinen Pakt mit ihr hielt. Sie vergab ihnen, weil das Leben es nicht tat, weil jeder Mensch, der es mit dem Leben aufnahm, ein Held war.

Das Gesicht des Blinden verschloss sich. «Er ist nur ein Mann», sagte er, «den die ganze Welt zum Heiligen oder zum Satan machen will. Wenn er Euch nicht taugt, lasst ihn zugrunde gehen, er hat Euch um seine Rettung nicht gebeten.»

Dorothy überlegte. «Das ist jetzt alles einerlei», sagte sie endlich. «Ich muss ihn sprechen. Es geht um Gocelin und um die Stadt.»

«Gut.» John stand auf. An der Tür blieb er noch einmal stehen. «Ihr würdet mir nicht wehtun, weil ich blind bin, oder?»

«Natürlich nicht.»

«Aimery ist auch blind», warf er ihr hin und ging.

Gleich darauf erschien Aimery, schwarz und stolz und starr, und einen Herzschlag lang verstand Dorothy all jene, die ihn fürchteten und hassten. Das kurze Gespräch, das sie miteinander führten, eines, in dessen Verlauf sie weinte und flehte und schrie und schlug und Aimery schwieg und wieder schwieg, gehörte zu den Ereignissen in ihrem Leben, die sie liebend gern spurlos ausgelöscht hätte.

‹Fühl nichts. Denk nichts.› An dem Befehl war Aimery schon als Knabe gescheitert. Seit Dorothy die Werft verlassen hatte, scheiterte er kläglicher denn je, also befahl er sich, was er sich als Knabe befohlen hatte: Wenn du zu schwach bist, den Schmerz zu besiegen, dann pack ihn beim Schopf, Weichling. Lenk ihn dahin, wo du ihn haben willst, wo er dir gehört und keinem sonst. Grab die Zähne in die Lippen. Grab, bis Blut kommt. Er schwang die Behauaxt aus, beschrieb mit einer Hand den Bogen, den er einst mit zwei Händen erlernt hatte, sah die Schneide durch die Luft blitzen und zielgenau einen Span von der Planke trennen. Seine Zähne gaben seine Lippe frei. Er schmeckte Blut. Es nützte nichts.

Der Schmerz blieb, wo er war. In seinem Kopf. Aimery holte von neuem aus, nahm mit flinkem Blick maß und schlug auf der anderen Seite der Planke einen gleich großen Span ab. Dann löste er das Holz aus dem Bock. Setzte sich ins Grün, betrachtete im schwimmenden Morgenlicht die Schnittfläche und wählte unter seinen Feilen. Die Planke wird gut, redete er sich zu. Sie wird richtig. Ein wenig schleifen mit der kleinen Feile und dann glätten mit der Haut vom Hundshai, hernach die fertige Planke beiseitelegen und eine neue einspannen. Sieh die Planken an, Schwachkopf, nur all die Planken, die du selbst verjüngt hast, Stück um Stück, Stunde um Stunde. Nachher, wenn Michael wach ist, machst du dich ans Verplanken. Lass jeden treiben, was er will. Du baust dein Schiff.

Der Schmerz biss sich fest. Vor Aimerys Augen verschwammen die Fischhaut und das Holz. Ein letzter Weg blieb ihm, ein letzter Befehl. Wenn du nicht aufhören kannst, in deinem Schädel Klingen zu wälzen, Nichtsnutz, dann wälze zumindest die richtigen:

Gocelin Deghere ist tot.

Portsmouth ist ohne Herrn.

Gocelin ist an nichts gestorben, was ich je zuvor gesehen

habe, was ich abschätzen, mit einem Namen belegen und prüfen kann.

Sein Herz schlug. Haut und Rippen darüber schienen ihm dünn. Gocelin ist tot, hämmerte das Herz. Mein Vater ist tot. Gocelin will, dass wir seinen Tod verschweigen, und meinen Vater tragen andere zu Grabe. Er hatte Dorothy gesagt, dass sie Gocelins Tod nicht verschweigen dürften, auch nicht die Krankheit, die ihn getötet hatte, wenn sie diese erkennen und eindämmen wollten. Sie war auf ihn losgegangen, mit Fäusten und Schreien, die Wangen tränenüberströmt: «Du kannst nicht alles beherrschen», hatte sie geschrien, «du mit deinem Denken in Haken, du, der nie tut, was einfach und menschlich ist.» Aimery berührte sein Jochbein, wo ihre Faust ihn getroffen hatte, eine kaum ertastbare Schwellung, aber manche Schläge schmerzten mehr als andere. «Denken kannst du, Aimery, aber nicht wie ein Mensch, sondern wie eins von deinen Geräten», hatte sie gesagt, das war der schlimmste Schlag. «Für dich zählt nur, was in deinem Kopf vorgeht. Der Wunsch eines Toten, die Stadt, das ist dir einerlei.»

Er hätte nein sagen wollen, nein, in meinem Kopf geht gar nichts vor, und was je darin vorging, zählt nicht. Nur du. Und Gocelin. Es tut so weh, Dorothy, ich bekomme meinen Kopf nicht klar. So war es schon einmal gewesen. An jedem neuen Wort klebte das Echo der Erinnerung:

Ich denke ja nicht an Schiffe, das hatte er zu Helewise sagen wollen. An Schiffe denke ich nicht, und wenn ich je daran gedacht habe, weiß ich nichts mehr davon. Nur von dir weiß ich noch. Und von Walter Deghere. Es tut so weh, Helewise, ich bekomme meinen Kopf nicht klar.

Er hatte nichts gesagt. Damals nicht. Gestern nicht. Hatte sich nur gesagt: Dreh dich um. Grab die Zähne in die Lippen. Geh. Helewise hatte ihn zurückgerufen. Bleib doch stehen, Aimery, vergib mir, es ist mir geschehen, weil du mich allein gelassen hast, weil ich dich zu mir zwingen wollte, ich hab dich so lieb, so lieb, so lieb. Er war nicht stehen geblieben. War weitergegangen, den Kopf voll Schmerz und den Bauch voll Selbstgerechtigkeit. Diesmal war sein Bauchraum hohl: Wenn du mich zurückrufst, Dorothy, dann bleibe ich stehen.

Dorothy aber hatte nicht gerufen. Aimery war aus dem Verschlag zurück in den Regen gegangen und hatte zu Michael gesagt: «Ich bin den Tag über fort. Säge dem Bürgermeister seine Totenbahre und hol Pater Stephen, dass er ihn aussegnet. Er darf nicht in die Stadt. Wir wissen nicht, was diese Pest von einem zum anderen trägt, aber es heißt, in Kaffa haben Belagerer Tote über die Mauern geschleudert, um die Feinde zu verseuchen. Der Pater muss uns hier ein Stück Boden weihen, damit wir ihn begraben können.»

«Das wird er nicht tun», hatte Michael gesagt. «Schon gar nicht, wenn ein blinder Windenknecht ihn bittet. Bleibt und sprecht selbst mit ihm.»

«Mich ließe er die Bitte nicht einmal vortragen. Ihr wisst, er verwehrt mir, meinem Vater das Geleit zu geben.» *Und Bruder Nicolas, den ich für meinen Freund hielt, verwehrt es mir auch.* Dieses Letzte schluckte er. Es tat zu sehr weh, um es auf die Zunge zu nehmen.

«Nicht Euch», hatte Michael erwidert. «Er verwehrt es Eurem Stolz. Geht doch zu ihm. Lasst ihn sein Gesicht wahren und Euch die Beichte abnehmen, der Mann ist viel schwächer als Ihr, und Euch schadet es nicht.»

«Tut, was ich Euch sage», hatte er Michael in die weißen Augen geschrien. Er war gegangen, und bei seiner Rückkehr am Abend war Gocelins Leichnam fort. Dorothy war auch fort. Übrig war das Mädchen mit den kleinen Händen, Richilda, die darauf bestand, sie wolle bei ihm bleiben, ihrer Mutter werde sie nicht fehlen. Über das Schicksal des Kindes musste er nachdenken, denn Bruder Nicolas würde sie so wenig zu sich nehmen, wie er Aimerys Vater begrub. Ihr Name eilte der armen Maid voraus, dabei hatte sie einen viel besseren verdient.

Er hatte Richilda zum Schlafen geschickt und seither Planken gehackt. Die Nacht hindurch, als wolle er einer unsichtbaren Zuschauerschar etwas beweisen: Seht euch das an. Ich kann es nicht nur ohne meine Linke, sondern sogar ohne Licht. Dass ich alles andere nicht kann, schert mich nicht. Kein Mensch sein, meinem Vater das Geleit nicht geben, nicht mein liebstes Mädchen anbetteln: Hab mich doch lieb, Dorothy. Auch wenn ich nicht reich bin und kein Bürgermeister, nicht schön, nicht liebenswert, nicht einmal tot. Mit bleischweren Gliedern erhob er sich und lud sich Planken auf die Arme. Was wollt ihr von mir? Ich baue ein Schiff.

Wenn einer mir wehtut, lenke ich den Schmerz, wie ich ihn will.

Mein Vater ist ohne seinen Nichtsnutz von Sohn gestorben, er kommt auch ohne ihn ins Grab.

Mein Priester fürchtet, das Dach seiner Kirche stürze ein, wenn ich meinen Fuß hineinsetze, und mein Lehrer fürchtet sich nicht minder.

In meiner Stadt ist die Pest. Meine Stadt Portsmouth wird sterben.

Es nützte nichts. Von alledem kam nichts bei ihm an. Es gab einen Schmerz, der viel wütender brannte, der sich festbiss, an dem sich nicht rücken und nicht rühren ließ:

Die Frau, die ich liebe, liebt Gocelin Deghere.

Mich liebt sie nicht.

Das ist alles.

Sonst nichts.

Über das Land war Trauer verhängt. Vom Morgen an läuteten Glocken. Die rahmblonde Maid, Joan, die Prinzessin von England, die so hübsch am Palastfenster gesessen und dem kastilischen Sänger gelauscht hatte, die in Portsmouth auf die Reise zu ihrem Bräutigam gegangen war und den Leuten noch zugewinkt hatte, war in Bordeaux, auf einer Rast, gestorben. Die Pestilenz, die Geißel Gottes, strafte die Schuldigen, indem sie die Schuldlosen nahm, schlug die Hässlichen, indem sie nach den Schönen griff, ließ die Alten leben und löschte ihre Nachkommen aus. König Edward, so hieß es, ging in Sack und Asche und raufte sich den Bart. Dem Land war Fröhlichkeit verboten, alles Laute und Sündige, Tanzen, Spielen, Brüste zeigen. Aber in der Vorstadt von Southampton, bei den Quartieren der Gerber und Huren, hielt sich niemand daran.

«Wenn wir tanzen, kriegt die Pest es mit der Angst zu tun», rief man kiebig den Bangemachern entgegen. «Es sterben ja doch alle, die Lustigen wie die Sauertöpfe.» Und: «Saufen am Morgen, verrecken am Abend, und hinterdrein vom schlechten Wein kein Kopfweh mehr.»

Auch Gilbert tat mit. Die Musikanten hielten den Takt nicht, der Wein schmeckte sauer, und die Liebe war schal. Warum er auf solche Weise die Zeit totschlug, wusste er so wenig wie die Schar, die Gleiches tat. Zeit hatten die Bürger von Southampton mehr als genug, seit sie fürchteten, keine mehr zu haben. Der Hafen war versiegelt. Kein Schiff durfte mehr hinein, kein Schiff mehr hinaus. Schneller als die Seuche hatte sich die Kunde von ihrer Ankunft verbreitet. Als tanze auf der unfertigen Stadtmauer ein Gerippe mit Stundenglas.

Ein Gerippe lag über der Gasse, durch die Gilbert heimwärts ritt. Kein menschliches Gerippe. Der Leichnam eines Widders, von dem Raben und Ratten das Fleisch gerissen hatten. Vor Wochen noch wäre, wo ein Stück Vieh starb, eine Horde darüber hergefallen, um sich mit Messern Batzen abzuschneiden. Ein an der Pest verendetes Tier aber rührte niemand an. Selbst von den zähen Ratten lagen Scharen tot. Die Tür zum Backhaus, in das sonst schwatzende Weiber ihre Teigtöpfe trugen, schwang mit dem Wind in den Angeln. In der Vorstadt erzählten die Huren, den Bäcker, seine Alte und vier Buben hätte binnen einer Nacht die große Sterblichkeit geholt.

Wiewohl sein Geschäft stillstand, konnte Gilbert sich noch immer die besten Ärzte leisten. Nur waren die sich alles andere als einig, die gelehrten Doktoren in Prunkroben, die bauernschlauen Barbierchirurgen, die zerlumpten Heilerinnen. Riet der eine zu einem Mittel, so verwarf es der andere, und bald jeder kannte eine Wunderkur:

«Haltet Euch reinlich, gebt Salbei und Rosenwasser an Getränke.»

«Bäder erregen, meidet alles, was Euch ins Schwitzen bringt.»

«Lasst Luft von Norden, niemals von Süden ins Haus.»

«Entzündet wohlriechende Feuer, Weihrauch und Majoran taugen, und verschließt jedes Fenster, jede Tür.»

Je tiefer die Seuche sich ihren Weg ins Herz der Stadt fraß, desto irrwitziger erschien der erteilte Rat:

«Tragt das obere Stockwerk Eures Hauses ab, in niedrigen Häusern seid Ihr besser geschützt.»

«Wascht Euch den Kopf in Knabenurin.»

«Sucht Latrinen und Jauchegruben auf und saugt die Dünste des Widerlichen zur Abwehr in Eure Lungen.»

Er hielt all das Unheilbeschwören nicht mehr aus, wendete hart sein Pferd und trieb es wieder aus der Stadt. Nach Portsmouth sehnte er sich, er hatte Dottie seit Wochen nicht gesehen. Nein, verwies er sich sogleich, nicht zu ihr. Tritt erst vor sie, wenn du ihr sagen kannst, was wird. Aber Havant bot sich an. Vor dem Abend könnte er dort sein, einen Krug bei der Halsversehrten trinken. Die mochte er gern, weil sie ihre Schänke blitzsauber hielt und auf reine Getränke sah. Sie ging stets in Schwarz gekleidet, und das Mal an ihrer Kehle schien ihm auf sonderliche Weise vertraut. Sie gemahnte ihn an Helewise. Eine Schönheit wie die Verlorene war sie nie gewesen, aber schlank und proper, das graue Haar einst blond. In ihrem Gastraum erhoffte er sich Erholung vom Grübeln über Tod und Gottesstrafe. Als er aber eintrat, glaubte er, ihm werde ein Tragjoch umgehängt. An den Tischen saßen Männer mit gebeugten Schultern, Köpfe duckten sich, keine Hure zeigte schwabbelndes Beinfleisch.

«Falls jemand Euch anspricht», sagte die Wirtin, die ihm Bier und Aalpastete hinstellte, «lasst ihn nicht wissen, dass Ihr aus Southampton kommt. Die Leute glauben das Verrückteste, die Seuche fliege mit dem Atem, wird gesagt. Die aus Southampton sind nicht mehr gern gesehen.»

Benommen nickte Gilbert. Allein schmeckte ihm sein Bier nicht, und in der Mahlzeit stocherte er lustlos.

«Heda», rief endlich einer herüber. «Ich ließe das stehen und hielte mich ans Fasten.»

Der Zungenschlag verriet den Bewohner der Hauptstadt. Gilbert blickte auf und sah am Nebentisch drei Männer sitzen, ihrer Kleidung nach Londoner Wollhändler, wie sie zur Schafschur nach Hampshire strömten, um säckeweise einzukaufen. Die Schur aber war lange vorüber. «Überhaupt Fisch», mischte ein zweiter sich ein, «der kommt mir auf meinen Tisch überhaupt nicht mehr, seit die Wasser verseucht sind. Auf dem Festland schwören sie, die Juden waren's, die haben Brunnen und Flüsse vergiftet, und wir, die wir unser Judenpack übers Meer gescheucht haben, werden mitbestraft, denn Wasser schwemmt ja überallhin.»

Die Schüssel mit der Aalpastete erhielt einen Stoß. «Ihr meint also, wer Fisch isst, holt sich die Pest an den Hals?» Im Kopf überschlug er, wie oft ihm die Betta in den letzten Wochen ein Fischgericht vorgesetzt hatte.

«Wenn Ihr mich fragt, ist Fasten der beste Schutz», beharrte nun wieder der Erste. «Gestattet übrigens, dass ich mich vorstelle. Rupert Wesley aus London, mit meinen Gildebrüdern unterwegs zum Wollkauf. Und mit wem haben wir es zu tun?»

«Ich bin aus Portsmouth», rief Gilbert eilig, «Fletcher mein Name.»

«Der Schiffbauer?»

Gilbert trank Bier, als höre er nichts. «Wollkauf so spät im Jahr?»

«Wir kaufen auf, was noch zu haben ist», erwiderte Wesley. «Stopfen uns die Lager voll. Alle Welt greint ja um Menschenpack, das draufgeht, aber Menschen hat es ohnehin zu viel. Uns ist um die Schafe bange. Wenn die uns wie Fliegen sterben, kann England sich zu Grabe tragen.»

Wieder einer, der das Ende der Welt prophezeite, Tod und Unausweichlichkeit. Ich habe mein Leben nicht gelebt, wollte Gilbert ihm entgegenbrüllen, ich habe Jahr um Jahr auf diese Zeit gewartet, auf die Frau, die meiner würdig ist, auf Söhne von ihr, auf meinen Sieg. Die Welt hatte kein Recht, jetzt unterzugehen.

«Sagt, Master Fletcher», ließ sich der dritte der Männer vernehmen, «starb Euch in Portsmouth nicht jüngst der Bürgermeister?»

Der tumbe Gocelin war tot? Gilbert sah keinen Anlass, um den Kerl eine Träne zu vergießen, aber Gocelin ging in Dotties Haus ein und aus. «An der Seuche?», rief er. «Wollt Ihr sagen, er starb an der Seuche?»

«Das frage ich Euch», erwiderte der Mann. «In Eurer Stadt hörten wir, es habe zwei Fälle gegeben, den Bürgermeister und einen Greis. Fragt man nach, erfährt man, der Greis sei an Altersschwäche gestorben und der Bürgermeister habe sich bei einem Sturz den Hals gebrochen.»

«Und Musikanten habt ihr, die rufen geradezu nach Gottes Geißel», warf der rotgesichtige Wesley ein. «Ein Spitzbube sang im Schatten der Kirche ein Schandlied, das mir noch immer in den Ohren gellt:

Prinzessin Joan aus London
Fährt auf vier Schiffen nach Kastilien,
Zu ihrem Bräutigam, dem Prinzen.
Aber die Bettler von Portsmouth,
Die schafft kein Karren von dannen,
Die bleiben hocken und warten auf Gevatter Tod.

Eine kiebige Stadt, Euer Portsmouth, hockt mitten im Meer, zahlt auf Jahre keine Steuern und duldet solchen Schelm, der eine Königstochter mit Unrat bewirft.»

«Das Lied mag frech sein», wandte der dritte Mann ein, «aber töricht ist es nicht. Es benennt das einzige Mittel gegen die große Sterblichkeit: Flucht. Auf Schiffen oder Karren. Wer mit dem Leben davonkommen will, packt das Nötigste und nimmt die Beine in die Hand.»

Gilbert blieb drei Tage in Havant. Für die Nacht ließ er sich eine Metze besorgen, die ihm den doppelten Preis abknöpfte: «Heuer weiß man doch nicht, wer den Tod in der Schwanzspitze hat.» Er betrank sich, doch nichts half. Die Worte des Händlers blakten durch Nebel: ‹Wer mit dem Leben davonkommen will, packt das Nötigste und nimmt die Beine in die Hand.›

Derweil er mit hämmerndem Schädel nach Hause ritt, erwog er seine Möglichkeiten: Er könnte alles verkaufen, sein Geld in den Beutel stopfen und sich damit anderswo ein Auskommen schaffen. Die Londoner hatten berichtet, der Norden sei von der Pest verschont. Könntest du das?, drang er in sich. Dein Vaterhaus verlassen, dein Handwerk verlassen, diesen Meeresarm verlassen, auf dem deine Schiffe schwimmen sollten? Die Antwort fiel leicht: Ich bin dem Vater, dem Handwerk und der Heimat nichts schuldig. Es war etwas anderes, das er nicht verlassen konnte.

Dottie, die mit mir kommen muss. Meine Söhne. Und Aimery.

Er sah sein Haus. Würde jemand das Anwesen kaufen, ein Gewinnler das glänzende Geschäft wittern? Oder wurde nur noch verprasst und verreckt? Aus seiner Haustür stürzte eine Frau, blieb stehen und spähte nach allen Seiten. Als sie Gilbert entdeckte, winkte sie. Es war Gisel, die Trockenpflaume vom Nachbarhaus.

«Master Gilbert!»

Er sprang im Trab vom Gaul.

«Es war keine Wehfrau zu kriegen, die sind beide tot, da hab ich den Chirurgen geholt, das war recht, oder nicht?»

Also kam sein zweiter Sohn zur Welt. «Ist es nicht reichlich früh?», fragte er die Gisel.

Die schlug die Hände vors Gesicht. «O Herr, o Herr, o Herr.»

«Was ist?»

«Ihr wart doch nirgends zu finden», entrüstete sie sich, als tauge das zur Antwort.

Er schob die Krumme aus dem Weg, trat in sein Haus und taumelte zurück. Der Gestank war dick wie Käse, und er war unverkennbar. Die große Sterblichkeit nannten sie die Seuche, aber die große Fäulnis hätten sie sie nennen sollen. Ein Vieh kroch ihm entgegen, eins der Hündchen, mit denen Edward spielte. Vor Gilbert sackte es zusammen und starb. Jemand schrie, dass der Boden bebte. Gilbert stieß den Hundekadaver beiseite und rannte die Treppe hinauf.

In ihrer Kammer fand er die Betta in den Wehen, wie er sie

schon einmal gefunden hatte, nur lag sie diesmal auf dem Lager. Ihr Rücken krümmte sich, sie stieß einen röchelnden Schrei aus und fiel nieder, der Kopf zur Seite und der Hals entblößt. Als Nächster schrie Gilbert.

«Die Krankheit löst die Geburt aus», hörte er die näselnde Stimme des Chirurgen, der aus einem Becken einen Schnabelbecher mit einer trüben Flüssigkeit füllte. «Ich gebe der Mutter ihr Fruchtwasser zu saufen, um die Entbindung voranzutreiben. Wenn's nicht hilft, hilft nichts.»

«Und dann?»

Die Betta hustete. Aus ihrem Mund troff schwarze Brühe. Als der Husten abklang, beugte der Chirurg sich über sie, hielt ihr mit behandschuhter Hand die Nase zu, bis sie die Kiefer aufsperren musste, und zwang ihr den Schnabel des Bechers ein. Sie zappelte, keuchte, befreite sich und schlug dem Mann den Becher aus der Hand. Fruchtwasser tränkte das Laken. Der Leib der Betta wand sich, ihre Arme umschlangen ihre Knie, und ihren Lippen entrang sich ein Wimmern.

Die Beule an ihrem Hals war unfasslich. Eine schwarze, faule Frucht. Er sah rasch weg. Zu Boden. Neben dem Becken, an dem der Chirurg den Becher neu füllte, stand eine grünliche Flasche, bis zum Hals voll Schaum. Gilbert kannte diese Art von Flaschen, in die Ärzte einen Kranken pinkeln ließen, um an Geruch und Farbe sein Befinden abzulesen. Dass aber eine, statt zu pinkeln, schäumte, hatte er nie zuvor erlebt. Die Betta würde sterben. Ohne es zu wollen, lenkte er den Blick zurück auf ihr Gesicht. Es war krebsrot und gedunsen. War es je hübsch gewesen? Mühsam versuchte er, sich eines rosigen Mädchens zu erinnern, das er einst für die Hausarbeit eingestellt hatte, eine Bauerntochter mit trefflichem Hinterfleisch, doch das Gesicht blieb leer, verwechselbar.

«Das wird nichts mehr», sagte der Chirurg, der noch einmal

versucht hatte, Betta Fruchtwasser einzuzwingen. «Die kriegt nichts geschluckt.»

«Und mein Kind?», fragte Gilbert.

«Wenn Ihr bezahlt, schneide ich's Euch raus. Mein Lohn fällt aber auch an, wenn's das Wurm nicht schafft. Die meisten schaffen's nicht.»

«Ja, ja», rief Gilbert und fügte im Stillen hinzu: Tut, was Ihr wollt, nur tut etwas.

«Ihr seid sicher? Dann brauche ich Feuer für die Klingen.»

Gilbert holte Gisel, die in der Halle wartete. «Ich bezahl Euch gut», sagte er. Die Gisel warf ihm einen Blick zu, dann lief sie die Treppe hinauf. Er selbst wollte um keinen Preis mit ansehen, wie der Chirurg der Betta den verfaulten Leib aufschnitt, um sein Kind herauszupflücken. Würde das Menschlein mit den Gliedern rudern und brüllen und leben oder schlaff auf der Hand hängen, schwarze Beulen am winzigen Hals? Er stürmte in den Küchentrakt, griff nach einem Krug und goss sich den Inhalt in den Schlund. Wie Essig rann der Wein durch seine Kehle. Sein Herz jagte. Er ließ den Krug fallen und hastete zurück.

Die Treppe hinauf. Aus der Kammer Ächzen und Scharren. Kein Kindsgeschrei. Gilbert riss die Tür auf und überblickte das Schlachtfeld. Das Bett war in Rot getaucht, das aus durchtränkten Lakenzipfeln auf den Boden tropfte und dem Chirurgen ins Gesicht gespritzt war. Bettas entleerte Hülle lag in ihrer Jauche, nicht mehr brauchbar, nicht mehr wahr. Aus dem Gesicht war die Farbe gewichen, die Kiefer fratzenhaft verrenkt. Gilberts Hände umkrallten seinen Hals. Er schwenkte herum. Die Gisel hielt ein Bündel an die Brust gedrückt, aus dem ein Köpfchen lugte.

«Ein Knäblein», sagte der Chirurg. «Und am Leben. Auch wenn's binnen Tagen verendet, vergeltet mir, dass ich's Euch lebend herausgeholt hab. Immerhin könnt Ihr es taufen lassen.»

Gilbert riss der Gisel das Bündel weg. Fast wäre es seinen Händen entglitten, so leicht war es, als stecke in den Tüchern Luft. Aber es steckte ein Mensch darin, das zarteste Bröcklein Mensch, das es geben konnte. Wie sollte er es halten, um es nicht zu zerbrechen? Er fühlte, dass es sich rührte. Da seine Hand zu groß schien, schob er ihm einen Finger hin und wagte kaum zuzuschauen. Der winzige Mund, wie die Lippen eines Fischleins, schnappte zu und begann zu saugen. Er presste sein Gesicht auf den verklebten Schopf.

«Du wirst leben», flüsterte er. «Du wirst leben.»

Im November überfroren die Marschen. Nicht länger war es John, der als Bote zwischen Werft und Haus diente, sondern Ronald oder Tom. Der brachte eines Abends zwei aus Rinderschienbeinen geschnitzte Kufen mit. «Die schickt der Meister für Nicolas. Zum Eislaufen.»

Dorothy hätte darüber gern geweint. Über ein kleines Stück Leben im Irrsinn, ein Geschenk für ein Kind, das selig damit davonsprang. Vieles gab es, über das sie gern geweint hätte, sie fühlte sich ständig schwach. Anfangs hatte sie geglaubt, sie habe sich von Gocelin die Krankheit geholt und müsse sterben. Vor Furcht hatte sie weder essen noch schlafen können. Sie hatte wach gelegen, die Hände an Hals und Leiste, um zu ertasten, ob unter der Haut etwas spannte und schwoll. Es ging ihr noch immer kaum besser, aber ihre Haut war glatt geblieben. Sie war entronnen. Für diesmal.

Von großen Städten hörte man, dass die Pest wie ein Springteufel von einem zum andern hüpfte, aber in Portsmouth kroch sie schlangengleich. An einem Haus vorbei, am zweiten, um sich ins dritte einzuschlängeln, sich um einen Hals zu schmiegen, ein

Leben abzuwürgen und weiterzukriechen. Bewohner riegelten sich ein und hielten still. Als ließe die Schlange sich darüber täuschen, dass hinter den Türen Menschen harrten.

Andere tranken, tanzten. Verscherzten ihr Seelenheil. Stampfende Füße tanzten die Angst ganz klein. Den Wirt des *Bischof* holte die Schlange, und Laurence, dem Kronenwirt ohne Krone, fiel mithin eine Schänke ohne Schankwirt zu. Dort gab es bald jeden Abend Tanz. Es war das Schlechtsein, das half, Dorothy kannte es gut: sich küssen lassen von Kerlen, vor denen man sich ekelte, Geld für Bier verprassen, spucken auf den Weltuntergang.

Die Rasenden waren launig und großzügig, aber sie waren auch wie Töpfe, unter deren Deckeln Gift brodelte. Tom Segelmacher verdiente sich des Abends hin und wieder ein Zubrot mit seinen Liedern, erntete Gelächter und manchen Becher Bier. Von einem Taktschlag zum andern jedoch ergriff ein Zecher einen Krug, schleuderte ihn nach dem Sänger und brüllte: «Du Schwein ziehst eine tote Prinzessin in den Schmutz, du hast keine Ehre im Leib.» Einmal kam Tom mit einer Platzwunde an der Stirn in ihr Haus. Sie war eines Knochenhauers Tochter, die ihr Vieh selbst schlachtete, jetzt aber wurde ihr übel vom Blut.

Ich will hier weg, durchfuhr es sie, wenn sie den Totengräber sah, der eine Leiche, ohne sie anzufassen, mit der Forke auf den Karren warf. Ich will hier weg, rief es in ihr, als ein Rattenschwanz von Weibern ein blutjunges Hürchen durch die Marktgasse prügelte: «Für die verkommene Metze sterben uns die Kinder.» Ich will hier weg, dröhnte es in ihren Ohren, wenn Vater Stephen vor dem Kirchentor auf die Gemeinde niederbrüllte: «Die Welt ist verloren, weil Ihr jedes Gebot gebrochen habt, Kinder gehorchen ihren Eltern nicht, und Weiber betrügen ihre Gatten.»

Aber sie konnte doch nicht weg. Die Stadt zu verlassen, in deren Boden sie sich wie eine starke Wurzel eingefressen hatte, war, als verlasse sie sich selbst. Um es zu ertragen, hätte sie die Stadt mit sich nehmen müssen. Die Stadt. Aimery.

Der hatte sich geweigert, Gocelins Tod zu verschleiern. Sie hätte ihn um Verzeihung bitten wollen, denn natürlich hatte er recht gehabt. Sooft sie aber an den harten, überheblichen Mann dachte, der sie nicht getröstet, sondern mit ihr gerechtet hatte, verwarf sie den Wunsch. Es war sinnlos. Einer, der in sich selbst den Satan sah, traute jedem Menschen einen Satan zu. Sie selbst tat dies längst nicht mehr. Roland, Isemay, wer auch immer, die waren nur Menschen, mehr oder minder schlecht und schwach.

Dorothy sah aus dem Fenster in den Hof, wo Nicolas mit seinen Gleitkufen prahlte, und rührte im Mus von spätem Hafer. Der Duft war ihr zuwider, vielleicht weil das Getreide unter zu viel Regen gereift war. Wie erhofft, verdarb ihr die Übelkeit das Weinen.

Tage später kam die Schlange.

Matilda hatte um Gocelin nicht getrauert, womöglich hatte niemand getrauert um den armen, laschen Kerl, der niemanden hatte verletzen wollen und der letztlich niemanden gerührt hatte. Im Rat stritten sie um die Nachfolge, trafen aber keine Wahl, als sei mit Gocelin auch sein Amt erloschen. Matilda, so vermutete Dorothy, wusste nicht einmal mehr, dass sie das Weib eines Bürgermeisters gewesen war, dass sie ihrem Mann acht Kinder geschenkt und derer sieben begraben hatte. An diesem Morgen kam sie wie üblich hinübergeschlurft und stellte sich stinkend wie die Hölle neben Dorothys Grützekessel. Wie ein Kind war sie. Hielt die Hände gestreckt, bis die wärmende Schüssel darin landete. Dann presste sie eine Hand auf Dorothys Bauch.

«Du Glückliche», rief sie und klopfte ihr aufs Fleisch. «Dafür hab ich Tag und Nacht auf meinen Knien gelegen und gebetet.»

«Was redest du denn?»

Matilda setzte die Schüssel an den Mund und schlürfte. Brei troff ihr übers Kinn, als sie weitersprach. «Mich hat der Herrgott nicht erhört. Aber dich. So wie Helewise. Jetzt wird's doch gut, hab ich zu ihr gesagt, ich war ja ein Kind, und Kindern ist die Sünde zuwider. Jetzt lässt du die andern Kerle sein und bleibst bei deinem braven Mann. Sie hat's nicht gemacht. Aber du machst's, nicht wahr?» Sie setzte die Schüssel wieder an, verschluckte sich und spuckte, wobei ihr das Gefäß aus den Händen fiel. Die hölzerne Schüssel zerbrach nicht, sondern kullerte, ihren Inhalt vergießend, über den Boden. «Verzeih, verzeih.» Matilda hustete.

Dorothy sah benommen der Schüssel zu. «Mir ist so seltsam. Mein Kopf glüht und summt.» Sie lehnte sich gegen die Wand.

«Du machst's, wie ich dir gesagt habe, ja? Bei deinem Symond bleiben, damit das Kindchen ordentlich ins Leben kommt.»

Dorothys Hände wanderten auf ihre Mitte. Sie hatte so wenig gegessen all die Zeit, aber ihr Leib drängte stramm gegen Stoff und Hand.

«Wenn's nicht von Symond ist, behalt's für dich, es muss doch keiner merken. Mein Gocelin ist auch ein Blonder. Und mit Gilbert Berkham hast du dich nicht vergangen, nicht wahr, Herzlein?»

«Was redest du?», schrie Dorothy.

Matilda sackte auf die Knie. Ihr pralles Backstubengesicht war stumpf und fahl. «Mir ist nicht wohl. Das faule Korn bekommt mir nicht.»

Dorothy schluckte an der Antwort: Du hast die Pest. Die große Sterblichkeit. Und ich hab im Bauch ein Leben. Ein Kind von Aimery.

Sie führte Matilda hinüber in deren Haus und richtete ihr dort ein Lager. Catin sollte ihre Mutter so nicht sehen, wiewohl Catin vermutlich nicht wusste, dass eine andere als Dorothy ihre Mutter war. Sie wies die Magd an, Matilda zu versorgen, die jedoch ließ sie nicht ausreden, sondern floh aus der Tür. Bald würde die Seuche sie alle so weit bringen, dass Eltern ihre Kinder ohne Trost verenden ließen. Furcht erfasste sie. Spürte das Geschöpf, das ihr den Bauch blähte, wie ihr Herz schlug? Sie stellte Matilda Beerenwein und Schmalzkuchen hin. Alle Pestkranken verlangten nach Süße.

«Ich bin bald zurück», versprach sie. Matilda zitterte unter den Decken. Als Dorothy ihr die Stirn strich, war ihre Hand schweißnass.

In weichen Strömen fiel Schneeregen. Dorothy trottete mit gesenktem Kopf die Gasse hinunter. Was wollte sie dem Mann, den sie liebte, nach dem sie sich verzehrte und den sie wie keinen anderen fürchtete, sagen? ‹Ich hab dein Kind im Bauch, Aimery. Lass uns gehen, vergessen, dass du der Teufel bist und ich deine Metze, dass in der Stadt die Pest ist, dass wir morgen sterben.› Ja, das würde sie sagen, es klang beinahe richtig. ‹Lass uns gehen, lass uns vergessen und leben, denn wir werden morgen sterben.›

Und wenn er sie abwies? Konnte sie das noch einmal ertragen, die Ferne, die Kälte, seine Zärtlichkeit in Eisen geschmiedet? Sie hatte ihn geschlagen. Hatte Francis verstanden. Jetzt fragte sie sich, wie viele Menschen ihn sein Leben lang geschlagen hatten, um durch das Eisen zu dringen, um Haut zu spüren, ein Zucken auszumachen, einen Menschenlaut? Aber am Eisen schlug man sich die Fäuste blau. Sie hatte Aimery seither mehrmals gesehen, er sprach mit ihr, wie Peter Bailiff mit ihr sprach. Wiewohl weniger höflich.

Schleppend ging sie weiter. Sollte sie es ihm sagen? Ich liebe dich, Aimery. Ich will dein Kind aufziehen und hinter deiner Bahre gehen und dich in jeder Nacht umarmen. Wenn uns nur ein Tag bleibt, so will ich ihn. Aber ich schlag dich nie mehr. Willst du mich nicht hören, dann sind dein Kind und ich stark genug, dann drehen wir uns um und gehen.

Von der Marktgasse herauf drang Geschrei. Als Dorothy um die Häuserecke bog, sah sie, wie sich Leute zwischen aufgebauten Buden reihten. Ein Schausteller, der mit Äpfeln jongliert hatte, fing die Früchte auf, der Bursche des Gerbers stellte seinen Eimer ab und die Männer, die ein Feld zum Hahnenkampf absteckten, ließen ihre Pflöcke fallen. Selbst die Händler unterbrachen ihre Tätigkeit, um auf etwas zu warten. Das Geschrei schwoll an. Ein Lärm, als schwirrten tausend Raben durch die Luft, dann, als klatschten sie auf einen Schlag zu Boden. Singendes Heulen hob an. Gleich darauf kam der Zug an der Kirche vorbei und in Sicht.

Die Welt war irre geworden, geifernd, fiebernd, krank. Der Menschenzug, der sich durch die Gasse ihr entgegenwälzte, war ein Marsch des Grauens. Hühner, Hunde, Kinder stoben auseinander. Die Gestalten bewegten sich wie im Traum oder Rausch, gewiss hundert Männer, darunter Knaben und Greise, bis zum Gürtel nackt. Vorneweg ging ein Hüne, verfilztes Haar um seinen Kopf zur Lohe gebauscht. In den Händen hielt er eine Peitsche, die er im ersten Schritt hob und im zweiten auf seinen Rücken niedersausen ließ. Die Folgenden taten es ihm nach. Hundert Peitschenschnüre klatschten und bissen sich in Fleisch. Zu dem schrecklichen Taktschlag erklang das Heulen, unkenntliche Worte, die schmerzverzückt aus Kehlen quollen. Blut bespritzte die Umstehenden. Manch einer schwankte im Taumel mit.

Der nächste Hieb. Knotenschnüre, die Haut zerfetzten. Die Welt hatte den Verstand verloren. Dorothy umschlang ihren Leib. Noch ein Hieb, Schwingen, Klatschen, Heulen. In Raserei entstellte Gesichter, blutbedeckte Schultern, vor Schwäche stolpernde Schritte. Einer stürzte unter dem Streich, den er sich aufschlug, zu Boden. Die Nachrückenden trampelten über ihn hinweg.

«Geißlerzüge», murmelte neben ihr Mick, der Schuhmacher, der im Krieg einen Fuß verloren hatte. «Tun Buße, damit Gott die Strafe von ihnen nimmt. Auf dem Festland sind sie überall.»

Der Frage ließ sich nicht ausweichen: Würdest du mit ihnen gehen, Aimery? Auf dich einschlagen, Fleisch von den Knochen peitschen, ausbluten, bis du tot bist, wäre deine Schuld dann abgebüßt? Welcher Wahn, Aimery. Als schlüge Gott uns nicht selber tot. «Lasst ab», schrie sie, aber niemand achtete auf sie.

Der Riese blieb stehen, reckte sich auf die Zehenspitzen und verpasste seinem Rücken einen Hieb. Sein Singsang dehnte sich zum Schrei. Im Schwung drehte er sich um seine Achse, um sich wie eine Tänzerin zu brüsten. Von seinem Rücken hing die Haut in Fetzen, frisches Blut rann zwischen schwärzlich getrocknetem. *Welcher Wahn.*

Der Gesang brach ab. Ohne seine Geißelung zu unterbrechen, schrie der Anführer in die Menge. Zuerst auf Lateinisch, dann in gebrochenem Englisch: «Keine Juden hier, keine Saujuden, Brunnenvergifter? Aber Fremdenpack habt ihr und Glücksspieler, Huren!» Er warf sich auf die Knie, schwang seine Peitsche und drosch zu. «Gottes Zorn auf alle, die den Gottlosen nicht wehren, Sünder wider die Natur, unkeusche Weiber aus der Fremde!» Mit seiner Geißel wies er nach dem Stand der Hanne, der flandrischen Weberin. ‹Die trägt den Rock überm Arsch so knapp›, hieß es in der Stadt, ‹dass ihr beim Furzen die Nähte krachen.› Im Nu stürzten vier, fünf Geißler auf die Bude los, warfen den Tisch um und zertraten die ausgelegten Waren. Bunte Bänder und Tücher, Schmuck für Haar und Schultern. Die Hanne schrie und fiel. Ein Gewirr von Knotenpeitschen schnalzte auf sie herab.

«Die bringt uns die Pest!»

«Die Fremde, die Metze!»

Es waren Leute aus Portsmouth, die nachdrängten, Stöcke und Fäuste erhoben. Im Gewirr sah Dorothy ein Gebende aufblitzen, und als sie sich reckte, starrte sie in Isemays Gesicht. Sie schlug die Hand vor den Mund.

Von der Kirche kam Vater Stephen gelaufen. Mit den Armen ruderte er wie ein riesiger Rabe mit den Flügeln. «Haltet ein, Leute, haltet ein!»

Einer aus dem Zug schwang herum und grölte: «Was hast du zu gebieten?» Ohne Zweifel ein Engländer, wenn auch nicht vom Solent. «Ein Gottesmann willst du sein, aber deine Kirche lässt die Gläubigen im Stich, deine käufliche, verderbte Kirche weiß kein Mittel gegen die Pest!»

«Hört mich doch an!», bettelte der Priester, aber der Geißler verstellte ihm den Weg. Weitere folgten, ein Ring zog sich zu. Peitschen flogen in die Höhe. «Zu Hilfe! So helft doch!» Um das Flehen des Umzingelten scherte sich niemand.

Dorothy rannte los. «Aufhören!», brüllte sie. «Aufhören!» Einen der Halbnackten stieß sie beiseite. Im Augenwinkel sah sie die Peitsche schwirren, wich aus und strauchelte. Ihr Gewicht stieß einen anderen um. Schneidenscharf grub sich ihr der Riemen in den Hals. Der Schmerz machte sie toll. Sie packte den Nächsten bei den Armen. «Raus», schrie sie, ihre Stimme spitz und fremd, «raus aus unserer Stadt.» Blind war sie. Wie von Sinnen beutelte sie den dürren Geißler, bis jemand sie von hinten umfasste und sie entkräftet gegen ihn sackte.

Das aberwitzige, lärmende Geschehen kam zum Halt. Vor Dorothys Augen flirrten Fetzen. Dazwischen sah sie den Priester, der sich vom Boden stemmte und Blut spuckte. Der Mann, der sie festhielt, war Laurence Kronenwirt. Von allen Seiten schwärmten andere herbei. Dorothy erkannte Tom Segelmacher, der versuchte, sich zu ihr durchzuschlängeln, aber immer wieder zurückgestoßen wurde.

Und dann sprang jemand vor sie. Isemay. Die Augen nackt, das Gebende heruntergestreift. Sie hob den Arm und zeigte auf Dorothy. «Die da», keifte sie, «die ist schuld, die schlagt tot.»

Der Schrecken befahl Dorothys Muskeln, sich zu spannen.

«Die da», kreischte Isemay noch einmal, «die hat die Pest geholt mit ihrer Hurerei. Wisst ihr, mit wem die's treibt? Mit dem Teufel in der Werft, der hinter Mauern Todeszauber braut. Sein Weib und seine Tochter hat der umgebracht und jetzt seinen Vater und den armen Herrn Gocelin. Ersäufen müsst ihr den! Und seine Buhlin dazu!» Isemay versagte die Stimme. In wilder Hast schlug sie Kreuze.

Dorothys Muskeln spannten sich, ihr Kopf duckte sich vor Schlägen. In fliegenden Stößen gierten ihre Lungen nach Atem, das Herz pumpte Blut, die Augen kniffen sich zu.

«He! He!» Die Stimme gehörte Laurence Kronenwirt, Helewises Vetter, der um Aimerys Gelenke einen Rinderstrick gebunden hatte, um ihn nach Cattecleffe zu schleifen. In Erwartung von Schmerz pressten Dorothys Beine sich zusammen. Der Kronenwirt aber klopfte ihr nur lasch den Hintern. «Lass unserer Dottie ihren Frieden, Miese-Ise. Der Tag treibt's mit der Nacht nicht, sagen wir in Portsmouth, und wenn er's doch tut, zeugen sie den Morgen.»

Dann wandte er sich an die Geißler, die ihn stumm umstanden. «Tut, was Dottie gesagt hat», wies er sie an. «Raus aus unserer Stadt. Wir sind hier Leute vom Meer, nüchtern und ruppig, euer Mummenschanz taugt nicht für uns. Fletcher ist eben Fletcher, und Dottie ist ein tapferes Mädchen. Schuftet wie ein Mann, säuft wie ein Mann, aber von solcher Sünde von Hintern kann ein Mann nur träumen.» Ein derber Klaps und ein Lachen bestärkten seine Worte.

Die Menge zerstreute sich. Der Bursche des Gerbers bückte sich, um Pferdekot in seinen Eimer zu schaufeln, und der Jongleur biss in einen der Äpfel. Die Hahnenkämpfer trieben Gaffer vom Feld. Tom pflückte Dorothy aus den Armen des Kronenwirts.

«Bringst du sie heim, Segelmacher?», fragte der.

«Hilf dem Priester», fuhr Dorothy ihn an. Die Geißler zogen zerstreut aus der Gasse, aber Vater Stephen lag noch immer am Boden.

«Schon gut.» Der Kronenwirt hob die Hände. «Willst du dem schwarzen Fletcher etwas ausrichten? Solange er sich auf der Werft verschanzt, heizt er das Gerede an. So war's damals, und so ist's auch jetzt. Rauskommen soll er. Wir sind keine Tiere, und wir könnten ihn gut brauchen.»

Tom legte den Arm um sie und führte sie den Weg zurück, den sie gekommen war. Wo die Peitsche sie getroffen hatte, zog getrocknetes Blut ihr die Haut zusammen. Der Striemen brannte.

«Soll ich Euch bis zur Tür begleiten, Meisterin?»

«Nein, es ist gut. Geh und kauf ein, ehe sie die Stände abräumen.»

«Sorgt Euch nicht um diese Eiferer», bat er. «Man hört allerorten, dass die in Europa die reinsten Leutefänger sind. Aber hier in Portsmouth bekommen die kein Bein auf den Boden, hier rüttelt uns das Meer die Köpfe klar.»

«Auch hier in Portsmouth werden Männer an den Pfahl geschleift», entfuhr es ihr. «Sieh dich vor, Tom.»

Er strahlte sie an. «Um Euretwillen gern.»

«Seid ihr alle gesund?»

«Nun, die Pest zumindest hat uns nicht erwischt. Aber es gibt ja noch andere Leiden.» Er legte den Kopf in den Nacken und sang mit seiner hübschen Spötterstimme:

Prinzessin Joan, die Dahingegangene,
Liebte einen Prinzen aus Kastilien,
Und jeder hungrige Hund in London
Ehe er ins Gras beißt, umhechelt seine Hündin.
Nur der arme Zimmermann aus Portsmouth
Hat keine Zunge, seiner Liebsten zu singen,
Und muss einsam sterben.

«Lass das sein», schalt ihn Dorothy. «Du hast gelobt, dich vorzusehen.» Sing nichts vom Sterben, fügte sie im Stillen hinzu. Vielleicht, wenn ich mich erholt habe, wenn ich Matilda versorgt weiß, gehe ich auf die Werft.

«Gewiss, Frau Meisterin. Nur keine Bange.»

Hinter der Biegung, beim Haus des Bailiffs, trennten sie sich.

Matilda trug den bösen Schmuck der Pest in der Achselhöhle. Sie hatte sich Betttuch, Hemd, alles weggerissen, weil die Beule keine Berührung ertrug. Ihr Arm lag steif vom Körper gestreckt, als gehöre er nicht ihr. Der Gestank machte Dorothys Atem bleiern.

«Es tut so weh, Hel. So weh.»

Dorothy ging vor dem Bett in die Knie. «Hat keiner nach dir gesehen?»

«Doch, doch, Hel, dein Junge ist gekommen. Dein Symond. Wie hübsch und brav der geraten ist.»

Symond? War der nicht in Sudewede? Seit sein Vater ihn so gnadenlos abgewiesen hatte, sah man ihn kaum mehr im Haus. Würde Aimery einmal ihrem Sohn ein Paar Gleitkufen schnitzen oder ihm ins Gesicht werfen, dass er nicht sein Vater wäre? Ein Geräusch ließ Dorothy herumfahren. Im Durchgang zur Küche stand Nicolas mit einer Schüssel.

«Ich hab nicht viel gefunden», erklärte er. «Nur ein paar Korinthen. Sie will immer Obst essen, aber spuckt alles wieder aus.»

«Hast du sie gepflegt?»

«Ja, Helewise», keuchte Matilda. «Dein Symond. So ein großer Junge schon und deinem Mann wie aus dem Gesicht geschnitten.»

Dorothy musste überlegen, von wem Matilda sprach. Sie sah Nicolas an, der von einem Fuß auf den anderen trat. Verblüfft stellte sie fest, dass die Kranke nicht unrecht hatte. Das Gesicht des Knaben war hübsch, sein Haar von einem schmeichelnden Braunton und die Augen grünlich, aber von der Stirn zum Kinn schälte sich ein scharfer Zug heraus, der ihr ans Herz griff. Aimerys Mutter war eine Fremde gewesen, eine Normannin, die das Stadtvolk scheel ansah, weil man etwas, das so anders war, nicht schön finden durfte. Entsprang ihr Findelkind dem gleichen Stamm, ließ sich damit erklären, warum der Knabe ihr von Anfang an vertraut gewesen war? So wie er jetzt im Zwielicht stand, hätte ihn ein jeder für Richildas Bruder gehalten.

«Gib mir doch Süßes, Hel», platzte Matildas Ächzen in den Augenblick. «Nur ein paar Löffel voll Süßes, mir ist der Mund so schal.» Sie hatte sich abgedeckt und lag mit klappernden Zähnen auf dem Rücken. Auf ihrem Bauch, den acht Kinder gebläht hatten, prangten Geschwüre wie Krater.

Dorothy erhob sich. «Warte.» Fragend wies Nicolas auf die Schüssel, aber Dorothy schüttelte den Kopf. «Korinthen zerschrammen ihr die Gurgel. Du lauf zu deinen Spielen, jetzt bin ja ich hier und sorge für sie.» Zu Matilda sagte sie: «Ich komme gleich zurück», verließ das Haus und ging hinüber in den Hof. Ein einziger Apfel hing noch in den kahlen Zweigen. Er war groß wie zwei Fäuste, halb rötlich, halb grünlich und umhüllt von einer gläsernen Haut. Dorothy pflückte ihn. In beiden Händen trug sie ihn zurück zu Matilda, derweil die Glasschicht schmolz und zwischen ihre Finger rann.

Matilda konnte den Apfel nicht beißen. Dorothy nagte ein

Stück ab, legte Fruchtfleisch frei und schob den Apfel Matilda vor den Mund. Als die Kranke den Duft einsog, schloss sie die Augen. Ihre Lippen schürzten sich, die Zungenspitze fuhr heraus und leckte einen Tropfen auf. «Bist doch meine Beste, Helewise», murmelte sie in einer piepsigen Stimme. «Ich weiß alles von dir. Das mit dem Herrn Bürgermeister und das mit dem Herrn Berkham. Aber ich hab dich trotzdem lieb, und dein schwarzer Aimery hat dich erst recht lieb. Ich hab's ihm doch nur gesagt, damit du vom Sündigen lässt.» Die Kinderstimme brach ab. Ohne zu husten, spuckte Matilda einen Klumpen Blut. Kurz darauf fand sie in den Schlaf.

Erst als im Haus Stille herrschte, fiel Dorothy ein, dass sie Grund zur Furcht hatte. Viele sagten, die Seuche wohne im Schweiß, der den Kranken aus den Poren strömte und den Dorothy Matilda unentwegt von der Haut wischte. Die Furcht kroch von ihren reibenden Fingerspitzen die Arme hinauf und erfasste ihren Leib. Hatte Nicolas sich angesteckt, trug er die Pest wie einen geborgten Topf Schmalz in ihr Haus? Ihr Herz klopfte durch die Nachtgeräusche, prasselnden Regen, Knacken des Holzes, Möwengeschrei, doch sie stand nicht auf. Die Sterbende allein zu lassen, hätte noch mehr Furcht bedeutet. Herr, rief sie den Gott an, der seine Menschen zu Brei schlug und sich nicht an Pakte hielt, Herr, lass mich, wenn ich vor Todesangst irre werde, nicht ohne eine Menschenseele sein.

Matilda brauchte zum Sterben nicht so lange wie ihr Mann. In der Nacht riss der Schmerz sie aus dem Schlaf, da hatte sie schon keine Kraft mehr zum Schreien. «Tut so weh», wimmerte sie und klammerte sich an Dorothys Arm.

Dorothy hätte den Priester holen müssen, aber die Zeit reichte nicht, und wer wusste denn, ob der Priester überhaupt noch lebte? «Höre», rief sie, ohne die Kranke anzusehen, «wenn du dir etwas vom Herzen reden willst, dann tu's vor mir, und ich sage es dem Priester weiter.» Das war Gotteslästerung. Und wenn Matilda statt von ihren eigenen Sünden von denen von Dorothy sprach, wenn sie sich aufschwang und zu ihrer Klägerin machte? Ich bin dir eine Freundin gewesen, mochte sie klagen, und du hast mir den Mann abspenstig gemacht, diesen Schlaffwanst, der mir das Leben war, und du warst nicht einmal in ihn verliebt. Dorothy zwang ihren Blick in das gepeinigte Gesicht. Sie würde es aushalten müssen. Wir müssen es alle aushalten, stellte sie fest. Es ist unsere Strafe. Keine selbstversetzten Geißelhiebe, sondern die Schmerzen derer, an denen wir uns versündigt haben.

Aber Matilda schrie nicht. Matilda klagte sie nicht an. Vielleicht glaubte sie noch immer, Dorothy sei Helewise, der sie selbst etwas abzubitten hatte, oder sie war schon zu weit weg, um irgendetwas zu glauben. «Nein, nein», wisperte ihr Stimmchen, «man denkt das ja nur.»

«Was denkt man, Matilda?»

«Dass man, wenn's ans Sterben geht, um sein vergeudetes Leben weint. In Wahrheit ist man nur müde.»

Als ihr der Kopf zurücksackte, blieb der Mund offen stehen. Ihre Hände um Dorothys Arm erkalteten und fielen ab. Dorothy richtete ihr, so gut sie es im Licht der Kerze vermochte, Hemd und Tücher über den verdorrten Brüsten. Gern hätte sie für Matilda gebetet, das *Ave Maria* gesprochen wie als Kind, aber da die Worte ihr entfallen waren und sie seit Jahren keinen Rosenkranz mehr trug, faltete sie nur die Hände und blieb sitzen.

Als sie endlich ging, um in ihrem Haus nach dem Rechten zu sehen, zog schon der Morgen auf. Dünner Schneeregen fiel. Im Zwielicht trat sie gegen etwas Festes und sah in ein entstelltes Gesicht. Peter Bailiff. Offenbar kamen nicht länger auf jeden Toten zwei Lebende, die ihn aus der Gasse schleppten.

Aimery baute ein Schiff. Zu jeder Stunde, in der er sich wach halten konnte. Wenn alles um mich schrumpft, mein Schiff wächst Planke um Planke, feuerte er sich an. Wenn alles um mich einbricht, steht mein Schiff noch da. Er kannte die Wirkung seit seiner Kindheit: Je härter man sich verausgabte, desto blasser wurde das Denken. Zuweilen sprang ihn wohl das Bild von einer Welt an, die ganz entvölkert war, kein Mensch mehr auf den Beinen, von einer leeren Welt, in der sein Schiff vermoderte, Trosse flatternd, Gerippe in den Spanten. Dann aber sah er die Gesichter der Kinder vor sich, Richilda und Nicolas. Sie würden leben. Auf seinem Schiff wie auf Noahs Arche aus der verlorenen Zeit in eine neue flüchten.

Mit seinen Leuten sprach er nur, was sich nicht vermeiden ließ. Ihm saß die Seuche im Nacken, die Zeit war knapp, und durch die Verstümmelung war er kaum mehr halb so schnell. So hatte er einst beim Essen arbeiten können, während ihm jetzt nur eine Hand für beides blieb. Am liebsten hätte er sich das Essen bis auf das Lebensnotwendige abgewöhnt. Stattdessen verspürte er zum ersten Mal seit seiner Kindheit Lust darauf. Zuweilen vermochte er, wenn Tom mit dem Topf aus der Stadt kam, kaum abzuwarten, bis das Tuch gelüftet wurde.

Das Essen roch nach sorgsam gehegten und gehäckselten Kräutern. Nach aufgeschichtetem Buchenholz, nach Rahm, den kundige Hände abgeschöpft und in das Gericht hatten rinnen lassen. Nach Dorothy. Weil dies das Einzige war, das sie ihm noch angedeihen ließ, konnte er nicht widerstehen. Als schnitten ihre Hände nicht Lauch, sondern klopften ihm die Schultern und strichen ihm die Wangen. Aimery krümmte sich. Sein Vater hatte ihn gelehrt: ‹Ein Gaul, der nichts taugt, ist kein Futter wert.› Er aber vermochte nichts liegen zu lassen, keinen einzigen Bissen.

Ich bilde mir ein, deine Hände zu schmecken, die mir Krumen in den Mund schoben, als ich untauglich auf meinem Rücken lag. Mir hat nie zuvor Essen geschmeckt. Ich habe mich geschämt, mich von dir füttern zu lassen, aber war nicht standhaft genug für deine Finger, die mir, wenn ich nicht schluckte, eins auf den Mund gaben, so empört und sacht zugleich, dass ich lachen und die Lippen öffnen musste. Etwas, das so köstlich war wie deine Finger, die mir siegesgewiss einen Brocken in die Kehle stopften, habe ich nie gekannt.

«Dass wir so gut zu essen bekommen, mag uns vor der Krankheit schützen», sagte Michael.

Aimery, der ihn nicht anzusehen wagte, rieb seine Schüssel aus und kehrte an seine Arbeit zurück. Am Nachmittag ging der Regen in Schnee über und am folgenden Morgen wieder in Regen. Das Schiff wuchs. So langsam er es auch verplankte, so häufig er unterbrechen musste, um bei anderen Arbeiten zu helfen, sooft er Befestigtes einriss und von vorn begann, der Schiffsleib war dennoch gut über mannshoch. Bald würde er sich nicht mehr mit einem Arm an der Holzwand hochziehen können, sondern eine Leiter brauchen. Ist Wachsen das Gegenteil von Sterben?, fragte er sich. Zumindest war es für das Gegenteil ein Beweis.

Zwei Tage später erschien Tom nicht zur Arbeit, und als er wieder kam, weinte er hemmungslos. Aimery fing ihn auf, wie er einst Ronald aufgefangen hatte, nur war dieser ein ausgewachsener Kerl und schwerer als er selbst. Ein Mensch musste voll Vertrauen sein, um so zu weinen. Als ihm die Kraft zum Weinen ausging, brachte Richilda ihm einen Krug Ale. Sie braute es selbst, seit Aimery ihr gesagt hatte, dass er dem Wasser nicht traute, sie hatte es der Mutter abgeschaut. Vielleicht war er selbst schon hilfloser Wundergläubigkeit verfallen, aber so, wie das gemälzte Gebräu gärte und schäumte, wenn Hefe eingestreut war, erschien ihm denkbar, dass es sich reinigte.

«Armer Tom», sagte Richilda. «Ich möcht mit dir Bohnen essen, aber das hilft wohl nicht.»

Toms Mutter und sein jüngster Bruder Jonah waren tot. «Beide in einer Nacht, ohne Beichte, ohne Segen. Seb ist gerannt, um den Priester zu holen, aber es gibt ja keinen Priester mehr, vor dem alten Stephen hat die Pest nicht haltgemacht.»

«Pater Stephen ist tot?»

«Ja, sogar der. Ich weiß nun nicht mal, wer mir die meinen begräbt.» Tränenlos schluchzte er auf.

Aimery hielt ihn fest. Seine Kehle hinauf schoss eine ungeheure Wut. «Ist dir wichtig, dass ein Priester sie begräbt?»

«Das ist es doch, oder nicht? Ich geb ganz gern den Spötter, aber ich lästere nicht Gott, und meiner Mutter war ich zumeist ein guter Sohn.»

Aimery winkte ab. «Ich bin sicher, das warst du. Schickt die Diözese in Winchester keinen Ersatz?»

«Die haben ja selbst keinen. Wenn welche schneller sterben als Ratten und Bettler, sind's die Priester.»

«Dann schreibe ich dir einen Brief für den verdammten Mönch.»

Toms verkrampfter Rücken entspannte sich. Er gab Aimery einen Hieb auf die Schulter, der ob der Nässe klatschte. «Ihr seid ein komischer Kauz, wisst Ihr das? Steif und wohlerzogen wie ein Hochgeborener, aber dann stellt Ihr Euch plötzlich hin und sagt ‹der verdammte Mönch›.»

Richilda und Ronald lachten. Aimery brannten die Wangen. Er wandte sich ab, um zu gehen und den Brief zu schreiben, aber Tom packte ihn am Hemd. «Bitte grollt mir nicht. Ich wollte Euch nicht kränken.»

«Das hast du auch nicht getan», sagte Aimery.

«Ich rede Unsinn, weil ich solchen Kummer hab. Doch ich wollte Euch schmeicheln, ob Ihr's glaubt oder nicht.»

«Unsinn redest du in der Tat», beschied ihn Aimery und befreite sich aus seinem Griff. «Aber der ist sehr schmeichelhaft.»

Sie lachten alle, und Aimery, der endlich ging, fiel ein, wie klug es war, keinen Menschen zu lieben, klüger denn je, seit die Seuche herrschte. Und unmöglicher. Er hatte sich vor dem Brief an Bruder Nicolas gefürchtet. Aber es war ganz leicht.

Ihr könnt nicht hundert Jahre neben einer Stadt verbringen und so tun, als gehe Euch die Stadt nichts an. Sie heißt Portsmouth. Wenn Ihr wollt, dass sie in Zukunft ein Haus Gottes noch braucht, reißt endlich das Tor auf und nehmt wahr, dass sie Portsmouth heißt.

Er brachte Tom den Brief und gab ihm Ronald mit, denn Tom sah aus, als graue ihm vor dem Alleinsein. Dann kehrte er zurück an die Arbeit, jede Planke ein Totengedenken. Pater Stephen war tot. Jetzt kann ich's Euch nicht mehr sagen, Pater, ich wäre so gern zu Euch zur Beichte gekommen, hätte mich vor Euch hingekniet, mein Gesicht über Eurem Schoß, Eure Hände auf meinem Scheitel. Aber ich hatte Angst, Ihr schickt mich weg, weil einem wie mir nicht zu vergeben ist. Matilda war tot. Einst ein so umtriebiges Kind, die Wangen vor Eifersucht fleckig. Du hast dich ein Leben lang gequält, nicht wahr? Hast dir vorgehalten, hättest du mir nichts gesagt, hätte ich deine Base nicht getötet. Aber du hast mich nicht gezwungen, Matilda. Die Wahl hatte ich, nicht du.

Er arbeitete hastig, wiewohl er gelernt hatte, dass Geschwindigkeit sich nicht steigern ließ. Wenn er sich hetzte wie einer auf der Flucht, geriet die Arbeit schlampig. Die Sicht wurde schlecht, der Schneeregen dichter.

«Warum macht Ihr für heute nicht ein Ende?», fragte hinter ihm Michael.

Aimery schüttelte den Kopf, ohne sich umzudrehen.

«Wollt Ihr jetzt gar nicht mehr mit mir sprechen? So viel Scham, weil Ihr Euch einmal vergessen habt und laut geworden seid? Ist das nicht übertrieben?»

Er fuhr herum. «Heißt das, dass Ihr mir verzeiht?»

«Dummes Zeug», sagte Michael. «Wir werden jeden Tag weniger, Ihr seid mein Freund und fehlt mir. Und wie schon gesagt: Soweit ich sehe, wiewohl ich nicht sehen kann, seid Ihr ein Mensch, kein Pferd.»

«Michael …»

«Redet nicht, kommt in den Verschlag.» Der Blinde ging voraus. «Was immer diese Seuche auslöst, Verkühlung und Erschöpfung schaden Euch in jedem Fall.»

Der Verschlag war warm und raucherfüllt. Das kleine Feuer ließ die Augen tränen und tat wohl. Im Winkel, unter Decken, schlief Richilda. Michael hielt ihm eine Schale Lambertnüsse hin.

«Die hat Ronald gebracht. Von der Meisterin. Es heißt jetzt allenthalben, von feuchtem Obst wird man krank, während die Lamberthasel das Übel fernhält.»

Aimery nahm einige Nüsse, aber knackte sie nicht, sondern behielt sie in der Hand. Die hast du gepflückt, durchfuhr es ihn, den Arm in die Zweige gestreckt, die Schale an deinem Bauch. Die hast du Ronald mitgegeben, damit wir nicht an der Pest sterben. Ich hab dich so lieb, Dorothy, ich wollte, das Leben wäre einfach.

«Soll ich Euch wieder zu ihr schicken?», fragte Michael.

Soll ich wieder zu dir gehen?, fragte Aimery sich selbst. Gocelin ist ja tot, willst du statt seiner mich? Zu Helewise hätte er sagen wollen: Den Deghere kannst du ohnehin nicht haben, behalt statt seiner mich, zu lieben brauchst du mich ja nicht. «Warum geht Ihr selbst nicht mehr zu ihr?», fragte er zurück.

«Weil ich mich mit ihr zerstritten habe.»

«Das hättet Ihr nicht tun dürfen.»

«Ich weiß. Mir brach nur um Euretwillen das Herz, mein Pferd.» Michael grinste, und Aimery zupfte es in den Wangen, bis er mitgrinste.

«Wir sind feige wie zwei verdroschene Köter, nicht wahr? Und das in solcher Zeit.»

«Warum soll solche Zeit aus verdroschenen Kötern Helden machen?»

Sie lachten, aßen Nüsse und legten sich bald schlafen. Vielleicht gehe ich morgen zu ihr, dachte Aimery. Ich bin nicht reich, nicht schön und nicht liebenswert, aber womöglich ist das nicht länger von Belang. Ich bin zäh wie ein Reibeisen, Liebste. Immerhin nicht totzukriegen.

Anderntags erschien Ronald mit zerkratzten Wangen. «Meine Kleine hat die Krankheit. Und meine Alte ist dem Wahn verfallen. Die sagt, sie hätte mir zehn Kinder geben können, auch Söhne, hätte ich's nicht mit Dottie getrieben.» Die Faust, die er schwang, fiel ihm gleich wieder herunter. «Dabei sieht Dottie einen wie mich nicht mal an. Es sattelt sich doch keiner einen Esel, wenn er auf einem Zelter sitzen kann.»

«Willst du nach Hause zu deinem Kind?», fragte Aimery.

Ronald hob die Hände. «Gott bewahre. Die Alte kratzt mir die Augen aus, oder ich schlag sie tot.»

«Ich will so etwas hier nicht hören», sagte Aimery und ging. Er hatte vor, den Morgen über gegabelte Stützbalken für das Vorderkastell des Schiffes zu behauen, Verbesserungen an seiner Zeichnung vorzunehmen und Teile zu beziffern. Er vertat sich mehrmals. In seinem Kopf klopfte, was Ronald über Dorothy gesagt hatte. Es regnete wieder, und der Wasserlauf trieb hohe, laute Wellen.

Tom kam mit leeren Händen von der Schwarzschmiede. «Den

Schmied hat's erwischt», rief er. «Die Werkstatt ist bis auf die letzte Niete geplündert, nur die Leiche holt keiner weg.»

Also musste er nach Havant. Sooft er an Havant dachte, versetzte ihm sein Gewissen einen Hieb, weil er Lukes Mutter noch immer nicht gefunden hatte. Er dachte oft an die Frau, von der er nur wusste, dass Luke ihr einziges Kind gewesen war. Niemand als er konnte ihr erzählen, wie ihr Kind gestorben war. Was hätte er in den Jahren nach Agnes' Tod dafür gegeben, jemanden sagen zu hören: ‹Ich war dabei, als Eure Tochter starb. Ich erzähle es Euch.›

«Ich reite um Nieten nach Havant», sagte er zu Michael. Es mochte ihm guttun, durch den Regen zu jagen.

Als er den Rappen zum Tor führte, hörte er das Klopfen. *Dorothy.* Wenn sie noch einmal zu ihm kam, würde er sie nicht gehen lassen. Er gab das Pony frei und schob den Riegel so hastig zurück, dass er sich die Finger klemmte.

Vor dem Tor stand Dorothys Base, eine magere Frau, die ihr Kind auf den Armen trug. Das Mädchen war blond. Der Hals lag bloß, zwei Beulen blähten sich darauf wie schwarze Trauben. Auch die Beine baumelten bloß, zwei dünne, weiße Stöckchen. Die schmale Gestalt schwankte unter ihrer Last. Aimery streckte die Arme aus.

Isemay schrie auf und sprang zurück. «Du rühr mein Kind nicht an!»

Der kraftvolle Hass, mit dem Menschen ihn ansahen, ließ Aimery noch immer schaudern. Als Knabe hatte er sich vor dem Teufel in seinem Innern so gefürchtet, dass er nächtelang in seiner Kammer umhergesprungen war, um dem verteufelten Körper zu entfliehen. Dann war Bruder Nicolas gekommen und hatte ihn gelehrt, dass niemand ihn zwang, an jenen Teufel zu glauben. Zuweilen jedoch, wenn er solch hasserfüllten Blick auf sich spürte, war er bis heute nicht sicher. Vielleicht sahen ja Leute wie Isemay den Teufel, rochen ihn und hörten ihn rumoren?

«Satan», zischte Isemay. «Sieht ein totes Kind und schlägt kein Kreuz.» Sie spuckte nach ihm. Weil sie sich nicht weit genug vorbeugte, blieb der Speichelfaden am Arm des Kindes hängen.

«Ich hole Euren Mann», sagte Aimery.

«Den lasst, wo er ist. Der hat sein Kind nicht mal im Tod verdient.»

Aimery dachte an den kleinen Clement, dessen totes Körperchen er Symond nicht hatte zeigen wollen. Aber dazu haben wir kein Recht, begriff er. Der Tod ist kein Schmortopf, der sich von uns nach Gutdünken zuteilen lässt. «Ich hole Ronald», wiederholte er und drehte sich rasch um.

«Bleib stehen, Schwarzer. Ich bin gekommen, um dich zu sprechen.»

Als er herumfuhr, stand vor ihm nicht länger ein verbrauchtes Weib mit dem Leichnam ihrer Tochter auf den Armen, sondern ein Kind mit einer Puppe. *Matilda.*

«Es ist wegen der Base», sagte das Kind, das blonde Haar verschwitzt, die Wangen rot gefleckt. «Die versündigt sich und tut Euch Schmach an, und das darf doch nicht sein.»

«Was darf nicht sein, Matilda?»

«Helewise», rief das Kindchen spitz, und «Dottie», rief Isemay.

In Aimerys Kopf wirbelten Fetzen.

«Helewise ist doch Euer Weib, die darf sich nicht zu anderen Männern legen. Ich hab mir gedacht, ich sag's Euch, und wenn Ihr sie tüchtig verprügelt, hört sie auf.»

«Dottie ist doch deine Buhlin, Schwarzer», redete Isemay weiter. «Und du bist keiner, der erlaubt, dass seine Buhlin sich zu Kerlen legt. Prügeln freilich nützt nichts bei Dottie. Die fängt gleich wieder an.»

Kurz schwiegen beide. Nur der Regen stürmte und der Wasserlauf.

Er erinnerte sich. Er war in die Hocke gegangen und hatte Matilda geohrfeigt.

«So darfst du über deine Base nicht reden.»

«Aber wenn ich's doch weiß!» Matilda war in Tränen ausgebrochen. «Sie schickt mich ja nie weg, ihr ist's einerlei, wenn ich's seh. Erst war's Gocelins Vater, aber das hat aufgehört, weil dann ein anderer kam. Der kommt schon lange. Schon ehe Helewise mit dem Bübchen schwanger war. Der hübsche Herr aus Southampton. Gilbert Berkham.»

Gilbert, Gilbert, Gilbert. Warum habe ich es nicht gewusst, warum habe ich mir eingebildet, eine, die Gilbert haben könnte, bliebe bei mir? Er sah sich auf Berkhams Werft über dem Block, hinter ihm der Meister, der seinen Stock auf ihm zerprügelte, und vor ihm Gilbert, der frohlockte. Er hatte dem Meister gefällig sein wollen, stattdessen hatte er ihn zur Weißglut gebracht. Wie töricht. Was sollte einer an ihm finden, der Gilbert hatte, ob der ein Schiff bauen konnte oder nicht? Gern hätte er von Gilbert gelernt. Aber wie Gilbert zu sein, konnte kein Mann lernen, am wenigsten Aimery.

Hinter Regenfäden sah er Isemays Gesicht. «Es ist nicht recht, dass Ihr so über Eure Base sprecht», sagte er mühsam. «Sie sorgt für Euch.»

«Sorgt für mich?» Isemays Gesicht war tränenüberströmt, und ihre Stimme stockte. «Nach dem Brand hat sie meiner Kleinen die Milch vorenthalten, dass die mir in den Armen vertrocknet ist. Aus Rache hat sie das gemacht, weil ich *ein Mal* nachlässig war, ich war kaum siebzehn Jahre alt, und dafür nimmt sie mir mein Kind!»

Endlich brach sie zusammen. Aimery ging in die Knie, um sie zu halten, Isemay warf sich zur Seite und schrie. Das kleine Mädchen rollte zu Boden. Aimery schlug das Kreuz.

«Und jetzt hat sie diesen Kerl weggeschickt mit seinen Säcken voll Geld. Die Dottie braucht das Geld nicht, die kriegt's von ihren Buhlen kübelweise, weshalb hätt ich's mir also nicht nehmen sollen, für meine Martha?»

Mit unsichtbaren Fingern strich Aimery der Toten einen Schmutzfleck von der Wange. Es nützte nichts. Regen ließ Schlamm spritzen.

«Ich hab der Martha Marienkraut aufs Lager gestreut, ich hab den Regen vom Kirchendach geleckt, ich hab alles für mein Kind getan. Hätte Dottie den Kerl nicht weggeschickt, hätt ich das Geld gehabt für all das teure Zeug, Wacholder, Ambra, und meine Martha wäre nicht verreckt.»

«Doch, Isemay», sagte Aimery.

«Nimm meinen Namen nicht in dein Maul», schrie sie. «Machst du, dass meine Kinder sterben, machst du's, um Dottie gefällig zu sein? Das nützt dir gar nichts, Schwarzer. Freilich, die Dottie spielt mit dir, aber glaub doch nicht, dass so ein finsteres Vieh ihr gefällt. Die Hellen, Hübschen gefallen ihr, Gocelin und mein Ronald, und am besten gefällt ihr der schöne Herr Gilbert!»

Gilbert, Gilbert, Gilbert. «Wenn Ihr mir nicht glaubt», hatte die weinende Matilda gesagt, «seht doch Ihr Gürtelband an, habt Ihr denn das der Helewise geschenkt?»

«Wenn du mir nicht glaubst», sagte die weinende Isemay, «sieh doch ihr fesches Kleid an und rate: Wer hat ihr das geschenkt? Und jetzt sitzt es zudem mächtig straff, das Kleid. Na los, sag's, wer hat's ihr gefüllt?»

Sie fiel vornüber, mit der Stirn dem toten Kind auf die Brust. Aimery blieb vor beiden auf den Knien liegen. Regen prasselte. Schlamm spritzte. Wenig später kam Michael.

Der Regen hörte nicht auf. Er machte auch keine Pause, wechselte nur zuweilen in Schnee über. Zur Weihnacht wurde keine Messe abgehalten, denn es gab keinen Priester. Die Diözese schickte zwei Dekane, die riegelten die Kirche ab, damit die Leute keine Kranken einschleppten. Nicolas, der die Singschule liebte, fragte Dorothy, warum der Bischof keinen neuen Priester weihe.

«Was weiß ich, wohl weil der Papst erst eine Lizenz erteilen muss.»

«Der Papst hat zusätzliche Weihen gestattet», widersprach Tom, der tagtäglich kam, um Essen zu holen. Zu Nicolas sagte er: «Sie weihen keinen, weil sie keinen haben. Die große Sterblichkeit holt sich die Kirchenmänner, die schmecken ihr, wie dir ein Honigkringel schmeckt.»

Die Dekane legten der kopflosen Gemeinde von Portsmouth dar, was sie zu tun habe, um Gottes Strafe zu entgehen, jetzt, da kein Priester die Beichte abnahm und den Trost der Hostie spendete. Dreimal wöchentlich sollten die Gläubigen barfuß und mit entblößten Köpfen um die Kirche ziehen und dabei sieben Bußpsalmen, gefolgt von fünfzehn Stufenpsalmen, hersagen. Dorothy hatte keine Ahnung, welches ein Bußpsalm und welches ein Stufenpsalm war. Ihren Jungen, Nicolas, beschied sie: «Du gehst nicht mit. Wenn sich ein Kind aus meinem Haus den Tod holen muss, so nicht, indem es ohne Schuhe durch dicken Schnee marschiert.»

«Euch ist bekannt, liebe Söhne in Gott», lasen die Dekane aus dem Brief des Bischofs, «dass Krankheit und zu früher Tod die Frucht der Sünde sind. So wird auch die nämliche Krankheit von uns lassen, wenn wir unsere Seelen von der Sünde heilen.»

Krankheit und zu früher Tod sollte die Frucht der Sünde sein? Die kleine Martha war gestorben. Am Husten erstickt war das Kind, derweil die Mutter ihr Krumen einer Hostie und vertrocknetes Kraut auf die Brust gebröckelt hatte. *Frucht der Sünde?* Dorothy mahlte Lambertnüsse in Brotteig und hätte um ein Haar wie irre aufgelacht.

Zwei der drei Segelmacherjungen, Seb und Jonah, waren tot und ihre Mutter dazu. Frucht der Sünde? Warum holte sich die große Sterblichkeit dann nicht sie, warum schwoll ihr stattdessen der Leib? Wer in der Stadt, in der das Unterste zuoberst lag, wusste noch, was Sünde war? Sie erinnerte sich, wie sie zu Matilda gesagt hatte, sie solle vor ihr, Dorothy, die Beichte ablegen, und wie sie vor der Gotteslästerung erschrocken war. Jetzt aber befahlen die Dekane, die ihren Schafen keinen Hirten bieten konnten, ebendies: «Wo kein Priester aufzutreiben ist, soll der Sterbende einem christlichen Manne beichten, und wo sich kein Mann findet, einer Frau. Hernach tragt eure Toten zum Kirchhof und segnet sie selbst aus. Wenn sie in geweihter Erde ruhen, ist Gottes Reich ihnen nicht verwehrt.»

Doch die geweihte Erde, der Gottesacker, war überfüllt, und indem man die Totenkarren quer durch die Stadt schob, mochte man die Seuche in jeden Winkel tragen. Die Dekane predigten von der *Frucht der Sünde*, aber sobald das Übel sie selbst ansprang, würden sie in ihre steinernen Häuser auf den Hügeln fliehen. Ich will hier weg, durchfuhr es Dorothy. Ihre Hände pressten sich auf ihren prallen Leib.

Der Master des *Domus Dei*, jener hochgewachsene Mönch, der so oft mit Vater Stephen gestritten hatte und gar kein Mönch war, sondern ein weltlicher Herr, war längst zu solcher Erkenntnis gelangt und ritt nie mehr durch die Stadt. Auf dem Anger ließ er eine Erklärung verlesen, die es den Bürgern von Portsmouth untersagte, mit Pestkranken oder Pesttoten um Aufnahme im Hospiz nachzusuchen. Hungernde Kranke sollten durch eine Pforte vor die Haupthalle treten, wo sie durch Luken verköstigt würden. «Versiegelt die Räume der Kranken», verlas der

Laienbruder im Namen des Masters, «versiegelt die Häuser der Toten und verbrennt ihre Habe.»

«Der Mann hat recht», sagte Dorothy zu Laurence Bischofswirt. Es gab weder Bürgermeister noch Gildevorstand, also suchte sie zu solchen Gesprächen den Wirt, der schließlich dem Rat angehörte, in seiner Schänke auf.

«Welchen Mann meinst du? Roger Fitzroger? Den kennst du doch gar nicht, Dottie, der kam vor deiner Zeit.»

«Recht hat er dennoch», rief sie. «Die Toten liegen in stinkenden Haufen auf dem Gottesacker und verbreiten die Seuche. Wir müssen sie in Kisten nageln und vor der Stadt begraben.»

«In ungeweihter Erde? Ich hab kein Weib und kein Kind, aber hätt ich eins, ich ließe es nicht vor Sudewede bei den Würmern verrotten, dass seine Seele in die Hölle fährt.»

«Dann muss dieser Master eben einen Chorherrn schicken, damit der uns ein Stück Boden weiht», beharrte Dorothy. Warum sollte der Master das nicht tun? Vater Stephen hatte mit ihm um Herzen und Münzen der Gläubigen gestritten, aber Vater Stephen lebte nicht mehr, der Herr des *Domus* war der einzige geistliche Beistand der Stadt.

«Ich werde dir mal etwas sagen.» Laurence schürzte die Lippen. «Der Fitzroger tut gar nichts für die Stadt, den kratzt hier nichts als seine Pfründe. Du weißt nicht, wer er ist, hab ich recht?»

«Ein Gottesmann doch wohl. Der Master vom Hospiz.»

«Das Hospiz ist seine Pfründe, das sage ich doch. Der ist ein Bastard von einem der Arundel-Grafen, ein Schandfleck, den seine Sippe hier versteckt und mit dem *Domus* abgespeist hat. Früher wohnte er in einem Haus bei King's Green. Warum er schließlich ins Hospiz übersiedelte und sich sein Feuerhaar nach Mönchsart schor, weiß kein Mensch.»

«Ist das nicht einerlei?», entfuhr es ihr lauter als gewollt.

«Geht es nicht einzig darum, den armen Kerlen, die verrecken, Frieden zu verschaffen?»

«Trink noch eins, Dottie», sagte Laurence und gab ihr einen Klaps. «Mein Bier scheint dir prächtig zu bekommen. Zerbrich dir den Kopf nicht, wir können ja nichts tun.»

Es war dieses ‹Wir können nichts tun›, das sie rasend machte. Ihre Hände ließen ihren Leib nicht los, derweil sie aus der Schänke lief. Bald schon würde keiner ihren schaukelnden Bauch mehr für Speck von zu viel Bier halten. Ich muss hier weg, dachte sie. Aber wie? Nicht ohne Aimery und Richilda. Sie drehte ihr Gesicht in den fadendünnen Regen. Jede der länglichen Wolken, die dem Himmel kaum Blau ließen, hatte drei Streifen, einen schwärzlichen, einen weißen und einen, durch den Licht glomm. Von Aimery hatte sie gelernt, den Himmel anzusehen, das Meer und alles sie herum. Angst und Sehnsucht, die sie mit keinem teilen konnte, nahmen ihr die Luft.

Sie hatte zu ihm gehen wollen, es ihm sagen: ‹Aimery, mein Liebster, in meinem Bauch wächst dein Kind.› Wenn sie es ausgesprochen hätte, wäre es leichter, und zusammen würden sie wissen, was zu tun sei. Dann aber war Matilda gestorben, und Anne war gestorben, Seb und Jonah und die kleine Martha. Tod für Tod hatte Dorothy durchstehen müssen, nasse Tücher auf Stirnen, Sirup auf Zungen, Schreie in den Ohren, und Aimery war nicht zu ihr gekommen. Aimery, derweil ihre Stadt um sie starb, grollte ihr noch immer für etwas, das sie längst vergessen hatte. Gilbert kam mehrmals, um ihr seinen Beistand anzubieten, doch Aimery kannte keine Vergebung. Regen traf Dorothys Wangen. Hinter der letzten Häuserreihe erkannte sie den Deichhügel.

Sie musste es aussprechen oder würde ersticken. Den Hügel rannte sie hinauf, rutschte im nassen Gras aus und glitt abwärts, fing sich und stieg wieder hoch. Auf der Kuppe blieb sie stehen. Am Fuß des Hügels, hinter dem Kieselstrand, lag das Meer.

Der Solent. Grau wie Eisen. Wütend schwang er sich auf und brüllte, bäumte sich, warf sich zerschellend auf den Strand. Sie legte den Kopf in den Nacken, spürte den Regen und den harten Salzwind. «Solent», schrie sie über das tobende Grau hinweg bis zur Insel, die sie hinter Schleiern ahnte. «Solent, meine Stadt stirbt an der Pest, und keiner tut etwas, und keiner weiß Rat. Solent, ich liebe Aimery Fletcher, der gnadenlos ist, ich hab sein Kind in meinem Bauch!»

Als sie nach Atem rang, pfiffen ihr die Lungen. Wind riss ihr Haar zur Seite. Sie schloss die Augen und hörte zu, wie das Meer ihr Antwort gab, ihr seine Kraft zubrüllte, seinen unerhörten Mut. Sie hob einen Stein auf, schleuderte ihn, sah im Augenöffnen, wie er ins Meergrau traf und verschwand. Mit lautem Lachen drehte sie sich um, rannte den Hügel hinunter und zurück in die Stadt.

Am schwarzen Feiertag, dem Tag, dem die Welt Aimery und Richilda verdankte, starb Catin. Am Morgen sagte sie zu Dorothy: «Es ist doch der Kindleinstag, nicht wahr? Der Vater soll kommen und mir mein Dutzend Schläge geben, beeilen soll er sich, denn in die Hölle will ich nicht.»

Dorothy hatte ihr erzählt, dass ihr Vater und ihre Mutter tot waren, aber sie hatte es vergessen oder nicht begriffen. Sie war Dorothy über den Kopf gewachsen, ein ausladendes, schwammiges Geschöpf, ohne rechte Konturen, ohne rechtes Geschlecht. Ihr Gesicht glänzte schweißig. Nicht Catin, flehte Dorothy innerlich. Nicht Catin.

«Du kommst in keine Hölle», sagte sie.

«Doch, doch, doch.» Das große Mädchen schwankte. «Der Vater soll kommen. Heut ist doch der Kindleinstag, und viel Zeit ist nicht mehr.» Sie wusste nicht, dass sie vaterlos war, und vermutlich nicht einmal, wie sie hieß. Aber dass sie sterben musste und zuvor zwölf Schläge brauchte, wusste sie, ihr verzerrtes Grinsen war voller Vertrauen.

«Leg dich da hin», sagte Dorothy und wies auf Francis' Bettstatt. Ihre Stimme klang gequetscht.

Das Mädchen trollte sich, plumpste bäuchlings aufs Lager und raffte im Fall ihren Rock. Dorothy ging zum Feuer und zog aus einem der Reisigbündel ein paar Zweige. Sie schloss erneut einen Pakt mit Gott: Herr im Himmel, das hier ist nicht meine Aufgabe, aber ich tu's, wenn du danach das arme Ding holst und tust, was immer, zum Teufel, die deine ist.

Catin lag reglos da, hielt die Beine gespreizt und hustete. Dorothy schlug ihr die Zweige auf den Hintern, sachte, ohne ihr wehzutun. «Au, au, au», sagte Catin dennoch, wie sie es immer getan hatte. Dorothy, der Tränen übers Gesicht liefen, gab ihr zwölf behutsame Schläge. Sie hatte Catin nie gestreichelt, aber streichelte sie jetzt mit dem Reisig. Nach dem sechsten Schlag sagte Catin nicht mehr: «Au, au, au.» Nach dem zwölften kniete Dorothy sich vor sie hin und strich ihr das fahle Haar von der Wange. Sie war so leise gestorben wie sonst keiner. Dorothy schlang die Arme um sie und weinte. *Frucht der Sünde?* Das arme Geschöpf, dem das Feuer den Verstand ausgebrannt hatte, war zur Sünde so fähig wie die Hündin, die am Feuer lag und sich zwischen den Hinterkeulen leckte.

Wäre einer hereingekommen und hätte sie weinen sehen, hätte er sie für töricht erklärt. Wenn eine wie Catin starb, dachte man: Gut, dass so ein Menschlein erlöst ist, denn was hätte aus ihr werden sollen? Mit Catin aber war die Familie Deghere, die zur Wurzel der Stadt gehört hatte, ausgelöscht. Von all der Lebenslust und Fruchtbarkeit, acht strohblonden Kindern, war nichts übrig als das Fleisch in ihren Armen. Warum machte Gott die starken Menschen, wenn er sie so kraftlos wieder auslöschte? Dorothy glaubte, in ihrem Leib einen Stoß zu spüren. Ich muss hier weg. Ich muss mein Kind schützen. Zuweilen hatte sie auf Wege gesonnen, das Kind loszuwerden. Jetzt aber wünschte sie sich, dass es lebte, dass es Aimerys funkelnde Augen hatte und Clements nussbraunes Haar.

Zu Lichtmess, dem Tag, an dem nach neun Monaten der Regen einhielt, erkrankte Edward. Als der dicke Junge an jenem Morgen gefräßig sein Frühstück schlang, gleich darauf aber über Gliederschmerzen klagte, war Gilbert sicher, der Faulpelz wolle sich nur vor der Messe und der anschließenden Übung mit dem Bogen drücken.

«Mir ist so elend, Vater», jammerte Edward. «Meine Beine sind wie Butter, und in der Kehle kratzt's mir, ich möcht gleich wieder in mein Bett kriechen.»

«Nichts da», befand Gilbert. «Wer so spachteln kann wie du, der ist nicht krank.»

Er hatte gehofft, Edward würde sich mit dem Bogen auszeichnen, aber der Sohn quälte sich damit nicht weniger unbegabt als über Schriften. Dennoch sorgte Gilbert weiterhin nach Kräften für seine Erziehung. Auf Ertüchtigung des Leibes bestand er und ebenso auf den gemeinsamen Messebesuch. Er hatte es Gott gelobt: Wenn du mir meinen kleinen Jungen, den Vitus, erhältst und wenn du mir Dottie erhältst, will ich die meinen zur Messe führen wie der bravste Christ.

Und Gott hatte sie ihm erhalten, sie lebten beide: Dottie, die in all dem Peststerben rosig wie eine Blume aussah, und Vitus, der schwächlich blieb, an dem Gilbert jedoch mit einer Liebe hing, die ihn erschreckte. Des Nachts konnte er kaum schlafen, sondern lauschte auf Laute des Kindes in der Kammer neben seiner. Er hatte eine Amme für das Knäblein einstellen wollen, doch es war keine zu finden, der nicht der eigene Säugling an der Pest gestorben war. In solche Gefahr hätte Gilbert seinen Jungen nie gebracht. Stattdessen nahm er eine Magd aus dem Umland und kaufte eine Ziege, mit deren Milch der kleine Vitus gepäppelt werden sollte.

«Er wird sterben», hatten die Ärzte gesagt. Aber Vitus starb nicht. Er war so bleich und matt wie Edward rotwangig und kraftstrotzend, doch dem Tod ergab er sich nicht. Jeden Morgen führte Gilberts erster Weg ihn in die Kammer, die die Magd Tilla mit dem Kleinen teilte. Jeden Morgen zog er das Betttuch von dem kleinen Leib, und wenn er sah, dass kein schwarzer Klumpen die Haut entstellte, atmete er auf. Es war, als sei Vitus ein Versprechen, Gottes Gelöbnis, ihn in Zukunft für alles Erlittene zu entschädigen. Er würde mit Dottie und seinen Söhnen von der pestverseuchten Küste aufbrechen und im Norden des Landes ein Geschlecht gründen. Noch wartete die Tilla mit Vitus auf den Armen bei der Tür, aber schon bald würde es Dottie sein.

«Auf, Nichtsnutz», rief Gilbert und zerrte Edward am Arm. Zu viert machten sie sich auf den Weg zur Kirche.

Die Stadt war kein Anblick mehr. Aus den Häusern drang unentwegtes Klagen. «Raus mit den Toten, raus mit den Toten», riefen die Burschen, die sich die Drecksarbeit teuer bezahlen ließen, und dann sammelten sie die Leichen von den Schwellen, warfen einen über den andern und schoben ihre Karren zum Gottesacker. Dort lagen Tote in Haufen, denn mit den Begräbnissen kam der Priester nicht nach. Gilbert hatte Schwämme gekauft, die in gekräuterten Essig getunkt und unter die Nase gehalten wurden, um seiner Familie den Gestank zu ersparen. Dennoch hustete Edward, der zudem ständig stolperte.

Während der Messe jammerte Edward in immer gleichem Ton vor sich hin. Wenn Gilbert ihm, vom Priester unbemerkt, auf den Hinterkopf schlug, hielt er inne, begann jedoch unweigerlich von neuem. Als die Hostie in die Höhe gehalten wurde und die heiligste Verwandlung sich vollzog, sackte er mit einem dumpfen Laut zusammen. Gilbert hatte keine Zeit, ihn mit ein paar Maulschellen wieder auf die Knie zu treiben, er musste sich auf den Empfang von Jesu Leib vorbereiten. Messdiener erschienen mit hölzernen Löffeln, ein jeder lang wie zwei gestreckte Arme. Auf diese Weise speisten sie neuerdings die Gläubigen mit dem segensreichen Fleisch des Erlösers, in der Hoffnung, der Abstand böte Schutz vor der Pest.

Aber wie konnte der genügen? Kam die Pest nicht aus Kaffa, Tausende von Meilen weit her? Gilbert verschluckte sich an der Hostie. Er sah zur Linken und schlug sich die Hände vor den Mund. Edward lag am Boden, auf den Lippen rötlichen Schaum. Die Leute in der Reihe dahinter waren von ihm abgerückt.

Gilbert bezahlte zwei Kerle mit einem Maultier, die ihm den Jungen nach Hause brachten. Edward war nicht bewusstlos. Er hing gekrümmt überm Sattel, lag hernach ebenso gekrümmt auf seinem Bett und stieß unentwegt das leise, raue Jammern aus. Nur ein Wort schälte sich aus den bald tierischen Lauten: «Vater, Vater, Vater.»

Ohne nachzudenken, warf Gilbert sich über ihn. «Vater, Vater, Vater», krächzte Edward, und ‹Herr, Herr, Herr›, betete Gilbert stumm. Jemand zupfte ihn am Halsbund. Samuel, sein Knecht.

«Ihr dürft das nicht tun, Master. Er muss alleine liegen, es ist die große Sterblichkeit.»

«Geh mir vom Leib», brüllte Gilbert. «Ein verdorbener Bauch ist's, weiter nichts. Du hast dich zu vollgestopft, was, mein Edward? Zu gierig warst du.» Er nahm den Jungen in die Arme.

Der stieß einen Schrei aus. Das schweißnasse Hemd verrutschte ihm und entblößte die Achsel. Auf der hellen Haut, die Gilbert geküsst hatte, als das Kind ihm geboren war, erhob sich die Beule wie ein Stück glänzender Kohle. Gilbert wollte seinen Namen rufen, aber brachte die zwei Silben nicht heraus. Er zog sein Kind an sich, hielt es mit all seinen Kräften umklammert und begann bitterlich zu weinen.

Irgendwann schliefen sie ein, und als Gilbert am Morgen erwachte, schlief Edward noch immer. Stirn und Wangen glühten, aber sein Atem rasselte nur leicht. Das war ein gutes Zeichen. Gilbert fasste sich. Er wollte stark sein für Edward. «Ich lasse dich nicht sterben», versprach er ihm, «du und ich sind doch eins, wir ergeben uns nicht.» Mühsam schlug der Junge die Augen auf. Sie waren trübe wie die ewigen Regenhimmel des vergangenen Jahres. Gilbert küsste ihm die heiße Wange. «Ich hole dir Hilfe.» Kein Weib, kein Geschöpf der Welt kam ihm so schön vor wie sein Kind.

Er trank etwas, um bei Kräften zu bleiben. Schickte Tilla und Vitus hinüber zur Gisel, wo sie bleiben sollten, bis die Gefahr vorüber war. Sandte den Knecht nach dem besten Arzt, einem Gelehrten, der in Montpellier studiert hatte. Edward beschwor er, etwas zu sich zu nehmen, aber zu all den Leibgerichten schüttelte der Junge den Kopf. Gilbert hatte schon die Hand zum Schlag erhoben, doch sogleich besann er sich.

«Hör mir doch zu, Edward, du musst essen, oder du schaffst es nicht.»

Er brachte sein Ohr an Edwards Mund und hörte: «Süß.»

In der Küche trieb er nichts auf als einen mürben Apfel, von dem rieb er Butzen und legte sie Edward auf die Zunge. Die Welt hätte er für Dotties Honigfrüchte gegeben. Edward konnte nicht schlucken. Er röchelte, spuckte die Butzen wieder aus.

Endlich kam der Arzt. Der trug eine Heuke, die seinen Körper umhüllte und noch ein Stück über den Boden schleifte. Vor den Mund hielt er einen Duftschwamm, von dem er in kleinen Zügen atmete, als beiße er davon ab. Mit einem Zupfen legte er Edwards Beine frei, die von platzenden Geschwüren übersät waren.

«Das ist arg», murmelte er. «Sehr arg.»

«Gottverdammt, so tut doch etwas.»

«Von Flüchen ist abzuraten», versetzte der Arzt, der mit gestrecktem Arm die Urinflasche vor Edwards Geschlecht platzierte. «Wie übrigens von jeglicher Erregung. Ihr habt den Knaben baden lassen, richtig?»

«Selbstredend», fuhr Gilbert auf. «Einer, der so viel frisst, der furzt und stinkt wie ein Schwein.»

Der Arzt fing ein paar mattgelbe Tropfen, die aus Edwards Schwanzspitze suppten. Aus dem Mantelsack fischte er einen Streifen Pergament, auf dem mehrere Farbflecke, von hellgelb bis giftgrün, aufgetragen waren. Er verglich die Flüssigkeit in der Flasche mit den Flecken, dann wiegte er den Kopf und stellte beides zur Seite.

«Um dieser Pestilenz Herr zu werden, muss man erfassen, worin ihre Ursache besteht. Ihre Ursache nämlich ist jenes verhängnisvolle Zusammentreffen der Planeten, des Saturn, des Jupiter und des Mars, im März des Jahres 1345.»

«Ja, ja, schon gut», fiel ihm Gilbert ins Wort. Sein Junge röchelte. Eine blutige Schaumflocke tropfte in seine Hand.

«Ihr erscheint mir höchst reizbar, mein Herr. Das ist nicht ratsam und macht nichts besser. Hättet Ihr nämlich besonnen gehandelt und der Konstellation der Planeten Rechnung getragen, so hättet Ihr nicht die Pestilenz im Haus. Jenes Dreigestirn besaß die Kraft, tödliche Dämpfe aus dem Boden zu saugen, auch Schwärme giftiger Insekten, die kein Auge erfasst. Durch das Bad, das Ihr Eurem Buben erlaubtet, taten sich seine Poren auf und ließen Dämpfe und Insekten in seine Blutbahn ein.»

«Und so?»

«Und so ist es zu spät. Wischt alles mit Essig aus, bindet Euch

Euren Schwamm vor den Mund. Keinesfalls dürft Ihr dem Kranken in die Augen sehen, denn auch durch Blicke verbreitet sich der tödliche Dunst.»

Gilbert sprang auf. «Das ist jetzt alles gleichgültig.» Seine Stimme klang, als sei er wieder Kind und bettle seinen Vater an. «Ich will, dass Ihr meinem Jungen helft.»

«Wenn ihm zu helfen ist, mein Herr.»

«Was könnt Ihr für ihn tun?»

«Ich muss die Beule öffnen. Das Gift aus dem Körper fließen lassen.»

Er riet Gilbert, den Raum zu verlassen, aber der ließ sich nicht fortschicken. Er schürte das Feuer selbst. Der Arzt entnahm dem Mantelsack die schmale Klinge.

«Fasst den Buben bei den Schultern und haltet ihn fest, auch wenn er schreit wie am Spieß und sich sträubt.»

Gilbert schloss die Hände um Edwards fleischige Schultern. Er wollte die Augen offen halten, er fand, das sei er Edward schuldig. Starr sah er auf die glühende Schneide, die der Arzt auf ihre Gesichter zubewegte. Als aber die Spitze nahe kam, schlossen sich seine Lider. Nur das Zischen von verbrannter Haut hörte er. Und den Schrei, der sein Innerstes zerriss.

Das Kind hatte sich aus seinem Griff frei gekämpft, es saß aufrecht da und schrie noch immer. Als dem Schrei der Atem ausging, fiel es zurück in die Kissen. Sein Gesicht war weiß, der Blick erstarrt, aus seinem Mund quoll Blut. Der Arzt säuberte die Klinge sorgsam mit Lumpen. In den faulen Gestank, der das Zimmer füllte, mischte sich die Säure von Essig.

Nun entnahm der Arzt dem Sack zwei Nadeln und ging vor dem Bett in die Hocke. Das Gesicht hielt er zur Seite gedreht, derweil er mit den Nadeln die Schnittflächen der Beule aufbog. Ein wenig Flüssigkeit trat aus, ein Tropfen Eiter. Der Gestank verdickte sich. Edwards Kehle entrang sich noch ein Stöhnen, dann erlöste ihn die Gnade einer Ohnmacht. Der Arzt stand auf. Aus dem unerschöpflichen Mantelsack fischte er einen dünnen Zweig und eine Greifzange. Mit der Zange schob er den Zweig in die nässende Beule an Edwards Achsel.

«Was ist das?»

«Ein Stück Wurzel der Christrose. Als die gesegnete Blume, die im tiefsten Winter Blüten treibt, besitzt sie die Kraft, das Böse aus Wunden zu ziehen. Zudem ist sie in Absud von Eisenhut getränkt.»

«Ist Eisenhut nicht giftig?»

«Manchem Gift muss man mit Gift begegnen», erwiderte der Arzt, derweil er aus einem Tiegel Wasser über seine Hände rinnen ließ. Alsdann packte er seinen Sack. «Den Buben lasst schlafen. Wenn er erwacht und nach Obst schreit, gebt ihm keines.»

«Ihr könnt doch jetzt nicht gehen. Mein Sohn ist krank, braucht Hilfe.»

«In einem Haus, in dem die Pest ist, verbringe ich keine Nacht. Ihr könnt von Glück sagen, dass ich überhaupt kam. Seit es den Barbierchirurgen hingerafft hat, bin ich der Letzte, der Kranke besucht.»

Ihr habt kein Recht, mich allein zu lassen, wollte Gilbert aufbegehren, aber er senkte den Kopf und fügte sich. Die Krankheit machte aus stolzen Männern Unterwürfige. «Kommt Ihr morgen wieder?»

«Wenn der Bub morgen noch lebt.»

Der Arzt ging, die Nacht senkte sich, und Gilbert kniete sich vor Edwards Bett und hörte seinem Atmen zu. Stumm versprach er dem Sohn, dass alles sich ändern würde, wenn er erst gesund wäre. Sie würden wieder in einer Kammer nächtigen und sich ihr Geheimstes anvertrauen wie vor der unseligen Wendung mit dem Mönch. Wie bedeutungslos erschien das jetzt. Du bist zu dumm, um Latein zu lernen?, sprach er in Gedanken seinem

Kind ins Ohr. Was macht das schon, ich war es auch, und ich bin Gilbert Berkham, blutvoll wie das Leben selbst. Wir werden es allen zeigen, mein Sohn. Die Krankheit besiegen, die Welt besiegen, ihr Gehabe verlachen, du und ich.

Als er sich kaum mehr auf Knien halten konnte, kroch er zu Edward ins Bett. Dass die Krankheit auf ihn überschlich, durch Atem, Blicke, Poren, schreckte ihn nicht. Sollte doch ruhig ein wenig Gift aus dem Körper seines Jungen in seinen fließen, denn er, Gilbert, war stark wie ein Wolf, er würde Gift verschmerzen. Schlafen wollte er nicht. Nur still liegen und das Fleisch seines Kindes spüren. Vielleicht würde Edward erwachen und rufen: ‹Vater, vergebt mir, dass ich Euch nicht genüge.› Beinahe glaubte er es zu hören. Edwards Stimme. Seine eigene Stimme. Wenn der Knabe es aussprach, würde er ihm sagen, dass er ihm mehr als genügte. Die Augen fielen ihm zu. Unter den Decken, nahe dem fiebernden Leib, umfing ihn Wärme. Erschöpfung gewann die Oberhand.

Es war nicht länger Nacht, als er erwachte. Nicht länger warm und weich, sondern kalt und hart. Eiskalt. Steinhart. Seine Hand, die nach Halt tastete, rührte an etwas und schreckte zurück. Seine Finger verbrannten an der Kälte, sein Schrei erstickte im Hals. Neben ihm lag Edward, so verkrümmt wie am gestrigen Abend. Mund und Augen standen offen. Er war nicht wach. Er schlief nicht. Er war tot.

Zwischen Schmerz und Zorn bestand für Gilbert kein Unterschied. Sein Leben lang hatte man ihm Schmerz zugefügt, und er hatte sein Leben in Zorn verbracht. Sein Gedächtnis war scharf, und wer immer ihm einen Schlag versetzte, durfte sicher sein, dass der Gegenschlag wartete, jahrzehntelang, in unverminderter Härte. Jetzt aber war niemand da, der sich schlagen, kein Name, der sich brandmarken ließ. Nur Leere. Gilberts Fäuste trommelten auf das Bett seines Kindes ein, derweil er schrie und schrie. Zum ersten Mal bot sich kein Schuldiger, kam ihm kein Zorn zu Hilfe. Zum ersten Mal war Gilbert dem Schmerz ausgesetzt.

Der Diener hatte Leute von der Gasse bezahlt, die ihm sein Kind wegholten. ‹Raus mit den Toten, raus mit den Toten!›, tönte es durch die Gasse. Der Körper seines Jungen, den er gehalten hatte, als er aus seiner Mutter Leib gekommen war, würde über zwei, drei andere auf einen Karren geworfen und davongefahren werden. Gilbert hätte sie hindern und den Sohn beschützen sollen, wie er ihn im Leben beschützt hatte, bei den ersten tapsigen Schritten in seine Arme. Allein, er hatte keine Kraft. Als sei die Kraft mit Edward gestorben. Aus unerfindlichem Grund dachte er an den Tod von Aimerys Tochter Agnes. Der eine hatte es verdient, der andere nicht, aber geschehen war es ihnen beiden, ihm wie Aimery. Ohne Gnade, ohne Recht.

Als er aus der Raserei allmählich zu sich kam, wurde der Schmerz noch schlimmer. Kalt und blank. Er hatte Mühe, sich hochzurappeln, so weh tat jedes Glied. Gisel kam mit Tilla und brachte ihm Vitus, den er nicht anzusehen wagte. Schmerzhafter als alles war der Anblick des kleinen Gesichtes, die Liebe, die Gewissheit: Dich holt das Sterben als Nächsten.

«Ihr habt das Wohl des Kleinen zu bedenken», sagte Gisel.

Dann kam sein Diener. «Ein Weib steht draußen, das Euch zu sprechen wünscht.»

Dottie, durchfuhr es ihn. Wie hatte er Dottie vergessen können, seine Dottie, die gespürt hatte, dass er mit seinen Kräften am Ende war? Die zu ihm gekommen war, den weiten Weg aus Portsmouth. Er würde Dottie und Vitus nehmen und aus dieser kranken Stadt verschwinden. Neu anfangen, irgendwo. Weit weg vom Tod. Auf der Gasse stand die Base. Gilbert hatte manches Mal ein reizloses Weibsbild mitgehen lassen, aber vor der da sträubte sich sein Nackenhaar.

«Herr Gilbert», kreischte sie, dass es ihm im Kopf wehtat.

Erschrocken stieß er sie von sich. «Was ist mit Dottie?»

Zu seinem Entsetzen brach das Weib in Tränen aus. «Ich hab auf der Welt keinen Menschen mehr. Keinen einzigen, Dottie nimmt sie mir alle. Wisst Ihr, wie lieb ich Dottie hatte, Herr Gilbert? Mehr als meine eigene Schwester war sie mir, damals, als wir Kinder waren, und alles hab ich aufgegeben, um bei ihr zu sein, um den Clement zu bewegen, mich nach Portsmouth zu bringen. Meint Ihr, ich wollt, dass ihr das Kleine stirbt? Ich hab an nichts Böses gedacht und eine kleine Weile lang nicht aufgepasst, konnt ich denn wissen, was geschieht? Mein Leben lang lässt sie mich büßen dafür, und jetzt kann ich nicht mehr, ich bin ganz verbraucht. Deshalb komm ich zu Euch. Den ganzen Weg bin ich gelaufen und will bei Euch bleiben. Ich bin keine wie die Dottie. Ich bin treu.»

Erst jetzt entdeckte er das schmuddelige Bündel, das neben ihr am Boden lag. Er ohrfeigte sie mit dem Handrücken. «Rede endlich, du Nebelkrähe. Was ist mit Dottie?»

«Das sag ich doch, meine Schwester war sie mir.» Das Heulen verzerrte die Worte. «Wir waren wie zwei Erbsen in einem Topf, unzertrennlich, bei ihrer Hochzeit war ich ihre Jungfer. Alle haben sie beneidet, das blaue Kleid, das sie hatte, wer sah denn je ein so hinreißendes Kleid?»

Ich, dachte Gilbert. Auf einmal spürte er den Stich von neuem, wie damals an Dotties Hochzeitstag, als er sie in dem Kleid entdeckt und aufs Pferd gehoben hatte. Helewises Kleid. Für das ihr Habenichts von Bräutigam sich irgendeinem Kriegswerber verkauft hatte.

«Warum konnte sie mir denn nicht verzeihen?», flennte Isemay. «Sie war doch so stark, und ich war nichts und hatte nichts. Nur den Ronald und mein Mädchen. Freilich nicht mal die durft ich haben.»

«Was soll denn Dottie mit dem Ronald?»

«Ronald schert mich nicht mehr», rief sie triumphierend. «Der ist tot, den soll Dottie verscharren. Nur Ihr schert mich, Herr Gilbert. Ein einziges Mal möcht ich einen der Dottie wegnehmen.» Mit einem Satz stürzte sie sich auf ihn und küsste ihn auf den Mund.

Gilbert erschrak so heftig, dass er sie zu Boden stieß. Ein wenig Schlamm spritzte auf. Ihre Augen blitzten irr.

«Du willst lieber Dottie? Du bist so dumm wie die andern und glaubst, dass Dottie dich liebt? Aber die liebt dich nicht, so wenig wie sie mich, ihre eigene Base, liebt. Wir sind ihr alle nicht genug, und willst du wissen, wer ihr genug ist?»

Nein, schrie es in Gilbert. Aber er wusste es ohnehin.

«Der schwarze Satan, der so stark ist wie sie oder stärker. Der selbst die große Sterblichkeit regiert, nach dem giert sie, und sein Balg hat sie im Bauch. Wähnst du dich glücklich, glaubst du, das Balg ist von dir? Armer Gilbert, du bist freilich so dumm wie die andern. Von ihm ist's. Von dem Schwarzen, sonst wär's ihr längst im Bauch verreckt, wie allen ehrbaren Leuten die Kinder verrecken.»

«Schweig», brüllte Gilbert.

«Mit dir treibt sie nur ihr Spiel wie mit dem Ronald», zischte Isemay. «Aber der Spiele wird sie müde, und dann geht sie zu dem Schwarzen zurück, und die beiden lachen über uns klägliche Gestalten.»

Arbeit hatten sie genug. Zimmerleute, ringsum in den Siedlungen, starben wie Wintertage. Aber sie waren zu wenig Männer, um alle Aufträge zu bewältigen, nur mehr Aimery selbst und John und Tom. Ronald war gestorben. Um den jungen Mann tat es Aimery mehr weh, als er zulassen durfte. Ein verscherztes Leben. Einer, der ein fähiger Schiffbauer hätte werden können, hätte er nicht unterwegs sein Zutrauen verloren. Einer, der ein netter Kerl hätte sein können, hätte er ein bisschen mehr Glück gehabt. Aber solches Denken war gefährlich. Gab man sich hin, so brach es einem von innen her die Rippen. Tom hatte gesagt: «Bei Jonah und der Mutter habe ich mir die Augen ausgeweint. Bei Seb hab ich nur mehr mit der Wimper gezuckt. Ich hab mich stumpf gemacht. So wie alle.»

Unbetrauerte Tote. Aimery war besser dran als die meisten, weil er im Überleben so viel Übung hatte.

«Wie macht Ihr das, Meister?», fragte Tom, dieser Segen, der eine Pause einlegte, um in der Stadt etwas trinken zu gehen. «Arbeiten, ohne Luft zu holen, ohne umzufallen.»

«Ich mache es, bis ich umfalle», sagte Aimery. «Wer umfällt, denkt nichts mehr und kann schlafen.»

«Sehr schlau.» Tom lachte und klatschte Aimery auf die Schulter. «Wäre ich nur kein solcher Faulpelz. Ich arbeite so langsam, dass sich das Denken dabei in schönster Ruhe ausbreitet.»

«Ich kann dir gern Beine machen», sagte Aimery und dachte: Ich will euch schützen. Dich und Michael und das kluge Mädchen mit den kleinen Händen. Die Seuche holte nicht jeden, und wen sie holte, hatte nichts mit der Verderbtheit des Opfers zu tun. Feine Kerle und Kinder starben, und einer wie er blieb am Leben. Das Bier mochte helfen, das gegorene Wasser. Reinlichkeit. Gutes Essen, wiewohl es ihn so hart ankam. Wenn Tom die Schüssel vom Haus brachte, wenn ihr der Duft von Dorothys Küche entstieg, war sein erster Gedanke: Sie lebt. Gelobt sei Gott. Sein zweiter Gedanke war: Bekomme ich aufgetischt, was Gilbert übrig lässt?

Er gehörte geprügelt, er fing in solcher Zeit ein kleinliches Rechten an. Wen schert, bei wem ein schönes Mädchen liegt, schalt er sich, wem sie das Haar zaust, wen sie füttert? Bau dein Schiff, die Zeit ist knapp. Alles andere stirbt. Aber dass man das Leben nicht mehr ertrug, bedeutete nicht, dass man es nicht mehr liebte. Zu bedenken, dass er sterben musste, machte ihn nicht klug.

Sein Schiff wuchs. Quälend langsam zwar, derweil der Hammer gegen die verrinnende Zeit anklopfte, aber immerhin wuchs es, um jede Stunde, die er sich auf den Beinen halten konnte. Hörte er ein Geräusch, fuhr er herum und erwartete Dorothy und Gilbert zu sehen, die kamen, um Richilda wegzuholen. Aber er sah sie nicht. Es war das Bild, das ihm fehlte: die schwangere Helewise im Arm des Mannes, der ihr das Kind gemacht hatte, Helewise und Gilbert, die kamen, um Agnes wegzuholen. Dieses Bild fehlte, den Augenblick hatte es nie gegeben, und es gab ihn auch jetzt nicht. Und wenn doch, so sollte er froh sein, dass sie sich retteten, dass sie Richilda und Nicolas mitnahmen. Wollte er, dass die Kinder starben? Willst du, dass Dorothy stirbt wie Helewise?

Der Gedanke traf ihn so scharf, dass ihm der Beitel aus der Hand fiel. Der Stumpf, mit dem er sich an der Bordwand stützte, rutschte ab, und die Leiter schwankte. Aimery fasste schnell zu, vermisste fünf Finger, die er nicht mehr besaß, aber war schon erfahren genug, um sich mit Hilfe seines Gewichtes und der Muskeln des gesunden Arms zu fangen. Als er sicher stand und Atem schöpfte, begann das Erstaunen. Der Schrecken, der nicht kalt war, sondern in warmen Wellen über seinen Rücken schwappte: Ich will nicht, dass Dorothy stirbt.

Seine Beine erschienen ihm noch nicht recht gefestigt. Mürbe in den Knien, in den Schenkeln zitternd. Besser, er stiege die Leiter hinunter, gönnte sich eine Pause, einen halben Becher Ale. Fast freundlich befahl er sich, die oberste Strebe loszulassen und nach der nächsten zu greifen. Sein Blick fiel auf seine Hand, die die Arbeit von zweien tat, auf den Knöchel, der vor Anstrengung heraustrat. Noch eine Sprosse und noch eine. Dann rief ihn Michael.

Aimery fuhr herum.

«Es ist jemand am Tor», sagte Michael.

«Ein Kunde?»

Richilda, der der Wind das lange Haar zerzauste, hatte das Tor schon aufgezogen. Das fehlende Bild. Wie schön du bist, dachte Aimery. Wie ich mich nach dir gesehnt habe.

«Die Frau Meisterin», sagte Michael, der nicht sehen konnte. «Nicht allein. Gott schütze Euch.»

Der Gang durch die Stadt war eine Qual, jeder Schritt gehemmt von Furcht. Wer würde hinter der nächsten Biegung leblos am Boden liegen, wessen Haus war verlassen, wer, der einen gestern begrüßt und getröstet hatte, war heute nicht mehr da? Dorothy schnürte es die Kehle zu. Sie getraute sich des Morgens kaum, Nicolas zu wecken, aus Angst, an ihm die schwarze Frucht zu entdecken, das Zeichen, das der Tod auf Menschen malte, mit dem er wissen ließ: Dieser ist mein.

Ihr Haus, das vor Leben aus den Nähten geplatzt war, stand leer und still, dass jedes Wort darin hallte. Sie setzte sich mit Nicolas zum Essen. In der Küche richtete sie etwas für Symond, der ein und aus schlich, wie es ihm passte. Man sah ihm das wüste Leben an, das er geführt hatte. Sein schöngezeichnetes Gesicht war verquollen, und wenn er ihr sein hilfloses Lächeln sandte, verzogen sich die Wangen zu Wülsten. Sooft er ging, nahm Dorothy sich vor: Kommt er lebend wieder, so spreche ich mit ihm. Sage ihm, dass ich ihm vergeben habe, dass er mir auch vergeben soll, dass eben leben nicht leicht ist. Aber sie sagte es nie. Symond schien ihren veränderten Zustand nicht zu bemerken, sie jedoch bemerkte ihn ständig. In ihr, wenn sie sich niedersetzte, rührte sich das Kind.

Sie war so froh, wenn Tom von der Werft kam, sichtlich gesund, voll Leben und hungrig. Sie hätte auch mit ihm gern gesprochen. Sich an ihn geklammert, ihn angefleht: Tom, schickt mir dein Meister keine Nachricht, kein einziges Wort? Er soll kommen und uns fortbringen, in Sicherheit, ehe die Pest uns holt oder die Stadt mich zerreißt. Denkt er nie an mich, fragt er nie nach mir? Ich könnte doch sterben. Ist Sehnsucht nie stärker als Groll? Aber sie sprach mit Tom so wenig wie mit Symond. Alles in ihr schrie vor Angst. Wie lange würde es noch dauern, bis es jeder hörte?

«Dottie», hatte Laurence Bischofswirt gesagt und ihr den üblichen Klaps statt auf den Hintern auf den Bauch versetzt. «Da hat sich nicht jüngst einer verewigt, oder doch? Dein Schwachkopf von Gatte? Wie kommt es nur, dass ich das ganz und gar nicht glauben kann?»

Seither ging sie nicht mehr in den *Bischof*. Die Angst wuchs zur Raserei: Ich muss hier weg.

Dann starb Ronald. Und Ise verlor den Verstand. «Glaubst du, ich weiß das nicht?», schrie sie. «Du hast ein Balg vom schwarzen Satan im Leib, und ich sorge dafür, dass es bald alle wissen.»

«Ise, komm doch zu dir! Ja, ich habe ein Kind im Leib, aber es ist nicht vom Satan, sondern von einem Mann. Ich werde deine Hilfe brauchen und du meine, wir stehen dies hier zusammen durch.»

Sie wollte die Schwankende packen, aber die rief: «Auf diese Worte von dir habe ich jahrelang gewartet. Jetzt brauch ich sie nicht mehr», und lief davon.

In der Nacht kam sie nicht heim. Als sie auch am nächsten Tag nicht kam, ging Dorothy sie suchen, irrte ziellos durch Gassen, vorbei an halbverwesten Schafen und Schweinen. Ein Leichenkarren war an einer Hauswand abgestellt, der Totengräber lehnte am Rad und war tot oder schlief. Die Luft war wie Schmiere. Stille, Angst und Einsamkeit, alles fiel über sie her: Warum hilft mir niemand, warum muss ich alles allein tun? Ich schaffe es nicht, ich habe keine Kraft. Sie fiel ins Rennen, ihr Leib schwappend, wie mit Wasser gefüllt.

Als sie zurück zu ihrem Haus kam, stand ein Wagen davor. Ein guter, fester Wagen mit zwei Pferden und einer zurückgebundenen Plane. Auf dem Wagen saß eine Frau mit einem winzigen Kind in den Armen, das sie mit ihrem Umschlagtuch gegen den Wind zu schützen suchte. Neben ihr stand eine Ziege. Dorothy, die kaum Luft bekam, rannte auf ihre Tür zu, wollte nach Nicolas rufen, da trat ein Mann hinter dem Wagen hervor.

«Dottie, Dottie.» Er fing sie auf. «Sag, dass es nicht wahr ist.»

Gilbert Berkham. Sie brauchte nur einen keuchenden Atemzug lang, um zu begreifen. «Doch», stieß sie heraus. «Es ist wahr.»

Er trat einen Schritt zurück und starrte auf sie. Nicht auf ihr Gesicht, sondern auf ihren Bauch. «Dottie.» Seine Stimme war ganz klein. Dann stürzte er ihr in die Arme und brach in Schluchzen aus.

Sie hatte noch keinen Mann, nicht einmal Symond, so weinen sehen. Die meisten der Toten gingen unbeweint und ungezählt.

«Mein Junge, Dottie. Mein lieber Junge.» Die Worte versanken im Klagegeheul.

Dorothy streichelte ihn. Die Wulst, die sein Nacken bildete, das weiche Haar. Hast du dein Kind verloren, armer Gilbert? Hast du wie ich keinen Menschen mehr? Sie hielt das Gewicht des schweren Mannes und fand selbst Halt. Er weinte lange.

Als er sich endlich aufrichtete und ihr sein verheultes Gesicht bot, fragte er mit zitternder Stimme: «Warum, Dottie?»

«Das ist meine Sache.»

Ergeben senkte er den Kopf, hob ihn jedoch gleich wieder. «Sei es, wie es sei. Ich hab's Helewise gesagt, ich sag's zu dir auch: Komm mit mir von hier weg, ich werd dein Balg nicht hungern lassen. Wir vergessen all dies und gehen nach Norden, wo kein Mensch uns kennt.»

Wir vergessen all dies, wiederholte sie im Stillen. All die Angst, all die Schmerzen. All das Brüllen vom Solent. Er würde ihr helfen. Sie und die ihren in Sicherheit bringen, und wenn es regnete, über ihren Köpfen die Plane schließen. Sie umfasste ihren Bauch. Das Kind trat zu, es war ein kleines Knäuel Kraft. «Ich hol meinen Jungen aus dem Haus», sagte sie.

«Den Gallischen? Das ist doch nicht deiner, Dottie.»

«Das ist meiner so sehr, wie der da auf dem Wagen deiner ist», versetzte sie. «Wenn du ihn nicht willst, komme ich nicht mit.»

Er hob die Hände. «Hol ihn.»

«Und dann fahr zur Werft.» Sie hatte noch nicht ausgesprochen, da begann ihr Herz zu hämmern. «Ich muss meine Tochter holen.» Stumm fügte sie hinzu: Und ich muss ihn noch einmal sehen. Was immer er mir getan hat, ich muss ihm sagen, dass ich gehe.

«Ich hole mit dir, wen du willst», sagte er. «Aber du hol mir auch etwas. In deinem Bohnentopf hast du Schriften zum Schiffbau. Die nimm mit, sie können uns dort, wo wir hingehen, nützen.»

Dorothy hörte sich wie eine Fremde sprechen: «Die Schriften gehören nicht mir. Ich bringe sie dem, dem sie gehören, zurück.»

Es ging wie von selbst. Ein Bündel packen, Nicolas aus dem Hof holen, Essen für Symond hinstellen, das Vieh aus dem Hof lassen, auf dass es Hungernden in die Arme lief. Endlich auf den Wagen steigen. Dreh dich nicht nach deinem Haus um, gebot sie sich.

Gilbert hievte sich auf den Bock und wandte sich zu ihr. «Wenn du in diese Werft deinen Fuß setzt, dann nicht ohne mich.»

«Ja, ja.» Dorothy legte den Arm um Nicolas und schloss die Augen. Die Peitsche schnalzte. Portsmouth, dachte sie. Portsmouth. Sonst nichts.

Als sie die Werft erreichten, hatte der Wind stark zugelegt. Die Magd bot Dorothy Decken an, aber sie lehnte ab. Wenn sie dies erst hinter sich hatte, würde sie die Plane schließen, sich an Gilberts Wein besaufen und schlafen.

Gilbert half ihr vom Wagen, und dafür war sie dankbar. Sie nahm seinen Arm. Der Anblick der vertrauten Mauern war ein Schlag in den Magen, und dann sah sie noch etwas, das über die Mauer hinausragte und das ihr den Atem nahm. *Bei allen Himmeln, Aimery. Unser Schiff.*

Der Blinde öffnete ihnen das Tor. Aimerys Bruder. Einst ihr Freund. Er musterte sie, dazu brauchte er keine Sehkraft und auch Gilberts Gerede nicht. «Wartet hier», sagte er und schloss das Tor wieder halb.

Gleich darauf flog es von neuem auf, und Dorothy erblickte ein Gesicht, nach dem sie sich gesehnt hatte. Richilda.

«Ich geh nicht mit dir», rief die Tochter. «Ich bleib hier.» Sie drehte sich um und rannte mit fliegendem Schwarzhaar an John vorbei zum Schiff.

Es war keine Wand aus Brettern mehr. Das Gebilde, das Dorothy gekannt hatte, als es ein bloßer Gedanke, ein Kiel, ein Skelett gewesen war, war jetzt ein Schiff. Größer als alle, die sie je gesehen hatte, die Bordwand glatt, die Nahtstellen zwischen den Planken kaum sichtbar. Sie hörte Gilbert Atem holen. Dann hörte sie nichts mehr von Gilbert. Aimery stand auf der obersten Strebe der Leiter. Kurz schien er zu wanken, aber fing sich und stieg hinab, als hätte er sie bemerkt. Wind zerrte ihm an Hemd und Haar. Er wandte den Kopf. Durch Dorothys Leib stob ein Geschoss.

John sagte etwas zu ihm. Er stieg die restlichen Sprossen hinunter und blieb stehen. Dorothy löste sich von Gilbert und lief mehrere Schritte vor, ehe auch sie stehen blieb. Sein Bild nahm ihr Herz in zwei Hände. Barg und streichelte es: Du bist ja so dürr und zerlumpt wie eh und je, mein Liebling, so verstört, als wolltest du dich am Kopf kratzen.

Richilda umschlang Aimerys Mitte. John stand unschlüssig dabei.

«Wir kommen, um das Kind zu holen», schrie Gilbert. «Rück es raus, Aimery. Dottie geht mit mir. Fort aus dieser Stadt.»

Es war ja alles ganz falsch. Sie wollte zu ihm laufen, ihn in die Arme nehmen, ihn schelten, ihm die Wangen klopfen. Sei nicht so furchtbar dumm, Aimery. Wir sind nicht mehr jung, wir sind vielleicht schon krank und morgen tot. Sie ging einen Schritt. Noch einen. Aimery bückte sich und hob ein Stück Metall vom Boden auf.

Ein Messer oder einen Beitel. Hinter ihr schrie Gilbert auf. Dorothy glaubte, den Boden donnern zu hören, als er an ihr vorbeijagte und auf Aimery zuhielt. Der stieß Richilda von sich, die John sich schnappte und außer Reichweite zog.

«Dottie machst du nicht tot! Dottie nicht.»

Die Männer schienen zusammenzuprallen, Schläge dröhnten, Gilberts Fäuste prasselten Aimery an den Kopf. Dorothy brüllte, verstand ihr eigenes Wort nicht. Dann trat Aimery zur Seite. Gilbert, der zum Schlag ausschwang, taumelte gegen die Schiffswand. Aimery blieb stehen.

Dorothy sah sein Gesicht, schmal und angespannt, an den Lippen Blut. Sie wollte es greifen und machte einen Schritt auf ihn zu.

Aimery machte auch einen Schritt auf sie zu.

«Ich gehe nicht mit dir», hörte Dorothy Richildas Stimme wie von sehr weit her. «Ich bleibe bei Aimery.»

Dorothy setzte noch einen Schritt. Gilbert brüllte. Aimery warf den Beitel weg und sandte ihr einen Blick.

«Aimery», schrie sie durch das Pfeifen des Windes, durch das Toben des Wasserlaufs, über den Abstand hinweg.

Er stand still.

«Aimery, ich bekomme ein Kind von dir.»

Er zog eine Braue in die Stirn. «Von mir? Glaubst du dir das selbst?»

Ihre Fäuste ballten sich, ihr Körper spannte sich zum Sprung. Dann aber besann sie sich auf ihren Entschluss: Ich schlag dich nie wieder, Aimery, denn es hilft ja nichts, und am Eisen schlägt man sich die Fäuste blau. Schleier fielen, was sie sah, verschwamm. Das Rauschen in den Ohren schwoll.

Sie konnte nicht länger stehen. Ihr Leib, der das Kind zu schleppen hatte, schien bleiern und brachte ihre Beine ins Wanken. Auf einmal war Gilbert da, kam von irgendwoher. Sie ergriff den Arm, den er ihr bot. So fand sie ihr Gleichgewicht und drehte sich um. Dann ging sie.

Neunter Teil

Gezeitenströme

PORTSMOUTH, HAMPSHIRE, MÄRZ 1349

Das bisschen Schnee, das gefallen war, schmolz. Auf dem schlammigen Grün kniete die Schwester nieder, um die Reste einzusammeln, die von jeder Speisung blieben. Nicht nur Knochen und Rinden, sondern brockenweise Brot und Wurzelstrünke, die zu Boden fielen, nicht weil die Hungrigen gesättigt waren, sondern weil sie sie in zitternden Händen nicht länger halten konnten. Master Fitzroger bestand darauf, dass alles sorgsam beseitigt wurde, damit es kein Ungeziefer lockte. «Schwester», hatte er sie angefahren, «was glaubst du, was ich gestern auf dem Grün vor den Futterluken sah? Eine fette Ratte, die sich über eine Schwarte hermachte. Finde ich noch eine, dann weißt du, was dir blüht.»

Das wusste sie in der Tat. Nicht Schläge, nicht Liegen auf Schwellen oder Knien auf Scherben. Sie war keine, die sich über Misshandlungen des Leibes zügeln ließ. Was schließlich war ihr Leib? Die anderen nannten sie unter sich *die entstellte Schwester*, aber selbst dieser Ausdruck tat der Hülle, in der sie steckte, zu viel Ehre an. Ihr Leib war ausgelöscht. Wohl empfand er noch Schmerz, wenn man ihn peitschte, ihn trat und mit Eiswasser übergoss, doch der Schmerz erreichte sie nicht. Ihr Fleisch war stumpf, es hatte sein Wehklagen hinter sich. Ihr Innerstes hingegen, ihre Seele, mochte erstarrt sein, würde aber nicht abstumpfen.

Master Fitzroger wusste, wo er sie treffen konnte. Er würde tun, was er ihr angedroht hatte: die Futterluken zumauern lassen. Ihr verbieten, den Elenden ein Stück Brot zu reichen, einen Becher Dünnbier, ein wenig Trost. Wenn er ihr das aber nahm, nahm er ihr alles. Sie war hierhergekommen, um an Menschen wettzumachen, was sie an ihnen gefehlt hatte. Erlaubte er ihr das nicht mehr, was bliebe ihr? Hastig scharrte sie zwischen zerrupften Grasbüscheln nach einem Rippenknochen. Master Fitzroger ließ es bei dieser Drohung nicht einmal bewenden, sondern verschärfte sie, steigerte sie ins Unsägliche: ‹Ich kann dich von diesem Grund hetzen lassen wie eine verflohte Katze, weißt du das?› Sie war schon einmal vom Grund ihres Lebens gehetzt worden. Wenn er ihr das Haus Gottes versperrte, wohin sollte sie gehen, wo sollte sie sterben?

Der Tage starben die Menschen wie Ratten auf den Gassen, weil sie es nicht mehr in ihre Häuser schafften. Sie hatte schon lange keine Gasse mehr betreten, aber in ihren Albträumen sah sie die Kranken, die sich weiterschleppten, um nicht zu Boden zu stürzen, deren Hilferuf im Blutschwall erstickte, denen kein Priester die Hand reichen würde, um ihnen aus dieser Welt in die nächste zu helfen. Sie schauderte. Aus ihrem Schoß purzelten Essensreste.

«Gelobt sei der Herr und guten Morgen, Schwester. Wiewohl man von einem guten Morgen schwerlich sprechen kann.»

Sie fasste sich. Schluckte. «In Ewigkeit, amen, mein Bruder. Recht habt Ihr. Wieder Regen.» Schwester. Bruder. Als wären die Zeiten, da man Verwandte gehabt hatte, nicht längst vorbei. Aber die Zeiten, da man Namen gehabt hatte, waren ebenso vorbei.

Der Alte kniete sich zu ihr in den Schlamm. Als er niederging, hörte sie seine Knochen knacken. «Wie folgsam du deine Arbeit tust. Das wird den Master freuen.»

«Lasst mir meinen Frieden. Nicht Ihr, sondern ich bin es, die dafür gepeitscht wird.»

«Da hast du recht. Ich bewundere dich für den Mut, der mir fehlt.»

Sie sammelte weiter, ohne ihm zu sagen, wie oft sie selbst genau das gedacht hatte: Er ist klug und gütig, aber ihm fehlt der Mut, deshalb nützt ihm das andere nichts. Vermutlich hatte er sich für ein Leben hinter Mauern entschieden, weil er ohne Mut war.

«Verachtest du mich?», fragte er.

«Ich bin keine, der dazu das Recht zustünde.»

«Aber ich spreche es dir zu.» Seine Augen waren schlecht. Statt eines Knochens hob er ab und an einen kleinen Zweig auf und legte ihn zu den Essensresten in seine Kutte. «Sag es. Verachtest du mich?»

«Ja», sagte sie, strich sich das Haar, das sie nicht mehr besaß, von der Wange und sah ihn an. «Ja, ich verachte Euch, weil Ihr erkennt, was falsch ist, und es falsch sein lasst. Weil Ihr im Kleinen aufsässige Dinge tut – zu spät zum Kapitel kommen oder ein Hochamt versäumen –, die Euch Mut vorgaukeln, aber keinem nützen. Ihr seid freundlich, doch Ihr haltet Euch heraus. Dafür kann ich Euch nicht achten.»

Das Gesicht des Greises blieb unbewegt. «Hab Dank für die Ehrlichkeit», sagte er. «Auch du erkennst, was falsch ist. Wirst du es falsch sein lassen oder mir helfen, es zu ändern?»

«Ich bin ein machtloses Weib», erwiderte sie scharf. «Ein Krüppel, ohne Bildung. Wie soll ich fertigbringen, was Ihr nicht schafft?» Ein alter Mensch, fand sie, sah viel älter aus als ein altes Bauwerk, ein Baum, selbst ein Tier. Weil Menschenhaut ausdünnt und preisgibt, wie zerbrechlich ist, was sich darunter verbirgt.

«Ich könnte dein Werkzeug sein», murmelte der Hundertjährige. «Vielleicht findest du einen Weg, mich über die Hürde meiner Furcht zu zwingen? Mir hat vor kurzem jemand begreiflich gemacht, dass ich an meiner Zeit keinen Anteil habe. Ich verschanze mich hinter Stein. Stein ist gut, oder nicht? Er hat das Feuer abgehalten, den Krieg, die Aussätzigen und Verhungernden. Jetzt hält er das große Sterben ab, und wir hocken dahinter in der Zeitlosigkeit. Seit ich das begriffen habe, sehe ich mich im Traum die steinernen Tore aufreißen. Immer wieder.» Er warf etwas in ihren Schoß.

Einen Bogen Pergament, vielfach verwendet, dünn geschabt wie des Alten Haut. Bedeckt mit schwarzen, steilen Zeilen. «Was soll ich damit? Ihr wisst so gut wie ich, dass ich nicht lesen kann.»

«Musst du denn lesen? Erkennst du nicht, warum ich dir den Brief gegeben habe?»

Sie starrte die Schriftzüge an, bis sie verschwammen, und erkannte es.

«Ich trage diesen Brief seit Wochen bei mir. Der Schreiber bittet mich, hinter dem Stein hervorzutreten und zwei Tote zu begraben. Oder alle Toten zu begraben. Ein Stück Boden zu weihen, vor der Stadt, wo dieses fromme Volk seine Lieben hintragen und in Frieden ruhen lassen kann, statt sie in der Stadt aufzubahren, wo sie verrotten und die Seuche verbreiten. Du weißt, wie viel mir der Schreiber dieses Briefes bedeutet, oder nicht? Ich habe ihm einmal gesagt: Wenn du mich brauchst, ruf mich. Ich bin da.»

«Und wart Ihr da?»

«Nein. Ich wünsche mir Tag und Nacht, er wäre gekommen und hätte mich mitgezerrt. Kannst du mich zerren? Mich und dich dazu?»

Sie hätte den Brief gern vor der Nässe geborgen. Ihn in ihr Gewand geschoben, die Hände darübergelegt. Stattdessen sah sie zu, wie die Tinte im Regen verlief. Ehe sie auf eine Antwort sinnen konnte, schreckte ein Geräusch sie beide auf. Ein schwaches Klopfen an der Pforte. Sie sprang hoch, und der Brief glitt ins Gras. Der Hundertjährige hingegen brauchte endlos, um sich aufzurappeln, als sammle er einen alten Knochen nach dem anderen ein.

«Tut etwas», herrschte sie ihn an. «Sperrt die Pforte auf.»

Sie waren angewiesen, den Riegel verschlossen zu halten, solange sie sich im Freien aufhielten. Pestkranke durften das Gelände nur betreten, wenn alle Insassen sicher hinter Mauern hockten. Auch Suppe durfte sie nicht länger durch die Luken reichen, sondern nur noch in Batzen Geschnittenes, das sich an Greifern hinausschieben ließ.

Bruder Nicolas sah sie an. Vielleicht glaubte er ja, sie sei ihm etwas schuldig. Wer schließlich hatte sie einst vor dem Torhaus aufgelesen, wer hatte sie ins Warme gezerrt und beim Master sein Wort eingelegt? Aber hier ging es nicht um sie. Der Alte war es dem Herrn schuldig, der Lehre, die er vertrat, sich selbst.

«Wovor fürchtet Ihr Euch? Davor, Euch die Seuche zuzuziehen und zu sterben? Ja, wollt Ihr denn alles überleben, tausend Jahre alt werden und kein Mensch mehr sein?»

Als er noch immer zögerte, ließ sie ihn stehen und ging selbst. Schob den Riegel zurück, zog die Pforte auf. Davor stand, sich an der Mauer stützend, eine Frau. Ihr Kinn war blutverschmiert. Den Hals zierten zwei pflaumengroße Beulen. Die Kranke streckte eine krallenhafte Hand nach ihr.

«Hunger, Schwester.» Beim Sprechen verrenkte sie den Kiefer.

«Wartet hier. Ich darf Euch nicht einlassen, aber ich hole Euch zu essen.»

Die Frau fiel auf die Knie.

«Gebt acht auf sie», warf sie dem Hundertjährigen hin und

lief los. Aus dem Küchenhaus holte sie, was sich in zwei Händen tragen ließ, Brot, einen Suppenknochen, eine Zwiebel, und rannte zurück, ohne der Mitschwester Antwort zu stehen. Außer Atem umrundete sie das hohe Hauptgebäude und rief von weitem: «Ich komme, ich komme!»

Bei der Pforte fand sie den Greis, der im nassen Gras kniete. Er hielt sich die Hände vors Gesicht. Die Frau, die angeklopft hatte, lag bei ihm, ihr Körper draußen vor dem Tor, doch der Kopf auf dem Gelände des *Domus.* Der Hundertjährige weinte mit hörbarem Schniefen. Die Hungrige war tot.

Kaum hatten sie Portsmouth verlassen, hatte es zu regnen begonnen, und schon bald fiel der Regen so dicht, dass Gilbert nicht mehr sah, wohin er fuhr. Die Plane bauschte sich, dann fiel sie wieder zusammen und schmiegte sich um die Körper der Wageninsassen. Die Pferde kämpften gegen den Wind. Sie würden nicht weit kommen. Wiewohl es regnete, hörte er Dottie im Wagen ohne Unterlass weinen.

Endlich erreichten sie Havant. In der Gaststube der Halsversehrten standen sie, ein jammervolles Häuflein, aus Haaren und Kleidern tropfend. Kienfackeln erhellten den Raum, doch alle Tische waren leer.

«Seid Ihr geflohen?», fragte die Halsversehrte. «Vergeblich, leider. Das Übel ist jetzt auch bei uns.»

«Wir gehen nach Norden», verwies sie Gilbert. «Gleich morgen wollen wir weiter, nur uns aufwärmen, die Jungen abfüttern.»

Die Halsversehrte ging, um Ale und Geschmortes zu holen. Dottie ließ sich von ihrem gallischen Bengel auf die Bank drücken. Sie weinte noch immer. Er sah zu, wie der Gallische sie aus der Kapuze schälte. So schön war sie. Ihr Haar, das tropfnass über die Hüften fiel, ihr Körper, bei dessen Anblick er etwas von der Gier spürte, mit der man in einen frischgepflückten Apfel biss. Ihr klares, verletztes Gesicht. Dafür, dass sie ihm den Sieg über Aimery beschert hatte, liebte er sie mehr, als sich sagen ließ. Nicht einmal die Schriften hatte sie dem Feind übergeben. Wenn sie erst im Norden waren, würde er das Schiff bauen, das Aimery gewiss nie fertig baute. Er gestand es sich ungern ein, aber das Bild des Schiffes, das gewaltig gen Himmel ragte, schnürte ihm noch jetzt das Herz zusammen. Er zwang seine Gedanken zu Dottie zurück. Wie eine Königin wirst du leben, meine Schöne, die Frau, die Gilbert Berkham liebt, kann alles von ihm haben.

Als die Halsversehrte mit den dampfenden Schüsseln kam, hörte Dottie auf zu weinen. Sie starrte der Frau ins Gesicht, dass die sich verwirrt an die Kehle fasste. «Hab ich was an mir, das Euch missfällt? Meine Narbe vielleicht?»

Dottie schüttelte den Kopf. «Ganz und gar nicht. Ich dachte nur, ich hätte Euch schon einmal gesehen.»

«Nun, ich jedenfalls kenn Euch nicht», sagte die Halsversehrte und stellte die Schüsseln auf den Tisch.

Dottie aß wenig, trank aber schnell und reichlich von dem starken Bier. Tränen rannen ihr noch immer über die Wangen, wiewohl sie nicht mehr schluchzte. Sie sei müde, sagte sie, er solle ihr vergeben, sie ginge gern bald zu Bett. Ihre Stimme, die er voll Stolz kannte, war klein und zerdrückt. Gilbert liebte seine Frauen unbeugsam. Das Mitleid aber, das er mit dieser empfand, übermannte ihn.

Er mietete zwei Kammern, obgleich eine genügt hätte und sein Geld für eine lange Reise reichen musste. Er wollte mit Dottie allein sein, eine Kanne warmen Wein und ein wenig süßes Geflüster teilen. Erst als der Riegel vorgelegt war und der Duft des Weines den in Kerzenlicht getauchten Raum erfüllte, begriff er, dass diese herrliche Frau jetzt ihm gehörte. Dass er sich bei ihr nicht mit verzehrenden Küssen, mit Foppen, Locken und Entsagen bescheiden musste, sondern bis zum Letzten gehen durfte. Sie saß auf der Bettstatt, die Schultern gekrümmt, den Kopf gebeugt, sodass das noch feuchtglänzende Haar ihr in den Schoß fiel. Er sprang zu ihr und riss sie zu sich hoch. Einen Kuss gab er ihr, und als sich ihre Lippen nicht öffneten, unzählige Küsse. Umfasste sie, fuhr mit flachen Händen ihre Formen nach. Derweil seine Finger ihr Schmuckstück von Hintern umspannten, drängte der Leib, in dem das Balg wuchs, gegen ihn. Vergiss es, gebot er sich, wie er es sich vor Jahren schon einmal geboten hatte. Vielleicht verreckt es unter der Geburt. Damals hatte das Balg überlebt. Aber diesmal war alles anders.

Hatte er je eine Frau so viel geküsst, eine andere als Helewise? Hatte er je eine Frau so langsam, Stück um Stück, aus Kleidern befreit und dabei noch geredet, über anderes als Gier und Fleisch? «Dir muss doch kalt sein in dem nassen Zeug. Komm, lass mich dir helfen. Die Halsversehrte hat propere Daunendecken, nicht die billigen, mit Werg gefüllten Klumpen.»

Weich und füllig hatte sie in seinen Armen gehangen. Jetzt machte sie sich steif. «Wen nennt Ihr die Halsversehrte?»

Warum dachten Weiber über Dinge nach, die keinen Kerl auf der Welt auch nur kratzten? Er küsste ihr die Grube zwischen Ohr und Kiefer. «Sag nicht *Ihr,* meine Zuckrige. Ich bin Gilbert, dein Geliebter. Nicht dein Herr. Eine wie du hat bei mir den Himmel auf Erden. Keine Prügel, kein Schuften. Wie eine Dame halte ich dich.»

Sie drehte den Kopf nach der Seite, als gäbe es dort etwas zu sehen. «Ihr seid sehr gut, Gilbert.»

Das hatte ihm noch keine gesagt.

«Ihr solltet so gut nicht zu mir sein. Versprecht Euch nichts von mir.»

Er versprach sich alles von ihr. Ehe sie weiterreden konnte, verschloss er ihr den Mund mit einem Kuss und warf sie aufs Bett, drehte sie auf die Seite, damit der dicke Leib ihnen nicht im Weg war, und riss sich mit gekonntem Griff die Bruche auf. Was er freilegte, fleischige Lenden, ein stattliches, zur Liebe bereites Gemächt, hatte zahllose Frauen entzückt. Sie sah gar nicht hin. Er gab ihr einen kleinen Streich auf die Wange, damit sie den Kopf wand. Die Bluse hatte er ihr heruntergestreift, ihre Brüste waren durchscheinend weiß und wie Milchschläuche.

«Dottie», rief er. Er hatte etwas anderes sagen wollen, aber sagte: «Ich liebe dich.»

Sie lag unbewegt. Öffnete kurz den Mund und schloss ihn wieder.

«Was wolltest du sagen, Geliebte?»

«Die Halsversehrte – ist das die Wirtin? Ist sie allein, hat sie keinen Mann?»

«Einen Jungen ohne Vater hatte die, den hat's im Krieg erwischt. Was geht die uns an? Bist du eifersüchtig, weil ich bei ihr gelegen habe? Das muss dich nicht quälen, meine Zuckerpflaume. Ein Mann ist ja kein Mönch, und nach einer Frau wie dir hab ich mein Leben lang gesucht.» Er strich ihr Haar aus dem Gesicht und von den Brüsten. Seine Lippen überschütteten sie.

Irgendwann hörte er sie seufzen. «Nehmt mich einfach», raunte sie. «Das ist schließlich das Mindeste, das Ihr verdient.»

Er wollte besser mit ihr sein als mit den billigen Weibern, aber er hatte zu lange bei ihr gelegen, in ihrem Duft, an ihrem Fleisch, das raubte ihm die Gewalt über sich. Mit dem runden Leib war es kein leichtes Unterfangen, doch Gilbert besaß Übung, und um ihretwillen war ihm keine Verrenkung zu viel. In sie zu dringen ließ in seinem Kopf etwas platzen. Eine Zwinge. Er liebte sie. Es sollte ewig dauern, die ganze Nacht hindurch, aber es war im

Nu vorbei. Er hatte sich zu lange nach ihr gesehnt. Mit der Zeit, wenn er sich daran gewöhnte, sie allnächtlich zu bekommen, würde er sie langsam genießen, Bissen um Bissen.

Er lag schon eine Zeitlang still und kam zu Atem, da bemerkte er, dass sie weinte. In sich hinein, so leise sie konnte. Er war gleich bei ihr und schlang die Arme um sie. «Meine Dottie. Mein Alles.» Er wollte ihr sagen, dass sie keinen Grund zum Weinen hatte, dass er jetzt bei ihr war und das harte Leben ein Ende hatte. Aber kaum hielt er sie, begann er selbst zu weinen. Wir zwei armen Seelen. Wie sollen wir nicht weinen? Du um deine garstige Blage und ich um meinen Edward. Was hat Gott uns angetan? Aber wenn wir uns halten, uns dicht zusammenschmiegen, lässt es sich tragen. Ich täte alles für dich.

Er hob den Kopf und reckte sich nach der Weinkanne. Sie blieb auf dem Rücken liegen, ihr Haar in Strahlen um sie ausgebreitet. Er nahm zwei tiefe Züge und wollte dann auch ihr zu trinken geben.

Sie aber, ehe er ihr die Kanne an die Lippen setzen konnte, sagte: «Gilbert.»

Sein Name aus ihrem Mund.

«Gilbert, diese halsversehrte Wirtin – woher hat sie die Narbe?»

«Gottverdammt, was hast du mit der Halsversehrten?» Er warf die Kanne aufs Bett. Wein spritzte im Schwall auf die Laken, auf Dotties weißes Fleisch. Er war es nicht gewohnt, mit Frauen sacht umzugehen, ihre Grillen zu dulden, er hatte viel zu lernen. «Vergiss die Halsversehrte und diese ganze stinkende Küste, mein Schatz. Morgen früh, wenn du bei Kräften bist, reisen wir weiter.»

Sie sagte nichts mehr, sondern drehte sich weg und zog die Decke bis ans Kinn. Zusammengekrümmt lag sie da und weinte noch lange vor sich hin. Am Morgen konnten sie nicht weiterreisen, denn Dottie war krank, und Gilbert stand Höllenqualen aus, weil er fürchtete, der grausame Gott habe ihr die Pest geschickt.

Der Verdacht kam Aimery erst, als er mit dem Kalfatern der zwei Barken so gut wie fertig war. Er benutzte einen kleinen Hammer, der sicher in der Hand lag, und hatte eine Schlingenvorrichtung für seinen Pechtopf gebaut. Seit seinem Unfall hatte er nicht mehr allein kalfatert, aber nun, da sie nur noch zu dritt waren, blieb ihm nichts anderes übrig. Der Kunde hatte für die Boote einen hohen Preis geboten und im Voraus bezahlt. Ein Segen in diesen Tagen, da so mancher Auftraggeber wegstarb, ehe er seine Rechnung begleichen konnte. Mitten in diesen Überlegungen fragte er sich jäh: Wer brauchte in diesen Tagen zwei Prunkbarken, und wer bezahlte dafür so viel Geld? Er unterbrach die Hammerschläge und rief nach Michael.

Der kam vom Plankenwässern. «Braucht Ihr Hilfe?»

«Keineswegs», erwiderte Aimery scharf.

«Bitte lasst nicht Euren Zorn an mir aus», sagte Michael, «denn dann schämt Ihr Euch hernach wieder und redet auf Wochen nicht mit mir.»

«Das hier ist nicht zum Lachen. Wer hat den Auftrag für diese Barken angenommen?»

Michael senkte den Kopf.

Aimery, der vergeblich gehofft hatte, sich zu täuschen, fuhr nach der Barke herum und hob den Hammer. Der erste Hieb ließ Holz splittern. Als er zum zweiten ausholte, packte Michael ihn grob am Arm.

«Schluss jetzt. Wenn Ihr Schläge austeilen müsst, dann schlagt mich.»

Brüsk riss Aimery sich los, schwang den Hammer wieder in die Höhe und ließ ihn niedersausen, da stieß ihn Michael zur Seite. Der Schlag ging ins Leere. Schmerz fuhr ihm in die Schulter.

«Hütet Euch», schrie er. Dann lenkte etwas ihn ab. «Wie macht Ihr das? Woran erkennt Ihr, wann ich meinen Hammer hebe und wo ich ihn hinlenke?»

«Am Schwirren», sagte Michael. «Ich habe so unerbittlich geübt wie Ihr, und seither gereicht es mir zum Vorteil, dass mit mir niemand rechnet. Könnt Ihr Euch jetzt beruhigen? Ihr fühlt Euch von mir verraten, richtig?»

«Ja», sagte Aimery und dachte: Du warst der Letzte, von dem ich sicher war, dass er mich nicht verrät.

«Darf ich mich erklären?»

«Nicht, wenn Ihr mir einreden wollt, Ihr hättet es gut mit mir gemeint.»

«Ich habe es recht gut mit Euch gemeint. Ich dachte, es täte Euch wohl, an Booten zu zimmern statt ewig an Türstöcken. Ich dachte, es täte Euch wohl zu wissen, dass Ihr um Geld nicht bangen müsst, dass Tom sich eine Mahlzeit im *Bischof der See* leisten kann. Ich gestehe jedoch: Ein wenig habe ich es auch gut mit dem armen Kerl gemeint, der alles für Eure Verzeihung gäbe.»

«Ich habe ihm nichts zu verzeihen.»

«Jetzt höre ich es wieder am Schwirren», sagte Michael. «Wie Euer Stolz gekränkt aufschnauft und Euer Pferdegesicht mir entgegenprotzt: Mir tut nichts weh. Verzeiht wenigstens mir. Lasst die Barken heil.»

«Ach.»

«Und so schwirrend ‹ach› sagen, kann auch keiner wie Ihr.»

Aimery überlegte noch, ob er sich das Lachen gestatten und Masun und seine Barken vergessen sollte, da warf jemand den Torklopfer in fliegender Folge ans Holz. «Tom ist wohl ohne Schlüssel fort.»

Sie gingen miteinander zum Tor. «Tom kann das noch nicht sein», sagte Michael. «Der hat die Viole mitgenommen, im *Bischof* ist heute Tanz.»

Draußen stand ein Junge, dem der Atem in Stößen ging. «Master Fletcher? Ihr müsst kommen.» Zwischen Keuchen und Luftholen stieß er Worte heraus: «Euer Lehrling … im *Bischof* … der Wirt schickt mich …»

«Bleibt auf der Werft», sagte Aimery zu Michael und rannte los. Im vom Regen durchweichten Boden sank er bei jedem Schritt ein. Es dämmerte. Die nahe Stadt war eine Schafherde kleiner Lichter. Wer sie so sah, wie sie sich vor ihm räkelte, mochte die Menschen beneiden, die sich unter ihren Dächern schlafen legten. Feuertod und Seuchentod schienen weit entfernt. In welche Klemme sich Tom auch gebracht hat, dachte Aimery, es ist mir einerlei, ich hole ihn da raus. Vielleicht hatte der Junge nur seine Trinkfestigkeit überschätzt und brauchte jemanden, der ihn nach Hause schleppte, oder er hatte sich ausrauben lassen und konnte seine Zeche nicht begleichen. Im Laufen verflocht Aimery die sichtbaren Finger mit den unsichtbaren.

Tom lag in der Mitte des Schankraums am Boden. Bäuchlings, den Kopf nach oben verdreht. Tische und Bänke waren an den Rand gerückt, Schemel umgestürzt, ein Tischbein zerbrochen. Die paar Leute standen an die Möbel gedrängt, wie aus Furcht vor dem Liegenden. Krüge lagen in Scherben, den Boden sprenkelten Pfützen von Wein, Bier und Blut.

Als Aimery eintrat, hörte man auf einmal den Regen, der durch Ritzen zwischen Dachschindeln tropfte. Aller Menschenlärm war verstummt. Seine Schritte donnerten, sein Fall auf die Knie hallte dumpf. *Nicht Tom. Nicht Tom.*

Er griff dem Jungen ins Haar. Wie frischgesicheltes Getreide, fest und hell und noch voll Kraft. Er hörte seinen eigenen Schrei, der aus der Tiefe aufstieg, den Schrei eines Tieres, grollend, schwellend, berstend. Toms Blut war aus mehreren Wunden gesickert, einer am Arm, einer am Hals, dreier über Brust und Bauch. Aimery tauchte die Finger ins Blut, verschmierte es auf seinen Kleidern, wie es über Toms Hemd verschmiert war, ein dickes Wollhemd, das seine Mutter genäht hatte. Zerschnitten, zerrissen, zerfranst. Der Mund des Toten stand offen, die Augen waren geweitet und fremd. Nicht mehr Toms lachende, blondbewimperte Augen. Aimery warf sich lang hin und schrie immer weiter. Als aus ihm kein Schrei mehr kam, weinte er.

Er würde sie alle töten. Das verdammte Stadtvolk, die Schlächter, die Selbstgerechten. Tom rächen, nicht mehr stillhalten und einstecken, sondern das Blutbad anrichten, das sie von ihm erwarteten. Er glaubte zu spüren, wie sie sich hinter ihn schlichen und zur Tür hinausflohen. Es würde ihnen nichts nützen. Nässe strömte ihm übers Gesicht, sein Schluchzen nahm ihm den Atem. Es tut mir so leid, Tom. Ich hätte dir das Mädchen mit den kleinen Händen gegeben. Du warst der netteste Bursche, den ich kannte.

Jemand packte ihn an beiden Schultern, zog ihn hoch, griff ihm dann unters Kinn und drehte sein Gesicht zu sich. Laurence Kronenwirt.

Schlag mich, dachte Aimery, und ich bringe dich um.

Helewises Vetter tat etwas völlig Unverständliches. Er zog einen Lumpen aus dem Gurt und trocknete Aimery das Gesicht. Tupfend, nicht reibend, mit seinen klobigen Händen. «Mick, bring mir von dem ganz Dunklen», rief er leise. «Du musst was trinken, Fletcher. Du zerreißt dich. Das hilft nicht.»

Der Schankraum war beinahe menschenleer. Mick, der Schuhmacher, hinkte mit dem Wein heran. Aimery schlug ihm den Becher aus der Hand, dass der zerschellte.

«Oh weh, oh weh», sagte Laurence.

«Wer?», fragte Aimery.

«Ich weiß es nicht. Ist das nicht einerlei?»

Aimery sprang auf und schloss dem dicken Mann die Hände um den Hals. Nicht die Hände. Nur seine eine Hand und den Stumpf. Als er die knorpelige Kehle fühlte, ließ er wieder los. Ein heiserer Laut entfuhr ihm.

«Nur ruhig», sagte Laurence. «Nur ruhig. Setz dich hin.»

«Wer hat meinen Lehrling erstochen?»

«Ich weiß es nicht. Das ist die Wahrheit. Ein paar Kerlen hat sein Lied nicht gefallen, und sie sind ins Keilen geraten, beim Himmel, so geht es hier jeden Abend. Die Leute sind reizbar wie Kinderärsche, die kommen her, weil sie eine Heidenangst vorm Sterben haben, und deshalb saufen sie und stechen den Nächstbesten tot.»

Aimery ließ sich schwer, als wiege jedes seiner Jahre Tonnen, auf die Knie sinken. «Das ist so sinnlos.» Er streichelte Tom das Kinn, die Stoppeln von noch spärlichem Bartwuchs. «Einen Gesunden morden unter lauter Kranken, einen vor Leben sprudelnden, blutjungen Kerl, der von seiner Hände Arbeit leben wollte, ein Mädchen finden und Kinder zeugen. Vielleicht hätte dieser die Kraft gehabt, von uns übrig zu bleiben.»

«Und vielleicht nicht», sagte Laurence. «Das Leben ist eine verfluchte Falle, wir sitzen drin, und wenn sie zuschnappt, sind wir tot. Ich hole dir nochmal Wein, Fletcher.»

«Ich will deinen Wein nicht.»

«Was dann?»

«Die Männer töten, die das getan haben.»

«Die kann dir niemand nennen. Und selbst wenn, vermutlich haben die sich längst in ihre Betten gelegt, um an der Teufelspest zu sterben. Die nimmt dir die Arbeit ab, die Pest. Weißt du, was uns damals der Deghere gefragt hat, Gocelins Vater? ‹Seid ihr Menschen oder Tiere? Bringt Euch das irgendwas zurück, an einem Halbtoten Rache zu üben?› Ich frage jetzt dich das

Gleiche: Bringt dir das irgendwas zurück, loszuziehen und ein paar Halbtoten die Kehlen durchzusäbeln? Was nützt das dem Jungen? Schon sonderbar übrigens, wie an dir immer diese Jungen hängen, als wärst du ihr Vater, dabei kratzt dein eigener Sohn dich einen Dreck.»

Aimery gab keine Antwort. Er sah Tom an. Ich werde dich rächen, hatte er gedacht, jetzt dachte er jäh: Ich muss dich begraben. Aber wo?

«Fletcher», rief Laurence, sein Ton leise und lauernd. «Der Tod braucht dich nicht. Der schafft's allein. Wenn du was tun willst, damit von deinem sprudelnden Jungvolk einer übrig bleibt, dann komm aus deinem Loch. Vom Rat leben nur noch Mick und ich und Matt, der Beinschneider. Wir saufen zu viel. Wir wissen nichts. Unsere Toten liegen in Haufen. Wir hätten deine Hilfe nötig.»

«Was willst du von mir? Dass ich mich abstechen lasse wie Tom? Oder zieht ihr es vor, mich zu ersäufen, wie man es mit bösen Zauberern, Brunnenvergiftern und Weibsmördern tut?»

Laurence sah ihn an. Dann spuckte er aus. Dicht vor seine Füße, ohne nach Aimery zu zielen. «Wie es beliebt, Master Fletcher», sagte er. «Wenn du einen Hohlkopf wie mich fragst, könntest du endlich annehmen, dass die Stadt sich bei dir entschuldigt hat. Aber wenn du uns lieber deinen Hass nachtragen willst, dann tu, was dir passt. Nicht nur du hast deinen Stolz. Diese gebeutelte, zerrupfte Stadt hat ihren auch immer noch.»

Aimery wandte sich rasch ab. Ein Schatten von der Fackel tanzte über Toms Wange, die der Tod noch nicht gezeichnet hatte, die noch rötlich braun war, bedeckt von farblosem Flaum. «Portsmouth», murmelte Aimery über Toms Gesicht.

«Was sagst du?»

«Sie heißt Portsmouth.»

«Dir hat dein Alter, als du ein Hosenscheißer warst, ein paar

Mal zu oft auf den Kopf gedroschen, was, Fletcher?» Laurence klatschte Aimery auf die Schulter. «Das hab ich schon damals zu Helewise gesagt: Den Schwarzen willst du? Der ist doch völlig verrückt. Aber nimm ihn nur. Welche Frau will wohl keinen Verrückten?» Seine klobige Hand sauste noch einmal nieder.

Aimery wischte sie sich von der Schulter. «Hilfst du mir, Laurence?»

«Wie könnte ich dir wohl helfen, wo du meinen Wein nicht säufst?»

«Ich muss Tom begraben. In geweihter Erde. Ihm lag daran.»

«Daran liegt allen.» Laurence stöhnte. «Deshalb schleifen sie die Leichen durch die Stadt, die zum Himmel stinkt, und auf dem Gottesacker liegen sie zuhauf. Wer kann's ihnen verdenken? Wenn die Reihe an mir ist, will ich auch in keinem Pestloch verscharrt werden, und kaum bin ich drunten, holt mich der Teufel ab.»

«Wir brauchen einen neuen Friedhof», sagte Aimery. «Den größten, den wir bekommen können.»

«Wir?» Laurence hob die wulstigen Brauen. «Heißt das, wir können auf dich zählen?»

Aimery erwiderte seinen Blick. Schluckte. Sah wieder auf Toms Gesicht, von dem er sich noch einmal innig wünschte, dass es schliefe, in freundlichen Träumen zucke und irgendwann erwachen würde. «Lass mir Zeit», sagte er.

«Wie soll ich dir die denn lassen? Die Seuche lässt uns keine, weder dir noch mir.»

«Ich muss mit denen sprechen, die zu mir gehören. Mit einem Mann namens John und einer Maid von zwölf Jahren, die Geist für drei Männer besitzt. Ohne die beiden gehe ich nicht. Und wenn sie fürchten, dass der Hass der Stadt auf sie fällt, bleiben wir alle hinter unserer Mauer, denn dass ich Tom nicht schützen konnte, wiegt schwer genug. Hilf mir, ihn zu bestatten. Tragen will ich ihn allein, doch beim Graben bin ich mit einer Hand nicht schnell genug.»

«Jetzt, in der Nacht, willst du den armen Hund verbuddeln? Bist du doch mit dem Teufel im Bund?»

«Wenn ich es wäre, stellte ich sicher, dass mein Teufel besser für seine Opfer sorgt als euer Gott.»

Laurence zischte durch die Zähne.

«Es tut mir leid», rief Aimery. «Ich bin ein Köter, der schnappt und dummes Zeug bellt, um nicht vor Angst den Schwanz einzukneifen.»

«Mit eingekniffenem Schwanz gefällst du mir besser als mit hoher Nase. Was tun wir also mit dem da?»

«Wir tragen ihn über die Salzwiese. Zum *Domus Dei.* Wenn sich die Wolken lichten, sehen wir im Mondschein genug, um ihn hinter der Mauer in geweihtem Boden zu bestatten.»

«Aber das dürfen wir nicht», fuhr Laurence auf. «Der Fitzroger hat verlesen lassen, ins Hospiz darf aus der Seuchenstadt kein Mensch.»

«Es heißt *Domus Dei.* Haus Gottes, nicht Haus des Masters.»

«Wie auch immer. Selbst wenn ich deinen Wahnwitz mitmache, wie kommen wir über die Mauer? Sind wir Springböcke?»

«Ich habe einen Schlüssel», beschied ihn Aimery. «Hilf mir.» Er schlang die Arme um Tom und zog den stämmigen Körper in die Höhe, um ihn sich über die Schultern zu laden.

Gilbert hatte die Wirtin, die er die Halsversehrte nannte, nach einem Arzt geschickt. Dorothy wollte ihm sagen, er solle das Geld sparen, sie sei nicht krank, nur völlig erschöpft, aber dann war sie selbst dafür zu erschöpft, sagte nichts und blieb, um sich selbst gerollt, auf dem Bett liegen. Regen trommelte gegen den

Fensterladen, im Raum war es düster, und Gilbert saß bei ihr und streichelte sie. Ohne Unterlass redete er auf sie ein, als perlten die vielen kleinen Worte wie Tropfen von seiner Lippe.

«Gott darf mir dich nicht nehmen, meine Dottie. Wenn ich dich verliere, will ich nicht mehr leben, dann habe ich von Gott und diesem Leben genug. Ich habe schon Helewise verloren, die der schwarze Satan mir gemordet hat, weil sie mich liebte. Weißt du, wie bitter das für mich war, wie ich gelitten habe? Gott darf mir dich nicht nehmen, meine Dottie. Gott ist mir nach allem, was er mir getan hat, etwas schuldig.»

Welch sonderbarer Gedanke, fand Dorothy und überlegte, ob Gott auch ihr etwas schuldig war. Hat Er uns mehr versprochen auf dieser Seite der Welt als ein Jammertal? Sie schloss die Augen und sah in rascher Folge Bilder: die dichtbelaubten Kronen im Hof ihres Vaters, in die sie an ihrem Seil schwang. Ihren Bruder, der ihr winkte, ihren neugeborenen Sohn, der aus schillernden Augen zu ihr aufsah. Ihre Kinder, die gegen die Angst anfurzten. Ihren Apfelbaum, der eine einzige Frucht trug. Zuletzt Aimery mit nassen Schultern, gesenkten Lidern und einem Lächeln, als setze der Regen einen Atemzug lang aus. Gott war ihr nichts schuldig. Und die Welt, die sie besessen hatte, war kein Jammertal. Sie legte den müden Kopf, den sie aufgestützt hatte, nieder. Die Stirne tat ihr weh.

Dann kam die Wirtin mit dem Arzt. «Sitzt hier nicht herum», sagte die Frau zu Gilbert. «Euer Weib, oder wer immer sie ist, braucht Ruhe.»

«Sie ist mein Weib.» Halb rief, halb heulte er. «Ich verlasse sie nicht. Wenn sie die Seuche hat, sterbe ich mit ihr, und was aus deinem Haus wird, schert mich nicht.»

«Ob sie in mein Haus die Seuche bringt, schert mich nicht mehr als Euch. Irgendwann holt die uns ohnehin, und ich hab keinen Grund, mich ans Leben zu krallen. Aber auch wenn die

Eure nur schwer an Eurem Kind trägt – keine Frau, der es elend ergeht, hat gern einen Kerl bei sich.»

Wie sie Gilbert schließlich zur Tür hinausbeförderte, sah Dorothy nicht, sagte aber, sobald die Tür sich schloss: «Es ist nicht sein Kind. Er ist sehr gut zu mir.»

Der Arzt begann seine Untersuchung, klopfte ihr mit einem winzigen Hammer auf den Kopf und bohrte ihr dann mit einem Stab in der Nase, dass sie erst ächzen und dann niesen musste. Das Hemd strich er ihr von Hals und Armen, hob den Saum und prüfte die Leisten. Als ihr Unterleib frei lag, stieg Dorothy ein Geruch in die Nase, den sie nie im Leben verkannt hätte, obgleich sie ihn seit Jahren nicht gerochen hatte. Kurz darauf begann der Schmerz. Ein Ziehen nur. Erträglich und unsäglich zugleich. Sie wünschte den Arzt, der auf ihren Bauch klatschte, fort.

Der aber befahl ihr, Wasser zu lassen, zwang ihre Beine auseinander und schob dazwischen einen Flaschenhals. Dorothy presste. Ihr Urin ergoss sich im Schwall über die Hände des Arztes. Der hob die Flasche, schwenkte sie und stierte durch ein Augenglas hinein. Vor dem Mund trug er ein Tuch, durch das er wie durch eine Wand sprach.

«Ich kann an der Frau nichts finden. Nur die Geburt steht bevor, und das Kind scheint kümmerlich.»

«Das Kind darf nicht kommen», rief Dorothy, «es ist zu früh.»

Der Arzt hörte nicht hin, sondern sprach zu der Wirtin: «Ihrem Mann sage ich, er soll ihr leichten, süßen Wein geben, Muskat und einen schönen Dotter eingequirlt. Das gibt Kraft. Ich komm gern wieder. Geld hat der ja, und von dem Weib holt keiner sich den Tod. Ich kann ihr auch Blutegel auflegen, gegen ein kleines Ungleichgewicht, falls gewünscht.»

Die Wirtin drängte den Arzt, der weiter durch das Tuch murmelte, hinaus und schloss die Tür. Dann kehrte sie in kleinen, zögerlichen Schritten zu Dorothy zurück. «Du kriegst dein Kind, was?»

Dorothy nickte. «Ich hab's gerochen. Ich kenn's von meinen ersten.»

«Und den, der's dir gemacht hast, hast du nicht gemocht?»

Doch, wollte Dorothy rufen, aber eine Wehe überrollte sie. Doch, ich hab ihn gemocht, und wenn ich ihn nicht mehr mag, dann mag ich das Meer nicht mehr, die Marschen mit den Sanddornsträuchern, das Land, von dem ich stamme. Die Wehe zerriss sie. Welcher Jammer, Aimery. Dein Lächeln, ohne zu lächeln, mochte ich so sehr.

Das Gesicht der Frau kam näher, das rote Mal am Hals verbreiterte sich und verschwamm. Ihre Hand schob ihr etwas in den Mund, ein in Saures getränktes Tuch. «Beiß da drauf», sagte sie, nicht ohne Freundlichkeit. «Du schreist wie ein wildes Tier, und ich hab unten Zecher, die darf ich nicht vergrätzen.»

Dorothy biss mit all ihrer Kraft in das widerliche Tuch, aber die Gewalt der Wehe war zu viel für sie. Sie spuckte es aus und schrie.

«Ja, ja», murmelte die Frau, als Dorothy keuchend nach Atem rang. «So war es auch bei mir. Die Alte, die mir beistand, sagte: ‹Wenn eine den, der's ihr gemacht hat, nicht mochte, kommt das Kleine hart.› Aber mit den Jahren, wenn dein Kind dir heranwächst wie alle Kinder, vergisst du ja den Kerl.»

Ich vergesse dich nie, Aimery. Gebe Gott, dass dein und mein Kind mir wächst wie alle Kinder. «Ihr habt geboren?», fragte sie die Wirtin. Ihre Worte waren kaum verständlich.

«Einen Sohn hatte ich. Einen guten Jungen, wiewohl sein Vater ein Vieh war. Des Königs Krieg hat ihn mir totgemacht, aber dass ich ihn hatte, meinen Luke, hat mich nie gereut.»

Luke. Sie hatte den jungen Mann nur selten gesehen, und das Auffälligste an ihm war sein rotes Haar gewesen, aber jetzt fand sie sein Gesicht in den Zügen der Frau. O Aimery, ich habe Lukes Mutter gefunden, ich muss ihr von dir erzählen. Die nächste Wehe sprang auf sie, warf ihr Gewichte auf den Bauch. Dorothy wurde schwarz vor Augen. Die Schmerzen kamen ohne Pause, wie Messerstiche, einer auf den andern.

«Jetzt, jetzt, jetzt», hörte sie die Frau unter ihrem eigenen Gebrüll, «press es raus, press es raus.»

Dorothys Rücken wölbte sich. Das Messer schien sie in Fetzen zu hauen, schnitt jeden Rest von Aimerys Liebe von ihr ab, hackte alles zu Brei. Dann riss das Band, das sie zusammenhielt, und alle Teile, Kopf, Glieder, Rumpf, sackten aufs Bett. Das Geschrei verebbte zum Wimmern. Als sie versuchte, die Augen zu öffnen, überkam sie Schwindel. Der Schmerz aber wurde leichter, zog sich in sich selbst zurück und verklang. Es ist auf der Welt, dachte sie still für sich. Mein Tropfen Leben von dir, mein hässliches, schwarzes, ganz reizendes Kind. Lass es so verquer sein wie du, Aimery, ich geb ihm keine Schläge. Nur wenn es nicht essen will, schlag ich's auf den Mund, und wenn es so hart ist wie du, küss ich ihm seinen Nacken weich.

Sie wollte rufen, aber weil kein Laut herauskam, streckte sie die Arme. Es kostete Mühe, sie hochzuhalten, sie waren wie mit Blei gefüllt. Nichts geschah. Dorothys Arme plumpsten herunter. Noch einmal holte sie Luft und spannte alles an, um zu sprechen. «Gebt mir mein Kind.»

«Nein, nein.» Die Stimme der Frau kam von weit weg.

«Gebt mir mein Kind.»

«Ist doch besser so», sagte die Frau. «Der Herr Gilbert hat Geld, der bringt Euch weg von Pest und Tod und macht Euch neue Kinder.»

Dorothy wollte noch einmal ‹gebt mir mein Kind› sagen, aber aus ihrem Mund schoss ein hohes Kreischen. Sie riss die Augen auf. Die Frau, verschwommen im Zwielicht, stand vor der Anrichte, drehte sich um und kam zu ihr. Was sie in den Armen hielt, in ein Leintuch gewickelt, legte sie neben Dorothy.

«Wenn Ihr es nicht anders wollt.»

Das Leintuch öffnete sich. Das Kind war winzig, viel kleiner als Richilda und Clement und Nicolas gewesen waren, ein Menschlein aus Ton, zum Spielen für lebendige Kinder. Es war schwarz. Nicht sein Haar, denn es hatte keines, sondern seine Haut, ein bläuliches, durchscheinendes Schwarz. Es war das Schönste, was Dorothy je gesehen hatte, zu zerbrechlich schön für die Welt, das Köpfchen zu schwer für die zarten Glieder. Ein Geschöpf, das ins Wasser gehörte, nicht auf harten Boden, die Finger Perlen, die Lider Halbmonde, der Mund eine kleine Muschel. *Warum willst du nicht bei mir bleiben, Kind? Ich täte dir nur Liebes, ich erlaubte nie, dass dir ein Leid geschehe.* Es war ein Knäblein. Um das zu wissen, brauchte sie nicht nachzusehen. Tot war es. Auch das wusste sie.

Aimery war in die Stadt zurückgekehrt. Er hatte Türen und Fenster seines Hauses geöffnet, Feuer geschürt und von den Betten, die Dorothy bereitet hatte, zwei zum Schlafen aufgeschüttelt. Aber Michael hatte er nicht mitgebracht.

An jenem Morgen, nachdem sie zu dritt um Tom geweint hatten, hatte er zu Richilda und Michael gesagt: «Laurence Bischofswirt hat mich gebeten, wieder in die Stadt zu kommen. Dem Rat fehlen Männer, und in der Not frisst nicht nur der Teufel Ungeziefer. Ich weiß nicht, was ich tun soll. Meint ihr, wir könnten zu dritt dort oben in dem Haus leben, des Morgens zur Arbeit gehen und des Abends zurück, so wie andere Leute? Meint ihr, wir könnten mit denen, die Tom erstochen haben, leben und für sie arbeiten, als sei nichts geschehen?»

Richilda zuckte die Achseln. «Um Tom können wir überall weiter weinen, und etwas anderes bleibt ja nicht für ihn zu tun. Ob im Haus oder hier, solange ich bei Euch bleiben kann, ist es mir recht.»

Michael lächelte. «Geht zurück», sagte er.

«Ihr haltet es nicht für Leichtsinn?»

«Weshalb denn Leichtsinn? Schreckt Euch die Seuche oder die Stadt?»

«Die Seuche macht, wie es aussieht, einen Bogen um mich. Ich bin ihr zu zäh. Aber wenn die Stadt sich gegen mich kehrt, wenn man mir Steine ins Haus wirft oder Brandfackeln, träfe jedes Geschoss Euch ebenso wie mich.»

«Aimery», sagte Michael, setzte sich vor ihn hin und nahm Aimerys Hände in seine, die unsichtbare wie die sichtbare, die für ihn nicht weniger unsichtbar war. «Dass Leute in Bedrängnis einen Sündenbock brauchen, wissen wir nur zu gut. Selbst ein so argloses Geschöpf wie Tom kann es treffen, und Menschen verzeihen nichts schwerer als das Unrecht, dass sie einem andern zugefügt haben. Ich glaube dennoch, dass Ihr nichts zu fürchten habt. Eure Stadt reicht Euch die Hand zur Versöhnung. Es ist eine schmutzige Hand, ohne Zweifel, aber wir beide wissen schließlich, dass man sich die Hände schmutzig macht, wenn man das Leben packt. Nehmt sie an. Ihr sehnt Euch doch mit jeder Faser danach.»

«Ja», gab Aimery zu, wiewohl ihm der Gedanke, in Dorothys Haus zu schlafen, die Kehle eng machte. «Aber sagt nicht Ihr, sondern wir, denn ohne Euch beide gehe ich nirgendwohin.»

Michael stand auf und beugte sich zu Richilda, die mit einem Zweig lateinische Verben in den Sand schrieb. «Geh in den Verschlag und sieh nach, ob du etwas Essbares findest. Uns hängt wohl allen der Magen in den Kniekehlen.»

«Warum schickst du mich weg, Michael?»

«Weil ich es für das Beste halte. Für dich und für mich.»

Richilda erhob sich, aber sie ging nicht. Wenn sie still stand, konnte Aimery nie anders, als sie mit Blicken aufzuschlingen. Sie sah Dorothy so ähnlich. Die schöne Haltung, die Kraft, das wie in Holz geschnitzte und dabei liebliche Gesicht. Er würde seinem Schiff Richildas Namen geben, weil das Schiff so sein sollte wie sie, voller Kühnheit und Neugier, um mit geblähten Segeln Kurs auf die Zukunft zu nehmen. Er fürchtete Tag und Nacht, etwas könne sie zerbrechen. Dem Schiff baute er eine zweite Verschalung aus Planken, doch wenn er bei Richilda versucht hätte, sie mit einer Schale vor dem Leben zu schützen, hätte er zerstört, was sie war. «Wie kann es das Beste sein, wenn du mich ausschließt?», fragte sie Michael. «Wir sind nur noch zu dritt.»

Einen Herzschlag lang fühlte Aimery sich gesegnet: Wir sind noch zu dritt. Diese zwei unschätzbaren Menschen gehören noch zu mir.

«Nun gut.» Michael langte nach Richildas Schulter. Traf nicht gleich, griff ins Leere und musste sich herantasten. «Ich will, dass ihr beide in die Stadt geht. Aber ich komme nicht mit.»

«Michael.» Aimery sprang auf.

Der Blinde schüttelte den Kopf. «Mir ist seit dem Morgen im Wechsel heiß und kalt. Im Hals kratzt es, und in meiner Leiste schwillt etwas, an das ich nicht zu rühren wage. Wir drei machen uns nicht vor, ich hätte mich verkühlt oder mir an halbgaren Erbsen den Magen verdorben, nicht wahr? Wir haben so lange gebraucht, um ehrlich zu sein, wir können jetzt ehrlich bleiben. Geht zurück in Euer Haus und lasst mich sterben.»

«Niemals», sagte Aimery. Als er Michael ins Gesicht blickte, sah er es: die Seuche. Den Tod. Er wollte ihn anschreien, ‹Nein, nicht du›, aber das durfte er nicht. Er ging zu ihm und zog ihn in die Arme. «Niemals, hörst du? Ob du lebst oder stirbst, du tust es nicht ohne mich. Du bist mein Bruder, Michael. Weißt du, was ich glaube? Man kann diese Krankheit überleben. Guy de Chauliac hat sie überlebt, und es ist schlimm, dass wir alle nur vom Sterben sprechen, nicht vom Kämpfen.»

Zart klopfte Michael ihm ein Schulterblatt. «Was willst du denn tun, mein Lieber? Mir die Beule öffnen, wie dein Heiliger Guy es bei sich selbst getan hat?»

«Warum nicht? Ich bin kein Arzt, aber die meisten, die sich Ärzte nennen, sind auch keine.»

«Wenn ich es jemanden tun ließe, dann dich mit deinen fünfzehn Fingern an der Hand.» Mühsam verzog Michael den Mund. «Aber ich lasse es niemanden tun. Ich habe Angst vor den Schmerzen, die nachgerade schlimm genug werden. Und ich will nicht, dass du siehst, wie abscheulich verstümmelt ich bin.»

«Was für ein Unsinn.» Aimery löste sich und hielt Michael den Stumpf hin. «Du hast es bei mir gesehen und hast dich nicht schrecken lassen.»

Michael lächelte. «Nein, das habe ich nicht. Ich habe nur ein Schwirren gehört. Hab Dank. Ich wäre jetzt froh, mich niederzulegen.»

Aimery wollte aufbegehren, aber Richilda berührte seinen Arm. «Er kann doch nicht mehr. Wir dürfen ihn nicht weiter quälen.» Sie weinte. Zusammen begleiteten sie Michael in den Verschlag.

Noch vor Einbruch der Nacht überfiel ihn der peinigende, gurgelnde Husten, der Aimery anzeigte, dass die Krankheit in ihr zweites Stadium eingetreten war. Von diesem schien es keine Rückkehr zu geben. Er konnte für den Freund nichts tun, als bei ihm zu sitzen, ihm die Lippen zu nässen, die vom Fieber platzten, ihm die Stirn zu kühlen und den Leib zu wärmen. Ihm ein paar Tropfen Sirup einzuflößen, den Richilda bereitet hatte.

«Wenn du etwas wünschst, sag es mir», flehte er den Todkranken an. «Von mir aus auch einen Priester, ich renne ans Ende der Welt und schleife ihn hierher.»

«Das traue ich dir zu», quetschte Michael heraus. «Aber mir ist lieber, du betest selbst für mich. Einen Frömmeren als dich, mein Ketzer, kann ich unter dem Priestervolk nicht finden.»

Er schloss die blinden Augen. Eine Zeitlang glaubte Aimery, er schlafe, dann aber verzog der Freund den Mund zum Lächeln, stöhnte leise und drückte ihm die Hand.

«Stirb nicht, Michael. Es macht alles sinnlos, wenn du stirbst.»

«Aber nicht doch.» Der Kranke musste innehalten und husten, ehe er weitersprechen konnte. «Weißt du noch, wie du zu mir gesagt hast, wer das Leben eines anderen verpfuscht, dessen Leben bleibe mit verpfuscht, und so sei es rechtens? Das ist wahr und falsch zugleich, denke ich. Manches, das wir getan haben, lässt sich nicht gutmachen, nicht rächen, nicht bezahlen. Wir können nichts tun, als so wacker wie möglich damit weiterleben, und das hast du mir erlaubt. Ich war John, und ich war Ellen zugleich, ich durfte am Ende sogar wieder Michael werden. Das ist nicht sinnlos. Hinfallen, aufstehen, weiterstolpern, wenn du mich fragst, mein Bruder, ist es der ganze Sinn der Welt. Ich hatte es gern, unser Leben. Unsere Freundschaft, unser köstliches Essen, unsere Arbeit. Unser Schiff und die kleine Richilda.» Wieder hustete er. In Klumpen quoll ihm das Blut aus dem Mund.

«Sprich nicht mehr», rief Aimery, dem jedes Zucken des gequälten Körpers wehtat. Zugleich wünschte er sich mit erschreckender Heftigkeit von seinem Freund noch ein Wort. Noch viele Worte. Die schon gesagten hallten in seinem Kopf: Ich bin der Schwarze, und ich bin Helewise und Agnes zugleich. Ich gehe zurück in die Stadt und bin wieder Aimery.

Peststerben ist laut. Erfüllt von Husten, Ächzen und Stöhnen, von Seufzern, Schreien und Stoßgebeten. Solange ein Mensch so lärmend stirbt, fällt es schwer, an den Tod zu glauben. Als der Morgen kam, krallte Michael seine Nägel in Aimerys Arm und ließ nicht los. Die Kraft, mit der sich ihm die Nägel ins Fleisch bohrten, war Michaels Lebenskraft, der Schmerz, der Aimery den Arm hinaufschoss, war Michaels Schmerz.

«Aimery», flüsterte Michael, und Aimery musste sich tief zu ihm hinunterbeugen, um die erkämpften Worte zu verstehen. «Tu mir eine Liebe und müh dich nicht mit meinem Leichnam. Ich weiß, welche Sorge die Stadt um all die Kadaver hat. Stoß meinen ins Meer. Da ruht er gut.»

Aimery wollte ihm so viel sagen, dass ein Wort das andere erstickte und schließlich gar nichts kam.

Michael hustete, keuchte, sog mit grässlichem Pfeifen ein wenig Atemluft ein und erbrach sie gleich darauf mit Blut. Als er erneut versuchte zu sprechen, schlotterten ihm Kiefer und Lippen. «Baron Masun», verstand Aimery. «Lass den auch weiterleben. Und die Frau Meisterin.» Der nächste Blutschwall nahm ihm die Sprache.

Michaels Hände blieben in Aimerys Arm verkrallt, und das Keuchen, Husten und Wälzen hielten an, bis es auf Mittag zuging. Dann verstummte es. Von einem Herzschlag zum nächsten, der ausblieb, war aller Lärm vorüber. Nicht einmal Regen fiel, es war so still, als sei die Welt am Ende. Aimery erkannte diese Stille. Er hatte sie gehört, als er vor dreißig Jahren aus der Kapelle des *Domus Dei* zurück zu seinem Haus gegangen war: So still schwamm ein Schwan, der seinen Gefährten verloren hatte. Der Wind hatte aufgehört zu zischen, der Solent hatte aufgehört zu rauschen, und der Boden hatte aufgehört, unter seinen Sohlen zu knirschen. Nur sein Herz hatte mit knappen Schlägen verkündet, dass es in einem totenstillen Leben weiterpumpte und sich weigerte zu sterben.

Michaels Hände fielen von seinem Arm. Aimery sah auf die geschürften Male in der Haut. Er rutschte auf seine Knie und wollte beten, wie er es Michael gelobt hatte, aber fand in der entsetzlichen Stille keine Worte. Stattdessen weinte er auf die gefalteten Hände, die sichtbare wie die unsichtbare.

Am Abend gab er Richilda zu essen, wie er es damals bei Agnes und Symond getan hatte. Wortlos stellte er Käse, Brot und Ale vor sie hin. Agnes und Symond hatten sich halb verhungert über das Essen hergemacht, wiewohl Symond so klein gewesen war und Milch gebraucht hätte. Richilda hingegen sagte: «Wenn Ihr nicht mit mir sprecht, dann esse ich nicht.»

Er ging in die Hocke, ohrfeigte sie. Sein Körper zuckte zusammen.

Sie sah ihn an und schlug gebührlich zurück.

Seine Hand fuhr an seine Wange. Ihre kleine Hand ergriff seine große und zog sie weg. Dann streichelte sie ihn, fuhr mit einem Finger die Narbe hinauf und hinunter. Er streckte endlich den Arm aus und schloss sie darin ein, spürte, wie sie ihr Gesicht an seine Brust lehnte, und strich ihr mit dem Stumpf das Haar.

Nach einer Weile ging sie zum Tisch und begann zu essen. Er sah ihr kurz zu, dann erhob er sich und trottete hinüber in den Verschlag. Zwar begann er, Michaels Leichnam zu säubern, ließ es jedoch bald sein. Er wickelte den starren Körper, den er immer in Bewegung gesehen hatte, in sein teuerstes Leintuch und lud ihn sich auf die Schultern, wie er sich vor Tagen Tom aufgeladen hatte. In der dunklen Totenstille schleppte er ihn von der Werft und den ganzen Weg hinunter zum Solent.

Hinter den Wolkenmassen, die der Nacht ihr Schwarz raubten, war kein Mond sichtbar, doch die Art der Flut, das gereizte Springen und Schnellen verriet, dass es eine Vollmondnacht war. Mit einem Fuß streifte Aimery sich einen Schuh vom andern und lief auf bloßen Sohlen, ohne innezuhalten, ins Wasser. Die Kälte tat weh, sie war aber fließend und lebendig, nicht unerbittlich wie die, die ihm im Rücken hing. Er ging, bis ihm die Wellen an den Hals schlugen. Wieder wollte er beten, doch da ihm noch immer die Worte fehlten, ließ er es den Solent tun. Seine schmerzenden, verkrampften Arme gaben Michael frei. Vielleicht würde das Meer den Körper nehmen, vielleicht würde es ihn auf den Strand spülen, das lag nicht in Menschenhand. Den Gedanken hielt er fest. Er sah Michaels Hülle beim Verschwinden nicht zu und weinte auch nicht mehr, sondern stand nur still. Als er die Kälte nicht länger ertrug, watete er zurück.

Drei Tage später ging er mit Richilda an der Hand hinauf zu seinem Haus.

Tagelang ließ Gilbert ihr Frieden. Wenn er kam und sich zu ihr legen wollte, bat sie ihn, ihr noch eine Nacht zur Erholung zu gönnen, und er fügte sich, gab ihr einen todwunden Blick und trollte sich in die Kammer der Jungen.

«Du bist ein guter Mann, Gilbert», sagte sie ihm ein ums andere Mal.

«Du wirst es mir lohnen, nicht wahr, Dottie? Wenn es dir erst bessergeht und wir von hier wegkönnen, wirst du es mir lebenslang lohnen.»

Sie versuchte, es sich vorzustellen: leben mit Gilbert. Es gelang ihr nicht, und das mochte gut so sein, sie würde es Tag für Tag nehmen, schließlich war es bei weitem nicht das Schlechteste, das ihr geschehen konnte. Er war nett, er war ein bildschöner Mann, und er stank nicht. Vor allem würde er sie von hier fortbringen und Nicolas eine Zukunft bieten. Sie hatte all ihre Kinder verloren, ihr blieb nur Nicolas, den sie hegen würde, bis er auf eigenen Füßen stand. Lange mochte das nicht mehr dauern, Nicolas war ein braver Junge, der schon jetzt zumeist für sich selbst sorgte. Wenn er erwachsen war, durfte sie gehen. Sich einfach schlafen legen und nicht mehr wach werden. So lange konnte sie Gilbert ertragen und musste lediglich darauf achten, dass er ihr kein Kind machte.

Sie hatte erschreckend viel Blut verloren und verlor noch immer welches. Schweigsam, aber rührig hatte die Wirtin für sie gesorgt. Hatte ihr Blutpudding gefüttert, geschnetzelte Kaldaunen und unverdünnten Wein mit Eidottern.

«Ihr verwöhnt mich. Habt Dank.»

«Nichts zu danken», hatte die Wirtin erwidert. «Der Herr bezahlt ja dafür.»

Dennoch hoffte Dorothy, bald stark genug für die Reise zu sein, um der Frau nicht länger zur Last zu fallen. Und das war nicht der einzige Grund. Sie wollte fort von Havant, weiter und weiter, weil Havant zu nahe bei Portsmouth lag. Sie glaubte, die Ströme zu spüren wie einer, der vor der Küste schwamm. Die Ströme der Gezeiten zwangen dem Schwimmer ihre Richtung auf und warfen ihn aufs Land, wo er trotz rudernder Glieder nicht vorwärtskam. Ich schulde es Nicolas, beschwor sie sich. Hätte es den Knaben nicht gegeben, vielleicht wäre sie zu Fuß zurückgelaufen und in Portsmouth gestorben, an der Seuche oder an Entkräftung, um nur nicht länger gegen die Ströme zu ringen.

«Wenn es nicht mehr regnet», sagte Gilbert, «wird es dir bessergehen.»

Aber es hörte nicht auf zu regnen, und Dorothy ging es nicht besser. Irgendwann beschloss sie: «Lass uns morgen fahren.» Als er sie an sich drückte, bemerkte sie, dass sie nicht nur Blut, sondern auch Fleisch verloren hatte.

«Du bist wieder gesund, meine Zuckrige, der Herr sei gelobt.

Wenn wir in unserer neuen Heimat sind, stifte ich der Kirche einen Haufen Geld.»

Am Abend kam die Wirtin mit Suppe auf die Kammer. «Wie heißt Ihr?», fragte Dorothy, ehe sie wieder aus der Tür schlüpfen konnte.

«Rachel.»

«Hört, Rachel, Ihr wart sehr freundlich, und ich habe Euch viel Mühe gemacht.»

«Das tun alle Gäste. Solange sie bezahlen, soll's mir recht sein, zu verschenken hab ich nichts.»

«Ich habe kein Geld, aber eine Nachricht für Euch: Euer Sohn, Luke, ist einen ehrenhaften Tod gestorben. Er wurde nach Kriegsbrauch begraben, ein Feldgeistlicher sprach den Segen, und sein Ventenar gab ihm geweihtes Wasser.»

Die Frau hob den Kopf. Trotz der Düsternis sah Dorothy die Bewegung, die durch ihren Leib schnellte. «Woher wisst Ihr das?»

«Ein Mann, der mit ihm diente, ein Langbogenschütze, hat es mir erzählt. Aimery Fletcher. Er war bei Luke, als er starb. Gern hätte er ihn zu Master Fitzroger getragen, wie es dem Wunsch Eures Sohnes entsprach, aber der Krieg ging ja weiter, er hatte keine Wahl.»

«Mein Luke wollte, dass dieser Kumpan seine Leiche zu Fitzroger bringt?» Sie schien sich zu ducken, die Schultern an die Ohren zu ziehen.

«Zum Master vom *Domus Dei*, richtig. Aimery und Luke hatten einander vor Jahren gelobt, einer für des andern Begräbnis zu sorgen, und Euer Sohn sagte, der Master werde ihm die Stolgebühren zahlen.»

Die Frau warf sich tief in den Rücken, den Kopf hintenüber, und lachte schrill auf, brach aber gleich darauf ab. «Weißt du, wer der ist, der Fitzroger?», fragte sie.

«Der Master vom Hospiz.» Jäh fiel Dorothy ein, was Laurence ihr erzählt hatte: «Und ein Sohn von irgendeinem Grafen, richtig?»

«In der Tat, ein Sohn von irgendeinem Grafen.» Die Stimme der Frau war ein Gemisch aus Gelächter und Geschrei. «Von dem alten Arundel-Grafen, dem mit dem heißen Blut, aber Fitzroger ist auf der falschen Seite der Bettstatt gezeugt, und sein Blut ist nicht heiß, sondern krank.»

Ohne es zu wollen, hielt Dorothy sich die Ohren zu.

Die Frau stürzte zu ihr, riss ihr die Hände herunter und zischte: «Der dir deines gemacht hat, das Tote, hat er's dir auch mit Gewalt gemacht?»

«Nein.»

«Nun, dieser hat's, und wenn du glaubst, nichts kann schlimmer sein, dann irrst du.» Sie fuhr sich in den Kragen, schlug sich auf das rote Mal. «Hier, siehst du? Von ihm hab ich's. Von deinem *Master.* Erst hat er mir Gewalt getan, dann wollt er mir ans Leben, mit meinem Gürtel um den Hals. Wenn du so was erlebt hast, das vergisst du nicht. Du kannst nicht mal schreien, du denkst, die Augen platzen dir aus dem Kopf, und als Nächstes platzt dein Herz. Eine Möwe hat gekreischt. Die hat ihn erschreckt und mich gerettet. Ich bin hinter den Spind geflüchtet, und plötzlich war er ein Haufen Elend, der flennte: ‹Vergib mir, Kleine. Du darfst's keinem sagen.›

Ich hab's keinem gesagt. Wem hätt ich's denn sagen sollen? Dem Vater, der mich erst durchgeprügelt und dann aus dem Haus geworfen hat, oder dem Verlobten, der beides in einem machte? Ich bin auf allen vieren zu Fitzroger gekrochen und habe ihm einen Handel angeboten: Gib mir Geld, und ich schweig. Das hat er getan. Mir Geld gegeben, dass ich die Schänke mieten konnte, und einen Bogen für Luke und all die Jahre dies und jenes. Gebetet hab ich, dass mir Gott das Balg nimmt, wie er deins genommen hat, aber er hat's nicht genommen, und als mein Luke erst da war, hatt ich ihn von Herzen lieb.

Fitzroger hat hier in der Gegend manche Jungfer das Fürchten gelehrt. Irgendwann ist er in sein Hospiz gezogen, und ich wette, zuvor hat er eine totgemacht.»

Die erschöpfte Frau ließ sich vor Dorothy aufs Bett fallen. Die legte die Arme um sie. Sie wusste, sie hätte Fragen stellen sollen, nach Splittern forschen, um das Bild zusammenzusetzen. Für den Augenblick aber war sie so wenig in der Lage zu sprechen wie die andere. Gleich darauf kam Gilbert.

«Was geht hier vor?»

Lukes Mutter, die Rachel hieß, sprang auf. «Ist schon gut, Herr.» An der Tür wandte sie Dorothy ihr verhärmtes Gesicht noch einmal zu. «Eurem Langbogenschützen, wenn Ihr den seht, bringt meinen Dank.» Damit verschwand sie auf den Gang.

«Was für ein Langbogenschütze?», fragte Gilbert.

Dorothy war noch immer sprachlos. Er kam zu ihr und umarmte sie. Er hatte unten gegessen, roch nach Bier und Würze. Dorothy saß starr. Als sie den ersten seiner Küsse schmeckte, liefen ihr die Tränen.

«Was hast du denn, Zuckerpfläumchen? Ist es wieder wegen der Halsversehrten, weil ich mit der gelegen hab?» Küsse patschten auf ihr Gesicht. «Jetzt ist einmal Schluss mit den dummen Gedanken. Mit dir liegen will ich. Sonst mit keiner. Tüchtig geben werd ich's dir, das ist's, was wir beide brauchen.»

Er warf sie zurück. Wie ein Tier mit heißer Zunge hing er über ihr, ehe eine neue Flut von Küssen ihr den Atem raubte. Dann ließ er endlich von ihrem Gesicht ab, riss sich die Bruche herunter und spreizte ihr die Beine.

Die schnappten zusammen, wie eine Schere, die sich schloss. «Nicht, Gilbert, nicht.»

Gilbert schien nichts zu hören. Er bog ihre Beine auf, und als die sich wiederum schlossen, zerrte er sie auseinander, dass Dorothy vor Schmerzen schrie. Er ließ sich auf sie fallen. Sie drehte den Kopf zur Seite, er riss ihn am Haar zurück und küsste sie.

Als er in sie drang, schloss sie die Augen. Hörte sich wimmern. Wie einst ihre Mundhöhle, so war jetzt ihr von dem Kind zerfetztes Inneres zu klein. Roh und wund war es, und mit jedem Stoß verletzte er es mehr. Sie würde verbluten. Ihr Körper gehörte ihr nicht mehr, wand und krümmte sich und kam doch nicht von der Stelle, denn das hämmernde Gewicht des Mannes zwang ihn nieder. Sie musste spucken. Noch einmal schleuderte er sich mit aller Kraft in sie, sie hörte Fleisch klatschen und Knochen aufeinanderprallen. Mit einem Ächzen fiel er von ihr herunter.

Dorothy spuckte und rang nach Atem. «Aimery», weinte sie. «Aimery.»

Gilbert schnellte in die Höhe. Als er ausholte, sah sie ihn auf der Werft, wie er auf Aimery losrannte und ihm die Fäuste auf den Kopf schlug, dann sah sie ihn seine Peitsche schwingen, die Aimery die Wange zerschnitt. In ihre Wange schnitt die Kante seiner Hand. In ihrem Ohr begann ein Klirren. Dorothy heulte auf, aber etwas in ihr war steinhart und ruhig.

«Mach das noch einmal mit mir», keuchte Gilbert, «und du kriegst deinen Prachtarsch mit der Rute gepfeffert, wie solche Metze es verdient.»

«Schlag mich noch einmal», sagte Dorothy, «und du siehst mich nicht mehr. Ich nehme meinen Jungen und bin weg.»

Er hielt inne. «Dottie.» Einem Kind gleich warf er sich ihr in die Arme. «Vergib mir, Dottie, ich war nicht ich selbst. Du kennst mich doch, du hast selbst gesagt, ich bin gut zu dir. Ich täte dir nie ein Leid, meine Dottie, nur wenn du von Aimery sprichst, gottverdammt, wenn du mich daran erinnerst, dass der dich geschwängert hat, dann vergesse ich mich.»

Ohne hinzusehen, tätschelte sie ihm das kinderweiche Haar.

«Der darf dich mir nicht wegnehmen», heulte Gilbert. «Mein Vater war dem nicht genug, der hat mir auch noch Helewise weggenommen.»

«Das hat er nicht», hörte Dorothy sich sagen, derweil sie Gilbert streichelte und den Gehalt ihrer Worte nicht zu fassen wagte. «Oder vielleicht doch. Du hast Helewise überredet, mit dir wegzugehen, ja? Wolltest sie nach Southampton bringen, aber auf halbem Weg hat sie sich's anders überlegt und ging zurück zu Aimery?»

Gilbert klammerte sich an ihr fest und heulte.

«Sie hat dir gesagt, dass sie ihren Mann liebt, ja? Sie ist gegangen, und als du das nächste Mal von ihr hörtest, war sie tot.»

Das Wehklagen warf Gilberts massigen Körper hintenüber.

Dorothy hielt ihn fest. Liebkoste ihm den Kopf. «Ja, du hast recht, armer Gilbert. Aimery hat sie dir weggenommen. Aber er hat sie nicht getötet. Ihr habt es ihm eingeredet, und dann hat er es sich selbst eingeredet. Am Ende sah er gewiss vor sich, wie er auf sie einschlug, bis sie starb. In Wahrheit hat Aimery Angst davor, Menschen zu schlagen. Er duckt sich vor dem Geräusch. Und er hat selbst mich vergessen lassen, dass Helewise erdrosselt worden ist.» Gilbert weinte, und Dorothy weinte auch. «Ich wünschte, ich hätte das früher gewusst», sagte sie. «Vielleicht hätte ich euch beiden helfen können.» In Gedanken fügte sie hinzu: Vielleicht hätte ich dich lieben dürfen, Aimery.

Eine Zeitlang glaubte sie, mit dem Weinen nicht mehr aufhören zu können, aber man hörte ja immer auf, kein Mensch erstickte am Weinen. Sie fasste sich sogar früher als Gilbert, schob ihn von sich und wandte sich ab. Mit zehn Fingern fuhr sie sich durchs Haar, das sich anfühlte wie Wolle beim Filzen. Ihr Hemd war zerrissen. Sie würde ihr Tuch darüberbreiten. «Ich gehe von der Wirtin Wein holen», sagte sie. «Wir haben ihn beide nötig, denke ich.»

Er blickte auf. Sein Gesicht war völlig verschwollen. «Du verlässt mich nicht?»

Sie schüttelte matt den Kopf. «Morgen früh reisen wir von hier ab.»

Roger Fitzroger träumte von der Vergangenheit. Wann immer ein solcher Alb ihn heimsuchte, trieb er all seine Qualen auf die Spitze. Im Traum sah er ein Weib, das auf ihn zugekrochen kam, eine einzelne Strähne blonden Haares überm Gesicht und der Hals entblößt, dass seine Augen darauf stierten. ‹Einlass begehr ich. In Euer Gotteshaus.› ‹Aber ja doch.› Er hatte das Haar ergriffen, sosehr ihm vor dem Gesicht darunter ekelte. ‹Zu den keuschen Schwestern willst du. Aber du warst nicht keusch, habe ich recht?›

Spätestens in diesem Augenblick begriff er, dass er nicht träumte, dass die Wahrheit über ihn herfiel, die Erinnerung, die immer wiederkehrte, sooft er zu hoffen wagte, ihr endlich entronnen zu sein. Die Frau mit dem entstellten Gesicht versuchte aufzuspringen, war aber zu schwach. Ihr Hals war widerlich. Wie eine gesottene Hühnergurgel. Die Hände darumzulegen erforderte Selbstüberwindung, sein Magen wölbte sich. Das Hemd rutschte dem Weibsbild von der Schulter, gab wellig verbrühtes Fleisch frei. Seine Finger schlossen sich, spürten die versehrte Haut, darunter den zarten Kehlkopf, jeden Knorpel. So war es damals gewesen, und so war es immer wieder. Nacht für Nacht. Durch das schwarze Traumbild schrillte der Schrei einer Möwe wie ein Befehl, der auf ihn niederdröhnte und seine Hände auseinanderzwang. Er taumelte zurück, und aus der

Seitenkammer trat Bruder Nicolas. ‹Erlaubt dieser Armen, sich unseren Schwestern anzuschließen›, hörte er dessen Stimme. ‹Es ist ihr Wunsch, Gott zu dienen und ihre Verfehlungen abzugelten.›

Mithin hatte er die Entstellte das Gelübde ablegen lassen. Was hätte er sonst tun sollen? Sie zurück in die Stadt schicken mit allem, was der teuflische Alte ihr eingeflüstert und was sie selbst sich zusammengereimt hatte? Harsch riss er sich selbst aus der Schwärze und schlug die Augen auf. War der Nachtmahr noch immer nicht vertrieben, oder stand dort leibhaftig der Hundertjährige bei der Tür? Düster war es, der Raum voll Schatten, die Zeit unmöglich zu schätzen. Hatte es zur Prim schon geläutet? In seinem Kopf ward eine Saite angeschlagen, die schmerzhaft gegen seine Schädeldecke schnellte.

«Der Herr sei gelobt, mein Master. Vergebt mein Eindringen.»

Der Unverschämte war also tatsächlich da, war kein Wahnbild aus seinem Traum. Fitzroger setzte sich auf. «Was stört Ihr mir das bisschen Ruhe?», schrie er, schlang die Arme um den Leib, fühlte sich vor Schreck und Kälte beben.

«Ich hätte es nicht getan, wenn es nicht dringlich wäre. Vor der Pforte bei den Futterluken stehen Kranke und begehren Einlass.»

«Mitten in der Nacht?»

Der Hundertjährige nickte. «Sie warten seit langem dort im Regen.»

«Pestkranke?», fuhr Fitzroger auf. Eine Antwort brauchte er nicht. «Ich habe Euch gesagt, was ihr zu tun habt, hunderte von Malen habe ich Euch das gesagt. Schickt sie weg, habe ich gesagt, schickt sie weg, weg, weg.»

«Es sind viele, Master. Und sie lassen sich nicht wegschicken.»

«Holt die Hunde, wenn es nottut.»

«Wünscht Ihr das wirklich? Dass wir Schwerkranke, die vor Hunger und Kälte weinen, mit Hunden hetzen?»

Fitzroger sprang aus dem Bett. Schwindel erfasste ihn. Dennoch griff er nach seiner Kutte, streifte sie über und stürmte, dem klapprigen Greis voraus, barfuß und barhäuptig in die Kälte. «Was Ihr nicht fertigbringt in Eurer weibischen Duldsamkeit, das tue ich endlich selbst.»

Wind pfiff, Regen fiel in schrägen Schnüren. Fitzroger rannte um das Hauptgebäude herum, das selbst im schwächsten Licht gelb schimmerte. Auf dem Grün stand Bruder Anselm mit einer Fackel, um ihn gedrängt Fitzrogers Schar, Männer wie Weiber, kopflos wie ein Hühnerhaufen. Er hörte das Grollen des Meeres, das des Nachts anschwoll, und im Einklang damit das Geheule der Siechen. Bedrohlich war beides. Als könnten die sich überschlagenden Wellen ebenso wie das Pack, das vor der Tür lauerte, in sein Reich eindringen, in seine Zuflucht hinter Mauern, *sein Gotteshaus.*

«Die Hunde raus», brüllte er. Er trug Verantwortung für den Schutz dieser Einrichtung, nicht der Immerwährende, nicht die Entstellte, sondern er allein. Wenn Gott in seinem Zorn die eitle und ekle Welt zerschlagen hatte, sollte Sein steinernes Haus noch stehen, sollten die, die Fitzroger Ihm rein erhalten hatte, unbeschadet hervortreten. Er hatte das Pflegehaus schließen lassen, und in der Säulenhalle wälzten sich nur mehr zwei greise Unbehauste. Wenn die verreckt waren, würde er keinen mehr aufnehmen, weder Bettler noch Pilger, bis das Wüten der Gottesgeißel vorüber war. «Bruder Martin, Bruder Timothy, zum Zwinger! Wer sich widersetzt, kann mit den Siechen gehen, für den ist hier kein Bleiben.»

Die zwei Kerle zögerten. Fitzroger schob die Durchnässten auseinander. Die Pforte wurde von außen gestoßen, zitterte in ihren Angeln, krachte wie kurz vor dem Bersten. «Verschwindet», schrie Fitzroger. Der Schrei bohrte einen Splitter in seinen Schädel. «Fort mit euch, oder wir machen euch Beine.» Er schwang herum, baute sich auf und herrschte noch einmal die zaudernden Brüder an: «Tut, was euch gesagt ist. Die Hunde her!»

Eine trat aus dem Pulk. Wie zum Zweikampf stellte sie sich ihm gegenüber, ihr weißes Hemd und die Zipfel der schlampig gebundenen Haube flatterten. «Nein», sagte sie.

Jetzt zeigte sie ihr Gesicht, die abscheuliche, entstellte Fratze. «Greift sie», schrie er. «Werft sie vors Tor, sie hat ihr Gelübde gebrochen und gehört dieser Gemeinschaft nicht mehr an.»

Der Hall seiner Worte brachte die Luft zum Schwingen. Die Entstellte rührte sich nicht. Hinter dem Hauptgebäude kam der Immerwährende hervorgehumpelt.

«Bruder Nicolas», rief sie. «Tut, wozu es Euch drängt. Öffnet die Pforte. Lasst die Kranken ein.»

Zwei der Schwestern traten zu ihr, suchten, sie am Sprechen zu hindern und sie zurück in den Pulk zu ziehen, aus seiner Reichweite, vielleicht in der Hoffnung, er werde seine Anordnung vergessen.

Aber Fitzroger vergaß nichts. «Die Hunde her! Und diese Brut eines Ketzers hinaus!»

Endlich wandten sich die zwei Brüder zum Gehen. Viel zu langsam schleppten sie sich in Richtung Zwinger, wo die Hunde wie von Sinnen bellten. Der Hundertjährige schlurfte mit sichtlicher Mühe am Pulk vorbei, auf Fitzroger und die Pforte zu. In Fitzrogers Ohren begann ein Brausen: Öffne sie und stirb, du Teufel.

«Geht, Leute», rief der Alte den Verzweifelten zu. Schwer atmend musste er stehen bleiben. «Wenn ihr nicht von Hunden gehetzt sein wollt, geht.»

Das Wutgeheul vor der Pforte brandete von neuem auf.

«Wo sollen sie denn hin?», schrie die Entstellte.

«Es tut mir leid, meine Tochter.» Bruder Nicolas wandte den Kopf nach ihr. «Mir fehlt noch immer der Mut, wiewohl ich nicht einmal weiß, was ich fürchte. Dich aber schütze ich. Der Master rührt dich nicht an.»

Fitzroger stand still, keine zwei Schritte weit von dem Greis entfernt, den er mit einem Stoß zu Boden hätte werfen können. Vermutlich hätte der ausgelaugte Rest seines Leibes den Sturz nicht überlebt. Das Gebell der Hunde wuchs im Näherkommen zu Getöse. Die sechs großen zottigen Körper, die an den Führleinen zerrten, gemahnten im Dunkel an Höllenhunde. Bruder Nicolas wich zurück. Als der erste graue Köter sich zu Menschenhöhe bäumte und die Pfoten an die Pforte schlug, setzte draußen Gekreische ein. Flüchtende Schritte, Greinen, ein Aufprall. Die Hunde kläfften und knurrten wie toll und sprangen mit schlingernden Hinterkeulen an der Pforte hoch. Eine zerrissene Ewigkeit verging, ehe sie aufgaben und sich hechelnd niederlegten. Stille schien sich über das Gelände zu senken, wiewohl das Meer seine Drohung grölte und die entstellte Schwester weinte.

«Greift sie. Treibt sie vor das Tor.»

«Nein», sagte Bruder Nicolas wie zuvor die Schwester. Mit seinen stolpernden Schritten schleppte er sich zurück zu den anderen. «Hab keine Angst, meine Tochter. Der da wird Euch nichts tun.»

Fitzroger fuhr zusammen. In der Stimme seines Feindes hörte er dies zum ersten Mal: Leidenschaft. Ein Gefühl. Zorn. Eine Woge von Müdigkeit überwältigte ihn. Auf einmal spürte er, wie kalt es war, wie durchnässt seine Kleider, wie alt sein Leben und wie sinnlos aller Kampf. Das Häuflein Menschen zögerte. Die zwei Brüder der Wache sortierten die Leinen der Hunde. Bruder Nicolas nahm die Entstellte beim Arm und ging mit ihr voraus, um das Hauptgebäude, zum Wohnhaus der Frauen. Einer nach dem anderen folgte. Nach Fitzroger, der fürchtete, sich nicht länger auf den Beinen halten zu können, drehte sich keiner um.

Sein Haus war Dorothy. Die Betten dufteten nach der süßen Essenz, in der sie das Leinen gewaschen hatte, vor der Feuerstelle stapelte sich ihr Spaltholz, vom Gebälk hingen in Sträußen ihre Kräuter, und in der Küche, die noch von ihren Bewegungen erfüllt schien, hatte eine Schüssel mit sorgsam bereitetem, doch längst verdorbenem Essen gestanden. Tagsüber hatte Aimery mehr als genug zu tun und war dankbar dafür. In der Nacht aber litt er solche Schmerzen, dass er nicht still liegen konnte. Der Regen klopfte aufs Dach unentwegt sein Lied:

Dorothy, Dorothy, Dorothy.
Bei Tag finde ich keine Ruhe.
Und bei Nacht schreit mein Blut deinen Namen.
Ich bin ein armer Mann vom Solent, aus morschem Holz geleimt.
Für dich aber hätte ich ein König sein wollen,
Jeder Blick auf dich mein Zepter, jedes Lachen meine Krone.

Der Hof trug die Spuren ihrer Sohlen. Ihre Bäume waren noch kahl, aber sie würden es nicht lange bleiben. Zartgrüne Sprenkel verrieten, dass diese Bäume wieder Laub und später Früchte tragen würden, wiewohl die, die sie gehegt und gehütet hatte, sie nie mehr sähe. In dem Stall, aus dem sie all ihr Vieh getrieben hatte, lag aufgeschüttetes Stroh wie in den Tagen, als die braune Kuh hier gestanden hatte, in der Zeit nach dem Feuer, vor dem Krieg, vor der großen Sterblichkeit. Damals, als etwas in ihm, das er tot geglaubt hatte, sich regte und wuchs. Damals, als etwas in ihm, das sich nicht totkriegen ließ, begonnen hatte, sich nach ihr zu sehnen.

Aimery wünschte sich, tapfer und vernünftig zu sein. Richilda brauchte ihn. Wer noch einen hatte, der ihn brauchte, und wer gesund genug war, für den einen zu sorgen, gehörte auf die Knie. So hatte er sich vor bald dreißig Jahren zum Überleben getrieben, wenn er nach getaner Arbeit in der Dachkammer gestanden und Agnes beim Schlafen zugesehen hatte, kein Geräusch um ihn als der stille Atem der Welt. Du bist nicht allein. Du hast dein Kind, das ist mehr, als dir zusteht. Selbst Alleinsein war mehr, als Menschen zustand, erkannte er, derweil er Richilda zusah. Es konnte ja einer nicht allein sein, der nicht zu zweit gewesen war, es konnte einer keine Einsamkeit kennen, der nicht Freundschaft und Zärtlichkeit gekannt hatte. Du bist nicht tapfer und vernünftig, schalt er sich und spürte ein Zupfen im Mundwinkel, weil er klang wie Michael. Dann sei eben weichlich und töricht, aber hör wenigstens auf, dir leidzutun.

Richilda kochte für sie beide. Mitnichten hatte sie die Begabung ihrer Mutter geerbt, aber da sowohl sie als auch Aimery gedankenverlorene Esser waren, genügte es, wenn die Speisen sie bei Kräften hielten. Allenthalben hieß es, der Genuss von Fisch beschere die Pest, mithin kaufte Richilda keinen. Aimery jedoch brachte ihr Seefisch und wies sie an, Pasteten für die Armenspeisung zu backen, die sie im *Bischof der See* eröffnet hatten.

«Was aus dem Meer kommt, macht wehrhaft», sagte er.

«Habt Ihr mir nicht erklärt, das Wasser sei verseucht?»

«Zumindest traue ich ihm nicht und fange sicherheitshalber keinen Fisch mehr aus Teichen und Zuflüssen. Aber der Solent ist nicht verseucht. Du brauchst keine Angst zu haben.»

«Die Zuflüsse strömen doch in den Solent.»

«Das können sie getrost tun, er schluckt sie auf und vergisst sie gleich wieder. Als ich ein Kind war, mochte ich keinen Stein hineinwerfen, weil ich fürchtete, dem Solent wehzutun. Aber seit ich zum ersten Mal auf einem Schiff war, habe ich solches nie mehr gefürchtet. Das Meer umspannt die Welt, Richilda. Was immer ihm hier zufließt, ist völlig unbedeutend, es wird an einem anderen Strand wieder herausgespült.»

Das Mädchen überlegte. Dabei stützte es den Kopf in die Hand und wölbte eine Braue in die Stirn. «Gott könnte aber wohl das ganze Meer verseuchen, wenn er wollte?», fragte sie lauernd.

«Ich denke, das könnte er. Aber sieh dir den Solent doch an. Wenn du etwas so Vollkommenes geschaffen hättest, ließest du zu, dass irgendetwas es dir verseuchte?»

Ihre Augen blitzten dunkel und hellwach. «Ist das nicht blanker Unsinn, was Ihr redet?»

Aimery musste lachen. «In der Tat, das ist es. Ich will alles wissen, und du willst alles wissen, das ist herrlich, aber es ist auch anstrengend. Mit Gott ist es einfacher: Von Gott können wir nichts wissen, mithin dürfen wir von ihm den blanken Unsinn glauben, der uns tröstet.»

Sie lachte auch. Stolz packte ihn. Sie war das klügste Geschöpf, das auf zwei Beinen herumlief, und sie war dabei noch schön und voll Liebreiz. Wenn er nach einem solchen Morgen mit ihr den Ponykarren hinüber zum *Bischof* führte, hörte er zwar die Einsamkeit wieder, die durch die entvölkerten Gassen hallte, aber er hörte auch die Erinnerung an Tage, als in diesen Gassen Marktschreier ihre Waren feilgeboten hatten und zwischen hüpfenden Jongleuren, staksenden Stelzengängern und tollenden Kindern kein Durchkommen gewesen war. Er glaubte sogar, bereits Bilder jener Tage zu erahnen, in denen Richilda hier zum Markt gehen würde, einen Säugling vor der Brust und an jeder Hand ein quirliges Kind. Portsmouth stirbt nicht, wir lassen Portsmouth nicht sterben. Aimery blieb stehen und sah über die Straße zur Kirche, über Berge von Abfällen, Tierkadaver, Ratten, die an Unrat nagten. Er verbiss sich ein Grinsen: Diese Stadt haben wir geschaffen, wir, die nicht weggegangen sind – und wer, der etwas so Vollkommenes geschaffen hätte, ließe zu, dass irgendetwas es ihm verseuchte?

Ohne Beschluss oder Absprache war der *Bischof der See* zum Ratssaal geworden, in dem sich die vier verbliebenen Mitglieder des Rates trafen. Dem Gildehaus war das Dach eingebrochen, und der enge *Bischof* taugte ohnehin besser als der lange, leere Saal. Aimery entging nicht, dass die drei Männer, Mick, Matt und Laurence, sich in seiner Gegenwart unbehaglich fühlten. Sie hörten jedoch auf das, was er vorschlug, und ihr Widerspruch war allenfalls lasch.

«Wir müssen zu den Leuten reden», bedrängte er sie ein ums andere Mal, wenn er sie abends an ihrem Schanktisch antraf. «Sie haben keinen Priester, manchen bleibt kein einziger Verwandter. Wir müssen ihnen Mut zusprechen.»

Da keiner der anderen sich dazu in der Lage sah, tat Aimery es selbst. Auf dem Anger, umringt von Menschen, deren Hunger und Verstörung er zu riechen glaubte, brach ihm trotz Regen und Kälte der Schweiß aus. Sein Nacken spannte sich. Schmerzte. Sein Kopf wollte sich zwischen seine Schultern ducken, ehe Steine flogen.

«Ich bin Aimery», sagte er. «Francis Fletchers Sohn. Ich bitte euch: Gebt nicht auf.» In seiner Stimme schien sein rasender Herzschlag zu hämmern, aber immerhin sprach er, immerhin blieb, was er sagte, verständlich. «Schwächt eure Körper nicht unnötig. Versucht, zu essen und ein Feuer am Brennen zu halten. Wir teilen Nahrungsmittel und Brennholz aus, so viel wir auftreiben können. Helft uns. Gebt an andere weiter, was ihr übrig habt. Was gegen die Krankheit hilft, wissen wir nicht, aber Kräftigung und Wärme helfen gegen alles. Trinkt lieber Ale als Wasser. Gebt nicht einer dem andern Schuld, unser Feind ist die

Pest, nicht der Nachbar. Vergrabt die Toten vor der Stadt. Lasst eure Kranken nicht im Stich.»

Steine flogen nicht. Aimery stand noch immer von seinen Mitbürgern umringt und wartete auf den jähen, harschen Schmerz, der nicht kam. Als etwas auf sein Schulterblatt zuschoss, das er nicht sah, nur am Schwirren spürte, ruckte sein Oberkörper nach vorn. Das, was ihn traf, war jedoch keine Steinspitze, sondern Laurences flache Hand.

«So schreckhaft, Fletcher? Na komm, gehen wir was trinken. Wer hätte gedacht, dass du zum Redner taugst?»

«Wenn du statt Englisch Latein sprichst, geben die aus Winchester dir glatt die Pfründe des Priesters», stimmte der hinkende Mick ihm zu.

«Wenn ich Latein spräche, verstünde mich keiner», versetzte er und folgte den anderen die Gasse hinunter nach der Schänke. «Es ist aber wichtig, dass die Leute tun, was wir ihnen sagen.»

Laurence schüttelte den Kopf. «Du kannst nicht von den Leuten verlangen, dass sie ihre eigenen Kinder in Pestlöcher schmeißen, wo sie wie Pastetenschichten eins überm andern liegen. Sie schleppen sie uns weiter auf den Gottesacker.» Wie um seine Worte zu unterstreichen, sog er Luft ein, die vom Gestank nach Verwesung verdickt war.

«Es ist gefährlich, Laurence. Die Leichenfäule macht krank.»

«Kränker als der Atem der Befallenen, ihr Blut und Auswurf und der stinkende Schweiß? Du heißt die Leute ihre Kranken pflegen, aber ist das weniger gefährlich? Anderswo befehlen sie, die armen Teufel zum Verrecken sich selbst zu überlassen und ihre Kammern zu versiegeln.»

«Wer das tut, kann, fürchte ich, nicht überleben.»

«Was soll das heißen? Sie tun's doch, damit sie überleben.»

«Damit sie der Krankheit entkommen. Aber wie kann denn einer die, die zu ihm gehören, seine Kinder, Eltern, Freunde, kampflos dem Sterben überlassen und ein Mensch bleiben? Ich will, dass wir um jedes Leben in dieser Stadt eine Schlacht schlagen, die Crecy zu einem harmlosen Hahnenstechen macht.»

Als er jetzt aufblickte, sah Laurence ihn an, das massige Gesicht zu einem Schmunzeln verzogen. «Wacker, Schwarzer. Du bist noch viel verrückter, als du aussiehst, was? Völlig verdreht bist du, und was du schwatzt, versteht kein Mensch. Aber es tut wohl, sich's anzuhören. Wie beim Priester. Wir machen es, wie du sagst. Nur zwing die Leute nicht, ihre Toten in ungeweihtem Boden zu bestatten. Für euch Ketzer mag das angehen, aber von uns ist es zu viel verlangt.»

Aimery lächelte müde. «Du hast recht. So anders ergeht es auch uns Ketzern nicht. Ich hätte mir nicht verbieten lassen, Tom seinem Wunsch gemäß zu bestatten. Wir brauchen neuen geweihten Grund. Viel Grund.»

«Und wer weiht den? Du vielleicht?»

«Wenn ich könnte, verwandelte ich mich in den Papst und täte es. Ich habe nur letzthin mein ketzerisches Zauberbuch verlegt.»

«Maul halten.» Laurence drohte ihm mit dem Finger. «Deinen Hohn brauchst du über uns nicht auszukippen, Master Nasehoch. Wir sitzen in einem Boot.»

Aimery glühten die Wangen. Warum ging er mit Menschen so um, wenn er doch maßlos dankbar für ihre Gegenwart war? In der Schänke setzten sie sich zu Tisch. Laurence ließ sein Schankmädchen Krüge und Suppe bringen, doch Aimery nahm nichts an. Sie teilten ein, was in den nächsten Tagen zu tun war: Gassen säubern, Berge toter Ratten verbrennen, Güter an Bedürftige verteilen, Kranke in ihren Häusern aufsuchen und pflegen. Keiner der anderen wollte dies tun, aber Aimery tat es gern, wiewohl er nichts davon verstand und fürchtete, die Kranken mit seinem Gesicht zu schrecken, nicht zu trösten.

«Und wenn's dich erwischt?»

«Dann müsst Ihr Euch um das Mädchen in meinem Haus kümmern. Richilda. Ihr dürft sie nicht schlagen, ihr nicht ihre Bücher wegnehmen und sie nicht in die Ehe mit einem Dummkopf zwingen. Und das Schiff, das ich auf meiner Werft habe, das gehört der Stadt. Vielleicht kann irgendwer es irgendwann fertig bauen, dann mag es einiges wert sein.»

Mick und Matt, auf die noch Lebende warteten, gingen heim. Aimery stand auch auf.

«Du kannst bleiben», sagte Laurence. «Dir mit mir einen antrinken. Was ich vorhin gesagt hab – ich hab's so grob nicht gemeint. Ich versteh dich schon. Die Dottie ist mit Berkham weg, was? So wie Helewise. Erst macht's die eine mit dir, dann macht die Nächste dasselbe mit deinem Jungen. Das zwiebelt mächtig, ohne Frage.»

Aimery musste eine Zeitlang überlegen, von welchem Jungen der andere sprach. Als es ihm einfiel, wurde ihm sein leerer Magen flau. Wo war Symond? Gewiss hatte Gilbert ihn nicht mitgenommen, so passend das letzten Endes gewesen wäre. Aber er hatte ihn schließlich auch damals nicht mitgenommen, sondern die Sorge für sein Kind Aimery überlassen, der es nicht ansehen konnte, ohne seine Eltern zu sehen: die zwei schmerzlich schönen Liebenden, die sich umarmten. Man konnte ein Kind nicht verhungern lassen, auch wenn es längst kein Kind mehr war. Symond war nicht in der Lage, für sich selbst zu sorgen, also würde Aimery ihn suchen müssen. Irgendwann. Und Dorothys Base Isemay, die Mann und Tochter verloren hatte, wo war die? Aimery nahm Abschied von Laurence und beeilte sich.

Sooft ihm in den nächsten Tagen Zeit blieb, forschte er nach den verlorenen Mitgliedern des Haushalts, aber Zeit blieb ihm selten, und von beiden fand er keinen. Die Kranken gewöhnten sich derweil an ihn. Mancher schrie und schlug das Kreuz, einer spuckte, und eine Frau greinte: «Womit verdiene ich das, die Seuche hab ich, und dann erscheint mir noch der schwarze Satan.»

«Ich gehe, wenn Ihr das vorzieht», sagte Aimery. «Nur habe ich keinen anderen, den ich Euch schicken könnte.»

«Dann bleib in Gottes Namen.» Die Sterbenskranke hustete Blut und schlug sich vor Schmerzen an die Brust. «Besser den Teufel zur Gesellschaft als mutterseelenallein mit dem Tod.»

Nur kurz erstaunte es ihn, dass er sich nicht fragte, ob er wirklich um diese Leute kämpfen sollte, die ihm Schlimmeres als die Seuche wünschten, die Tom gemordet hatten, die vermutlich Richilda morden würden. Es gab keine Frage: Jeder, der noch lebte, war eine Schlacht von Crecy wert, jeder von diesen bösen, kleinlichen, tückischen, verbockten, herrlichen Menschen. Die Kranke nahm mit ihm vorlieb. Erzählte zwischen Husten und Stöhnen von ihren Kindern und Neffen. Am Abend, als es ans Sterben ging, lehnte sie sich gegen seine Brust. «Holst du mich drüben ab, Schwarzer?»

«Nein», sagte er und ließ die Tränen laufen. «Ich hole nur die Schlechten. Keine wie dich.»

«Aber du weißt doch gar nicht, wie schlecht ich bin.»

«Weiß der Teufel nicht alles?» Er küsste ihr die schweißnasse Stirn. Aimery Fletcher. Der es hasste, Menschen zu berühren.

Sie hustete. «Stimmt.» Und starb.

Wohl weil er so viele Geschöpfe in Todesangst und körperlicher Qual erlebte, träumte er nächtens von der Zeit, die er bei den Unterständen des *Domus Dei* verbracht hatte. Von seinem wunden, geblähten Leib, der sich vor Schmerzen krümmte, von seiner Hand, die in der gefrorenen Erde scharrte wie eine Rattenpfote, scharrte und scharrte und nichts fand. Von Kälte und Furcht. Von dem Wissen: Jetzt bin ich so tief erniedrigt, dass ich nicht einmal auf Knien in die Stadt zurückkrauchen kann. Den Kopf nicht mehr heben, um einem anderen Menschen in die

Augen zu sehen. Jetzt bin ich kein Mensch mehr. Mit diesem Gedanken erwachte er und glaubte sich einen Herzschlag lang in Dorothys Armen. Meine Liebste. Mein wundervolles Mädchen. Du hast mich gekränkt und verschmäht, daran habe ich alle Tage lang gedacht, aber habe ich dir je dafür gedankt, dass du mich aus der Hölle gezogen und mich mir selbst zurückgegeben hast?

Er beschloss, an diesem Morgen zu tun, wovor er sich seit Tagen drückte. Was Michael für ihn getan hätte, wäre Michael noch bei ihm gewesen, was aber nun kein anderer tun konnte. Er würde hinüber nach Masun Manor reiten und Sir Eustace wissen lassen, dass seine Barken fertig waren. Vermutlich würde er Glück haben und nur einen der Diener zu sprechen bekommen. Andernfalls blieb ihm nichts übrig, als es auszuhalten. Die Stadt brauchte jeden Farthing, und wenn Sir Eustace einen neuen Auftrag für ihn hatte, würde er ihn demütig schwänzelnd annehmen wie einst bei den Kunden seines Vaters. Jäh klang ihm des Vaters Stimme im Ohr: Sag mir, Nichtsnutz, hast du wahrhaftig zum Schwänzeln einen Schwanz? Er schwang sich aufs Pferd und musste lachen. Vielleicht hatte er noch immer keinen. Vielleicht brauchte er noch immer einen Wirbelsturm von Ohrfeigen, ehe in seinem Schädel etwas in Bewegung geriet. Aber der Vater war nicht mehr hier. Er musste es allein versuchen.

Wie üblich regnete es. Der Himmel hing schwer, und das Gras bog sich im scharfen Wind. Der Ritt tat ihm wohl. Die reine Salzluft, die Zeit, die er mit sich allein zubringen und sich Mut zusprechen konnte. Auf den Äckern des Herrensitzes hätten schon Arbeiter mit der Saat beschäftigt sein sollen, aber all die sorgsam abgesteckten Flecken erstreckten sich leer und kahl. In diesem Landstrich hatte es mehr Menschen gegeben, als sich mit Arbeit versorgen und füttern ließen, jetzt gab es weniger, als nötig waren, um die Arbeit zu verrichten. Unwohlsein beschlich Aimery. Fand Sir Eustace keinen Einzigen, musste er seine Felder brachliegen lassen? Dann sah er die Wohngebäude mit dem Torhaus und einen langen Zug Männer und Frauen, die mit Hacken und Spaten darauf zustrebten. Offenbar waren sie aus der Unterstadt gekommen, um, wie zu dieser Zeit üblich, nach Arbeit zu suchen. Alles wie immer, beruhigte er sich. Die Beklommenheit aber wollte nicht weichen.

Sein Schenkel gab dem Pferdeleib die Hilfe. Just als der Rappe angaloppierte, begann auch die Menschenmenge zu rennen, Hacken und Spaten sausten in die Höhe, Rasende erstürmten das Torhaus, keine Saathelfer, sondern Angreifer, nicht mit Gesang zur Landarbeit, sondern mit Gebrüll der Wut. Aimery verstärkte den Schenkeldruck, stellte sich in den Sattel und ließ die Zügel fahren.

Die Wache leistete keinen Widerstand. Als Aimery eintraf, hatte der grölende Haufen schon die Torflügel aufgezwungen und jagte mit erhobenen Waffen auf das Haus zu. Ein paar Stufen führten hinauf zur Haupttür, die sich öffnete. Den Mann, der im Spalt auftauchte, erkannte Aimery sofort, wiewohl er sich verändert hatte und statt des Waffenrocks ein knielanges Hemd trug.

«Dreck», schrie ein Mann, der wenige Schritte vor Sir Eustace stehen blieb. «Dreck, Dreck!»

Aimery glaubte, Hetfend zu hören, aber der Schreier war einer der Seiler von Portsmouth.

«Sünder wider die Natur!»

«Für Ratten wie dich verrecken unsere Kinder!»

Jetzt sah Aimery, dass eine der Frauen ein totes Kind auf den Armen trug, als wolle sie es nach Sir Eustace werfen. Stattdessen warf der Mann an ihrer Seite. Bückte sich, hob einen Stein auf und schleuderte ihn. Aimerys Augen schlossen sich und schlugen wieder auf. Sir Eustace schrie und taumelte gegen den Türrahmen. Der Stein fiel herunter. Gleich darauf brach ein Hagel von Steinen los.

Aimery sah das Rot, das in Sir Eustaces Gesicht aufbrannte. Das Pferd stieg, Aimery riss es hart am Zügel, brachte es zu Boden und sprang ab. Den Nächststehenden packte er an der Schulter, zerrte ihn zu sich herum und drosch ihm die Faust, die er nicht mehr hatte, vor die Stirn. Sah den Spalt, der zwischen dem Stumpf und der Haut des andern klaffte, das kurze Stück, das er nicht überwunden hatte, weil die Faust zum Zuschlagen ihm fehlte. Welch ein Segen. Er ließ den Mann los. «Aufhören», schrie er. «Hört sofort auf.»

Den Augenblick der Verwirrung, in dem sich die Köpfe nach ihm drehten, nutzte er, stieß mehrere zur Seite und schlug sich zu Sir Eustace durch. Ein Wurfgeschoss traf seinen Rücken, den Aufprall spürte er, aber keinen Schmerz. Sir Eustace war auf dem Treppenabsatz gestürzt. Er blutete an Stirn und Brust. Seine Augen waren halb geschlossen, und aus seinem Mund drang ein Ächzen. An seinem Hals prangte blauschwarz die Beule. Aimery sank auf die Knie, zog den Kopf des andern zu sich und legte ihm die Hand auf die Augen. Dann wandte er sein Gesicht der Menge zu.

«Werft», sagte er. «Mit oder ohne Sünde. Hier könnt ihr zwei auf einmal zu Gelump hauen, das bietet sich so schnell nicht wieder.» Nicht übel, sagte er zu sich selbst. Du klingst noch immer wie ein dreizehn Jahre alter Trotzbengel. Mut bedeutete vermutlich Überwindung von Angst, aber Aimery, der Steine in erhobenen Händen und blitzende Klingen von Hacken sah, hatte überhaupt keine Angst. Mein Leben lang hatte ich die, bemerkte er. Vor Schlägen, Stößen, Tritten, vor Leuten, die mich beschimpften und bespuckten, Händen, die mich packten und beutelten, vor einstürzenden Kirchendächern, vor Teufeln, vor allem. Jetzt habe ich keine mehr. Ruhig strich er Sir Eustace über die Augen und blickte den Steinigern entgegen.

Ganz vorn, mit zerrauftem Graubart, stand Hal von der Mühle. Der hatte ihm schon einmal gegenübergestanden, dicht neben Laurence, mit Stricken in den Händen. Damals hatte sich Aimery vor Angst die Blase entleert, und das Geklapper seiner Zähne war so laut gewesen, dass er um Gnade nicht einmal hatte winseln können. Heute geschah nichts.

«Wirf», sagte er.

Hal ließ die Hand mit dem Stein sinken. «Nach dir werf ich nicht», sagte er. «Geh zur Seite, Schwarzer.»

«Nein», sagte Aimery.

«Du bist ein Segen für die Stadt», schrie die Frau mit dem toten Kind, Anice, die Netzflickerin. «Dir will keiner ein Leid tun. Nur dem da. Der Buben schändet und Gottes Strafe auf uns ruft, der macht uns alle krank!»

«Gestern war ich der Satan, heute ist er es», sagte Aimery. «Dass einer Menschen krank macht, weil er einen andern liebt, ist Unsinn. Und dass wir von Gottes Strafe etwas wissen, auch. Wir brauchen trockene Lager für unsere Kranken, stärkendes Essen und Ale. Ärzte, die forschen, und Priester, die uns Grund für unsere Toten segnen. Keinen Sündenbock. Geh heim, Anice. Später helfe ich dir, deinen Jungen zu begraben.»

Einer warf einen Stein. Nur die halbe Strecke, dass der Stein auf dem durchweichten Weg zu Boden platschte.

Sir Eustace tastete nach Aimerys Hand, zog sie sich von den Augen und hielt sie. «Aimery Fletcher. Ist das wirklich wahr?»

«Ich trage Euch ins Haus», sagte Aimery. «Ihr müsst mir die Arme um den Hals legen.» Er beugte sich so tief wie möglich hinunter und wartete.

Der andere zauderte. «Ich möchte nichts tun, das Euch zuwider ist.»

Aimery befreite seine Hand, nahm des anderen Arm und zog ihn sich um den Hals. Nach kurzem Zögern reckte Sir Eustace den zweiten. Aimery hob den Kranken, ein zerbrechliches Bündel Knochen, in die Höhe und stand auf. Flüchtig sah er nach dem Vorplatz, von dem die Leute sich einer nach dem andern trollten. Sein Pony trottete umher und graste. Er würde es später fangen. Mit seiner federleichten Last ging er ins Haus.

Drinnen roch es gut. Nach edlem Holz und Würze und Wacholderfeuern. Es war sauber, still und warm. Ein Diener wies Aimery den Weg, die breite Treppe hinauf und in Sir Eustaces Schlafgemach. Um ein Haar hätte Aimery gelacht. Das Bett besaß ein samtbespanntes Dach und einen Vorhang, als regne es durch die getäfelte Decke wie durch die Schindeln windschiefer Hütten. Bei einem Tisch stand ein Arzt, der Flüssigkeit von einem Gefäß ins andere schenkte und sich verneigte, als Aimery mit Sir Eustace eintrat. Der Diener gab ihm einen Wink, worauf der Arzt flugs ein paar Dinge zusammensammelte und an ihnen vorbei aus dem Raum schlüpfte. Leise schloss sich die Tür.

«Ihr habt mein Leben gerettet», sagte der gläsern zarte Rest Mensch auf Aimerys Armen. «Wenn ich könnte, würde ich vor Glück darüber singen, auch wenn ich trotzdem sterben muss.»

«Ihr sterbt nicht.»

«Doch», sagte Sir Eustace. «Was für ein mutiger Mann Ihr seid, mein Juwel. Seid Ihr auch mutig genug, mich anzusehen?»

Aimery biss sich auf die Lippen und schüttelte den Kopf. Spannte Nacken und Rücken, dass ihm die Arme zitterten. Konnte dennoch nichts tun. Mit dem nächsten Schlucken spürte er ein Schwirren und dann Sir Eustaces Hand an seiner Wange. Fingerspitzen, die in der Nässe malten. Er schämte sich.

«Legt mich auf das Bett», flüsterte Sir Eustace. Seine Finger liebkosten Aimerys Jochbein.

Der gehorchte. Legte den anderen nieder und gab sich geschäftig, zog eine der Decken über ihn und rieb ihm mit dem seidigen Betttuch die eiskalten Sohlen.

«Kommt wieder zu mir», bat Sir Eustace.

«Wollt Ihr nichts trinken?» Jedes Wort ein Krächzen.

Ehe er sichs versah, hatte der andere den Stumpf ergriffen und zog ihn zu sich. «Tut es weh?»

«Nein.»

«Lügt Ihr?»

«Nein. Ich kann nur nicht mehr töten.» Er fiel auf die Knie und sah endlich den Liegenden an. Dessen Gesicht, das füllig gewirkt hatte, erschien jetzt fein und bleich wie Papier. An der Stirne war das Blut getrocknet, das Haar hing wirr, dünn und fahl. «Um alles in der Welt, lasst mich etwas für Euch tun.»

Sir Eustace hielt den Stumpf fest. «Könnt Ihr mir verzeihen?»

«Ich habe Euch nichts …»

«Scht.» Der andere versetzte seinen Lippen einen Klaps. «Vergeudet keine Zeit. Verzeiht Ihr mir?»

Aimerys gespannter Rücken krümmte und streckte sich. Etwas prallte ihm gegen die Rippen, wie um aus einem Käfig auszubrechen. «Ja, ich verzeihe Euch», stieß er endlich heraus. «Verzeiht mir auch. Ich bitte Euch.»

Sir Eustace schloss die Arme um ihn und zog ihn an sich. Ich füge ihm Schmerz zu, durchzuckte es Aimery, alle Pestkranken haben entsetzliche Schmerzen in der Brust. Als er bemerkte, dass er weinen musste, suchte er sich zu befreien, aber Sir Eustace hielt ihn an sich gedrückt und streichelte ihm den Rücken, bis das Weinen vorüber war.

Mühsam richtete Aimery sich auf. «Es tut mir leid.»

Sir Eustace lächelte. «Dummkopf. Baust du ein Schiff?»

«Eine Stoß auf Stoß verplankte Karacke mit zweieinhalb Masten. Die größte, die ich je gebaut habe.»

«Ich liebe dich.»

Hörst du das?, fragte eine Stimme in seinem Kopf. Nimm es an. Es ist so mächtig, es schreit jeden Teufel, der in dir wohnen könnte, tot. «Ich liebe Euch auch», sagte Aimery.

«Aber das, was Hetfend von mir glaubte …»

«Scht.» Aimery legte ihm den Stumpf auf die Lippen. «Mich schert nichts, was Hetfend glaubte.»

«Es ist wahr, Aimery.»

Aimery nahm Masuns Hand und küsste sie. «Wer meint, er könne Liebe mit Füßen treten, weil es nicht die ihm genehme Art von Liebe ist, gehört geprügelt», sagte er.

Als Sir Eustace von neuem den Mund zum Lächeln verzog, sah Aimery ihm an, wie er sich quälte. «Du nicht», sagte der voll gepeinigter Zärtlichkeit. «Du bist ja erwachsen geworden, mein Juwel.»

Aimery blieb den Tag und die Nacht über bei ihm. Er flößte ihm tropfenweise Wein ein und wischte ihm die Tropfen wieder von den Lippen. Sir Eustace sagte nur noch einmal ein paar Worte: «Einen, der dir den Grund für deine Toten segnet, weiß ich», und Aimery nickte und dachte: Mir entwischst du nicht, verdammter Mönch. Sir Eustace küsste ihm den Stumpf.

Im Morgengrauen starb er.

Vor dem ersten Tageslicht brachen sie auf. Der dürre Regen glänzte silbern im letzten Rest von Schwärze. Dorothy weinte nicht mehr. Die ganze Reise, so erschien es ihr, war ein endloses Schleppen, ein gegen den Strom gerudertes Boot. Statt ihrer weinte Nicolas.

«Was ist dir?»

«Nichts. Ich will Euch keinen Kummer machen.»

Sie ließ es dabei. Warum der Junge weinte, wusste sie ohnehin.

Die Gezeitenströme, Bänder, an denen das Meer sie hielt, fransten mit jedem Fuß Weges aus. Der Sog ließ nach. Aber zugleich schwand auch ihre Kraft. Als die Magd ein wenig ruhen wollte, übergab sie Dorothy den Säugling Vitus. Kaum lag das greinende Kind in ihren Armen, schoss ein Schmerz in ihre Brüste, dass sie es um ein Haar fallen ließ. Mit dem Schmerz sprudelte Milch aus den Warzen. Ohne Zaudern schälte Dorothy die rechte Brust aus dem Hemd und steckte die Warze dem Knaben in die Mund. Warum sollte die Milch vertrocknen? Mit zorniger Kraft saugte der kleine Mund sich fest. Dorothy hörte sich singen:

Bei Tag dreschen wir die Garben.

Und bei Nacht legen wir die Netze aus.

Dann verstummte sie. Am Wegrand lagen Tote, die stanken, ein Karren stand dabei, halb in einen Graben gerollt, wo den Totengräber die Kraft verlassen hatte. Kein Reisender kam ihnen entgegen, weder Pilger noch Händler, als sei die Welt schon leer gestorben.

Und wenn wir sterben, begrabt uns hier.

Am Solent.

Spätabends kamen sie in einen Ort mit einem Gasthaus. Gilbert half Dorothy vom Wagen, die Laterne beleuchtete sein breites Lächeln. «Als ich dich vorhin mit meinem Vitus sah», sagte er, «da hätte ich dich auf der Stelle an mich reißen wollen. Es wird ja jetzt alles gut, Dottie. Wir ziehen diesen feinen Jungen auf, und ich mache dir noch einen oder zwei oder fünf, ich habe Saft genug.»

In der Schankstube saßen ein Mann und ein Mädchen. Der Mann trug von Mottenfraß durchlöcherte Beinlinge, und das Mädchen beugte sich mit ihrem Nähzeug darüber und flickte ihm die Kleidung auf dem Schenkel. Einmal jaulte der Bursche auf, weil sie ihn mit der Nadel gestochen hatte, da lachte das Mädchen und gab ihm vor aller Augen einen Kuss.

«Ja, die Sitten», murmelte der ältliche Wirt, «die sind nicht mehr, wie wir sie kannten, seit die große Sterblichkeit wütet. Aber mich soll's nicht stören. Wenn man des Todes ist, will man doch wenigstens das Leben geschmeckt haben und wissen, dass ein Menschenherz um einen bricht.»

Dorothy spürte wieder den Sog. Als griffen ihr Hände in den Rücken, in Fleisch und Kleider, und zerrten sie. Sie erklärte, sie fühle sich noch schwach und wolle sich schlafen legen. Dennoch kam Gilbert ihr hinterdrein. Sobald er die Kammertür zugezogen hatte, sobald er sich zu ihr wandte und das Licht der Kerze auf sein Gesicht fiel, begriff sie, dass ihr Plan fehlgeschlagen war.

Wie hatte sie glauben können, sie dürfe fortgehen? Wer fütterte jetzt Symond, hütete den leichtherzigen Tom, wer schloss John den Gurt am Sattel? Wohin hatte sich Isemay verirrt? Wer flickte Aimerys zerlumpte Kleider, wer sagte ihm, so überheblich und grausam er alles zurückwies, dass ein Menschenherz um ihn brach? Und Richilda. An das Mädchen durfte sie nicht einmal denken.

Gilbert streckte die Arme nach ihr.

Dorothy trat einen Schritt zurück. «Ich muss gehen», sagte sie. «Der Platz, den du mir bietest, mag besser sein. Aber es ist nicht meiner.»

«Was redest du?» Er packte sie.

Sie stieß ihn nicht, aber wand sich frei. «So wie Helewise, Gilbert. Ich muss nach Hause. Es tut mir leid.»

«Du bist ja völlig von Sinnen. Wo willst du denn hin? Zu deinem gottverdammten Schwarzen, meinst du, der nimmt dich zurück?»

«Nein», sagte Dorothy, «das meine ich nicht. Aber ich gehe trotzdem. Ich sage ihm, dass ich sein Kind geboren habe, ob er zu verstockt ist, es zu glauben oder nicht, und dass das Kind gestorben ist.»

Gilbert sprang sie an wie ein Tier. Seine Finger krallten sich in ihre Schultern, er schüttelte sie, dass sie meinte, ihre Eingeweide rasseln zu hören. «Du Wahnsinnige, weißt du überhaupt, was du sagst? Willst du, dass der dich totmacht wie Helewise, dich in die Salzwiese stößt, dir die Luft abschnürt, bis dir die Augen aus dem Kopf quellen?»

«Hör auf, mir wehzutun», sagte Dorothy. «Hast du es noch nicht begriffen? Aimery hat Helewise nicht getötet. Er hat sie verstoßen, so wie er Agnes verstoßen hat, und dann sind beide gestorben, weil sie zur falschen Zeit am falschen Ort waren. Weil ihre Mörder über sie kamen wie die Flut. Das kann Aimery sich nicht verzeihen. Ich muss ihm erlauben, sich anders zu entscheiden.»

Gilbert drehte sich von ihr weg. Rannte in dem engen Raum drei Schritte bis zur Wand. Dann drei Schritte zurück. Packte ihr Hemd und schüttelte sie wieder. «Hast du keinen Stolz, Weib?»

Dorothy überlegte. Dann zuckte sie die Schultern. «Nein, vielleicht hab ich keinen. Aber wenn ich mein Leben hinter mir lasse, vielleicht hab ich dann gar nichts mehr, weil ich nichts mehr bin.»

Er hob die Hand, um sie zu schlagen. Es war ihr einerlei, er mochte es ein paar Mal tun, und dann wäre es gut, in gewisser Weise hatte er ein Recht dazu. Sie dachte an anderes. So war sie gemacht: Die praktischen Fragen beschäftigten sie. Wie würde sie ohne Wagen mit Nicolas den Rückweg bewältigen, woher ließe sich Proviant nehmen, und könnte sie wohl, wenn sie nach Havant käme, von der Wirtin Rachel ein Almosen erbetteln? Nur leise zitternd, wartete sie auf Gilberts Schlag. Der blieb jedoch aus. Als Dorothy das Gesicht hob, schwang der schwere Mann herum und stürzte über ihr Bündel her, das der Wirt nach oben getragen hatte. «Was willst du, Gilbert?»

«Ha!» Er hing über ihrem Besitz wie ein Raubtier über seiner Beute. «Du denkst, du kannst gehen? Mich im Stich lassen, nach allem, was ich für dich getan habe, und zu deinem Schwarzen rennen. Was hat der denn, das dich zu ihm zieht, einen Bullenschwanz, einen Liebeszauber? Oder geht es in Wahrheit um dies hier, liegt ihr alle dem schwarzen Scheusal zu Füßen, weil er Schiffe bauen kann?» Im Triumph hielt Gilbert einen Packen Pergamente in die Höhe. Zwei oder drei Bögen schwebten zu Boden.

Kälte jagte Dorothy den Rücken hinauf. *Aimerys Schriften.* Die er ihr zu treuen Händen überlassen hatte. ‹Wo wären sie besser aufgehoben als bei dir?› Aber sie waren schlecht bei ihr aufgehoben, die Bögen, auf denen er festgehalten hatte, was von ihm bleiben sollte, sie hatte vergessen, sie ihm zurückzugeben, und hatte erlaubt, dass Gilbert sie in die Hände bekam. Aber der durfte sie nicht haben! Wenn Aimery tot war, an der Seuche verreckt und verscharrt, gehörten die Schriften Symond und Richilda. Mit einem Aufschrei stürmte Dorothy auf Gilbert los. Ihre Hände wollten sich um die Bögen schließen, er aber entriss sie ihr, vollführte einen Satz zur Seite und warf den ganzen Stapel ins Feuer.

«Was du mir nicht gönnst, bekommt er auch nicht. Und ohne seinen Schiffszauber ist er nur ein armseliger Stängel menschlichen Elends.»

Dorothy, die ihre Fäuste erhoben hatte, um auf Gilbert einzuschlagen, hielt inne. «Du hast recht», sagte sie zu ihrem Erstaunen. «Das sind wir. Mit und ohne Schiffszauber. Armselige Stängel menschlichen Elends.» Sie schob ihn beiseite und nahm ihr Bündel. Die zu Boden gefallenen Pergamente faltete sie sorgsam und warf sie den anderen hinterdrein. Es war Nacht, es regnete, sie hatte keinen Wagen, kein Geld und nur einen zehnjährigen Jungen zum Schutz. Sie hatte nichts, um Aimerys

Vergebung zu erkaufen, kein Kind, keine Schriften, keine Rettung vor der Pest.

«Warum tust du das, Dottie?» Gilbert weinte.

«Ich weiß nicht», sagte Dorothy müde. «Hat dir Laurence, der Bischofswirt, der früher der Kronenwirt war, einmal erzählt, warum der *Bischof der See* ‹Bischof der See› heißt?»

«Und du glaubst, solches Zeug will ich wissen?»

«Nein.»

«Erzähl's mir.» Er weinte immer noch.

«Jedes Geschöpf an Land hat ein Gleiches im Wasser. Eines Tages zogen die Fischer aus dem Solent ein Wesen, das wohl Fisch oder Krake war, aber von Gestalt einem Bischof glich. Sie beschlossen, es nicht zu töten, sondern es in Ehren zu halten, in einem Zuber auf dem Markt, zur Zerstreuung der Leute. Der Bischof der See war beliebt, jeder brachte ihm Leckerbissen, und Weiber stickten ihm eine Mitra, aber er aß nichts, schwamm nicht im Zuber umher und verfiel von Tag zu Tag. Da entschied der Rat, ihn zurück ins Meer zu werfen. Das Getier war ausgezehrt, es würde sterben, und das sollte es tun, wo es hergekommen war. Bei Ebbe trugen die Männer den Zuber zum Solent und schütteten das Wasser samt dem Bischof in die Kiesel, auf dass die Flut ihn hole. Der Bischof jedoch war kaum aus dem Zuber geglitten, da erwachte er zu neuem Leben. Er hob die Fangarme und sprach zum Dank für seine Freiheit einen Segen über den Solent. Dann tauchte er unter und ward nicht mehr gesehen.»

«Den Unfug kannte ich doch», fuhr Gilbert auf. «Den hat Aimery Helewise erzählt, und die hat zu ihm gesagt: ‹Du hast kein Gleiches im Wasser, weil du aufs Land wie ins Wasser gehörst.› Was geht das uns beide an, warum redest du davon?»

«Weil ich nach Hause muss», sagte Dorothy und warf sich das Bündel auf die Schulter. «Bis ich sterbe, leb ich noch. Ich bin Dottie Fletcher aus Portsmouth.»

Zehnter Teil

Bischof der See

Portsmouth, Hampshire, April 1349

Wenn etwas knapp wurde, rar wie Seide und Pfeffer, wurde es teuer. So waren die Weizenpreise in die Höhe geschnellt, weil der Emmer, der sonst als Wintergetreide allerorts angebaut wurde, trockene Reifemonate brauchte, um ertragreich zu gedeihen. Jetzt aber, zur Aussaat des Sommergetreides, war noch ein anderes Gut knapp geworden, an dem bislang Überfluss geherrscht hatte: Menschen. Felder wurden zu Brachen, weil sich keine Saathelfer finden ließen, und die, die sich zur Arbeit meldeten, erkannten auf einmal, dass sie einen Wert darstellten, und forderten entsprechende Löhne. Vielleicht, so durchfuhr es die entstellte Schwester, hat uns Gott deshalb mit der Pest geschlagen, auf dass wir lernen, wie rar und kostbar ein Leben ist.

Sie ging mit dem Saatkorb über eins der großen Felder. Master Fitzroger hatte erklärt, er wolle seine Äcker lieber brachliegen lassen, als den unverschämten Forderungen der Tagelöhner nachzugeben. Die Brüder und Schwestern des Hospizes sollten die Felder bestellen, soweit sie es eben vermochten. «Meinethalben brauchen die Erträge nur zu unserer eigenen Versorgung zu genügen», verkündete er. «Wenn man sich in der Stadt zu fein zum Arbeiten ist, soll hernach niemand über Hunger klagen.»

Der Entstellten kam die Arbeit mit dem Saatkorb recht. Drinnen gab es kaum noch etwas zu tun, seit der Master das Hospiz geschlossen hatte. Zudem war sie gern draußen. Der Regen, der durchweichte Boden, in dem Bruder Anselms Pflugfurchen verschwammen, der für die Jahreszeit zu kalte Wind, das alles hatte ihr nichts an. Sie war froh, mit sich allein zu sein, hier, wo sie sich die Haube vom Kopf schieben konnte, wie sie es als Mädchen getan hatte, und das Haar flattern lassen. Damals war ihr Haar ein schimmernder Vorhang gewesen, heute war nur mehr eine struppige Strähne übrig, die auf der linken Kopfhälfte spross. Hier, wo kein Mensch sie sah, spielte sie manchmal, sie sei nicht entstellt, sondern noch heil und jung, hätte noch Beine zum Tänzeln und Hüften zum Schwingen und ein Lachen, das der Welt die Stirn bot. Sie warf das Saatgut, wie sie Kusshände geworfen hatte. Sie legte den Kopf in den Nacken und sang stumm ein paar Töne eines Liedes. *Tirilom, tirila.* Eines schneidigen, männlichen Liedes, das aus ihrer Kehle umso lieblicher geklungen hatte.

Sie wusste, was sie tat, war Sünde. Sie tat es dennoch, schließlich kannte Gott ihre sündigen Gedanken ohnehin. Sie hatte die Sehnsucht nie ganz ersticken, die Träume nie zum Versiegen und das Klagen nie zum Schweigen bringen können. Wenn Gott ihr die Gedanken verzieh, so mochte er ihr auch die Tat verzeihen, die harmlos und läppisch war.

Was hätte wohl Fitzroger mit ihr getan, wenn er der Stimme in ihrem Kopf hätte zuhören können? Sie wünschte sich, es ihm entgegenzurufen: All Euer Schlagen und Drohen und Erniedrigen hat nichts genützt. Ihr habt mir Angst gemacht. Ihr habt mich zu einer gemacht, die ihr Unwesen im Verborgenen treibt. Aber zu einer, die gut ist, habt Ihr mich nicht gemacht, wiewohl ich so gern eine Gute werden wollte. Wärt Ihr selbst gut gewesen und hättet mir etwas gelassen, um das es sich lohnte, vielleicht hättet Ihr es mich gelehrt.

Sie hatte den Master gefürchtet und bewundert zugleich. Vom

ersten Tag an, da er ihr gegenübergestanden und sie gefragt hatte, ob sie nicht keusch gewesen sei, war er ihr überlebensgroß erschienen. Jetzt schien er ihr zu klein für seine Schuhe, zu klein für die Erregung, mit der er sich plusterte. Einer, der scharfe Hunde brauchte, um sein Tor zu schützen. Er hatte ihr alles genommen, damals. Nicht die Krieger, die ihr die Glieder gebrochen, den Schädel zertrümmert und das Gesicht verbrannt hatten, sondern er. Er hatte ihr alles genommen und hatte doch weniger als sie. In ihr war noch etwas, das Menschen erkannte und als Mensch zu erkennen war.

Sie warf eine Handvoll Saatkörner gegen den Wind, sodass sie zurückgeblasen wurden und gegen ihre Schienbeine prasselten. Sie lachte darüber, dann bückte sie sich und sammelte sie wieder auf. Auf dem Ackerboden froren Rinnsale zu Eiskristallen. Es dämmerte schon, und bis zum Ende des Feldes war noch ein gutes Stück zu säen, sie hatte kaum die Höhe der Unterstände erreicht. Dennoch hatte sie keine Eile. Mochte der Master wüten. Bruder Anselm hatte sie gewarnt, er sei reizbarer denn je, da die Konsekration des neuen Erzbischofs von Canterbury bevorstand und der König seinen Kanzler John de Ufford ernannt hatte, nicht Thomas Bradwardine, den Kandidaten des Klerus. Fitzrogers Ansicht nach hätte die Kirche allein über die Verteilung ihrer Ämter entscheiden müssen, abgetrennt von irdischen Machtgefügen, von schnöden Weltlichkeiten wie Ehrgeiz und Kungelei. *Abgetrennt von den Menschen.* Das war es, was Fitzroger wollte: eine Kirche, die den Menschen entfloh.

Einst hatte sie dasselbe gewollt. Niemanden mehr sehen, der sie gekannt hatte, sich niemals erinnern lassen, niemals riechen, hören, atmen, wovon sie kein Teil mehr war. Nur so hatte sie die Sehnsucht ertragen. Aber die Sehnsucht war davon nicht schwächer geworden oder gar gestorben. Sie drehte sich um und sah nach dem hohen Gebäude, dessen gelber Stein im Halbdunkel schimmerte. Der Wind schlang ihr die nasse Kutte um die Beine, und wenn sie ganz stillhielt und das Meer auch stillhielt, hörte sie die Stimme der Vergangenheit. Leise nur. Ein zartes Singen.

Sie zwang sich, weiterzugehen und Saatgut zu werfen, aber hielt nach zwei Schritten wieder inne. Die Stimme schwoll. War kein Singen mehr, sondern ein Weinen, und klang auch nicht aus der Vergangenheit zu ihr, sondern aus dem Hier und Jetzt. Von den Unterständen her. Aus der einen Stimme wurden zwei. Eine rief, eine klagte. Die Entstellte rannte.

Die Unterstände boten Schutz vor leichtem Regen, aber gegen unablässigen Niederschlag, wie er das Land seit bald einem Jahr plagte, waren sie wirkungslos. Der Master wollte es nicht anders: «Mir liegt nicht daran, Gelichter anzulocken, wie das Hospiz es ohnehin schon tut.» Dennoch kam es immer wieder vor, dass sich Menschen unter dem Bretterdach verkrochen, und auch jetzt sah sie, als sie sich auf die Zehen reckte, wie sich in den Schatten etwas regte. Sie hatte schon manches Mal einen der Unbehausten in die Wärme des Hospizes geholt, doch war dies vor dem Ausbruch der Seuche gewesen. Jetzt durfte niemand mehr hinein, niemand mehr gefüttert, gepflegt oder auch nur berührt werden. Die Entstellte spürte, wie ihre Muskeln sich spannten, wie ihre Beine, auch das Zertrümmerte, Lahme, laufen wollten, und sie hinderte sie nicht.

Es waren zwei. Zwei Körper, die sich an die Bretterwand pressten und krümmten, die sich wie Welpen umeinander rollten. Eine Frau und ein Mann, der Kopf des Mannes am Boden, der der Frau mit Mühe erhoben. Graugelbes Haar wehte zerrauft im Wind. Auch der Mann war hellhaarig. Die Frau rief. Die Entstellte lief schneller.

«Hilfe, so helft doch!» Ganz zerlumpt und verdreckt waren beide, das Gesicht der Frau von platzenden Schwären nahezu unkenntlich. Ihr Mund eine Wunde, die Augen blau. Der Mann lag auf Armen und Knien und wimmerte vor sich hin. «Eine Decke», stöhnte die Frau, an deren Hals zwei faustgroße Beulen prangten. «Ist so kalt.»

«Aber ja.» Sie kniete nieder und umfing die Frau, um sie zu wärmen. «Ich hole Euch gleich etwas, ich helfe Euch.»

Warum sie in diesem Augenblick den Kopf wandte und von der Frau weg auf den Mann blickte, wusste sie nicht. Sie spürte den Schwall, den die Frau auf ihren Schoß erbrach, sah aber weiter den Mann an. Der hob unendlich langsam den Kopf. Sein Gesicht war nicht so grausam von der Krankheit gezeichnet, aber vom Leben verwüstet, gedunsen, von Falten durchfurcht. Sein helles Haar hing ihm stumpf in die Stirn. Dennoch bestand kein Zweifel.

Die Stimme der Vergangenheit klang auf. Als spiele jemand Citern, zupfe mutwillig alle Saiten. Das Lied stammte aus der Zeit, in der sie einen Namen gehabt hatte, in der sie die Arme ausgebreitet und einen anderen Menschen darin aufgefangen hatte, einen Menschen, der zu ihr gehörte und noch winziger war als sie selbst. Zierlich, blond und linkisch: ‹Komm zu mir, kleiner Bruder, du musst nicht greinen. Ich fürcht mich wie du, doch zu zweit ist das Fürchten leichter.› Die Frau auf ihren Schenkeln röchelte. Der Mann hielt still und sah sie an. Sie streckte die Hand aus. Legte die Fingerspitzen an die schwammige Haut. Wollte schlucken, aber hatte auf dem Gaumen keinen Tropfen Flüssigkeit.

«Ich bring Euch ins Hospiz», flüsterte sie. «Hier draußen lass ich Euch nicht bleiben.» Sie würde allein entscheiden. Nicht Master Fitzroger. Wenn sie es wollte, war sie noch immer von der Welt ein Teil.

Mit einem Ächzen rutschte der Kopf der Frau von ihren Knien. Erschrocken sah sie nach ihr. Die Lippen standen offen, entblößten die zerstörten Zähne. War das Dottie? Nein, es konnte doch nicht Dottie sein, die dralle Dottie mit den bierbraunen Wangen, das weibliche Gegenstück ihres Bruders Clement, so hübsch und proper und liebenswert. Die fremde Frau war tot. Einhändig schloss die Entstellte ihr die Augen.

«Du lebst ja.» Die Stimme des Mannes war vor Schmerz zerkratzt.

«Ja, ich leb.» Ihr war zum Weinen.

«Die da war Dotties Base», brachte er heraus. «Ise. In Southampton hab ich sie getroffen, da wollt ich ein Schiff bauen, wie der Vater. Aber ich kann's ja nicht. Ich kann nichts. Berkhams Werft ist geschlossen worden, und dann hat mich die Seuche erwischt, und die Ise hatte sie auch. Wir haben uns nach Portsmouth geschleppt, aber da war ja keiner mehr, zu dem wir hätten gehen können.»

«Sprich nicht», rief sie. «Spar deine Kraft, ich bringe dich ins Hospiz.»

«Da darf ja keiner hinein, wir haben an den Toren gefragt.»

«Ich bringe dich hinein.» Sie zog ihn an sich und prüfte schon, ob sie den ausgezehrten Körper würde tragen können. «Es ist nicht des Masters Haus, sondern Gottes Haus. Du bist willkommen, Symond.» Endlich spürte sie die Erleichterung. Er ließ sich fallen, hing schlaff in ihren Armen, und sein Atem beruhigte sich. Sie lehnte ihr Gesicht an seines.

«Agnes», murmelte er. «Du lebst ja. Agnes.»

Den Vormittag über war Aimery von Haus zu Haus gelaufen, um Essig für Waschungen und Wacholder für die Feuer auszuteilen und um Menschen zu beschwören, ihre Toten vor der Stadt zu begraben. Ihr Essigvorrat war nun gänzlich erschöpft, um den Wacholder stand es nicht besser, und die Toten wurden auf den

Kirchhof gekarrt wie eh und je. «Hol mir einen von den feigen Bischöfen aus Winchester, der Land weiht, und ich tue, was du sagst», hatte ihm einer der Gerber ins Gesicht geschleudert, der in einer Nacht Mutter, Frau und Tochter verloren hatte. «Mein Weibsvolk ist kein Unrat, das im Dreck verscharrt wird.»

Aimery beließ es dabei und ging. Er fühlte sich entsetzlich müde, weil er keinem eine Lösung und jetzt auch keinem mehr Essig und Wacholder bieten konnte, weil das, was er tat, sinnlos war und weil er es dennoch tun musste. Weil man nicht nichts tun konnte.

Am Nachmittag ging er mit Richilda auf die Werft. Er überholte einen Lastkahn für Kundschaft aus Portchester, das schaffte immerhin ein paar Pennys für die Stadt. Hernach zeigte er Richilda, wie man Pech kochte. Er hatte sie schon gelehrt, an der Grube zu stehen und die große Säge zu ziehen, er schulte sie an Schnitzbock und Behauaxt, und jetzt also lernte sie auch dies. An seinem Schiff zu arbeiten, blieb ihm kaum Zeit, aber wenn er nur Tag für Tag einen Handschlag tat und Richilda in ein Geheimnis einwies, schöpfte er daraus eine Unze Kraft. Solange sie wuchsen, das Mädchen und das Schiff, waren sie noch immer Beweise für das Gegenteil von Tod.

Richilda war das anstelligste Geschöpf, das man sich denken konnte. Als hätte sie nie anderes getan, hockte sie mit der Zange vor der Holzkohle, die den Kessel barg. Aimery, der Werg verlas, um es später mit dem Pech zu mischen, übte derweil mit ihr die Verwendungen des Ablativus. Was sollte aus dem Mädchen werden, was machte er aus ihr? Eine Jungfer, die Latein lesen und ein Schiff bauen konnte, in einer entvölkerten Welt. Dorothy hätte sie bei ihm nicht lassen dürfen. Richilda beugte sich in den klebrigen Qualm und tauchte ihren Stab ins Pech, um eine Probe zu entnehmen.

«*Magno fletu,* ‹unter heißen Tränen› heißt das», sagte sie, derweil der Rauch ihr heiße Tränen aus den Augen laufen ließ. «Das ist der *Ablativus modi.* Das ist zu einfach, hört Ihr?»

«Das meiste, das ich dich noch lehren könnte, wird allmählich zu einfach für dich», erwiderte er. «Und nebenbei, wenn deine Mutter sähe, was ich hier mit dir treibe, schlüge sie mich tot.»

«Der Mutter ist einerlei, was ich tue», sagte Richilda, die ihre Pechprobe auf den zweiten Stab strich. «Aber Ihr sollt so nicht sprechen. Es passt nicht zu Euch. All das Gerede vom Totschlagen.»

Hitze stieg ihm in die Wangen. Er beugte sich zu ihr und nahm ihr den Stab aus der Hand. «Klebt es? Zieht es keine Fäden?»

«Ich glaub nicht.»

«Dann ist es recht. Es wird dunkel. Zum Kalfatern werden wir die Laterne brauchen.»

Sie wollte aufspringen, um sie zu holen, da sah er ihr bleiches, müdes Gesicht. Hatte er nicht bemerkt, dass das Kind am Ende seiner Kräfte war? Er legte ihr den Stumpf auf die Schulter. «Bleib sitzen. Lass mich dieses prächtige Pech, das du bereitet hast, allein aufstreichen, und dann gehen wir zum Essen in den *Bischof,* willst du?» Er besprach mit Laurence ohnehin jeden Abend die Ereignisse des Tages, und Richilda sollte nicht noch kochen müssen.

Er war ihren Widerspruch gewohnt, aber heute tat sie, was er sagte, blieb am Boden sitzen und schlang die dünnen Arme um die Knie. Ehe er zu kalfatern begann, holte er eine Decke und breitete sie um sie. Als er die knochigen Schultern unter Hand und Stumpf spürte, musste er an Sir Eustace denken, dem er hatte sagen können, was er nur Helewise gesagt hatte und danach keinem Menschen mehr. «Ich hab dich lieb, Richilda.»

Ihre kleine Hand hielt seinen Stumpf auf ihrer Schulter fest. «Ich hab Euch auch lieb, Aimery.»

Er beeilte sich mit der Verarbeitung des Pechs, damit sie nicht zu lange frieren musste. Als er fertig war, klapperten ihr die Zähne, sosehr sie sich auch mühte, es zu verbergen. «Soll ich dich tragen, Richilda?»

«Ist nicht Tragen für kleine Kinder?»

«Ach was. Wenn ich ein Greis bin, trägst du mich.»

Er hob sie auf die Arme, und durch die Dunkelheit, in der das Gras leise pfiff, trug er sie auf die paar Lichter der Stadt zu. Sie kauerte sich an seiner Brust zusammen, ihre Hände in seinem Nacken verschränkt. Als sie den *Bischof* erreichten, gab sie ihm einen trockenen Kuss auf die Schulter.

Laurence schickte seinen letzten Kunden heim, einen schwer Betrunkenen, der jeden Farthing ausgegeben hatte, rückte einen Tisch nah ans Feuer und setzte sich mit Aimery und Richilda zum Essen. «Was Neues?»

«Nicht viel. Morgen früh bringe ich meinen Kahn nach Porchester, treibe Geld ein und kaufe unterwegs das Nötigste.»

«Was ist mit den Toten?»

Aimery schwieg. Ich weiß, was zu tun ist. Ich muss es tun. Aber ich bringe es nicht über mich. Vielleicht reite ich doch lieber mit einer Bittschrift nach Winchester. Wenn Richilda sich ein wenig ausgeruht hat. So matt, wie sie jetzt ist, will ich sie nicht allein lassen.

«Weißt du, was ich heute gedacht habe?», murmelte Laurence zwischen Schlucken von seinem Ale. «Wenn die je wieder einen Priester herschicken, vielleicht gehen die Leute dann gar nicht mehr zur Messe. Denen hat schließlich kein Priester geholfen, als sie ihn am nötigsten brauchten.»

Vor einem Jahr noch hätte kein Mensch in Portsmouth so etwas ausgesprochen. Heute aber hatte ein unbescholtener Gerber vor der Tür seines Hauses einen Bischof als feige beschimpft. Die Kirche hatte die unerschütterliche Treue ihrer Gläubigen verloren, und gestritten wurde beileibe nicht nur um John de

Ufford oder Thomas Bradwardine. Als Knabe hatte Aimery sich dafür prügeln und schmähen lassen und sich sehnlichst gewünscht, der Augenblick möge kommen, da die Leute erkannten, dass die Kleriker von Gott nicht mehr wissen konnten als sie selbst. Jetzt war der Augenblick da, und Aimery fürchtete ihn. Er hätte ihnen liebend gern etwas zum Festhalten gegeben, den Scharen von Leuten, die nicht lesen konnten, die nicht besaßen, was er besaß: den Halt der Schrift. In all diesen Jahren war die kleine Bibliothek auf dem Gelände des *Domus Dei* seine Kirche gewesen.

«Na komm, Fletcher», sagte Laurence. «Iss deine Suppe, und deine schwarze Maid soll auch essen. Du selbst predigst es doch: Wenn der Körper keine Kraft kriegt, hat die Seuche leichtes Spiel.»

«Honig», schreckte Aimery aus Gedanken. «Ich muss Honig kaufen und an die Haushalte verteilen. Vielleicht hilft der uns mehr als Essig, die Kranken sind wild darauf, und die Gesunden mag er stärken.»

Dann erst besann er sich auf das, was Laurence gesagt hatte. Richilda war kein gieriges Kind, das Wert aufs Essen legte, aber ein vernünftiges, das aß, was ihm vorgesetzt wurde. Eiskalt griff die Angst nach ihm, als er sich ihr zuwandte. Das Mädchen saß zusammengesunken in der Decke und starrte glasig vor sich hin. Unter der Haut, hinter festverbissenen Lippen, sah Aimery ihre Kiefer zittern. Mit einem Satz war er vor ihr in der Hocke. «Sieh mich an, Richilda. Ist dir nicht wohl?»

Sie wirkte viel kleiner, als sie war, eine in die Länge geschossene Zwölfjährige, und erschien doch erwachsen, überfordert und zu klug für ihre Jahre. In Aimery bäumte sich alles auf und schrie nein. Das gestatte ich nicht. Du hast mich strafen dürfen, wie Du wolltest, und Du darfst es weiter tun, aber Du darfst nicht um meinetwillen das Kind bestrafen, Du darfst nicht, oder ich werde Dich hassen. Hastig fuhren seine Hand und sein Stumpf an ihren Hals, tasteten alles ab, fanden nichts. Seine Lungen blähten sich, um aufzuatmen, da fing sie ihn weich am Gelenk und schüttelte den Kopf.

«In meiner Leiste sitzt es», flüsterte sie. «Wie bei Michael.»

Aimery riss sie an sich. Seine Arme hielten sie so fest, dass es ihm wehtat, seine Wange presste sich auf ihr Haar, und seine Sprachlosigkeit brüllte ihren Namen. Er wiegte sich mit ihr. Verwuchs mit ihr.

Hart, mit der Handkante, schlug ihm Laurence in den Nacken. «Komm zu dir, Fletcher. Du musst es ja tragen.»

Aimery kam zu sich. «Sie stirbt nicht, Laurence.»

«Und ob sie stirbt.»

«Ich lass sie nicht sterben. Bring mir Decken, ich bette sie hier ans Wacholderfeuer. Guy de Chauliac sagt, Wacholder tut gut.»

«Ich weiß, ich bin dir was schuldig.» In Laurences Stimme schwang Bedauern. «Aber die kleine Amsel kannst du hier nicht lassen. Wenn sich herumspricht, dass in meinem Haus eine Sieche lag, selbst wenn sie noch heute Nacht verreckt, kommt mir kein Mensch mehr zum Saufen. Und wovon leb ich dann? Sei mir nicht böse, Fletcher.»

Dass er nicht böse war, erstaunte Aimery. Auch dass er jäh glasklar dachte. Er konnte Richilda in sein Haus bringen, es war ein gutes, trockenes Haus, aber er hatte dort nichts, um ein heilsames Feuer zu schüren, keine Arznei, keinen Essig, keinen Honig, kein Geld. Niemanden, der auf Richilda achtete, derweil er das Nötigste auftrieb, und niemanden, der ihm sagte, wie man ein krankes Kind pflegte. Hilflosigkeit stürzte über ihn herein. Michael hatte recht: Sein Guy de Chauliac war letztendlich so nützlich wie der heilige Rochus. Wie Dorothys Eisrituale, Pilgerrasseln, gesegnete Pflüge und Schläge zum Kindleinstag, wie alle Versuche, in schmalen Händen zu fassen, was sich menschlicher Fassung entzog. Wir wissen keinen Deut, dachte er, wir können nur glauben, aber Glaube braucht Kraft, und ich bin ganz allein.

Richilda klammerte sich in seine Schultern. Er küsste ihr die Stirn, die auf seinen Lippen brannte. «Es wird gut», hörte er sich zu ihr sagen. «Das verspreche ich dir. Ich habe so viel falsch gemacht, mein Liebling, aber dieses eine mache ich nicht falsch.»

«Du bist ja irre, Fletcher», schrie Laurence und schlug ihn. «Komm endlich zu Verstand, du bist nicht schuld an jeder Schweinerei, die auf der Welt geschieht, und das hier hat mit dir nichts zu tun.»

«Eben», sagte Aimery und erhob sich mit Richilda auf den Armen. «Das habe ich just begriffen. Ich weiß nur einen Ort, wo man ihr helfen kann, wo sie Arzneien und Pflege bekommt. Dorthin bringe ich sie. Wenn du mich brauchst, weißt du, wo ihr mich findet.»

«Nein, verdammt, das weiß ich nicht.»

«Im *Domus Dei*», sagte Aimery und ging.

Er war immer nachts gekommen oder zu anderen Zeiten, wenn er das Gelände verlassen wusste. Er hatte die Pforte vor den Futterluken mit dem Schlüssel, den er um den Hals trug, entriegelt und dann mit demselben Schlüssel die Tür des kleinen Hauses aufgetan, das Bücher und Schriften barg. Auf den Friedhof hatte er sich nur einmal geschlichen, in der Nacht, als er mit Laurence Tom begraben hatte. Nach links oder rechts hatte er dabei nicht gesehen, als schände ein zaghafter Blick von ihm Helewises Grab. Hätte er nicht die todkranke Richilda auf den Armen getragen, hätte er aufgelacht. Helewises Grab, in das Bruder Nicolas Agnes' Haar hatte legen sollen, scherte sich zweifellos nicht im Geringsten um das, was er tat oder ließ.

Heute trat er nicht vor die niedrige Pforte, sondern vor das Torhaus, in dem stets einer der Brüder Wache hielt. Richilda hing still in seinen Armen. Er wünschte, sie würde zu ihm sprechen, aber immerhin spürte er an seiner Brust ihren Atem. Ich muss sie aus diesem Regen bringen, hämmerte es in ihm. Ich muss sie mit Essig waschen. Ich muss eine der Schwestern fragen, was man ihr zur Linderung und Stärkung geben kann. Er hob den Klopfer und warf ihn gegen das Holz. Das Poltern ließ Richilda sich winden. «Es ist gleich vorbei», sagte er zu ihr und warf den Klopfer noch einmal. «Gleich ist es warm und still.»

Die Tür kreischte in den Angeln. Der jähe Schein einer Kerzenflamme machte Aimery einen Lidschlag lang blind, dann sah er das junge, von der Flamme beleuchtete Gesicht. Der Laienbruder schlug sich die freie Hand vor den Mund. «Herr, erbarme dich. Ihr bringt eine Tote?»

«Eine Kranke», erwiderte Aimery. «Ein Kind. Es muss sofort versorgt werden.»

«Ich bedaure so sehr.» Die Stimme des Bruders war wenig mehr als ein Flüstern. «Ihr müsst anderswo um Obdach nachsuchen. In der Stadt vielleicht. Wir dürfen niemanden einlassen, ich dürfte nicht einmal mit Euch sprechen.»

«Dieses ist Gottes Haus.»

Der junge Mann zuckte die Schultern. «Ich bitte Euch, geht.»

Aimery biss sich auf die Lippen und schloss die Arme enger um Richilda. «Ich bin Aimery Fletcher», sagte er dann. «Bitte, holt Bruder Nicolas. Sagt ihm, dass ich ihn brauche.»

Sein Gegenüber blinzelte heftig, als wollten seine Augen Aimerys Blick abschütteln. Endlich nickte er, zog den Kopf ein und schloss die Tür. Aimery blieb nichts, als zu warten, auf Richildas Atem zu lauschen und zu hoffen.

Als die Tür sich von neuem öffnete, als wieder Licht aufflammte, schrak er zurück. Dort, wo Richildas Schulter sich an ihn drückte, trommelte sein Herz. Vor Jahren hatte er den Anblick dieses Mannes herbeigesehnt, er hatte Trost und Schutz und Verständnis bedeutet. Salbe für die Striemen auf dem Rücken, Worte für die Wirrnis im Kopf. ‹Aber nein, Aimery. In Menschen wohnt kein Teufel, es sei denn, man glaubt sich einen hinein, und was hättest du davon, das zu tun? Besser, du glaubst, dass Gott in dir wohnt. Das macht stärker.› ‹Ich kann doch von Gott nicht glauben, was ich will.› ‹Und ob du das kannst. Ich rate schlicht, es zu versuchen.›

Bruder Nicolas, der nie als gegeben hingenommen hatte, was die Leute zu wissen meinten, sondern Aimery selbst gefragt hatte. Einst hatte er sich sehnlichst gewünscht, dem bewunderten Lehrer zu sagen: ‹Ich war von Sinnen, Frater. Ich wollte meine Frau aus meinem Haus peitschen, ihr furchtbar wehtun, weil sie mir wehgetan hatte, ich wollte, dass sie heult und winselt so wie ich. Aber ich hatte sie lieb. Ich hätte das Band, das Gilbert ihr geschenkt hat, nicht um ihren Hals legen und ihr Leben zerquetschen können.› Nur hatte Bruder Nicolas ihn dieses eine Mal nicht gefragt, sondern als gegeben hingenommen, was jeder zu wissen meinte. Dafür, dass er Aimery dennoch gestattete, seine tote Liebste in die Kapelle zu tragen, musste Aimery ihm danken und sich trollen.

Der Lehrer hatte ihm nicht vertraut, ihn nicht gefragt. Aber das Versprechen, das er ihm mit dem Schlüssel gegeben hatte, galt noch immer. Er hatte es zweimal gebrochen, als er den Vater nicht begrub und als er Toms Familie nicht begrub, und Aimery hatte ihn davonkommen lassen. Heute aber würde er ihm nicht davonkommen. Heute forderte er das Versprechen ein.

Das Gesicht des Mannes war alt geworden. Nicht zerfurcht und fahl, denn das war es immer gewesen, sondern sterbensalt. Er sah zu Aimery auf, ließ den Blick über seine Züge gleiten, dann über Richilda in seinen Armen, seine Beine hinunter und bis zu seinen Füßen. Unten angelangt, blickte er sogleich wieder auf. «Komm ins Trockene», sagte er leise und lächelte Aimery in die Augen. «Pass auf mit dem Türstock, duck dich, damit du dir den Kopf nicht stößt.»

Dorothy war so lange gegangen und hatte ihre Kräfte derart erschöpft, dass sie aufgegeben hätte, wäre nicht Nicolas bei ihr gewesen, der auf sie vertraute. Sie hatte ihn aus der warmen Kammer in der Herberge gezerrt und ihm versprochen: Wir gehen nach Hause. Sie hatte befürchtet, Gilbert würde sie nicht kampflos ziehen lassen, er aber lag bäuchlings auf dem Bett, schluchzte und schien nicht zu bemerken, was um ihn geschah.

Mit dem ersten Schritt, den sie vor die Tür des Wirtshauses setzte, verbot sich Dorothy, an ihn zu denken. Gewissensqual musste warten, für den Augenblick hatte sie Sorge genug: Sie reisten ohne Geld, ohne Vorrat, ohne Wagen, selbst ohne genaue Kenntnis vom Weg. Vor allem ohne die geringste Ahnung, was sie erwartete. Fragen drohten sie zu übermannen: Lässt das Grauen, das wir finden, sich ertragen? Ist die Stadt, auf die wir zustreben, noch unser Heim, ist dort noch einer am Leben, der uns kennt? Wie viel Zeit ist vergangen? Sind wir drüben, hinter den Furten, noch Wirklichkeit? Sooft die Fragen laut wurden, wollte sie liegen bleiben, wo sie war. Sich keine der Antworten antun. Sie bemerkte, dass sie sich hatte vorstellen können, Aimery und Richilda zu verlieren, aber nur ans Leben, nicht an den Tod. Der Gedanke, die beiden nicht wieder zu sehen, weil es sie nicht mehr gab, zwängte ihr die Brust zusammen. *Habe ich einem von euch gesagt, was das Wichtigste ist?*

In der ersten Nacht schliefen sie in einem leeren, kalten Schober. Dorothy hatte nicht gewusst, dass die Welt so dunkel sein konnte, so ohne Kerze, Feuer, Mond oder Stern. Sie presste Nicolas an sich, um ihn mit ihrem Körper zu wärmen, und war entschlossen, kein Auge zuzutun, sondern das Erfrieren, wenn es käme, von ihm fernzuhalten. Doch der Vorsatz nützte nichts, nach zähem Ringen schlief sie ein, und am Morgen waren sie beide noch am Leben, wiewohl das Erwachen in der Kälte eine Qual war.

Nach zwei Tagen raubten sie einem Pilger, der am Wegrand verendet war, die Geldkatze, versündigten sich um eine einzige Münze.

«Deshalb musst du dich nicht grämen», sagte Dorothy, die wusste, wie redlich Nicolas war, wie sehr er sich wünschte, seine Unschuld zu bewahren. «Was hat der da davon, wenn du verhungerst? So wie du bin ich auch gewesen, Nick. Aber Leben heißt nicht, saubere Hände zu behalten.»

«Was heißt Leben, Mutter Dottie?»

«Ich weiß nicht. Weitergehen. Darum kämpfen, noch da zu sein.»

Das Geldstück reichte für einen halben Laib Brot, den sie sich in Fetzen in die Münder stopften, und einen Becher Ale in einer Schänke. Während sie den tranken, war ihnen warm, und auch das hieß Leben: nicht frieren. Den Durst löschen. Hoffen.

Sie zogen durch Havant. Die Schänke der Halsversehrten, Lukes Mutter, war vernagelt. Der ganze Ort wirkte ausgestorben wie in einer der Legenden, die Dorothy als Kind gehasst hatte, von Feen, die einen Menschen entführten und ihn nach dem Ende der Welt zurückbrachten. Nur eines wollte sie jetzt: Auf dem schnellsten Weg nach Portsmouth gelangen, nicht erst kommen, wenn es kein Portsmouth mehr gab. Am Ortsrand fing sie mit bloßen Händen ein Huhn, schlug ihm auf einem Stein den Kopf entzwei, aber hatte dann nichts, um ein Feuer zu machen, und ließ die kostbare Beute liegen.

Noch eine Nacht schliefen sie in einer Torfstecherhütte, aus der Dorothy den verwesten Leichnam des Besitzers zerrte. Man vermag viel mehr, als man denkt, wenn man sich zum Denken keine Zeit lässt, stellte sie fest. Vor Morgengrauen zogen sie weiter und waren noch keine Stunde gegangen, da bemerkten sie, dass ihre Füße tiefer in den Boden sanken, wiewohl es nicht heftig regnete, dass sie patschend in Priele traten und dass die Luft nach Salz roch. Sie sahen sich an. So schlaff sie waren, fingen sie an zu lachen und zu laufen. Nicht lange, dann mussten sie stehen bleiben und keuchend nach Atem schnappen. Jäh erinnerte sich Dorothy, wie sie nach dem Tod ihres Bruders in die Gasse gekommen war und ihr Haus gesehen hatte, halb verbrannt, das Tor in den Angeln schwingend, das Dach eine Sammlung loser Bretter: Ich habe noch ein Haus. So viel mehr als andere haben, hatte sie damals erkannt. Sie nahm Nicolas' Hand und zog ihn mit sich, den drei, vier Lichtern, dem Turm der Kirche und dem Gotteshaus aus gelbem Stein entgegen. Wir haben noch eine Stadt, erkannte sie jetzt.

Hinter der Biegung sah sie es: Die Tür ihres Hauses stand offen. Wer war daheim, Symond, Isemay, Tom? Wieder rannte sie.

«Heda!» Vor Anstrengung wurde ihr vor den Augen grau. Aus der Tür trat eine große Gestalt und stieß gegen sie. Einen Herzschlag lang war sie sicher, es sei Aimery, und ließ sich fallen. «Bist du das, Dottie?» Die Gestalt hielt sie fest. Es war Laurence Bischofswirt.

Dorothy schrie auf. «Was machst du so früh in meinem Haus? Wo sind meine Leute?»

«Ich sehe nach dem Rechten, es ist ja sonst keiner da. Und du? Von was für Leuten sprichst du? Hast du vergessen, dass in dieser Stadt die große Sterblichkeit wütet, der Besen, der Leute auskehrt, deine so wie alle anderen? Was machst du überhaupt hier? Ich dachte, du bist mit dem schönen Berkham über alle Berge.»

Dorothy schrie wieder. Verängstigt drängte Nicolas sich gegen sie.

«Ich sag's dir ehrlich, Dottie. Dass Symond eine taube Nuss ist, weiß jeder, und dass du's mit anderen hattest, hat jeder verstanden. Du hättest's auch mit mir haben können, wen kratzt noch Sittsamkeit, wenn der Tod auf den Tischen tanzt? Aber dass du dich mit dem Berkham davonmachst und den schwarzen Fletcher mit deinem Kind sitzenlässt wie weiland meine Base, das ist unfein, das hätte keiner hier von dir gedacht.»

Dorothy wollte etwas sagen und bemerkte zu ihrem Schrecken, dass ihr die Tränen kamen. «Ich bin zurückgekommen», presste sie heraus.

«Und das Kleine? Berkhams Balg?»

Erst als sie sah, wohin er ihr glotzte, begriff sie, wonach er suchte. «Es ist tot», sagte sie. Ihr Ton ließ ihn zurückweichen. «Sag mir, wo Aimery und Richilda sind, ich bitte dich.»

Grob packte Laurence sie am Ellenbogen. «Deine Kleine hat die Seuche», sagte er. «Vermutlich ist sie schon hinüber. Der verrückte Fletcher ist mit ihr auf und davon gerannt, der arme Hund. Dem kannst du nichts ankreiden. Er mag wirr sein, aber er hätte sich beide Beine ausgerissen für die Kleine.»

«Wo sind sie?», schrie Dorothy. «Wo?»

Laurence schwenkte den Kopf. «Im *Domus Dei.*»

Dorothy nahm Nicolas beim Arm und rannte.

Weit kamen sie nicht. Wo sie am Stadtrand hinaus in die Salzwiese liefen, stand Gilbert. Auf dem Wagen saß die Tilla mit dem greinenden Vitus, und er selbst lehnte am Leib eines Pferdes und sah ihr entgegen, als hätte er gewusst, dass sie auf diesem Weg kommen würde. Ohne Zweifel hatte er es gewusst. Dorothy blieb stehen und schob Nicolas hinter sich.

«Es endet immer hier», sagte Gilbert und wies mit der Peitsche nach dem *Domus Dei.* «Aber du lebst noch. Helewise war tot. Ich erlaube dir nicht, dich davonzustehlen, Dottie, ich bin die Nacht durchgefahren, als sei der Teufel hinter mir her. Meinst du, das lasse ich mir ein zweites Mal antun, dass ich einer alles gebe, das Beste und das Schlimmste, und sie tritt es in den Dreck und rennt zu ihrem schwarzen Abgott? Meinst du, ich hätte nicht gern gekonnt, was Aimery konnte, meinst du, ich habe es nicht versucht?»

«Es tut mir so leid», schrie Dorothy.

«Halt den Mund.» Gilbert schwankte, als sei er betrunken, doch sein Blick blieb starr auf ihr Gesicht gerichtet. Hatte sie kurz erwogen zu fliehen, so gab sie es jetzt auf. «Ich habe einen Tag und eine Nacht lang gelitten, wie keiner an der Seuche leidet.» Beinahe flüsterte er. «Aber dann habe ich mir gesagt: Fahr ihr nach, Gilbert Berkham. Nicht zu spät wie bei Helewise, sondern gleich. Steig auf den Wagen, Dottie. Ich werde euch beide bestrafen, dich und Aimery.»

Roger Fitzroger schreckte von dem Lärmen um sein Haus aus dem Schlaf. Schon seit Tagen glaubte er, mehr Unrast als gewöhnlich wahrzunehmen, Geräusche von zu vielen Menschen, Geraschel und Geflüster. Er hatte versucht, es abzutun, es auf die Träume zu schieben, die ihn quälten: In dieser Nacht hatte er von seiner Mutter geträumt, einer Frau, der auf beinweißem Hals kein Gesicht saß, die ihn mit großen, sich spreizenden Händen umfasste und seinen Kopf auf den Steinboden stieß, dass der wie eine Eierschale platzte. Wann immer dieser Traum ihn heimsuchte, erwachte er mit hämmernden Fäusten und einem Herzen, das sich zu überschlagen drohte.

Hast du geglaubt, ich wisse nichts, Mutter, ich sei jenseits allen Merkens? Hast du geglaubt, ich nähme hin, dass Kinder mit Rissen in den Schädeln geboren werden? Ich nehme gar nichts hin, Törichte. Dein Balg der Sünde hast du beseitigen wollen und dich in eine propere Heirat flüchten, aber du hast deine Rechnung ohne Gott gemacht. Ich bin dein von Gott gesandtes Gewissen, Mutter. Der Vollstrecker bin ich, der Weibern wie dir ihre Strafe beschert.

Seine Linke umklammerte das Gelenk der Rechten, damit die zu trommeln aufhörte. Unter seiner Schädeldecke pfiff der Schmerz. Vereint mit seinem jagenden Herzschlag, hörte er das Lärmen. Klappende Türen, gedämpfte Stimmen, Sohlen, die versuchten, so lautlos wie möglich über den Boden zu wischen. Seit Tagen hörte er das. Er, Fitzroger, der jeden Schritt und jedes Gewisper seiner Insassen kannte. Betrogen war er. Wie man ihn vom Augenblick seiner Zeugung an betrogen hatte.

Er hatte sein Haus Gottes aus dem Schlamm der Seuche retten wollen. Nicht nur vor der großen Sterblichkeit. Die ganze Welt, das ganze Menschentreiben war Schlamm. Er hatte sein Haus Gottes von der Erde trennen und zur reinen Insel machen wollen, vom Meer der Verderbnis umtost, ohne dass die leckenden Wellenspitzen es erreichten. Aber um das zu tun, das begriff er jetzt, wo es so gut wie zu spät war, hätte er keine Weiber einlassen dürfen, kein einziges Wesen von der Art seiner Mutter, denn Männer waren schwach, und Weiber besaßen alle Macht.

Er sprang aus dem Bett. Taumelte zwei Schritte weit und griff nach Kutte und Kerze. Zuletzt nahm er noch einen Knüppel mit, der bei der Tür lehnte. Seinen Hirtenstab.

Als er ins Freie, in die frostige Aprilnacht trat, schien alles still. Nur das Meer nicht. Und der Wind nicht. Und das Verderben nicht. Fitzrogers Ohren lauschten in die Düsternis, bis er das Flüstern hörte. Von dort kam es, wo er es immer erahnt hatte, von dem Haus, in dem der Immerwährende seine hassenswerten Schriften aufbewahrte. Von Anbeginn, so hatte man ihm ins Ohr gesäuselt, hätten die Master des Hospizes Schriftgut gesammelt, einen Schrein des Wissens errichtet, zum Lob Gottes und zum

Wohl seiner Geschöpfe. Fitzroger aber wusste es besser: Der gelbe Würfel, der mitten auf dem ihm unterstellten Boden prangte, war ein Hort der Ketzerei. Und der durchtriebene Hundertjährige wusste, dass sein Master den Beweis dafür nicht antreten konnte, weil dessen Ausbildung mangelhaft war, weil dessen zerstörter Schädel ihm nie erlaubt hatte, sich dem Lernen mit ganzem Eifer zu widmen. Fitzroger hastete durch das nasse Gras. Die Stimmen schwollen an. Als er vor der Türe stand, hörte er sie klar. Sein Atem stockte.

Eine der Stimmen sang. Sachte. Nahezu schön. Wie der Satan es den Seinen eingibt, um denen, die ihm wehren, Hand und Fuß zu lähmen. Fitzroger wappnete sich. Überwand die Lähmung. Riss die Tür auf und sah im Licht einer Funzel die zwei Männer, den einen stehend und den anderen auf Knien. Der Stehende wandte den Kopf nach ihm. Der Kniende nicht. Er war ein sehr dünner Mann mit ausladend eckigen Schultern und schwarzem Haar. Fitzroger hatte ihn Tausende von Malen gesehen, in Nächten, an düsteren Tagen, in Wachträumen wie in tiefem Schlaf. Der Mann hatte sich dabei nie verändert, war immer groß und dünn und blutjung gewesen, im totenbleichen Gesicht eine hässliche, sickernde Wunde, das Haar zerrauft, der Blick verstört. Fitzroger fluchte ihm. Damals wie heute: stirb. Lass von mir ab. Wie hätte ich wissen sollen, dass zu der Hure, die ihren Teil bekommen hat, ein Kerl gehört, der am ganzen Körper um sie zittert? Warum klagst du mich an, warum machst du mir jeden Tag meines Daseins zur Hölle, weshalb soll ich schuld sein, du Memme, wenn du dir die Augen um eine Hure ausflennst? Die ganze Stadt hat über dich und deine Hörner gelacht, oder nicht? Was verdient denn solches Weib, was ist es wert, und was habe ich damit zu tun? Fitzroger sah hinab auf seine Hände, die er umeinander rieb, als wasche er sie. Dann starrte er wieder dem Kerl auf den Rücken und wünschte sich, er möge zur Seite stürzen und tot liegen bleiben, und alles wäre endlich vorbei.

«Aimery», rief der Hundertjährige.

Der Kniende wandte den Kopf. Sein Gesicht war weiß und müde. Durch die Wange zog sich der harte Schnitt der Narbe, das Haar hing ihm schwer bis auf die Brauen. «Verzeiht», sagte er, die Stimme rau. «Habe ich Euch geweckt?» Von seinen Knien stand er nicht auf.

«Was wollt Ihr von mir?», schrie Fitzroger. Er hob den Knüppel und stürzte in den Raum. Der Hundertjährige stolperte ihm in den Weg. Fitzroger stieß ihn beiseite. Stürmte weiter. Stand vor dem Feind, der sich jäh erhob. Er streckte die Arme. Fitzroger, den vor Entstellungen ekelte, bog den Oberkörper zurück, ehe der hässliche Stumpf ihn berühren konnte. Der andere aber hatte längst innegehalten. Auch die heile Hand fasste ihn nicht an.

«Ich bin gekommen, weil mein krankes Kind der Pflege bedarf», sagte er. «Und weil ich weiß, dass es nirgendwo so kundig versorgt werden könnte wie hier.»

Fitzroger war an Menschen seiner eigenen Größe nicht gewöhnt. Diesem musste er gerade in die Augen sehen, wenn er nicht ausweichen, nicht seine Angst bekennen wollte. Jetzt aber hatte er Grund, an ihm vorbei in den hinteren Teil des Raumes zu spähen, und entdeckte, was er sofort bei seinem Eintritt hätte bemerken sollen: Eine Flamme loderte hinter den Feuergittern und füllte das Zimmer mit Wärme. Davor lag ein Körper, bis halb über den Kopf in Decken gehüllt. Schwarzes Haar floss über den Boden. «Ich habe das verboten», schrie Fitzroger. Den Hundertjährigen, der an ihm zupfte, stieß er mit dem Ellenbogen fort und wollte an seinem Feind vorbei zur Bettstatt.

Der große Mann vertrat ihm den Weg. «Bitte schreit nicht. Ich habe Euer Verbot missachtet, weil ich glaube, dazu berechtigt zu sein. Dieses ist Gottes Haus. Es steht seit Generationen hier zwischen Stadt und Küste und nährt sich von dem, was Menschen ihm geben.»

«Schweig! Von der Gnade Gottes nährt es sich.»

«Ist das ein zwingender Unterschied? Es wird bedacht und erhalten, weil es denen in höchster Not Zuflucht bietet. Eure Versuche, es zu retten, indem Ihr es verschließt, sind ehrenwert. Aber sie sind falsch, mein Herr.»

Fitzroger hob den Knüppel. «Verschwinde», brüllte er. «Nimm dein Balg und verschwinde!» Er wollte vorstürmen, aber sein Feind hielt ihn fest. Der Schlag, zu dem er ausholte, wurde abgefangen. Jemand wimmerte. Das Kind auf dem Lager.

«Besinnt Euch doch, Mann.»

«Er hat recht.» Der Greis, sein nach Verwesung stinkender Verbündeter, legte Fitzroger eine Hand auf den Rücken. «Besinnt Euch. Ihr wollt kein krankes Kind in die Kälte schicken, Ihr wollt nicht dieses Hospiz seines Sinns berauben, Ihr wollt nicht uns in Gewissensnot stürzen. Aus Euch spricht Eure Angst. Bringt sie zum Schweigen, Master.»

Die beiden klammerten Fitzroger ein wie eine Zwinge. Er trat nach hierhin und dorthin, um sich zu befreien, aber die beiden folgten ihm. Zwei Schatten, ein kurzer und ein langer. Fitzrogers Schädel platzte, von dem einen Riss entsprangen viele Risse. Ich mach ihn tot, brüllte es in ihm, ein Ende mach ich. Im Zugreifen fragte er sich, warum der Gedanke ihm nicht früher gekommen war, warum er sich solcher Qual ausgesetzt hatte, all die Jahre, wo doch ein Griff genügte, ein fester Griff mit beiden Händen, die selbst eines großen Mannes Hals leicht umspannten, beide Daumen auf den Kehlkopf, wo es klopfte und zuckte, wo der kleine Vogel Leben mit den Flügeln schlug, um sich zu retten. Fitzroger drückte zu und wurde ruhig. Endlich wusste er, was zu tun war, nur drücken und festhalten, nicht loslassen, auch wenn die Möwe schreit. Eine federleichte Hand zupfte an ihm, aber

Fitzroger blieb standfest, ließ sich nicht beirren: Wenn ich dich totgemacht hab, stirbt der Hundertjährige, den du beseelst, von allein, und es herrscht endlich Stille. Selbst das Meer hört auf zu rollen.

Ganz kurz hielt er inne. Wartete auf den knackenden Laut, mit dem die Kehle splitterte. Dann prallte er gegen die Wand. Als er zu sich kam, stand der große Mann keine Armlänge vor ihm und rieb sich mit der Hand den Hals.

«Vergebung», sagte er. «Ich fürchte, ich habe mehr Kraft, als ich handhaben kann. Aber was fällt Euch denn ein? Ich dachte, Ihr bringt mich um.»

Fitzroger starrte ihn an. Das fahle Gesicht des Mannes wurde klarer, Zug um Zug schälte sich aus dem Grau. Licht fiel durch den Türspalt. Es wurde Tag, er hätte zur Prim rufen müssen und hatte den Zeitpunkt verpasst. Die Hand des Mannes fiel von seinem Kehlkopf ab. Der Hundertjährige trat zu ihm und klopfte ihm den Arm, aber der Mann schien ihn nicht einmal zu bemerken.

«Wir sollten uns alle beruhigen», murmelte der Alte.

Ohne ein Wort wandte der Mann sich ab und ging, derweil er in seine Hand starrte, hinüber zum Bett des Kindes. Das wimmerte leise und krümmte sich nach hinten, schien aber nicht wach. Der Mann wollte niederknien, da rief ihn der Greis. «Aimery.»

Der Mann drehte den Kopf.

«Denk jetzt nicht nach. Schieb es auf. Ich werde gehen und tun, worum du mich gebeten hast.» Einen vorsichtigen halben Schritt setzte der Alte auf Fitzroger zu. «Die Stadt Portsmouth ist ohne Priester», sagte er und sah ihm mit flatterndem Blick in die Augen. «Und der Kirchhof kann keine Verstorbenen mehr fassen. Ich werde ein Stück Boden vor der Stadt weihen, in der Salzwiese, sodass die Menschen ihre Angehörigen zur Ruhe betten können, wie es Brauch ist. Sodass wir nicht verrohen, sondern noch sind, wer wir waren, wenn die Seuche uns den Rücken kehrt.»

Fitzroger stand weiter reglos an der Wand, an die er geschleudert worden war. Seine Beine wurden von den Füßen zur Leiste von tausendfachem Kribbeln durchjagt. Sie zu bewegen, wagte er nicht. Er hätte sich betragen müssen, als sei nichts Außerordentliches geschehen, als gehe alles seinen Gang. Er hätte dem Hundertjährigen verbieten müssen, das Hospiz zu verlassen, Boden zu weihen, der zu nahe vor den eigenen Toren lag, er hätte sich erregen müssen über die Haufen von stinkenden Kadavern, die das Pack ihm auf die Schwelle schleppen würde. Aber er stand nur da, zu schwach und aller Fassung beraubt.

Der Mann hatte sich wiederum vor das Bett des Kindes gekniet. Sein Rücken beugte und rührte sich.

«Du musst mit mir kommen», sagte der Hundertjährige zu ihm. «Dein Stadtvolk holen, damit es bei der Weihe anwesend ist. Menschen ist Sehen und Wissen lieber als Glauben.»

«Ich kann Richilda nicht verlassen. Geht allein.»

Der Hundertjährige war wahrhaftig irr. Er lachte. «Was für ein alter Knochen ich bin, hast du übersehen, ja? Nun, mir war zwar selbst kurze Zeit zumute, als wären über dreißig Jahre ausgelöscht, aber in Wahrheit komme ich ohne deine Hilfe nicht einmal bis hinter das Torhaus. Um deine Richilda sorge dich nicht. Ich hole jemanden, dem du sie anvertrauen kannst, eine geübte Krankenpflegerin, bei der sie zudem behütet ist wie bei einer Mutter oder Patin.»

Ehe der Kniende sich zu einer Antwort entschloss, wandte der Greis sich zum Gehen. Fitzroger gab er noch einen Blick, den dieser nicht zu deuten wusste. Sehr wohl aber wusste er, mit wem der Alte zurückkehren würde und dass er, Fitzroger, der all diese Spielfiguren jahrelang voneinander getrennt über sein Brett geschoben hatte, nun nichts mehr aufhalten konnte. Der schwächliche Alte drehte sich noch einmal um und wies ihn mit einer Handbewegung an, ihm zu folgen. Fitzroger gehorchte ihm willenlos und taumelte hinterdrein.

Aimerys Kehle schmerzte noch immer. Bruder Nicolas' Rat, das Nachdenken darüber zu verschieben, hätte er gern befolgt, denn es gab vieles zu bedenken, das wichtiger war. Richilda vor allem. Er zog dem Kind die Decken bis über das Kinn. Ich verlasse dich nicht, versprach er ihr stumm. Ich habe meine Tochter verlassen, mein kleines helläugiges Mädchen, als gäbe es Wichtigeres als die, die sich an unseren Händen ins Leben tasten. Meine Tochter ist gestorben. Ich kann ihr nichts Liebes mehr tun. Aber dir. Dich verlasse ich nicht. Die Stadt muss warten.

Das Mädchen, das unruhig, unter Stöhnen und Wälzen, schlief, griff nach seinem Stumpf und hielt ihn fest. An nichts anderes wollte er denken als an sie, um ihre Genesung beten, alle Sinne darauf richten. Aber der irrwitzige Angriff ließ sich nicht verdrängen, der jähe Sprung, der Griff, der sich mit eiserner Härte schloss, dann Schwindel und Schwärze, im letzten Augenblick die Kraft, sich mit nur einer Hand zu befreien und noch einmal aufzuatmen, sich mit ringenden, tiefen Zügen das Leben in den Leib zurückzuholen. In der Stadt sprach man von jeher von der Härte, mit der Master Fitzroger die Gebote, die er ausgab, durchsetzte, aber einem anderen Mann für unbefugtes Eindringen an die Gurgel zu gehen, erschien nicht hart und streng. Es schien verrückt.

Er wollte jetzt nicht daran denken, sondern sich lieber überlegen, wie er einen der Laienbrüder dazu bewegen konnte, Bruder Nicolas mit der Weihe des Bodens zu helfen, den alten Mann zu stützen und die Bürger der Stadt herbeizuholen. Und wo sollte dieser Boden überhaupt sein, ein großes Stück Land, weit genug vor der Stadt, doch nicht zu weit, sodass auch Gebrechliche und Kranke ihren Toten das Geleit geben können? Er streichelte Richildas Haar, das auf der Kopfhaut schweißnass klebte. Von der Schläfe strich er es ihr weg und fuhr mit einem Finger das braune mondförmige Mal nach. Indem er der Hand zusah, die Richilda liebkoste, hoffte er, seine Gedanken zur Ordnung zu rufen. Die Kranke atmete schwer. Hör nicht auf zu atmen, mein Herz. Wenn du nicht stirbst, wenn Gott dein Leben erhält, will ich nichts wichtig nehmen.

In kreischenden Angeln wurde die Tür aufgeschoben. Aimery mochte sich nicht von Richilda losreißen und umdrehen, hörte aber die Schritte von vier Füßen, zwei die schlurften, einem, der heftig ausholte, und einem, der hinterherschleifte. Die Schwester, die Bruder Nicolas geholt hatte, litt offenbar an einem Hinken. Aimery war froh, dass sie kam. Diese Frauen, die ihr Leben lang mit ganzem Einsatz Kranke pflegten, verstanden sich oft besser darauf als Ärzte; sie sammelten Wissen und gaben es auf ihre Art weiter. Gewiss kannte die Schwester ein Mittel, um Richildas Schmerzen zu lindern, sie würde ihren Leib zu kräftigen wissen, damit er sich zur Wehr setzte, nicht wie all die anderen vor der Krankheit die Waffen streckte.

«Aimery», rief Bruder Nicolas leise, wie er ihn als Knaben gerufen hatte, wenn er sich mehr Wachheit von ihm gewünscht hatte, einen offenen Geist, um nicht nur das Vertraute zu sehen, sondern ebenso das Unerhörte.

Widerstrebend drehte Aimery sich um. Im fahlen Licht bei der Tür stand sein Lehrer mit einer in ihre Kutte gewickelten Gestalt, die keine Haube trug. Sie überragte den gekrümmten Greis um ein gutes Stück.

«Sie war nicht leicht zu überzeugen», sagte Bruder Nicolas. «Sie wollte dir nie mehr unter die Augen treten, wie du es gefordert hast. Ich aber habe ihr gesagt, dass ihre Nichte sie braucht. Und dass du sie brauchst. Habe ich das Richtige getan, Aimery?»

Er sah die Frau als ein Bild, das sich Teil um Teil zusammenschob. Ihr Gesicht wie überbrühtes Fleisch. Ihren zur Hälfte kahlgebrannten Kopf. Den schiefen Mund, das hängende Lid, den weggeschmolzenen Nasenflügel. Die mühsame Haltung in der Schräge, ein Bein kürzer als das andere, eine Schulter eingeknickt. Dann die Augen. Meerfarben. ‹*Was wünschst du dir, mein liebster Amselhahn?*› ‹*Dass unser Kind deine Augen hat.*› ‹*Die sind silbern, nicht wahr? Silbern wie klingende Münzen.*› ‹*Grau wie mein Solent sind die. Ich liebe dich, Helewise.*› ‹*Das hast du noch nie zu mir gesagt.*› ‹*Und du hast noch nie zu mir gesagt, dass du mein Kind in dir trägst.*›

Aimery wollte aufstehen. Seine Füße schienen im Morast zu rudern, seine Schenkelmuskeln zerliefen zu Wachs. Stattdessen versuchte er, etwas zu sagen, scheiterte jedoch auch daran. Wie das Lallen eines Säuglings klang, was aus seinem Mund kam. Flugs verschloss er die Lippen. Er hob die Arme. Bleiern schwer waren die, und als sie endlich ausgestreckt waren, entdeckte er, dass er nur eine Hand besaß, und barg hastig die verlorene hinter sich. Kniend sah er zu ihr auf. Sie schüttelte kaum merklich den Kopf. Da streckte er ihr auch den anderen Arm hin, der Hemdsärmel fiel herunter und entblößte den Stumpf. Sie begann, auf ihn zuzugehen, einen Schritt, der an all den Jahren und an der Angst schleppte, nach dem andern.

«Gott stehe euch bei», sagte Bruder Nicolas.

Da hatten Agnes' Hände Aimerys Hände gerade erreicht.

Gilbert hatte eben die Pferde gewendet, als Dorothy begriff, wohin sie fuhren: auf die Werft. Laurence musste sich geirrt haben. Wenn Gilbert dem *Domus Dei* den Rücken kehrte und es in gehetzter Fahrt hinter sich ließ, konnte Aimery nicht dort sein. Die beiden Männer, auch das begriff Dorothy jetzt, waren zwei tolle Hunde, voneinander besessen und nicht zur Ruhe zu bringen, ehe einer dem andern an der Kehle saß. Gilbert würde Aimery töten und Dorothy zwingen, dabei zuzusehen. Er hatte sie neben sich auf den Bock gestoßen und ihr die Handgelenke über Kreuz gebunden. Nicolas saß bei der Tilla auf dem Wagen, von der war keine Hilfe zu erwarten, die tat, was Gilbert ihr befahl. Der kleine Vitus greinte. Gilbert starrte starr geradeaus und schlug die Kruppen der Pferde.

Würde Richilda auf der Werft sein, war sie noch am Leben? Dorothy wusste, dass alles Mutmaßen sinnlos war, aber sie konnte ihre Gedanken nicht zum Schweigen bringen. Gewiss war Aimery nicht allein, beschwor sie sich, gewiss waren Tom und John da, Männer genug, um ihn und ihr Kind, das vielleicht nur harmlos erkrankt war, zu schützen. An den Wagenflanken spritzte Schlamm hoch, und Dorothy glaubte sich kein Wort. Auf Gilberts Hüfte blitzte Metall. Der Streifen der Messerklinge, die aus der Scheide ragte. Eine Frage durchzuckte sie: Wird noch Zeit sein, Aimery? Ich muss doch dir und Richilda das Wichtigste sagen, wie kann denn einer von euch sterben, wenn er das nicht weiß?

Vor einem dunklen Flecken, einem Toten oder Sterbenden, der überm Weg lag, scheuten die Pferde. Gerade noch schwang der Wagen herum, ehe die Räder über den Leib hinweggerumpelt wären. Scharf wurde Dorothy zur Seite geworfen. Gilberts schwerer Leib fiel gegen sie. Als er sich, ohne die Tiere zu zügeln, wieder aufrichtete, traf sie sein glasiger Blick. Da begriff sie noch etwas, und die Furcht, die sich wie ein Tier in ihr geduckt hatte, sprang ihr an den Hals: Er war ein Mann, der nichts mehr zu verlieren hatte. Das Flackern seiner Augen, das sie für Tollheit gehalten hatte, war Fieber und Schmerz. Gilbert hatte die Krankheit.

Sie war verrückt: Er dauerte sie. Wären ihre Hände nicht gefesselt gewesen, so hätte sie eine über seine, die wild mit den Zügeln schlug, gelegt. «Halt doch ein, Gilbert», sagte sie. «Du brauchst Ruhe. Fahr zu meinem Haus, ich richte dir ein Lager, ich koche Sirup für dich.»

Er sah von ihr fort nach der Straße, trieb die Pferde in Galopp. «Dazu ist es zu spät, Dottie. Ich wollte dir alles geben, ich wollte Helewise alles geben, ich wollte meinem Vater ein musterhafter Sohn sein. Aber jetzt will ich nichts mehr davon. Hörst du mich?» Die Peitsche schlug klatschend nieder, einer der wackeren Braunen warf den Kopf. «Jetzt mache ich es nur noch mir selbst recht. Soll die Erde sich auftun. Mir kommt es zupass.»

Zu Dorothys Entsetzen begann er aus vollem Hals zu lachen, dass sein Körper auf dem Bock sich schüttelte. Hastig sah sie sich um, aber die Stadt, die um diese Morgenstunde längst geschäftig und laut gewesen war, schien ausgestorben.

Aus der holprigen Gasse fuhren sie aufs freie Land, in den Schlick um die Wasserläufe. Hoffnung regte sich: Wenn die Räder stecken blieben, mochte es ihr gelingen, zu fliehen, vorauszueilen, Aimery zu warnen. Aber der dünne Regen, der inzwischen zum Bild dieser Landschaft gehörte wie das graue, sich biegende Gras, hatte den Boden nicht genug durchweicht. Heute fiel er besonders schwach, war nur mehr eine Ahnung von Regen. Die Pferde legten sich in die Sielen und zogen den Wagen unaufhaltsam voran. Dorothy gelang es nicht länger, den Blick auf ihre Knie zu senken, sie hob den Kopf und sah, was sie nicht hatte sehen wollen: die Mauern der Werft. Den Rumpf ihres Schiffes. Dein Traum, Aimery. Und meiner. Das Geheimnis, das du mit mir geteilt hast. Deine Aufzeichnungen habe ich verloren, das Wissen, das du weitergeben wolltest, aber unser Schiff ist noch da, jedes Teil mit einer Zahl versehen. Wenn wir beide jetzt sterben, können die, die überleben, nach deinen Zahlen Schiffe bauen.

Gilbert brachte den Wagen zum Stehen. Dorothy glaubte, den Duft nach Holz und Wasser zu wittern und Stimmen zu hören, die Schläge des Kalfaterhammers, das Schnarren der großen Säge. Er packte sie bei den Schultern, rüttelte sie aus der kurzen Betäubung. «Ich brauch dich wach, Metze. Runter mit dir.»

Ohne die Stütze ihrer Hände sprang sie vom Wagen. Dabei streifte ihr Blick den hinteren Teil des Wagens, und im selben Augenblick kam ihr ein Einfall. «Lauf», schrie sie Nicolas zu. «Lauf!»

Gilberts Ohrfeige nahm ihr die Sicht. In ihren Ohren hob eine Schelle an zu dröhnen, aber dazwischen blitzte ein Funke des Triumphes auf, als sie den Aufprall von Nicolas' Füßen mehr spürte als hörte. Kaum klärten sich die Schlieren vor den Augen, sah sie den Jungen von dannen sprengen. Er würde Hilfe holen. Laurence oder irgendwen anders. Gilberts zweiter Schlag geriet schlaff. Es kam, wie Dorothy gehofft hatte.

«Gottverdammter Bengel», fluchte Gilbert durch halbgeschlossene Lippen und hatte Nicolas gleich darauf vergessen. Er hievte einen Balken vom Wagen, und derweil er den unter einem Arm schleppte, stieß er mit der freien Hand Dorothy voran. Drei Schritte vor dem kleinen Tor nahm er Anlauf und rammte den Balken ins Holz, doch statt zu splittern, gab die Tür nach und sprang auf. Gilbert mit seinem Balken taumelte auf das Gelände und stürzte. Vielleicht hätte der Augenblick Dorothy zur Flucht genügt, aber sie verpasste ihn. Zu benommen war sie, zu verschreckt von dem Gedanken: Warum war das Tor nicht verriegelt? Aimery hätte sich gewiss eher die Rechte abgehackt, als den Riegel zu vergessen. Jetzt wurde sie auch der Stille gewahr, die eingebildeten Geräusche verstummten, und nur der

Wasserlauf rauschte. Auf der Werft tat niemand Arbeit. Sie war menschenleer.

Gilbert hatte sich auf die Füße gekämpft. Womöglich hätte Dorothy noch immer fliehen können, denn er schien sich um sie nicht zu scheren. Beinahe gemächlich ging er über das Grün ihrem Schiff entgegen und fingerte dabei an seinem Bündel. Dorothy floh nicht. Sie setzte ihm zwei, drei Schritte nach, dann sah sie, was er aus dem Stoff zog, und schrie auf. ‹*Ich werde euch bestrafen, dich und Aimery.*› Nicht mit dem Tod. Sondern indem er ihren Traum auslöschte, Aimerys Lebenswerk, das Geheimnis, das sie verband. Gilbert drehte sich nach ihr um, verzog den Mund und schwenkte vor ihr den Zunder.

«Gilbert, nicht!» Sie sprang ihn an. Er trat zur Seite, sie verlor das Gleichgewicht und fiel. Mit dem Kopf traf sie seitlich auf die Kante eines Hauklotzes und sah für Augenblicke nichts als flirrende Kreise. Sie nahm alle Kraft zusammen, ballte die Fäuste und riss an der Fessel. Der Knoten löste sich. Sie kämpfte sich auf die Knie, blickte auf und sah den blendenden Blitz. Gilbert hatte eine Fackel entzündet, die schwang er wie einen Wurfspeer und schleuderte sie in den eisgrauen Tag.

Er hätte nicht gewagt, sich zu rühren. Nie mehr. Stumm und reglos wäre er auf Knien liegen geblieben, eine ihrer Hände in seiner Hand und ihre zweite um den Stumpf geschlossen. Worte gab es ohnehin nicht. Nur ihren Namen, aber den sprach er nicht aus, denn womöglich wäre er zerbrochen. Seine Tochter Agnes war es, die schließlich die Fäden aufnahm, wo sie zerschnitten worden waren. Er hatte sie nicht beschützt. Jetzt beschützte sie ihn. Sie ließ seine Hände los, kniete sich zu ihm und schloss die Arme um ihn.

Als er sie auch umarmte, lehnte sie den Kopf an seine Schulter und begann leise zu weinen. Seine Fingerspitzen strichen ihren Rücken hinauf, ertasteten unter dem rauen Stoff der Kutte ihr Schulterblatt. Ich dachte, unser Kind ist tot, Helewise. Doch sie war all die Zeit über hier. Bei dir.

«Ich fand sie in der Salzwiese», erzählte Bruder Nicolas. Wie ihre Mutter, fügte er nicht hinzu, denn Helewise war tot gewesen, Agnes hingegen lebte.

Meine Tochter habe ich nicht auf dem Gewissen. Aimery hätte die Zerstörung ihres Körpers beklagen sollen, die Entstellung ihres Gesichtes, den Verlust ihrer Schönheit, doch all das erschien ihm bedeutungslos. So wie wir leben, leben wir.

«Sie war dem Tode nahe», fuhr Bruder Nicolas fort, «und Woche um Woche fürchtete ich, sie würde sterben. Aber sie ist nicht gestorben. Deine Tochter hat deine sture Zähigkeit geerbt. Ich musste ihr geloben, dir kein Wort von ihr zu sagen. Heute denke ich: Dieses Gelöbnis hätte ich brechen sollen. Es tut mir leid, Aimery. Ich bin ein elender Zauderer.»

Das ist einerlei, wollte Aimery ihm sagen. Was wir getan haben oder nicht getan haben, was wir tun oder lassen werden, wiegt nichts, nur die Gegenwart hat Gewicht. Mein Kind in meinen Armen.

Sachte löste sich Agnes, küsste seine Schulter, ehe sie den Kopf hob. «Vater?» Ihr armes Gesicht war nass. «Ich habe Symond bei mir.»

Wie stets zuckte etwas in seinem Kopf und unterbrach den Strom seiner Gedanken, sobald der Name fiel. Als wisse er nicht, von wem sein Gegenüber sprach. Agnes schien seine Verwirrung zu bemerken. «Er ist zu mir gekommen», erklärte sie. «Der Master hat das Pflegehaus verriegeln lassen, aber ich habe Symond dort versteckt. Er hat die Seuche. Es steht nicht gut. Ich bin sicher, es würde ihm helfen, in Frieden zu sterben, wenn er zuvor seinen Vater sehen und ihn um seinen Segen bitten könnte.»

Aimery hatte Agnes nie gesagt, dass er nicht Symonds Vater war. Zuweilen hatte er sich eingeredet, er habe sie schützen wollen, dem mutterlosen Kind zumindest den Bruder erhalten. In Wahrheit aber hatte er sich selbst schützen wollen, seinen höllisch schmerzenden Stolz. ‹*Du warst die Nacht über fort, wo kommst du her, Helewise? Von Gilbert?*› ‹*Ich wollte dich verlassen, Aimery. Aber ich war zu schwach.*› ‹*Es geht schon lange, ja? Unter meinem Dach?*› Sie hatte ihn angeschrien. ‹*Und ob es lange geht! So lange wie du mich mit deinen Huren aus Holz betrügst, so lange geht es, und unter deinem Dach bin ich doch ohnehin Tag und Nacht allein.*› Er hatte sich befohlen, nicht zu fragen. Aber er hatte gefragt: ‹*Von wem ist der Junge?*› ‹*Was glaubst du denn, von wem er ist?*› Schreien, Heulen und Lachen zugleich. Er hatte sich die Ohren zuhalten wollen. ‹*Was glaubst du denn*›, hatte Helewise noch einmal geschrien. ‹*Von Gilbert ist er, denn du bist ja nie hier, um mir ein Kind zu machen. Weißt du überhaupt noch, wie man es anfängt? Besonders gut warst du nie darin.*›

Drei Nächte zuvor hatte er sie geliebt. Stunde um Stunde, in der feuchten Septemberdunkelheit, bis sie in seinen Armen eingeschlafen war. Er hatte ihr jedes einzelne Glied geküsst, behutsam, um ihren Schlaf nicht zu stören, und dann war er, ehe der Morgen graute, auf die Werft gegangen, hatte an einem Lied in seiner Kehle geschluckt und bei sich gedacht: *Vielleicht bekommen wir ein drittes Kind. Vielleicht hat sie Walter Deghere wahrhaftig vergessen, vielleicht fahre ich nicht mehr weg, vielleicht, wenn ich noch einen Auftrag ergattere, reicht uns das Geld.*

Zwei Tage später war sie über Nacht verschwunden, und Matilda war gekommen, und kurz darauf stand sie mit zerzaustem Haar und Rissen in den Röcken vor ihm: *Weißt du überhaupt noch, wie man es anfängt? Besonders gut warst du nie darin.*

Er sah sich glasklar, als habe er neben sich gestanden: die Peitsche, die er packte, den Stoß, den er Helewise versetzte, ihren Fall. Danach fehlte ein Stück. Und dann hörte er sich sprechen: «Geh», sagte er. Ganz kalt, ganz reglos. «Geh zu ihm, er soll dich nehmen. Komm nie wieder in mein Haus.»

Eine Hand berührte seinen Oberarm. Zupfte ihn am Ärmel. «Kommt Ihr, Vater?»

Die Hand gehörte seiner Tochter, die darauf wartete, dass er sich erhob und mit ihr ging, um dem Sohn von Helewise und Gilbert beim Sterben beizustehen. Aimery fühlte sich jäh so kraftlos, dass er Mühe hatte, sich auf die Beine zu kämpfen. Eine schwere, drückende Traurigkeit senkte sich auf seine Schultern. Zum ersten Mal seit Jahren sah er das Bild von dem hellblonden Säugling vor sich. Agnes hatte geweint, gar geschrien, Symond hingegen hatte nur die kleinen Arme ausgestreckt, Aimery entgegen, der nicht fähig war, ihn zu berühren. Später war er Aimery um die Füße gekrochen, dass der nicht mehr wusste, wohin er springen sollte, und mit schadenfrohem Lachen hatte sein Vater gesagt: ‹Du siehst aus, als würdest du das Kuckucksbalg gern treten. Wieso legst du's nicht dem Berkham vor die Türe? Dass du Schlappschwanz es dir anhängen lässt, soll nicht meine Sorge sein, aber dass du's von meinem Geld fütterst, ärgert mich.›

Agnes zupfte ihn noch einmal am Ärmel.

«Ich kann nicht mit dir kommen», rang Aimery sich ab, dem sogar seine Zunge schwer schien. «Ich kann Richilda nicht allein lassen.»

Agnes nickte. «Bruder Nicolas hat es mir erklärt. Tragt sie hinüber ins Pflegehaus, wir können sie dort besser versorgen. Und wenn Ihr mit dem Bruder geht, um Land zu weihen, kann ich bei ihr und Symond zugleich sein. Sie ist Symonds Tochter, nicht wahr?» Sie schob sich an Aimery vorbei und blickte auf das Mädchen. Richilda schlief nicht. Sie lag mit offenen Augen und sah zu Agnes auf oder durch sie hindurch. Vermutlich kämpfte sie darum, vor Schmerz nicht zu schreien, und hatte zum Sprechen keine Kräfte frei.

«Guten Tag, Richilda», sagte Agnes. «Ich bin deine Tante. Als du kaum mehr als drei Hände voll Mensch warst, habe ich bei euch gewohnt. Du hast immerfort gebrüllt, du hast mir leidgetan.»

Aimery beugte sich hinunter, um Richilda ein wenig Sirup einzuflößen, aber das Mädchen schüttelte mit steifem Hals den Kopf.

«Wir wollen dich in ein anderes Haus betten», sagte Agnes. «Wir haben Arznei dort, auch etwas gegen die Schmerzen. Ich pflege deinen Vater in dem Haus. Möchtest du gern bei deinem Vater sein, Richilda?»

Richilda nickte, sah aber nicht länger Agnes, sondern Aimery an. Ihr Blick war trübe, ihre Lider flatterten. Aimery zögerte, dann beugte er sich noch tiefer und hob sie auf die Arme. Sie schmiegte sich an ihn, ein glühend heißes Bündel Mensch. So klein schien sie ihm wie in dem Jahr, von dem Agnes gesprochen hatte. Schon damals hatte ich dich lieb, ich hatte dich lieb, seit Dorothy dich auf meiner Werft gebar, ich konnte mich nicht dagegen wehren.

Agnes strich ihm den Arm. Dann ging sie ihm voraus aus der Tür. Bruder Nicolas schloss sich ihnen stumm an.

Es war längst heller Tag. Der Regen fiel zart, nahezu unmerklich. Er erinnerte Aimery an den Regen, der nach dem Brand der Stadt gefallen war, stundenlang, ohne der kleinsten Flamme etwas anzuhaben. Dunkel, wie an ein seit Jahren vergessenes Ereignis, erinnerte er sich plötzlich an den Master und seinen unerklärlichen Angriff. Würde der harte Mann Richilda und Symond gestatten zu bleiben? Aimery jedenfalls durfte nicht wagen, Agnes mit den beiden allein zu lassen. Bruder Nicolas musste ohne ihn gehen.

Als Agnes die Tür des länglichen Gebäudes aufzog, schlug ihnen Wärme entgegen. Der Duft des Feuers, in dem süße Kräuter verbrannten, überlagerte nur schütter den Geruch nach Krankheit. «Symond», rief Agnes. Und dann spähte Aimery über ihre Schultern hinweg in den Raum und entdeckte ihn auf einer Bettstatt am Boden. Ein Hügel aus Decken verbarg seinen Körper, nur der blonde Schopf war zu sehen. Sie drängten alle hinein, und Agnes zog die Tür zu. Auch der Fensterladen war verschlossen, aber das lodernde Feuer und der Wandarm, in dem keine Talglichter, sondern duftende Wachskerzen brannten, tauchten den Raum in schwimmendes Licht. Es ist schön hier, dachte Aimery. Warm und hell und schön. Man bemerkte, dass man gefroren hate, weil die Kälte von einem abfiel, man bemerkte, dass man müde gewesen war, weil die Lebensgeister sich wieder regten. So wie man bemerkte, dass man allein gewesen war, weil man um sich das Geschnaufe und Geraschel spürte, das Menschen verbreiten.

Agnes wies auf eine hölzerne Bettstatt im Winkel, die mit Brettern gegen Zugluft geschirmt war. «Legt die Kleine dort nieder. Ich hole Euch Decken.» Aus einem Spind hob sie einen Stapel dunklen Wollgewebes.

Aimery ließ Richilda behutsam auf das Lager hinunter. Sie hatte die Augen geschlossen. Ihr Atem ging in aufgerauten, harten Stößen. Agnes hockte sich zu ihr, breitete eine Decke nach der andern über sie, und gemeinsam, mit drei Händen, zogen sie sie um den schmächtigen Körper fest.

«Schläfst du, Richilda?»

Der Mundwinkel des Mädchens zuckte.

«Geht zu Symond», sagte Agnes. «Ich bitte Euch.»

Sie standen gleichzeitig auf und traten die drei Schritte hinüber vor das andere Bett. Symonds Gesicht zwischen den aufgebauschten Decken und dem wirren Haar schien sehr klein. Verhuscht und verlassen. *Mutterlos. Vaterlos.* Er atmete noch lauter als Richilda, röchelte nach der Luft, die seine Lungen nicht mehr erreichte.

«Ich bringe dir Vater, Symond.»

Unter unendlicher Anstrengung wandte sich das Gesicht des Kranken ihm zu. Ich bin nicht dein Vater, wollte Aimery herausschreien, da öffnete Symond die Augen. Ihm fehlte die Kraft, die Lider oben zu halten, sie blinzelten unentwegt. Der Mund verzog sich, entblößte schwarze Zahnstümpfe, verzerrte die Züge zur Fratze. Aimery fiel auf die Knie und schloss die Hand um die schweißverklebte Wange. Jahrzehntelang hatte sich alles in ihm gegen dieses Geschöpf gesträubt, hatte seine Kehle sich in seiner Nähe verschlossen, hatte sein Magen sich zur Faust geballt. Jetzt streichelte er ihn, wie ein Mensch den anderen eben streichelte, wenn dieser krank oder bedürftig war. «Streng dich nicht an, Symond. Schone deine Kraft.»

Die grässliche Fratze, die ein Lächeln sein sollte, verbreiterte sich. Die Zunge stieß an die Zahnstümpfe, brachte mit stockenden Atemzügen geflüsterte Laute heraus. «Tut mir so leid. Vater. Dottie. Tut mir leid.»

«Mir tut es leid», rief Aimery, packte Symonds Handgelenk und umklammerte es, wie um ihn im Leben zu halten. Mir tut es leid, Symond. Ich hätte tun sollen, was mein Vater mir riet, dich deinem Vater vor die Türe legen, wo ich selbst dir kein Vater war. Ich hatte einen, dem ich nichts recht machen konnte. Du hattest keinen. Mein Vater hat mich halbtot geprügelt, um mich zu einem Menschen zu erziehen. Ich habe dich nie geprügelt. Ich habe dich behandelt wie ein Wesen, das kein Mensch werden konnte, weil es nicht von Eltern kam.

Die zweite Hand des Kranken schloss sich um Aimerys Gelenk.

Seine Augen glitten wieder zu. Aimery hätte noch etwas sagen wollen, aber ihm fiel nichts ein, weil man ja mit Worten kein zerklüftetes Land glättete. Symond starb, das Gesicht zur lächelnden Fratze verzerrt. Agnes kniete sich zu Aimery, legte den Arm um seinen starren Rücken und weinte.

Ein scharfes Geräusch hieb die Stille entzwei. Aimery fuhr herum. Die Tür war aufgesprungen und gegen die Wand geschlagen. Im Eingang stand ein Mann. *Master Fitzroger!* Der gekommen war, um sie samt ihrer Kranken und Toten aus dem Schutz dieses Haus zu jagen. Aber die Gestalt in der Tür war nicht so groß wie der Master. Es war der junge Laienbruder, der ihm in der Nacht das Tor geöffnet hatte.

«Vergebung, Bruder», sprach er den Chorherrn an, der sich ebenfalls umgedreht hatte. «Ich störe Euch ungern, aber am Torhaus ist ein Knabe, der sich nicht abweisen lässt. Er will zu Master Fletcher. Es geht um Leben und Tod, sagt er.»

«Was für ein Knabe?» Aimery war schon aufgesprungen.

«Nicolas will er heißen.»

Ohne ein weiteres Wort, ohne einen Gedanken stürzte Aimery an dem Mann vorbei hinaus und dem Torhaus entgegen. Dort sah er einen weiteren Laienbruder warten, und dann erspähte er neben ihm Nicolas. Er rief und winkte. Ging vor dem Knaben in die Hocke.

«Wo kommst du her, Nicolas? Wo ist Mutter Dorothy?»

Das Kind keuchte, es war ohne Zweifel weit gerannt. Ebenfalls schwer atmend, traf Agnes ein, stolperte und landete neben Aimery auf den Knien. Nahezu brüsk drängte sie ihren Vater zur Seite und starrte Nicolas ins Gesicht. Dann langte sie nach seinen Händen, die sie in ihren festhielt.

«Ihr müsst kommen», stieß der atemlose Junge heraus. «Mutter Dottie braucht Hilfe.»

«Wo?», rief Aimery, bereit loszurennen.

Agnes aber sprach zu Nicolas, als habe weder dieser noch Aimery etwas gesagt. «Du bist Dottie Fletchers Sohn?»

«Ihr Pflegesohn», erwiderte der wohlerzogene Knabe. «Ein Findling bin ich.»

«Ja», murmelte Agnes und schwankte. Sie gab eine von Nicolas' Händen frei und berührte seine Schläfe. «Ja, ja.»

Das verstörte Kind ließ es über sich ergehen. Im nächsten Augenblick erreichte der schlurfende Chorherr die Gruppe und legte Agnes die Hände auf die Schultern. «Gott segne dich, meine Tochter. Ich habe oft gebetet, dass Gott uns diesen Tag erleben lässt. Dass er uns hilft, die Tore aufzureißen, und uns die Menschen zurückbringt.»

«Wo ist sie?», fuhr Aimery dazwischen.

«Auf der Werft», rief Nicolas. «Auf der Werft.»

«Gibt es ein Pferd hier?»

«Einen Wagen», erwiderte der Greis mit einem milden, ein wenig verklärten Lächeln, als verliere er seinen bewährten Verstand. «Spannst du für uns an, Bruder Anselm? Ich begleite Master Fletcher.»

«Das dauert zu lange!»

«Nicht mit dem Wagen. Hernach segne ich dir einen Friedhof für deine Stadt.»

«Und Richilda? Und Nicolas?»

«Keine Sorge mehr um sie», sagte der Chorherr und wies dem Laienbruder hinterdrein, der schon in Richtung der Stallungen eilte. «Wie es aussieht, haben wir das Haus Gottes übernommen, und es ist an uns, es zu verwalten. Die beiden Kinder sind in Sicherheit, Aimery.» Er nickte auf Agnes hinunter, die vor Nicolas kniete und ihm über Kinn, Hals und Schulter strich, nicht wie um ihn zu liebkosen, sondern um ihn zu ertasten. Aimery sah ins Gesicht des Jungen, erkannte etwas, das er nicht zu fassen vermochte, und wandte sich ab. An nichts mehr denken wollte er.

Nur an Dorothy. *Mir ist einerlei, wen du liebst und was du treibst, nur leben musst du, sterben darfst du nicht.* Sobald der Wagen in Sicht kam, rannte er los und riss Bruder Anselm die Zügel aus der Hand.

Der Schmerz holte aus. Eine riesige Keule, aus seinem Inneren gegen seine Rippen geschwungen. Nicht um seine Knochen lediglich zu brechen, sondern um sie zu zermalmen. Zu Knochenmehl, wie es Dottie in die Erde in ihrem Hof mischte, damit ihr Gemüse besser gedieh. Das würde von ihm bleiben. Gilbert brach in die Knie und presste die Hände auf den Brustkorb. Der Schmerz zwang ihn zu schreien, aber der Schrei goss ins Feuer des Schmerzes Öl.

Feuer! Das war es. Er hatte den Knüppel für die zweite Fackel verloren, die erste war im Flug ausgegangen, aber die kleine Flamme, die er vor sich am Boden entzündet hatte, zischelte hungrig vor sich hin. Halbblind tastete er nach dem Holz und fand es. Er wollte nicht husten, weil er wusste, dass Husten bedeutete, Blut zu verlieren. Und wer sein Blut verloren hatte, war ein verdorrter Sack. Zerfiel zu Staub. *Zu Knochenmehl.* Der Husten ließ sich nicht aufhalten. Gilbert hielt mit einer Hand den Knüppel umklammert und hob die zweite an die Lippen. Es sah so schön aus, sein Blut. Nicht dicklich, schwärzlich wie bei all den anderen, sondern noch immer frisch und rot, eine Rose, die auf seinen Knöcheln blühte. Der Schmerz ließ ein wenig nach, und Gilbert hätte weinen wollen.

Als die Zeichen begonnen hatten, war der Schmerz nicht mehr als ein Kratzen im Rachen gewesen, die Übelkeit wie die nach zu viel Wein und die Hitze und Schwäche nur verständlich im Angesicht von Dotties Verrat. Er war damit verfahren wie mit allem, was Trübsal ohne Nutzen brachte, mit dem Alter, mit der Sterblichkeit: Er hatte nichts darauf gegeben. So getan, als bemerke er die Zeichen nicht, als könne er die läppische Krankheit missachten wie das Gerede dummer Weiber.

Aber der Schmerz hatte sich nicht missachten lassen, sondern war gewachsen, bis er Gilbert mit einem Fuß zerstampfen konnte. *Zu Knochenmehl stampfen. Und stampfen und stampfen.* Der Schmerz war echt. Nur allmählich legte sich in seinen Ohren das Dröhnen. Aus seiner zerpflügten Kehle drang ein Wimmern. Die Qual überfiel ihn in aufgetürmten Wellen, und soeben hatte er wieder eine überstanden. Immerhin kam er bereits zu neuen Kräften und hielt das Holz noch in der Faust. Durch Schleier sah er sein Feuer flackern und senkte den Fackelstab.

«Gilbert, nein!»

Zwei Hände krallten sich in seinen Arm, ein Gewicht zog ihn hinab. Gilbert holte aus und versetzte Dottie einen Hieb mit dem Knüppel. Sie wurde ein Stück weit geschleudert, blieb liegen und jammerte weiter.

«Nimm alles, aber nicht das Schiff. Es ist sein Traum, das musst du doch verstehen!»

O ja, dumme Metze, das verstehe ich besser als du. Es ist auch meiner. Deshalb muss es brennen. Von neuem senkte Gilbert den Fackelstab in die Flamme und hielt ihn dort, bis die ölgetränkten Lappen Feuer fingen.

Dottie schrie. «Nicht, Gilbert, ich flehe dich an.»

Das ist fein zu hören. Aber es nützt dir nichts.

«Du darfst nicht sein Schiff zerstören, es ist alles, was er hat, was ihn im Leben hält.»

Und was, glaubst du, hat mich im Leben gehalten? Wir sind von einer Art, der schwarze Satan und ich, wir wissen, wo wir einander zerbrechen können.

«Wenn du Aimery das Schiff lässt, bleibe ich bei dir. Ich gehe mit dir fort, Gilbert, hörst du?»

Aber ja, mein Zuckerchen. Er drehte lässig den Kopf. *Und was, meinst du, soll mir das noch nützen?* Das Gesicht mit dem halben Lächeln ihr zugewandt, warf Gilbert die Fackel. Dottie sprang auf, brüllte, lief zu ihm und krallte ihm die Finger in die Schultern. Er hörte sich selbst laut lachen und schüttelte sie ab. Dann drehte er sich um, damit ihm die Schönheit des Schauspiels nicht entging. An der oberen Kante der Bordwand loderte ein schmaler Lichtschein in den grauen Himmel.

Gilbert hatte keinen Fackelstab mehr. Er griff nach allem, was er fand, nach Holzscheiten, Planken, Zweigen, entzündete und schleuderte sie. Pfiff dabei, wie er als junger Mann bei der Arbeit hatte pfeifen wollen, musste aber aufhören, weil das Pfeifen in der Kehle ätzte. Er fasste das brennende Stück Holz fester und warf es. Dorothy, die wie ein Tier schrie, versuchte, ihn zurückzureißen. Als das misslang, nahm sie nach Bullenart Anlauf, um ihm den Kopf in den Rücken zu rammen. Gilbert wehrte sie mit einer Hand ab, schnappte sich einen neuen Balken und lachte schallend auf. Das, was ein Schiff hatte werden sollen, das herrliche, Planke an Planke gezauberte Gebilde, Aimerys wahre Geliebte, sein Traum ohne Makel und Kanten, brannte längst lichterloh. *Von mir bleibt Knochenmehl. Und von dir bleibt Asche. Wir sind nichts, mein Schwarzer. Beide nichts.*

Noch einen brennenden Holzscheit schleuderte er. In der Bewegung sah er Dottie, die gestürzt war, sich aber wieder aufrappelte und erneut wie ein Bulle auf ihn zuschoss. Der Schmerz holte aus und wollte Gilbert niederstoßen, bis er auf dem Grün lag und heulte. Dann holte er wieder aus. Traf Gilbert und stieß ihn nieder, wie er selbst zuvor Dottie gestoßen hatte. Traf noch einmal. Und noch einmal. Gilbert umklammerte seine Knie. Der Schmerz prallte ihm vor die Augen und schlug die Bilder davor schwarz. Gerade noch wich er Dottie aus, krümmte sich nach vorn und packte ihren Arm. Ich sehe nichts mehr. Ich habe verloren. Wenn Dottie flieht, sterbe ich allein. Zerfalle zu Knochenmehl. Zu nichts. Dottie nicht mehr, meinen Sohn Vitus nicht mehr, gar nichts mehr. Dottie wird fliehen. Die Tilla wird meinen Jungen liegen und verkümmern lassen. Ich sterb allein. Allein. Allein. Knochenmehl bin ich. Schon jetzt. Ein Nichts.

Er krallte sich in ihr Fleisch, hielt sie so fest, wie der Schmerz sich in seine Eingeweide krallte. Mit der anderen Hand schwang er die Fackel, und mit einem Schlag begriff er: Ich nehme sie mit. Sie soll den Tod mit mir teilen und den Schmerz. Das Brennen.

Er senkte die Fackel. Die gleißende Helligkeit durchbrach die Schwärze vor seinen Augen. Ihr Gesicht blitzte auf, dieses schöne, starke Gesicht, verzerrt von Entsetzen. *Ich töte dich, Dottie. Wenigstens darin kommt mir der verdammte Schwarze nicht zuvor.* Durch das Zischen des Feuers und den Lärm, den der Schmerz in ihm machte, drang ihr spitzer Schrei. Wollte sie seinen Namen rufen? Das hat schon Helewise nichts genützt, und dieses Mal erledigte er die Arbeit selbst. Sie hatte ihn betrogen. Helewise hatte ihn betrogen. Indem er die Flamme in Dotties schönes Gesicht senkte, brannte er sie beide und ihren Betrug und all das Leben aus.

Und dann schrie einer lauter als Dottie und lauter als Feuer und Schmerz. Ein Tierschrei, ein dunkles Grollen, das den Boden zittern ließ und über Gilbert herfiel, ehe er den Kopf wenden konnte. Ein Gewicht prallte gegen ihn und warf ihn zur Seite, zerrte Dottie aus seinem Griff. «Lauf», schrie die Stimme des Rasenden, «lauf, um alles in der Welt.»

Gilbert schwankte, fand eben wieder Halt und fasste die Fackel fester, da stürzte der Schwarze sich auf ihn. Der verdammte Schwarze, der sich nie wehrte, nie zurückschlug, stieß ihm den handlosen Stumpf ins Gesicht, dass Gilbert aufjaulte, und schleuderte ihn zu Boden. Funken, die die Flamme versprühte, trafen seine Wange. Er spürte sie kaum. Aber den Atem seines Gegners spürte er, keine Handbreit über sich, und fand die schwarzen Augen dicht vor seinen. Der Anblick gab Gilbert seine Kräfte zurück. Er brauchte nicht Dottie zu töten. Nach all den Jahren hatte er endlich seinen wahren Feind vor sich, den einzigen, mit dem es sich zu kämpfen lohnte.

Der Schwarze schrie, und Gilbert schrie auch. Er hieb mit der Fackel nach ihm, aber sein Feind wischte zur Seite und riss ihn mit. Wieder holte Gilbert aus, traf den Verhassten an Arm oder Schulter und hörte ihn aufheulen. Er wollte sich eben aufrichten, den Triumph auskosten, da schloss die Hand des Schwarzen sich um seinen Hals.

Gleich darauf schrie Dottie: «Nein!»

Einen Herzschlag lang herrschte Schweigen. Gilbert suchte sich zu befreien, aber die Hand des Feindes war aus Eisen, drückte ihm die Luft ab, zerquetschte ihm die Kehle. Das Holz der Fackel glitt ihm aus der Hand.

«Er hat die Krankheit», schrie Dottie. «Und er hat deine Frau nicht umgebracht.»

Dem Schmerz zum Trotz bemerkte Gilbert, wie der Schwarze stockte. «Meine Frau? Helewise?»

Du verdammtes Untier, weißt du nicht einmal mehr den Namen des Geschöpfes, das du gemordet hast? Der eiserne Griff um Gilberts Gurgel lockerte sich, ließ Atemluft und Stärke zurück durch seinen Körper strömen. Offenbar starrte der Schwarze noch immer Dottie an, derweil Gilbert nach der Fackel hangelte.

«Wieso hätte er sie umbringen sollen? Er hat sie doch geliebt.» Aimery ließ Gilberts Hals los, er sah nicht, was Gilbert tat. Aber Dottie sah es. «Aimery!», schrie sie auf. Mit einem Satz warf sich der Schwarze über ihn hinweg, riss ihm die Fackel aus der Hand und schleuderte sie über das Grün. «Lauf endlich», brüllte er Dorothy an. «Lauf.»

Mehr hörte Gilbert nicht, weil auf einmal der Schmerz zurückkehrte, ihm eine Keule über den Kopf schlug und ihn ins Dunkel tauchte.

Als er zu sich kam, schien seine Brust in Flammen zu stehen. Husten musste er. Aus seinem Mund sprudelte Blut. War Dottie geflohen? War er wieder allein? *Fort bist du. Wie Helewise. Wie nie da gewesen.* Den Brand roch er. Das Schiff musste lichterloh flackern. Vielleicht würde eine der entflammten Planken sich lösen und auf ihn fallen. Wäre der Schmerz des Verschmorens schlimmer als der Schmerz der Seuche? Er bekam keine Luft mehr. Der Feuerschein blendete ihn, wiewohl er die Augen zukniff.

Ich bin ein so prächtiger Mann gewesen, dachte er. Wenn sie mich sahen, kreischten die Weiber, sie liefen mir in Scharen hinterdrein, und die schöne Helewise schlug, als ich mir die Kleider abriss, beide Hände vor den Mund. Ich bin ein so prächtiger Mann gewesen, aber jetzt sind alle fort, und ich bin ganz verlassen. Der Schmerz traf seinen Brustkorb wie eine Spitzhacke. Und dann fühlte er sich umfangen, spürte eine Hand in seinem Mund, zwei Finger, die ihm die Kehle frei räumten, und konnte endlich husten, ohne Unterlass, bis er wieder Luft bekam. Über seine Stirn streifte Stoff, ein Unterarm, der ihm mit dem Ärmel, in dem er steckte, Schweiß abrieb. Seinen Namen hörte er. «Gilbert? Gilbert?»

Die ungeheure Erleichterung, die ihn erfasste, ließ zuerst seinen vom Schmerz geblähten Brustkorb und dann seinen ganzen gequälten Leib zusammensacken. Wie eine der Schweinsblasen, mit denen sie als Knaben gespielt hatten, die zum Platzen prall herumsprangen und dann auf einem Stein zerbarsten.

«Trink das, Gilbert.» Die kräftige Hand umspannte sein Kinn, öffnete sachte seinen Kiefer und ließ ihm etwas auf die Zunge laufen. Langsam, sodass er es schmeckte. Ale. Dunkel und stark und würzig, wie er es sein Leben lang geliebt hatte. Der Handrücken wischte ihm die Lippen. «Ich habe nie gedacht, du hättest Helewise getötet. Weshalb hätte ich das denken sollen?»

Seine Augen öffneten sich. Über ihm stand das Gesicht, das er im Wachen wie im Träumen vor sich gesehen hatte, solange er sich zu erinnern vermochte. Dunkle Augen, verschattet von Haar. Die Narbe, die er selbst ihm zugefügt hatte. Die zerbissenen Lippen. Sollte er aufbegehren, hochspringen, kämpfen? Nichts von alledem. Gilbert sank zurück auf den Arm, der ihn im Nacken stützte. Du hast mir gefehlt, alter Schwarzer. Weshalb glaubte ich denn, ich könnte dich verlassen? Du warst immer da. Mein Bruder bist du.

«Verzeih mir, Gilbert. Ich musste dir einmal eins versetzen, aber ich will nicht, dass du stirbst. Kannst du gehen? Ich versuche dich zu stützen, aber zum Tragen bist du mir zu schwer.»

«Ich hab dein Schiff angezündet.»

«Das ist einerlei. Schiffe gibt es ja wie Sand am Meer. Nur uns nicht. Von uns zählt jeder, der überlebt. Komm schon, ich habe einen Wagen vor dem Tor.»

Wo war sein eigener Wagen? Hatte die Tilla sich davongemacht? «Mein Kind», ächzte Gilbert. Aimery hielt ihm den Kopf, derweil er Blut erbrach. Die Hand, über die sein hellrotes Blut lief, war gar keine Hand. Nur die Erinnerung an eine. Nach dem hellroten kam schwarzes Blut in Klumpen. «Mein Kind.»

Aimery wischte ihm den Mund ab und gab ihm zu trinken. «Wir haben dein Kind bei der Sanddornhecke gefunden. Sorg dich nicht, es hat aus vollen Lungen gebrüllt und ist wohlauf. Ich bin mit Bruder Nicolas gekommen, der hütet es, und im *Domus Dei* gibt es Milchvieh. Wir müssen nur von hier weg, ehe das Feuer übergreift.»

Das Feuer. Wie warm es war. Der Schmerz hatte sich ganz gelegt und einer wohligen Schwäche Platz gemacht. «Ich schaff's nicht. Nimm mein Kind mit. Meinen Jungen. Vitus.»

«Du musst es schaffen. Ich will nicht ohne dich sein.»

Das verstand Gilbert. Er legte dem anderen den Kopf auf die Brust. «Halt mich fest, wenn ich sterb.» Einer, der ein Kind hatte, das von guten Leuten aufgezogen würde, einer, den sein Bruder beim Sterben hielt, wie konnte der zu Knochenmehl werden?

«Gilbert, Gilbert.»

Die Schwäche hüllte ihn ein. Die Wärme. Und das Licht. Er hatte nur noch den Wunsch, Aimery zu berühren, ihrer beider Narbe zu streicheln, aber sein Arm war zu schwer. «Was tust du denn, Schwarzer?», flüsterte er.

«Flennen. Ich komme aus dem Flennen nicht heraus.»

Du warst schon immer dicht ans Wasser gebaut, du verrückter Bischof der See, und unsere Väter, deiner wie meiner, waren die nicht zwei Schwachköpfe? Sag mir, hast du Helewise getötet? Ich will's nur wissen und es dir vergeben.

«Stirb doch nicht, Gilbert.»

Doch, mein Schwarzer. Ich glaub, ich sterb. Kannst du mir nichts mehr sagen? Sei's drum. Ich hatte sie lieb, und du hattest sie auch lieb, und irgendetwas ging schief.

«Gilbert! Ich wollte so gern so sein wie du.»

Ich auch, Aimery. Ich wollte so gern so sein wie du.

Ganz warm war es, ganz hell und der Arm um ihn fest. Niemand verlangte von ihm mehr, als er aufzubringen hatte, niemand wollte einen anderen als den, der er war. Er brauchte nichts zu tun. Nur zu lächeln. Nur sich umarmen zu lassen und zu warten.

Der Mann auf dem Wagen musste so alt sein wie die Welt. So abgegriffen, so dem Ende nah. Auf sein Winken hin war Dorothy zu ihm hinübergestolpert. Er hielt den kleinen Vitus im Schoß, einen Daumen in dem winzigen Mund, damit der Säugling ruhig blieb. Offenbar hatte die Tilla das ihr anvertraute Kind im Schlick abgelegt und war ihrem kranken Dienstherrn mit Wagen und Ziege davongerannt. Die Seuche raubte den Menschen das Menschsein, noch ehe sie ihnen das Leben raubte. Der Uralte zog das Gesicht in Furchen und Gruben. Die Stimme aus dem verwelkten Mund klang, als spreche ein Toter. «Ich kann Euch leider nicht hinaufhelfen. Ihr seid Dorothy, ja? Das Gottesgeschenk.»

Wenn es Gottes Art ist, seine Geschenke gänzlich zerfleddert und zerbeult zu überreichen, durchfuhr es Dorothy. Als sie sich auf den Wagen hinaufzog, schmerzte jedes Glied. Was würde sie jetzt tun? Weinen, schreien, beten? Sie tat gar nichts. Kauerte sich auf den Wagenboden und starrte in die hohe Feuersbrunst, dass ihr die Augen brannten. Der Regen war dürr. Er berührte sie kaum. Sie rieb sich den Arm. Wo Aimery sie gepackt und aus Gilberts Umklammerung gezerrt hatte, schien ihr Fleisch zart und roh. Die zwei Männer allein zu lassen, war ihr schwerer gefallen als alles zuvor, wiewohl sie begriff, dass dies nur sie beide anging, dass sie dabei keinen Platz hatte. So irrwitzig ihre Lage gewesen war, hatte sie, sobald sie Aimery erblickte, nur einen Wunsch verspürt: Hör mir zu. Ich muss dir sagen, was das Wichtigste ist. Seither schlug ihr das Herz in der Grube am Hals.

Wenn Gilbert doch noch einmal zu Kräften käme und Aimery tötete, hätte sie es ihm nie gesagt. Wenn Richilda schon tot wäre, hätte sie es auch ihr nie gesagt. Den Alten mochte sie nichts fragen, sie hatte Angst vor der Antwort. Wäre die Nachricht gut und das Kind noch am Leben, hätte er es sie, die Mutter, dann nicht längst wissen lassen?

«Ich bin Bruder Nicolas», erklärte er unvermittelt. «Vom *Do-*

mus Dei. Eure Kinder sind gut aufgehoben, sie sind in der Obhut Eurer Schwägerin.»

Ihrer Schwägerin? Wer sollte das sein? Sie hatte ja schon ein halbes Leben keinen Bruder mehr. Agnes war ihre Schwägerin gewesen, in einer blitzenden Lohe des Feuers sah sie sich mit Agnes durch die Marktgasse streifen, die Schöne singend und tänzelnd, so weltvergessen und so jung. In Dorothy ächzte etwas. Meine Kinder sind gut aufgehoben? Die Frage ließ sich nicht länger in der Kehle halten: «Meine Tochter – hat sie die Krankheit?»

Sie sah den Alten nicht an und wusste doch, dass der nickte.

Im nächsten Augenblick erschien Aimery im Tor. Unversehrt bis auf einen verkohlten Hemdsärmel. Lang und zerlumpt und schwarz. Komm zu mir, du. Ich will nichts denken und nichts wissen. Nur dich an mich drücken und bei den Ohren nehmen, dir den Kopf zurechtsetzen und die Augen küssen. Noch einmal ansehen will ich dich, was immer mit uns geschieht, jede Falte, jede Narbe, jedes Furchen der Braue, jeden schiefen Zug um den Mund. Er schleifte etwas hinter sich her, etwas Schweres, das ihn zwang, auf dem kurzen Weg zweimal haltzumachen. Einen Körper. Gilbert. Der war tot.

Vor dem Wagen blieb Aimery stehen. Heftig atmend, die Wangen tränennass. «Bitte glaub mir, Dorothy. Es tut mir entsetzlich leid.»

Sie sah ihn an und fragte sich nicht einmal, ob sie noch bei Verstand sei, eine Frau, deren Kind im Sterben lag und die nichts anderes zu tun hatte, als einen Mann anzustarren, einen Mann, der sie gnadenlos verstoßen hatte und der obendrein einen Toten mit sich schleppte. Seine ölschwarzen Wimpern waren feucht verklebt.

«Was willst du mit ihm?», fragte der Uralte.

«Ihm das Geleit geben», erwiderte Aimery, ohne den Blick

von Dorothy zu wenden. «Dort, wo Ihr mir den Gottesacker eingesegnet. Dorothy, Michael ist tot. Und Tom ist auch tot. Richilda ist schwer krank. Aber ich lass sie nicht sterben.»

Sie sah, dass er weiterweinen wollte, und sie wollte auch weinen, aber sie weinten beide nicht. «Ich hab deine Pergamente verbrennen lassen», sagte sie. «Und jetzt noch dein Schiff.»

«Welches Schiff?», fragte Aimery. Seine schimmernden Augen ließen sie noch immer nicht los. «Wir müssen fahren. Hilfst du mir, Gilbert auf den Wagen zu hieven?» Er wartete keine Antwort ab, sondern beugte sich zu dem Toten. Sie sah die Krümmung seines Rückens, die Wirbelsäule, die in den Stoff schnitt, die eckigen Schultern. Ihre Hand fuhr nach vorn. Wollte sich nach ihm strecken, sich seinen Rücken hinauftasten und in seinem steifen Nacken liegenbleiben. Erstaunt hielt sie inne: Ich dachte, all das, was geschehen ist, würde sich zwischen uns türmen wie ein Deich. Aber wo ist es denn? Zwischen dir und mir steht nichts, über das meine Hände nicht greifen könnten. Mein Liebster bist du. Wer wohl sonst? Aimery hatte Gilbert unter den Achseln gepackt und zog ihn hoch. Reckte sich auf die Zehen, um ihn nicht werfen zu müssen, sondern sachte abzulegen. Ihre Hilfe brauchte er nicht. Das wird mich verwundern, bis ich sterbe: Du dürres Gestell hast so viel Kraft.

Ihr Blick fiel auf Gilberts Gesicht. Nicht mehr gebläht von Zorn und Pein, sondern farblos und schlaff, als habe der Tod ihn schon ausgeweidet. Aimery sprang auf den Wagen, kniete sich neben Gilbert und sortierte dessen herrliches Haar. Komm her und ich kämme dir deines, dachte Dorothy. Dieses grausige Gestrüpp, das zause ich dir mitleidlos aus.

«Kommt Ihr mit dem Jungen zurecht?», fragte er den Alten im Aufstehen und sah dabei Dorothy an, unverwandt und großäugig.

«Ich denke, der wackere Bursche kommt mit mir zurecht»,

antwortete der Mönch, der hingerissen auf die Verbindung zwischen seinem Daumen und des Kindes Mündchen niedersah. «Es ist erst das zweite Mal, dass ich ein Kind in meinen Armen halten darf, weißt du das? Und das erste musste ich sogleich wieder fortlegen. Einst hoffte ich, du würdest mir deine Kinder bringen, Aimery.»

«Dieses ist jetzt meines», erwiderte Aimery schlicht. Er wollte über das Brett auf den Bock steigen, hielt schon den Zügel in der Hand, aber sah noch immer auf Dorothy. «Symond ist gestorben», sagte er, scheinbar zusammenhanglos. «Heute in der Frühe. Ich wünschte, ich hätte für ihn da sein können.»

Das wünschte ich auch, Aimery. Die Qual, die sich in sein Gesicht grub, die Schläge, die sein Gewissen ihm versetzte, spürte sie an sich selbst. Sie hätte ihn gern getröstet, aber dabei konnte sie es nicht. Armer Symond, dachte sie. Ich wünschte, einer, nur einer von uns allen, hätte für dich da sein können.

Noch einen Herzschlag lang hielt Aimery inne. Dann schlug er das Kreuz und stieg über das Brett, setzte sich auf den Bock und ließ das Pferd anziehen.

«Wohin fahren wir?», fragte der Mönch, als sie den Stadtrand passierten und in die erste schmale Gasse bogen.

«Einmal quer durch die Stadt, um allen, die noch leben, Bescheid zu geben.» Aimery sprach nach vorn, in den Regen. Seine Stimme war schwer vor Trauer, aber unbeirrt. «Und dann zum neuen Gottesacker von Portsmouth.»

«Und wo ist der, mein eiliger Freund?»

Ein Mann mit einem Totenkarren, auf dem nur ein einzelner Leichnam hing, ging ihnen voraus, gewiss unterwegs zum Kirchhof, der keinen Menschenleib mehr fassen konnte. Aimery schloss zu ihm auf, beugte sich hinunter und sagte es ihm: «Kommt alle. Bruder Nicolas vom *Domus Dei* weiht uns für unsere Toten einen neuen Grund.»

Aus der Nähe erkannte Dorothy, dass der Tote eine Frau war. Eine Alte, die offenbar in ihr Hemd für den Feiertag gekleidet war und das Haar ordentlich unterm Gebende trug. Wer nahm sich denn noch Zeit, die Toten so pfleglich herzurichten? Die meisten warfen aus zwei Schritten Abstand Kalk auf sie und rührten sie mit bloßen Händen nicht an. Das Gesicht der Frau ließ Dorothy an einen geschälten und braun gewordenen Apfel denken: Es war nicht verformt oder entstellt, nur müde, alt und tot.

«Meine Mutter», sagte der Mann. «Die ist nicht an der Seuche gestorben, darauf hast du mein Wort. Unsereinem sind das Weib, die Tochter und der Bruder dran verreckt, aber hernach keiner mehr, und die Alte hat der Teufel geholt, weil er von deren Schandmaul noch was lernen kann. Darf die trotzdem auf den neuen Gottesacker?»

«Warum nicht?» Aimery hob die Braue. «Tot ist tot, und Schandreden kann sie dort so viele halten, wie sie will. Die hört kein Mensch.»

«Wo ist denn dieser neue Gottesacker?»

«Hinter dem Deich.» Aimery wies mit der Peitsche in die nämliche Richtung, und Dorothy glaubte, ihn, wiewohl er ganz ernst sprach, lachen zu hören. Etwas in dir wird nie alt, dachte sie. Etwas in dir geht nie entzwei. «Lade deine Mutter auf unseren Wagen und dann geh und sag es weiter. Bruder Nicolas vom *Domus Dei* weiht uns den Solent.»

Mit den zwei Toten, dem Greis und dem Säugling schleppten sie sich über den Deichhügel. Eine schweigende Menschenmenge folgte, umtanzt von Kindern, Schweinen und Kötern. Im Halbkreis stellten sie sich auf und sahen ein wenig aus wie der Halbmond in Portsmouth' Wappen. Dorothy hielt Vitus, der eingeschlafen war, und stellte sich neben Aimery.

Der Mönch zog sich die Schuhe aus. Über den Kieselstrand

ging er so weit, bis der Solent, der heute ruhig war, ihm in Wellenspitzen die nackten Zehen leckte. Er nahm den Aspergill und richtete sich auf. Er war gewiss hundert Jahre alt oder älter, aber sein Rücken war schnurgerade und sein Gesicht dem Meer zugewandt. Die zwei, drei Strähnen blassen Haares wehten, als er das schöne Latein der Weiheformel über das Wasser hin rief, die Zauberworte, die den Leuten gestatteten zu glauben. Aus dem schwingenden Aspergill gab er dreimal Wasser zu Wasser. Wasser war Leben. Portsmouth' Leben. Es würde die Toten umfangen, ohne Schaden zu nehmen, ja ohne überhaupt behelligt zu sein.

Die Leute rissen die Arme hoch und johlten. Es waren nur noch knapp halb so viele wie damals, als sie sich in Cattecleffe zusammengerottet hatten, um Rob Alepanscher zu ersäufen. Aber knapp halb so viele waren es noch. Knapp halb so viele, die, wenn dies überstanden war, gut doppelt so viele Kinder haben konnten.

Aimery stand still neben Dorothy. Sie hätte gern eine Hand vom warmen Leib des Kindes gelöst und ihn berührt. «Das hast du gut gemacht», sagte sie. «Sehr gut.»

Sein Kopf flog herum. *An diesem leuchtenden Blick schwing ich noch einmal zwischen Apfelbäumen. In den Himmel, Clement, schau ich schwinge in den Himmel. Nur sind wir jetzt erwachsen und haben keinen größeren Wunsch, als noch eine kleine Weile auf der Erde zu bleiben.* Er sah sie an, als hätten sie viel Zeit. Auch wenn sie keine hatten. Endlich riss er sich die Schuhe von den Füßen, hob Gilberts Leichnam vom Boden und zog den Kopf des Toten bis vor seine Brust. Auf die Weise ging er rückwärts mit ihm bis hinunter zum Meersaum und sah dabei Dorothy an. Leuchtend und, so fand sie, unverschämt jung, bis der Mönch ihn am Ärmel zupfte. Da drehte er sich zu ihm, und der Mönch segnete ihm den toten Gilbert aus und besprengte ihn mit geweihtem Wasser. Aimery verneigte sich und zog mit ihm los, in das viel weitere geweihte Wasser, das bis zur Insel und darüber hinaus reichte.

Dorothy hätte sich gewünscht, sogleich zu Richilda weiterzufahren oder noch besser zu laufen, weil sie glaubte, nicht länger warten zu können. Aber rasch aufbrechen durften sie nicht. Der Mönch, der uralte Bischof der See, brauchte Zeit zum Sterben.

«Bringt Eure Kranken ins *Domus Dei»*, hatte er der Menge zugerufen, die sich nur zögernd zerstreute. «Wir haben Feuer und Salben gegen Schmerzen. Und Wein und Trost.»

Dann stand er allein vor Dorothy, die das Kind hielt, und Aimery, dem die nasse Bruche um den Hintern klebte, sodass Dorothy nicht wusste, wohin sie blicken sollte. So verrückt war das Leben. Sie hielt ein Waisenkind in den Armen, und ihr eigenes Kind kämpfte gegen den Tod, vor ihr rüstete ein Tausendjähriger sich zum Sterben, und neben ihr stand ein Kerl, den sie auf den Kieselstrand werfen und lieben wollte, bis ihm Hören und Sehen verging. Deshalb war Leben genug. Etwas mehr wäre viel zu viel.

«Danke», sagte der Alte zu Aimery. «Mein Wunsch ist erfüllt, ich hatte teil an meiner Zeit.» Zu Dorothy sagte er: «Gott stärke Euch, Mistress. Dieser lange Mensch hier ist unserer Zeit erschreckend ähnlich: geschlagen, verstümmelt, verstört. Und tapfer und tollkühn und voll Trotz. Wenn Ihr ihm böse seid, kann ich's Euch nicht verdenken. Aber seid ihm auch gut. Seid manchmal stolz.» Dann legte er sich hin. Wie viel Glück hatte einer, der nicht nur bis zur völligen Erschöpfung leben durfte, sondern noch Zeit hatte, sich selbst zum Sterben hinzulegen? Der uralte Mann rollte sich zu ihren Füßen in den Sand und starb.

Aimery ließ ihn ein paar Herzschläge lang allein, dann kniete er nieder, schlug das Kreuz und hob den Aspergill auf. Beäugte ihn. Sah zweifelnd Dorothy an und reichte ihn ihr.

Sie fürchtete, ihr versage über dem toten Gottesmann, über

den der Wind Sand streute, die Stimme. Die aber krächzte nur ein wenig. «Gib her», sagte sie. «Du bist ein seltsamer Kumpan. Im Grund abergläubischer als meine Mutter und Großmutter zusammen.» Sie nahm das Aspergill und besprengte den Toten mit Wasser. Aimery, der des Lateinischen mächtig war, hätte die Segensformel sprechen können, aber wagte es wohl nicht, aus Angst, der Himmel werde bersten wie ein Kirchendach. Also kniete Dorothy nieder und sprach auf Englisch: «Gott, der Herr, segne dich. Gott, der Herr, mache sein Tor für dich auf. Mehr fällt mir nicht ein. Gott, der Herr, tue alles so, wie's eben richtig ist.»

Sie sah auf Knien zu, wie Aimery den Alten ins Wasser trug. Er blieb eine Zeitlang mit ihm stehen, dann kam er zu ihr zurück, diesmal nass bis an den Hals. Triefend stand er vor ihr. Sie sah, dass er etwas sagen wollte, dass ihm nichts einfiel, dass er sich ängstigte und dass er fror. Hätte sie das Kind nicht gehalten, hätte sie sich nicht länger gezügelt, sondern ihn in die Arme genommen. Wenn er sie als seine Liebste nicht wollte, so war sie doch seine Freundin, daran hatte er nichts zu wollen.

Ihm voran ging sie über den Deichhügel zum Wagen. Schweigsam fuhren sie das letzte Stück Weges, auf das gelbe Nest von Gebäuden, das steile Dach und den kurzen Glockenturm zu. Etwas war richtig daran, dass dies ihr Ziel war. ‹Es endet immer hier›, hatte Gilbert gesagt. Dorothy hielt den schlafenden Vitus und sah auf Aimerys Rücken. Sie fühlte sich endlich sicher genug, um an Richilda zu denken und zu beten: Herr, lass sie leben. Die Welt, das sah sie jetzt, war gar nicht abgegriffen und dem Ende nah. Es war eine erneuerte, eine Frühlingswelt, grün und unverwüstlich, vom dünnen Regen blank gewaschen. Eine Welt, die darauf wartete, dass junge Frauen *Der Sommer ist gekommen* sangen. Herr, lass Richilda leben, betete Dorothy, lass sie bleiben. Die Welt, die neu anfangen muss, braucht solche wie sie.

Schon von weitem sahen sie die Menschen. Eine Frau, die ihren Mann auf einen Schubkarren geladen hatte, einen Alten, der ein Kind trug, ein paar andere, die an sich selbst schleppten. Sie warteten vor dem Tor auf Einlass, wie Bruder Nicolas es ihnen gesagt hatte. Derweil ihr Wagen sich näherte, kam noch eine Handvoll dazu, die meisten stark genug zum Gehen. Ich habe mehr erwartet, bemerkte Dorothy und hatte dabei Bilder des entvölkerten Havant vor Augen und Bilder aus den Tagen, als in ihrer Gasse täglich jemand gestorben war. Aimery wandte kurz den Kopf. Denkst du dasselbe wie ich?, fragte sie stumm.

Der Gaul trabte die letzten paar Schritte, da wurden die Flügel des Tores aufgerissen, und die Menschen begannen hineinzuströmen. Aimery sprang vom Bock und nahm das Pferd am Kopfzeug, um sich einzureihen. Wie eine gewöhnliche Familie folgten sie dem Ende des Zuges, ein Mann, der Frau und Kind auf seinen Wagen geladen hatte, um sie in Sicherheit zu bringen. Hastig, bevor sie die Wahrheit würde fassen müssen, formte sich in Dorothy ein letztes Gebet: Herr, lass uns so wieder ausziehen, Richilda und Nicolas bei uns, was immer uns auch draußen erwartet.

Die Reihe verursachte im Gehen wenig Geräusche, nur das übliche Geraschel und Getuschel von Menschen. Als aber schon alle das Tor durchquert hatten und eben der Wagen mit Dorothy und Vitus hinterherzockelte, drang ins gedämpfte Rumoren Höllenlärm. Es dauerte einige Herzschläge, ehe Dorothy das Getöse zuordnen konnte. Gebell war es, aber keines von Straßenkötern, die sich um eine verendete Ratte balgten, sondern von Kettenhunden, die mit solchem Gekläff zum Töten ansetzten. Schreckensschreie gellten auf. Aimery brachte das Pferd zum Stehen.

Dorothy erhob sich, um zu sehen, was vorging. In ihren Armen erwachte Gilberts kleiner Sohn und hob aus tiefstem

Schlaf an zu brüllen. Ohne hinzuschauen, riss sie sich über der Brust das Hemd auf und schob dem Kind die Warze in den Mund. Im selben Augenblick erfasste sie das Grauen. Keine fünf Schritte von ihnen entfernt stand der hochgewachsene Mönch, der kein Mönch war, mit zwei weiteren Männern in Kutten, die an Ketten sechs regengraue Hunde hielten. Groß wie Kälber, zottig wie Wölfe, kläffend und geifernd, als hätte man sie tagelang hungern lassen. Die Wartenden kreischten, versuchten zu flüchten, aber den Eingang verstopfte der Wagen. Und das war noch nicht das Schlimmste. Gleich hinter den Bestien, im Griff des Mönchs, der kein Mönch, sondern ein Mörder war, stand eine kleine Gestalt, den Kopf geduckt, die Arme auf den Rücken gebogen. Nicolas.

Ein Schrei ließ die nahezu erstarrte Dorothy herumfahren. Drei Leute kamen von einem länglichen Gebäude her gerannt, zwei Männer und eine Frau, deren Anblick ihr einen Laut des Entsetzens abrang. Das Gesicht war kein Gesicht mehr, sondern eine Maske aus geschlachtetem Fleisch. Als Kind hatte sich Dorothy einmal unerlaubt in den Schuppen ihres Vaters geschlichen, hatte dort über der Bank ein gehäutetes und frischüberbrühtes Tier gesehen und war heulend zurück in den Hof gelaufen, als sei der Teufel hinter ihr her. So rot verquollen wie das Fleisch jenes Tieres war die Haut der Frau. Ein Auge wie zugeschmolzen, ein Ohr und die halbe Nase nicht mehr da. Eine Satansfratze. Die Entstellte riss die Arme hoch und schrie noch einmal. Von ihrem kahlgebrannten Schädel wehte eine Strähne Haar. Sehr blondes Haar. So blond, dass die stillende Dorothy den Kopf des Kindes kurz beiseiteschob und sich ans Herz fasste.

Natürlich war es nicht nur das Haar, an seinem Haar erkannte keiner einen andern. Aber was es war, wusste Dorothy nicht zu sagen, vielleicht verlor sie den Verstand, und außerdem war für solche Wirren keine Zeit.

«Mein Kind», schrie die Verbrannte, und dasselbe wollte Dorothy schreien: «Lasst mein Kind los, ich tue alles, was Ihr sagt.»

«Das ist gut», überschrie der große Mann das Gebell der Hunde. «Wiewohl spät. Schaff alle Siechkranken von meinem Grund, auch das schwarze Balg, das in meinem Pflegehaus liegt. Beeil dich. Ich kann diese ausgehungerte Meute auf den verseuchten Pöbel hetzen, aber ich kann sie auch auf deinen Bastard hetzen, ganz wie mir beliebt.»

Die Verbrannte starrte auf die Gruppe mit den Hunden, dann schwang sie herum und starrte auf die verängstigten Menschen. Ihr Mund riss sich auf, in Verzweiflung faltete sie die Hände, aber das Wort, das sie suchte, fiel ihr nicht ein, und die Hände glitten wieder auseinander.

Statt ihrer schrie Aimery. «Was Ihr tut, ist falsch. Dies ist ein Gott geweihtes Hospiz, und als solches hat es Kranke zu pflegen, es kann sie nicht abweisen. Wir müssen alles tun, um sie zu heilen, Master, und um herauszufinden, woran sie uns sterben. Wenn wir der Krankheit nicht den Kampf ansagen, sind wir verloren. Nicht Ihr oder ich. Sondern alle, die nach uns hätten kommen können.»

«Schweig!», brüllte der Master. Geradezu riesenhaft richtete er sich auf, und sein kurzgeschorener Schädel erschien Dorothy jäh brandrot. Wie das Haar, das ihm aus der Nase wuchs. Wie Lukes Haar. «Nimm deine sieche Brut mit dir und lass dich hier nicht wieder blicken. Ich gebe dir ein *Pater noster* lang Zeit, dann reißen dich die Hunde in Fetzen.»

Aimery hob seine leere Hand. «Kein *Pater noster*, solange hier Hunde Menschen bedrohen.» Wiewohl er nicht mehr schrie, übertönte sein Reden das Gebell. «Eurem Befehl kann ich nicht Folge leisten. Besinnt Euch doch. Lasst den Jungen gehen, bringt die Tiere weg und beruhigt Euch.»

Er würde es tun. Aimery, der zu stolz war, um vernünftig zu

sein. Trotzen, beharren, sich zerreißen lassen. Er ging zwei Schritte auf den Master und die Bestien zu. Die sperrten die abscheulichen Rachen auf und zerrten an den Ketten. Dorothy, die das Kind stillte, reckte sich. Aimery ging weiter. Wie ich dich dafür hasse!, dachte sie, und dann schrie sie: «Aimery! Dreh dich um.»

Er hielt inne. Wandte den Kopf. Wenn einer der Hundeführer nur einen Schritt vortrat, würde eins der Untiere die Zähne in seine Hand schlagen.

«Bleib stehen», rief Dorothy. Dabei rutschte ihre Brustwarze aus dem Mund des Säuglings, der zu brüllen anhob. In ihrem Kopf vereinten sich Kindergebrüll und Hundegebell zu einem Rauschen. Sie sah über Aimery und die Hunde hinweg und schrie gegen das Rauschen jetzt den Rothaarigen an: «Warum wollt Ihr uns nicht hier haben, Master? Weil wir leben, auch wenn wir sterben müssen, und weil Ihr nicht leben könnt? Ihr haust hinter Mauern, von allem geschirmt, damit Eure Mordlust nicht noch einmal ausbricht, aber wenn Ihr die Hunde auf meinen Sohn und meinen Mann hetzt, mordet Ihr wieder. So wie Ihr Rachel aus Havant zu morden versucht habt. Wie Ihr Helewise Fletcher gemordet habt.»

Noch während sie ihre Worte über all dem Lärm verklingen hörte, wurde ihr klar, was geschehen würde, sobald Aimery begriff: Er würde alles vergessen, selbst Nicolas, er würde sich auf den Mann stürzen, der sein Leben zerstört hatte, und dabei sterben oder töten und sich nie vergeben. Wenn sie ihm das erlaubte, hatte sie verloren.

Sie ließ sich keine Zeit zu zweifeln, legte das brüllende Kind zu Boden und sprang, so entkräftet, wie sie war, vom Wagen. Sie sah nichts mehr. Hörte nur die Stimme, die «Dottie» schrie und gleich darauf im Gebell der Hunde unterging. Agnes' Stimme. Aimery verstellte Dorothy den Weg, sie stieß ihn zur Seite und war mit dem nächsten Schritt schon vor den Bestien. Ein Gewicht prallte gegen sie, dann ein zweites, ein Schmerz bohrte sich in ihre Schulter. Nur weiter, fuhr sie sich an, nur weiter. Den neuerlichen Schmerz, der ihre Hüfte erfasste, nahm sie kaum noch wahr. Stattdessen erahnte sie hinter den Schemen der Hundekörper das Gesicht des Masters. Dann, ganz kurz, das schneeweiße, angstverzerrte Gesicht von Nicolas. Mit letzter Anstrengung hob sie die Arme und streckte sie nach dem Jungen.

Erneut biss Schmerz zu, an mehreren Stellen zugleich. Als Zähne wie Nadeln sich in ihren Schenkel schlugen, glaubte sie zu stürzen, fing sich jedoch, bekam Nicolas zu fassen und riss ihn mit letzter Kraft aus Fitzrogers Griff. Würde der Junge es schaffen, würde er fliehen können, derweil die Hunde mit ihr beschäftigt waren? Würden er und Richilda leben? Wieder biss ein Hund zu. Dorothy fiel zu Boden, traf hart mit der Wange auf. Jetzt ist es zu Ende, durchfuhr es sie. Vor ihre Augen zog Schwärze.

Aber es war nicht zu Ende. Ehe sie das Bewusstsein verlor, stürzte ein Leib auf sie nieder, der keinem Tier, sondern einem Menschen gehörte, und zugleich entfernte sich das Hundegebell. Eine Hand, nicht zwei, sondern nur eine, schloss sich um ihr Gesicht. So sehr ihr Körper brannte, Dorothy hätte lauthals lachen wollen. Bist du jetzt endlich wieder ganz bei mir? Kann ich es dir sagen? Aimery zog sie vom Boden hoch und an seine Brust. «Ich liebe dich», sagte sie. Dann übermannte sie Dunkelheit.

Bis sie zu sich kam, mochten Tage vergangen sein, in Wahrheit aber waren es wohl nicht mehr als Augenblicke, denn sie lag noch immer auf dem Grün, sah das steile Dach des *Domus Dei*, das in den Himmel ragte, und hörte, wenn auch entfernt, das Gebell der Hunde. Als Nächstes fiel der Schmerz an Schulter, Hüfte und Schenkel gleichzeitig über sie her. Bei ihrem Bein kniete eine Gestalt, berührte die Wunde, tat ihr weh. Und dann setzte die Erinnerung ein und damit die wichtigste Frage: «Nicolas?»

«Ist in Sicherheit.» Hinter ihrem Kopf erklang Agnes' weindunkle Stimme, die Dorothy so gemocht hatte. Erst jetzt bemerkte sie, dass ihr Kopf im Schoß der Schwägerin ruhte. «Schwester Magdalene kümmert sich um ihn. Auch um den Kleinen, den du im Wagen hattest. Sie versteht sich auf Kinder. Sie hat mich von meinem entbunden.»

Sich halb aufrappelnd, sog Dorothy Agnes' Geruch ein. Eine fromme Schwester war die, ein armer Krüppel, aber sie duftete noch immer nach Rosen wie die tollste Hure. Der Schmerz in der Schulter war erträglich, die Bissstelle bereits verbunden.

«Wirst du wohl liegen bleiben?», herrschte die Schwägerin sie an. «Warte zumindest, bis Schwester Ruth dir die Wunden versorgt hat. Dass du vollkommen wahnsinnig bist, weißt du, oder? Dich diesen Bestien geradewegs in die Rachen zu stürzen – o Dorothy, ich wünschte, wir, Bruder Nicolas, ich und alle Brüder und Schwestern, wären beizeiten so wahnsinnig gewesen wie du.»

Sie wandte sich ab. Dorothy sank zurück auf ihre Schenkel, tastete nach ihrer Hand und hielt sie fest. In ein paar Schritten Entfernung sah sie zwei Mönche, die das Rudel Hunde außer Sicht führten, und Aimery, der mit beiden Armen den Master festhielt. Der riesenhafte Mann schien in Aimerys Griff geschrumpft, in sich zusammengesunken.

«Hilft mir jemand?», rief Aimery. «Ich kann ihn nicht binden, ich habe nur eine Hand.»

Dorothy wollte schon wieder lachen. Dann besann sie sich der Schwägerin und drückte ihr die Hand. «Erzähl mir, was geschehen ist.»

«Du hast dich wie eine Rasende in das Rudel gestürzt und Nicolas befreit. Weißt du, wie oft ich das habe tun wollen, wenn der Master Kranke von der Pforte vertrieb, wenn er uns bedrohte, wenn er aus dem Haus Gottes einen Ort machte, an dem Gottes Geschöpfe nichts galten? Keiner von uns hatte den Mut, keiner von uns hat begriffen, dass er gegen uns alle nichts hätte ausrichten können. Erst als du auf ihn zugerannt bist, und mein nicht minder wahnsinniger Vater dir gleich hinterher, haben wir erkannt, dass wir viele sind und er nur einer. Die Brüder haben die Hunde zurückgerissen, wir anderen sind euch zu Hilfe gekommen. Du bist ganz hübsch zugerichtet. Aber es sind keine tiefen Wunden, in ein paar Tagen kannst du es wieder mit allen Teufeln der Welt aufnehmen.»

Wie auf ein Zeichen erhob sich die Schwester, die Dorothys Bein mit Streifen von Leinen umwickelt hatte. «Ihr dürft jetzt aufstehen», sagte sie, den Mund zu einem Schmunzeln verzogen. «Ich für mein Teil riete allerdings zu etwas Schonung.» Damit wandte sie sich zum Gehen.

«Danke», rief Dorothy ihr hinterher, setzte sich auf und fuhr zu Agnes herum. Vor deren Gesicht erschrak sie, es war aus der Nähe noch scheußlicher als von fern.

Jetzt lachte die Schwägerin. Ohne Scham und aus tiefer Kehle. «Du musst versuchen, nur auf mein Auge zu sehen. Das hilft.»

Dorothy versuchte es. «Richilda?», brach es aus ihr heraus. «Lebt sie?»

«Sie ist sehr krank», sagte Agnes. «Aber leben tut sie.»

«Ich will zu ihr. Ich will ihr sagen …»

«Sie hört jetzt nichts.» Agnes streichelte Dorothys Gesicht. «Ich habe ihr aus Bilsenkrautwurzeln einen Saft gebrüht, der hilft gegen die Schmerzen und erlaubt zu schlafen.»

«Was wird mit Master Fitzroger?»

«Sie haben ihn gebunden, Bruder Martin und Bruder Timothy bringen ihn weg. Er hat meine Mutter getötet, ja?»

«Das hat er.» Das Sprechen strengte Dorothy an, sie musste wiederum Atem holen, und erst dabei bemerkte sie, wie gleichgültig Agnes geklungen hatte. «Hast du es gewusst?»

«Nein», sagte Agnes. «Aber jetzt, wo ich es weiß, passt mir alles zusammen. Dass er mich so gehasst hat. Ich habe ihn auch gehasst, vor allem, als er mich gezwungen hat, mein Kind fortzugeben. Jetzt denke ich: Er hat mich gar nicht gehasst. Er hatte entsetzliche Angst vor mir.»

«Bist du erleichtert?»

«Warum sollte ich?», fragte die andere. «Dass der Vater sie nicht getötet hat, habe ich immer gewusst.»

Du hast es geglaubt, dachte Dorothy. Nicht gewusst. Aber sie sagte nichts, sah Agnes nur an. Es gelang ihr nicht länger, allein Agnes' Auge anzustarren, aber das war auch nicht länger nötig.

«Er dauert mich», hörte sie Agnes murmeln. «Ich denke, er ist froh, dass es endlich heraus ist, und ich werde froh sein, wenn Bruder Nicolas zurückkommt und der arme Mann die Beichte ablegen kann.»

«Bruder Nicolas ist tot», fiel Dorothy ein. Und dann fügte sie hinzu: «Er hat uns den Solent zum Friedhof geweiht. Dann ist er gestorben.»

Agnes schlug das Kreuz. «Dann wird einer der anderen dem Master die Beichte abnehmen», sagte sie. «In solcher Lage darf es durchaus auch ein Laienbruder tun. Er wird Frieden finden.»

Dorothy wollte noch etwas fragen, aber jäh legte ihr Agnes einen Finger auf den Mund und wies dann an ihr vorbei. «Die Kranken werden gepflegt», sagte sie, «die Kinder mit Milch gefüttert und die Toten bestattet. Aber hinter dir steht einer, dem, glaube ich, nichts nützt als deine Hand.»

Sie wollte aufspringen, doch der unverhoffte Schmerz warf sie zurück. Aimery griff ihr von hinten unter die Arme und half ihr auf. Ehe Dorothy sich ihm zuwandte, fragte sie Agnes: «Nicolas ist dein Kind?»

Es war nicht die richtige Frage, aber Agnes verstand sie trotzdem. Sie warf den Kopf in den Nacken, dass das bisschen Haar, das sie so trotzig übrig behalten hatte, auf ihren Rücken fiel. «Er ist trefflich geraten. Wie Richilda. Ich bin ja keine, die von Kinderaufzucht viel versteht, aber die zwei sind fein erzogen, und in beiden mischt sich das gleiche feine Blut.»

War das die Antwort? Dorothy starrte Agnes an.

«Ja, Dottie», sagte die. «Er ist dein Neffe. Clements Sohn. Ich hab's selbst nicht glauben können, als aus dem zerfetzten Wrack, das ich war, dieses völlig heile Kind kam. Aber dann entsann ich mich, dass mir in den Tagen vor dem Brand ständig übel gewesen war und ich erbrechen musste. Ein sicheres Zeichen, sagen die klugen Schwestern hier.»

Dorothy brauchte keine Zeichen mehr. Dass sie elf Jahre lang ihrem grünäugigen Jungen ins Gesicht gesehen und es nicht begriffen hatte, schien ihr zum Lachen und zum Singen.

Bei Tage dreschen wir die Garben.
Und bei Nacht legen wir die Netze aus.
Wir sind die Männer vom Solent, aus hartem Holz geschnitten.

Ganz still war es, als ihr Lied verstummte und sie sich umdrehte. Kein Gebell, kein Geschrei und kein Getrampel mehr. Nur das Vor und Zurück, an das die Leute aus Portsmouth sich so sehr gewöhnten, dass sie es kaum noch hörten.

«Dorothy?» Aimerys Lippen zitterten. Die Hand, die ihr über die Wange strich, zitterte auch. Sie blieb so dicht vor ihm stehen, dass sie sein Herz spürte, das wie ein gefangener Vogel mit den Flügeln schlug. Er roch nach Holz, immer roch er nach Holz.

«Gehen wir?», fragte Agnes hinter ihnen.

Aimery und Dorothy fragten nicht einmal, wohin sie gehen würden, sondern trotteten schweigend hinter Agnes her. Aimery hatte seinen Arm unter Dorothys Achsel geschoben und stützte sie so behutsam, wie es ihm eigen war, ohne die Wunde an ihrer Schulter zu streifen. Jeder Schritt tat ihr weh, aber der Schmerz ließ sich leichthin aushalten. Die Schwägerin führte sie um das längliche Pflegehaus und das Hauptgebäude herum, über leeres Grün und schließlich auf den kleinen Acker, auf dem sich ein paar Steine und Kreuze reihten. Vor einem grauen Quader schob sie sich zwischen die beiden und hielt sie zurück. Dorothy konnte nicht lesen, doch zu erraten, was auf dem Quader stand, war nicht schwer: *Helewise Fletcher.*

«Ist es wahr?», fragte Aimery.

«Ja», antwortete Dorothy, die nicht in sein Gesicht, sondern auf das Grab sah. «Er hatte es in sich. Die Mordgier. Wer weiß, warum? Er hat es bei Lukes Mutter versucht. Bei deiner Frau ist es ihm gelungen. Sie war zur falschen Zeit am falschen Ort.»

Jetzt weine, dachte Dorothy. Weine um eine andere als mich, es steht dir zu, aber tu es zum letzten Mal.

Doch Aimery weinte nicht. «Ich wollte, ich hätte es gewusst, bevor Symond starb», sagte er mit brüchiger Stimme. «Ich konnte nicht sein Vater sein, ich habe immer Gilbert gesehen. Aber ich hätte zumindest nicht der Mörder seiner Mutter sein müssen. Gehen wir zu Richilda?»

Sie wandten sich ab. Im Gehen stockte Dorothy der Fluss der Gedanken. Allem Schmerz zum Trotz befreite sie sich aus Aimerys Arm und verstellte ihm den Weg. «Was hast du gerade gesagt?»

«Ich weiß nicht. Ich muss dir so viel sagen, Dorothy, und das, was du mir gesagt hast …»

Ihre Hand landete harsch auf seinem Mund. «Komm mit.» Sie packte ihn am Stumpf und zog ihn mit sich, Agnes hinterher. Die ging wiederum an dem Hauptgebäude entlang, dann in das längliche Pflegehaus und erklärte flüsternd: «Die anderen Kranken bringen wir in der Säulenhalle unter.» Dorothy hörte sie kaum.

Sie sah die beiden Betten. Das vordere, auf dem der Mann lag, den sie geheiratet hatte, und das hintere, wo beim Feuer ihrer beider Kind schlief. Am Stumpf führte sie Aimery vor Symonds Lager. «Schlag das Kreuz.»

Er tat es, und sie tat es auch. Wieder ergriff sie ihn am Stumpf und zog ihn zu Richildas Bett. Als sie das Kind sah, das ausgebreitete Haar, die vom Fieber geröteten Wangen und die Decke, die sich mit den kurzen, flachen Atemzügen hob und senkte, sprang ihr das Herz aus der Halsgrube in die Gurgel. Sie drehte sich zu Aimery.

«Du glaubst, Symond ist nicht dein Sohn? Symond ist Gilberts Sohn, das glaubst du seit dreißig Jahren, und deshalb konntest du Symond nicht lieben? Deshalb hast du ihm keine Kufen zum Eislaufen gemacht?» Er stand vor ihr ohne Regung. Sie packte seine Schultern und schüttelte ihn. «Bist du blind, Aimery? Bist du nicht nur vernagelt, sondern blind?» Sie zwang ihn mit sich in die Knie. «Was immer du von Helewise glaubst und was Helewise nicht mehr richtigstellen kann – von mir glaubst du gefälligst, was ich dir sage: Ich war eine unberührte Maid, als Symond mich nahm. Dies hier ist Symonds Kind. Hast du dich nie gefragt, wie von zwei hellen Menschen ein so dunkler kommt, von Symond und mir eine solche Jungfer Neunmalschlau?» Das Atemholen tat ihr weh, und als sie ihn ansah, wollte sie ihn am liebsten ohrfeigen und es damit genug sein lassen. Aber es war nicht genug. Sie zwang sich zur Ruhe. «Ich erteile dir jetzt deine Strafe, Aimery, auf die du eine solche Ewigkeit gewartet hast. Du hast deine Frau nicht getötet. Und du hast Agnes nicht getötet. Du warst zornig auf beide, du warst gekränkt und hast sie verstoßen. Das verdenkt dir keiner, es ist, was Menschen eben geschieht, und daran trägst du keine Schuld. Aber an Symonds elendem Leben trägst du Schuld.» Sie wischte Richilda Haar vom Gesicht und entblößte den Halbmond auf der Schläfe. «Wie dumm ein so kluger Mann sein kann. Dieses Kind, das dir aus dem Gesicht geschnitten ist, ist deine Enkelin.»

Er quälte sich. Und sie ließ ihn. Er sah das Mädchen an, und dann lief er in stolpernden Schritten hinüber zu seinem Sohn. Fiel wieder auf die Knie und rang die Hände, von denen eine fehlte. Vermutlich hatte Helewise in Wut zu ihm gesagt, sie habe das Kind von einem andern, Dorothy wusste inzwischen nur zu gut, zu welcher Wut er einen Menschen treiben konnte. Aber er würde sich nicht rechtfertigen, und dafür liebte sie ihn. «Komm zu mir, Aimery.»

Erschöpft setzte sie sich zu Richilda aufs Bett. Wer noch im Raum war, Agnes oder einer der Brüder, kümmerte sie nicht. Sie wartete, bis er Mut fasste, zu ihr kam und vor ihr wieder in die Knie ging.

«Ich habe mein eigenes Kind im Stich gelassen?»

«Ja, das hast du.»

«Und jetzt?»

«Jetzt gar nichts.»

Sein Blick traf ihren. Da schloss sie die Arme um seinen stocksteifen Rücken und zog seinen Kopf in ihren Schoß. Grub die Hände in sein Haar und hörte zu, wie ihr Herz, das seit dem Morgen in ihrem Hals geschlagen hatte, Stück um Stück zurück an seinen Platz glitt. «Jetzt wirst du damit leben müssen. Sonst nichts. Wir machen Fehler und leben weiter, so gut es geht, das ist uns auferlegt, und ob wir uns geißeln und zerfleischen, ändert nichts.» Auch dafür, dass er stillhielt, liebte sie ihn. Er war der schwierigste Mann, den sie hätte wählen können. So schwierig wie ihre Zeit. Aber er war auch tapfer und tollkühn. Und kitzlig. Sie ließ eine Hand unter seine Rippen gleiten.

Er hob den Kopf. Das Gesicht war zerdrückt und nass, das Haar zerrauft. «Hast du dein Kind geboren, Dorothy?»

«Unseres. Einen Knaben. Tot.»

Das Zucken, das über sein Gesicht ging, tat ihr gut. Das lange Schweigen auch. Das Schlagen des Kreuzes, in gleicher Langsamkeit. Das Haus war leer. Wer immer außer ihnen dort gewesen war, war gegangen. Durch den Türspalt drang das Licht des trüben Tages, das sich weiter trübte und von baldigem Verlöschen kündete.

«Verzeihst du mir?», fragte er.

«Aber ja.»

Er krallte eine Hand in ihren Schenkel, darauf bedacht, ihre Verletzung nicht zu streifen, presste den Stumpf auf den anderen, und sie liebte ihn sehr.

«Ich will bei dir bleiben, Dorothy. Heute Nacht. Mit dir bei Richilda wachen und Richilda Sirup einflößen und für Richilda beten. Mit dir singen, wenn sie lebt, und mit dir brüllen, wenn sie stirbt. Und hernach auch bleiben. So recht und schlecht für dich sorgen, wie ich kann. Dorothy, ich …»

«Halt.» Sie ließ ihn los, biss die Zähne zusammen und stieß ihm die Knie vor die Brust, damit er von ihr abrückte. «Nach dem, was du mir sagen willst, habe ich mich krank gesehnt, mein Bester. Aber jetzt mag ich es nicht mehr hören, wenn du nicht weißt, zu wem du sprichst. Ich bin keine fleckenlose Maid, so wie die arme Helewise keine war. Ich bin Dottie mit dem sündigen Hintern, ich hab mit Gocelin gelegen und mit Gilbert auch. An die Dottie ohne Fehl und Tadel hab ich mal geglaubt. Aber wenn du auch an die glaubst und wenn du die willst, dann nimmst du besser eine Tote.»

Was sie an ihm mehr als seine Klugheit und seine Tapferkeit liebte, war seine Art zu lächeln. Als ändere sich das Wetter, das in Wahrheit immer gleich und verregnet blieb. Er räusperte sich.

«Sei kein solcher Feigling, Aimery.»

Er räusperte sich noch einmal, da regte sich neben ihr das Kind. Mit einem Satz war er bei ihr. Sie beugten sich beide über Richildas Gesicht, derweil die Kranke tief und röchelnd Atem holte. Hitze von dem fiebernden Körper stieg Dorothy in Stirn und Wangen. Hinter ihnen knarrte die Tür. Als sie herumfuhren, sahen sie Agnes, die einen Tiegel und eine irdene Flasche trug. «Ihr bleibt die Nacht über bei ihr, nicht wahr? Ich bringe Essig zum Waschen und Salbe aus Hühnerei, die streicht auf, wenn der Ausschlag aufbricht. Auf Eure Brandwunde solltet Ihr sie auch streichen, Vater. Das schadet nichts. Sorgt dafür, dass die Kleine trinkt. Sie ist sehr stark. Gerade hat mir ein Mann, der seinen Sohn hertrug, erzählt, er habe die Krankheit überlebt.»

«Agnes», fiel Dorothy ein, während Aimery aufstand und seiner Tochter die Behältnisse abnahm. «Ich habe heute gedacht, dass es weniger Kranke gibt als im Winter. Unten am Solent hatten wir nicht mehr als drei Tote, von denen nur einer an der Pest gestorben war. Hältst du für möglich, dass es vorbei ist? Dass die Krankheit sich allmählich satt gefressen hat?»

«Ja», erwiderte Agnes, die ihrem Vater zeigte, wie er mit einem Stab die Hühnereisalbe aufzuschlagen hatte. «Bruder Nicolas hielt es für möglich. Er meinte, sie werde eine Zeitlang wüten und dann weiterziehen, aber wiederkommen. Wir sollten lernen, mit ihr umzugehen.»

Aimery küsste Agnes die Stirn, setzte Tiegel und Flasche auf dem Beistelltisch ab und kehrte zu Dorothy zurück.

«Braucht ihr selbst noch etwas für die Nacht?»

«Nichts», sagte Dorothy. «Ist Nicolas jetzt bei dir?»

«Ja. Nur diese eine Nacht will ich meinen Jungen bei mir haben, dann bekommst du ihn zurück. Dass ich Bruder Nicolas bat, ihn dir vors Hoftor zu legen, war das Klügste, was ich je getan habe.»

«Danke, Agnes.»

«Gott behüte euch.»

Sie prüfte das Feuer, schürte es und entzündete die Kerzen im Wandarm. Dann verließ sie das Haus und schloss leise hinter sich die Tür.

Aimery hatte Richildas Haar gestreichelt. Als die Tür zufiel, wandte er sich Dorothy zu. Seine Augen blitzten, stellten keine Frage mehr. Er schloss die Arme um sie und zog sie langsam, jeden Zoll auskostend, an seine Brust. An ihrem Ohr räusperte er sich. Einmal, zweimal.

«Nun mach schon, Aimery.»

«Da lässt sich nichts machen.» Er küsste ihr den Hals. «Ich liebe dich.»

Nebeneinander, vor dem Bett der Fiebernden, wachten sie bis zum Morgen.

Manche würden heute sterben.

Andere würden einen Sohn gebären. Manche lichteten heute Anker, andere legten an, manche wurden krank, und andere genasen. Für all jene wäre dieser ein besonderer Tag, aber für sie, für Dorothy Fletcher, das wünschte sie sich, würde es der erste Tag unter vielen sein.

Der Regen hatte nicht aufgehört. Vielleicht hörte er nie mehr auf, vielleicht, so sagte Nicolas, hatten den Wasserschlauch des Himmels die Motten erwischt. Seine Mutter, die sich ihm als seine Tante vorgestellt hatte und dabei bleiben wollte, lachte schallend darüber. «Nicht dass ihr ihm Schläge gebt, wenn er sich solch reizende Frechheiten erlaubt.»

«Er hat sich früher nie Frechheiten erlaubt», bemerkte Dorothy trocken. «Schon gar keine ketzerischen. Das tut er erst, seit er ins Haus Gottes kam, unter die Obhut der frommen Schwester Agnes.»

Sie prüften noch einmal ihr Gepäck und verschnürten es. Es enthielt vornehmlich Arzneimittel, einen Trunk zur Stärkung und Salbe. Dann geleitete Agnes sie zum Tor. Der frühe rote Morgen war kühl, und immer wieder fiel Regen. Dennoch war der April fast vorbei. Über das Maien würde er mit Laurence Bischofswirt reden, erklärte Aimery, die Leute bräuchten ein Maien, ein Fest, das ihnen zeigte, dass das Leben in Portsmouth weiterging. Am besten wählten sie Laurence zum Bürgermeister, und zum Maien könnten sie das Mysterienspiel von Noah aufführen, der auf der Arche der Sintflut entkam und vor der getrockneten Erde vor Anker ging.

«Ich kann eine solche Arche zusammenzimmern. Was immer von der Werft übrig ist, für eine Attrappe genügt es gewiss.»

«Hältst du jetzt mal den Mund?», fragte Dorothy. «Wo ist eigentlich mein schwarzer Schweiger geblieben? Früher hast du dir vor Verlegenheit die Lippen zerbissen, aber neuerdings schwatzt du in einem fort.»

«Vor Verlegenheit», sagte Aimery und senkte den Kopf.

Sie hatten das Tor erreicht. Bruder Anselm stand dort mit dem Pferdekarren.

«Ihr könnt den Wagen behalten, der Master braucht ihn nicht mehr», sagte Agnes. «Er wird dieses Gelände wohl nicht wieder verlassen.»

«Was wird mit ihm?»

Agnes zuckte die Schultern. «Solange er lebt, wird er hier versorgt. Er ist ja nicht länger der, der einen Menschen getötet hat. Wie ein Kind ist er, das lallt und nach der Mutter greint.»

«Und wer wird das Hospiz verwalten?»

«Wir», erwiderte Agnes. «Es wird schon gehen. Die Überlebenden halten die Trümmer zusammen, wie überall im Land. Irgendwann bekommen wir gewiss auch wieder einen Chorherrn aus Fontevrault.»

Sie luden das Bündel auf den Wagen. Dorothy legte Vitus in Nicolas' Arme. «Nimm ihn.»

«Trägst nicht du ihn?», fragte Aimery.

Sie schüttelte den Kopf und wies auf den Bock. Daneben wartete sie, bis er Agnes geküsst hatte und aufgesprungen war, sprang dann selbst auf und zwängte sich neben ihn. «Ich bin Frau Noah», sagte sie. «Fahr zu, mein Archenbauer. Sehen wir nach, ob die Erde getrocknet ist.»

Sie ließen das Pferd im Schritt gehen. Fünfzehn Tage und Nächte hatten sie im Schutz der Hospizmauern verbracht, jetzt brauchten sie Zeit, in ihr Leben zurückzukehren, seine Wirklichkeit zu erfassen, das graurote Licht, den leichten Wind, die Geräusche. Zuerst hatte Richilda fünf Tage lang gegen die Krankheit gekämpft, und als sie den Sieg errungen hatte, als das Fieber gesunken war, hatte sie weitergekämpft, um Kraft zu erlangen. Dorothy drehte sich um, sah die drei Kinder auf dem Wagen. Das Mädchen war noch immer geschwächt, ihr Gesicht totenblass zwischen den schweren, schwarzen Strähnen. Die Krankheit aber war verheilt wie Dorothys Bisswunden. Richilda würde sich erholen, sie war zäh wie Kalfaterpech, und dass sie so mager war, lag in ihrer Natur. Dagegen ließ sich mit Päppeln und Schmeicheln und Schelten nichts tun.

Sie schmiegte sich enger an den Körper neben ihrem, Knochen und Haut unter zerschlissenem Leinen. Sachte versetzte sie ihm einen Stoß in die Rippen. Er wandte ihr sein Gesicht zu. Hohläugig. Übernächtigt. Dennoch blühend. Daheim koche ich euch Blutpudding, beschloss Dorothy, daheim nähe ich dir ein ordentliches Hemd, daheim kandiere ich euch Äpfel. Von der Vorstellung, ihre Kinder könnten sich in ihrer Küche um den Kessel scharen und auf Honigäpfel warten, derweil dieser Kerl mit seiner vielfingrigen Hand im Hof einen Palmesel schliff, wurde ihr leicht und trunken im Kopf.

Hinter dem Deichhügel hörte sie das Rauschen. ‹*Was ist das? Dieser Lärm, was ist das?*› ‹*Der Solent. Solange du ihn achtest, hast du nichts von ihm zu fürchten.*› «Mach mir ein Kind, Aimery», sagte sie.

Er hielt den Wagen an. Sah auf sie hinunter. Müde. Eingefallen. Schön, fand sie. Nicht wie ein Knabe. Sondern wie ein Mann. «Und wenn ich nicht lange genug lebe, um dich und das Kind zu versorgen?»

«Ja, was dann», rief sie, «wer weiß das schon? Dann schmeißen dein Kind und ich dich in deinen Solent und gehen mit dem Bettelstab. Tirilom, tirila.»

Sie sah, dass er lachen musste, sosehr er sich wehrte. Mehrmals blinzelte er, als ließe sich dadurch der Einwand, den er vorzubringen hatte, in Worte fassen.

Bei den Ohren packte sie ihn und küsste ihm die Lippen, dass es schnalzte. «Ob wir etwas weniger haben oder etwas mehr, ob erst du stirbst oder ich, das werden wir ja sehen. Nur dass es uns gibt, zählt. Dass es uns immer gibt. Das zähe Pack, das flucht und weint und dann mit der Arbeit beginnt. Die Leute von Portsmouth.» Firm drehte sie sein Gesicht in Richtung der Stadt, wo noch drei oder vier Lichter durch die verfliegende Dunkelheit blitzten. «Mach mir ein Kind, Aimery. Um es dem Leben zu schenken. Solange du kannst, wirst du für uns sorgen, und wenn du es nicht mehr kannst, werden wir wissen, wo wir Zuflucht finden.»

Sie wandten sich beide um. Ihre Kinder auf dem Wagen hatten sich dicht aneinandergedrängt. Die Sonne zeigte sich. Hinter der Salzwiese, im fahlen Schimmer, lag das Nest von Gebäuden aus gelbem Stein.

Ende

Glossar

Ablativus. Ablativ; lateinischer (fünfter) Fall. *Ablativus modi* ist dabei eine Anwendungsform, die einen Begleitumstand bezeichnet.

Alaun. In der Tuchherstellung zum Gerben und Färben verwendetes Mineral.

Aspergill. Liturgisches Gerät zum Versprengen von Weihwasser.

Astrolabium. Im Mittelmeerraum und im Indischen Ozean verwendetes Instrument zur Positionsbestimmung eines Schiffes anhand von Himmelskörpern; auch für astronomische und geographische Messungen benutzt.

Bailiff. Stadtbeamter, mit der Eintreibung von Geldern betraut.

Balinger. Schnelles Kampfschiff, mit Rudern und Segeln ausgestattet.

Ballock. Dolchmesser, eine der gebräuchlichsten Handwaffen des vierzehnten Jahrhunderts.

Barbierchirurg. Dem deutschen Bader verwandter medizinischer Praktiker. Barbierchirurgen pflegten, neben der Schönheitspflege, bestimmte Behandlungen und Operationen an Kranken durchzuführen; ihr Berufsstand wurde erst unter Henry VIII. anerkannt.

Bildenmeister. Eigens für die Herstellung von Wurfmaschinen geschulter Waffenmacher.

Brache. Unbestelltes Feld, zumeist Acker, der im Rahmen der Dreifelderwirtschaft ein Jahr lang gar nicht oder als Viehweide genutzt wird.

Brassen. Drehen der → *Rah*, um das Segel in die gewünschte Windrichtung zu bringen.

Bruche. Männerunterhosen, an denen Beinlinge befestigt wurden.

Brünne. Kettenhemd aus auf Stoff angebrachtem Kettengeflecht als Teil der Rüstung, häufig mit Kapuze.

Cappa. Kurzer Umhang.

Centenar. Hunderterführer des Heeres.

Chevauchée. Kriegszug, bei dem feindliches Gebiet systematisch zerstört wurde.

Cinque Ports. Zusammenschluss wichtiger Hafenstädte an der englischen Südküste zu wirtschaftlicher und militärischer Zusammenarbeit, gegründet um die Zeit der normannischen Eroberung (Dover, Hastings, Hythe, Roniney und Sandwich, später auch Rye und Winchelsea).

Citern. Der Mandoline ähnliches, gezupftes Saiteninstrument.

Confiteor. Allgemein: christliches Schuldbekenntnis; in der katholischen Liturgie dazu verwendetes Gebet.

Emmer (auch: *Zweikorn*). Winterweizen.

Farthing. Viertelpenny.

Fürspan. Metallspange zum Schließen des Gewandes.

Gambeson. Gestepptes und gepolstertes jackenartiges Kleidungsstück für Krieger, das unter der Rüstung oder für sich allein getragen wurde, um vor Quetsch- und Schürfwunden zu schützen.

Gebende. Weibliche Kopfbedeckung, um Kinn und Ohren geschlungenes Leinenband.

Heuke. Schwerer, übergeworfener Wollmantel.

Holk. Bananenförmiger Schiffstyp, bei dem die Verplankung die Schiffsenden bildet, es also keine sichtbaren Steven gibt.

Indentur. Vertrag in doppelter Ausführung auf demselben Blatt, wobei die Hälften in gezähntem – englisch *indentured* –

Muster voneinander getrennt wurden, sodass man später prüfen konnte, ob sie zusammenpassten; häufig zur Verpflichtung von Kriegsknechten verwendet.

Kalfatern. Abdichten der Fugen im Schiffsleib, wozu in der Regel Werg und Pech benutzt werden.

Karacke. Ursprünglich aus Genua stammendes, aus der Koggenform entwickeltes Segelschiff, das schneller und wendiger als die Kogge war.

Kardeele. Dünnes Seil zur Herstellung einer Trosse.

Karden. Auskämmen von Wolle.

Kastell. Kampfplattform, die Schutz vor der Witterung bot und zuweilen Wohnräume enthielt; befand sich vor Bug- und Achtersteven des Schiffes.

Klinkerbauweise. Art der Plankenanbringung beim Schiffbau, die außerhalb des Mittelmeerraumes bis ins fünfzehnte Jahrhundert hinein üblich war; dabei werden die Planken überlappend angebracht. Steht im Gegensatz zur → *Kraweelbauweise.*

Kogge. Stark bauchiges, vorwiegend für Handelsfahrten, jedoch auch im Krieg eingesetztes Lastschiff mit flachem Boden.

Kotte. Ärmelloses Schlupfkleid, von Männern wie Frauen über den Untergewändern getragen.

Kragstein. Aus Wänden auskragender Mauervorsprung, der andere Gebäudeteile tragen kann; häufig mit Ornamenten geschmückt.

Kraweelbauweise. Art der Plankenanbringung beim Schiffbau, die im Mittelmeerraum üblich war; dabei werden die Planken Stoß auf Stoß miteinander verbunden, wenn nötig verzahnt und zu den Enden hin verjüngt. Steht im Gegensatz zur → *Klinkerbauweise.*

Leitstein. Mittelalterliche Bezeichnung des Kompasses.

Manor. Herrenhaus; Feudalanwesen.

Marse. «Krähennest», Mastkorb.

Mendikant. Angehöriger eines Bettelordens.

Messstipendium. Spende an Priester, für die dieser im Gegenzug ein Messopfer im Sinne des Spenders darbrachte.

Miasma. Nach Hippokrates eine giftige, übelriechende Ausdünstung des Bodens, die durch Wind weitergetragen wird und für die Ausbreitung von Krankheiten sorgt.

Nocke. Pfeilende, in den Schaft gesägter Schlitz zum Aufsatz auf der Bogensehne.

Oleron, Code von. Der Überlieferung nach auf der Ile d'Oleron entstandene Rechtssammlung, die Fragen des Seerechtes behandelt, u.a. das Verhältnis des Schiffsführers zur Mannschaft.

Oriflamme. Französisches Kriegsbanner.

Rah. Quer zur Fahrtrichtung am Mast angebrachtes Rundholz, an dem das Segel befestigt wird.

Rammsporn. Verstärkte Erweiterung des Bugs von Kriegsschiffen; verwendet, um gegnerische Schiffe unterhalb der Wasseroberfläche zu rammen.

Ribauld. Vorstufe der Kanone; gebündelte und auf Karren montierte Röhren, die vor allem durch Lärm und Rauch wirkten, deren Schüsse aber selten tödlich waren.

Rojer. Ruderer.

Rutte. Schießgerät für horizontale Schüsse, zum Abfeuern von Brandbolzen geeignet.

Schlussstein. Keilförmiger Stein, der den höchsten Punkt eines Gewölbes markiert, häufig verziert.

Schot. Leine zur Segeleinstellung.

Schrange. Marktbereich, offene Lagerhalle mit Bänken, auf denen Fleisch verkauft wurde.

Scutage. Schildgeld; Betrag, mit dem sich zum Kriegsdienst verpflichtete Männer freikaufen konnten.

Sech. Messerartiger Bestandteil des Pfluges, der vor der Schar senkrecht in den Boden fährt.

Segelanweisung. Vorläufer der Seekarte. Schriftliche Anweisung ohne Illustration, die Richtungsangaben nach Quadranten, Fahrtdauerschätzungen und Landmarken enthielt.

Sehnenohr. Schlaufe an beiden Enden der Sehne, zum Einhängen an den Spitzen der Wurfarme.

Sheriff. Für die örtliche Rechtssprechung einer Grafschaft eingesetzter Beamter, dem Vogt des Heiligen Römischen Reiches vergleichbar (*Shire-reeve*).

Speigatt. Öffnung in der Außenhaut des Schiffes in Höhe des Decks, die dazu diente, Wasser abzuleiten.

Spiere. Jedes auf Segelschiffen verwendete Rundholz mit Ausnahme des Mastes.

Stolgebühren. Für ein Begräbnis dem zuständigen Pfarrer zu entrichtende Gebühr.

Tables. Brettspiel, Vorform des Backgammons.

Tillern. Vorsichtiges Abraspeln der Bogeninnenseite, des «Bauches», um die gewünschte Form der Wurfarme zu erhalten.

Trebuchet. Belagerungsmaschine des Mittelalters; großes, hölzernes Wurfgerät nach dem Hebelwurfprinzip. Bestandteil mechanischer Artillerie.

Treibsel. Schwemmgut an der Flutlinie, zahlreiche Meereslebewesen bergend.

Trosse. Dickes, aus mehreren Kardeelen zusammengedrilltes Seil.

Ventenar. Zwanzigerführer des Heeres.

Waid. Kraut, dessen Blätter zum Blaufärben von Stoff verwendet wurden.

Wehfrau. Hebamme.

Werg. Rückstände des Wollkämmens, die unter anderem bei der Kalfaterung Verwendung fanden.

Wittum. Teil des Frauengutes; vom Ehemann zu entrichten, verbleibt nach dessen Tod im Besitz der Frau.

Zimier. Zierender Helmaufsatz, häufig mit figürlichen Darstellungen, Wappen und Wahlsprüchen; von Rittern getragen.

Danksagung

Für ein unbeschreibliches, unvergessliches, unbezahlbares Jahr in Portsmouth am Solent danke ich:

Den Trusts und Organisationen
English Heritage, namentlich den Betreuern und Freiwilligen des *Domus Dei,* Portsmouth
Portsmouth Historic Dockyard
Historic Royal Palaces
UEL, University of East London
The Mary Rose Trust
sowie
The Bear Hotel, Havant.

Den Einzelpersonen
Peter Rogers
David MacCormack
Iain Friel
Uschi Timm-Winkmann
Barbara Slawig
Jürgen Bräunlein
Lisa-Marie Dickreiter
Sabine Adler
Anne Loehr-Goessling
Andreas Goessling
Roman Hocke
Uwe Neumahr

Und Alan und Raul, meinem geliebten Recherchеteam mit Kameras, Zeichenstiften, Boots-Mahlzeiten und Rioja.

Die Begegnung mit den unglaublichen Menschen des vierzehnten Jahrhunderts, mit einer lebensmutigen Stadt und ihrer Meerenge, dem Solent, hat mein Leben bereichert. Ich werde sie nicht vergessen.

Charlie Lyne in London.
November 2007